PATRICIA MENNEN

Ellas Geheimnis

Buch

München, 1937: Auf einem ausgelassenen Faschingsball lernt die Krankenschwester Henriette Gruber – genannt Henny – den jungen Bezirkshauptmann der Feuerschutzpolizei Emil Thorbecke kennen. Fröhlich und lebenslustig, schafft sie es, den ernsten Emil aus der Reserve zu locken. Die beiden verlieben sich und heiraten bereits wenige Monate später. Doch kurz nach der Geburt ihres ersten Kindes kommt es zwischen Henny und Emil zu einem schrecklichen Zerwürfnis. Emil war immer schon sehr eifersüchtig, doch nun wirft er Henny vor, dass die kleine Ella nicht sein Kind sein kann, und trennt sich von ihr. Verzweifelt und tief verletzt, beschließt Henny, mit ihrer Tochter nach Afrika zu reisen – das Land, in dem ihre verstorbenen Eltern lebten und in dem sie selbst zur Welt kam. Obwohl sie sich, am Nyassasee angekommen, plötzlich an viele Ereignisse aus ihrer Kindheit erinnert, gibt ihr die Vergangenheit ihrer Eltern Rätsel auf. Auch das Tagebuch der Mutter, das Hennys Tante ihr vor ihrer Abreise überreicht hat, hilft nicht weiter, denn entscheidende Seiten wurden herausgerissen. Bald schon ist Henny einem Geheimnis auf der Spur, das ihr Schicksal und das ihrer Tochter für immer verändern soll.

Autorin

Patricia Mennen wurde in Augsburg geboren und wuchs in der kleinen mittelalterlichen Stadt Riedlingen an der Donau auf. In Würzburg und München studierte sie Germanistik, Kunstgeschichte und Theaterwissenschaften. Ihre ständigen Begleiter sind ein Stift und ein Notizbuch, denn überall findet sie Ideen und Inspirationen. Patricia Mennen reist leidenschaftlich gern und hat bereits zahlreiche Romane, Kindersachbücher und Ratgeber veröffentlicht. Bei Blanvalet sind von ihr fünf exotische Sagas erschienen. Gemeinsam mit ihrer Familie lebt sie abwechselnd in der Nähe des Bodensees und in der Provence.

Von Patricia Mennen außerdem bei Blanvalet lieferbar:

Der Ruf der Kalahari · Sehnsucht nach Owitambe · Zauber der Savanne · Im Land der sieben Schwestern · Das Tal der goldenen Flüsse

Patricia Mennen

Ellas Geheimnis

Roman

blanvalet

FSC www.fsc.org MIX Papier aus verantwortungsvollen Quellen FSC® C014496

Verlagsgruppe Random House FSC® N001967

1. Auflage

Dieses Werk wurde vermittelt durch die Literarische
Agentur Thomas Schlück GmbH, 30827 Garbsen.
Redaktion: Dr. Rainer Schöttle
Umschlaggestaltung und -abbildung: © Johannes Wiebel | punchdesign,
unter Verwendung von Motiven von photocase.de und Shutterstock.com
AF · Herstellung: sam
Satz: Buch-Werkstatt GmbH, Bad Aibling
Druck und Bindung: GGP Media GmbH, Pößneck
Printed in Germany
ISBN 978-3-7341-0018-5

www.blanvalet.de

Für Willem und alles,
was wir miteinander teilen durften

»So stand sie unerschütterlich, Herrin über Leben und Tod – in der Wonne ihrer großen Kräfte schon entrückt – und wartete auf die Sonne.«

(Helene Böhlau: *Halbtier*)

Prolog

Ein dunkles Wolkenband schob sich über den sonnenbeschienenen Horizont. Düster und schwer senkte es sich auf die Wasserfläche des Nyassasees und verschmolz mit dessen Glitzern zu flüssigem Blei. Sie sah, wie auf sanften Wellenspitzen sich silbernes Licht spiegelte. Tanzende Reflexionen vor einer unwirklichen Kulisse. Die magische Stimmung weckte lang verschüttete Erinnerungen. Während das Automobil vor dem halb verfallenen Missionshaus langsam ausrollte, legte sich plötzliche Schwermut auf ihr Herz. War es wirklich notwendig, sich den Schatten der Vergangenheit zu stellen?

Verärgert schob sie die Zweifel beiseite. Sie hatte zu vieles verloren, um jetzt noch umzukehren. Entschlossen öffnete sie die Wagentür. Sobald ihr Fuß den roten Lehmboden berührte, ging eine Veränderung in ihr vor. Für einen Moment tauchte sie in die Vergangenheit ein und glaubte das Kreischen und Lachen tobender Kinder zu hören. Eine Illusion, denn weit und breit war keine Menschenseele zu sehen. Hier war schon lange niemand gewesen. Eine dichte Sandschicht überzog den Lehmboden wie ein Tischtuch, das Vergangenes verbarg.

Ihr Blick glitt vom stahlblauen Himmel zum bleigrauen See, dessen Oberfläche sich durch aufkommenden Wind zu kräuseln begann. Die düstere Stimmung eines heraufziehenden Gewitters verstärkte ihr Gefühl von Einsamkeit. Wie an Fäden geführt schritt sie auf das flache Holzhaus zu. Würziger Seetang vermischt mit dem intensiven Frangipaniduft weckte weitere diffuse Erinnerungen. Das sanfte Spiel des Windes wirbelte an einigen Stellen den feinen Sand vor ihr auf und zeichnete unregelmäßige Muster auf die jungfräuliche Fläche.

Es sind die Ahnen, die sich aus dem Jenseits melden, flüsterte ihr die Erinnerung zu. Der Gedanke brachte sie trotz der unerträglichen Hitze für einen Moment zum Frösteln. Sie hielt an und ließ das Haus auf sich wirken. In seiner Verlassenheit strahlte es Trostlosigkeit aus. Die Holzstufen, die auf die Veranda führten, waren teilweise eingefallen. Farbe blätterte in handtellergroßen Schichten von den einstmals weißen Balken. Die Eingangstür hing windschief in ihren Angeln. Stöhnend schlug sie immer wieder gegen den Türrahmen. Hilferufe aus der Vergangenheit. Die wenigen Fenster waren mit groben Holzlatten vernagelt. Aus der Ferne war das aufdringliche Rufen einer Kaptaube zu hören.

Work harder – work harder – work harder, krächzte es anklagend.

Was mache ich nur hier?

Die Unsicherheit wuchs mit jedem Atemzug. Sie hatte die Warnung der Einheimischen noch im Ohr. Dieser Ort war seit langer Zeit tabu. Selbst die Weißen mieden ihn.

Als sollten ihre Ängste bestätigt werden, begann sich am eben noch so strahlend blauen Himmel ein unheimliches Szenario zu entwickeln. Das Wolkenband über dem See hatte sich zu dunklen, unheilverkündenden Ungetümen zusammengeballt, die drohend in Richtung Ufer marschierten. Der Wind frischte weiter auf und ließ die eben noch glitzernde Seeoberfläche aufbegehren, indem sie ein Meer voller Schaumkronen schuf. Eine Böe erfasste einen Fensterladen und schlug ihn mit einem quietschenden Poltern gegen die losen Angeln.

Geh zurück! Noch ist es nicht zu spät!

Sie war tatsächlich kurz davor, wieder umzudrehen. Vielleicht war Ahnungslosigkeit doch ein besserer Verbündeter als endgültige Gewissheit? Entschlossen ballte sie die Hände zu Fäusten und legte die letzten Schritte bis zum Haus zurück. Mit einem großen Schritt stieg sie über die morschen Stufen hinweg und betrat die Veranda. Ihr Blick wanderte erneut über den stürmisch gewordenen See, als fände sie darin die Antworten auf ihre Fragen. Aus heiterem Himmel überfielen sie stechende Kopfschmerzen. Sie rieb sich mit zwei Fingern die Schläfen, um den pochenden Schmerz zu besänftigen. Dazu plagte sie die unerträgliche Schwüle. Sie schloss die Augen und wartete, bis der Schmerz etwas nachließ. In der Ferne hörte sie das vereinzelte Schlagen von Trommeln. Es war der Lockruf der Regentrommeln, der die Geister der Fruchtbarkeit gnädig stimmen sollte.

Bumm – badabumm – badabumm.

Aus anderen Dörfern im Umkreis erklangen ähnliche Rhythmen, die sich erst zart und leise, dann immer lauter werdend zu einer dynamischen Kakofonie vereinigten.

Bumm – badabumm – badabumm.

Das Dröhnen verstärkte ihren Schmerz, und das Spannungsgefühl in ihrem Kopf ließ sie an eine bald berstende Melone denken. Tausend bunte Sternchen tanzten vor ihren Augen und fügten sich plötzlich wie die Steinchen eines geschüttelten Kaleidoskops zu Wahnbildern zusammen. Sie sah hellrotes Blut, das sich rasch zu einer großen Lache ausdehnte, einen zum Schrei geöffneten Mund und ein rot und schwarz bemaltes Schreckwesen, das einen wilden Tanz aufführte, während es in der Hand ein blutverschmiertes Messer schwang.

Sie stieß einen Schrei aus und geriet ins Taumeln. Ihre Hände suchten nach einem Halt und fanden ihn schließlich an der Brüstung der Veranda. Doch so schnell sie die entsetzliche Vision überfallen hatte, so schnell war sie auch wieder vorüber. Sie bemühte sich, ihr Entsetzen abzuschütteln und neue Kraft zu schöpfen. Ihr Herz raste immer noch wie das eines gehetzten Hasen, und ihr Körper zitterte wie Espenlaub. Beinahe trotzig stellte sie sich endlich ihren Dämonen und lehnte sich gegen die widerstrebende Tür. Sie ließ sich nur mit Mühe einen Spalt weit öffnen, gerade weit genug, um sich in das Innere des Hauses zu zwängen.

Sie landete in einem viel zu kleinen Windfang, der sie mit Dunkelheit und Enge umfing. Staub und Spinnweben reizten die Schleimhäute, und sie musste husten. Es roch muffig. Ihre Hände ertasteten eine Schwingtür, die in den dahinter liegenden Raum führte. Kaum hatte sie ihn betreten, verstummte der Hall der Trommeln so plötzlich, wie er aufgetreten war. Gespenstische, energiegeladene Ruhe trat an die Stelle des Lärms und machte die Stimmung umso unheimlicher.

Langsam begannen sich ihre Augen an das Zwielicht zu gewöhnen. Sie erkannte eine Wohnküche. Die Bretter, die vor die einstigen Fenster genagelt worden waren, ließen genügend Licht hinein, um die Umgebung in schattenumwobenes Dämmerlicht zu hüllen. Umgestürzte Stühle vor der Küchentheke, ein einfacher Holztisch mit einer Vase, in der noch ein Bund vertrockneter Wildblumen steckte. Reste eines heruntergerissenen Vorhangs.

Ihr Blick wanderte weiter zu der Küchenecke, die nahtlos in ein Wohnzimmer überging. Ein ausladender, gemauerter

Kamin mit einem umlaufenden Sims beherrschte den Raum. Verkohlte Holzreste in der Feuerstelle bezeugten, dass er einmal gebraucht worden war. Zwei zerschlissene Plüschsessel. Auf der Lehne des einen lag ein aufgeschlagener Katechismus, fast so, als wäre er dort für sie abgelegt worden. Eine dicke Staubschicht zog sich darüber, als wolle sie die Worte konservieren. Sie fühlte sich von dem Buch magisch angezogen und widerstand dennoch dem Drang, darin zu blättern. Stattdessen steuerte sie auf den Kamin zu. Je näher sie ihm kam, desto schlechter fühlte sie sich. Der Schmerz in ihrem Kopf schwoll erneut an. Dieses Mal waren es Stimmen, die sie zu hören glaubte. Sie hörte ein heiteres, offenes Frauenlachen, dessen Vertrautheit ihr schmerzhaft ins Herz schnitt. Dann das Brüllen eines wilden Tieres, das von einer herrischen Stimme zum Schweigen gebracht wurde. Einer Stimme, die von furchteinflößender Autorität war, aber auch ein Gefühl von Vertrautheit vermittelte.

Als der Schmerz und die Stimmen in ihrem Kopf endlich verstummten, öffnete sie wieder die Augen. Sie stand nun direkt vor dem Kaminsims und blickte auf einen verstaubten Bilderrahmen. Die Staubschicht war so dicht, dass sie nicht erkennen konnte, was sich dahinter verbarg. Mit klammen Fingern griff sie danach. Der Staub klebte hartnäckig an dem gesprungenen Glas. Nur durch festes Rubbeln ließ er sich entfernen. Schließlich erschienen zwei Menschen auf einer erstaunlich gut erhaltenen Fotografie. Ein hagerer, groß gewachsener Mann starrte sie aus stechend hellen Augen an. Neben ihm befand sich eine zierliche Frau, deren aufrechte, strenge Körperhaltung in krassem Widerspruch zu ihrem traurigen Gesicht stand. Das Paar hätte einander an den Händen gehalten, wäre da nicht der Riss gewesen, der die Fotografie in zwei Teile trennte.

Teil 1

Spreu und Weizen

1937 bis 1938
1899 bis 1901

1. Kapitel

Fasching in Schwabing

»Ist das aber auch eine Kälte!« Henny fischte nach dem Haremsdamen-Schleier, der sich von ihrem Kopf lösen wollte. Die eisigen Windstöße, die durch die Häuserschluchten Schwabings fegten, setzten alles daran, ihre kunstvolle Verkleidung noch vor ihrem Ziel zu ruinieren. »Wir hätten unser Geld lieber doch in ein Taxi investieren sollen.«

»Um dann auf unser wohlverdientes Gläschen Sekt verzichten zu müssen«, protestierte Frieda. »Der Fasching ist noch lang. Wer weiß, vielleicht gehen wir die nächsten Wochen ja noch einmal auf einen Ball.« Sie kicherte. In ihrem weißen Pierrot-Anzug mit der Halskrause aus gestärktem Gardinenstoff hatte ihre Freundin gut lachen.

Henny raffte entschlossen ihren hauchdünnen Schleier unter dem Kinn zusammen und hakte sich bei ihr unter. Die Vorfreude auf den Faschingsball überwog schließlich den Missmut über das scheußliche Wetter. Kein Grund, sich die Laune verderben zu lassen.

»Meinst du, der Poldi kreuzt heute Abend wirklich auf?« Frieda war um einen möglichst beiläufigen Tonfall bemüht.

Henny schmunzelte. Ihre Freundin war eine schlechte

Schauspielerin. Sie vermochte kaum zu verbergen, wie wichtig ihr das Auftauchen des Oberarztes war. Sie zwickte sie freundschaftlich in den Arm. »Natürlich wird er kommen! Ich habe selbst gesehen, wie er sich heute besonders früh von Oberschwester Hildegard verabschiedet hat. Außerdem seid ihr doch so gut wie verabredet!«

Frieda seufzte hoffnungsfroh. Sie war schon seit einigen Monaten bis über beide Ohren in den jungen Oberarzt verliebt. Bislang hatte es nur sehnsuchtsvolle Blicke und versteckte Andeutungen zwischen den beiden gegeben, doch vor einigen Tagen hatte Doktor Peter Pollinger sie tatsächlich gefragt, ob sie auch zum Maskenball im *Max Emanuel* komme. Er selbst habe noch eine kleine Verabredung am frühen Abend, wolle aber später mit einem Freund dort vorbeischauen. Frieda hatte sich erst geziert. Sie war vom Typ her eher ernst und grüblerisch und hasste feuchtfröhliche Massenveranstaltungen. Hätte Henny ihr nicht energisch zugeredet, hätte sie die Gelegenheit, Poldi näher kennenzulernen, wahrscheinlich verstreichen lassen.

Im Gegensatz zu Frieda stellte Henny sich einen Kostümball einfach wunderbar vor. So eine festliche Faschingsveranstaltung war bestimmt eine willkommene Abwechslung zu dem tristen Klinikalltag. Sobald sie sich einig gewesen waren, hatte sie sich sofort voller Eifer in die Vorbereitungen für ihre Kostümierung gestürzt und war mit dem Resultat trotz der akuten Geldnot, die die beiden Schwesternschülerinnen ständig plagte, einigermaßen zufrieden. Im Grunde genommen war es ein kleines Wunder, was sie aus wenigen Stoffresten gezaubert hatte. Sie selbst trug eine selbst geschneiderte grüne Pluderhose aus Baumwollsamt. Dazu einen passenden, knappen Bolero, der ihren Bauch nur durch ein paar Gardinenfransen verbarg. Außerdem hatte sie eine kleine, runde Pappschachtel mit schillernder Kunstseide überzogen und daran einen Schleier aus Gaze befestigt.

Friedas Pierrot-Kostüm hatten sie aus ausgemusterten Batistdecken gefertigt, die sie bei der Auflösung von Shmuel Maybooms Stoffladen erstanden hatten. Frieda hatte Skrupel gehabt, den Stoff weit unter seinem Wert zu erstehen, doch Henny hatte ihre Bedenken beiseitegefegt, indem sie behauptete, dass Mayboom froh sein musste, überhaupt noch etwas Geld zu bekommen. Schließlich kaufte dieser Tage kaum noch jemand bei Juden ein.

Unterdessen hatten sie die traditionsreiche Brauereigaststätte fast erreicht. Aus dem Ballsaal des *Max Emanuel* in der Adalbertstraße tönte bereits das Orchester mit einem flotten Swing.

»Hör nur, das Lied ist von Erwin Hartung. ›*Ich tanz mit Fräulein Dolly Swing*‹«, sang Henny vergnügt. »Ach Gott, wie gerne wäre ich jetzt schon auf der Tanzfläche! Ich spüre den Rhythmus schon richtig in den Beinen.«

»Ich wusste gar nicht, dass du so verrückt aufs Tanzen bist«, zog ihre Freundin sie auf. »Ich erkenne dich ja kaum wieder.«

»Ach Frieda! Es ist doch nur, weil ich noch nie auf einem Faschingsball in München war. Bei uns auf dem Dorf, da gibt's im Sommer gerade mal das Dorffest. Und wenn überhaupt jemand tanzt, dann ist es nur was Traditionelles. Nun komm schon, lass uns endlich hineingehen!« Sie zog Frieda ungeduldig mit zu dem Eingang, wo sie sich rasch ihre halben Masken überstülpten, die für den Einlass unentbehrlich waren.

Von überall her strömten nun Maskierte auf den Eingang zu. Einige kamen mit eigenen Automobilen oder in Taxis angefahren, doch die meisten waren wie sie zu Fuß. Der Türsteher prüfte kurz ihre Karten und ließ sie nach einer kurzen Wartezeit mit einem fröhlichen Zwinkern ein. An der Garderobe nahm ihnen eine Angestellte ihre Mäntel ab, die ein schwarz uniformierter SS-Mann für sie aufhängte.

»Was macht denn so einer hier?«, bemerkte Frieda ungnädig. »Das hier ist ein Faschingsball und keine Parteiveranstaltung.«

Die Garderobiere reagierte schnippisch. »Der Gustl geht mir hier halt a weng zur Hand. Wenn S' Eana dran stören, dann schaugn S' halt weg. Gell, Schatzi?«

Ihr Freund zuckte nur mit den Achseln und kümmerte sich weiter nicht um sie.

»Ich mag die Uniformierten einfach nicht!«, maulte Frieda.

»Nun sei doch nicht immer so kritisch. Lass uns lieber nachsehen, ob der Poldi schon da ist.« Henny packte ihre Freundin kurzerhand am Ärmel und zog sie mit sich in Richtung Ballsaal.

Während sie sich durch das Getümmel drängten, hielt Frieda in alle Richtungen Ausschau nach ihrem Oberarzt. Die hat es wirklich ganz schön erwischt, dachte Henny kopfschüttelnd. Sie hoffte nur, der charmante Oberarzt würde es auch wert sein, dass Frieda sich so für ihn ins Zeug legte.

Mittlerweile hatten sie sich bis zum Eingang des Ballsaales vorgeschoben, wo auf einer kleinen Bühne das Orchester spielte. Überall hingen bunte Lampions und Luftschlangen. Für die Faschingsveranstaltung waren sämtliche Türen zu den unterschiedlichen Gasträumen geöffnet worden, sodass die Musik selbst im letzten Winkel noch zu hören war. Um Platz für die Tanzfläche zu schaffen, hatte man Tische und Stühle entlang den Wänden aufgestellt. Flotte Swing- und Jazz-Stücke erfüllten die Räume. Dass amerikanische Musik seit der Machtergreifung der Nationalsozialisten eigentlich verpönt war, störte offensichtlich heute Abend niemanden. Ausgelassen bewegten sich die Kostümierten auf dem Parkett und genossen die Unbeschwertheit des Abends.

Henny konnte sich an der bunten Mischung unterschiedlicher Kostüme nicht sattsehen. Verwegen dreinblickende Cowboys parlierten mit Go-go-Girls, die unter knappen Röckchen ihre Beine präsentierten. Stolze Indianer, draufgängerische Piraten, vornehme arabische Scheichs, schnauzbartbewehrte Mexikaner turtelten mit verführerischen Zigeunerinnen, Kastagnetten klimpernden Spanierinnen, goldhaarigen Engeln und putzigen Chinesinnen. Der Fantasie waren an diesem Abend keine Grenzen gesetzt.

Henny staunte nur, wie bunt und aufregend das Leben sein konnte. Als junge Frau, die bislang nur das Landleben kennengelernt hatte, fühlte sie sich von der Vielfalt beinahe überfordert. Besonders, als sie merkte, dass so mancher anzügliche Blick auch an ihr haften blieb. Als ein paar angetrunkene Burschen ihr hinterherpfiffen, spürte sie, wie sie plötzlich rot und verlegen wurde. War sie mit ihrer Verkleidung etwa doch über ihr Ziel hinausgeschossen? Sie zupfte verlegen an den Gardinenfransen, die ihren nackten Bauch nur notdürftig bedeckten, und kam sich mit einem Mal nackt und in ihrem Aufzug völlig fehl am Platz vor. Fast panisch suchte sie Deckung hinter einer der Säulen.

»Was ist denn mit dir plötzlich los? Hat dich der Mut verlassen?« Frieda warf Henny einen amüsierten Blick zu.

»Die gucken alle so blöd«, gestand sie kleinlaut. »Du hättest mich warnen müssen. Mein Aufzug ist viel zu gewagt!«

»Quatsch!« Frieda lachte sie tatsächlich aus. »So denkt nur jemand, der auf dem Dorf aufgewachsen ist. Stell dich nicht so dämlich an. Du siehst umwerfend aus! Ich hol uns jetzt erst mal was zur Aufmunterung. Danach wirst du unter Garantie anders denken.« Ohne auf ihre Antwort zu warten, kämpfte sich ihre Freundin durch die Menge in Richtung Bar und ließ sie allein. Henny beneidete sie um ihren Mumm. Frieda hatte gut lachen, sie war schließlich in der Stadt aufgewachsen. Kurze Zeit später kehrte sie mit zwei Gläsern Sekt zurück.

»Ex und weg!« Sie zwinkerte ihr zu und trank ihr Glas in einem Zug leer. »Und jetzt du!«

Henny starrte ihr Glas an, als würde es gleich explodieren. Doch dann überwand sie sich und tat es ihrer Freundin nach. Die Wirkung des ungewohnten Alkohols setzte unverzüglich ein. Henny hatte den ganzen Tag nichts gegessen. Sie hatte kaum ausgetrunken, als ihr auch schon etwas schwindelte. Immerhin fühlte sie sich bei Weitem nicht mehr so eingeschüchtert wie gerade eben noch.

»Du meinst also, ich kann mich so sehen lassen?« Sie kicherte und reckte mutig ihr Kinn in die Höhe. »Na, dann mal auf in den Kampf! Aber erst trinken wir noch einen. Diesmal übernehme ich die Zeche.«

Sie zog Frieda mit sich in Richtung Theke. Dabei mussten sie an zwei Indianern in Kriegsbemalung vorbei. Die verstellten ihnen prompt den Weg.

»Wohin so eilig mit euch beiden Hübschen?« Mit verschränkten Armen baute sich der Größere vor ihnen auf. Er war ein kräftiger, grobknochiger Bursche, dessen blondes, kurz geschorenes Haar in Widerspruch zu der roten Schuhwichse stand, die er sich als Kriegsbemalung ins Gesicht geschmiert hatte. Auf seinem Haupt trug er einen Kranz aus gerupften Gänsefedern. »Winnetou und sein Freund Adlernase bieten euch ihren Schutz an. Wie wär es mit zwei Gläsern Sekt?«

»Danke! Kein Bedarf!« Frieda rümpfte missbilligend die

Nase und versuchte Henny an den beiden vorbeizubugsieren. Doch Henny, die noch etwas lockerer geworden war, fand die Aussicht auf eine Freirunde überaus verlockend. »Stell dich doch nicht so an«, raunte sie ihrer Freundin zu. »Wir stoßen nur kurz mit denen an, und dann verkrümeln wir uns wieder. Ein Gläschen Sekt verpflichtet noch lange zu nichts!«

»Schau dir die Typen doch an. Mir gefallen die nicht!«

»Ach Quatsch!« Henny ließ alle Vorsicht fallen und lächelte den beiden Männern aufmunternd zu. »Komm! Es ist Fasching. Zu zweit kann uns doch gar nichts geschehen.« Sie stieß Frieda kameradschaftlich in die Seite und sorgte dafür, dass sie ihr nicht entwischen konnte. »Einverstanden«, wandte sie sich wieder an die beiden Indianer, die bereitwillig zwei weitere Gläser Sekt für sie orderten.

Die beiden Rothäute stellten sich ihnen als Erwin und Adi vor. Sie arbeiteten als Drucker bei Gotteswinter in der Theatinerstraße und machten keinen Hehl daraus, dass sie zwei Bräute für den Abend suchten.

»Die sind doch viel zu alt für uns«, zischte Frieda empört in Hennys Ohr und wehrte angewidert Erwins Arm ab, der sich vertraulich um ihre Schultern zu legen versuchte.

»Nun stell dich doch nicht so an«, schmollte Henny, während sie unbekümmert Adi zuprostete. »Ein wenig Spaß hat noch niemand geschadet.«

»Da … da vorne ist Poldi!«, rief Frieda plötzlich aufgeregt. »Ich glaube, er hat sich als Napoleon verkleidet. Da muss ich hin!« Sie warf Henny noch einen kurzen, entschuldigenden Blick zu, dann verschwand sie in der Menge.

Erwin starrte ihr völlig perplex hinterher.

»Der Poldi ist ihr Freund«, erklärte Henny schlagfertig. »Da kann man halt nichts machen!«

»Aber dich lass ich nicht so einfach davonziehen«, meldete Adi prompt Ansprüche auf sie an. »Kumm, mir geh'n tanzen!« Ohne ihr Einverständnis abzuwarten, packte er sie am Handgelenk und zog sie derb mit sich in Richtung Tanzfläche. Henny wurde davon völlig überrumpelt und ließ sich mitziehen.

Im Schlepptau des blonden Hünen kreuzten sie den Weg eines Scheichs. Er versuchte gerade ein Tablett mit frisch gefüllten Sektgläsern durch die Menge zu balancieren. Da Adi ihn ungeschickt anstieß, verhedderte er sich in seinem langen Umhang und geriet ins Stolpern. Henny sah, wie er die Kontrolle über sein Tablett verlor, es ihm aus den Händen glitt und genau auf sie zuflog. Instinktiv riss sie sich von Adi los und fasste danach. Noch bevor es auf dem Boden landen konnte, ging sie in die Hocke und fing es so geschickt auf, dass kaum etwas vom Inhalt der Gläser verschüttet wurde.

Der Scheich hatte indessen weniger Glück gehabt. Er fand nirgendwo einen Halt und plumpste wie ein nasser Sack direkt vor ihr auf den Boden. Henny, die immer noch mit ihrem Tablett in der Hocke war, sah in ein reichlich perplex dreinschauendes Gesicht.

»Wenn mir da mal nicht jemand direkt zu Füßen liegt«, kicherte sie amüsiert.

Der Mann vor ihr versuchte sich unterdessen wieder aufzurappeln. Da sein Umhang viel zu groß war, verfing er sich erneut darin, während das Kopftuch mit dem Stirnband ihm quer über das Gesicht rutschte.

»Verdammte Gardine«, schimpfte er, um Haltung bemüht.

Endlich stand er einigermaßen aufrecht vor ihr und schob sich seine Kopfbedeckung wieder zurecht. Sie standen sich nun gegenüber, und Henny reichte ihm sein Tablett. Die Mundwinkel des Scheichs verzogen sich zu einem dankbaren Lächeln, während er sie aus samtbraunen Augen neugierig musterte. Er hob gerade an, sich bei ihr zu bedanken, als Hennys Verehrer Adi sie auch schon wieder am Handgelenk packte und in Richtung Tanzfläche zog. Ehe sie wusste, wie ihr geschah, war sie auch schon wieder fort und befand sich mitten auf der Tanzfläche, wo die Kapelle gerade einen amerikanischen Ragtime spielte. Der Indianer nutzte die Gelegenheit, sie an sich zu ziehen und wild herumzuwirbeln.

Henny spürte sofort wieder den Alkohol. Das Blut rauschte durch ihre Adern, und sie merkte, wie ihre Füße sich wie von selbst zu dem flotten Rhythmus bewegten. Sie fühlte sich leicht wie eine Feder. Leider war Adi nur ein mittelmäßiger Tänzer, der ihr viel zu wenig Freiraum ließ. Als danach ein flotter Swing von Benny Goodman gespielt wurde, hielt sie es nicht länger in seiner Nähe aus. Sie riss sich von ihrem Tanzpartner los und spürte dem Rhythmus der munteren Musik ohne lästige Begleitung nach. Henny hatte nie eine Tanzstunde besucht, dennoch reichte ihr ein kurzer Blick auf die anderen Tänzer, und schon hatte sie sich komplizierte Schrittfolgen eingeprägt. Nur schade, dass dieser Adi ein so plumpes Gegenüber war.

»Mei, du tanzt ja wia a Negerweib«, keuchte ihr Begleiter, als sie sich zu dem Rhythmus von »Bei mir bist du schön« ins Zeug legte und dabei wild ihre Beine durch die Luft schlenkerte. Im Gegensatz zu ihr war der ungelenke Drucker schon ganz schön aus der Puste. Henny versuchte ihn einfach zu ignorieren. Sie fühlte sich so frei wie schon lange nicht mehr. Schon als Kind hatte sie Musik und Tanzen geliebt. Zu ihrem Leidwesen hatten weder Tante Agnes noch Onkel Josef jemals dafür Verständnis gezeigt. Sie waren eben erzkatholische Leute, die das Wort »Spaß« überhaupt nicht kannten.

»A gottloses Zeigs is des«, pflegte Agnes zu sagen. Selbst während der Dult im Dorf hatten sie ihr nicht erlaubt, ein wenig zu tanzen, obwohl dort nur traditionelle Volksmusik gespielt wurde. Doch von nun an war ihr das alles einerlei. Sie lebte jetzt in der Großstadt, wo ihr niemand mehr in solche Dinge reinzureden hatte!

Mitten im Tumult auf der Tanzfläche entdeckte sie nun auch Frieda mit ihrem Napoleon. Die beiden wirkten ganz schön verliebt. Der Oberarzt legte sich kräftig ins Zeug, um bei Frieda Eindruck zu schinden. Jetzt küsste er sie sogar in aller Öffentlichkeit! *Hoffentlich weiß die Frieda, auf was sie sich da einlässt,* schoss es Henny abermals durch den Kopf. Ihre ansonsten so ernste Freundin war ganz schön in Doktor Pollinger verschossen. Allerdings kannte sie auch seinen Ruf als Frauenheld. Die Kapelle schwenkte nun auf einen langsamen Foxtrott um, und ihre Aufmerksamkeit wurde wieder auf ihren Tanzpartner gelenkt. Adi nutzte die Gelegenheit schamlos aus, um wieder Körperkontakt mit ihr aufzunehmen. Seine derbe Pranke umschloss plötzlich ihre Hüfte und zog sie nah zu sich heran.

»Da hob i ja meinen Wildfang wieder«, schmatzte er ihr einen Kuss ins Ohr. Sie roch seinen Schweiß und den Alkohol und versuchte angewidert auf Abstand zu gehen. Doch Adi dachte gar nicht daran, sie wieder loszulassen. »I hob glei auf den ersten Blick g'sehn, was du für a fesches Madl bist.« Er drückte ihr noch einen Kuss in die Halsbeuge. Gleichzeitig spürte sie seine Hand auf ihrer Pobacke.

»Nimm sofort deine Finger von mir weg!« Empört trommelte sie mit ihren Fäusten auf seiner Brust herum und versuchte sich gleichzeitig aus seiner Umklammerung zu befreien. Doch Adi lachte nur und zog sie noch enger zu sich heran.

»I woaß doch, was so eine wie du mag«, lachte er derb und versuchte sie nun auf den Mund zu küssen.

Henny drehte angewidert den Kopf beiseite und sah sich hilfesuchend um. Keiner der Umstehenden nahm von ihnen Notiz. Sie spürte einen Anflug von Panik.

»Du sollst mich sofort loslassen.« Sie bekam kaum noch Luft unter seiner engen Umarmung.

»Erst, wenn du deinem Winnetou an Kuss gibst!«

Der Blick aus Adis glasigen Augen ruhte lüstern zwischen ihren Brüsten. Henny wusste sich nicht anders zu helfen, als mit dem spitzen Absatz ihres Schuhs auf seinen Fuß zu treten. Doch die Rothaut kannte keinen Schmerz. Der Kerl trug derbe Stiefel mit dicken Lederkappen. Ihre hilflosen Versuche, sich zu wehren, stachelten ihn nur noch mehr an. Dieses Mal spürte sie seine fleischigen Lippen in ihrem Ausschnitt.

»Hilfe!« Hennys Stimme ging im allgemeinen Trubel jämmerlich unter.

»Schrei nur! Des geilt mi direkt auf!«, lachte Adi und schob seine Hand in ihren Ausschnitt.

Am liebsten hätte sie sich vor Scham in Luft aufgelöst. Wie hatte sie es nur so weit kommen lassen können. Frieda hatte sie ja gleich gewarnt! Zu allem Überfluss erkannte sie ganz in ihrer Nähe noch einen weiteren Arzt aus ihrem Klinikum. Ausgerechnet den Chefarzt Doktor Strößner. Er war noch dazu ein enger Vertrauter der Generaloberin. Wenn der sie erst entdeckte, dann würde ihr erst richtig Ärger blühen.

Adi wurde indes immer zudringlicher. Mit der einen Hand hielt er Hennys Handgelenk fest umschlossen, die andere verkrallte sich jetzt ganz offen in ihre Pobacke. Für jeden sichtbar. Henny spürte, wie ihr die Tränen in die Augen schossen. Jeder hier musste sie doch nun für ein leichtes Mädchen halten.

»Finger weg! Es reicht!«

Wie aus dem Nichts tauchte plötzlich der Scheich neben ihnen auf. Seine tiefe Stimme besaß erstaunlich viel Autorität, obwohl er Hennys aufdringlichem Verehrer nur bis zur Schulter reichte. Dementsprechend war der nur wenig von ihm beeindruckt.

»Des is mei Madl, nur damit du's woast«, schnauzte er ihn verächtlich an und versuchte Henny aus seiner Reichweite zu ziehen. Doch der Scheich ließ sich davon nicht beirren. Er hielt Adi an der Schulter fest.

»Sehen Sie das auch so?« Die erstaunlich sanft schimmernden Augen, die ihr vorhin schon aufgefallen waren, sahen sie fragend an, ohne dabei jedoch seinen Widersacher aus den Augen zu lassen.

»Nein, ich … ich … will das nicht. Ich habe mit diesem Mann nichts zu tun«, presste sie schließlich heraus.

»Also lass sie gefälligst los«, forderte der Scheich. »Du siehst doch, dass sie nichts von dir will!«

»Schleich di!«, raunzte Adi und stieß den Mann grob vor die Brust.

Hennys wagemutiger Retter geriet kurz aus dem Gleichgewicht, fing sich jedoch geschickt und packte den Indianer mit einer schnellen Bewegung am Kragen, sodass der gezwungen war, sie loszulassen.

Henny nutzte die Gelegenheit, um sich in Richtung Ausgang dünnezumachen. Bis der widerliche Kerl bemerkt hatte, dass sie ihm entkommen war, war sie bereits bei den Waschräumen. Sie flüchtete in die Toilettenräume und atmete dort erst einmal tief durch.

Nein. So hatte sie sich den Abend ganz gewiss nicht vorgestellt.

Keuchend starrte sie ihr Spiegelbild an. Die graublauen Augen schimmerten unter dem breiten Kohlestrich fast schwarz, und die knallrot geschminkten Lippen standen in krassem Gegensatz zu dem, wie sie sich fühlte. In den Augenwinkeln war die Schminke verlaufen. Sie sah einfach fürchterlich aus.

Nachdem sie sich etwas beruhigt hatte, nahm sie ein Taschentuch, befeuchtete es mit etwas Wasser und beseitigte die verwischten Ränder. Erst nachdem sie auch ihre widerspenstigen Haare geordnet hatte, fühlte sie sich besser. Zum Glück war nichts Schlimmes passiert. Sie war einfach nur leichtsinnig gewesen und musste sich besser vorsehen. Bei so vielen Menschen würde es nicht allzu schwer sein, eine neue Begegnung mit dem zudringlichen Indianer zu vermeiden. Dummerweise war da aber auch noch Doktor Strößner. Vielleicht war es doch besser, sich gleich zu verdrücken. Da kam ihr Frieda in den Sinn. Sie musste sie unbedingt vor ihm warnen. Nicht auszudenken, wenn der Chefarzt sie und Poldi miteinander erwischte. Ihr blieb gar nichts anderes übrig, als sich nochmals auf den Weg in die Höhle des Löwen zu machen, obwohl ihr die Lust auf Vergnügungen mittlerweile gründlich vergangen war.

Zum Glück fand sie Frieda rasch an einer abgelegenen Bar in einem Nebenraum. Sie war allein und offensichtlich ebenso erleichtert, sie zu sehen, wie umgekehrt.

»Du, der Poldi und ich, wir wollen noch zu einem anderen Faschingsball gehen«, begrüßte sie sie aufgeregt. »Ein privates Fest in der Maxvorstadt. Du musst uns unbedingt begleiten. Ohne dich kann ich da nicht hingehen.«

Henny war nicht begeistert. »Ich weiß nicht …«

»Jetzt stell dich nicht so an!« Nun war es Frieda, die sie bedrängte. »Poldi und seine Freunde sind wirklich charmant.

Sie werden dir gefallen. Außerdem ist der Strößner hier. Wir können hier nicht bleiben!«

»Dann hast du ihn also auch entdeckt?«

Frieda verzog das Gesicht, als hätte sie in eine saure Zitrone gebissen. »Er streunt hier rum wie ein Aufpasser. Poldi ist schon mal vorausgegangen. Der Strößner ist schließlich sein Chef. Wenn der uns hier zusammen sieht …« Sie machte eine wedelnde Handbewegung. »Deshalb wollen wir ja auch verschwinden. Kommst du nun mit?« Sie sah Henny erwartungsvoll an.

»Meinetwegen!« Henny gab sich geschlagen.

Sie holten ihre Mäntel an der Garderobe ab und gingen hinaus auf die Straße, wo Poldi und einige seiner Freunde bereits warteten. Zu ihrem großen Erstaunen war auch der Scheich unter ihnen, was ihr plötzlich sehr peinlich war. Ausgerechnet das noch. Am liebsten hätte sie sich sofort aus dem Staub gemacht. Doch es war bereits zu spät. Er hatte sie bereits gesehen und steuerte direkt auf sie zu, während Frieda zu ihrem Arzt ging.

»So sieht man sich wieder«, begrüßte er sie mit einem schelmischen Grinsen. Seine sonore Stimme verlieh ihm eine besondere Präsenz. Sie nickte ihm verschämt zu, während sie ihn genauer musterte. Ihr Retter in der Not war zwar nicht klein, aber doch von durchschnittlicher Größe, dazu schlank, ja beinahe grazil. Am meisten faszinierten Henny jedoch seine schlanken, feingliedrigen Hände, die zu einem Uhrmacher gepasst hätten. Das Gesicht war eher durchschnittlich. Vielleicht etwas blass, doch klar konturiert mit einer schmalen, geraden Nase und einem kräftigen Kinn. Ein durchaus gut aussehender Mann, das musste sie sich trotz der peinlichen Situation eingestehen.

»Geht es Ihnen gut?«

Seine Frage holte sie in die Wirklichkeit zurück. Erst jetzt fiel ihr auf, dass sie ihn die ganze Zeit wie blöd angestarrt haben musste. Sie fühlte, wie sie rot wurde.

»Es ist nur die kalte Luft«, stammelte sie, »die einen ganz starr werden lässt!« Sie tat, als fröstele sie, obwohl im Augenblick eher das Gegenteil der Fall war. Was war sie nur für eine jämmerliche Lügnerin! Am liebsten wäre sie im Boden versunken.

»Dann lassen Sie uns rasch ins Warme gehen!« Der Scheich überging ihre Verlegenheit, indem er ihr seinen Arm reichte und auf eines der wartenden Taxis zeigte, vor dem auch Frieda stand. »Ich nehme mal an, wir haben dasselbe Ziel.«

»Wie ich sehe, hast du bereits eine neue Bekanntschaft gemacht.« Frieda hob feixend ihre Augenbrauen, was Henny mit einem strafenden Blick quittierte.

Hennys Scheich deutete eine übertriebene Verbeugung in ihre Richtung an. »Mein Name ist übrigens Emil Thorbecke, wenn ich nicht gerade als Ölscheich junge Damen vor ihrem Verderben rette!«

Henny musste erneut gegen ihre Verlegenheit ankämpfen, während sie sich gleichzeitig ein wenig über seine Indiskretion ärgerte. Frieda und sie stellten sich ebenfalls vor, bevor sie gemeinsam mit Poldi in das Taxi stiegen, das sie von Schwabing in die Maxvorstadt kutschierte. Im Grunde genommen hätten sie den Weg zu Fuß gehen können, doch Friedas Galan bestand darauf, sich chauffieren zu lassen.

»Besser schlecht fahren als gut laufen«, gab der Oberarzt sich gut gelaunt und zwickte Frieda ohne Scham in die Backe, was sie zu einem entzückten Quietschen veranlasste. Die verliebten Blicke, die sich die beiden zuwarfen, waren Henny peinlich. Überhaupt fühlte sie sich deplatziert in dem engen Automobil. Bestimmt dachte dieser Emil nun, dass sie nur darauf aus war, ebenfalls mit ihm anzubandeln.

»Woher kennen Sie eigentlich Doktor Pollinger?«, fragte sie, um nüchterne Unterhaltung bemüht.

»Mann, bist du förmlich«, beschwerte sich Frieda, die heute so ausgelassen war, wie Henny sie noch selten erlebt hatte. »Heute Abend wird sich geduzt. Wir sind doch schließlich auf dem Fasching.«

»Genau«, stimmte Poldi zu. »Ich bin der Poldi! Und das ist der Emil. Wir sind zusammen in Regensburg in die Schule gegangen und haben uns rein zufällig in München wiedergetroffen.« Er zwinkerte Henny aufmunternd zu. »Ist ein feiner Kerl, auch wenn er manchmal recht ernst sein kann!«

»Hat jemand etwas gegen einen Schluck Sekt einzuwenden?« Emil zauberte plötzlich aus den Tiefen seines Umhangs eine Flasche Schaumwein hervor. Geschickt ließ er den Korken knallen und bot als Erstes Henny die Flasche an.

»Die Damen zuerst. Gläser gibt's heute leider nicht!« Seine Augen blitzten vergnügt, sodass ihr nichts anderes übrig blieb, als die Flasche zu nehmen und zu trinken. Der Alkohol löste ihre Verkrampfung, und sie wurde wieder lockerer. Sie reichte die Flasche an Frieda weiter, die sie weitergab, bis sie am Ende der Runde leer getrunken war. Als sie schließlich eine Viertelstunde später vor einem mehrstöckigen Bürgerhaus in der Gabelsbergerstraße anhielten, fühlte sich Henny wieder so beschwingt wie zu Beginn des Abends. Ganz selbstverständlich ließ sie sich von Emil in das Haus führen, in dessen Beletage kräftig gefeiert wurde. Selbst das Treppenhaus war voller Luftschlangen und bunter Lampions. Aus der geöffneten Eingangstür drang die knarzende Musik eines Grammofons und das Gelächter und die Stimmung von sich prächtig amüsierenden Menschen.

»Die Wohnung gehört einem Freund von SS-Standartenführer Wüst«, erklärte Poldi, während sie die Treppe hinaufgingen. »Rudolf Teudt ist Gründungsmitglied für die Forschungsgemeinschaft Deutsches Ahnenerbe und ebenfalls Professor an der Philosophischen Fakultät – ein esoterischer Freigeist und Spinner, wenn ihr mich fragt. Aber er weiß, wie man feiert und …«, er schnippte vielsagend mit Zeigefinger und Daumen, »… er hat das nötige Kleingeld, um sich so etwas leisten zu können.«

»Ein Nazifest?« Frieda blieb stehen und sah Poldi entgeistert an. »Ich mag nicht bei solchen Menschen feiern! Schlimm genug, dass sie sich in alles einmischen.«

»Ach, stell dich nicht so an!« Poldi zog sie zu sich heran und küsste sie lange auf den Mund. »Du musst ja nicht gleich Parteimitglied werden, wenn du dich hier ein wenig amüsierst.«

Frieda ließ sich weichklopfen, obwohl sie, wie Henny wusste, einen tiefen Widerwillen gegen die Braunen hatte. Ihr Vater war überzeugter Sozialist, was auch auf Frieda abgefärbt hatte. Henny ihrerseits hingegen hatte ein viel unproblematischeres Verhältnis zu den neuen Machthabern. In dem Dorf, aus dem sie kam, waren mittlerweile fast alle Männer und auch viele Frauen Mitglieder der NSDAP geworden, ohne dass sich dadurch viel verändert hatte.

Bereits am Eingang wurden sie von indischen Tempeltänzerinnen empfangen, die ihnen Champagner in edlen Kristallgläsern anboten. Emil reichte ihr eines und stieß mit ihr an. Überhaupt wich er ihr nicht mehr von der Seite, was ihr in dem unübersichtlichen Getümmel überaus recht war.

Poldi war mit Frieda längst verschwunden, um den Gastgeber Rudolf Teudt, einen wohlbeleibten, als Maharadscha verkleideten Lebemann zu begrüßen.

Henny sah sich unterdessen staunend um. Die vornehme Wohnung war für die Faschingsfeier weitgehend leer geräumt worden. Nur an den Wänden befanden sich einige bequeme Sitzgelegenheiten. Durch ein großzügiges Foyer betrat man den Salon, der als Tanzfläche diente. Im angrenzenden Herrenzimmer war ein reichhaltiges Büfett mit unterschiedlichen Canapés, belegten Schnittchen, Königinnenpasteten und süßen Kuchenstückchen aufgebaut. Henny lief das Wasser im Mund zusammen.

»Du siehst aus, als hättest du Hunger!« Emil schien ihre Gedanken erraten zu haben und führte sie direkt zum Büfett. Sie nahm einen Teller und tat sich ordentlich auf. Henny machte sich mit großem Appetit über die Köstlichkeiten her. Sie hatte den ganzen Tag nicht viel gegessen. Auch ihr Glas war schon wieder leer. Emil beobachtete sie amüsiert. »Du scheinst wohl lange nichts mehr zu essen bekommen zu haben«, zog er sie auf. Er selbst hatte sich nur ein belegtes Leberwurstbrot mit Essiggurke aufgetan.

»Im Krankenhaus wird der Eintopf ständig nur mit Rüben und Wasser gestreckt«, antwortete sie mit vollem Mund. »Da darf ich mir solch eine Gelegenheit doch nicht entgehen lassen. Die Pasteten sind wirklich köstlich.«

Sie tat ein Stück auf ihre Gabel und bot Emil davon an. Bereitwillig kostete er davon, während sein Blick sich in ihren Augen versenkte. Henny spürte ein wohliges Kribbeln und gleichzeitig Verlegenheit. Sie griff nach einem neuen Glas Sekt und trank es viel zu hastig leer. Sie wusste, dass sie das besser nicht hätte tun sollen, aber nun war es schon zu spät.

Mit einem Mal fühlte sie sich wie befreit. Plötzlich scherte es sie nicht mehr, was alle von ihr dachten. Sie wollte sich nur noch amüsieren.

»Lass uns tanzen«, forderte sie Emil auf und zog ihn übermütig mit sich auf die Tanzfläche. Bei Teudt spielte zwar keine Kapelle, dafür hatte er ordentliche Tanzmusik, sogar amerikanischen Swing und Jazz.

Emil ließ sich nicht zweimal bitten. Galant führte er sie aufs Parkett und bewegte sich zu der Musik, als hätte er nie etwas anderes getan. Henny hatte noch nie einen Mann besser tanzen sehen. Zu Count Basies neuesten Rhythmen bogen sich seine Arme und Beine, als wären sie aus Gummi. Henny sah ihm eine Weile aufmerksam zu, dann ließ sie sich ebenfalls auf die Musik ein. Emil lächelte ihr auffordernd zu, was sie dazu ermutigte, immer neue Bewegungen auszuprobieren. Ihr war, als flöge sie über den Tanzboden, so leicht und beschwingt fühlte sie sich, als er sie herumwirbelte, als wäre sie sein Spielball. Hatte sie je etwas anderes getan, als mit diesem Mann zu tanzen? Sie beide harmonierten, ohne dass es einer Absprache bedurfte. Ein Rhythmus folgte auf den anderen, ohne dass sie die geringste Müdigkeit verspürt hätte. Von ihr aus hätte es ewig so weitergehen können. Die Zeit flog nur so dahin. Erst als sich die Tanzfläche deutlich zu leeren begann, legten sie eine Pause ein.

Henny sah zum ersten Mal seit Stunden auf die Uhr und erschrak. In weniger als zwei Stunden musste sie zum Frühdienst erscheinen.

»Ich muss sofort nach Hause!« teilte sie Emil mit, der ihr gerade noch einmal etwas zu trinken besorgt hatte. Sie leerte ihr Sektglas auf einen Zug und stellte es auf einen der Beistelltische. Dann eilte sie zur Garderobe. Wo war nur Frieda?

»Weißt du vielleicht, wo sie steckt?«, fragte sie Emil, der ihr gefolgt war.

»Sie ist schon vor einer ganzen Weile mit Poldi verschwunden.« Er half ihr in den Mantel. »Keine Sorge. Ich bringe dich selbstverständlich nach Hause.«

Als sie gemeinsam in die frische Nachtluft hinaustraten, bereute sie, dass sie das letzte Glas Sekt so schnell geleert hatte. Ihr war ganz schummerig, und sie geriet kurz ins Schwanken. Emil fing sie galant auf, und für einen Augenblick lag sie in seinen Armen. Sie roch sein rauchiges Rasierwasser, bevor sie wieder auf ihren eigenen Beinen stand. Fast bedauerte sie, dass der Moment so schnell vorübergegangen war, und musste plötzlich wie ein junger Backfisch über ihre eigenen frivolen Gedanken kichern. Was war bloß heute mit ihr los? Emil sah sie besorgt an.

»Soll ich uns vielleicht ein Taxi rufen?« Allein der Gedanke ließ sie nur noch alberner werden.

»Ich kann mir doch im Leben kein Taxi leisten«, prustete sie beschwipst. »Außerdem wird mir der kleine Spaziergang nur guttun, jetzt, da ich einen so edlen Ritter an meiner Seite habe.«

»Komisch, und ich habe mir eingebildet, mich heute als Scheich verkleidet zu haben«, bemerkte er trocken.

»Nein, nein, du bist in Wirklichkeit ein edler Ritter. Von deiner Sorte gibt es nicht besonders viele!« Sie hatte plötzlich einen Schluckauf und musste anhalten. Um sie herum drehte sich alles. Sie versuchte sich auf Emil zu konzentrieren und entdeckte plötzlich zwei von seiner Sorte. »Du hast ja einen Doppelgänger«, kicherte sie. »Wo hast du denn den so schnell hergezaubert?«

»Du hast einen Schwips«, stellte Emil fest. Sie fand, dass seine Stimme ein wenig vorwurfsvoll klang.

»Das kann dir doch egal sein.« Henny schob beleidigt die Unterlippe vor. »Ich habe mich auf jeden Fall heute Abend prächtig amüsiert.« Sie machte sich von seinem Arm los und konzentrierte sich auf ihren Weg. Eine ganze Weile gingen sie so schweigend nebeneinander her. Die frische, kalte Nachtluft half ihr, wieder einen klareren Kopf zu bekommen.

»Wohnst du schon lange in München?« Emils Frage hatte etwas Ernüchterndes nach dem wundervollen Abend. Wahrscheinlich versuchte er damit ihre peinliche Entgleisung von gerade eben zu überspielen. Henny fühlte sich plötzlich beschämt.

»Ich lebe seit zwei Jahren im Mutterhaus der Schwesternschaft des Roten Kreuzes, um dort eine Ausbildung zur Krankenschwester zu machen«, antwortete sie und versuchte, ihrer Stimme einen kühlen Klang zu verleihen. »Und du, was treibst du so, wenn du nicht als Scheich unterwegs bist?«

»Ich bin Hauptmann der Feuerschutzpolizei.«

»Ach, wie interessant!« Henny gab sich betont desinteressiert. Außerdem rückte sie noch ein Stück weiter von ihm ab. Emil sollte bloß nicht glauben, dass sie eine von denen war, die sich gleich dem Erstbesten an den Hals werfen.

»Wohnen deine Eltern weit von München entfernt?«

Himmel, was war denn das schon wieder für eine Frage? Jetzt hatten sie sich so herrlich amüsiert, und nun endete der Abend in einem unromantischen Kreuzverhör. Bitte, dachte sie trotzig, kann er gerne haben!

»Ich bin im oberbayerischen Peutenhausen bei meiner Tante und meinem Onkel aufgewachsen. Meine Eltern sind tot, und ich bin Vollwaise.«

»Das tut mir leid für dich.«

Sie nahm Emils Betroffenheit zufrieden zur Kenntnis. Das

hatte er nun von seinen dummen Fragen. Doch sie hatte sich getäuscht, wenn sie glaubte, dass ihn das zu einer weniger schweren Konversation gebracht hätte.

»Meine Eltern sind auch tot«, erklärte er mit unverminderter Ernsthaftigkeit. »Ich bin in einem Waisenhaus und Internat aufgewachsen.«

Henny verkniff sich einen Kommentar und bedauerte nun fast, dass sie Emil gestattet hatte, sie nach Hause zu begleiten. Die Stille, die nun zwischen ihnen stand, brachte eine unangenehme Spannung mit sich.

»Ich glaube, jetzt habe ich mit meinen ungeschickten Fragen die ganze schöne Stimmung vermasselt«, gab sich Emil plötzlich überraschend einsichtig. Sie sah sein schiefes Grinsen und begriff, dass es ihm tatsächlich leidtat. »Wollen wir noch einmal von vorne anfangen?«

Sein Dackelblick brachte sie schließlich zum Lachen. »Meinetwegen«, sagte sie. »Jeder Mensch hat schließlich eine zweite Chance verdient!«

Mit einem Streich hatte sich die Spannung zwischen ihnen wieder aufgelöst. Den Rest des Heimwegs verbrachten sie in ungezwungener Plauderei. Henny erzählte Emil von ihrem Arbeitsalltag in der Klinik, ihrer Freundschaft zu ihrer Zimmergenossin Frieda Krupp und machte sich über den Kasernenton lustig, der neuerdings auf der Station herrschte, seitdem die Nationalsozialisten auch auf die Schwesternschaft des Roten Kreuzes großen Einfluss ausübten.

Emil hörte ihr aufmerksam zu und warf ab und zu interessierte Fragen ein. Über sich erzählte er allerdings nur wenig. Sie erfuhr lediglich, dass er ein Studium an der Technischen Hochschule absolviert hatte und seit etwas mehr als zwei Jahren bei der Berufsfeuerwehr als Beamter eingestellt war. Viel zu schnell hatten sie ihr Ziel in der Nymphenburger Straße erreicht. Als Henny bemerkte, wie spät es war, hatte sie es plötzlich sehr eilig.

»Ich muss rasch hinein. In nicht einmal einer halben Stunde beginnt meine Schicht.« Sie dachte an die strenge Generaloberin und die misslaunige Oberschwester, die womöglich schon ihre Runden zogen. »Man darf uns nicht zusammen sehen! Danke für die Begleitung.«

Sie waren kurz vor dem schmiedeeisernen Eingangstor, als sie ihm kurzerhand ihre Hand zum Abschied hinstreckte. Emil ignorierte sie und zog sie unvermittelt zu sich heran, um sie kurz, aber leidenschaftlich auf den Mund zu küssen. Henny war so perplex, dass sie ihn erst empört ansah und ihm dann instinktiv eine scheuerte. Dann hastete sie in Richtung Eingang davon.

2. Kapitel

Ausfahrt mit Folgen

Tagebuch der Luise Winter

München, den 2. Dezember 1899

Nach Monaten der tiefsten Trauer habe ich mich dazu entschlossen, ein Tagebuch zu führen. Es mag vielleicht seltsam klingen, aber ich habe schon jetzt das Gefühl, auf diese Weise die Trauer um meine geliebte Mutter besser bewältigen zu können. Seit sie nicht mehr am Leben ist, habe ich das Gefühl, nirgendwo in der Welt mehr richtig verankert zu sein. Sie war meine Sonne und ich ein Trabant, der in festen Bahnen um sie gekreist ist. Jeden Tag und jede Stunde muss ich an sie denken. Sobald ich hinaus auf den Flur unserer Wohnung trete, bilde ich mir ein, ihre warme Stimme zu hören. Mal ist es ein glockenhelles Lachen, mal ein mahnender Ruf, wenn mein Leopold wieder über die Stränge geschlagen hat. Sogar ihren röchelnden Husten vermisse ich. Ich höre nicht auf zu fragen, weshalb Gott so grausam war, sie viel zu früh von uns zu nehmen. Was haben wir ihm getan, dass er uns so bestraft hat?

Seit ihrem Tod ist nichts mehr so, wie es war. Vater vergräbt sich in seine Arbeit in der Bank und tut so, als wäre nichts geschehen. Er geht über ihren Tod schweigend hinweg, als könne er seinen Schmerz damit geringer machen. Dabei spüre ich, dass er genauso leidet wie Leopold und ich. Ist es nicht seltsam, dass jeder von uns seine eigene Art hat, um sie zu trauern? Leopold sucht Vergessen in Vergnügungen, während ich Zerstreuung in meinen Büchern zu finden hoffe. Mein Verstand weiß, dass mein Leben auch ohne sie weitergehen wird, aber meine Seele kann es noch nicht begreifen.

Das ist auch kein Wunder. Schließlich habe ich nun niemanden mehr, der mich richtig versteht. Mutter war die Einzige, die immer begriffen hat, wie wichtig Bücher und Wissen für mich sind. Trotz Vaters Widerstände hat sie meine Wissbegier gefördert und mich oft in Schutz genommen. Literatur, Geschichte, fremde Sprachen waren und sind für mich ein Quell von Inspiration. Sie lassen mich von Dingen träumen, die das wahre Leben mir wohl für immer vorenthalten wird, nur weil ich als Frau geboren wurde. Doch ich will nicht klagen. Dank Mutters Unterstützung konnte ich immerhin die höhere Mädchenschule besuchen und dort einen Abschluss machen. Schade nur, dass mein Wunsch, Lehrerin zu werden, nun nicht mehr erfüllt werden wird. Auch hier habe ich sie als Unterstützerin verloren. Meine Träume zerplatzen gerade wie Seifenblasen, denn Papa tut alles als dumme Flausen ab. Allein das Wort Ausbildung lässt ihn ungehalten und zornig werden. Seine Sorge um mich besteht leider nur darin, möglichst rasch einen passenden Ehemann für mich zu finden. Eine Frau muss in seinen Augen dankbar zurückschauen, gläubig aufwärtsblicken und freudig an der Seite ihres Mannes vorwärtsschreiten … Was ist das für eine himmelschreiende Ungerechtigkeit!

Ich mache keinen Hehl daraus, dass ich Leopold beneide. Er hat es als Mann so viel einfacher als ich. Welch ein freies Leben darf er doch führen! Bei ihm lässt Vater die Zügel schleifen, obwohl er doch sehen müsste, dass er sich seit Mutters Tod nur noch bei der Burschenschaft oder in Kneipen herumtreibt. Ich möchte bezweifeln, dass er in den letzten Monaten auch nur eine Vorlesung an der juristischen Fakultät besucht hat.

Natürlich werde ich ihn nicht verraten. Dafür habe ich ihn viel zu lieb. Außerdem ist er der beste Bruder, den ich mir vorstellen kann. Ohne ihn wäre mein Leben noch sehr viel eintöniger. Er ist derjenige, der wieder etwas Farbe in mein Leben gebracht hat, obwohl ich bislang der festen Überzeugung gewesen war, dass tristes Grau mein künftiges Leben beherrschen wird. Doch alles der Reihe nach:

Vor ein paar Tagen trat Leopold in mein Zimmer und lud mich zu einer Kutschfahrt durch den Englischen Garten ein. Wie üblich schlug ich seine Einladung kurzerhand aus. Harmlose Zerstreuungen machen mir schon lange keine Freude mehr. Sie kommen mir falsch und eigennützig vor. Doch dieses eine Mal ließ Leopold nicht locker. Er bestand darauf, dass ich ihn begleite.

»Ich sehe nicht länger zu, wie du immer blasser und kränklicher wirst«, sagte er zu mir und setzte mir so lange zu, bis ich ihm endlich nachgab.

Missmutig und nicht allzu begeistert, stieg ich zu ihm in die Kutsche. Doch schon nach wenigen Minuten konnte ich nicht anders, als unsere kleine Ausfahrt zu genießen. Obwohl es bereits Dezember ist, hatten wir einen wunderbaren Nachmittag. In dicke Pelzdecken gehüllt, fuhren wir in dem von Leopold gemieteten Landauer von unserem Haus in der Bothmerstraße Richtung Osten in den winterlichen Park. Sobald ich die frische, klare Luft einatmete, sah ich ein, wie recht mein lieber Bruder mit seiner Idee gehabt hatte. Der Englische Garten bot sich uns in seiner ganzen Schönheit an. Eine dichte Schneedecke überzog Wiesen und Bäume. Überall funkelten Schneekristalle, und ich spürte eine Freude, wie ich sie schon lange nicht mehr empfunden habe.

Beim Monopteros wartete eine Überraschung auf mich. Der im griechischen Stil erbaute Säulentempel ist erst letztes Jahr renoviert worden und ein beliebter Treffpunkt für viele Lustwandelnde. Hier waren es Leopolds Freunde, die auf uns warteten. Mein hinterhältiger Bruder hatte mir natürlich nichts von diesem fröhlichen Treffen verraten. Ich wäre sonst bestimmt nicht mit von der Partie gewesen. Doch nun blieb mir gar nichts anderes übrig, als mich damit zu arrangieren. Alle hatten eine Kleinigkeit für ein Picknick mitgebracht. Es gab reichlich Glühwein, Tee und Gebäck, die wir auf den Stufen des Rundbaus, auf Pelzdecken gebettet, verzehrten. Im Nu war ein kleines Volksfest im Gange. Einer von Leopolds Freunden hatte ein Akkordeon mitgebracht, zu dem einige Pärchen sogar einen Walzer wagten. Mit einem heißen Becher Tee in den Händen betrachtete ich das bunte Treiben mit etwas Abstand. Mir war nicht danach, mich weiter unter die Leute zu mischen. In Gedanken versunken, bemerkte ich gar nicht, wie Leopold plötzlich in Begleitung eines jungen Herrn auftauchte.

»Das ist Tassilo von Waldeck«, stellte er ihn vor. »Er ist Student an der philosophischen Fakultät und kann es gar nicht abwarten, deine Bekanntschaft zu machen. Ich habe ihm berichtet, wie klug und belesen du bist. Allerdings muss ich dich auch vor ihm warnen, er ist ein Freigeist und versteht es, hübschen jungen Mädchen den Kopf zu verdrehen.« Er zwinkerte mir schelmisch zu und überließ mich seinem Freund.

Ehe ich michs versah, war ich mit dem fremden Studenten allein. Auf meine Verlegenheit anspielend, lüpfte er seinen Hut und verbeugte sich mit einem ungezwungenen Lächeln.

»Sie brauchen keine Angst vor mir zu haben, Fräulein Win-

ter«, versprach er galant. »Ich möchte mich einfach nur mit dem hübschesten Mädchen weit und breit unterhalten.«

Ich spürte, wie ich errötete, obwohl mir seine Worte doch reichlich übertrieben erschienen. Mit meinen achtzehn Jahren hatte ich schließlich noch nicht oft Gelegenheit, mir Komplimente anhören zu dürfen.

»Wollen wir einen kleinen Spaziergang machen?«, fragte er mit der allergrößten Selbstverständlichkeit. »Wir könnten zum Chinesischen Turm hinüberlaufen. Was halten Sie davon?«

Seine natürliche Offenheit machte Eindruck auf mich. Im Gegensatz zu den wenigen anderen jungen Männern, deren Bekanntschaft ich bisher gemacht habe, war er erfreulich unkompliziert. So befanden wir uns im Handumdrehen auf dem Weg zum Chinesischen Turm. Der Schnee knirschte unter unseren Füßen, während wir munter plaudernd den geschwungenen Wegen durch den zauberhaften Park folgten. In der folgenden halben Stunde lernte ich Tassilo von Waldeck als einen wunderbaren Unterhalter kennen. Er erzählte mir, dass er der mittlere Sohn eines Landadligen aus dem Bayrischen Wald sei.

»Das hat so manchen Vorteil«, bekannte er ohne jeden Groll. »Da mein älterer Bruder einmal sämtliche Ländereien übernehmen wird, kann ich mit meinem Leben tun und lassen, was mir gefällt!« Ich fragte ihn, welche berufliche Laufbahn er denn einschlagen wolle, und bekam eine etwas merkwürdige Antwort. »Ich schätze die Philosophie des Lebens«, verkündete er mit voller Inbrunst. »Und die Schönheit des Augenblicks! Und genau das soll mich mein Leben lang leiten.« Dabei breitete er theatralisch seine Arme aus, als wolle er die ganze Welt umarmen.

Ich musste unwillkürlich lachen, woraufhin Tassilo eine übertriebene Verbeugung vor mir machte.

»Sehen Sie, nun habe ich Sie doch zum Lachen gebracht!«

Er reichte mir seinen Arm, und wir spazierten weiter. Was soll ich sagen, an diesem Nachmittag habe ich zum ersten Mal wieder so etwas wie Zuversicht empfunden. Das lustige, temperamentvolle Wesen dieses Mannes mit den unverwechselbaren schwarzen Locken und dem dichten Schnurrbart hat mich überaus beeindruckt. Für Menschen wie Tassilo von Waldeck scheint es auf der Welt keine Probleme zu geben. Er besitzt die unbegreifliche Fähigkeit, selbst in schlimmen Dingen noch das Gute zu sehen. Dabei ist er überhaupt nicht eitel und von solch einer Unbeschwertheit, dass er mich immer wieder zum Lachen brachte. Wir haben so den ganzen Nachmittag miteinander verbracht.

Am Ziel angekommen, versuchte er, mich mit seinem Wissen zu beeindrucken.

»Ist Ihnen bekannt, dass der Chinesische Turm der Großen Pagode im königlichen Schlossgarten Kew Gardens in London nachempfunden wurde?«, fragte er und staunte, als ich mit einer Gegenfrage konterte.

»Und wussten Sie, dass diese Pagode in London wiederum die Majolikapagode in den Gärten des chinesischen Kaisers in Peking als Vorbild hat?«

»Touché!« Er lachte und machte mir ein Kompliment. »Sie sind mit Sicherheit die einzige Frau in München, die mit solch einem außergewöhnlichen Wissen aufwarten kann!« Ich fühlte mich überaus geschmeichelt, denn seit Mutters Tod weiß niemand mehr meine Belesenheit zu schätzen. Als Tassilo sich am Ende dieses wundervollen Nachmittags mit einem Handkuss von mir verabschiedete, klopfte mein Herz voll Übermut.

»Wir werden uns wiedersehen«, versprach er mir. Seither warte ich darauf, dass er sich wieder bei mir meldet …

9. Dezember 1899

Warum lässt Tassilo mich so lange im Ungewissen? Ich warte nun schon eine volle Woche, ohne dass er sich bei mir gemeldet hat. Jeden Morgen wache ich mit der Hoffnung auf, eine Nachricht von ihm zu erhalten. Diesen kleinen Funken nähre ich den ganzen Tag, nur um am Abend feststellen zu müssen, dass alles vergebens war. Womöglich beruht meine Schwärmerei nur auf Einbildung. Ich sollte mir den jungen Mann rasch aus dem Kopf schlagen. Auf der anderen Seite geht er mir aber nicht mehr aus dem Sinn. Ob ich wohl in ihn verliebt bin? Fühlt sich Liebe etwa so an? Ich weiß es nicht! Ich weiß nur, dass plötzlich alles sehr aufregend ist!

Es ist weit nach Mitternacht, und an Schlaf mag ich nicht denken. In nur wenigen Stunden ist so vieles passiert. Endlich, endlich, endlich! Mein Warten wurde nun doch belohnt! Heute Morgen überraschte uns Leopold mit seiner Anwesenheit beim Sonntagsfrühstück. Seit er in seiner Studentenbude im Haus der Burschenschaft logiert, lässt er sich nur selten hier blicken. Als Vater sich wie üblich in seine Zeitung vertiefte, steckte er mir heimlich eine Nachricht zu. Mein Herz klopfte bis zum Hals, als ich sah, dass sie von Tassilo war. Am liebsten hätte ich den Umschlag sofort geöffnet. Als Vater endlich das Frühstück für beendet erklärte, hatte ich es besonders eilig. Dummerweise hielt er mich auch noch auf.

»Luise, ich habe mit dir zu reden«, teilte er mir mit und bedeutete mir, mich wieder zu setzen.

Ungeduldig kam ich seiner Forderung nach. Sein sonst so ernstes Gesicht zeigte eine ungewöhnliche Milde. Gleichzeitig bedachte er mich mit einem nachdenklichen Blick, der mich sofort aufmerken ließ.

»Nun, du bist ein hübsches junges Fräulein geworden.« Er räusperte sich, wobei er verlegen über seinen buschigen grauen Backenbart strich. Das machte mich nur noch mehr stutzig. Es ist so gar nicht Vaters Art, unvermittelt Komplimente zu machen. »Deine Mutter war immer sehr stolz auf dich«, fuhr er fort. »Du warst ihr Augenstern.« Betroffen registrierte ich ein Glitzern in seinen Augen. »Sie wollte immer, dass du glücklich wirst. Und das möchte ich auch.«

»Mir geht es gut«, beeilte ich mich rasch zu sagen. Seine sentimentale Anwandlung war mir fremd, und ich wollte nicht, dass er so traurig war. Vater bemühte sich um Fassung.

»Nun«, fuhr er schließlich mit festerer Stimme fort, »deshalb möchte ich vollenden, was Henriette nicht mehr vergönnt wurde. Ich möchte deine Zukunft in sicheren Händen wissen. Aus diesem Grund wünsche ich, dass du mich morgen Abend in das Haus von Direktor Stieglmaier begleitest. Er gibt eine kleine Gesellschaft, zu der einige interessante Herrschaften geladen sind.«

Ich muss ihn reichlich dämlich angestarrt haben, denn er schob eilig eine Erklärung nach. »Es ist mein Wunsch, dass du dich wieder unter Leute mischst. Mutter würde es sicherlich gutheißen – auch in Anbetracht der Tatsache, dass es an der Zeit ist, dir einen geeigneten Ehemann zu suchen.«

Nun war die Katze aus dem Sack.

»Wie kannst du daran nur denken!«, entglitt es mir empört, denn ich empfand keinerlei Wunsch nach einer langweiligen Gesellschaft, auf der ich heiratswillige junge Männer abwehren musste. »Mutter ist noch nicht einmal ein Jahr unter der Erde!«

Mein Argument verfehlte nicht seine Wirkung. Vater reagierte prompt verlegen und begann beschwichtigend meine Hand zu tätscheln.

»Das ist mir jeden Augenblick bewusst«, seufzte er bekümmert. »Wir werden auch keinesfalls etwas übereilen. Aber Gelegenheiten für aussichtsreiche Bekanntschaften sind rar. Und gerade jetzt will es der Zufall, dass sich so etwas ergibt. Ignaz ist übrigens aus Dortmund zurück. Er arbeitet jetzt im Kontor seines Vaters. Du weißt, wie sehr er dich immer verehrt hat! Er ist übrigens ein strammer junger Bursche geworden.«

Ich verzog mein Gesicht, als hätte ich auf eine saure Gurke gebissen. Ignaz Stieglmaier war so ziemlich der Letzte, den ich zu sehen wünschte. Ich hatte diesen weinerlichen Schlappschwanz noch nie leiden können.

»Glaube mir, wir werden alles gut bedenken«, fuhr Vater unnachgiebig fort. »Ich wünsche allerdings, dass du mich morgen Abend auf die Gesellschaft begleitest. Ein wenig Abwechslung wird dir guttun.« Als er mein missmutiges Gesicht sah, fügte er noch etwas hinzu, was mich aufmuntern sollte. »Ich habe gehört, dass Stieglmaier einen schottischen Missionar aus dem Herzen Afrikas eingeladen hat. Das wird für dich eine gute Gelegenheit sein, deine Englischkenntnisse ein wenig aufzufrischen.«

Er sah mich erwartungsvoll an. Dachte er tatsächlich, dass ich nun in Jubelrufe ausbrechen würde? Ich hatte weder Lust, einen schottischen Missionar kennenzulernen, noch gar ein Verlangen, Ignaz zu begegnen. Ich habe ja nichts gegen Veit Stieglmaier. Er ist ein grundgütiger Mensch und mein geschätzter Patenonkel. Außerdem ist er Vaters bester Freund. Seinem Einfluss als Besitzer einer bedeutenden Druckerei ist es zu verdanken, dass mein Vater zum Kommerzienrat ernannt wurde. Unerträglich bleiben jedoch seine ständig herummäkelnde Frau Trude und ihr eingebildeter Sohn. Allein die Vorstellung, mit ihnen einen ganzen Abend verbringen zu müssen, verursachte mir beinahe Übelheit.

»Ich weiß nicht, ob ich solch einem Ereignis nach Mamas Tod

schon gewachsen bin«, versuchte ich mich herauszureden. »Außerdem kommt das alles viel zu plötzlich. Ich habe doch nicht einmal ein passendes Kleid. Mein gewöhnliches Trauerkleid wird wohl kaum für solch einen Anlass taugen.«

Vater ließ meinen Einwand nicht gelten. »So etwas lässt sich regeln«, meinte er bestimmt. »Resl wird dir bei der Wahl der richtigen Garderobe schon behilflich sein. Ich habe sie gebeten, in Mutters Kleiderschrank nach etwas Passendem zu sehen. Sie war in deinem Alter auch sehr schlank.« Er räusperte sich erneut, bevor er mich nochmals etwas strenger ansah. »Du wirst dich meinen Wünschen doch nicht widersetzen?«

Was blieb mir da anderes übrig, als mich zu fügen? Aus Freude über mein Einlenken tat Papa etwas, was er sonst äußerst selten tat. Er nahm mich kurz in den Arm, was mich wiederum rührte. Ich werde den Abend bei Stieglmaiers also tapfer ertragen müssen!

Als ich endlich in meinem Zimmer war, konnte ich es kaum erwarten, Tassilos Brieflein aus meiner Rocktasche zu ziehen. »Für Luise Winter« stand in großzügig geschwungenen Lettern darauf. Mit klammen Fingern öffnete ich den Umschlag und zog ein kleines Brieflein aus Büttenpapier hervor. Der Briefkopf war in Gold geprägt und trug seinen Namen und seine Adresse. Darunter stand eine kurze, rasch hingeschriebene Botschaft.

Werte Luise,
unsere Begegnung im Englischen Garten ist mir nach wie vor unvergesslich! Ich muss Sie dringend wiedersehen. Wollen Sie mir die Ehre erweisen und mich heute Abend ins Kaffeehaus Kronprinz Rudolf begleiten? Die hochgeachtete Schriftstellerin Helene Böhlau wird dort aus ihrem neuen Werk Halbtier *vorlesen. Im Anschluss wird sich die Möglichkeit bieten, sich*

ein Buch von ihr signieren zu lassen. Erfüllen Sie mir den Wunsch nach Ihrer Begleitung! Ich erwarte Sie!
Hochachtungsvoll
Tassilo von Waldeck

Ein Treffen mit Tassilo – und das noch am selben Abend! Mein Herz klopfte vor Aufregung. Ich fühlte mich plötzlich wunderbar lebendig. Ohne den Hauch eines Zögerns schrieb ich ihm ein Antwortbillet. Jetzt musste ich nur noch dafür sorgen, dass er es bekam. Ich begab mich umgehend auf die Suche nach Leopold und fand ihn in der Bibliothek.

»Kannst du das so schnell wie möglich Tassilo von Waldeck überreichen?«, fragte ich ihn aufgeregt. Statt einer Antwort grinste er bis über beide Ohren. Er nahm das Billet und steckte es in seine Westentasche.

»Willkommen zurück im Leben, liebe Schwester«, beglückwünschte er mich herzlich. »Dann hat der gute Tassilo es also geschafft, dich aus deinem Schneckenhaus zu locken.«

»Uns verbindet lediglich unser gemeinsames Interesse für Kultur«, antwortete ich vielleicht etwas zu begeistert.

Leo stutzte und geriet plötzlich ins Grübeln. »Ich hoffe, das entspricht der Wahrheit, Schwesterherz. Waldeck sollte für dich nicht mehr als ein Zeitvertreib sein. Nimm dich vor ihm in Acht!«

»Für wen hältst du mich?«, fragte ich entrüstet. »Freu dich lieber, dass ich wieder etwas Spaß am Leben empfinde.«

Mein Bruder zuckte ergeben mit den Schultern. »Nun gut. Ich werde auf jeden Fall auf dich achtgeben. Hast du dir schon eine gute Ausrede für heute Abend überlegt? Vater wird wissen wollen, wohin du gehst!«

Ich erbleichte. Daran hatte ich tatsächlich noch keinen Gedanken verschwendet.

Leopold zwinkerte vielsagend. »Keine Angst, ich werde Vater erzählen, dass wir heute Abend gemeinsam auf ein Kirchenkonzert gehen.«

Nun war ich doch sprachlos. Leopold und Tassilo hatten sich da hinter meinem Rücken ein richtiges Komplott ausgedacht. Aber irgendeinen Haken musste die Sache doch haben.

»Und was möchtest du für deine Großherzigkeit von mir?«, fragte ich misstrauisch. Leopold ist zwar mein Bruder, allerdings verlangt er für jede Gefälligkeit meist auch eine Gegenleistung. Ich fürchtete, dass er mich bei dieser Gelegenheit wieder einmal anpumpen würde. Doch dieses eine Mal hatte ich mich in ihm getäuscht. Er schien sogar richtig beleidigt.

»Für wen hältst du mich? Du bist meine einzige Schwester. Es ist meine Ehre und Pflicht, auf dich achtzugeben. Ich werde dich zum Kronprinz *begleiten und auch wieder nach Hause bringen.«*

Also war alles abgemacht.

Den ganzen Tag verbrachte ich folglich mit dem Durchsehen meiner Garderobe. Wegen des Trauerjahres kamen natürlich nur dunkle, hochgeschlossene Kleider oder Kostüme in Frage. Schweren Herzens wählte ich das langweilige, dunkelblaue Kostüm mit hüftlanger, leicht ausgestellter Jacke aus, dazu jedoch eine cremefarbene Knopfleistenbluse, von der meine Mutter immer behauptet hat, dass sie meine rotblonden Haare gut zur Geltung bringt. Natürlich wäre eine graue Bluse angemessener gewesen, doch darüber setzte ich mich in einem Anflug von Übermut einfach hinweg. Ich überlegte sogar kurz, ob ich etwas Schmuck anlegen sollte, was ich allerdings dann doch nicht wagte. Dafür ließ ich mir von Resl die Haare zu einer modischen Hochsteckfrisur richten. Ach, was war ich aufgeregt!

Leopold und ich benutzten die neue elektrifizierte Trambahn, die uns rasch vom Rotkreuzplatz zum Bahnhof und von dort mit einer anderen Linie in Richtung Schwabing brachte. Ich konnte es kaum erwarten, endlich dort anzukommen. Allein die Vorstellung, Helene Böhlau persönlich kennenzulernen, machte mich ganz nervös, von meiner Begleitung einmal abgesehen. Tassilo erwartete uns bereits vor dem Eingang zum Kaffeehaus Kronprinz Rudolf. *Er trug einen dunklen, taillierten Anzug sowie eine Melone, unter der sein lockiges, etwas zu langes Haar verwegen hervorquoll.*

»Sie sehen wundervoll aus«, begrüßte er mich mit einem formvollendeten Handkuss. »Frau Böhlau wird es heute Abend nicht einfach haben, wenn sie die Aufmerksamkeit ihres Publikums für sich alleine haben will.« Auch wenn das Kompliment wieder einmal recht blumig war, schmeichelte es mir sehr.

Leopold stieß ihn in die Seite und murmelte ungehalten so etwas wie: »Nun trag mal nicht so dick auf, mein Lieber«. Tassilo bot an, mich anschließend nach Hause zu bringen. Ich war gerade dabei einzuwilligen, als mein Bruder mich harsch unterbrach. »Das kommt überhaupt nicht in Frage«, beschied er uns, worauf Tassilo gar nichts anderes übrig blieb, als ihm zuzustimmen.

»Was hat er nur?«, beschwerte ich mich bei meinem Begleiter, nachdem mein Bruder sich verabschiedet hatte. »So viel Fürsorge bin ich von Leopold nicht gewohnt.«

»Er fürchtet um Ihren guten Ruf«, lachte Tassilo ohne jeden Groll. »Aber keine Angst! Ich werde nichts tun, was Sie nicht auch wollen.« Damit reichte er mir seinen Arm und führte mich in das eichenholzvertäfelte Kaffeehaus.

Im Gastraum war es brechend voll. Jeder Tisch und jeder Stuhl waren besetzt. Das Publikum war überraschend gemischt. Außer Studenten und Bohemiens hatten sich auch gesetzte Bürger dort eingefunden. Sie saßen an den zahlreichen kleinen Tischen und tranken Bier oder Wein. Die Luft war von dichtem Zigaretten-

und Zigarrenrauch geschwängert. Durch den Nebel entdeckte ich eine kleine Bühne, die man inmitten des Raumes errichtet hatte. Darauf standen ein einzelner Tisch und ein leerer Stuhl. Direkt davor hatte Tassilo bereits für uns einen Platz ergattert.

»Ich kenne die Bedienung gut«, flüsterte er mir augenzwinkernd zu, während er mir den Stuhl zurechtrückte. »Dann habe ich also mit Helene Böhlau Ihren Geschmack getroffen?«, erkundigte sich Tassilo interessiert. Beinahe beiläufig bestellte er für uns beide etwas zu trinken.

»Ich bin tatsächlich eine große Bewunderin dieser Frau«, bekannte ich. »Ich kenne natürlich ihre ›Ratsmädelgeschichten‹. Aber mindestens so aufregend wie ihren Schreibstil finde ich die Biografie von Frau al Raschid Bey.«

Tassilo rieb sich vergnügt die Hände. »Dann teilen Sie also auch das Vergnügen der Autorin an Frivolem?«

»Ich mag es, wenn eine Frau ihre Unabhängigkeit lebt«, gab ich etwas irritiert zurück.

Tassilos dunkle Augen vertieften sich in meine. Mit welcher Intensität sie mich ansahen! Mir wurde ganz schwindlig. Dann nahm er meine Hand und drückte einen langen, zarten Kuss darauf. Die Wärme seiner Lippen drang selbst durch meine Handschuhe. Zum Glück trat in diesem Augenblick Frau Böhlau auf die Bühne, und ich konnte meine Hand wieder an mich ziehen, ansonsten wäre ich wahrscheinlich vor Scham im Boden versunken, obwohl mir seine Annäherung durchaus gefiel.

Frau Böhlau ist eine bemerkenswerte Erscheinung. Selbstbewusst trat sie vor ihr Publikum und ließ den Blick über die Menge schweifen. Dem ein oder anderen nickte sie freundlich zu. Auch Tassilo bedachte sie mit einem Lächeln und nickte auch mir zu, als ob wir Freundinnen wären.

Nach ein paar einleitenden Worten des Veranstalters nahm

sie hinter ihrem Tischchen Platz und begann sofort aus ihrem Roman Halbtier *zu lesen. Ihre warme, etwas belegte Stimme schlug mich sofort in ihren Bann. Helene Böhlau schreibt nicht nur umwerfend. Sie versteht es auch, hinreißend zu lesen. Im klaren, unverblümten Stil, wie es den Naturalisten nun mal zu eigen ist, vermittelte sie ungewohnt radikale Einsichten. So etwas hatte ich noch nie zuvor gehört. Frauen, die sich gegen die Vorherrschaft des Mannes auflehnen. Welch mutiger Gedanke! Einer ihrer wiederkehrenden Kernsätze war, dass sie »Kind und Arbeit« für die moderne Frau forderte. Weg von Heim und Herd, hin zur Selbstbestimmung und Verantwortung. Ich kann gar nicht oft genug betonen, wie sehr sie mir dabei aus der Seele sprach. Es ist genau das, was ich mir für mein eigenes Leben wünsche. Warum sind wir Frauen Sklaven der gesellschaftlichen Konventionen? Frau al Raschid Bey, wie sich diese wunderbare Frau auch nennt, schildert die Auflehnung der Frauen in einer Radikalität und mit einem Potenzial an Gewalttätigkeit, die mir völlig unbekannt war. Die Handlung in dem Gesellschaftsroman* Halbtier *gipfelt tatsächlich darin, dass die Hauptfigur Isolde ihren früher von ihr so sehr verehrten Schwager Mengersen tötet, als er sich ihr in der Absicht nähert, sie zu vergewaltigen. Dabei wird er selbst zu dem Tier, für das er Frauen immer gehalten hat.*

»Wie einen Hund!«, ruft sie, als sie ihn erschießt! Damit macht sie deutlich, dass damit alle Männer gemeint sind, die sich gegen Frauen versündigen. Ich war so tief ergriffen, dass ich sogar Tassilos Anwesenheit beinahe vergaß! Tief erschüttert hörte ich zu, wie die Autorin Isoldes Selbstmord schilderte. Ich begriff, dass es der Heldin einzige Chance auf Selbstbestimmung war, den eigenen Tod zu wählen.

»So stand sie unerschütterlich, Herrin über Leben und Tod –

in der Wonne ihrer großen Kräfte schon entrückt – und wartete auf die Sonne.«

Mit brandendem Applaus endete die Lesung, und ich bemerkte erst, dass ich weinte, als Tassilo mir sein Taschentuch reichte.

»Wie ich sehe, hat Sie die Lesung nicht kaltgelassen«, meinte er mit dem ihm eigenen Humor. »Die meisten Damen, die ich kenne, wären jetzt einigermaßen empört. Frau Böhlau bringt immerhin unser ganzes Gesellschaftssystem durcheinander.«

»Sie ist einfach hinreißend!«, seufzte ich. »Keiner versteht es besser, so drastisch und naturalistisch zu erzählen wie sie.«

Tassilo beugte sich vertraulich zu mir herüber. »Wussten Sie, dass Frau Böhlau auch ihr Leben danach ausrichtet? Sie hat sich sogar mit ihrem Vater, einem angesehenen Weimarer Verlagsbuchhändler, überworfen, nur um ihren muselmanischen Mann Omar al Raschid Bey ehelichen zu können.«

Diese delikate Tatsache war mir wohl bekannt. Was ich allerdings nicht wusste, war, dass Frau Böhlaus Gatte ursprünglich ein deutscher Jude mit dem Namen Friedrich Arnd gewesen war, der, da er bereits verheiratet gewesen war, zum Islam konvertiert war und dabei den Namen Omar al Raschid Bey angenommen hatte. Dadurch war es ihm möglich geworden, eine weitere Frau zu heiraten.

»Omar ist ein begnadeter Architekt und Privatgelehrter, der seiner Frau jeglichen Freiraum lässt!« Tassilo lächelte selbstbewusst. »Dieser Gesinnung kann ich mich nur anschließen. Jede Beziehung sollte offen und frei sein, ohne den antiquierten Anspruch auf Absolutheit zu haben.« Er nahm meine Hand und spielte mit meinen Fingern. »Wie denken Sie darüber?«

Seine Worte verwirrten mich. »Sie meinen, ob ich es gut finde, wenn jeder tun und lassen kann, was er will?«

»Exakt.« Er ließ meine Hand wieder los und lehnte sich in seinem Stuhl zurück. »Wir steuern in wenigen Tagen auf ein neues

Jahrhundert zu. Ich finde, dass es endlich an der Zeit ist, die alten Konventionen über Bord zu werfen. Die Freiheit des Individuums, sei es Mann oder Frau, sollte sich in jedem Lebensbereich bemerkbar machen. Warum nicht auch in der Liebe?«

»Wollen Sie damit andeuten, dass jeder lieben darf, wen und wie viele er mag?«

»Das und noch viel mehr! Wissen Sie eigentlich, dass Sie unglaublich entzückend aussehen, wenn Sie so verwirrt sind?«

Tassilo hatte schon wieder das Thema gewechselt, ohne dass ich verstand, was er damit bezweckte. Er hatte allerdings den Nagel auf den Kopf getroffen. Ich war tatsächlich ziemlich durcheinander. Um meine Gedanken wieder zu ordnen, gab ich vor, mir ein Buch von Frau Böhlau signieren lassen zu wollen. Rasch reihte ich mich in die Schlange der Wartenden ein. Als ich schließlich mit meinem signierten Buch zurückkehrte, hatte Tassilo zwei weitere Gläser Wein für uns bestellt.

»Lassen Sie uns auf das Leben und die Liebe trinken«, prostete er mir fröhlich zu, wobei seine Hand lässig durch sein lockiges Haar strich.

Dann gingen wir zu belangloseren Dingen über. Tassilo konnte überaus amüsant von dem Studentenleben erzählen und brachte mich immer wieder zum Lachen. Auf unser voriges Gespräch kamen wir zum Glück nicht mehr zurück. Die Zeit verging wie im Flug. Alles, was er erzählte, war aufregend und neu für mich. Wir haben viel miteinander gelacht, und zum ersten Mal seit Mutters Tod fühlte ich mich richtig unbeschwert.

Kurz bevor Leopold wieder zu uns stieß, fragte er mich, ob ich ihn wiedersehen wolle. Wir verabredeten uns für den nächsten Sonntag zu einem Spaziergang. Ich weiß genau, dass ich die Tage und Stunden bis dahin wieder zählen werde.

Ach du meine Güte, ich glaube, ich bin verliebt!

3. Kapitel

Heimlichkeiten

Eine halbe Stunde vor Dienstantritt huschte Henny durch das schwere Eingangsportal des Mutterhauses. Aufgekratzt von den Erlebnissen der letzten Nacht, beeilte sie sich, über die ausgetretenen Treppen in die oberen Stockwerke zu kommen. Sie musste darauf achten, keinerlei Geräusche zu machen. Es gab genügend Frühaufsteherinnen, besonders unter den älteren Schwestern, die an Schlaflosigkeit litten. Sie kannte mittlerweile jeden Winkel des Hauses, denn es war nicht das erste Mal, dass sie die strengen Vorschriften der Gemeinschaft umging. In den langen, schmucklosen Fluren leuchtete nur das diffuse Licht der Notbeleuchtung, was für Henny ein großer Vorteil war.

Alles ging gut. Unbemerkt erreichte sie das Zimmer, das sie mit Frieda Krupp teilte. Es war kaum noch genügend Zeit, um sich rasch umzuziehen und zu waschen.

»Da bist du ja endlich!«, wurde sie von Frieda erleichtert begrüßt. Sie war bereits mit ihrer Morgentoilette fertig und dabei, ihre Schwesterntracht überzuziehen. »Ich dachte schon, ich muss mir eine Ausrede für dich einfallen lassen.« Sie musterte Henny. »Na, offensichtlich hast du den Abend ja genossen! Ich habe wohl mitbekommen, wie du dich mit deinem Scheich amüsiert hast. Wirst du ihn wiedersehen?«

Henny war für eine vernünftige Antwort noch viel zu durcheinander. Emils fast schon spröde Reserviertheit auf der einen Seite und dann der überraschende Abschiedskuss, den sie vermasselt hatte, hatten sie ganz schön aus der Fassung gebracht.

»Ja, der Abend war ganz nett, mehr aber auch nicht«, meinte sie kurz angebunden. Sie dachte an die Ohrfeige, die sie Emil zum Abschied verpasst hatte. Damit hatte sie wohl alles, was zwischen ihnen hätte sein können, verdorben. Doch geschehen war geschehen. Jetzt konnte sie ohnehin nichts mehr daran ändern. »Wie war es denn mit Poldi?«, wollte sie wissen. »Es sah aus, als wärt ihr jetzt ein Paar.«

Henny erschrak. Frieda schossen mit einem Mal Tränen in die Augen, und ihr Gesicht verdunkelte sich.

»Von diesem Mistkerl will ich kein Wort mehr hören. Er ist ein liederlicher Weiberheld, und ich Kuh bin auf ihn hereingefallen. Wusstest du, dass er mit Professor Sauers Tochter verlobt ist?« Ihr Lachen klang hart und bitter.

»Aber … aber … er hat doch mit dir rumgemacht!« Henny schlug sich vor Schreck die Hand vor den Mund. Sie hatte ja schon immer ihre Vorbehalte gegen den ach so feschen Oberarzt gehabt, aber dass der zu so etwas fähig war, hätte sie ihm doch nicht zugetraut.

»Der Schuft dachte, bis seine Verlobung offiziell bekannt wird, kann er sich ruhig noch mit mir vergnügen«, schniefte Frieda. »Dummerweise bin ich ihm auf die Schliche gekommen, bevor er mich ganz rumgekriegt hat.«

»Und wie hast du es erfahren?«

Henny war außer sich. Es war nicht Friedas Art, Gefühle allzu offen zu zeigen, dennoch kannte Henny ihre Freundin gut genug, um zu sehen, wie verletzt sie war. Es gelang ihr nur stockend, von dem unglückseligen Ausgang ihres Abends zu erzählen.

»Poldi wollte unbedingt, dass wir in seine Wohnung gehen. Ich habe mich erst geziert, doch er schwor mir Stein und Bein, dass er mich liebe wie keine andere. Ich dumme Kuh habe ihm natürlich geglaubt und habe mich schließlich darauf eingelassen. Als er sich in der Garderobe in diesem Nazihaus den Mantel geben ließ, fiel ihm eine Karte aus der Tasche. Ich bückte mich, um sie aufzuheben. Dabei sah ich, dass es seine eigene Verlobungsanzeige war. Er und dieses Fräulein Sauer werden schon im Frühling heiraten. Der Hochzeitstermin steht längst fest.« Sie sah Henny verzweifelt an. »Ich bin daraufhin Hals über Kopf davongerannt.«

»So ein verdammter Schuft! Wir sollten seiner Verlobten einen Wink geben, damit sie weiß, auf wen sie sich da einlässt!«

Henny tat ihre Freundin aufrichtig leid. Sie nahm Frieda in den Arm und drückte sie voller Anteilnahme. »Du wirst über ihn hinwegkommen, ganz bestimmt!«

Frieda schnäuzte fest in ein Taschentuch, dann hatte sie sich wieder unter Kontrolle.

»Auf diese Weise habe ich wenigstens meine Unschuld bewahrt«, erklärte sie mit einem verunglückten Lächeln. »Aber nun erzähl du! Ich hatte das Gefühl, dass dein Scheich ganz schön verliebt in dich war.«

»Ach, das war zwischen uns auch kein berühmtes Ende«, meinte Henny scheinbar leichthin. »Ich habe Emil zum Abschied eine geschmiert!«

»Henny, wo bleibst du denn? Professor Strößner erwartet dich im OP. Eine Geburt mit Komplikationen, wahrscheinlich Kaiserschnitt«, rief Frieda im Vorbeieilen. Im Laufschritt überholte sie Henny, die mit dem Medikamentenwagen unterwegs zu den Zimmern war.

»Aber ich muss doch erst …«

Frieda hörte Hennys Einwand nicht mehr, denn sie war schon um die nächste Ecke, wo Oberschwester Hildegard sie bei einem neu eingelieferten Patienten benötigte.

Henny blieb nichts anderes übrig, als den Medikamentenwagen rasch zurück ins Schwesternzimmer zu schieben. Dann sah sie zu, dass sie so schnell wie möglich in den Operationssaal kam.

Heute war auf der chirurgischen Station, an die auch die Geburtshilfe gekoppelt war, die Hölle los. Es hatte einen Unfall mit der Dampfstraßenbahn nach Nymphenburg gegeben. Das laute Getöse des Motors hatte die Pferde eines Fuhrwerks scheu gemacht, woraufhin es zu einer Kollision mit dem Dampfwagen gekommen war. Acht Menschen waren dabei verletzt worden, zwei davon schwer. Da das Rotkreuzklinikum das nächstgelegene Krankenhaus war, hatte man alle Verletzten dorthin gebracht. Jetzt fehlten an allen Ecken und Enden Hilfskräfte. Es war selbstverständlich, dass nun auch von den Schwesternschülerinnen voller Einsatz verlangt wurde, auch wenn sie noch gar nicht fertig ausgebildet waren.

Henny kleidete sich rasch um und wusch sich gründlich, bevor sie den Vorbereitungsraum betrat, in dem Professor Strößner sie bereits erwartete.

»Na endlich«, knurrte der Chefarzt reichlich ungehalten. »Wir müssen uns beeilen. Die Patientin hat eine Uterusruptur. Die Herztöne der Kinder sind äußerst schwach.« Er ließ sich von Henny die Handschuhe überstreifen und begab sich in den OP, wo der Narkosearzt bereits die Betäubung in die Wege geleitet hatte.

Henny sah sich nach der zuständigen Hebamme um, konnte sie aber nicht entdecken. Außer dem Narkosearzt, Doktor Strößner und ihr war niemand im Saal.

»Sind wir allein?«, entfuhr es ihr erschrocken. Sie hatte noch niemals alleine bei einer Geburt assistiert.

»Nun stehen Sie doch nicht so dämlich herum«, fuhr sie Strößner ungehalten an. »Sie werden doch wohl mit einer Notsectio umgehen können.«

»Aber ich …« Henny schluckte den Rest ihrer Bemerkung hinunter, als sie den bösen Blick des Professors sah, und machte sich daran, die notwendigen Instrumente zusammenzusuchen. Immerhin hatte sie bei Kaiserschnitt-Operationen schon zugesehen. Sie wunderte sich über sich selbst, dass sie sofort alles Notwendige fand und sich auch nicht lange besinnen musste. Was zu tun war, ging ihr leicht von der Hand, so, als hätte sie so etwas schon Dutzende von Malen getan.

Die Patientin, eine junge Frau mit nass geschwitzten Haaren, lag bereits in der Narkose. Allem Anschein nach hatte sie schon einiges durchgemacht. Ihr aufgeblähter Bauch stand in krassem Gegensatz zu ihrem ausgemergelten Körper. Es war nicht zu übersehen, dass die Frau eine entbehrungsreiche Schwangerschaft hinter sich hatte.

Strößner riss sie grob aus ihren Gedanken.

»Skalpell!«

Sie reichte ihm das geforderte Instrument.

Geschickt setzte er das scharfe Messer am Unterbauch an und durchtrennte mit einem entschiedenen Schnitt zuerst die Haut und das kaum vorhandene Fettgewebe. Darunter lagen die Körperhülle, das Bauchfell und schließlich die Vorderwand der Gebärmutter. Der Schnitt selbst war nicht länger als fünfzehn Zentimeter.

Henny assistierte, indem sie mit Mulltupfern die Wunde sauber hielt. Professor Strößner mochte im Alltag ein arroganter, selbstherrlicher Mensch sein, der es einem nicht leicht machte, ihn zu mögen, doch am Operationstisch war er ein sensibler, geschickter Handwerker. Mit behutsamen Fingerbewegungen öffnete er das Gewebe. Henny konnte sehen, dass die Fruchtblase schon geplatzt war.

»Drücken Sie sanft auf die Oberkante der Gebärmutter und helfen Sie mir, die Kinder herauszudrücken. Aber geben Sie acht, dass sie keines verletzen.«

Hatte der Professor gerade Kinder gesagt? Oh Gott! Deshalb war der Bauch der Frau so aufgetrieben. Henny fühlte, wie ihr vor Panik der Schweiß auf die Stirn trat.

»Sind sie bereit?« Strößners graue Augen blitzten fragend über dem Mundschutz auf.

Sie nickte, als Zeichen, dass sie verstanden hatte. Dann legte sie ihre Hände auf den aufgetriebenen Bauch und massierte sanft in Richtung der Öffnung.

Wenige Augenblicke später zog der Professor den ersten Säugling heraus und reichte ihn ihr.

Henny hielt das blutverschmierte Bündel in den Armen und betrachtete es fasziniert, bevor sie sich daran erinnerte, dass sie das Kleine rasch abnabeln und dann sicher ablegen musste, bevor sie das zweite Kind entgegennahm.

Kaum war sie damit fertig, reichte ihr der Professor auch schon das zweite Baby. Seine Augen leuchteten dabei.

»Ein Mädchen und jetzt ein Junge, beide allem Anschein nach gesund.«

Henny war sich nicht sicher, aber sie glaubte, so etwas wie Stolz in seiner Stimme zu hören.

»Nun beeilen Sie sich schon«, fuhr er sie prompt im nächsten Augenblick ungehalten an. »Sollen die Kinder etwa erfrieren?«

Henny vergaß die Sympathie, die sie gerade noch für den Professor empfunden hatte, und besann sich auf ihre Aufgaben.

Nachdem sie auch den Jungen abgenabelt und neben seine Schwester gelegt hatte, kam Strößner nochmals dazu, um die Frischgeborenen eingehender zu untersuchen. Das Mädchen ruderte mit seinen dünnen Ärmchen und Beinchen, dann fing es an zu schreien. Der Junge regte sich kaum. Erst als der Arzt ihn hochhob und sanft an Bauch und Rücken massierte, begann auch er zu strampeln und schließlich leise zu greinen.

Dieses Mal war sie sich sicher, dass es Zärtlichkeit war, die sich in seinen Augen widerspiegelte, als er den Kleinen behutsam zurück auf die Ablage legte, damit Henny die beiden in Tücher wickeln konnte.

»Wir kümmern uns später um die beiden, jetzt sehen wir erst einmal zu, dass die Mutter wieder zusammengeflickt wird«, ordnete Strößner an, kaum dass sie fertig war.

Eine halbe Stunde später war die Wunde versorgt. Die Mutter der Zwillinge war allerdings immer noch bewusstlos.

»Ich sorge dafür, dass man die Patientin zum Aufwachen auf die Station bringt«, informierte sie der Professor. »Sie kümmern sich um die beiden Blagen und bringen sie danach ins Säuglingszimmer. Wenn die Mutter wieder bei Kräften ist, kann sie sie sehen.« Er wandte sich zum Gehen. Vor der Schiebetür blieb er kurz stehen. »Gut gemacht, Schwesternschülerin«, meinte er und war auch schon verschwunden.

Henny blieb keine Zeit, sich über das Lob zu freuen, denn die beiden Babys nahmen ihre ganze Aufmerksamkeit in Anspruch. Sie sorgte dafür, dass sie gesäubert und gebadet wurden, legte ihnen Stoffwindeln an und hüllte sie in frische Tücher, um sie dann in ein Rollwägelchen zu legen, das sie mit dem Namen ihrer Mutter beschriftete. Voller Stolz, als hätte sie die Geburt der Zwillinge allein zu verantworten gehabt, machte sie sich auf den Weg ins Säuglingszimmer.

Auf dem Gang vor dem Operationsbereich wartete der völlig aufgelöste Vater. Wie ein Häufchen Elend saß er auf einer der Wartebänke, den Kopf in die abgearbeiteten Hände geschlagen und auf einen unbekannten Punkt auf dem gefliesten Boden fixiert.

Henny freute sich, ihm die frohe Nachricht überbringen zu können.

»Sind Sie Herr Matuschek?«

Der Mann richtete sich auf und sah sie aus rotgeränderten Augen an. »Gell, es is wos mit meiner Frau«, sagte er mit tonloser Stimme. »Sie war ja scho so schwach, als ma hierherkommen san. Sie wollt ja nie ned in a Krankenhaus, hat sich vui z' lang g'wehrt. Mir dürfen doch dem Führer ned auf der Tasch'n liegen, hot sie immer nur g'sogt. Jetzt hot sie den Dreck.«

Henny war bestürzt über die Hoffnungslosigkeit, die von diesem Menschen ausging. Offensichtlich war der gute Mann es nicht gewohnt, dass sich die Dinge in seinem Leben auch einmal zum Guten wendeten.

»Aber nein! Sie haben keinen Grund, sich zu grämen«, versicherte sie eilig und schob den Wagen mit den Babys vor den völlig aufgelösten Mann hin. »Sehen Sie nur. Sie haben sogar doppeltes Glück! Ihre Zwillinge sind gesund und munter, und Ihre Frau wird auch bald wieder wohlauf sein!«

»Sie is ned tot?«, fragte Matuschek ungläubig. »Der Herr Professor hot doch g'sogt, dass man sie aufschneid'n muaß, damit des Kind ned stirbt.«

»Ihre Frau schläft jetzt. Wenn Sie wollen, können Sie hier warten, bis sie aufgewacht ist, aber zuerst kümmere ich mich darum, dass die beiden hier gut versorgt sind. Wollen Sie sie nicht einmal ansehen?«

Dem frischgebackenen Vater wurde erst jetzt bewusst, dass es nicht nur um seine Frau ging. Unsicher erhob er sich von seiner Bank und wagte vorsichtig einen Blick in das Kinderbettchen, in dem die beiden Säuglinge einträchtig nebeneinander schliefen.

»Aba … aba … des san ja zwoa«, stammelte er fassungslos. »Wia soll denn des jetzt geh'n?« Statt Freude zu empfinden, starrte er Henny nur völlig überfordert an.

»Sie haben einen Jungen und ein Mädchen. Das Mädchen ist die Erstgeborene«, erklärte Henny bestimmt.

Der Vater stand einfach nur da mit geöffnetem Mund und vor dem Bauch gefalteten Händen. Dabei schüttelte er nur immer wieder den Kopf. Erst als er sich ihr zuwandte, sah sie, dass er Tränen in den Augen hatte.

»Des mögen der Wastl und die Regina sein«, erklärte er ihr mit mühsam beherrschter Stimme. »Mei Rosl wird no überschnapp'n vor Freud, so wia i.«

Henny war erleichtert. Offensichtlich freute sich der Vater ja doch über den doppelten Kindersegen.

»Warten Sie hier auf mich.« Sie drückte Matuschek zurück auf die Bank. »Ich komme gleich wieder, und dann sehen wir nach, wie es Ihrer Frau geht.«

Henny mochte ihre Arbeit im Krankenhaus. Seit sie denken konnte, hatte sie nie etwas anderes als Krankenschwester werden wollen. Erlebnisse wie die Geburt der Zwillinge bestätigten sie immer wieder in ihrer Entscheidung. Der Umgang mit Menschen und ihre Pflege bereiteten ihr eine tiefe Befriedigung, auch wenn der Alltag im Klinikum von Tag zu Tag schwieriger wurde.

Die Schwesternschaft des Roten Kreuzes war 1872 als unabhängiger Verein gegründet worden. Unter der Schirmherrschaft der bayerischen Königin Marie, der Mutter König Ludwigs II., wurde damals festgelegt, dass sich die Regeln der Schwesternschaft an klösterlichen Pflegegemeinschaften früherer Zeiten orientieren sollten. Aus diesem Grund lebten die Schwestern in Mutterhäusern zusammen wie Familien. Das hatte den Vorteil, dass sie sich ohne lästige Haushaltspflichten ganz auf ihren Beruf konzentrieren konnten. Die Krankenpflege wurde zu einem anerkannten Frauenberuf, der neben einer ethischen Einstellung auch eine gute Ausbildung und hohe persönliche Einsatzbereitschaft verlangte. Für unverheiratete Frauen wie Henny und Frieda war die Pflege eine der wenigen Möglichkeiten, eine gesellschaftlich anerkannte Tätigkeit auszuüben.

Der Schwesternverein war streng organisiert. Neben der Generaloberin, die für die Charakterbildung der jungen Schwestern zuständig war, gab es ein Pflegerinnenkomitee, das sich aus fünf angesehenen Damen der Bürgerschaft zusammensetzte. Ihre Aufgabe war es, sich um die Verwaltung und die finanziellen Belange der Krankenpflegeanstalt zu kümmern. Die Krankenschwestern wurden vom Schwesternrat vertreten, der Vergünstigungen für die Schwestern erwirkte, wie Ausgangsgenehmigungen für ihre freie Zeit.

Doch seit die Nationalsozialisten an der Macht waren, hatte

es einschneidende Veränderungen in der gesamten Struktur gegeben. Die bis dahin unabhängigen Schwesternschaften des Roten Kreuzes wurden unter einem Reichsverwalter für das Schwesternwesen zusammengefasst. Das Pflegerinnenkomitee war damit überflüssig geworden. Sämtliche Vermögenswerte mussten nun an das Deutsche Rote Kreuz nach Berlin abgeführt werden, unter anderem auch der mühsam ersparte Pensionsfonds, der einmal als Alterssicherung für die Schwestern gedient hatte.

Es wurde kein Hehl daraus gemacht, dass die nationalsozialistische Reichsregierung die Schwesternschaften mit ihrem Mutterhauskonzept als veraltet ansah. Ziel war es, alle Krankenschwestern im Reich samt ihrer unterschiedlichen Orden gleichzuschalten. Der Gauleiter Adolf Wagner hatte daher durchgesetzt, dass die Münchner Schwesternschaft von einem Wohlfahrtsverein in eine nationalsozialistische Organisation umfunktioniert wurde. Henny und Frieda gehörten zu den letzten Schwesternschülerinnen, die nicht Mitglieder im Bund deutscher Mädel waren.

Das Pflegerinnenkomitee wurde aufgelöst, und die amtierende Generaloberin Marie Birkner unterstand nun unmittelbar dem SA-Brigadeführer und Wagner-Vertrauten Gotthold Dziewas. Ständig gab es Kompetenzrangeleien und Streitigkeiten zwischen ihnen, die den reibungslosen Ablauf in der Klinik erschwerten. Außerdem widersprach es den Grundsätzen der Rotkreuz-Schwestern, dass neuerdings Patienten mit Parteizugehörigkeit bevorzugt behandelt werden sollten. Henny hatte sich noch nie für Politik interessiert. Sie war auf dem Dorf aufgewachsen und von ihren Pflegeeltern dazu angehalten worden, sich immer an die bestehende Ordnung zu halten. Es kam ihr gar nicht in den Sinn, sich gegen die

Obrigkeit aufzulehnen, doch wenn sie bemerkte, dass jemand ungerecht behandelt wurde, konnte sie nicht anders, als dagegen aufzubegehren. In dieser Beziehung konnte sie genauso radikal sein wie ihre Freundin Frieda Krupp, die sehr viel politischer eingestellt war.

Frieda kam aus einem sozialistisch geprägten Arbeiterhaushalt und hatte, wie Henny immer wieder spöttisch zu sagen pflegte, »die Gerechtigkeit mit Löffeln gefressen«. Jegliche Art von Diskriminierung nahm ihre Freundin als persönlichen Angriff und lehnte sich dagegen auf. Sie machte kein Geheimnis daraus, dass sie mit dem »braunen Gesocks« nichts anzufangen wusste, was ihr schon mehrfach Rügen eingetragen hatte.

Henny konnte dem Gehabe der Nazis zwar auch nichts abgewinnen, aber solange sie von ihnen in Ruhe gelassen wurde, waren ihr die Braunen egal. »Leben und leben lassen« – dachte sie, solange es sie nicht betraf.

Zwei Tage nach der Kaiserschnittgeburt hatte Henny Frühdienst und war bereits um kurz nach halb sechs auf der chirurgischen Station. Zu ihren Aufgaben gehörte es, die Patienten zu wecken, Temperatur und Blutdruck zu messen, die Medikamente zu verteilen und dann den Mädchen von der Küche dabei zu helfen, dass jeder das ihm zugewiesene Frühstück bekam.

Henny liebte die Morgenschicht, denn meist ging es dann noch ruhig und geordnet zu. Von der Hektik des Tages war in den frühen Morgenstunden nur wenig zu merken. Da sie zügig arbeitete, war sie etwas schneller als sonst mit ihrer Arbeit fertig. Sie beschloss, die gewonnene Zeit zu nutzen, um nach den Zwillingen und ihrer Mutter zu sehen. Sie war schon am vorigen Tag mehrmals dort gewesen. Leider war Frau Matuschek noch erschreckend schwach gewesen. Auf der Säuglingsstation erfuhr Henny, dass es den Zwillingen gut ging. Sie bekamen fürs Erste aus der krankenhauseigenen Milchsammelstelle ihre Nahrung.

»Hoffentlich kommt die Matuschek schnell wieder zu Kräften«, meinte eine der Säuglingsschwestern besorgt. »Im Augenblick herrscht mal wieder ein Frauenmilchnotstand. Wir bräuchten mindestens fünf Ammen für unsere Babys, haben aber im Augenblick nur zwei. Das reicht hinten und vorne nicht!« Sie senkte ihre Stimme. »Wenn es nach Oberschwester Hildegard ginge, würden die Wichte überhaupt keine Milch von uns bekommen. Sie behauptet, dass die Mutter Zigeunerblut habe. Zum Glück hat der Professor an den beiden einen Narren gefressen, sonst würden die Zwerge noch verhungern.«

Henny schüttelte angewidert den Kopf. Das sah der Oberschwester mal wieder ähnlich. Sie war überzeugte Nationalsozialistin und trat dementsprechend für die Reinheit der Rassen ein.

Natürlich war Henny über den besorgniserregenden Mangel an Muttermilch ebenfalls informiert. Nicht nur im Krankenhaus hatten viele Mütter Probleme, ihre Säuglinge satt zu bekommen. Da sie selbst nur schlecht ernährt waren, besaßen viele junge Mütter nicht die Konstitution, ihre eigenen Kinder zu stillen. Ammen, wie es sie in früheren Zeiten noch ausreichend gegeben hatte, fanden sich in der Stadt so gut wie gar nicht mehr. Und wenn sich eine Frau bereit erklärte, fremde Kinder zu stillen, musste man sie teuer bezahlen.

Henny glaubte nicht, dass die Matuscheks dafür Geld erübrigen konnten. Der Vater war Aushilfskraft in einer Brauerei, hatte sie erfahren, und seine Frau verdiente sich durch gelegentliche Näh- und Stopfarbeiten ein kleines Taschengeld dazu. Umso mehr hoffte sie, dass es der jungen Mutter nun besser ging und sie sich von den Strapazen der Geburt und den Folgen der Operation bereits ein wenig erholt hatte. Nach einem Kaiserschnitt gab es öfter Schwierigkeiten mit dem Einsetzen des Milchflusses, deswegen war es umso wichtiger, dass die Mutter schnell mit dem Stillen begann. Falls das nicht klappte, blieb nur noch die Hoffnung, dass ihnen eine der Milchsammelstellen in der Stadt half. Es gab an einigen Orten Ehrenamtliche, die bereit waren, überschüssige Muttermilch zu sammeln und an Bedürftige weiterzuvermitteln. Doch auch dort herrschte Notstand.

Als Henny Frau Matuschek bleich und apathisch in ihrem Bett liegen sah, fürchtete sie, dass es genau so kommen würde. Die junge Frau war kaum bei Bewusstsein, wirkte schwach und völlig entkräftet. Neben ihrem Bett stand noch das Frühstückstablett. Eine leere Tasse Tee und die krümeligen Überreste eines Zwiebacks. Kein Wunder, dass die Frau nicht zu Kräften kam.

»Wie geht es Ihnen?« Henny lächelte der frischgebackenen Mutter aufmunternd zu.

Frau Matuschek war eine einfache Frau, die trotz ihrer jungen Jahre schon recht abgearbeitet aussah. Auch ohne die Strapazen der überstandenen Geburt war sie erschreckend mager.

»I fühl mi halt no a weng schwach.«

Die Frau erwiderte tapfer ihr Lächeln.

Henny schüttelte ihr Kissen auf und half ihr, sich ein wenig aufzurichten.

»Geht es Wastl und Regina gut?«, erkundigte sie sich.

Auf dem Gesicht der jungen Mutter erschien kurz ein stolzes Strahlen, bevor ein sorgenvoller Schatten es wieder verdunkelte.

»Sie schlafen endlich, obwohl sie doch no so hungrig san.« Sie sah traurig auf ihre Brüste. »I hob doch no koa Milch ned.«

»Die wird schon kommen! Sie müssen jetzt viel essen, damit Sie wieder zu Kräften kommen.« Sie deutete auf das Tablett. »Ist das alles, was Sie heute bekommen haben?«

Frau Matuschek nickte bescheiden.

»'s herrscht halt überall a Mangel.«

Henny dachte beschämt daran, wie sie vor wenigen Minuten dem übergewichtigen Gastwirt Wagner in Zimmer elf sein reichhaltiges Frühstück mit Spiegeleiern und Speck gebracht hatte. Er hatte das Essen kaum angerührt. Die Sonderration bekam er nur, weil er Parteimitglied war.

»Soll ich Ihnen vielleicht noch etwas Fleischbrühe bringen?«, fragte sie aus einer spontanen Regung heraus.

Frau Matuschek sah sie ungläubig an.

»Ja, moanen'S denn, das geht? Die Oberschwester hot g'sogt, dass i wegn der Fettlücke froh sei muaß, überhaupt was zum Essn zu kriagn. Und i hob mei Ration doch scho verdruckt.«

»Papperlapapp. So etwas gilt nicht für junge Mütter. Sie brauchen jetzt Kraft für drei, also werde ich dafür sorgen, dass sie auch für drei zu essen bekommen.« Henny war plötzlich fest entschlossen, der Frau zu helfen. Sie würde sich um eine zusätzliche Ration kümmern. Notfalls würde sie heimlich in die Küche gehen. »Warten Sie. Ich komm gleich wieder.«

Auf dem Gang lief sie ausgerechnet Oberschwester Hildegard über den Weg.

»Was machen Sie denn hier?«, erkundigte sich ihre Vorgesetzte mit vorgerecktem Kinn. Die kleinen Augen funkelten misstrauisch, als hätte sie Henny bereits bei einem Fehler ertappt. »Sie sind doch im Augenblick der Chirurgie zugeteilt ...«

»Ich habe nur kurz nach Frau Matuschek gesehen«, entschuldigte sich Henny eilfertig. Mit ihrer Vorgesetzten war nicht zu spaßen. Sie erklärte, dass sie bei der Entbindung von den Zwillingen assistiert hatte und nur nachsehen wollte, wie es ihnen ging.

Die Oberschwester nickte säuerlich.

»Der Professor hat mir davon berichtet. Sie haben Ihre Sache einigermaßen ordentlich gemacht.«

Das außergewöhnliche Lob aus dem Mund des Stationsdrachens ermunterte Henny, sich weiter für Frau Matuschek einzusetzen. Vielleicht wurde ihr ja ganz offiziell eine Sonderration zugeteilt. Möglichst diplomatisch trug sie ihr Anliegen vor.

Die Reaktion kam prompt.

»Die Frau ist frisch operiert. Da darf sie noch nichts Festes zu sich nehmen«, wurde sie von Oberschwester Hildegard streng beschieden.

Henny wagte dennoch einen Einwand.

»Aber Frau Matuschek geht es doch schon wieder ganz ordentlich. Sie hat die Narkose gut überstanden und bereits Appetit, das ist doch ein gutes Zeichen. Außerdem braucht sie jetzt Kraft, damit der Milchfluss endlich in Gang kommt! Ich wäre gerne bereit, ihr etwas Fleischbrühe aus der Küche zu holen.«

»Die Frau bekommt keine Sonderrechte. Frühestens heute Abend wird man ihr ein paar Löffel Haferschleimsuppe bringen. Das muss genügen, damit das klar ist. Kümmern Sie sich gefälligst um das Bettenmachen auf der Chirurgischen. Und jetzt verschwinden Sie. Es steht Ihnen nicht zu, sich in solcherlei Angelegenheiten zu mischen.«

»Aber die Frau des Obersturmbannführers hat doch neulich sogar noch am Morgen nach ihrer Geburt eine Fleischbrühe mit Einlage bekom …«

»Die war auch keine Zigeunerin!« Oberschwester Hildegard war kurz davor, aus der Fassung zu geraten. »Das war etwas ganz anderes. Diese Matuschek liegt unserem Führer schon genug auf der Tasche, weil sie fahrlässig die Dienste des Krankenhauses in Anspruch genommen hat. Außerdem haben wir eine Fettlücke. Da werden Sonderrationen nur in Ausnahmesituationen verteilt.«

»Wollen Sie etwa damit sagen, dass Frau Matuschek die Suppe nicht wert ist?« Henny konnte ihre Empörung nun doch nicht mehr verstecken. »Sie muss Zwillinge ernähren, wie soll sie das denn schaffen, wenn sie nicht bei Kräften ist?«

»Werden Sie jetzt nicht impertinent, Schwesternschülerin!« Schwester Hildegards Stimme wurde bei jedem Wort noch schärfer. »Ich sag es jetzt zum letzten Mal. Gehen Sie an Ihre Arbeit, oder ich werde mich bei der Generaloberin über Sie beschweren.«

Henny lag noch eine saftige Erwiderung auf der Zunge. Doch sie musste einsehen, dass Oberschwester Hildegard am längeren Hebel saß. So kurz vor den Abschlussprüfungen war es nicht ratsam, sich mit ihr anzulegen. Noch dazu, wo sie ohnehin nicht zu ihren Lieblingen gehörte. Hildegards Meinung nach war Henny zu lebhaft und aufsässig, und das nur, weil sie hin und wieder wagte, ihre Meinung zu sagen. Außerdem missfiel es der sauertöpfischen Oberschwester, dass sie bei der Arbeit eben gerne lachte und nicht alles so bierernst nahm wie ihre devote Lieblingsschwesternschülerin Elisabeth Krolow.

»Wie Sie befehlen«, murmelte sie zornig und machte, dass sie aus der Reichweite des alten Drachen kam.

Sie wagte sich nun nicht mehr in die Küche, die in derselben Richtung lag, in die Hildegard ging, sondern begab sich zurück auf ihre Station. Auf dem Gang der chirurgischen

Abteilung wurde das Frühstücksgeschirr gerade wieder eingesammelt. Eines der Küchenmädchen schob einen mehrstöckigen Rollwagen den Gang entlang und verschwand immer wieder für kurze Zeit in den einzelnen Zimmern, um das Geschirr herauszuholen. Auf der obersten Etage entdeckte Henny ein abgeräumtes Tablett, auf dem eine Wärmeglocke stand. Sie vergewisserte sich, dass niemand sie sah, und hob den Deckel an. Auf dem darunter liegenden Teller lag das fast unberührte Frühstück von Gastwirt Wagner aus Zimmer elf: eine Scheibe Brot, etwas Butter, die unangetasteten Spiegeleier, nur der Speck fehlte.

»War dem Herrn wohl nicht fein genug.«

Henny grinste zufrieden. Ohne darüber nachzudenken, nahm sie den Teller samt Glocke und sah zu, dass sie unbemerkt zurück zur Matuschek kam.

Der Zweck heiligt die Mittel, dachte sie, als sie wenig später mit klopfendem Herzen das Wöchnerinnenzimmer betrat. Die Matuschek machte riesige Augen, als sie das ungewohnt reichhaltige Essen sah. Zum Glück waren sie im Augenblick alleine im Raum, denn Henny wäre auf die Schnelle wohl kaum eine Ausrede eingefallen, weshalb ausgerechnet Frau Matuschek solch ein Frühstück verdient hatte, die anderen aber nicht. Während diese sich mit erstaunlichem Appetit über das Essen hermachte, lauschte Henny sorgenvoll auf Schritte auf dem Gang. Sie hoffte inständig, dass keine der Schwestern hereinkam und sie womöglich verriet.

»Morgen bring ich Ihnen wieder was vorbei«, versprach sie, bevor sie das Zimmer verließ. Sie platzierte das gebrauchte Geschirr unauffällig auf dem Küchenwagen der Frauenabteilung und machte, dass sie wieder auf ihre Station kam.

Auch am nächsten und übernächsten Tag gelang es ihr, Frau

Matuschek Extrarationen zukommen zu lassen, die sie meist von den übrig gelassenen Essensportionen der bevorzugt behandelten Patienten abzweigte. Mal hier eine Kartoffel, mal da ein Stück Brot oder einen Apfel. Das war zwar streng verboten, denn die Bediensteten in der Küche hatten die Anweisung, auch die übrig gelassenen Reste für die Allgemeinheit wiederzuverwerten, doch Henny hatte dabei kein schlechtes Gewissen, denn schließlich handelte sie ja nicht aus Eigennutz.

Frau Matuschek wusste es zu danken, indem sie von Mal zu Mal mehr zu Kräften kam, und endlich schoss auch die dringend benötigte Milch ein, sodass sie ihre beiden Kinder selber stillen konnte. Am Tag ihrer Entlassung kam sie auf Hennys Station vorbei, um sich zu verabschieden.

»Sie san der Engel hier, des möcht i scho no mal sog'n«, meinte sie mit Tränen in den Augen. »Behüt Sie Gott und geb'n S' auf Eana acht!«

Was Henny nicht wusste, war, dass Frau Matuschek sich in ihrer Naivität nicht nur bei ihr, sondern auch bei Oberschwester Hildegard für die Extrarationen an Essen bedankt hatte. So wurde sie kurz darauf ins Dienstzimmer ihrer Vorgesetzten zitiert.

»Wie können Sie sich unterstehen, sich meinen Anweisungen zu widersetzen?«, wurde sie ungehalten empfangen. »Ich habe Ihnen ausdrücklich gesagt, dass das Zigeunerweib keine Sonderbehandlung erhält.«

»Ich habe ihr doch nur Reste gebracht«, verteidigte sich Henny trotzig.

»Sie haben das Essen dem deutschen Volk gestohlen!« Oberschwester Hildegards Stimme schraubte sich vor Empörung in die Höhe.

»Niemand anderer hat davon einen Schaden gehabt. Es war zu Frau Matuscheks Bestem!«

Henny erwiderte unerschrocken ihren Blick.

»Und das wollen Sie als Schwesternschülerin also entscheiden?«

Der Blick der Oberschwester bekam etwas Lauerndes.

Henny war zu erregt, um die Falle zu wittern.

»In diesem Falle war es richtig, ja!«

»Dann bleibt mir keine andere Wahl, als den Vorfall unserer Generaloberin zu melden«, sagte Hildegard mit einer gewissen Genugtuung. »Sie haben sich gerade um Kopf und Kragen geredet, Sie dummes Ding. Stellen Sie sich darauf ein, dass man Sie vom Dienst suspendiert, Schwesternschülerin Henny! Und jetzt raus!«

4. Kapitel

Aufwind

Ein Handtuch um die Hüfte geschwungen und sich mit einem anderen die nassen Haare rubbelnd, trat Emil aus dem Bad. Obwohl er in der vergangenen Woche beinahe Tag und Nacht durchgearbeitet hatte, fühlte er sich nach einer kalten Dusche immer erstaunlich frisch und unternehmungslustig. Das Wasser für seinen morgendlichen Kaffee kochte bereits, sodass er die frisch gemahlenen Bohnen gleich überbrühen konnte. Während der letzten Woche hatte er Tag und Nacht an seinem Abschlussbericht für Oberbaurat Schultz gearbeitet, bevor er ihn gestern endlich abgeliefert hatte. Daraufhin war er erst einmal nach Hause gegangen, um sich ordentlich auszuschlafen. Jetzt fühlte er sich wieder einigermaßen ausgeruht.

Als er sich eine Kaffeetasse aus der Vitrine holte, fiel ihm das Medaillon entgegen, das seine orientalische Prinzessin am vorigen Wochenende verloren hatte, nachdem sie wütend davongestürmt war. Die Erinnerung an sie hallte immer noch in ihm nach. Was für ein munteres, temperamentvolles Mädel sie doch gewesen war. Die Ohrfeige, die sie ihm zum Abschied verpasst hatte, war nicht ohne gewesen. Er hatte sie sich wohl verdient. Zum Teufel, er wusste selbst nicht, was da plötzlich in ihn gefahren war, als er seine übliche Zurückhaltung plötzlich aufgegeben hatte, um sie zu küssen. Er hätte wissen müssen, dass sie kein leichtfertiges Mädchen war, dem man so ohne Weiteres einen Kuss rauben konnte. Schon als er sie mit wehendem Schleier durch die Nacht davonrauschen sah, war ihm klar geworden, dass er alles vermasselt hatte. Sie hatte sich so heftig von ihm abgewandt, dass ihr dabei ihr Medaillon abriss und vor ihm auf den Boden fiel. Er war ihr noch nachgelaufen, doch da war sie schon durch den Eingang verschwunden. Er hatte es in seine Manteltasche gesteckt und sich vorgenommen, es ihr am nächsten Tag vorbeizubringen, doch dann hatte Schultz ihn mit diesem Gutachten beauftragt, und er hatte sich in seine Arbeit gestürzt. Vielleicht war ja alles ganz gut so, wie es war. Was wollte so ein hübsches Mädchen wie diese Henny schon mit einem langweiligen Typ wie ihm?

Er nahm das Medaillon und sah es sich genauer an. Es sah zwar nicht sehr kostbar aus, aber womöglich handelte es sich um eine wertvolle Erinnerung. Die einfache, aber gut gemachte Silberschmiedearbeit bestand aus zwei zusammenklappbaren, ovalen Gehäuseteilen. Die Oberfläche war mit einem feinen, fremd anmutenden Muster ziseliert. Über eine kleine Einkerbung an der Seite ließ sich das Medaillon öffnen. Darin befanden sich zwei Fotografien. Links war das Porträt einer hübschen jungen Frau zu sehen. Ihre bemerkenswert ebenmäßigen Gesichtszüge strahlten eine gewisse Melancholie aus. Rechts blickte einem das markante Gesicht eines tatkräftigen Mannes mit buschigen Augenbrauen und energischem Kinn entgegen. Sein Blick hatte etwas Beherrschendes. Emil vermutete, dass es sich um Hennys Eltern handelte. Er erinnerte sich noch sehr genau daran, wie sie ihm mit schnippischem

Unterton verraten hatte, dass sie eine Waise war. Er musste ihr das Schmuckstück unbedingt zurückgeben. Vielleicht konnte er es ihr ja zuschicken. Leider erinnerte er sich nicht mehr an ihren Nachnamen. Je länger er überlegte, desto sicherer war er, dass sie ihn gar nicht erwähnt hatte. Er wusste nur, wo er sie finden konnte.

Der Gedanke, ihr noch einmal zu begegnen, erschien ihm überaus verlockend. Das Medaillon lieferte ihm einen unverfänglichen Grund, seine kratzbürstige Haremsdame wiederzusehen. Gleich nach Dienstschluss würde er sein Vorhaben umsetzen.

Gut gelaunt schwang er sich wenig später auf seine NSU und brauste damit zu seiner Dienststelle in der Blumenstraße. Das Motorrad, das er sich vor einem halben Jahr geleistet hatte, schnurrte zuverlässig seinem Ziel entgegen. Sein Arbeitsplatz befand sich direkt in der Hauptwache der Münchner Feuerwehr, wo er seit nunmehr zwei Jahren arbeitete.

Fräulein Zechmeister, die Sekretärin, erwartete ihn bereits ungeduldig.

»Sie möchten doch bitte gleich zu Oberbaurat Schultz kommen«, informierte sie ihn nach der üblichen Begrüßung. »Der Chef erwartet Sie umgehend.«

Emil hob befremdet die Augenbrauen. Wieso wollte Schultz ihn so schnell sehen? Der Bericht über die Aufstellung bei Löschangriffen sowie die Normentwürfe für die Herstellung und Abnahme einer Kraftfahrspritze mit einer Leistung von 1500 Litern pro Minute hatte doch hoffentlich nicht sein Missfallen erregt. Oder hatte sich in die Abschrift doch noch ein Fehler eingeschlichen? Das konnte er mit ziemlicher Sicherheit ausschließen. Fräulein Zechmeister war eine überaus gewissenhafte Hilfskraft, beinahe ebenso pingelig wie er.

Um sich doch noch einmal zu vergewissern, ging er erst in sein Büro und nahm sich die Kopie noch einmal vor. Dabei kümmerte es ihn nicht, dass sein Vorgesetzter bereits auf ihn wartete. Punkt für Punkt ging er nochmals jedes einzelne Argument durch. Er konnte beim besten Willen keinen Fehler finden. Mit der Gewissheit, alles nach bestem Wissen erledigt zu haben, begab er sich eine halbe Stunde später in den obersten Stock, wo Oberbaurat Heinrich Schultz sein Büro hatte. Im Vorzimmer wurde er mit missbilligendem Stirnrunzeln von Fräulein Vogel, dem gefürchteten Vorzimmerdrachen des Oberbaurats, empfangen.

»Guten Morgen«, grüßte er freundlich.

Sie nickte ihm nur knapp zu. Ihr Name hätte nicht passender sein können. Das schmale, blasse Gesicht mit der einprägsamen Hakennase hatte tatsächlich etwas von einem Raubvogel. Verstärkt wurde der Eindruck durch die unvorteilhafte schwarze Nickelbrille, die ihre ohnehin eng stehenden Augen noch näher zusammenrücken ließ. Ihr starrer Brillenblick richtete sich vorwurfsvoll auf die Wanduhr, die bereits halb zehn zeigte.

»Sie kommen reichlich spät. Es ist Ihre Schuld, wenn Sie nun warten müssen.« Sie reckte ihr Kinn in Richtung der Wartestühle, die entlang der Wand standen.

Emil übersah geflissentlich ihre Aufforderung, dort Platz zu nehmen.

Mit einem ungnädigen Schnauben widmete sich Fräulein Vogel wieder ihrer Schreibmaschine. Die nächsten Minuten hörte er nur das Geklapper der Tasten. Hinter der braun gepolsterten Tür, die zu Schultz' Arbeitszimmer führte, hörte er, dass sein Chef gerade telefonierte. Offensichtlich musste es sich um eine bedeutende Person handeln, denn immer wieder hörte er ein unterwürfiges »Jawoll« oder ein nicht minder ergebenes »Aber selbstverständlich« heraus.

Fräulein Vogel, der sein Interesse nicht entgangen war, ließ sich zu einer Erklärung herab.

»Der Oberbaurat telefoniert gerade mit dem Reichsführer SS.«

Emil hatte sich so etwas schon gedacht. Wahrscheinlich ging es wieder einmal um die Eingliederung der Berufsfeuerwehr in die Polizei.

Seit die Nationalsozialisten an der Regierung waren, wurden sämtliche Behörden gleichgeschaltet. Es war nur noch eine Frage der Zeit, bis auch die Feuerwehr der Staatspolizei untergeordnet war. Ein neues Gesetz über das Feuerlöschwesen war bereits in Arbeit. Im Hauptamt der Ordnungspolizei gab es längst die Stelle eines Inspekteurs des Feuerlöschwesens. Aus der bayrischen Berufsfeuerwehr würde bald eine Feuerschutzpolizei werden, so wie es in Preußen bereits der Fall war. Höchst effektiv, die Burschen. Emil konnte eine gewisse Bewunderung für die straffe Organisation der Partei nicht verhehlen. Sie war die Voraussetzung für eine zentrale, rechtseinheitliche Aufsicht und Führung. Seit Reichsführer SS Heinrich Himmler auch oberster Chef der Polizei war, ging alles noch rasanter voran, und Leute wie der Oberbaurat unterstützten ihn nach allen Kräften.

Emil musste sich noch eine ganze Zeit lang gedulden, bis das Telefongespräch schließlich beendet war. Nun gab ihm die Vogel das Zeichen einzutreten.

Der Oberbaurat empfing ihn mit dem gewohnten jovialen Lächeln hinter seinem mächtigen Schreibtisch.

»Nehmen Sie Platz, Thorbecke«, lud er ihn ein, ohne seine Verspätung mit einem Wort zu erwähnen.

Emil ließ sich auf dem Sessel auf der gegenüberliegenden Seite des Schreibtisches nieder. Die Tatsache, dass sein Mentor ihn mit dem Nachnamen ansprach, ließ darauf schließen, dass es sich um etwas Wichtiges handelte.

Sein Chef hielt sich auch nicht mit langem Geplänkel auf.

»Wollen wir gleich zur Sache kommen. Ich habe mir Ihren Bericht noch gestern Abend zu Gemüte geführt …«

Schultz machte eine kunstvolle Pause, in der er sein Gegenüber musterte. Der Blick aus blauen konturlosen Augen hinter der Goldrandbrille verriet nicht, in welcher Stimmung er sich befand.

Emil war diese Vorgehensweise nur allzu bekannt, deshalb ließ er sich nicht davon beeindrucken. Es war Schultz' übliche Art, einen Untergebenen zu verunsichern. Also legte er nur erwartungsvoll den Kopf schief und wartete geduldig, bis sein Chef geruhte fortzufahren. Ein anerkennendes Lachen war die Antwort.

»Ich sehe, du hast mich mal wieder durchschaut!« Das runde, mit dem kahl geschorenen Schädel an ein Baby erinnernde Gesicht entspannte sich. Schultz lehnte sich gemächlich auf seinem gepolsterten Stuhl zurück. Mit zusammengefalteten Händen auf dem nicht zu übersehenden Bauch sah er aus wie ein glücksbringender Buddha. »Kompliment für deine Arbeit, Junge! Du hast deine Fähigkeit tatsächlich noch perfektioniert, die Dinge auf den Punkt zu bringen. Weiter so!« Nach diesem für ihn typischen Anfall von Vertraulichkeit wechselte er sofort wieder in den formellen Umgangston. »In diesem Sinne habe ich Ihre Darlegungen sofort weitergereicht. Sie werden auch an höherer Stelle einigen Anklang finden. Obwohl die Personalstärke der kleinsten taktischen Einheit zur selbstständigen Brandbekämpfung noch immer strittig ist, haben Sie klar dazu Stellung bezogen, Thorbecke. Ihre Argumente, vier statt zwei Männer beim Wassertrupp einzusetzen, sind überaus einleuchtend. Ebenso die von Ihnen genannten Normen für die Herstellung und Abnahme der Kraftfahrspritze mit fünfzehnhundert Litern pro Minute sowie die Richtlinien für den Aufbau – alles hieb- und stichfest. Ich habe Ihre Verdienste soeben auch dem Polizeichef, Reichsführer SS Himmler, geschildert. Er hält Ihre Festlegung auf ein Löschfahrzeug völlig neuen Typs für ebenso weitblickend wie mutig. Er schlug vor, Ihren vorausschauenden Einsatz zu belohnen … Herr *Brandingenieur-Anwärter*.«

Es folgte ein vielsagender Blick über die Goldrandbrille, während Emil erst langsam bewusst wurde, was die Ansprache seines Vorgesetzten überhaupt für ihn bedeutete. Er hatte ihm soeben seine Beförderung mitgeteilt.

Emil fühlte sich mehr als geehrt, denn das Lob dieses Mannes bedeutete ihm sogar noch mehr als die vom Polizeipräsidenten in Aussicht gestellte Auszeichnung. Heinrich Schultz war nicht nur sein Chef, er war der Mann, dem er all das zu verdanken hatte, was er war. Dabei waren die Umstände, unter denen sie sich vor vielen Jahren kennengelernt hatten, überaus traurig gewesen.

Emil erinnerte sich noch so genau an den Tag, als wäre er erst gestern gewesen. Er war ein Junge von gerade mal elf Jahren, als Schultz in seiner damaligen Funktion als Brandmeister an ihre Wohnungstür geklopft hatte, um ihm mitzuteilen, dass sein Vater während seines Dienstes als Polizist bei den Straßenkämpfen mit den Kommunisten ums Leben gekommen war. Emil hatte die Nachricht erst gar nicht begriffen. Reglos hatte er die Hiobsbotschaft entgegengenommen und dabei den Brandmeister wie versteinert angestarrt, unfähig, sich zu regen. Erst als Schultz die Hand auf seine Schulter legte und ihn sanft in die Wohnung begleitete, hatte sich die Starre langsam gelöst.

In der Küche hatte der Feuerwehrmann ihm ganz selbstverständlich einen heißen Kakao zubereitet und ihn nach seiner Mutter oder anderen Verwandten gefragt. Emil hatte ihm stockend geantwortet, dass es nun niemandem mehr gab, der sich um ihn kümmern konnte, und gleichzeitig begriffen, dass er nun tatsächlich ganz allein auf der Welt stand.

Die darauf einsetzende Verzweiflung hatte ihn fast um den Verstand gebracht. Er erinnerte sich noch genau daran, wie er plötzlich den Wunsch verspürt hatte, seinem Leben ein Ende zu bereiten. Wie in Trance war er zum Fenster gegangen, um es zu öffnen. Schultz hatte ihn damals nicht nur vor dem Schlimmsten bewahrt, sondern sogar begonnen, sich um den Jungen, der er damals war, zu kümmern. Stundenlang war er bei ihm geblieben und hatte immer wieder auf ihn eingeredet.

»Du musst jetzt tapfer sein, Junge«, hatte er zu ihm gesagt und ihn väterlich in die Arme genommen. »Ich werde dich nicht allein lassen.« Dieses Versprechen hatte ihm sein Leben gerettet, denn er hatte Vertrauen zu dem Mann geschöpft, den er doch gar nicht kannte. Der Feuerwehrmann hatte Wort gehalten, auch wenn er nicht verhindern konnte, dass er zunächst in ein Waisenhaus gebracht wurde. Dank Schultz' Unterstützung war es ihm möglich gewesen, das Gymnasium zu besuchen. Emil hatte es ihm vergolten, indem er als einer der Jahrgangsbesten sein Abitur gemacht und in den meisten Fällen auf seinen väterlichen Rat gehört hatte. An so manchen Tagen in den Schulferien hatte Schultz ihn auf die Feuerwehrwache mitgenommen, wo Emil sein Interesse für technische

Dinge entdeckt hatte. Er war es auch gewesen, der ihn ermuntert hatte, als Werkstudent Bautechnik zu studieren, um Ingenieur zu werden. Sein Interesse an ihm hatte selbst dann nicht nachgelassen, nachdem er zum Oberbaurat aufgestiegen und einer der wichtigsten Männer bei der Berufsfeuerwehr geworden war. Durch Schultz' Einfluss war er zu dem geworden, was er heute war. Dafür würde er ihm immer dankbar sein.

»Sie sagen ja gar nichts, Thorbecke.« Schultz riss ihn abrupt aus seinen Gedanken. »Ist Ihnen das Lob des Reichsführers denn gar nichts wert?«

»Verzeihung, Herr Oberbaurat!« Emil lächelte versonnen. »Ich habe mich nur gerade daran erinnert, dass ich das alles Ihnen zu verdanken habe. Ohne Sie stünde ich jetzt nicht da, wo ich bin.«

»Das will ich auch meinen, mein Junge!« Schultz rieb sich vergnügt die Hände. »Dann hast du wohl auch nichts dagegen, wenn du zum nächsten Ersten zum Brandingenieur befördert wirst, allerdings …«, er machte eine kleine Pause und sah ihn forschend an, »allerdings müsstest du vorher endlich in die Partei eintreten. Ich kenne deine Vorbehalte gegen Institutionen, aber die solltest du nun ablegen. Da wir de facto nun der Reichspolizei unterstellt sind, werden nur noch Parteimitglieder in höhere Ämter befördert. Das geschieht ganz im Sinne des Volkes.«

Emil hatte so etwas schon befürchtet. Er rutschte unbehaglich auf seinem Stuhl hin und her. Um den Parteibeitritt drückte er sich schon eine ganze Weile.

»Bitte verstehen Sie mich nicht falsch, Herr Oberbaurat, aber ich glaube nicht, dass ich meine Arbeit als Brandingenieur als Parteimitglied gewissenhafter verrichten könnte. Ich mache mir eben nichts aus Ideologien.«

»Ach Junge, nun stell dich doch nicht so an!« Er bedachte ihn mit einem kopfschüttelnden Seufzer, wie es Väter gerne tun, die ihren Sprösslingen auf den richtigen Weg helfen wollen. »Die Partei fördert doch nur deine Karriere!« Plötzlich legte er das vertrauliche Du wieder ab und wurde formell. »Es geht hier außerdem nicht um Ihre Meinung, sondern um das, was die Partei und der Führer für das Allgemeinwohl im Sinne haben, Thorbecke!« Er sah ihn streng an. »Kennen Sie das? *Ohne Manneszucht ist kein Soldatenwesen, kein Polizeiwesen, keine Wehrgemeinschaft möglich. Sie ist deren erster und wichtigster Grundpfeiler. Sie kennzeichnet sich in unbedingtem Gehorsam, in peinlicher Genauigkeit und Straffheit im Dienst, in äußerlicher Pünktlichkeit und Pflichterfüllung …«* Er machte eine kleine Kunstpause, bevor er fortfuhr. »Das sind nicht etwa meine Worte, lieber Thorbecke. Das sind die Worte unseres Führers. Und nun denken Sie mal darüber nach. Ist es nicht genau das, was Sie ohnehin denken? Widerspricht irgendetwas davon Ihren Werten oder Ihren moralischen Vorstellungen?«

Emil schwieg peinlich berührt. Er konnte den im Brustton der Überzeugung vorgetragenen Argumenten im Augenblick nichts entgegensetzen.

Der Oberbaurat nahm sein Schweigen prompt als Zustimmung und wurde wieder vertraulicher.

»Dann kann ich also davon ausgehen, dass du demnächst Mitglied in der Partei bist. Das ist gut.« Er bedeutete ihm mit einem Kopfnicken in Richtung Tür, dass er nun entlassen war. Als Emil jedoch bereits in der Tür stand, hielt er ihn nochmals auf. »Ach ja! Fast hätte ich es vergessen. Monika lässt fragen, ob du sie am Samstag ins Konzert begleiten möchtest.«

»Oh, das tut mir furchtbar leid!«, meinte Emil rasch, »aber

Samstagabend haben wir unseren monatlichen Kegelabend von der Feuerwache. Da muss ich leider passen.«

»Dann eben ein anderes Mal!«

Schultz schien ihm seine Absage zum Glück nicht übel zu nehmen. Monika war immerhin seine einzige Tochter, und es war kein Geheimnis, dass er es gerne sah, wenn Emil mit ihr ausging. An dem Mädchen selbst war eigentlich nichts auszusetzen. Sie hatte nur den einen Fehler, dass sie zu sehr für ihn schwärmte. Emil war deshalb froh, dass er für Samstagabend schon eine Ausrede hatte.

Zurück in seinem Büro, überdachte Emil noch einmal seine neue Position. Als Brandingenieur würde er nicht nur mehr Geld verdienen, sondern auch eine viel höhere Stellung mit weiterreichenden Machtbefugnissen innehaben. Viele Dinge, die ihn bislang gestört hatten, konnte er nun helfen auszumerzen und dafür neue Verbesserungen einbringen. Eine überaus verlockende Aussicht.

Der einzige Wermutstropfen blieb nur noch die Mitgliedschaft in der Partei. Die Nazis weckten in ihm keine besondere Sympathie. Die paramilitärischen Aufläufe der SA fand er regelrecht abstoßend. Seiner Meinung nach fanden bei den Uniformierten viel zu viele kriminelle Individuen Unterschlupf. Er sah keinerlei Anlass, sich mit solchen Typen gemein zu machen. Außerdem verabscheute er Gewalt. Auf der anderen Seite war nicht zu leugnen, dass es mit Adolf Hitler in Deutschland wieder aufwärtsging, auch wenn die Nazis dabei alle anderen Parteien aus der Regierung geworfen hatten. Das Land schöpfte nach den Jahren der Wirtschaftskrise endlich wieder Hoffnung. Hitler tat wenigstens etwas, um die Schmach von Versailles für das deutsche Volk erträglicher zu machen. Die straffe Gleichschaltung in allen möglichen

Lebensbereichen brachte große Effektivität mit sich. Emil dachte dabei an den Appell, der neulich an alle Beamten im Deutschen Reich verteilt worden war:

Beamte mögen sich eingedenk ihrer Pflichten gegenüber dem Staat und dem deutschen Volke unbeirrt und rückhaltlos in den Dienst der nationalen Revolution stellen.

Diese Einstellung brachte das Land voran. Vielleicht musste er seine Bedenken tatsächlich beiseiteschieben. Außerdem könnte er einen formalen Parteieintritt umgehen, indem er sich beim NS-Kraftfahrkorps als Mitglied einschreiben ließ, überlegte er weiter. Damit musste Schultz sich erst einmal zufriedengeben. Zum Glück besaß er ja sein Motorrad. Ein famoser Gedanke, wie er fand, auch wenn er sich mit Sicherheit von seinen Kollegen einige Sticheleien würde anhören müssen. Das Initialen NSKK standen im Volksmund für **N**ur **S**äufer **K**eine **K**ämpfer, doch mit solch einem Spott konnte er gut leben.

Erleichtert über die einfache Lösung seiner Probleme, beauftragte er Fräulein Zechmeister, die notwendigen Formulare zu besorgen.

Nach Feierabend setzte sich Emil auf sein Motorrad und fuhr in Richtung Krankenhaus. Den ganzen Tag über war er mit seiner Arbeit beschäftigt gewesen, doch nun fragte er sich, ob es klug wäre, diese Henny noch einmal aufzusuchen. Vielleicht sollte er das Medaillon doch einfach nur an der Pforte abgeben und dann wieder verschwinden? Sie hatte ihm schließlich eindeutig zu verstehen gegeben, was sie von ihm hielt.

Sein Zögern passte so gar nicht zu seiner sonstigen Art. Die Abfuhr eines Mädels war schließlich kein Weltuntergang. Doch der Gedanke, sie nicht mehr wiederzusehen, versetzte ihm einen Stich. Als er schließlich seine NSU vor dem Eingangsportal des Krankenhauses abstellte, war er sich immer noch nicht sicher. Doch dann wurde ihm die Entscheidung ausgerechnet durch Frieda Krupp aus der Hand genommen. Sie kam ihm geradewegs entgegen und steuerte sofort auf ihn zu, nachdem sie ihn erkannt hatte.

»Ja, schau mal einer an. So schnell sieht man sich wieder!«, begrüßte sie ihn mit einem erwartungsfrohen Lächeln. »Sag bloß, du willst dich bei Henny entschuldigen!«

Emil fühlte sich ertappt, was ihm überaus peinlich war. Deshalb griff er rasch in seine Jackentasche und zog das Medaillon hervor.

»Henny hat das neulich Abend verloren. Ich wollte es ihr nur zurückbringen.« Er überreichte ihr den Anhänger.

Frieda runzelte die Stirn und steckte das Schmuckstück ein, ohne es genauer anzusehen.

»War das alles?«

»Ja, ähm, nein! Bitte richte ihr noch einen schönen Gruß von mir aus«, schob Emil eilig hinterher und kam sich richtig albern vor, während er vor sich hin stotterte wie ein Pennäler. »Vielleicht … ach was, vergiss es. Wahrscheinlich ist sie ja noch immer sauer auf mich. Sag ihr einfach, dass es mir leidtut, dass …«

»Das kannst du ihr lieber selber sagen«, unterbrach ihn Frieda barsch. »Henny hat gleich Feierabend. Ich sage ihr, dass du draußen vor dem Winthirplatz auf sie wartest. Enttäusche sie nicht!«

Noch ehe er sich's versah, hatte sie sich unter eine Gruppe anderer Schwesternschülerinnen gemischt und war verschwunden.

Emil blieb mit einem mulmigen Gefühl zurück. Im Grunde

genommen hatte er seine Mission ja nun erfüllt und konnte einfach gehen. Henny würde sich bestimmt nicht dazu herablassen, ihn noch einmal zu sehen, obwohl … Er kaute unschlüssig auf seiner Unterlippe, bevor er sich dazu entschied, die Chance zu nutzen. Mehr als versetzen konnte sie ihn schließlich nicht.

Er schwang sich wieder auf seine NSU und fuhr die paar Meter zu dem nahe gelegenen Park. Dort wartete er unter dem Lichtkegel einer Straßenlaterne, damit sie ihn gleich sah, wenn sie denn käme. Es war bitterkalt. Der Himmel war sternenklar, und ein fast runder Vollmond erleuchtete die schwarze Winternacht. Nur wenige Passanten waren unterwegs, obwohl es noch nicht einmal sieben Uhr war. Die Läden entlang der Straße waren längst geschlossen, nur die Lampe vor einer Gastwirtschaft leuchtete einladend. Um warm zu werden, schlug Emil mit den Armen um sich und hüpfte auf und ab. Seine Hände fühlten sich schon nach wenigen Minuten an wie Eisklumpen. Das hatte er nun von seiner Blauäugigkeit.

Nach etwas mehr als zwanzig Minuten war er sich sicher, dass Henny ihn versetzt hatte. Dennoch wartete er weitere zehn Minuten. Als er sich gerade dazu entschlossen hatte, nach Hause zu fahren, vernahm er knirschende Schritte im Schnee. Wie eine Erscheinung löste sich Hennys Umriss aus der Dunkelheit und erschien plötzlich im Kegel der Straßenbeleuchtung. Emil vergaß augenblicklich, wie kalt ihm war, und strahlte sie an.

»Du hast ja eine ganz rote Nase«, begrüßte sie ihn mit einem verlegenen Lächeln. Sie wirkte heute viel weniger selbstbewusst als bei ihrer letzten Begegnung.

»Ja, wie ein Schneemann, nicht wahr.« Emil grinste verschmitzt und rieb sich die Nase. Wie hübsch sie in ihrer Schwesterntracht aussah. Das weiß gestärkte Kopftuch mit der Schleife unter dem Kinn verlieh ihr etwas Anrührendes. »Ich freue mich, dass du noch gekommen bist«, meinte er schließlich.

»Ich wollte mich eigentlich nur bei dir für das Medaillon bedanken. Ich hänge wirklich sehr an diesem Erinnerungsstück.« Sie schenkte ihm ein aufrichtiges Lächeln, was ihm neue Hoffnung gab.

»Das ist doch selbstverständlich. Ich hätte es dir schon früher zurückgebracht, doch ich hatte viel zu viel zu tun.« Emil wusste nicht so recht, wie er mit dem Gespräch fortfahren sollte. Er deutete auf den Park. »Wollen wir ein paar Schritte gehen?«

»Ich weiß nicht …« Henny zögerte. »Eigentlich wollte ich gleich wieder zurück. Ich hatte heute einen schrecklichen Tag und noch dazu Ärger mit der Oberschwester.«

Sie sah plötzlich ganz unglücklich aus.

»Vielleicht willst du mir ja erzählen, was dich so bedrückt? Ich bin ein guter Zuhörer.«

Emil sah sie an und hoffte, dass sie ihm nicht gleich wieder einen Korb geben würde.

Henny warf ihm einen überraschten Blick zu, dann nickte sie.

»Wenn du dir das wirklich antun möchtest.«

Zunächst liefen sie schweigend ein paar Schritte nebeneinander her, bevor sie endlich anfing zu erzählen. Emil erfuhr von der bedürftigen Mutter, die Henny eigenmächtig mit Proviant versorgt hatte, und dem unglücklichen Umstand, dass dies der Oberschwester zu Ohren gekommen war. Insgeheim bewunderte er ihren Mut. Er hätte sich sicher nicht so einfach über solche Regeln hinweggesetzt, auch wenn sie widersinnig waren.

»War es denn wirklich so falsch, sich den Anweisungen des alten Drachens zu widersetzen?«, fragte sie ihn schließlich geradeheraus. »Man kann die Frau doch nicht einfach hungern lassen!«

Ihre Augen funkelten empört, als suchten sie bei ihm Zustimmung.

Emil empfand es als seine Pflicht, ehrlich zu sein.

»Du hast dich nicht an die Anordnungen deiner Vorgesetzten gehalten, deswegen fordert die Oberschwester mit Recht eine disziplinarische Maßnahme …«, sagte er. Als er ihr enttäuschtes Gesicht sah, vollendete er rasch den angefangenen Satz. »Andererseits hast du das getan, was jeder Christenmensch ganz selbstverständlich tun sollte. Du hast jemandem geholfen, der es dringend nötig hatte. Nein, es war nicht falsch, was du getan hast. Allerdings …«, er versuchte es mit einem aufmunternden Lächeln, »musst du damit rechnen, dass deine Generaloberin das ganz anders sehen wird.«

Henny stimmte ihm betrübt zu.

»Man wird mich unehrenhaft entlassen – und das kurz vor meiner Abschlussprüfung.«

Ihre Niedergeschlagenheit tat ihm aufrichtig leid.

»So schlimm wird es schon nicht werden!«

»Es wird noch schlimmer werden«, widersprach sie ihm und beschleunigte ihre Schritte, sodass er Mühe hatte, ihr zu folgen.

»Danke, dass du mir zugehört hast.« Henny blieb plötzlich unvermittelt stehen und wandte sich ihm wieder zu. Sie hatten ihre Runde durch den Park vollendet. »Auch wenn mir die Generaloberin den Kopf abreißt, so muss ich mir wenigstens nicht vorwerfen lassen, gegen mein Gewissen gehandelt zu haben«, meinte sie tapfer.

»Das ist eine gute Einstellung«, meinte Emil etwas hilflos. Er hätte ihr gerne etwas mehr Mut gemacht.

Sie reichte ihm ihre Hand, um sich zu verabschieden.

Emil begriff, dass er die Gelegenheit ergreifen musste, wenn sie sich noch einmal sehen sollten.

»Ich hoffe, es kommt jetzt nicht ungelegen in deiner Situation, aber vielleicht hast du ja Lust, mich auf den Faschingsumzug am Rosenmontag zu begleiten? Es ist zwar noch eine Weile hin, aber dann kommst du wenigstens mal wieder auf andere Gedanken.« Einen bangen Augenblick lang fürchtete er, dass sie ablehnen könnte, denn ihr Blick sah überaus skeptisch aus. »Ich verspreche dir auch, dass ich dich nicht mehr ohne Ankündigung küssen werde …«, fügte er rasch hinzu.

Henny musste plötzlich herzlich lachen.

»Warum auch nicht?«, antwortete sie beinahe unbeschwert. Plötzlich war der Damm zwischen ihnen gebrochen, als sie ihm verschmitzt zulächelte. »Dann muss ich dir wenigstens keine mehr scheuern!«

Ihm fiel auf, dass sie beim Lächeln Grübchen in den Wangen hatte. Überhaupt sah sie in diesem Augenblick so bezaubernd aus, dass er sie tatsächlich am liebsten noch einmal geküsst hätte, hätte er ihr nicht gerade das Gegenteil versprochen. Stattdessen nahm er ihre ausgestreckte Hand und drückte sie leicht.

5. Kapitel

Verehrerkarussell

11. Dezember 1899

Was für ein kunterbuntes Durcheinander! Plötzlich ist mein Leben wieder aufregend. Selbst der gestrige Abend bei den Stieglmaiers war sehr viel unterhaltsamer, als ich es mir vorgestellt hatte. So vielerlei Dinge gehen mir seither durch den Kopf und geben mir wieder das Gefühl, am Leben teilhaben zu können. Auf die Lethargie und Trauer der letzten Monate folgt nun endlich wieder etwas Positives. Ich muss es einfach noch einmal für mich rekapitulieren:

Vater hat sich gestern nicht lumpen lassen und uns beiden für den Abend bei den Stieglmaiers eine Mietkutsche bestellt. Der Kutscher fuhr gegen sieben Uhr bei uns in der Bothmerstraße vor, um uns dann durch die hell erleuchtete Stadt zu chauffieren. Über die Maximiliansstraße ging es nach Bogenhausen, wo die Stieglmaiers in ihrer prachtvollen Villa in der Maria-Theresia-Straße residieren.

Ich erinnere mich noch genau, wie verwerflich es meine Mutter fand, dass Trude und Veit Stieglmaier so mit ihrem Wohlstand prahlen mussten. Seit Onkel Veits Druckerei expandiert ist, nut-

zen sie jede Gelegenheit, um ihre gesellschaftliche Stellung noch mehr hervorzukehren.

Papa sagt immer, dass alles, was Onkel Veit anfasst, auch zu Geld wird, wie bei König Midas. Er ist ein großer Bewunderer von Veits Geschäftstüchtigkeit. Aus diesem Grunde musste ich mir auch während der ganzen Fahrt anhören, dass das Grundstück an den Maximiliansanlagen ein Vermögen wert war. Onkel Veit hat es im Zuge der neuen Stadtbauentwicklung im Jahr 1892 erworben. Es ist ein Sahnestückchen, behauptet er, nicht allein deshalb, weil es ganz in der Nähe des erst im Sommer eingeweihten Friedensdenkmals mit der goldenen Viktoria steht.

Für mich war es das erste Mal, dass ich das Stieglmaiersche Anwesen zu sehen bekam. Es war tatsächlich von außen überaus beeindruckend. Ganz im Stil der Zeit war es als neoklassizistisches Bauwerk errichtet worden. Inmitten eines parkähnlichen Grundstücks stand ein prachtvoller cremefarbener Kasten mit einem vorgebauten, tempelähnlichen Portikus aus vier korinthischen Säulen. Das Dach des ausladenden Portikus war gleichzeitig eine großzügige Veranda, von der man einen wunderbaren Blick auf die Stadt genießen konnte. Lichte Fenster, klare horizontale und vertikale Gliederungen, dazu Abgüsse von griechischen Heldenfiguren auf dem Dachvorsprung, alles ist von erlesenem Geschmack.

Vater erwähnte, dass sich Onkel Veit das Haus von einem berühmten Architekten habe entwerfen lassen. Doch so licht und elegant die Villa auch von außen erscheinen mochte, ihr Inneres entbehrte jeglichen Geschmacks. Hier spürte man sofort Tante Trudes fehlenden Sinn für Schönes. Überall war es deprimierend dunkel. Das großzügige Foyer wirkte mit seiner schwarzen Eichenvertäfelung geradezu bedrückend eng. Überall hingen Hirschgeweihe und andere Trophäen, mit denen Onkel Veit seiner großen Jagdpassion Ausdruck verleihen wollte. Von der Decke prangte darüber hinaus ein Arrangement mehrerer Elchgeweihe, die zu einem bedrohlichen Leuchter umfunktioniert worden waren. Ging man darunter hindurch, musste man fürchten, von den furchterregenden Geweihmassen erschlagen zu werden. De gustibus non disputandum est – *über Geschmack lässt sich nun leider nicht streiten.*

Als wir kurz vor acht Uhr dort eintrafen – unsere Kutsche war wegen der eingestürzten Luitpoldbrücke gezwungen, einen Umweg zu machen –, fühlte ich mich reichlich unbehaglich, denn schließlich war es das erste Mal seit Mutters Tod, dass ich wieder in der Öffentlichkeit in Erscheinung trat. Tante Trude begrüßte mich mit ihrer schrecklichen Überschwänglichkeit. Eh ich mich es versah, hatte sie mich schon an ihren üppigen Busen gedrückt, bis mir tatsächlich die Luft wegblieb. Erst als ich nur noch wie ein Fisch auf dem Trockenen japste, ließ sie los.

»Meine Güte, armes Kind, du siehst ja schrecklich abgemagert aus«, bemerkte sie entsetzt. »Ich hätte mich schon viel eher um dich kümmern müssen!« Sie musterte mich durch ihr Lorgnon und schüttelte entgeistert den Kopf. »Der heutige Abend wird dich hoffentlich wieder etwas aufmuntern!«

Mit einem gequälten Lächeln ertrug ich ihre taktlose Begrüßung und war froh, als Onkel Veit sich endlich mir zuwandte. Er ist zum Glück nach wie vor ein liebenswerter Gemütsmensch: klein, noch ein wenig dicker, als ich ihn in Erinnerung hatte, und mit einem ausladenden Backenbart, der beim Lachen auf und ab wackelt. Neu war nur die protzige Golduhr in seiner Westentasche.

»Lass dich von Tante Trude nicht verrückt machen«, begrüßte er mich herzlich. »Du siehst ganz wunderbar aus!«

Er drückte mir schmatzend einen Kuss auf meine behandschuhte Hand, reichte mir seinen Arm und führte mich an sei-

ner Seite in den überladenen Salon, wo sich die anderen Gäste bereits bei einem Glas Sherry vergnügten.

Ein mit weißem Stuck verzierter Scheinkamin bildete das Zentrum des großen Raumes. Über ihm hing ein mächtiger, runder Spiegel mit ausladendem Goldrahmen. Die Wirkung der zartgrünen Mustertapeten wurde leider durch monströse Jagdbilder zerstört, die in großer Detailverliebtheit frisch aufgebrochenes Wild zeigten. Ich kann gar nicht sagen, wie abscheulich ich es fand. Um die großen Fenster waren schwere dunkelblaue Samtvorhänge drapiert, an deren Säumen goldene Fransen und Troddeln hingen. Davor stand das Klavier, an dem wenige Minuten später eine angesagte Künstlerin Platz nehmen sollte. Der Raum selbst war mit mehreren Sitzgelegenheiten und kleinen Tischchen ausgestattet, an denen es sich die Gäste zum Teil bereits bequem gemacht hatten.

Ich nahm ein Glas Sherry entgegen und sah mich unsicher um. Die meisten Leute kannte ich nur vom Sehen. Es waren mehr oder weniger alles Kunden von Onkel Veit und wohl auch von Vater. Ersterer winkte einem jungen Mann zu, der sich prompt von seinen Gesprächspartnern löste und auf uns zusteuerte. Obwohl ich Ignaz schon seit Jahren nicht mehr gesehen hatte, erkannte ich ihn sofort. Aus dem weinerlichen, dicklichen Jungen war zweifelsohne ein stattlicher Mann geworden. Mit stattlich meine ich in diesem Fall allerdings feist. Er überragt seinen Vater sowohl in der Höhe als auch in der Breite. Das will schon etwas heißen.

»Die kleine Luise«, begrüßte er mich, als wäre ich ein kleiner Pudel. »Du hast dich ja heute Abend fein herausgeputzt.«

Ignaz war schon immer ein Tölpel gewesen, aber unpassender hätte seine Bemerkung nun wirklich nicht sein können. Ich hatte mit Bedacht ein hochgeschlossenes, dunkelbraunes Seidenkleid mit kaum Verzierungen für den Abend gewählt, trug keinerlei Schmuck und hatte eine einfache Hochsteckfrisur. Jeder konnte sehen, dass ich noch in Trauer ging.

Statt einer höflichen Entgegnung begnügte ich mich mit einem schmallippigen Lächeln, um ihm gleich die kalte Schulter zu zeigen. Doch mit dem Feingefühl einer Dampfwalze beging Ignaz sogleich den nächsten Fauxpas, indem er plump meine Hand an sich nahm und mit seinen wulstigen Lippen einen dicken Schmatzer daraufsetzte. Ich sah Vater flehentlich an. Doch anstatt mir Schützenhilfe gegen diesen Widerling zu leisten, lud er Ignaz auch noch dazu ein, bei uns Platz zu nehmen.

Die Pianistin, eine Wienerin namens Isolde Barenblum, die sich zurzeit auf einer Konzertreise in München aufhielt, betrat soeben den Salon und wurde von Trude Stieglmaier mit einem enthusiastischen Klatschen begrüßt. Die anderen Gäste stimmten artig ein. Wir nahmen an einem der viel zu kleinen Tischchen Platz. Ignaz saß direkt neben mir. Seine Nähe gab mir das Gefühl, neben einem heißen Stein zu sitzen – so viel Wärme strahlte sein massiger Körper aus. Pikiert versuchte ich, von ihm abzurücken, was bei der Enge gar nicht so einfach war.

Nach der blumenreichen Ansprache der Gastgeberin nahm die Pianistin hinter dem Flügel Platz und begann sofort mit Beethovens Sonate Nummer 10 für Klavier. Das nun folgende musikalische Erlebnis ließ mich zum Glück Ignaz für eine Weile vergessen. Die lyrische, spielerische Melodie mit ihrem anmutigen und heiter-versonnenen Sechzehntelmotiv im ersten Satz führte mich in andere Sphären. Fräulein Barenblum spielte mit wunderbarer Hingabe. Die feinen, durchsichtigen Variationen mit den kurz gestoßenen Akkorden, die den zweiten Satz zu einem kleinen Marsch machen, waren ebenso ausdrucksstark wie der dritte Satz, der eine Mischung aus Rondo und Scherzo war, was Beethoven so unvergleichlich erscheinen lässt. Mit geschlossenen Augen gab ich mich dem leider viel zu kurz andauernden kleinen Konzert hin, das seine Fortsetzung in einer späten Franz-Schubert-Sonate fand. Ich wünschte, ich könnte öfter in solch einen Kunstgenuss kommen! Viel zu schnell war alles vorüber, was mir Ignaz' taktloses Stöhnen sofort in Erinnerung rief.

»Nun haben wir die Pflicht hinter uns und können uns der Kür widmen«, grinste er mich unverhohlen an. »Das Büfett wird gerade eröffnet. Soll ich uns etwas Leckeres zu essen holen? Und dann erzähl ich dir von meinen bemerkenswerten Erfolgen.« Er hob selbstgefällig die Augenbrauen. »Du wirst staunen, was für eine gute Partie ich geworden bin!«

»Daran zweifle ich keinen Augenblick!«, bemerkte ich spitz. Dieser Tölpel strotzte nicht nur vor Eitelkeit, er war einfach unerträglich. Verzweifelt sah ich mich nach einer Erlösung um, aber weder Vater noch Onkel Veit waren in erreichbarer Nähe.

»Ich komme gleich zurück«, entschuldigte ich mich in meiner Not, erhob mich rasch von meinem Platz und suchte das Weite, bevor Ignaz mich irgendwie aufhalten konnte.

Im Foyer suchte ich erst einmal Deckung zwischen einer riesigen Fächerpalme und ein paar Jagdtrophäen. Hier war es angenehm kühl, außerdem glaubte ich mich vor Ignaz' Nachstellungen einigermaßen sicher. Bevor er sich nicht ordentlich den Magen vollgeschlagen hatte, würde er sich sicher nicht auf die Suche nach mir machen. Glaub mir, ich war reichlich genervt. Das konnte ja ein heiterer Abend werden, dessen Ende noch lange nicht abzusehen war.

In meine Gedanken vertieft, bemerkte ich gar nicht, dass ich nicht allein hinter meiner Palme war. Ein amüsiertes Räuspern machte mich schließlich darauf aufmerksam. Nicht weit von mir entfernt stand ein hochgewachsener Mann. Er war bestimmt zwei Köpfe größer als ich selbst. Er musste mich schon eine ganze Weile beobachtet haben.

»Ein lauschiges Plätzchen, wenn man nicht gesehen werden will, nicht wahr?«, bemerkte er mit einem eindeutig ausländischen Akzent. Auch ohne dass wir uns vorgestellt worden waren, war mir sofort klar, dass es sich bei dem Herrn um den schottischen Missionar handeln musste, von dem Vater erzählt hatte.

»Mir war nach ein wenig frischer Luft zumute«, log ich rasch. »Im Salon ist die Luft zum Schneiden.«

»Ihr Deutschen schneidet die Luft?«, fragte er mit verblüfftem Stirnrunzeln. »Diesen Ausdruck kenne ich nicht!«

Ich musste unwillkürlich lachen und erklärte ihm auf Englisch, dass es sich hierbei nur um eine Metapher handle.

»Sie sprechen ein durchaus akzeptables Englisch«, lobte er mich. »Darf ich mich vorstellen? Mein Name ist Thomas Elliot. Ich bin schottischer Missionar aus dem Njassaland. Es ist ein englisches Protektorat in Zentralafrika.«

»Luise Winter.« Ich nickte ihm freundlich zu und achtete darauf, dass ich mich dabei nicht aus meiner Deckung herausbewegte.

Ignaz' Stimme war dicht hinter uns zu hören. Gut möglich, dass er sich bereits nach mir umsah, weil seine Mutter es wünschte.

»Verstecken Sie sich vor jemandem?«, fragte mich Elliot amüsiert. Er musste wohl bemerkt haben, wie ich mich krampfhaft im Hintergrund aufzuhalten versuchte.

Ich fühlte mich ertappt.

»Nun, sagen wir es so«, gestand ich etwas verlegen. »Ich versuche mir gerade eine kleine gesellschaftliche Verschnaufpause zu gönnen.«

»Dafür habe ich großes Verständnis«, gestand Elliot ernst. »Ich fühle mich hier auch nicht besonders wohl.« Dann hob er seine buschigen rötlichen Augenbrauen und sah mich belustigt an.

»Ich hoffe nur, dass es nicht Ihr Verlobter ist, vor dem Sie davonlaufen!«

Sein Sinn für Humor gefiel mir, und ich nahm mir die Zeit, ihn genauer zu betrachten. Thomas Elliot war zweifelsohne ein gut aussehender Mann. Nicht mehr ganz jung, aber von einer bemerkenswerten Erscheinung. Die hohe Stirn, die in einen rötlich blonden buschigen Haarkranz überging, verlieh ihm etwas Ehrfurcht Gebietendes, wobei seine tiefblauen Augen hin und wieder aufblitzten. Am bemerkenswertesten fand ich jedoch seine Stimme, die sehr tief und tragend klang.

»Ich bin nicht verlobt«, antwortete ich nach kurzem Zögern, wobei mir dummerweise die Röte ins Gesicht schoss. »Meine Mutter ist vor einigen Monaten gestorben«, fügte ich rasch hinzu. »Es ist das erste Mal seit ihrem Tod, dass ich mich wieder unter Leute wage.«

»Mein tief empfundenes Beileid, Miss Winter«, entgegnete der Missionar sofort wieder ernst. »Die vielen Menschen mit ihrer belanglosen Konversation müssen eine Qual für Sie sein, nicht wahr?« Seine Stimme bekam etwas Fürsorgliches. »Wollen wir uns nicht ein wenig dort hinten hinsetzen und plaudern?« Er wies auf zwei Sessel in einer Nische neben der Treppe. Sie lag verborgen genug, um nicht entdeckt zu werden.

Ich war, offen gesagt, erleichtert über sein Verständnis und ließ mich nur allzu gerne darauf ein. Mister Elliot schien mir ein durchaus interessanter Mann und hatte ehrenvolle Absichten. Vater hatte mir außerdem sogar empfohlen, mich mit ihm zu unterhalten, und ein Geistlicher war ohnehin über jeden Verdacht erhaben. Allzu gern nutzte ich die Gelegenheit, ihn über seine Tätigkeit in Afrika auszufragen. Mir war, als schlüge er ein Abenteuerbuch auf und lese daraus vor, so fesselnd waren seine Schilderungen. Gebannt lauschte ich seinen Erzählungen über die ach so fremde Welt, in der er lebte. Sein Leben muss wirklich eindrucksvoll und aufregend sein. Fragen aller Art waren ihm herzlich willkommen. Nur als ich mich erkundigte, weshalb er gerade in Deutschland weile, zog ein unwilliger Schatten über sein Gesicht.

»Meine Kirche, die ›Free Church of Scotland‹ ist gerade dabei, mit der ›United Presbyterian Church‹ eine gemeinsame Glaubensgemeinschaft zu bilden. Ärgerlicherweise wurde ich dazu aufgefordert, meine Meinung dazu vor dem obersten Gremium unserer Kirche in Schottland kundzutun, um es vielleicht noch zu verhindern. Ich verhehle nicht, dass mir dieser Zusammenschluss ganz und gar nicht gefällt, und deshalb meine Gemeinde auf längere Zeit zu verlassen … Ich weiß nicht, das behagt mir nicht!«

Er schüttelte ärgerlich den Kopf, dann schien er sich wieder auf mich zu besinnen.

»Doch damit möchte ich Sie nicht langweilen. Meine Reise nach Schottland führte mich über den Suezkanal und von dort quer durch Europa. München liegt gewissermaßen auf meinem Weg dorthin. Ich habe hier noch alte Bekannte aus meiner Studienzeit, die sich bereit erklärt haben, einige Vorträge zu organisieren, bei denen ich etwas Geld für meine Gemeinde bei Nkhotakota sammeln kann. Sobald ich zurück bin, möchte ich dort eine Schule errichten. Außerdem brauche ich medizinisches Material für unsere Krankenstation. Auf diese Weise ist meine Reise wenigstens nicht ganz umsonst.«

Der letzte Satz klang wieder niedergedrückt. Er sagte ihn mehr zu sich als zu mir.

»Ihr Leben in Afrika hört sich für mich sehr aufregend an«, sagte ich, um die Unterhaltung nicht abreißen zu lassen. »Ich würde mir dieses wundervolle Land gerne einmal persönlich ansehen. Leider wird das für eine Frau in meiner Position nie möglich sein.«

Elliot sah mich verwundert an.

»Den meisten Damen, denen ich mehr von Afrika erzähle, graut allein die Vorstellung davor. Mir scheint, Ihnen ist nicht klar, wie hart und entbehrungsreich das Leben in der Wildnis sein kann.«

»So etwas würde mich nicht abschrecken«, behauptete ich vielleicht etwas vorschnell. »Ich habe schon immer davon geträumt, einmal das wilde Afrika mit all seinen sonderbaren Tieren und ursprünglichen Menschen kennenzulernen. Die Reiseschilderungen von Livingstone, Burton und Speke habe ich alle mit großer Begeisterung verschlungen.«

»Die Realität sieht leider nicht so romantisch aus, wie Sie sich das vorstellen«, wies mich Elliot sofort zurecht.

»Wussten Sie eigentlich schon immer, dass Sie Missionar werden wollten?«, stellte ich rasch eine etwas unverfänglichere Frage. Damit hatte ich ins Schwarze getroffen, denn nun geriet er ins Schwärmen.

»Ich habe schon während meines Theologiestudiums in Edinburgh den einen Wunsch gehegt, Missionar zu werden.« Er lächelte versonnen. »Und wenn ich ehrlich bin, dann war es ebenfalls mein Landsmann David Livingstone, der mich dazu inspiriert hat, ausgerechnet nach Afrika zu gehen.« Seine Augen begannen plötzlich vor Begeisterung zu sprühen. »Als ich dann später zum ersten Mal den schwarzen Kontinent betrat, wusste ich, dass ich den Ort meiner Bestimmung gefunden hatte. Wie heißt es in der Bibel so trefflich: ›Bis zur rechten Zeit harrt der Geduldige aus, und nachher erwächst ihm daraus Freude.‹ Sagt Jesus Sirach. Die Menschen in Afrika unterscheiden sich in vielerlei Hinsicht von uns Schotten und natürlich auch von den Deutschen. Sie lachen viel mehr und sind nicht bereit, allzu ernst über das Leben nachzudenken. Ich möchte behaupten, sie haben sich das Gemüt von Kindern bewahrt. Auf der anderen Seite können sie auch sehr *grausam sein. Es gibt gerade um den Nyassasee, wo ich lebe, viele kriegerische Stämme, die von unserem Herrgott noch nie etwas gehört haben. Die meisten von ihnen sind grausam, ja mordlüstern und folgen verwerflichen, heidnischen Kulten. Sie bilden Geheimgesellschaften, die mit ihren okkulten Tätigkeiten weit in das Leben der Dorfbevölkerung eingreifen. Es ist eine große Herausforderung, ihre verirrten Seelen in Gottes großes Reich zu führen.«*

»Fürchten Sie sich denn niemals vor diesen Wilden?«

Ein leises Schaudern überzog mich nun doch. Ich versuchte mir vorzustellen, wie ein einzelner Weißer sich gegen die Übermacht an unberechenbaren Wilden durchsetzen sollte.

Wieder antwortete Elliot mit einem Bibelzitat.

»Bei Jesaja heißt es: ›Fürchte dich nicht, ich bin mit dir; weiche nicht, denn ich bin dein Gott. Ich stärke dich, ich helfe dir auch, ich halte dich durch die rechte Hand meiner Gerechtigkeit.‹« Er sah mich fest an. »Nein, ich kenne keine Angst! Und Sie?«

Seine unerwartete Gegenfrage überraschte mich. Ich dachte einen kurzen Augenblick nach.

»Nein, ich kenne auch keine Angst, solange ich selbst meine Zukunft bestimmen kann.«

Mir kam plötzlich Tassilos Forderung nach selbstbestimmter Freiheit in den Sinn.

Elliots Augenbrauen hoben sich skeptisch.

»Das hört sich für mich zumindest gewagt an«, schränkte er ein. »Ihr Vater wird von solch einem Freiheitsdrang nicht sehr begeistert sein.«

Bevor ich antworten konnte, wurden wir von Frau Stieglmaier unterbrochen, die uns entdeckt hatte und nun aufgeregt auf uns zusteuerte.

»Da bist du ja, Luise! Wir haben uns schon Sorgen gemacht. Ignaz sagte, du wolltest dich nur etwas frisch machen!« Sie warf mir

einen indignierten Blick zu. Sehr viel freundlicher wandte sie sich an Thomas Elliot. »Bitte verzeihen Sie die Störung, Herr Pastor.«

Mister Elliot erhob sich höflich.

»Ich glaube, ich muss mir entschuldigen«, bemerkte er in steifem Deutsch. »Es tut mir wirklich leid, wenn ich Miss Winter aufgehalten habe, Missis Stieglmaier. Die junge Lady trägt keine Schuld, dass ich sie einfach so vereinnahmt habe.« Er deutete eine Verbeugung in unser beider Richtung an. »Außerdem wird es Zeit für mir zu gehen. Vielleicht wollen die Damen mir die Ehre erweisen und nächsten Sonntag zu meinem Vortrag in den Gemeindesaal der evangelischen Lukaskirche kommen? Ich werde dort etwas über unsere ökumenische Missionsarbeit in Nkothakota erzählen. Der Vortrag beginnt um drei Uhr. Danach wird Kaffee und Kuchen gereicht und um eine kleine Spende gebeten.«

Trude Stieglmaier nickte gönnerhaft. »Mein Gatte hat mir davon schon berichtet. Wir werden selbstverständlich sehr gerne kommen – und mein Ignaz und das Fräulein Winter mit Sicherheit auch«, fügte sie mit einem kurzen Seitenblick auf mich hinzu. Sie ging offensichtlich ganz selbstverständlich davon aus, über meinen und den Kopf ihres Sohnes hinweg entscheiden zu können.

»Ich bin leider nächsten Sonntag schon zu einem Spaziergang verabredet«, entfuhr es mir prompt empört.

Thomas Elliot lächelte bedauernd. »Das tut mir leid. Dann wünsche ich den Damen noch einen angenehmen Abend.« Damit zog er sich zurück.

Frau Stieglmaier sah mich befremdet an.

»Was ist nur in dich gefahren?«, fragte sie kopfschüttelnd. »Jetzt hast du den Herrn Pastor auch noch verärgert.«

»Ich habe Mister Elliot nicht verärgert, sondern nur etwas

richtiggestellt«, antwortete ich trotzig. »Wie kommst du darauf, dass ich mit Ignaz zu diesem Vortrag gehen möchte?«

Sie lächelte säuerlich. »Aber Kind, ich dachte doch nur, dass ihr beide euch bei dieser Gelegenheit ein wenig näher kennenlernen könntet.«

»Ich kenne Ignaz gut genug«, antwortete ich betont schroff.

Tante Trude starrte mich an, als hätte ich sie soeben mit Eiswasser übergossen.

»Wie du meinst«, antwortete sie spitz und rauschte beleidigt davon.

Ich mag vielleicht nicht sehr freundlich gewesen sein, aber zumindest hatte ich den ganzen Abend über sowohl vor Ignaz als auch vor Trude Stieglmaier meine Ruhe.

»Du hast dich Ignaz gegenüber heute nicht sehr damenhaft benommen«, rügte mich Vater prompt auf der Heimfahrt. Er war ordentlich verärgert.

»Ignaz ist ein Tölpel«, erwiderte ich grimmig. »Er hat vor allen Leuten behauptet, dass ich mich wie ein Pfau herausgeputzt hätte. Das war nicht nur taktlos, sondern impertinent.«

»Seine Ungeschliffenheit wird sich schon noch legen, sobald er in festen Händen ist. Deine Mutter hat mich schließlich auch zu einem besseren Menschen gemacht.«

»Du warst ganz bestimmt niemals so dreist.«

Über Vaters Gesicht huschte ein kurzes Lächeln. »Ich weiß es zu schätzen, dass du so eine hohe Meinung von mir hast.« Doch dann wurde seine Miene sofort wieder ernst.

»Bevor du Ignaz in Bausch und Bogen verurteilst, möchte ich, dass du ihn wenigstens vorher etwas näher kennenlernst.« Seine Stimme duldete keinen Widerspruch.

Mir schwante Schreckliches. Erst neulich hatte er erwähnt, dass es an der Zeit war, mich unter die Haube zu bringen. Ich glau-

be, ihm schwebte tatsächlich vor, mich mit Ignaz Stieglmaier zu verkuppeln.

Bevor ich mich fassen konnte, fuhr er auch schon fort.

»Trude schlug vor, dass wir sie und ihren Sohn am Sonntag zu dem Vortrag von Pastor Elliot begleiten. Ich halte das für eine sehr gute Idee, deshalb habe ich zugesagt.« Er sah mich eindringlich an. »Du interessierst dich doch für Afrika!«

»Ich habe am Sonntag aber schon etwas anderes vor.« Es gelang mir kaum, meine Empörung zu verbergen. Wie konnte diese Frau es wagen, so hinter meinem Rücken gegen mich zu intrigieren?

»Dann wirst du dein Vorhaben eben verschieben müssen«, erwiderte Vater streng.

»Das geht nicht. Ich habe dieser Verabredung bereits zugesagt …«

»Was für einer Verabredung?«

Auf Vaters Stirn bildete sich eine missbilligende Falte.

Durch meine unbedachte Äußerung hatte ich mich in die Bredouille gebracht. Schließlich konnte ich ihm schlecht gestehen, dass ich mit einem Studienfreund von Leopold verabredet war. Das würde er niemals gutheißen, es sei denn … Ich überlegte fieberhaft, wie ich es anstellen konnte, Vater doch noch zu überzeugen, dass ich Ignaz Stieglmaier gar nicht näher kennenzulernen brauchte, weil ich schon einen anderen Verehrer hatte. Und das war ja nicht einmal gelogen. Im Grunde genommen war es sogar eine günstige Gelegenheit, um Tassilo endlich bei uns einzuführen. Ich gestehe, ich war wahrlich verzweifelt. Vater kann doch nichts gegen Tassilo von Waldeck haben. Schließlich ist er sogar adlig. Wer nicht wagt, der nicht gewinnt, dachte ich und preschte mutig vor.

»Vater, ich muss dir etwas sagen.«

Seine Augenbrauen schnellten sofort in die Höhe, weil ich ihm zu widersprechen wagte.

»Es gibt da einen Verehrer, von dem ich dir noch nicht erzählt habe …« Ich hörte, wie er laut einatmete, um mir Einhalt zu gebieten, deshalb fuhr ich rasch fort. »Es ist ein Studienfreund von Leopold. Wir haben uns neulich auf der Ausfahrt in den Englischen Garten kennengelernt und ausgezeichnet unterhalten.«

Von meinem nächtlichen Ausflug in den Kronprinzen *erzählte ich ihm natürlich nichts.*

»Und wieso weiß ich davon nichts?«

»Es hat sich einfach noch keine Gelegenheit dazu ergeben. Du hast doch so wenig Zeit«, behauptete ich, »außerdem wollte ich dir ohnehin noch heute Abend davon erzählen, denn Herr von Waldeck beabsichtigt, sich noch diese Woche bei dir vorzustellen. Er ist sehr gebildet und wird dir gefallen.«

Für einen Augenblick war Vater fassungslos.

»Du machst also hinter meinem Rücken Bekanntschaften. Ich fasse es nicht!«

»Daran ist nichts Unanständiges. Leopold war immer dabei«, behauptete ich.

»Hhm.« Sein Räuspern verriet, dass er sich immer noch nicht schlüssig war, wie er angemessen darauf reagieren sollte.

»Du hast selbst gesagt, dass du mich nicht zu einer Ehe zwingen möchtest.«

Mein flehentlicher Blick zeigte endlich Wirkung und stimmte ihn milder. Solange ich nicht trotzig aufbegehre, ist Vater immer noch leicht um den Finger zu wickeln.

»Ach Kind! Ich möchte doch nur, dass du glücklich wirst.«

Er seufzte und ließ seinen Blick durch das Kutschenfenster in die von Gaslampen beleuchtete Stadt schweifen.

»Dann wirst du also Herrn von Waldeck empfangen?«

Ich spürte, wie mein Herz freudig zu schlagen begann.

Er wandte sich langsam wieder zu mir und stimmte ergeben zu.

»Meinetwegen. Ich erwarte ihn am Mittwochnachmittag gegen fünf Uhr. Dann werde ich den jungen Herrn genau unter die Lupe nehmen.«

Was glaubst du, was mir für ein Stein vom Herzen fiel!

So verlief also der heutige Abend, ich bin immer noch ganz erfüllt. In meinem Schreibtisch befindet sich längst eine Nachricht an Tassilo, in der ich ihn bitte, mich morgen Nachmittag am Chinesischen Turm zu treffen. Und dann werde ich ihn dazu bringen, Vater am Mittwoch seine Aufwartung zu machen. Was für aufregende Aussichten!

12. Dezember 1899

Ich könnte tanzen vor Freude! Alles läuft wie am Schnürchen! Ich habe Resl gleich nach dem Frühstück zu Tassilo geschickt und ihr aufgetragen, auf die Antwort zu warten. Es hat keine zwei Stunden gedauert, da war sie auch schon wieder da.

> *Wertes Fräulein Luise,*
> *ich muss gestehen, der Vorschlag, uns schon heute wiederzusehen, ist überaus verlockend. Ich werde um Punkt drei Uhr auf der Aussichtsplattform des Chinesischen Turms auf Sie warten! Ich zähle bereits die Stunden!*
> *Ihr ergebenster Tassilo*

Der Morgen verlief in quälender Langsamkeit. Glücklicherweise ist Vater oft bis spätabends in seiner Bank beschäftigt, sodass ich mir keine Ausreden einfallen lassen musste. Resls Stillschwei-

gen habe ich mir allerdings teuer erkauft. Ich weiß, dass sie für ihre Aussteuer spart, also ließ ich ihr einen kleinen Zuschuss zukommen. Bereits gegen ein Uhr war ich so aufgeregt, dass es mich kaum noch im Haus hielt. Ich musste an mich halten, um nicht viel zu früh aufzubrechen.

Kurz nach zwei begab ich mich zur Trambahnstation. Erst in Richtung Marienplatz und von dort ein paar Stationen die Ludwigstraße hinauf. Den Rest der Strecke legte ich zu Fuß zurück.

Während der Nacht hatte es leicht zu tauen begonnen, wodurch die Wege im Englischen Garten nass und matschig geworden waren. Außerdem setzte leichter Nieselregen ein, der meinem mit Schleifen und Spitzen aufgeputzten Tellerhut nicht besonders zuträglich war. Da half auch mein mitgeführter Regenschirm nicht viel. Meine Schnürstiefel waren zudem nicht wasserdicht, sodass ich schon nasse Füße bekam, bevor ich den Chinesischen Turm überhaupt erreicht hatte. Überhaupt war meine Garderobe für solch einen Matschtag nicht besonders geeignet. Der Rock meines Kostüms war so eng geschnitten, dass ich mehr oder weniger nur tippeln konnte.

Schließlich erreichte ich mein Ziel. Wie eine Tanne stand der Chinesische Turm mit seinen fünf Stockwerken endlich vor mir. Dort oben, in fünfundzwanzig Metern Höhe, erwartete mich Tassilo. Ich erklomm mit viel Mühe die enge Wendeltreppe und sah ihn an der Brüstung stehen. In seinem warmen, schwarzen Wintermantel mit silbergrauem Pelzkragen und einem dunklen Fedorahut sah er überaus elegant aus. Nun war ich doch froh, dass ich mich so sorgfältig zurechtgemacht hatte. Ich hatte mit Bedacht das taubenblaue Kostüm gewählt, da es meine rotblonden Haare besonders gut zur Geltung bringt, auch wenn es nicht besonders warm hält. Das Strahlen auf seinem Gesicht, als er mich sah, wärmte mein Herz. Mit ausgestreckten Armen kam er auf mich zu, ergriff meine kalten Hände und hauchte abwechselnd Küsse darauf.

»Sie sehen einfach bezaubernd aus, Fräulein Luise. Hatten Sie wirklich so große Sehnsucht nach mir?«

Sein schelmischer Blick machte mich ganz schwindlig. Rasch entzog ich ihm meine Hände und versuchte mich wieder unter Kontrolle zu bringen.

»Ich wusste mir keinen anderen Ausweg, als Sie möglichst rasch zu treffen«, gestand ich ihm unverblümt.

Tassilos Lippen kräuselten sich spöttisch.

»Das hört sich ja fast nach unmittelbarer Lebensgefahr an. Wollen wir uns nicht ein wärmeres Plätzchen suchen, damit Sie mir alles erzählen können? Ich kenne da in Schwabing ein nettes kleines Café, in dem wir uns ungestört unterhalten können.«

Kurze Zeit später saßen wir in einem verschwiegenen Lokal bei einer heißen Tasse Tee, wo ich Tassilo von Ignaz und meiner nicht unbegründeten Befürchtung, dass Vater uns verkuppeln wollte, erzählte.

Tassilo zwirbelte gedankenverloren an seinem schwarzen Schnurrbart, während er mir aufmerksam zuhörte. Er unterbrach mich kein einziges Mal.

»Und ich soll dich jetzt also vor deinem Unglück bewahren?«, vergewisserte er sich. Wie selbstverständlich hatte er in das vertrauliche Du gewechselt, was mein Herz sofort höher schlagen ließ.

»Nun ja, ich dachte … wenn Sie …«

Er griff über den Tisch nach meinen Händen und sah mir tief in die Augen.

»Mach mir die Freude und sag Du«, unterbrach er mich. Sein

Zeigefinger strich dabei zärtlich über meinen Handrücken. Mein ganzer Körper fing in diesem Augenblick an zu beben.

Ich wusste auf einmal gar nicht mehr, was ich sagen sollte.

»Sag mir, was du von mir verlangst«, bat er mit dem für ihn so typischen Lächeln, bei dem ich mir nie sicher war, ob es ernst oder spöttisch gemeint war.

»Ich möchte, dass du morgen bei meinem Vater deine Aufwartung machst«, brachte ich schließlich hervor. »Er soll begreifen, dass Ignaz nicht die einzige Partie ist, die ich haben kann.«

Jetzt war es heraus. Ich schämte mich plötzlich für meine Offenheit. Doch Tassilo schien nichts dabei zu finden. Er ließ meine Hände nicht los, sondern fixierte mich noch eindringlicher als zuvor.

»Dann wünschst du also, dass ich offiziell um dich werbe?« Seine dunklen Augen brannten sich in mein Herz. »Dann zeig mir, dass es dir auch ernst ist!«

Mir stockte der Atem. Ich konnte seine Worte plötzlich nicht mehr richtig einordnen. Sollte das womöglich ein Heiratsantrag sein? Mir wurde erst heiß, dann fröstelte mich, bis ich zu zittern begann. Mit allem hatte ich gerechnet, nur damit nicht.

Bevor ich etwas erwidern konnte, brach Tassilo unvermittelt in herzhaftes Lachen aus und ließ meine Hände abrupt los.

Ich sah ihn entsetzt an. Sein plötzlicher Stimmungswandel kränkte mich.

»Irritiert dich meine Offenheit?«, erkundigte er sich belustigt. »Ich habe dir doch neulich schon verraten, dass ich ein Freigeist bin. Konventionen bedeuten mir nichts.« Er hob seine Hände und ließ die Finger wie die Flügel eines Schmetterlings neben seinem Kopf flattern. »Aber eines kann ich dir versprechen. Ich begehre dich, Luise Winter.« Seine Miene wurde unvermittelt wieder ernst. »Sehr sogar.« Seine Stimme war jetzt

nur noch ein leises Raunen. »Wenn du mutig genug bist, zeige ich dir die Geheimnisse der Liebe. Du musst dich nur auf mich einlassen …«

Er streckte seine Hand aus, damit ich sie nahm.

Ich ließ sie unberührt. Stattdessen trieben mir seine Worte die Schamesröte ins Gesicht. Ich war völlig durcheinander und unfähig, angemessen zu reagieren.

»Ich möchte einfach nur, dass du meinem Vater deine Aufwartung machst«, stammelte ich verstört. »So können wir uns sehen, ohne dass jemand etwas Unschickliches daran findet.«

Er lehnte sich mit einem langen Seufzer in seinem Stuhl zurück und schlug die Beine übereinander. Seine feinen Fingerkuppen berührten einander, während sein Blick nachdenklich auf mir ruhte.

»Ach, was bist du nur für eine seltsame Frau, Luise, so rein, so klar und vor allem so ehrlich …« Sein Lachen klang bitter. »Wäre ich ein besserer Mensch, so würde ich noch heute bei deinem Vater um deine Hand anhalten …«

»Mir reicht es, wenn du meinem Vater morgen um fünf Uhr aufwartest«, entgegnete ich mit zitternder Stimme. Irgendwie ging mir alles viel zu schnell. »Danach können wir uns in aller Ruhe näher kennenlernen.«

Tassilo nickte, ohne etwas zu sagen, was ich als Bestätigung aufnahm. Dann sah er auf die Uhr und rief hastig nach der Bedienung.

»Ich muss noch mal an die Universität«, gab er mir zu verstehen. »Leider bin ich schon ziemlich spät dran!«

Nachdem er bezahlt hatte, begleitete er mich zur Straßenbahnhaltestelle. Wir sprachen nicht mehr allzu viel. Doch zum Abschied küsste er mich auf den Mund.

Ich spürte die Wärme seiner Lippen, die Zärtlichkeit seiner Be-

rührung und den intensiven Geruch seines Parfüms. Es war wunderbar aufregend und schmeckte nach mehr.

»Leb wohl, meine Rose«, waren seine Abschiedsworte. Dabei strich er mir sanft über die Wange.

Wie gern wäre ich noch einmal von ihm geküsst worden.

6. Kapitel

Auf Messers Schneide

Henny überlegte, ob es überhaupt sinnvoll war, ihr Ordenskleid noch einmal anzulegen. In exakt einer halben Stunde sollte über ihr weiteres Schicksal entschieden werden, und sie fürchtete, dass es nicht gut darum stand. Oberschwester Hildegard hatte sie tatsächlich bei der Generaloberin angeschwärzt, woraufhin sie nun in deren Büro bestellt worden war. Das konnte nur eines bedeuten: Man würde ihr den Austritt aus dem Orden nahelegen. Niemand widersetzte sich ungestraft den Anweisungen seiner Vorgesetzten. Frau Birkner war für ihre Strenge und Disziplin bekannt. Sie konnte unerbittlich sein, wenn es darum ging, die Regeln des Ordens einzuhalten. Henny verehrte die Generaloberin wegen ihrer Geradlinigkeit. Unbeirrt ging diese Frau ihren Weg, immer das Wohl des Ordens im Auge behaltend. Sie ließ sich von niemandem einschüchtern, nicht einmal von den Nationalsozialisten, die sich in alle Belange des täglichen Lebens einzumischen versuchten.

Henny seufzte. Es tat ihr aufrichtig leid, wenn sie Frau Birkner enttäuscht hatte, doch das änderte nichts an der Tatsache, dass sie es nicht bereute, Frau Matuschek geholfen zu haben. Mit einer zärtlichen Handbewegung strich sie über das schlichte graue Kleid, das vor ihr auf dem Bett ausgebreitet lag.

Die Tracht einer Schwester galt als Ehrenkleid, das außerdienstlich nicht getragen werden durfte. Die Entwürfe der Kleider gingen auf die erste Oberin Clementine Wallmenich zurück. Jede Schwester bekam bei ihrem Eintritt in den Orden dieselbe Ausstattung. Sie bestand aus vier grauen Mixkleidern, die im Winter mit einem dicken Futter versehen wurden. Dazu gab es zwei Latzschürzen zum Wechseln. Zu den Kleidern gehörten außerdem weiße Umlegekragen, Bündchenärmel und ein Rüschenhäubchen, das unter dem Kinn mit einer Schleife zu binden war. Ein wollenes Umschlagtuch und eine Sommerpelerine mit Fransen waren für Gänge aus dem Haus vorgesehen, dazu bekam jede Schwester einen Regen- und einen Sonnenschirm, was einige der konservativen Schwestern wie Hildegard als reine Modetorheit abtaten.

Henny lächelte wehmütig. Auch wenn die Schwesternschaft des Roten Kreuzes kein religiöser Orden war, so war es doch die erste Gemeinschaft, zu der sie sich wirklich zugehörig gefühlt hatte. In einem Anflug von Trotz beschloss sie, die Tracht noch ein letztes Mal überzustreifen. Auch wenn ihr Traum, Krankenschwester zu werden, nun bald zu Ende sein würde.

Wie werden Agnes und Josef wohl mein Ausscheiden aufnehmen? Henny dachte voller Unbehagen an die selbstgerechten Pflegeeltern. Sie konnte sich Josefs vorwurfsvolle Blicke und Agnes' Gejammer sehr gut vorstellen. Die beiden hatten ihr noch nie etwas Anständiges zugetraut.

»So eine wie du, die brauchen sie ganz gewiss nicht in München«, hatte Agnes abfällig geäußert, als sie sich bei den Schwestern beworben hatte. Und als sie dann wider Erwarten doch angenommen worden war, wurde die gute Nachricht nicht etwa mit Freude oder wenigstens Wohlwollen aufgenommen, sondern mit der noch abfälligeren Bemerkung: »Mal sehen, wie lange die dich da behalten werden. Hilf lieber im Gasthof. Da gehörst du hin!«

Wie recht sie doch behalten sollten! Henny biss sich auf die Unterlippe. *Diese Blöße werde ich mir nicht geben! Wenn sie mich rauswerfen, gehe ich ganz gewiss nicht mehr zu den beiden zurück.* Agnes würde es Genugtuung bereiten, wenn sie als Schankmagd in ihrem heruntergewirtschafteten Gasthof half und als Erntehelferin auf dem Feld arbeitete. Es war das Allerletzte, was sie tun wollte. Sie würde nie wieder in die Enge des Dorfes zurückkehren. Henny wollte nicht weg aus München. Die Stadt war ihr neues Zuhause geworden.

Sie dachte an ihre beste Freundin Frieda und an Emil, dem sie ein Wiedersehen versprochen hatte. Der Gedanke an diesen Mann ließ ihr Herz sofort etwas schneller schlagen. Er hatte neulich so viel Verständnis für sie gezeigt wie noch nie ein Mensch zuvor. Emil strahlte Kraft und Zuversicht aus, war humorvoll und charmant. Er schaffte es, sie zum Lachen zu bringen, und gab ihr das Gefühl, etwas Besonderes zu sein. Oder täuschte sie sich? Immerhin hatte er ihr Mut gemacht, als sie ihm von ihrem Ärger erzählt hatte. In seiner Anwesenheit war ihr alles gar nicht mehr so schlimm erschienen.

Henny hatte in ihrem Leben noch nicht viel positive Zuwendung erhalten und wenn, dann war sie so spärlich gewesen, dass sie kaum in ihrer Erinnerung haften geblieben war. Die Wegbegleiter ihrer Kindheit waren Strenge, harte Arbeit und mehr oder weniger offen ausgesprochene Vorwürfe gewesen. Hätte das Schicksal sie nicht mit ihrem sonnigen Gemüt gesegnet, so hätte sie ihre Jugend wohl kaum einigermaßen unbeschadet überstanden. Dabei war sie als Kind weder besonders wild noch aufsässig gewesen, eher still und verträumt – ein Kind, das vielleicht mal gerne beim Spielen die Zeit vergaß, aber ansonsten versucht hatte, hilfsbereit und brav zu sein. Sie hatte nie auffallen wollen, einfach nur dazugehören, das hätte ihr schon genügt.

Als sie im zweiten Kriegsjahr des Großen Krieges als Waise zu Onkel Josef und Tante Agnes gekommen war, war sie ein verstörtes Kleinkind von drei Jahren gewesen. Die beiden Spargelbauern waren zwar nur weitläufige Verwandte, aber die einzigen, die sie noch gehabt hatte. Man hatte sie erst einige Zeit nach dem Tod ihrer Eltern ausfindig gemacht. Das in die Jahre gekommene Ehepaar hatte sich anfangs geweigert, die kleine Henriette bei sich aufzunehmen. Josef sah in ihr nur einen unnützen Esser mehr und Agnes, die eine Cousine ihrer Mutter war, fühlte sich in ihrem Alter mit einem Kleinkind überfordert. Ihre Einstellung änderte sich erst, nachdem der Pfarrer Josef von dem kleinen Vermögen erzählt hatte, das Henriette als Erbe besaß.

Mit dem Geld, das die Kleine mitbrachte, hatte auch für die beiden Spargelbauern das Darben erst einmal ein Ende. Josef ergriff die Gelegenheit beim Schopf und erwarb mit Hennys Vermögen den leer stehenden Dorfgasthof. Dessen Besitzer war im Krieg gefallen, und seine Witwe bot das Wirtshaus günstig zum Verkauf an. Leider waren die Zeiten nicht besonders gut, und weder Josef noch Agnes besaßen die Umsicht, einen Gasthof gewinnbringend zu führen. Der Krieg und die darauf folgende Rezension und Wirtschaftskrise taten ein Übriges dazu. Im Handumdrehen war das für Henriettes Zukunft vorgesehene Geld verloren. Der Gasthof blieb die meiste Zeit geschlossen, und Josef und Agnes verlegten sich notgedrungen wieder auf das, was sie immer schon getan hatten, nämlich Spargel und Kartoffeln anzubauen.

Henny hätte es niemals gewagt, ihren Pflegeeltern einen Vorwurf zu machen, dass sie ihr Erbe vergeudet hatten. Ihr war bewusst, dass sie mit dem Kauf des Gasthofes durchaus ihr Wohl im Auge gehabt hatten. Er sollte einmal ihr Auskommen sichern. Doch ihr Pflegevater war über seine Misswirtschaft so verbittert, dass er begann, ausgerechnet sie für sein Scheitern verantwortlich zu machen.

»Auf deinem Geld liegt ein Fluch«, warf er ihr immer noch vor, wenn sie ihn besuchte. »Wärst du nicht, wäre uns der ganze Ärger erspart geblieben!«

Henny war durchaus bewusst, dass sein schlechtes Gewissen ihm diese Ausrede einflüsterte, ungerecht und verletzend blieb es dennoch. Leider bekam sie auch von Agnes nur wenig Unterstützung. Diese sah ihr Elend als eine verdiente Strafe Gottes und versuchte ihm zu entkommen, indem sie täglich in die Kirche ging, um für die Vergebung ihrer Sünden zu bitten. Weder Josef noch Agnes waren böswillige Menschen. Sie waren nicht anders als die meisten anderen Leute im Dorf. Die harten Kriegsjahre und die Inflation hatten viele verbittern lassen und nach und nach die Fähigkeit verschüttet, auch einmal das Gute im Menschen zu sehen. Da halfen leider auch nicht Agnes' ständige Kirchgänge, die ihr mit der Zeit etwas Missionarisches verliehen.

»Wenn du nicht genug betest, wird dir deine Schuld nie vergeben.« – »Hätten deine Eltern ein ehrwürdiges Leben gelebt, wärst du heut kein armseliges Waisenkind.« – »Was kann man schon von so einer wie dir erwarten?« Sprüche wie diese hatten Henny durch die ganze Kindheit begleitet, ohne dass sich ihr der Sinn der Worte jemals erschlossen hätte. Was ihr aber im

Bewusstsein geblieben war, war, dass sie schuld an allem war, was im Leben ihrer Pflegeeltern schieflief.

Das Schlimme daran war, dass die Vorhaltungen sehr schnell ein Schuldgefühl in ihr erzeugt hatten, das sie nicht mehr loswurde. Um es zu ertragen, hatte sie ihren Pflegeeltern jahrelang blind gehorcht. Schon als Kind hatte sie nie geklagt, sondern geduldig alle Pflichten erledigt, die man ihr auferlegt hatte. Was für ein armseliges Leben wäre es doch gewesen, wenn Henny nicht die Schule gehabt und in dem Lehrer Auwieser einen Menschen gefunden hätte, der ihr half, ihren eigenen Weg zu finden! Der Dorfschullehrer hatte schnell entdeckt, wie leicht ihr das Lernen fiel und wie schnell sie schwierige Zusammenhänge erfasste. Als es Zeit für einen Übertritt in eine höhere Schule wurde, schlug dieser sie als Einzige aus dem Dorf vor, auf die Oberrealschule nach Ingolstadt zu gehen. Josef und Agnes hatten davon nichts wissen wollen. Auwieser hatte sich davon jedoch nicht unterkriegen lassen.

»Eure Pflegetochter ist ein ausgesprochen intelligentes Kind. Sie könnte selbst einmal Lehrerin werden oder sogar studieren. Gebt ihr die Möglichkeit, etwas Besseres aus ihrem Leben zu machen.«

Josef war daraufhin richtig böse geworden. Um ein Haar hätte er den Pädagogen sogar aus dem Haus geworfen.

»Setzen Sie dem Luder bloß keine Flausen in seinen wirren Kopf!«, hatte er ihn angefahren. »Die hat hier alles, was sie braucht. Und jetzt Schluss damit.«

Zu Hennys großem Bedauern hatte der Lehrer danach erst einmal Ruhe gegeben. Und sie hatte sich schon damit abgefunden, dass sie nach der Volksschule auf dem Hof helfen musste. Doch dann war es Auwieser gelungen, den Pfarrer auf seine Seite zu ziehen. Nachdem dieser eines Tages höchstpersönlich auf dem Hof erschienen war und seinen Einfluss auf Agnes geltend machte, wurde Henny wenigstens erlaubt, die Mittelschule von Schrobenhausen zu besuchen. Dort hatte sie einen exzellenten Schulabschluss gemacht, der es ihr schließlich ermöglicht hatte, in München die Krankenschwesternausbildung zu beginnen.

»Mensch Henny, du bist ja immer noch hier!«

Henny schreckte aus ihren Gedanken auf und sah sich Frieda gegenüber, die unbemerkt in ihr gemeinsames Zimmer getreten war.

»Deine Ruhe möchte ich mal haben«, schimpfte die Freundin mehr besorgt als ärgerlich und zupfte eine nicht vorhandene Fluse von Hennys Tracht. »Die Oberschwester sitzt schon seit fünf Minuten mit triumphierender Miene vor dem Büro der Generaloberin. Sie aalt sich schon jetzt in ihrem Triumph.«

»Das hilft nun auch nichts mehr.« Henny versuchte ein zuversichtliches Lächeln. »So schlimm wird es schon nicht werden.«

Friedas Miene verriet ihr das genaue Gegenteil.

»Ich werde dir alle vier Daumen drücken«, versprach sie und umarmte ihre Freundin herzlich. Sie hatte Tränen in den Augen. »Mensch Henny, was soll ich hier bloß ohne dich machen?«

»Nun nimm dich mal zusammen! Noch hat mich die Birkner ja nicht vor die Tür gesetzt.«

Henny überprüfte nochmals den Sitz ihrer Haube, nickte Frieda zu und begab sich in die Höhle des Löwen.

Das Büro der Generaloberin war ein nüchterner Raum, in dem nichts auf die Wichtigkeit ihrer Person schließen ließ. Lediglich ein schlichtes Kreuz hing an den sonst schmucklosen, weiß getünchten Wänden. Seit 1935 der Landesverband des Deutschen Roten Kreuzes Bayern zur untergeordneten Landesstelle degradiert hatte, hatte sich so einiges hier zum Nachteil verändert.

Marie Birkner seufzte und zwang sich, sich wieder auf ihre Unterlagen zu konzentrieren. Mit der Gleichschaltung hatte man ihre Position als Generaloberin geschwächt und ihre Befugnisse beschnitten. Im Grunde genommen konnte sie nur noch am Rande in das Geschehen der Schwesternschaft eingreifen. Sämtliche Vermögenswerte ihrer Gemeinschaft hatte sie an die Hauptstelle in Berlin abführen müssen, damit waren sie mittellos und vom Hauptverband abhängig. Als wäre das nicht schon schlimm genug gewesen, wurde der Landesverband stillschweigend in eine nationalsozialistische Organisation umgewandelt. Auch Marie Birkner war nahegelegt worden, Mitglied in der Partei zu werden. Empört hatte sie dies von sich gewiesen.

»Ich unterstehe Gott und meinem Gewissen und niemals einer weltlichen Partei«, hatte sie Brigadeführer Dziewas bei seinem Antrittsbesuch selbstbewusst an den Kopf geworfen und seitdem ihre Meinung auch nicht geändert. Seit zwei Jahren versuchte sie, ihre Gemeinschaft vor dem Einfluss der Nazis zu schützen, leider mit immer weniger Erfolg. Erst vor wenigen Wochen hatte sie an den Brigadeführer einen Brief verfasst, in dem sie ihn darum gebeten hatte, einen Verwaltungsjuristen einzusetzen, mit dem sie täglichen Umgang pflegen konnte. Durch Dziewas ständige Abwesenheit – er war unentwegt auf irgendwelchen Inspektionsreisen – war eine sinnvolle Zusammenarbeit in keiner Weise möglich. Jede Entscheidung wurde aufgrund fehlender Weisungsbefugnis hinausgezögert, selbst einfache Anschaffungen wie Verbandsmaterial oder Desinfektionsmittel konnte sie nur dann bestellen, wenn Dziewas sich endlich einmal bequemte, bei ihr vorbeizusehen. Trotz der Dringlichkeit ihrer Bitte hatte sie immer noch keine Antwort von ihm erhalten.

Marie Birkner war nicht naiv. Sie wusste genau, dass die ausbleibende Antwort sehr wohl eine Botschaft beinhaltete. Sie bedeutete, sie solle sich gefälligst mit den bestehenden Reglements arrangieren, solange sie nicht selbst Verantwortung in der Partei übernahm. Doch gerade dies verbot ihr die Ehre und ihr Gewissen. Sie war in erster Linie der Schwesternschaft verpflichtet und nicht einem selbstgefälligen Parteiklüngel. Leider konnte sie sich der Realität nicht verschließen. Sie wusste, dass sich die Zeiten geändert hatten. Wegen ihrer hartnäckigen Einstellung lief sie Gefahr, ihren Posten zu verlieren, wenn sie sich allzu weit aus dem Fenster lehnte. Sie sah sich in einem Dilemma, aus dem es weder für sie noch für ihren Orden einen befriedigenden Ausgang gab. Erneuerte sie ihre Beschwerde, lief sie Gefahr, ihres Amtes enthoben zu werden, unterließ sie es, musste sie sich vor ihrem Gewissen verantworten und womöglich zusehen, wie der Orden zu einem Machtinstrument der Nationalsozialisten gemacht wurde. Sie hatte schon viel zu lange gezögert. Doch was half es dem Orden, wenn man sie von ihrem Posten entließ? War es nicht besser, wenigstens in kleinen Dingen nach Verbesserungen zu streben?

Ein energisches Klopfen an der Tür unterbrach ihre unerfreulichen Gedanken.

»Herein«, antwortete sie mit fester Stimme. Oberschwester Hildegard und eine der Schwesternschülerinnen betraten das Büro. Auch das noch. Ein schweres Dienstvergehen mit möglichem Ausschluss aus dem Orden stand ihr bevor. Die Oberin bedeutete den beiden, auf den Stühlen vor ihrem Schreibtisch Platz zu nehmen. Während sie ihrer Aufforderung nachkamen, erkannte sie, dass es sich bei der beschuldigten Schwesternschülerin ausgerechnet um Henny handelte. Die junge Frau war ihr bislang immer äußerst positiv aufgefallen – eine aufgeweckte junge Frau, die ihren Pflegeberuf nicht nur als Aufgabe, sondern auch als Berufung ansah. Sie war bei Ärzten und Mitschwestern durchaus beliebt und bislang höchstens dadurch aufgefallen, dass sie gerne und laut lachte – in Zeiten wie diesen ganz bestimmt keine schlechte Eigenschaft. Außerdem hatte sie einen ausgleichenden Einfluss auf ihre aufmüpfige Zimmergenossin Frieda Krupp, die gerne einmal eine große Lippe riskierte.

»Was führt Sie zu mir?«, wandte sich Marie Birkner mit einem gezwungenen Lächeln an die beiden.

Oberschwester Hildegard, die ohnehin dasaß, als hätte sie ein Lineal verschluckt, rutschte an den vorderen Rand ihres Stuhls und brachte damit die Wichtigkeit ihrer Person zum Ausdruck. Die Frau tat schon seit über dreißig Jahren Dienst bei den Rotkreuzschwestern und versah ihn zuverlässig und gewissenhaft, auch wenn sie zuweilen sehr streng und herrschsüchtig sein konnte. Nicht jeder kam mit ihrer Art zurecht. Die Generaloberin war gespannt, was sie nun zu hören bekommen würde.

Ohne Schwester Henny auch nur eines Blickes zu würdigen, ergriff Oberschwester Hildegard das Wort.

»Es tut mir außerordentlich leid, Ihre kostbare Zeit in Anspruch nehmen zu müssen, werte Generaloberin«, begann sie mit schneidender, hoher Stimme. »Aber die äußerst bedauernswerten Umstände ließen mir keine andere Wahl. Noch nie in meiner bisherigen Laufbahn als Oberschwester habe ich …«

»Nun reden Sie doch nicht so geschwollen daher«, unterbrach Marie Birkner ungeduldig die Litanei. »Kommen Sie bitte umgehend zur Sache, ich habe noch einiges zu tun …«

Ihr Blick schweifte kurz zu der beschuldigten Schwesternschülerin, die äußerlich gefasst auf ihrem Stuhl saß. Die Oberschwester reckte ihr Kinn in die Höhe, um den nun folgenden Anschuldigungen noch mehr Gewicht zu verleihen.

»Diese Schwesternschülerin hat sich auf unerhört dreiste Weise meinen Anweisungen widersetzt. Statt ihrer Arbeit auf der Chirurgischen nachzugehen, hat sie ihre Zeit auf der Gynäkologie vertrödelt. Doch das ist noch nicht alles. Wie ich später erfahren musste, hat sie überdies streng rationiertes Essen gestohlen, um es einer mittellosen Zigeunerin zukommen zu lassen. Damit hat sie nicht nur unserer Gemeinschaft geschadet, sondern auch dem deutschen Volk. Ich verlange, dass sie dafür mit aller Härte zur Rechenschaft gezogen wird. Mein Vorschlag ist, sie aus dem Orden auszuschließen.«

»Das sind äußerst schwere Anschuldigungen, Oberschwester Hildegard.«

Marie Birkners Blick wanderte noch einmal zu Schwester Henny, die mit versteinerter Miene und gesenktem Blick zugehört hatte. Nur am Beben ihrer Lippen konnte man sehen, dass sie nicht so gleichgültig war, wie es den Anschein hatte. Die Oberin spürte erneut ein Bedauern. Wenn Hildegards Behauptungen der Wahrheit entsprachen, blieb ihr nichts anderes übrig, als sie hart zu bestrafen.

»Was haben Sie zu den Anschuldigungen zu sagen, Schwesternschülerin Henny?«

Die junge Frau hob den Kopf. Ihre graublauen Augen blickten ihr mit einer Offenheit entgegen, die ihr gefiel. Die meisten ihrer Untergebenen vermieden einen direkten Blickkontakt. Doch noch überraschender war ihre Ehrlichkeit.

»Ja, es ist wahr, dass ich mich ab und zu in der Gynäkologie aufgehalten habe, obwohl ich Dienst in der Chirurgischen hatte«, gestand sie offen, »allerdings erst, nachdem ich dort meine Aufgaben erfüllt hatte. Und es ist auch wahr, dass ich Oberschwester Hildegards Anweisungen zuwidergehandelt habe.«

Hildegard quittierte ihre Aussage mit einem rechthaberischen Lächeln.

»Wenigstens lügt sie nicht«, warf sie triumphierend ein.

»Doch ich hatte auch gute Gründe für mein Handeln«, fuhr die Schwesternschülerin rasch fort. »Und ich möchte klarstellen, dass ich niemandem das Essen gestohlen, sondern mich nur an den Resten bedient habe, die von den Patienten auf ihren Tellern zurückgelassen wurden ...« In ihrer Stimme schwang nun leiser Trotz.

»Wie Sie wissen, sind wir angehalten, in Zeiten wie diesen die Essensreste wiederzuverwerten«, wandte die Oberin streng ein. »Würde jeder sich nach Lust und Laune an den Essensresten bedienen, bekämen wir ganz sicher nicht alle Münder in unserem Haus satt.«

Die junge Frau senkte schuldbewusst den Kopf. Als sie erneut zu ihr aufsah, hatte sie Tränen in den Augen.

»Ich wollte ganz bestimmt niemandem schaden«, sagte sie mit belegter Stimme. »Aber ich wusste mir einfach keinen anderen Rat. Frau Matuschek war nach der Geburt ihrer Zwillinge noch so geschwächt. Die Milch schoss nicht ein, und sie bekam viel zu wenig zu essen, als dass sich an ihrer Lage hätte etwas verbessern können ...«

»Die Zigeunerin hat bekommen, was ihr zusteht«, schnappte Hildegard. »Außerdem war sie frisch operiert. Da ist Fasten durchaus üblich, mal abgesehen davon, dass Frauen wie diese Matuschek ohnehin in einem Krankenhaus wie unserem nichts zu suchen haben …«

Die Oberin brachte die echauffierte Oberschwester mit einem ungnädigen Blick zum Schweigen.

»Ihre Vorhaltungen haben Sie bereits ausreichend vorgetragen, Oberschwester. Mich interessiert, weshalb Schwesternschülerin Henny sich zu dieser unbedachten Tat hinreißen ließ. Fahren Sie fort, ich möchte die ganze Geschichte hören«, wandte sie sich wieder Henny zu, die dankbar die Gelegenheit ergriff, ihre Sicht der Dinge zu schildern.

»Der Zufall wollte es, dass ich bei der Geburt von Frau Matuscheks Zwillingen dabei zu sein hatte. Es war mein erster Kaiserschnitt, und ich war ziemlich aufgeregt …«

Marie Birkner hörte aufmerksam zu. Während die Schwesternschülerin den Geburtsvorgang und die sich daran anschließenden Vorgänge schilderte, erinnerte sie sich plötzlich wieder an ein Gespräch mit Professor Strößner, der sich erst neulich ausgerechnet über diese Schwesternschülerin löblich geäußert hatte. »Das Mädel hat das Zeug zu einer ordentlichen Operationsschwester.« Solche Worte waren aus dem Mund des eitlen Chefarztes nur äußerst selten zu hören. Und ausgerechnet dieses Mädchen ließ es nun an notwendiger Disziplin fehlen?

»Und was veranlasste Sie nun wirklich, Oberschwester Hildegards Anweisungen zuwiderzuhandeln?«, hakte sie nach. »Wenn Ihre Vorgesetzte sagt, dass Frau Matuschek keine weiteren Rationen zustehen, dann müssen Sie das als Schwesternschülerin akzeptieren. Sie ist eine erfahrene Schwester, die solche Situationen besser zu beurteilen weiß als Sie.«

»Das möchte ich auch nicht in Abrede stellen, Frau Generaloberin.« Die junge Frau bemühte sich, wieder Festigkeit in ihre Stimme zu bekommen. »Aber ich habe die Oberschwester gebeten, sich selbst noch einmal ein Bild von Frau Matuschek zu machen. Der Frau ging es körperlich gut. Sie hatte sich von dem Kaiserschnitt bestens erholt. Was ihr fehlte, war die Kraft, um ihre Kinder zu stillen. Andere Frauen bekommen in ihrer Situation sehr viel schneller stärkende Kost … Ich fand, dass sie gleich behandelt werden müsse wie die anderen und wollte ihr nur helfen. Ich hatte einfach das Wohl der Frau im Sinn.«

»Was für eine Dreistigkeit. Diese Schwesternschülerin bildet sich ein, mehr zu wissen als unsereins«, keifte Hildegard erregt. »Schwesternschülerin Henny hat meine Autorität untergraben, noch dazu für eine lumpige Zigeunerin. Dafür muss sie bestraft werden. Ich bin dafür, dass man sie …«

»Das haben Sie bereits gesagt!« Marie Birkner holte Luft, bevor sie absichtlich unwirsch fortfuhr. »Überdies fordere ich Sie auf, Oberschwester, die Verunglimpfung von Patienten künftig zu unterlassen. Rasse und Nationalität spielen in den Krankenhäusern der Schwestern vom Roten Kreuz keine Rolle, solange ich hier das Sagen habe!«

Zweierlei missfiel ihr. Zum einen war ihr nicht entgangen, dass die Oberschwester gegen die Schwesternschülerin offensichtlich ihren eigenen Rachefeldzug führte. Was sie aber noch mehr störte, war die Tatsache, dass nun auch die Schwestern ihres eigenen Ordens damit begannen, Unterschiede in der Behandlung von Patienten zu machen. Das war etwas, was sie aus tiefstem Herzen verabscheute. Seit jüdischen Ärzten und solchen, die mit den Kommunisten sympathisierten, im April 1933 die kassenärztliche Zulassung entzogen worden war, waren auch an ihrem Krankenhaus etliche fähige Ärzte und Krankenschwestern aufgrund ihrer Rasse oder politischen Gesinnung entlassen worden. Marie Birkner war überzeugte Deutsche und auch Nationalistin, aber in erster Linie fühlte sie sich Gott und ihrer Moral verantwortlich, und die sah nicht vor, dass es Menschen unterschiedlicher Wertigkeiten gab.

Ihr entging nicht, wie die Angesprochene entsetzt zusammenzuckte und nur mühsam eine Erwiderung unterdrückte. Vielleicht war es fahrlässig gewesen, sie so offen zu rügen, aber Marie Birkner konnte nicht länger gegen ihre eigene Überzeugung agieren. Es war kein Geheimnis, dass Hildegard ein Parteibuch der NSDAP hatte. Gut möglich, dass sie sogar einer von Dziewas' Spitzeln war. Nun, das konnte sie nun nicht mehr ändern. Es war vielleicht ohnehin an der Zeit, endlich einmal das auszudrücken, was ihr auf der Seele lag.

Plötzlich war Marie Birkner klar, was sie zu tun hatte. Sie würde ihr Schreiben an Dziewas noch einmal losschicken und sie sogar um eine weitere Beschwerde erweitern. Es war Zeit, dass man der Arbeit und Stellung ihrer Schwesternschaft wieder mehr Respekt zollte. Solange man sie nur ließ, würde sie ihren Standpunkt klarmachen. Unter diesem Gesichtspunkt konnte sie auch das Vergehen der Schwesternschülerin mit anderen Augen sehen. Sie war überzeugt davon, dass die junge Frau eine hervorragende Krankenschwester abgeben würde. Es wäre ein viel zu großer Verlust, solch einen Menschen einfach aus der Gemeinschaft zu verbannen, nur weil sie aus – noch dazu wohlüberlegten Gründen – gegen Vorschriften verstoßen hatte. Diese Henny hatte bewiesen, dass sie sich auch in schwierigen Situationen von ihrem Gewissen leiten ließ;

das imponierte ihr und gehörte im Grunde genommen sogar belohnt. Dennoch konnte sie sie nicht ohne disziplinarische Maßnahmen gehen lassen, da sie auch gegen das Reglement verstoßen hatte.

»Und nun zu Ihnen, Schwesternschülerin Henny …« Sie wandte sich mit strengem Blick an die junge Frau, die bereits ergeben auf ihr Urteil wartete. »Sie werden sich gefälligst bei der Oberschwester entschuldigen und uns beiden versprechen, das nächste Mal umsichtiger zu handeln. Außerdem werden Sie zwei zusätzliche Dienste in ihrer freien Zeit als Strafe verrichten.«

Der Blick der Schwesternschülerin war mindestens so ungläubig, wie der der Oberschwester entsetzt war. Wäre die Situation nicht so ernst gewesen, hätte Marie Birkner gewiss geschmunzelt.

»Nun entschuldigen Sie sich schon«, fuhr sie Henny grob an.

Diese streckte prompt ihre Hand aus, um sie ihrer Vorgesetzten zu reichen.

»Es tut mir aufrichtig leid«, sagte sie mit demütig gesenktem Blick. »Ich möchte Sie um Entschuldigung bitten, Oberschwester Hildegard.«

»Damit sind Sie ganz schön billig davongekommen«, blaffte diese empört.

Immerhin nahm sie die Hand der Schwester, womit für die Oberin die Angelegenheit erledigt war.

»Bilden Sie sich ja nichts auf die Mildtätigkeit der Generaloberin ein!« Mit dieser bissigen Bemerkung verabschiedete sich Oberschwester Hildegard von Henny, kaum dass sie das Zimmer von Frau Birkner verlassen hatten.

Henny sah der davonrauschenden Oberschwester hinterher und konnte sich ein triumphierendes Lächeln dabei nicht verkneifen. Sie konnte immer noch nicht fassen, dass sie nicht rausgeschmissen worden war. Wären nicht noch andere Menschen auf dem Flur gewesen, hätte sie vielleicht sogar einen Luftsprung gewagt. Beschwingt machte sie sich an die Arbeit, nachdem sie Frieda von dem glücklichen Ausgang ihrer Gardinenpredigt erzählt hatte. Den ganzen Tag über hielt sich ihre Euphorie. Doch in der Nacht suchten Henny zum ersten Mal seit langer Zeit wieder finstere Albträume heim.

Sie stand allein am Ufer eines riesigen Sees, dessen Wellen wild an das Ufer schlugen. Um sie herum war nichts als beängstigende Wildnis. Sie stand wie festgewachsen am Ufer, unfähig, sich zu bewegen. Das Wasser kam immer näher. Gischt benetzte ihr Gesicht, und namenlose Angst drückte ihr die Kehle zu. Dann hörte sie eine Frau schreien. Ihr Klagelaut war so gellend, dass ihr die Ohren wehtaten. Sie wandte sich um und sah, wie eine zerzauste Gestalt auf sie zukam. Es war eine Frau mit wehenden, rotblonden Haaren. Ohne sie zu beachten, wankte sie an ihr vorbei direkt auf die peitschenden Wellen zu.

»Bleib stehen!«

Hennys panischer Ruf verhallte ungehört. Die Gestalt hielt weiter auf das Wasser zu. Die Wellen erfassten den Saum ihres Kleides, der Rock sog sich mit Wasser voll. Ungeachtet der bedrohlichen Wellen ging die Frau weiter. Schritt für Schritt. Bald reichte ihr das Wasser bis zur Brust.

Namenlose Angst ergriff Henny, als sie begriff, dass sie nichts dagegen unternehmen konnte.

»Bleib bei mir!«, rief sie voller Verzweiflung.

Für einen kurzen Moment blieb die Fremde stehen, drehte sich nach ihr um und sah sie mit traurigen Augen an. Dann setzte sie ihren Weg fort, und Henny musste mit ansehen, wie sie von dem dunklen Wasser verschluckt wurde.

Sie schrie so laut, dass sie schweißgebadet davon aufwachte.

7. Kapitel

Eine brenzlige Angelegenheit

Der Antrag auf Mitgliedschaft in einem nationalsozialistischen Verein zeigte schnell die gewünschte Wirkung. Emils Ernennung zum Brandingenieur stand nun nichts mehr im Wege. Schon am nächsten Tag bekam er von Oberbaurat Schultz neue, übergeordnete Aufgaben zugewiesen, obwohl die Ernennung noch nicht offiziell war. In Windeseile hatte sich auf der Feuerwache seine anstehende Beförderung herumgesprochen. Vor allem Brandmeister Hugo Haller und Oberlöschmeister Fritz Baum, seine engsten Freunde auf der Wache, freuten sich aufrichtig mit ihm. Kaum war der Chef aus Emils Büro verschwunden, standen sie auch schon bei ihm auf der Matte.

»Darauf müssen wir einen trinken, Herr Brandingenieur«, zogen sie ihn auf. »Am besten, du nimmst dir für heute Abend erst gar nichts vor! Da haben wir doch endlich einmal alle miteinander frei!«

Emil ließ sich von der guten Laune seiner Freunde anstecken. Er fühlte sich so gut wie lange nicht mehr. So vieles entwickelte sich in letzter Zeit in genau die Richtung, die er sich immer erträumt hatte – und das nicht nur beruflich. Aus einem für ihn unüblichen Überschwang heraus entschloss er sich, seine Freunde nicht nur zu einem Umtrunk, sondern gleich auch noch zu einer Vorstellung ins Lichtspielhaus einzuladen. Dank seiner Position als höherer Beamter im Feuerwehrdienst hatte er noch einige Freikarten übrig, die er dafür nutzen konnte.

Im Filmtheater am Sendlinger Tor wurde an diesem Abend ein letztes Mal der neue Langfilm des Komikerduos Stan Laurel und Oliver Hardy gezeigt. Die beiden waren derzeit in aller Munde, selbst der *Völkische Beobachter* rühmte den Witz und die Spiellust der beiden amerikanischen Komödianten. Hugo und Fritz waren entsprechend begeistert. Sie trafen sich nach Dienstschluss in der Gaststätte neben dem Lichtspielhaus, um sich vor der Filmvorführung noch ein wenig zu stärken. Während seine Freunde noch ihre Halbe zu Ende tranken, reihte Emil sich schon einmal an der Kinokasse ein, um die Freikarten in Eintrittskarten zu tauschen. Obwohl es mitten in der Woche war, ging die Schlange bis weit auf die Straße hinaus. Offensichtlich gab es viele, die sich die Westernsatire »Ritter ohne Furcht und Tadel« nicht entgehen lassen wollten. Der Saal und auch die Plätze auf der Empore waren restlos ausverkauft. Das Filmtheater war eines der ältesten in München. Es existierte schon seit beinahe fünfundzwanzig Jahren und erinnerte mit seiner Ausstattung eher an ein neoklassizistisches Theater als an ein Kino. Der hohe Saal mit den Säulen und seitlichen Balkonen, die sogar eine Königsloge beinhalteten, wurde von einer bemalten Kassettendecke gekrönt.

»Dia Luft hier is echt zum Schneid'n«, beschwerte sich Hugo, der aufgrund seines Leibesumfangs Mühe hatte, sich zwischen den engen Reihen auf seinen Platz vorzukämpfen. Kaum hatten sie diese im Mittelfeld des Saales erreicht, öffnete sich auch schon der schwere rote Vorhang hinter der kleinen Bühne. Sobald die Leinwand sichtbar war, füllte die Marschmusik aus der Wochenschau den Saal.

»Kein Kinoprogramm ohne Goebbels' Märchenstunde«, stöhnte Fritz und bekam gleich darauf von Freund Hugo einen Stoß in die Seite versetzt.

»Des is für dei mangelnde Bildung, du Idiot.«

Hugo war ein glühender Verehrer des Führers und Mitglied in der SS. Der Film zeigte unterdessen, wie Hunderte von Arbeitern mit geschulterten Schaufeln zu einer Ansprache des Führers marschierten. Die Arbeitermasse versammelte sich vor einem Podest, von dem aus Hitler mit donnernder Stimme das Wort an sie richtete. Danach sprach der Vorsitzende des Vorstandes der Reichsautobahnen von der »Schlagader des Verkehrs«, die sie zum »Nutzen und Frommen unseres Volkes« nun schaffen würden, und überreichte dem Führer einen Ehrenspaten. Während der mit der Schaufel bewaffnet abtrat, jubelte ihm das Volk mit ohrenbetäubenden »Heil«-Rufen zu. In den folgenden Minuten sah man bei munterer Volksmusik Automobile über die bereits fertiggestellten Autobahnen von Wien in Richtung des rotbeflaggten Berlin fahren. Englische Untertitel untermalten die internationale Bedeutung des bahnbrechenden deutschen Aufbauwillens.

Emil und Fritz ertrugen den Vorfilm mit stoischer Gelassenheit, während die Augen ihres Freundes Hugo voller Begeisterung loderten. Zum Glück lief die Wochenschau nur sechs Minuten. An anderen Kinoabenden wurden ausgiebige Dokumentationen über Reichsparteitage oder andere Großveranstaltungen den Programmfilmen vorangestellt. Wenn man Pech hatte, liefen diese länger als der eigentliche Hauptfilm.

»Der Hitler, der zeigt den Bachel in England und Frankreich scho, wie man ein Reich wieder aufbaut«, meinte Hugo stolz. »Wer hätte nach der Schmach von Versailles scho denkt, dass mir wieder eimoi so fein dastehen könnten!«

Emil wollte gerade einwerfen, dass die Pläne und der Beginn des Autobahnbaus schon während der Weimarer Republik existiert hatten und keinesfalls Hitlers Idee gewesen waren, doch im selben Augenblick ertönte die Musik des Vorspanns. Sie amüsierten sich köstlich über das merkwürdige amerikanische Komikerpaar, das eine Leichtigkeit an den Tag legte, wie man sie bei deutschen Schauspielern nur selten fand.

Die Geschichte spielte im Wilden Westen. Fritz und Hugo waren besonders von der freizügigen Tanzeinlage der Saloontänzerin angetan. Einige Männer pfiffen sogar, als sie kess ihre Beine in die Luft warf. Höchst amüsant waren die unablässigen Kabbeleien zwischen dem großen, dicken Oliver Hardy und dem schmächtigen, kleinen Stan Laurel. Emil konnte sich nicht erinnern, wann er zum letzten Mal so herzlich gelacht hatte. Die Geschichte war dabei eher nebensächlich. Showeinlagen, Cowboymusik und Slapsticks bestimmten den Fortgang der Handlung, in der ein armes Barmädchen vom habgierigen Besitzer des Saloons und dessen Frau um ihr Erbe gebracht werden sollte. Das Publikum klatschte vor Begeisterung.

Emil stieg jedoch ein sonderbarer Geruch in die Nase, der bislang noch niemandem aufgefallen war. Alarmiert sah er sich im Saal um, wo alles unauffällig schien. Doch es gab keinen Zweifel. Der Geruch nach schmorenden Chemikalien verstärkte sich. Seine Aufmerksamkeit richtete sich nun in Richtung Vorführraum. Das gleißende Licht des Projektors machte es schwer, etwas zu erkennen, aber Emil war sich ziemlich sicher, dass dort etwas nicht in Ordnung war. Dann sah er die feinen Rauchschwaden aus dem Raum kommen.

»Dahinten brennt es«, zischte er seinen Freunden leise zu und deutete hinter sich. »Wahrscheinlich die Filmrollen!«

Die drei Feuerwehrleute waren sofort in höchster Alarmbereitschaft. Wenn sich die Filmrollen entzündet hatten, saßen sie auf einem Pulverfass. Dabei entstanden stark stinkende und äußerst giftige, nitrose Gase, die überdies leicht entzündbar waren. Die Zellulosenitratbasis des Films ähnelte dem Grundstoff des rauchschwachen Schießpulvers. Einmal in Brand geratene Nitrofilme waren nicht löschbar, weil beim Verbrennungsvorgang Sauerstoff freigesetzt wurde. Das hatte zur Folge, dass das Feuer selbst dann weiterbrannte, wenn ihm der Luftsauerstoff durch herkömmliche Löschmethoden wie Wasser, Schaum oder Sand entzogen wurde. Außerdem war das Gemisch hochexplosiv.

»Der Saal muss sofort evakuiert werden!«

Emil musste seine Freunde nur ansehen, um zu wissen, dass sie verstanden hatten. Ohne in Hektik auszubrechen, erhoben sie sich von ihren Plätzen und steuerten in Richtung Gang.

»Wir müssen jede Art von Panik vermeiden«, warnte Emil.

Jetzt war die Rauchentwicklung im Vorführraum ganz deutlich zu sehen. Wieso gab der Vorführer keinen Alarm? Emil hatte dafür nur eine Erklärung. Er musste bereits bewusstlos sein. Ab jetzt zählte jede Minute.

»Hugo, du kümmerst dich um die Leute im Saal. Fritz, du gibst Alarm, und ich sehe im Vorführraum nach, ob ich etwas tun kann.«

Im nächsten Augenblick riss die Filmrolle, und die Vorführung wurde unterbrochen. Die leise Unruhe, die daraufhin entstand, ließ zunächst auf nichts Schlimmes schließen. Ein

Filmriss war weiter nichts Ungewöhnliches. Er kam in beinahe jeder Vorführung vor, doch dann bemerkten die Ersten den immer durchdringender werdenden Brandgeruch. Köpfe wandten sich um. Immer mehr Zuschauer entdeckten den sich jetzt rasch entwickelnden Qualm im hinteren Saalbereich. Aus dem leisen Gemurmel wurde aufgeregtes Reden. Dann versetzte eine Detonation alle in helle Aufregung.

»Ruhe!«, donnerte das durchdringende Organ von Hugo über die Menge hinweg. »Es besteht kein Grund zur Beunruhigung. Wir sind von der Feuerwehr und haben alles im Griff! Bleiben Sie besonnen und verlassen Sie in geordneter Weise zügig den Saal. Kein Drängeln. Jeder kommt rechtzeitig hier raus. Bleiben Sie ruhig!«

In seiner Funktion als Brandmeister war Hugo es gewohnt, Befehle zu erteilen. Seine Größe und sein schieres Gewicht verschafften ihm die notwendige Autorität.

Solange kein Feuer im Saal zu sehen war, verhielten sich die Menschen noch einigermaßen zivilisiert. Hastig, aber ohne Panik, standen die meisten auf und versuchten, auf die Seitengänge zu kommen. Alle hatten es eilig, doch dank Hugos mäßigendem Einfluss blieb die Ordnung einigermaßen erhalten.

In der Zwischenzeit waren auch die Angestellten des Kinos auf die Gefahr aufmerksam geworden. Fritz gelang es mit Unterstützung der Platzanweiser, die Türen ins Foyer und zu dem Notausgang zu öffnen. Dann versuchten sie gemeinsam mit Hugo die Zuschauer aus dem Gebäude zu lotsen. Eine zweite Explosion ließ die Situation jedoch eskalieren. Eine meterhohe Stichflamme schoss aus der Öffnung, hinter der der Filmprojektor stand, weit in den Saal hinein. Erste Schreie und hysterisches Kreischen waren zu hören, als die ersten Flammen auf die Plüschpolster übergriffen. Innerhalb von Sekunden drohte die Situation außer Kontrolle zu geraten. Mit einem Mal nahmen die Menschen keine Rücksicht mehr. Jeder drängelte nach vorn, um rasch hinaus ins Freie zu kommen. Ihre Hast bewirkte jedoch das genaue Gegenteil. Durch das Gedränge verstopften nur die schmalen Durchgänge.

»Bleiben Sie ruhig! Es besteht kein Grund zur Panik!«

Hugos Stimme drang kaum noch zu der aufgebrachten Menge durch. Jeder dachte nur noch an sich. Ihm blieb nichts anderes übrig, als die Leute an sich vorbeiziehen zu lassen. Dabei brannte es noch nicht einmal im Saal. Erst als die ersten Zuschauer auf die Straße strömten und der Druck etwas nachließ, entspannte sich die Lage ein wenig. In diesen Tumult kam endlich die Feuerwehr.

Emil war unterdessen in Richtung Vorführraum gehastet. Die Tür war noch geschlossen. In dem Moment, als er sie öffnen wollte, kam der Filmtheaterdirektor auf ihn zu. Er war völlig aufgelöst.

»Mein Gott! Der Gustav, der muss ja noch da drinnen sein!«

Emil dachte nicht lange nach. Er riss sich seine Jacke vom Leib und band sie sich vors Gesicht. Dann riss er den Handfeuerlöscher aus Messing aus seiner Wandhalterung und machte ihn betriebsbereit.

»Warten Sie hier draußen und halten Sie die Tür um Gottes willen geschlossen, bis die Feuerwehr eintrifft. Hier darf nicht noch mehr Luft rein! Haben Sie mich verstanden?« Der Direktor sah ihn fassungslos an. »Machen Sie einfach, was ich Ihnen sage! Ich sehe nach Ihrem Mann!«

Er öffnete die Tür einen Spalt weit und schlüpfte hindurch. Beißender Rauch schlug ihm entgegen. Er vernebelte die Sicht. Dann sah er den Stapel Filmrollen, der lichterloh brannte. Verdammt! Konnten sich die Leute denn nicht an die Feuerschutzverordnungen halten? Es war allgemein bekannt, dass Filmrollen in kühlen Räumen gelagert werden mussten. Eine Temperatur von vierzig Grad konnte schon zu einer Korrosion und Entzündung führen. Offensichtlich war der Vorführer zu nachlässig gewesen. Doch wo befand er sich?

Der giftige Rauch brachte Emil zum Husten. Als Erstes musste er versuchen, das Feuer einzudämmen. Er betätigte die drucklose Handpumpe und zielte damit auf das Feuer. Eine Wolke von Tetrachlormethan entwich der Spritzdüse. Das Gas hatte die Eigenschaft, Sauerstoff zu verdrängen und damit das Feuer zu ersticken. Allerdings war seine Wirkung nur gering, denn das verbrennende Filmmaterial produzierte ständig neuen Sauerstoff. Es brauchte stärkere Löschmittel, um den Brand zu löschen. Emil sah sich um. Wo steckte dieser Gustav bloß? Er wollte sich schon wieder zurückziehen, als er einen Lichtschimmer durch eine am Boden versteckte Holzklappe entdeckte. Unter dem Vorführraum befand sich offensichtlich noch eine Art Kellerraum. Emil kämpfte gegen den Rauch, der immer mehr seine Lungen angriff. Schwer hustend, riss er die Klappe auf und sah unter sich einen kleinen Raum, der von einer lose von der Decke herabhängenden Glühbirne beleuchtet wurde. Wie er vermutet hatte, befand sich dort unten das eigentliche Filmdepot. Wenn das Feuer dorthin gelangte, würde das ganze Kino innerhalb kürzester Zeit in Flammen stehen. Nicht auszudenken, was dann passierte.

Emil entdeckte einen Mann, der sich hektisch an einer Maschine zu schaffen machte. Erst auf den zweiten Blick erkannte er, dass es sich um einen Matrizendrucker handelte. Der Mann löste gerade die Matrize aus der Walze und steckte sie in seine Jackentasche. Um ihn herum lagen jede Menge Flugblätter, die er gerade gedruckt haben musste.

Nur Hitlers Sturz schafft Freiheit und Brot! Darunter eine geballte Faust mit der Überschrift »Freiheit«.

Ein Kommunistenschwein, dachte Emil erbittert. Er empfand immer noch einen großen Widerwillen gegen die Roten, die seinen Vater getötet hatten. Am liebsten hätte er den Kerl seinem Schicksal überlassen, doch das ließ natürlich sein Gewissen nicht zu.

»Machen Sie, dass Sie hier rauskommen«, fuhr er den Kerl grob an. Der Filmvorführer fuhr erschrocken zu ihm herum. Er war etwa in seinem Alter und starrte ihn an, als wäre er der Leibhaftige. Im nächsten Augenblick bückte er sich, um die am Boden liegenden Flugblätter weiter einzusammeln. *Der Idiot will die Beweismittel vernichten,* schoss es Emil durch den Kopf. Unterdessen drang der Rauch aus dem Vorführraum auch zu ihnen herunter. Nicht mehr lange und die Flammen würden ihnen den Rückweg versperren. Bereits jetzt war die Luft schon knapp. Sie mussten so schnell wie möglich von hier verschwinden.

»Verdammt! Lass den Krempel liegen und komm gefälligst mit nach oben!«

Er deutete auf das brennende Inferno über ihnen. Doch dieser Gustav ließ sich nicht von seinem Vorhaben abbringen.

»Du verdammter Idiot!«

Emil hatte die Schnauze voll. Er packte den Kerl am Kragen und versuchte, ihn mit sich nach oben zu ziehen. Doch der Mann verstand seine Hilfe als Angriff und begann sich wild zu wehren. Er schlug um sich und verwickelte Emil in eine Prügelei. Der Kerl war um einiges stärker als er. Da half auch seine Wendigkeit nichts. Außerdem behinderte ihn seine Jacke, die er immer noch um den Kopf geschlungen hatte. Dann bekam er ihn auch noch in den Schwitzkasten.

»Was ist?«, keuchte Emil, der kaum noch Luft bekam. »Willst du mich jetzt umbringen, weil ich dir helfen will?«

Der Druck um seinen Hals ließ nach, als der Arm des Filmvorführers sich lockerte. Emil sank röchelnd zu Boden und hielt sich den malträtierten Hals.

»Es tut mir leid. Ich … ich wollte das nicht!« Der Mann streckte Emil die Hand hin und half ihm auf die Beine. »Tut mir wirklich leid!«

Emils Zorn ebbte sofort ab, als er begriff, dass sein Gegenüber nur aus Not so gehandelt hatte. *Er hätte mich umbringen können, aber er hat es nicht getan,* schoss es ihm kurz durch den Kopf. Doch für weitere Überlegungen blieb ihm keine Zeit.

»Jetzt aber raus hier!«

Während er bereits die Treppen hinaufhastete, griff der Filmvorführer noch nach der Jacke mit der Matrize und folgte ihm erst dann. Aus dem Vorführraum schlugen ihnen lodernde Flammen entgegen. Mittlerweile hatten nicht nur die Filmrollen Feuer gefangen, sondern auch der Kontrolllautsprecher an der Wand und anderes Mobiliar. Dann gab es eine dritte Explosion, bei der ihnen die Klangfilm-Europa-Apparatur samt Verstärker und Lautsprecher um die Ohren flog. Das zentnerschwere Vorführgerät zerbarst in Einzelteile, die durch die Luft geschleudert wurden. Ein schweres Metallteil traf den Filmvorführer direkt am Kopf. Auch Emil wurde von etwas getroffen. Schemenhaft nahm er wahr, wie der andere zusammenbrach und auf den Boden sank, während die Flammen auf ihn zukrochen. Dichter Rauch trübte seine Wahrnehmung und drang in seine Lungen. Er bekam kaum noch Luft. Trotz eines heftigen Schmerzes im Oberarm versuchte er mit letzter Kraft, den Verletzten irgendwie in Richtung Tür zu ziehen. Dann verlor er die Besinnung.

8. Kapitel

Faschingstumult

»Die Nachttöpfe, Schwester Henny, ich möchte, dass Sie sofort die Nachttöpfe leeren.«

Henny glaubte sich verhört zu haben. Sie war gerade auf dem Weg zu einem Patienten. Außerdem gehörte das Entleeren der Nachttöpfe schon lange nicht mehr zu ihren Aufgaben.

»Aber ich muss noch erst den Verband in Zimmer zwölf wechseln und die Medikamente austeilen …«

»Das kann Schwester Luitgard für Sie übernehmen!«

»Aber …«

Oberschwester Hildegard ließ Henny nicht ausreden.

»Wollen Sie sich etwa schon wieder meinen Anweisungen widersetzen?« Ihre kleinen Augen funkelten boshaft. Seit ihrer Auseinandersetzung vor der Oberin ließ sie keine Gelegenheit aus, Henny zu drangsalieren.

»Wie Sie wünschen, Oberschwester.«

Henny schluckte ihren Ärger hinunter. Ihr blieb gar nichts anderes übrig, als nachzugeben. Leider saß ihre Vorgesetzte am längeren Hebel. Sie wollte sich gerade auf die Suche nach Schwester Luitgard machen, um ihr den Medikamentenwagen zu übergeben, als Professor Strößner den Gang entlangkam.

»Henny, gut, dass Sie mir gerade über den Weg laufen«, begrüßte er sie freundlich. Die Oberschwester warf dem Chefarzt einen ärgerlichen Blick zu, den er geflissentlich ignorierte. »Ich möchte Sie gerne bei der nächsten Operation als Assistentin dabeihaben, ein Brandopfer mit schwerer Kopfverletzung. Bitte bereiten Sie sich umgehend vor. Wir beginnen in einer halben Stunde.«

»Mit Verlaub, Herr Professor …« Hildegard schnappte empört nach Luft. »Henny ist Schwesternschülerin und noch in der Ausbildung. Sie hat andere Dinge zu tun. Ich werde ihnen eine erfahrene Kollegin schicken. Wie wäre es mit Schwester Erika?«

Professor Strößner, der bereits weitergegangen war, wandte sich nochmals um. Dieses Mal war ihm sein Unmut deutlich anzusehen.

»Wenn ich Schwester Erika als Assistenz gewollt hätte, hätte ich nach ihr verlangt.«

»Aber Schwester Erika ist dafür ausgebildet, während diese …«

»Ich glaube, ich habe mich klar genug ausgedrückt«, unterbrach Professor Strößner ungehalten Hildegards Protest. »Ich erwarte Henny umgehend!« Damit rauschte er ab.

Henny konnte sich ein schadenfrohes Grinsen nicht verkneifen. Es kam nicht oft vor, dass die dominante Oberschwester vom Chefarzt abgekanzelt wurde.

»Sie haben gehört, was der Professor gesagt hat.« Hildegards Nasenspitze wurde vor Ärger ganz weiß.

Henny machte, dass sie so rasch wie möglich aus ihrer Reichweite kam.

Natürlich hatte Henny Bammel vor der Aufgabe im OP. Sie war noch sehr unerfahren, aber dennoch freute sie sich auf die Zusammenarbeit mit Professor Strößner. Von allen Aufgaben im Krankenhaus machte ihr die Assistenz während einer Operation am meisten Spaß. Der Stationsalltag konnte dagegen richtig langweilig sein. Seit der Entbindung der Zwillinge nahm Professor Strößner immer öfter ihre Hilfe in Anspruch. Sie bildete sich sogar ein, dass er sein Augenmerk wohlwollend auf sie gerichtet hatte. Wenn sie sich weiterhin geschickt anstellte, hatte sie gute Aussichten, nach ihrer Abschlussprüfung hauptsächlich als Operationsschwester eingesetzt zu werden. Das viele Blut schreckte einige ihrer Mitschülerinnen ab. Sie hingegen besaß gute Nerven und war selbst dann noch in der Lage, umsichtig zu handeln, wenn etwas schiefzugehen drohte. Außerdem bedeutete jede Operation eine neue Herausforderung. Man konnte jede Menge über den menschlichen Körper lernen, und in vielen Fällen rettete man damit Menschenleben.

Vor den OP-Sälen traf sie auf Frieda, die gerade mit ihrem Nachtdienst in der Ambulanz fertig war. Sie sah ziemlich erschöpft aus.

»Gestern Abend haben sie Emil Thorbecke hier eingeliefert«, berichtete sie aufgeregt.

Henny fuhr der Schreck tief in die Glieder.

»Ein Unfall? Mein Gott! Hoffentlich ist es nichts Schlimmes!«

»Keine Angst! Nur eine Fleischwunde am Arm, die wir gleich versorgt haben, und eine leichte Rauchvergiftung. Eigentlich hätte er zur Beobachtung noch hierbleiben müssen. Aber er bestand darauf, gleich wieder nach Hause zu gehen. Ich glaube, er hat Angst vor Krankenhäusern!« Sie kicherte.

»Eine Rauchvergiftung? Wo hat er die denn her?«

»Ein Kinobrand. Mehr weiß ich auch nicht. Zum Glück gab es nur zwei Verletzte. Den anderen hat es weitaus schlimmer erwischt. Ich hoffe nur, dass er durchkommt.«

Henny sah, wie Frieda unsicher wurde.

»Kennst du den etwa auch?«

Ihre Freundin schüttelte verwirrt den Kopf. »Ich hab ihn gerade bei der Aufnahme kennengelernt. Er war … oh Gott nein, er *ist* der Filmvorführer im Kino. Ein total verrückter Kerl, der Frauen Komplimente macht, auch wenn ihm ein Metallstück aus dem Kopf ragt.«

»Dann werde ich vermutlich gleich bei seiner Operation assistieren«, verriet Henny der überraschten Freundin.

»Strößner hat dich zu so was Großem gerufen? Ach du meine Güte!«

»Du glaubst doch nicht, dass ich damit überfordert bin?«

Frieda schüttelte den Kopf. »Du hast Nerven wie Drahtseile und eine ruhige Hand. Du machst das!« Sie klopfte ihr aufmunternd auf die Schulter. »Ich wünsche mir nur, dass der Mann überlebt. Er scheint ein besonderer Mensch zu sein!«

Henny drückte Friedas Hand.

»Na, der Kerl muss ja ganz schön Eindruck auf dich gemacht haben!«

»Quatsch!« Frieda riss sich ungeduldig von ihr los. »Von Männern habe ich erst einmal die Nase voll! Ein Poldi reicht mir! Außerdem muss ich jetzt eine Runde schlafen. Heute Abend habe ich den nächsten Nachtdienst.«

Während Henny sich für die Operation umzog und wusch, dachte sie an Emil, der offensichtlich ihrem Patienten das Leben gerettet hatte. Hoffentlich nahm er die Rauchvergiftung nicht auf die leichte Schulter. Damit war nicht zu spaßen. Ob er wusste, dass daraus lebensgefährliche Lungenödeme entstehen konnten? War er überhaupt in der Lage, sich am Montag mit ihr zu treffen? Sie schämte sich für ihre Eigensucht. Wenn sie doch nur seine Adresse hätte, dann könnte sie ihn besuchen, um sich zu vergewissern, dass es ihm gut ging. Jetzt blieb ihr nichts anderes übrig, als abzuwarten. Henny spürte wieder das aufregende Kribbeln, das sie jedes Mal überkam, wenn sie an Emil dachte.

Emil lag mit brummendem Schädel auf seinem Bett. Trotz der Aufregungen der letzten Nacht hatte er kaum ein Auge zugetan. Er hätte das Schmerzmittel, das der Arzt ihm mitgegeben hatte, doch schon etwas früher einnehmen sollen. Mühsam richtete er sich auf, um sich in der Küche ein Glas Wasser zu holen. Es war Zeit, sich für die Arbeit zurechtzumachen. Doch kaum war er auf den Beinen, musste er einsehen, dass er dazu gar nicht in der Lage war. Ein neuer Hustenanfall zwang ihn, sich wieder hinzusetzen. Seine Bronchien schienen total verklebt zu sein. Außerdem war ihm schwindlig und kalt. Der behandelnde Arzt hatte ihm nicht umsonst geraten, im Krankenhaus zu bleiben. Doch alles war besser als das. Er brachte derlei Anstalten automatisch mit Tod und Verlust in Zusammenhang, seitdem er als Junge gezwungen worden war, seinen toten Vater dort zu identifizieren. Hohe, lange Gänge in tristem Grau, ein kalter Kellerraum und eine Bahre, auf der ein zugedeckter Körper lag. Sein toter Vater, so bleich und erschreckend kalt.

Einen Teil dieser grausamen Kälte trug er immer noch in sich. Die Verlustangst, die damit einhergegangen war, war der Albtraum seiner Jugend, der ihn bis heute noch gelegentlich verfolgte. Nicht einmal die Aussicht, möglicherweise Henny zu begegnen, hatte ihn dazu bringen können, länger als nötig im Krankenhaus zu bleiben. Er nahm ein Glas aus dem kleinen Hängeschränkchen über der Spüle und füllte es mit Wasser. Dann tat er das Schmerzpulver hinein und trank es in einem Zug leer. Auf wackligen Füßen schleppte er sich auf den Flur, um von seinem Telefonapparat Fräulein Zechmeister zu informieren, dass er vorläufig krank sei. Seine Sekretärin war überraschenderweise gut informiert und zeigte sich außerordentlich besorgt um ihn.

»Der Chef hat angeordnet, dass er Sie vor nächster Woche hier gar nicht sehen will«, erklärte sie ihm voller Bewunderung. Sie bot sich sogar an, nach Dienstschluss bei ihm vorbeizuschauen.

Emil wimmelte sie ab und schleppte sich wieder zurück in sein Bett. Kurz darauf schlief er endlich ein. Als er Stunden später wieder aufwachte, fühlte er sich um einiges klarer im Kopf. Nur Husten und Atemnot quälten ihn noch immer. Während er so in seinem Bett lag, wanderten seine Gedanken immer wieder zu dem merkwürdigen Kerl, den er gerettet hatte. Wie es ihm wohl ging? Seine Kopfverletzung hatte schlimm ausgesehen. Ein Metallstück hatte sich wie ein Geschoss in seinen Kopf gebohrt. Er hingegen war einigermaßen unbeschadet davongekommen. Eigentlich lächerlich, dass er sich um solch einen Typen Gedanken machte. Er war schließlich ein gefährlicher Kommunist, den er längst hätte anzeigen müssen. Leute wie er hatten seinen Vater getötet. Er müsste ihn eigentlich verachten. Aber genau das wollte ihm nicht gelingen. Er hatte diesem Menschen schließlich das Leben gerettet. Er hatte einmal in einer wissenschaftlichen Broschüre gelesen, dass die Inuit in Grönland sich für Menschen, denen sie das Leben gerettet hatten, in besonderer Weise verantwortlich fühlten, weil ihrer beider Leben nun miteinander verbunden war.

Dieser Gedanke hatte ihm gut gefallen. Vielleicht hatte er deshalb auch während der polizeilichen Vernehmung geschwiegen. Allein in Gottes Hand sollte es liegen, ob der Mann mit dem Leben davonkam, und nicht in seiner. Denn wenn er ihn bei der Gestapo anzeigte, dann würde er mit dazu beitragen, dass man ihn später hinrichtete. Und das war auf groteske Art widersprüchlich. Was machte es für einen Sinn, ein Menschenleben zu retten, um dann später für seinen Tod verantwortlich zu sein? Sollte doch das Schicksal entscheiden. Vermutlich war das der Grund dafür gewesen, dass er die Flugblätter und die Matrize aus Gustavs Jacke heimlich an sich genommen hatte, bevor er das Krankenhaus verließ. Jetzt musste er nur noch sehen, wie er sie wieder loswurde.

Emil holte die Flugblätter aus der eigenen Jacke und sah sie sich noch mal genauer an. Auf einem stand:

Die zweite Arbeitsschlacht ist pleite. Der Hunger plagt die kleinen Leute. Es prasst und schwelgt die braune Meute.

Freiheit!

Darunter:

Habt Mut! Sprecht frei und offen! Der Terror wird gebrochen! Freiheit!

Und:

Es hamstern die Reichen, sie wissen warum. Die kleinen Leute aber? Bleiben sie dumm?

Angewidert zerknüllte er die Flugblätter und warf sie in seinen Kohleofen. Das waren die Klebezettel der illegalen Arbeiterbewegung. Gefährliche Unruhestifter, die nichts anderes im Sinn hatten, als mühsam erworbenes Recht und Ordnung zu zerstören. Er begriff nicht, wie man sich zu so etwas hinreißen lassen konnte.

»Beim nächsten Mal kommst du mir nicht ungeschoren davon«, schimpfte er trotzig und fragte sich, ob er nicht doch zu nachsichtig gewesen war. Er überlegte, was Oberbaurat Schultz in seiner Position wohl gemacht hätte. Die Frage war leicht zu beantworten. Er hätte diesen Gustav sicherlich im Wittelsbacher Palais angezeigt und den Leuten von der Gestapo überlassen. Er war überzeugter Nationalsozialist und konnte gar nicht anders handeln. Das unterschied sie beide, obwohl jetzt auch er zu den Nazis gehörte. Verflixt! Seine Gedanken begannen sich im Kreise zu drehen. Da er die Matrize nicht im normalen Hausmüll entsorgen konnte, versteckte er sie kurzerhand im Kleiderschrank und legte sich wieder ins Bett.

Die letzten Tage des Faschings waren angebrochen und mit ihnen der Rosenmontag. Henny hatte in der vergangenen Woche so viel zu tun gehabt, dass die Zeit rasch verflogen war. Nun überlegte sie fieberhaft, was sie für den Faschingsumzug anziehen sollte, auch wenn sie nicht sicher wusste, ob Emil heute überhaupt zu ihrer Verabredung erscheinen konnte. Frieda hatte sie schon vor Tagen dazu ermuntert, sich auf der Feuerwache nach seiner Adresse zu erkundigen, was sie dann auch getan hatte. Leider hatte sie keine vernünftige Auskunft erhalten. Emils Sekretärin, ein gewisses Fräulein Zechmeister, hatte ihr nur äußerst schnippisch mitgeteilt, dass er derzeit nicht im Hause sei. Henny hatte sich daraufhin nur noch größere Sorgen gemacht. Womöglich war er doch ernsthafter erkrankt als vermutet? Ihr blieb keine andere Möglichkeit, als abzuwarten, ob er heute auftauchte.

Sie sah auf die Uhr. Wo blieb nur Frieda? Sie wollte ihr doch noch beim Schminken helfen. Wenn Emil denn kam, würde er sie schon bald erwarten. Henny war sich ziemlich sicher, dass Frieda noch einen Besuch bei diesem Gustav Fröhlich auf der Station machte.

Der schwerverletzte Filmvorführer hatte die Operation zum Glück gut überstanden, auch wenn er noch ziemlich schwach war. Professor Strößner hatte ihm den Metallsplitter aus dem Kopf entfernt und eine Drainage gelegt, um die Hirnflüssigkeit abfließen zu lassen. Lange war nicht klar gewesen, ob er den schweren Eingriff ohne Folgeschäden würde überleben können. Die ersten Tage lag er in einer Art Dämmerzustand auf der Beobachtungsstation und war ohne Bewusstsein. Als er zum ersten Mal kurz aufgewacht war, hatte ausgerechnet Frieda bei ihm Dienst gehabt. Er hatte sie angestrahlt und ihr einen Heiratsantrag gemacht. Danach war er wieder bewusstlos geworden. Seither verbrachte sie auch außerhalb ihrer Dienste viel Zeit an seinem Bett, obwohl ihr natürlich klar war, dass Gustav in seiner kurzen Wachphase nicht recht bei Verstand gewesen war. Mittlerweile hatte sich sein Zustand zum Glück stabilisiert, ohne dass Frieda ihre Gewohnheit geändert hätte. Henny dachte sich ihren Teil dabei. Friedas Sorge um den Kranken gab ihr auf jeden Fall neuen Schwung. Sie nahm ihr etwas von der Schwermut, die sie nach der enttäuschten Liebe zu Doktor Pollinger befallen hatte.

»Bin ich zu spät?« Frieda betrat ihr gemeinsames Zimmer und entschuldigte sich für ihr spätes Kommen. »Luitgard möchte, dass ich mit ihr den Dienst tausche. Bist du böse, wenn ich nicht mit auf den Umzug gehe?«

»Das kommt ja wohl ein bisschen plötzlich.« Henny konnte ihre Enttäuschung nicht verbergen. »Und was ist, wenn Emil mich auch sitzen lässt?«

Frieda hatte ihr noch vor ein paar Tagen versprochen, sie auf jeden Fall zu begleiten.

»Ach komm, sei mir nicht böse! Luitgards Mutter ist krank, da ist es doch selbstverständlich, dass ich einspringe. Außerdem kann ich so auch noch ab und zu nach Gustav sehen. Er ist ganz scharf darauf, dass ich ihm etwas vorlese …« Frieda legte den Kopf schief und sah sie aus treuherzigen Augen an. »Dein Emil wird auf jeden Fall kommen. Notfalls kannst du dir den Umzug doch auch alleine ansehen!«

»Was für eine erhebende Aussicht!« Henny zog einen beleidigten Schmollmund, konnte ihren Unmut allerdings nicht lange aufrechterhalten. »Du nennst ihn also schon Gustav, deinen Lieblingspatienten. Komm, gib zu, du hast den Dienst doch nur seinetwegen übernommen. Denkst du vielleicht, ich weiß nicht, dass die Oberschwester heute ihren freien Tag hat? Da könnt ihr ungehindert turteln.«

Frieda errötete. »Was du immer nur denkst!«

Doch Henny wusste, dass sie recht hatte.

»Hilfst du mir wenigstens noch beim Schminken?«

Emil war ganz in Schwarz gekleidet. Hose, Pullover, Umhang – dazu ein dunkler breitkrempiger Hut und eine schwarze Larve, die sein halbes Gesicht verdeckte. Als begeisterter Kinogänger hatte er sich als Zorro, Rächer der Entrechteten und Armen, verkleidet, frei nach seinem amerikanischen Vorbild, dem Schauspieler Erol Flynn. Seine Kostümierung hatte er aus einem Kostümverleih. Aus einer Laune heraus hatte er sich in den letzten Tagen sogar einen passenden schmalen Oberlippenbart stehen lassen, was ihm ein gewisses verwegenes Aussehen verlieh. Da man ihn ausdrücklich noch nicht auf der Feuerwache zurückerwartete, konnte er sich diese kleine Extravaganz ruhig leisten.

Pünktlich um zwölf Uhr traf er an dem verabredeten Treffpunkt ein. Doch kaum hatte er die Straßenbahnhaltestelle vor Hennys Krankenhaus erreicht, stellte sich eine gewisse Nervosität bei ihm ein. Seine Verkleidung erschien ihm mit einem Mal ziemlich lächerlich. Er war ganz selbstverständlich davon ausgegangen, dass sie beide verkleidet zu dem Umzug gehen würden, verabredet hatten sie es jedoch nicht.

Dass seine Sorge unbegründet war, zeigte sich, als wenig später ein junger Mann mit Schiebermütze auf ihn zustrebte. Er erkannte Henny erst, als ihre Schritte langsamer wurden und sie vor ihm zum Stehen kam. Sie sah bezaubernd aus in ihren viel zu großen Knickerbockern mit den beigen Wollstrümpfen, über denen sie eine karierte Männerjacke trug, unter die bequem noch ein anderer Mensch gepasst hätte. Ihr volles, dunkles Haar hatte sie unter der Ballonmütze versteckt.

»Ich hoffe, ich bin nicht zu spät«, begrüßte sie ihn etwas atemlos. Sie sagte es mit einem bezaubernden Lächeln, das ihre sternförmigen Grübchen zum Vorschein brachte.

Emil nahm ihre ausgestreckte Hand und drückte die kalten Finger. Wie gerne hätte er ihr etwas Schmeichelhaftes gesagt, doch im nächsten Augenblick fuhr auch schon die Straßenbahn ein.

»Schön, dich zu sehen«, murmelte er deswegen nur und half ihr beim Einsteigen.

Er löste für sie zwei Fahrkarten bis zum Odeonsplatz, dann setzten sie sich nebeneinander auf die letzten freien Plätze. Außer ihnen fuhren noch andere Kostümierte mit, die offensichtlich dasselbe Ziel hatten. Es herrschte eine fröhliche, unbeschwerte Stimmung, die selbst die streng dreinblickende Schaffnerin nicht zu trüben vermochte.

Henny erkundigte sich als Erstes nach seinem Befinden. Als

sie ihm dabei verriet, dass sie sogar versucht hatte, seine Adresse ausfindig zu machen, wurde ihm ganz warm ums Herz.

»Deine Sekretärin hat sich mir gegenüber wie ein scharfer Wachhund verhalten«, verriet Henny und sah ihn dabei aufmerksam an. »Ich glaube, sie sah in mir so etwas wie eine Konkurrentin.«

Emil grinste. »Fräulein Zechmeister ist mir treu ergeben. Sie würde wahrscheinlich beinahe alles für mich tun.« Er hatte es ohne Hintergedanken nur so dahingesagt, doch als er Hennys enttäuschte Miene sah, fügte er noch schnell hinzu. »Aber nicht, dass du denkst, dass ich mir etwas aus ihr mache.«

»Oh, das geht mich natürlich gar nichts an!«, antwortete sie hastig. »Hauptsache, du bist wieder gesund.«

Daraufhin saßen sie eine Weile schweigsam nebeneinander.

»Hast du heute denn schon etwas Anständiges gegessen?«, fragte Emil. »Wir könnten nach dem Umzug noch in eine der Brauereigaststätten gehen. Ich würde dich für mein Leben gerne einladen.«

»Ich habe tatsächlich nichts Besseres vor«, antwortete sie etwas befangen.

Plötzlich fiel Emil ein, dass er sich noch gar nicht danach erkundigt hatte, wie es Henny vor der Generaloberin ergangen war. Kaum hatte er das Thema angeschnitten, taute sie auch schon wieder auf. Ihre Wangen röteten sich, während sie ihm eifrig und ganz offen die Einzelheiten des denkwürdigen Gesprächs erzählte.

»Ich war mir ganz sicher, dass sie mich von der Schwesternschaft ausschließen würde, doch mit einem Mal wurde Frau Birkner ganz nachdenklich, und dann begnügte sie sich mit einer Rüge. Je länger ich darüber nachdenke, desto mehr komme ich zu der Überzeugung, dass die Oberin mein Fehlverhalten weniger missbilligt hat als die Tatsache, dass die Oberschwester ganz offen Unterschiede zwischen einzelnen Patienten macht.«

»Ach ja?«

Emil sah Henny befremdet an.

»Oberschwester Hildegard ist überzeugte Nationalsozialistin«, erklärte sie ihm, »und vor allem Antisemitin. Wer nicht arisch ist und die richtige Gesinnung hat, darf in ihren Augen nicht mit öffentlicher Hilfe rechnen. Sie hätte Frau Matuschek am liebsten überhaupt nicht im Krankenhaus behandelt. So eine Einstellung konnte Frau Birkner nicht dulden. Sie tritt zum Glück noch für die alten Werte ein, nämlich dass die Schwesternschaft vom Roten Kreuz allen Bedürftigen hilft.«

Henny sagte es mit großer Bewunderung.

Emil musste auf einmal wieder an den Filmvorführer denken, den er gerettet, aber dann doch nicht angezeigt hatte. Er spürte plötzlich das Bedürfnis, mit Henny darüber zu reden.

»Auf der anderen Seite dürfen wir auch nicht akzeptieren, dass unsere Gesellschaft von innen heraus aufgeweicht und zerstört wird, was offensichtlich das Ziel der Kommunisten und Sozialisten ist«, begann er vorsichtig.

»Das finde ich auch nicht in Ordnung«, gab Henny ihm sofort recht. »Jeglicher Aufruhr schadet dem Volkswohl. Die ganzen schrecklichen Morde wie der an Rathenau und anderen Demokraten haben unser Land schwach und angreifbar gemacht. Wahrscheinlich ist es für uns alle nur gut, dass endlich einmal jemand wie Adolf Hitler und seine Leute für Recht und Ordnung sorgen, auch wenn mir nicht alles gefallen will, was sie verkünden …«

Emil wollte gerade etwas darauf erwidern, als die Straßenbahn ihre Haltestelle erreicht hatte und sie aussteigen mussten. Sofort befanden sie sich mitten in einer enorm großen Menschenmenge. Tausende von Zuschauern hatten sich bereits entlang der Prachtstraße, die sich von der Feldherrenhalle in Richtung Siegestor zog, eingefunden. Aus beinahe jedem Fenster hingen die Hakenkreuzflaggen der Nationalsozialisten. Zwischen kostümierten und nicht kostümierten Zuschauern tummelten sich gruppenweise Uniformierte. Emil und Henny mischten sich unter die Leute und ergatterten einen Platz in einer der vorderen Reihen. Um sie herum standen mehrere junge Leute wie sie, die sogleich humorvolle Bemerkungen über Emil und seine Begleitung fallen ließen.

»Lasst des bloß den Hitler ned sehn, dass der Zorro jetzt an Freunderl hot, sonst landet ihr alle beide im KZ in Dachau«, lästerte einer derb, worauf ein anderer sofort einstieg und sagte: »Ach geh, Sepp, du bist doch selbst an oider Sozi.«

Die Umstehenden lachten, und Emil und Henny stimmten in die allgemeine Fröhlichkeit ein.

Eines der Mädchen, das als weißer Engel verkleidet war, zückte aus der Handtasche eine kleine silberne Flasche und reichte sie in die Runde.

»An Selbstgebrannten von mei'm Onkel aus'm Dorf«, präsentierte sie stolz.

Auch Henny und Emil wurde davon angeboten. Henny zierte sich erst, doch als Emil sie ermunterte, einen Schluck gegen die Kälte zu trinken, zögerte sie nicht länger und tat es ihm nach. Dann trafen die ersten Umzugswagen ein, und die allgemeine Aufmerksamkeit richtete sich auf das Spektakel, das alle wortreich kommentierten. Die Umzugswagen waren von den verschiedenen Faschingsgesellschaften aufwendig gestaltet worden. Manche nahmen sich heroische Themen vor und präsentierten Odin und seine germanischen Recken in der Walhalla, andere hatten einfach nur ihren Spaß und trieben als Clowns oder Indianer ihren Schabernack, klauten den Männern ihre Hüte oder überschütteten die Zuschauer mit selbst gemachtem Konfetti. Irgendwann bemerkte Emil, dass Henny neben ihm völlig durchgefroren war. Sie trug nur dünne Schuhe zu ihren Knickerbockern und zitterte am ganzen Leib.

»Mein Gott, warum hast du denn nicht gesagt, wie kalt dir ist?«, meinte er besorgt und bot ihr ritterlich seinen Umhang an. »Lass uns gleich in ein Wirtshaus gehen. Der Umzug wird auch ohne uns zu Ende gehen!«

Kurze Zeit später befanden sie sich im *Weißen Bräuhaus* im Tal. Da der Umzug noch nicht ganz zu Ende war, fanden sie in dem dennoch vollen Schankraum mit seinen niederen Säulen und der gewölbten Decke noch einen einigermaßen ruhigen Platz in der Ecke. Der Lärmpegel war reichlich hoch, sodass sie sich nur mit Mühe verständlich machen konnten. Emil bestellte zwei Gläser heißen Grog und ließ sich die Karte geben.

»Such dir etwas Ordentliches aus«, ermunterte er sie.

Henny wurde beim Ansehen der Preise ganz blass.

»Aber das kostet ja ein Vermögen«, entfuhr es ihr.

»Das lass mal meine Sorge sein«, gab sich Emil großzügig. »Das müssen wir doch feiern, dass du deine Arbeit nicht verlierst. Außerdem habe auch ich einen Grund zur Freude. Man hat mich nämlich zum Brandingenieur befördert.«

Henny sah ihn groß an.

»Etwa wegen deines mutigen Einsatzes neulich im Kino?«

»Wohl eher, weil ich mich längere Zeit mit zähen Brandvorschriften auseinandergesetzt und einige Verbesserungsvorschläge im Einsatz von Wasserpumpen vorgeschlagen habe«, gab er ehrlich zu. »Normalerweise ist mein Beruf ziemlich langweilig. Ich nehme in der Regel nur noch sehr selten an aktiven Einsätzen teil. Meine Aufgabe ist eher die Prävention von Bränden.«

»Nun sei doch nicht so bescheiden!«, schimpfte Henny scherzhaft. »Für Menschen wie mich und Gustav Fröhlich bist du jedenfalls ein Held!«

Henny sagte es schmunzelnd, aber er hatte das Gefühl, dass sie es aufrichtig meinte. Ihre Bewunderung schmeichelte ihm, aber sie machte ihn auch verlegen. Als die Bedienung vorüberkam, orderte er einen Schweinsbraten und eine Kalbshaxe, dazu zwei Gläser Bier, obwohl Henny heftig protestierte.

»Mens sana in corpore sano«, antwortete er nur und ließ sich nicht davon abhalten.

»Ist Gustav Fröhlich einer deiner Patienten?«, erkundigte er sich.

Henny erzählte ihm, dass er nach wie vor auf ihrer Station lag und dort wohl auch noch eine Weile bleiben würde. Dabei erwähnte sie auch, wie überaus sympathisch der junge Mann war.

»Meine Freundin Frieda hat regelrecht einen Narren an ihm gefressen. Wenn ich es nicht besser wüsste, würde ich sogar sagen, dass sie drauf und dran ist, sich in ihn zu verlieben ...« Sie kicherte. »Dieses kleine Geheimnis muss jetzt aber unter uns bleiben.«

»Keine Angst! Ich verrate kein Sterbenswörtchen«, versprach Emil und überlegte, ob er es wagen konnte, Henny zu verraten, was er über diesen Fröhlich wusste.

Sie nahm ihm gewissermaßen die Entscheidung ab, als sie ihn fragte, ob er ihn auch bald im Krankenhaus besuchen würde.

»Ich glaube kaum, dass ich mich dazu überwinden kann«,

gestand er vorsichtig. Dann gab er sich einen Ruck und vertraute sich ihr doch an. »Ich weiß etwas über diesen Mann, was mich bereits in einen Konflikt gebracht hat.«

Henny hob überrascht die Augenbrauen.

»Ach ja? Ich hoffe für Frieda, dass es nicht Unangenehmes ist!«

»Sie muss sich auf jeden Fall vorsehen«, konnte er nicht umhin, sie zu warnen, und berichtete ihr, was er bei seiner Rettungsaktion erlebt hatte. Er erzählte ihr auch von den Flugblättern und der Matrize, die er immer noch in seiner Wohnung aufbewahrte.

Henny hörte ihm aufmerksam zu.

»Und jetzt weißt du nicht, was du tun sollst. Auf der einen Seite verabscheust du Kommunisten wie Gustav, auf der anderen Seite fühlst du dich für ihn verantwortlich. Sonst hättest du wohl kaum die Flugblätter an dich genommen.«

Sie hatte den Nagel auf den Kopf getroffen.

»Ich bin mir immer noch nicht sicher, ob es richtig war, ihn in Schutz zu nehmen«, gestand er freimütig. »Kannst du mir keinen Rat geben?«

»So von Mann zu Mann?« Henny spielte grinsend auf ihre Verkleidung an, um gleich darauf wieder ernst zu werden. »Ich kann dir nur raten, auf dein Herz zu hören, Emil. Auch wenn Gustav eine andere politische Meinung hat als du, so ist er doch auch ein sympathischer Mensch. Du hast selbst gesagt, dass er die Gelegenheit gehabt hätte, dich zu töten. Er hat es nicht getan. Dein Leben gegen sein Leben. Ist das nicht viel entscheidender?« Sie schwieg, um dann hinzuzufügen: »Aber das musst du natürlich selbst beurteilen.«

Emil wusste, dass sie recht hatte. Er konnte nicht anders, als nach Hennys Hand zu greifen und sie zu halten.

»Hat dir schon einmal jemand gesagt, dass du ein ganz wundervoller Mensch bist?«

Es schmeichelte ihm, dass sie errötete. Außerdem machte sie keine Anstalten, ihm ihre Hand wieder zu entziehen. So saßen sie eine ganze Weile, ohne ihr Gespräch fortzusetzen. Nur die Berührung ihrer Hände blieb ihre Verbindung, bis die Bedienung mit dem Essen heranrauschte und die vertraute Zweisamkeit harsch unterbrach.

»Ned turteln, an Plotz schaffn sollt's a«, polterte sie und haute mit Schwung die übervollen Teller auf den Tisch.

Emil und Henny sahen sich gleichzeitig an und mussten herzlich lachen.

Auf dem Nachhauseweg, den sie zu Fuß hinter sich brachten, hakte sich Henny ganz selbstverständlich bei ihm ein. Sie redeten über den bevorstehenden Frühling und darüber, wie herrlich es sein würde, die ersten Blumen im Englischen Garten zu bewundern. Inzwischen war es längst schon wieder dunkel geworden, auch wenn es noch nicht sonderlich spät war. Ein ganzes Stück vor dem Rotkreuzplatz bestand Henny darauf, den Rest des Weges alleine fortzusetzen.

»Ich möchte nicht riskieren, dass uns jemand zusammen sieht«, gestand sie ihm ehrlich.

Sie befanden sich an einer schummrig beleuchteten Straßenecke, direkt vor der Einfahrt in einen dunklen Hof. Hennys Gesicht wurde nur von fahlem Licht beleuchtet, doch ihre Augen strahlten wie funkelnde Sterne unter ihrer burschikosen Mütze. Emil war sich sicher, dass er noch niemals zuvor eine begehrenswertere Frau gesehen hatte. Ohne darüber nachzudenken, nahm er sie in seine Arme.

»Hast du etwas dagegen, wenn ich dich jetzt küsse?«

Sie lächelte, wohl weil sie sich an seinen ersten, so unbeholfenen Kuss erinnerte. Er nahm ihr Gesicht zwischen seine Hände und streichelte zärtlich ihre Wangen, bevor er sanft seine Lippen auf die ihren legte. Ihr Mund fühlte sich herrlich warm an. Er spürte das Pulsieren ihres Blutes und fühlte, wie es auf ihn überging. Wenn er nicht die Beherrschung verlieren wollte, musste er sich unbedingt von ihr lösen.

Als hätte sie seine Gedanken erraten, verhinderte sie es, indem sie mit ihren Händen sein Gesicht umfasste und ihn noch einmal zu sich hin zog. Dieses Mal war ihr Kuss von ganz anderer Qualität, nicht zärtlich und sanft, sondern fordernd und begehrlich. Emil spürte ein Feuer in sich brennen, das ihm fast den Verstand raubte. Henny zog ihn mit sich in die Dunkelheit der Einfahrt und ließ sich von ihm gegen den Zaun drücken. Er wollte erst protestieren, doch sie ließ ihm keine Wahl. Noch niemals zuvor war er von einer Frau so intensiv geküsst worden. Er spürte die Rundungen ihres Körper trotz der groben Männerjacke. Seine Gefühle spielten verrückt. Schließlich war sie es, die ihn sanft, aber bestimmt von sich wegdrückte. Er spürte, wie sein ganzer Körper glühte. Mit einem leichten Seufzer ließ er von ihr ab.

»Ich muss jetzt gehen«, sagte sie, doch ihr Blick brannte noch vor Verlangen. Wenn sie jetzt nicht Vernunft walten ließen, würden sie sich zu sonst etwas hinreißen lassen.

Er trat einen Schritt zurück und gab ihr den Weg frei.

»Sehen wir uns nächsten Sonntag?«, fragte er. »Wir könnten im *Leopold* einen Kuchen essen gehen.«

»Da habe ich Dienst, aber wie wär's am Samstagnachmittag?«

Sie verabredeten sich, dann eilte Henny davon. Mit Bedauern sah Emil, wie sie aus dem Lichtkegel der nächsten Straßenlaterne im Dunkel der Nacht verschwand.

9. Kapitel

Durcheinander der Gefühle

Tassilo ist nicht gekommen! Obwohl er mir versprochen hatte, bei Vater am Mittwochabend vorzusprechen, hat er sich nur wenige Stunden vorher über eine knappe Depesche entschuldigen lassen:

> *Meine liebe Luise, ich bin leider verhindert. Mein Vater verlangt, dass ich mich sofort auf unserem heimischen Gut in Weiden einfinde. Auch von meiner Seite gibt es einiges zu regeln. Ich habe nämlich herausgefunden, dass Du das Ende meiner Rastlosigkeit bedeutest! Ich melde mich, sobald ich zurück bin! Hab ein wenig Geduld!*
> *Ergebenst Dein Dich liebender Tassilo von Waldeck*

Meine Enttäuschung war natürlich riesengroß. Andererseits enthielt seine Botschaft auch ein Geständnis seiner Liebe. Tassilo muss wirklich dringende Gründe haben, wenn er unsere Verabredung so kurzfristig absagt. Vater war leider ganz anderer Meinung. Er nahm die Absage mit einem Stirnrunzeln zur Kenntnis, welches sein Missbehagen deutlich zum Ausdruck brachte.

»Wäre es dem jungen Herrn ernst mit dir«, meinte er schließ-

lich nachdrücklich, »dann hätte er seine Abreise durchaus noch einige Stunden aufschieben können.«

»Wahrscheinlich ist sein Vater schwer erkrankt«, gab ich zu bedenken. »Ich bin sicher, dass er triftige Gründe hatte.«

»Offensichtlich scheint dir dieser junge Mann nicht gleichgültig zu sein. Ich hoffe nur, dass er deine Wertschätzung auch verdient.«

Vaters Feststellung traf tatsächlich ins Schwarze. Ich habe bisher jede Minute, die ich mit Tassilo verbringen durfte, genossen. Er ist charmant, weltoffen, und er tritt für die Gleichberechtigung von Männern und Frauen ein. An seiner Seite muss das Leben wundervoll sein – wenn er nur ein wenig zuverlässiger wäre. Seit ich Tassilo kenne, fühle ich mich endlich wieder lebendig – und ich habe kein schlechtes Gewissen mehr, wenn die Trauer um meine Mutter langsam in den Hintergrund tritt.

Vater besteht darauf, dass ich am Sonntag mit den Stieglmaiers zu der Wohltätigkeitsveranstaltung von Pastor Elliot gehe. Ich hatte so gehofft, dass mir Ignaz und seine plumpen Annäherungsversuche erspart blieben. Doch nun, da Tassilo ohnehin bei seiner Familie im Bayerischen Wald weilt, muss ich die Einladung wohl oder übel annehmen.

15. Januar 1900

Weihnachten ist längst vorüber und ein neues Jahrhundert hat begonnen. Tassilo ist immer noch nicht aus seiner Heimat zurück. Jeden Tag und jede Stunde warte ich auf ein Lebenszeichen von ihm. Warum schreibt er mir nicht? Als ich Leopold gestern fragte, ob er wüsste, wann er wieder zurück nach München käme, wurde er ziemlich einsilbig.

»Tassilo ist ein Mensch, der seine Freiheiten braucht«, antwortete er mir. »Du darfst nicht zu viel von ihm erwarten.«

»Das weiß ich doch«, gab ich ungnädig zurück. »Gerade diesen Charakterzug schätze ich an ihm.«

»Er ist kein Mann für dich.« Leopold wurde plötzlich sehr deutlich. »Du bist nicht die einzige Frau, der er Avancen macht!«

Ich spürte, wie ich rot wurde, nicht vor Scham, sondern vor Empörung über meinen Bruder, der keine Ahnung hatte, wie tief die Gefühle zwischen Tassilo und mir waren. Außerdem war es keine Neuigkeit für mich. Er hatte es mir schließlich selbst gestanden, dass es vor mir schon andere Frauen gegeben hatte. Was kümmert mich das, wenn er sich doch jetzt zu mir bekennt. »Das sagst du nur, um uns auseinanderzubringen. Ich dachte immer, Tassilo sei dein Freund!«, verteidigte ich ihn deshalb.

»Er ist mein Freund, aber ich möchte nicht, dass er auch noch mein Schwager wird«, knurrte Leopold ungehalten. »Tassilo ist ein Windhund, der dich nur unglücklich machen wird.«

»Und weshalb hast du uns dann miteinander bekannt gemacht?«, schnaubte ich zurück.

»Ich hatte weiß Gott anderes im Sinn. Tassilo bringt fast jede Frau zum Lachen. Ich dachte, etwas Aufmunterung könnte dir in deiner Situation nicht schaden. Du hast dich seit Mutters Tod schließlich nur noch vergraben.«

»Du kannst beruhigt sein«, antwortete ich kühl. »Tassilo hat noch nicht um meine Hand angehalten.« Ich dachte gar nicht daran, mich noch weiter mit meinem Bruder über dieses Thema zu unterhalten.

Es ist schon sehr seltsam, wie sich plötzlich alles in meinem Leben um Männer dreht. Tassilo, Pastor Elliot und der unsägliche Ignaz. Ich fühle mich wie auf einem Karussell, das sich immer schneller dreht und mich ganz wirr im Kopf macht. Es ist Zeit, dass es vor dem richtigen Mann anhält: Tassilo.

Der arme Pastor Elliot! Es mag vermessen klingen, aber ich habe das untrügliche Gefühl, dass er mit dem Gedanken spielt, ich könnte die richtige Frau an seiner Seite sein. Was für eine absurde Vorstellung. Thomas ist beinahe achtzehn Jahre älter als ich … Dabei finde ich ihn durchaus sympathisch und natürlich auch interessant, weil er in Afrika lebt. Schon auf der Wohltätigkeitsveranstaltung an jenem Adventssonntag suchte er immer wieder meine Nähe, natürlich mit allem Anstand, der sich gebührt. Seine Art zu erzählen und die Menschen zu begeistern gefällt mir, aber auch die Ernsthaftigkeit und tiefe Moral, die hinter allem stecken, was er sagt. Er macht übrigens keinen Hehl daraus, dass ich einen gewissen Eindruck auf ihn gemacht habe. Vater ist davon durchaus angetan, was Tante Trude überhaupt nicht behagt, denn sie ist immer noch sehr darauf aus, dass Ignaz und ich einmal ein Paar werden. Aber bevor es so weit kommt, gehe ich lieber ins Kloster. Ignaz ist wirklich ein Tölpel, noch dazu ein ausgesprochen arroganter. Er glaubt tatsächlich, dass ich ihm schon deshalb geneigt sein müsste, weil er der Erbe eines großen Unternehmens ist. Zweifelsohne gibt es einige junge Damen, denen genau das reichen wird. Mögen sie doch mit ihm glücklich werden.

Doch zurück zu Pastor Elliot. Am Ende der Wohltätigkeitsveranstaltung, während er in persönlichen Gesprächen mit verschiedenen Gästen für den Bau einer Schule in seiner Mission Nkhotakota warb, trat er auf Vater und mich zu und fragte an, ob er uns vor seiner Abreise nach Schottland noch seine Aufwartung machen dürfe. Bei dieser Gelegenheit wolle er uns noch einen Bildband mit Fotografien von seiner Mission zeigen. Vater, der übrigens reichlich für die Schule gespendet hatte, sagte gerne zu und lud ihn zum darauffolgenden Sonntagskaffee zu uns nach

Hause ein. Es war der Sonntag vor Heiligabend. Der Nachmittag verlief überaus angenehm. Thomas, so soll ich ihn auf seinen ausdrücklichen Wunsch hin nennen, stellte sich als sehr angenehmer Unterhalter heraus. Sobald er über seine Mission redet, tritt ein begeistertes Funkeln in seine tiefblauen Augen. Er muss seine Wahlheimat sehr lieben. Natürlich stellte ich eine Menge Fragen. Er schätzt es übrigens, dass ich eine gute Ausbildung genossen habe und mir über vieles eine eigene Meinung bilde. In dieser Beziehung sind Tassilo und er sich gar nicht so uneins.

Vater verfolgte unsere Unterhaltung mit angemessenem Wohlwollen. Obwohl er sich noch nicht geäußert hat, sehe ich sehr wohl, dass er ihn ebenfalls als möglichen Ehemann für mich in Betracht zieht. Doch das ist für mich völlig abwegig. Thomas' ruhige, bedächtige Art mag auf ältere Frauen wohl Eindruck machen, mir ist sie auf Dauer doch etwas zu langweilig. Dieser Mann bewegt sich niemals schnell. Jede Geste, jede Mimik, jedes Wort wird wohldurchdacht und sorgfältig abgewogen. Seine Meinungen sind wie in Stein gemeißelt, weswegen es auch wenig Erfolg hat, sich ihnen zu widersetzen. Aber das braucht mich zum Glück nicht zu bekümmern, denn ich werde ihn ja nicht heiraten! In zehn Tagen reist er nach Schottland ab und wird wohl nie wieder nach München zurückkehren.

17. Januar 1900

Ich werde Tassilo heute noch im selben Café am Englischen Garten treffen, in dem wir uns das letzte Mal verabschiedet haben! Resl hat mir seine Botschaft zugesteckt. Er hat sie beim Einkaufen abgefangen und ihr ein Brieflein für mich mitgegeben:

Meine heiß verehrte Luise,
bitte verzeih meine lange Abwesenheit. Ich konnte nicht früher zurückkommen. Mein Vater verlangte meine Anwesenheit auf Gut Waldeck. Ich zähle jede Minute, bis ich Dich wiedersehe. Passt es Dir heute um fünf Uhr im selben Café wie beim letzten Mal? Ich werde auf jeden Fall dort auf Dich warten!
In tiefer Ergebenheit Dein Tassilo

Ach klingt das nicht wundervoll romantisch? Er hat mich ebenso vermisst, wie ich ihn vermisst habe. Wenn das nicht Liebe ist!

18. Januar 1900

Ich bin so durcheinander, wie ich es noch nie zuvor in meinem Leben war – und ich schäme mich in Grund und Boden.

Was mir widerfahren ist, ist ebenso unglaublich wie beschämend. Auch wenn es nur ein Tagebuch ist, so muss ich meine Erlebnisse jemandem anvertrauen. Vielleicht wird mir danach ja leichter sein! Es geht um mein Treffen mit Tassilo.

Als ich das Café betrat, wartete er bereits auf mich. Er hatte uns einen Tisch in einer verschwiegenen Ecke ausgesucht, die etwas abgetrennt vom übrigen Gastraum war, sodass wir uns völlig ungestört unterhalten konnten. Ich war sehr aufgeregt. Tassilo kam mir entgegen, und ich sah in seinem Blick, dass er mich am liebsten zur Begrüßung geküsst hätte. Seine dunklen Augen zogen mich so in seinen Bann, dass mir ganz schwindelig wurde.

»Ich habe jeden Tag und jede Stunde an dich gedacht«, begrüßte er mich und hauchte einen zarten Kuss auf meine Hand. Er

ließ mich nicht los, während er mich auf meinen Platz führte. Auch als er der Bedienung seine Bestellung diktierte, hielt er noch immer meine Hand. Seine Augen blieben an meinen Lippen haften, während er mich fragte, wie es mir in den letzten Wochen ergangen sei. Ich erzählte ihm alles, auch dass Vater daran dachte, mich möglichst bald an einen geeigneten Ehemann zu verheiraten. Dabei verschwieg ich ihm auch nicht, dass es bereits zwei mögliche Interessenten gab. Vielleicht war das ein wenig leichtsinnig, aber ich wollte einfach keine Geheimnisse vor Tassilo haben. Er sollte sehen, dass ich es aufrichtig mit ihm meinte.

Tassilos Gesicht verdüsterte sich prompt. Und er fragte mit einer gewissen Unsicherheit in der Stimme, ob ich denn daran denke, einen von den beiden zu erwählen. Empört entzog ich ihm meine Hand. »Glaubst du wirklich, das würde ich tun?«

Ein glückliches Lächeln umspielte seinen Mund, als er meine beiden Hände nahm und abwechselnd Küsse darauf drückte. Sein Blick ließ mich nicht los, als er leise fragte, ob ich ihn denn wirklich vermisst hätte.

»Mehr als jemals einen Menschen zuvor«, gestand ich ohne jede Verlegenheit. Ich war mir plötzlich ganz sicher, dass niemand anderes als Tassilo für mich als Ehemann infrage kam. Er musste nur noch um meine Hand anhalten.

Sein Daumen strich zärtlich über meinen Handrücken, als er mich fragte, ob ich etwas dagegen hätte, wenn wir uns in nächster Zeit etwas öfter sehen würden.

»Das wird nur möglich sein, wenn du vorher bei Vater vorsprichst«, gab ich ihm zu bedenken.

Er nickte ernst.

»Ich habe dir ein Geschenk mitgebracht, doch leider habe ich es zu Hause vergessen. Es ist nicht weit bis dorthin. Würdest du mich dorthin begleiten?«

Mir wurde abwechselnd heiß und kalt. Natürlich wollte ich sehr gerne Tassilos Wohnung kennenlernen. Auf der anderen Seite war es höchst unanständig.

Tassilo schien meine Gedanken zu erraten.

»Hab keine Angst, mein Liebes. Es wird dir nichts geschehen, was du nicht auch möchtest.«

Sein Versprechen beschwichtigte mein schlechtes Gewissen, und ich stimmte zögernd zu. Schließlich waren wir so gut wie verlobt. Es war ein wunderbares Gefühl, wie wir so frisch verliebt durch das winterliche Schwabing flanierten. Es hatte gerade frisch geschneit, sodass selbst die grauen Häuserfluchten plötzlich freundlich wirkten. Tassilo wohnt in einem Hinterhaus in der Türkenstraße. Seine Wohnung liegt ganz oben, direkt unter dem Dach. Seine Vermieterin, eine Frau Schornagel, durfte von meiner Anwesenheit natürlich nichts wissen. Also ging Tassilo voraus, während ich ihm mit etwas Abstand und mit klopfendem Herzen in den sechsten Stock folgte. Prompt kam im zweiten Stock eine Frau mit einem Kleinkind auf dem Arm aus ihrer Wohnung heraus.

»Zu wem wolln S' denn?«, fragte sie mich ungeniert und musterte mich dabei, als wäre ich eine vom anderen Gewerbe.

»Das geht Sie nichts an«, schnappte ich unfreundlich und beeilte mich, Tassilo, der schon ein Stockwerk höher war, zu folgen. Nun kam ich mir wirklich verrucht vor, aber wenn ich ehrlich bin, spürte ich auch ein gewisses Prickeln, einen Hauch von Abenteuer, der meine Zweifel in den Hintergrund rückte.

Tassilo erwartete mich in seiner geöffneten Wohnungstür.

»Komm schnell rein«, forderte er mich auf und wies mit dem Finger auf die unter uns liegende Wohnung. »Die Schornagel macht sich gerade für einen Ausgang fertig«, flüsterte er. »Sie wird jeden Augenblick im Treppenhaus erscheinen.«

Ich huschte schnell an ihm vorbei in seine Wohnung. Sie war ziemlich klein und dunkel. Außer einer kleinen Küche und einer angrenzenden Schlafkammer gab es keine anderen Räumlichkeiten. Die nächste Toilette befand sich im Zwischengeschoss zwischen dem vierten und fünften Geschoss und wurde von insgesamt sieben Parteien gemeinsam benutzt. Ich bin froh, dass ich nicht in diese Verlegenheit kam …

Kaum hatte Tassilo die Wohnungstür hinter sich geschlossen, spürte ich auch schon, wie seine Arme mich umfingen. Er zog mich ganz nah an sich heran, bis ich den warmen Hauch seines Atems an meiner Wange spüren konnte.

»Hast du etwas dagegen, wenn ich dich jetzt küsse?«, flüsterte er in mein Ohr.

Bevor ich darauf antworten konnte, spürte ich auch schon seine Lippen auf den meinen. Seine Berührung war sanft und doch ganz anders als beim ersten Mal. Sie erinnerte in nichts an den Kuss an der Straßenbahnhaltestelle. Es lag etwas Forderndes darin, dem ich bereitwillig nachgab. Auch wenn es gegen die Regeln jeglichen Anstands sprechen mag, ich habe diesen Kuss genossen. Tassilo ließ mich Dinge erfahren, die ich mir in meinen kühnsten Vorstellungen nicht hätte ausmalen können. Zart und spielerisch erkundete seine Zunge meinen Mund. Erst zögerte ich, doch schon bald entdeckte ich meine eigene Freude an diesem verrückten Zungenspiel. Erst als seine Hand in meinen Ausschnitt fuhr und meine Brüste zu liebkosen versuchte, schrillten in mir die Alarmglocken, und ich löste mich aus seiner Umarmung.

Tassilo keuchte vor Erregung, aber er ließ sofort von mir ab. »Bitte verzeih, ich war zu ungeduldig! Aber ich habe mich so nach diesem Augenblick gesehnt!« Er seufzte und strich mir sanft über die Wange. Dann forderte er mich auf, an dem kleinen Tisch in der Küche Platz zu nehmen, bis er zurück war.

Die Wohnung war nicht gerade das, was ich für einen wohlha-

benden jungen Mann für angemessen hielt. Leopold wohnte in einem komfortablen Zimmer in der Burschenschaft. Dort gab es natürlich auch Bedienstete, die sich um das Wohl der Bewohner kümmerten. Tassilo hingegen schien völlig auf sich allein gestellt zu sein. Das schmutzige Geschirr, das in dem Steintrog, der als Spüle diente, lag, sprach Bände – ebenso wie die dicke Staubschicht auf den Regalen. Aber das kümmerte mich alles nicht. Ich hörte, wie Tassilo im Nachbarzimmer etwas herumräumte. Es dauerte ziemlich lange, bevor er wieder zu mir zurückkam.

Mein Herz klopfte, als ich die kleine schwarze Schatulle in seinen Händen sah. Er öffnete sie vor meinen Augen, und ich sah einen einfachen, goldenen Armreif, in den eine Reihe winzig kleiner Rubine eingearbeitet waren.

»Dieser Armreif gehörte meiner Großmutter«, meinte Tassilo. Seine Augen funkelten, während er sprach. »Sie wollte, dass ich ihn der Frau meiner Träume schenke.« Er stellte die Schatulle auf den Tisch, nahm das Armband heraus und legte es mir geschickt um. Was soll ich sagen? Ich war hingerissen – weniger von dem Armreif – von denen ich einige wertvollere besitze – als von der Tatsache, dass Tassilo damit unmissverständlich zum Ausdruck gebracht hatte, dass er mich liebt.

»Gefällt es dir nicht?«

Seine besorgte Frage brachte mich wieder zur Besinnung.

»Ich weiß, dass es nichts besonders Wertvolles ist, aber ich bin eben nur der jüngste Sohn eines einfachen Landadligen.« Er sah mich zerknirscht an – als wenn mir das etwas ausgemacht hätte. Aus Rührung vor seiner Bescheidenheit nahm ich seine Hand. Im nächsten Augenblick kniete Tassilo vor mir nieder und legte mir seinen Kopf in den Schoß.

»Du bist das Beste, was mir jemals begegnet ist.« Seine Worte waren voller Leidenschaft.

Ich erschrak über seinen heftigen Gefühlsausbruch, gleichzeitig fühlte ich mich geschmeichelt.

Da hob er seinen Kopf und sah mich aus leuchtenden Augen an. »Ich liebe dich mehr als mein Leben!«

»Ich liebe dich auch.« Die Worte kamen über meine Lippen, noch ehe ich darüber nachdenken konnte.

Tassilo richtete sich langsam auf und küsste mich erneut. Hatte der erste Kuss eine sanfte Flamme entzündet, so entfachte der zweite einen Flächenbrand in mir. Ich weiß, ich müsste mich schämen, weil ich mich hinreißen ließ. Doch dieses Mal ließ ich Tassilo sogar gewähren, als er meine Brüste berührte. Ich spürte, wie er mich hochzog, auf seine Arme nahm und mich in das Schlafzimmer trug. Dabei küsste er mein Gesicht und meinen Hals. Im nächsten Augenblick lag ich auf seinem Bett und spürte, wie seine Finger geschickt die Knöpfe an meiner Bluse öffneten. Ich versuchte zu protestieren, doch seine Küsse erstickten in mir jeden Widerstand. Ich befand mich plötzlich wie in einem Rausch. Jedes einzelne Körperteil bebte, als er mir Bluse und Hemd auszog, um sich an meinem Korsett zu schaffen zu machen. Mit geschickten Fingern öffnete er jede einzelne Öse, bis das lästige Ding endlich neben mir lag. Ohne Scham lag ich nun halb nackt neben ihm, während ich überall seine Finger und seine Zunge spürte. Als seine kundigen Hände plötzlich begannen, sich zwischen meine Beine zu schieben, stöhnte ich laut auf vor Lust.

Auf Tassilos Gesicht erschien ein zufriedenes Lächeln. »Gefällt es dir, was ich mache?« Gleichzeitig begann er, sich vor mir auszuziehen.

Mit einer Mischung aus Scham und Begierde sah ich zum ersten Mal in meinem Leben einen nackten Mann. Sein schwarz behaartes Geschlecht ragte wie ein bebender Dolch neben mir auf. Erst dieser Anblick brachte mich wieder zur Besinnung.

»Keine Angst.« Tassilo war mein verängstigter Blick sofort aufgefallen. »Ich werde sehr vorsichtig sein. Beim ersten Mal wird es vielleicht etwas wehtun, aber danach wirst auch du sehr viel Freude empfinden.«

Seine Worte waren nicht dazu angetan, mir meine Furcht zu nehmen. Mit Schmerz hatte ich die Liebe zwischen Mann und Frau niemals in Verbindung gebracht. Seine Worte waren wie eine Ernüchterung – außerdem klangen sie so … so … routiniert? Plötzlich konnte ich seine immer stürmischer werdenden Berührungen nicht mehr im gleichen Maße genießen wie zuvor. Ein Schalter in meinem Verstand kippte und ließ mich die Situation plötzlich mit anderen Augen sehen.

»Hör auf. Bitte!«, forderte ich ihn ernüchtert auf.

Doch Tassilo ließ sich nicht beirren. Er begann, meinen Rock hochzuschieben und sich auf mich zu wälzen.

»Vertrau mir! Du wirst es genießen«, keuchte er außer sich. »Du willst es doch auch!«

»Nein! Lass ab! Nicht so!« Meine Angst verlieh mir ungeahnte Kräfte. Es gelang mir, ihn von mir herunterzuschieben. »Du hast selbst gesagt, dass du nur tun wirst, was ich auch möchte«, rief ich entrüstet.

Erst da kam auch Tassilo zur Besinnung. Mit einem ärgerlichen Stöhnen ließ er von mir ab.

»Verdammt!« Er sprang auf und zog sich rasch seine lange Unterhose über, während ich immer noch entblößt auf dem Bett lag.

Plötzlich kam ich mir beschmutzt und liederlich vor. Rasch zog ich Hemd und Bluse zu mir heran, um meine Brüste zu bedecken.

Tassilo lächelte spöttisch. »Deine Scham kommt etwas spät, findest du nicht auch?«

Wäre es möglich gewesen, so hätte ich mich in diesem Augenblick aus Ekel vor mir selbst in Luft aufgelöst. So blieb mir nichts anderes übrig, als meinen Kopf abzuwenden.

Tassilo begriff erst in diesem Augenblick, wie sehr er mich gekränkt hatte. Er setzte sich auf den Bettrand und begann beschwichtigend auf mich einzureden.

»Es ist meine Schuld«, redete er besänftigend auf mich ein. »Ich hätte dich nicht in diesem Maße bedrängen dürfen. In bestimmten Momenten gehen uns Männern einfach die Gäule durch. Kannst du mir noch einmal verzeihen?«

Von seinen Worten nicht sehr überzeugt, wandte ich mich ihm wieder zu.

»Ich möchte mich jetzt in Ruhe anziehen«, bat ich reichlich verkrampft. Seine einsichtigen Worte hatten ihre Wirkung auf mich nicht verfehlt. Doch die Vertrautheit, die ich eben noch gespürt hatte, war wie weggeblasen.

Tassilo erhob sich schweigend und ging in die Küche, während ich mich rasch anzog. Als ich fertig angekleidet war, begleitete er mich zur Tür.

»Kannst du allein nach Hause gehen?«, erkundigte er sich höflich.

Selbstverständlich hatte ich erwartet, dass er mich nach Hause begleitete. Schließlich waren wir ja nun so gut wie verlobt. Doch allein die Tatsache, dass es für ihn augenscheinlich nicht selbstverständlich war, kränkte mich erneut.

»Natürlich«, erwiderte ich knapp und öffnete die Tür.

Tassilo versperrte mir noch einmal den Weg.

»Es tut mir wirklich leid, Luise! Es hätte schöner für dich sein müssen, ich weiß! Aber du bist so anders als die anderen Frauen, die …« Er redete den Satz nicht zu Ende, als er meinen konsternierten Blick sah. »Werden wir uns morgen wiedersehen?«

»Da habe ich keine Zeit.« Ich war zu durcheinander und verletzt, um mich gleich festlegen zu lassen.

»Dann am Sonntag! Ich könnte dich abholen und dabei gleich bei deinem Vater vorsprechen. Du wolltest doch, dass er mich kennenlernt, nicht wahr?« Er sah mich aus dunklen Augen flehend an.

Ich wollte schon nachgeben, als mir einfiel, dass am Sonntag Thomas Elliot seinen Abschiedsbesuch vor seiner Abreise bei uns machen wollte. Vater erwartete von mir, dass ich die Gastgeberin spielte.

»Nächsten Sonntag geben wir eine Einladung. Ich muss mich um die Gäste kümmern. Aber ich werde Resl mit einer Botschaft zu dir schicken, wenn ich weiß, wann Vater Zeit hat«, sagte ich schließlich und ließ Tassilo ziemlich zerknirscht zurück.

Seither bin ich hin- und hergerissen von meinen wechselnden Gefühlen. Ich weiß nicht, was in mich gefahren ist, dass ich mich zu solchen Intimitäten habe hinreißen lassen, noch dazu mit einem Mann, den ich erst seit Kurzem kenne. Auf der anderen Seite war es ungeheuer aufregend. Allein der Gedanke an seine zärtlichen Küsse jagt mir wohlige Schauer über den Rücken. Dass er so stürmisch wurde, war schließlich auch meine Schuld. Hätte ich mich nicht so liederlich benommen, wäre es wohl kaum so weit gekommen. Auch ich habe Tassilo um Entschuldigung zu bitten! Gleich morgen werde ich Resl losschicken und sie Tassilo um ein neues Rendezvous mit mir bitten lassen – und nach Elliots Besuch werde ich Vater davon in Kenntnis setzen, dass es einen ernst zu nehmenden Verehrer für mich gibt.

Auch wenn es Leopold nicht passt, er muss der Fürsprecher für Tassilos und meine Beziehung sein!

Teil 2

Zeit der Entscheidungen

Frühjahr 1937 bis Sommer 1938
Herbst 1900 bis 1912

10. Kapitel

Turbulenzen

»Wollen Sie noch einen Flüsterwitz hören?« Gustav Fröhlich richtete sich in seinem Bett auf und griff nach Friedas Arm. »Nur diesen einen noch!«

Sie konnte seinem bettelnden Blick einfach nicht widerstehen.

»Na gut, aber Sie wissen schon, dass solche Witze streng verboten sind?«, gab sie widerwillig schmunzelnd nach.

»Dann setzen Sie sich mal schön auf meine Bettkante, damit ich ihn auch möglichst leise flüstern kann«, grinste Gustav verschwörerisch und zog sie viel zu nah an sich heran.

»Was hat die Partei mit der Münchner Straßenbahn gemeinsam?«, raunte er in ihr Ohr. Es kitzelte.

»Weiß ich doch nicht!«

»Es ist verboten, mit dem Führer zu sprechen; wer nicht hinter dem Führer steht, sitzt; das Kleingeld ist stets bereitzuhalten; bei besonderen Anlässen werden die alten Anhänger hervorgeholt.«

Frieda kicherte. »War Oberschwester Hildegard etwa auch schon mit ihrer Sammelbüchse bei Ihnen, um für irgendeinen der nächsten Umzüge zu sammeln?«

»Sie fragte nach ein paar Münzen, um die Aufmärsche für Hitlers Geburtstag zu finanzieren. Mir blieb nichts anderes übrig, als Kopfschmerzen vorzutäuschen.« Gustav rollte mit den Augen.

Frieda wollte gerade etwas erwidern, als die Tür aufging und eine der anderen Schwestern den Saal betrat. Sie stand sofort auf und tat geschäftig. Sie hatte schon wieder viel zu viel Zeit bei Gustav verbracht. Wenn sie nicht aufpasste, würde sie deswegen noch Ärger bekommen. Seit Generaloberin Marie Birkner von höchster Stelle abgesetzt und von der strenggläubigen Herta Marie von Ayx ersetzt worden war, herrschte im Krankenhaus ein neuer Wind. Die Aufgabe der neuen Oberin bestand darin, aus den barmherzigen Schwestern weibliche Soldaten des Führers zu machen, so hatte SA-Brigadeführer Dziewas sich bei ihrer Ernennung geäußert. Seither wachte Oberschwester Hildegard mit Argusaugen darüber, dass auch alle auf der Station in Reih und Glied standen.

Frieda fühlte sich immer mehr unter Beobachtung, vor allem, weil sie einige Male unbedacht kritische Worte über den Führer und seine Partei geäußert hatte. Sie war wie ihr Vater eine treue Sozialdemokratin und verwand es nur schwer, dass mittlerweile alle Parteien außer der NSDAP verboten waren. Ihr Vater hatte für seine Überzeugungen schon für einige Zeit im Konzentrationslager in Dachau eingesessen. Seither war er nicht mehr derselbe. Ehrliche Meinungen waren in diesen Zeiten nicht gefragt. Generaloberin Birkner hatten sie sogar Amt und Ehre gekostet. Und das nur, weil sie um bessere Arbeitsbedingungen für ihre Schwestern und etwas mehr Achtung gebeten hatte. Gauleiter Wagner hatte sie daraufhin umgehend aus ihrem Amt entfernt. Marie Birkner war über Nacht einfach so verschwunden.

»Sehen Sie heute Abend nach Ihrem Dienst noch einmal nach mir?«, fragte Gustav, dem nicht entgangen war, dass Frieda plötzlich sehr auf der Hut war.

»Mal sehen«, meinte sie, schickte ihm aber noch ein warmes Lächeln, bevor sie den Saal verließ.

Gustav sah Frieda nachdenklich hinterher. Nun lag er schon seit über acht Wochen im Krankenhaus und rechnete immer noch jeden Tag damit, dass die Schergen der Gestapo in sein Zimmer stürmten, um ihn festzunehmen. Die Matrizen und Flugblätter, die er in jener Brandnacht, in der er verunglückt war, in seiner Jacke versteckt hatte, waren verschwunden. Irgendjemand musste sie an sich genommen haben. Lange war nicht klar gewesen, ob er den Unfall überhaupt überleben würde. Doch er war ein zäher Bursche. Anscheinend hatte das Schicksal noch so einiges mit ihm vor – und wenn auch nur die Hinrichtung. Er musste über seinen eigenen Sarkasmus schmunzeln. Auch Frieda hatte ihm nicht weiterhelfen können. Mehrmals hatte er versucht, sie vorsichtig auszufragen, was genau mit seinen Sachen nach dem Unfall geschehen war. Doch sie gab nur an, dass alle seine Kleider und die Habseligkeiten, die man bei ihm gefunden hatte, in seinen Spind im Krankensaal gesperrt worden waren, wie es eben üblich war bei neu eingelieferten Patienten.

Da er im Augenblick nicht in der Lage war zu fliehen, blieb ihm nichts anderes übrig, als seinem Schicksal tatenlos entgegenzusehen. Womit er allerdings überhaupt nicht gerechnet hatte, war, dass er sich in solch einer brenzligen Situation verlieben könnte. Frieda war die Frau, auf die er immer gewartet hatte, das hatte er schon in der Nacht erkannt, als er schwer verletzt ins Krankenhaus eingeliefert worden war. Sie war ihm wie ein Engel erschienen, als er auf seiner Trage kurz zur Besinnung gekommen war. Und auch als er sich in seinem Delirium befand und nur ab und zu einige klare Augenblicke hatte, war sie immer bei ihm gewesen, um ihm Mut zuzusprechen. Er war überzeugt, dass er nur deshalb überlebt hatte.

In den Wochen der schrittweisen Genesung hatte er Gelegenheit gehabt, sie ein wenig besser kennenzulernen. Sie war keine dieser naiven Jasager, die es in diesen Tagen zuhauf gab. Mit ihrer Ernsthaftigkeit und ihrem gesunden Menschenverstand stach sie erfrischend aus der Masse hervor. Er liebte es, sie mit seinen Witzen zum Lachen zu bringen. Dabei hatte er herausgefunden, dass sie dem Regime durchaus kritisch gegenüberstand, auch wenn er sich natürlich hütete, ihr mehr von sich und seiner Gesinnung zu erzählen. Wenn er doch nur mehr Zeit mit ihr verbringen könnte, um herauszufinden, ob sie seine politischen Überzeugungen wirklich teilte.

Er seufzte.

In wenigen Tagen würde er endlich entlassen werden. Danach würde er erst einmal untertauchen müssen, bevor er wieder vorsichtig Kontakt zum Widerstand aufnehmen konnte. Die Kommunistische Partei, der er angehörte, agierte immer noch im Untergrund. Sie suchte nach Freiwilligen, die Nachrichten als Boten in die neutrale Schweiz übermittelten. Vielleicht konnte er sich mit der Widerstandsgruppe in Konstanz kurzschließen. Er wünschte, er könnte mit Frieda darüber reden.

Henny war mit dem Auskochen und Sterilisieren des OP-Bestecks beschäftigt, als Elisabeth sie bei ihrer Arbeit unterbrach.

»Die Oberschwester verlangt, dass alle Schwestern und Schwesternschülerinnen sich nach Dienstschluss im Besinnungsraum treffen.«

»Wozu das denn?«, fragte Henny gereizt. »Wir hatten doch erst letzte Woche eine Versammlung.«

Elisabeth tat ihre Bemerkung unwirsch ab. »Daran wirst du dich eben gewöhnen müssen. Die Oberschwester gedenkt, solche Veranstaltungen nun häufiger abzuhalten. Es ist schließlich für das Vaterland, dass wir alle auf eine Linie gebracht werden.«

»Du scheinst daran ja eine große Freude zu haben«, spottete Henny, der die anbiedernde Art ihrer Mitschülerin heftig auf die Nerven ging. »Du hörst dich ja jetzt schon so an wie das Sprachrohr unserer geliebten Oberschwester.«

Elisabeth war nicht nur hinterhältig und faul, sondern dazu auch noch die Lieblingsschülerin von Oberschwester Hildegard. Und das nicht etwa aufgrund ihrer Fähigkeiten, sondern nur, weil sie ihr ständig um den Bart ging.

Elisabeth kniff die Augen zusammen. »Bist du etwa eifersüchtig?«, zischte sie. »An deiner Stelle würde ich keine so große Lippe riskieren. Die Veranstaltung ist Pflicht! Heil Hitler!«

Bevor Henny etwas darauf erwidern konnte, war Elisabeth auch schon verschwunden.

»Das hat mir gerade noch gefehlt!«, schimpfte Henny. Damit war ihr erster freier Abend seit Wochen wohl auch wieder hinfällig. Wehmütig dachte sie daran, dass Emil sie für heute Abend in den Biergarten eingeladen hatte. Das Wetter war ausgesprochen gut, und es versprach ein lauer Frühlingsabend zu werden. Sie hatte sich so darauf gefreut, mit den Fahrrädern die Isar entlangzuradeln, bevor sie in einem der dortigen Biergärten einkehrten. Henny hatte sogar für eine angemessene Verpflegung gesorgt, mit der sie Emil überraschen wollte.

Sie gingen nun schon seit über zwei Monaten regelmäßig miteinander aus, und sie genoss jede Minute mit ihrem

Brandingenieur. Immer wenn sie an ihn dachte, wurde ihr ganz warm ums Herz. Wenn ihr jemand noch vor ein paar Monaten gesagt hätte, dass sie einmal so verliebt sein könnte, dann hätte sie ihn für verrückt erklärt. Mit Emil fühlte sich das Leben so richtig an. Es war, als wäre er der fehlende Teil, um aus ihr ein vollständiges Ganzes zu machen. Und nun musste sie ihn wieder einmal enttäuschen. Ihr blieb nichts anderes übrig, als Emil abzusagen. Sobald sie Zeit dazu fand, huschte sie zum öffentlichen Fernsprecher, der sich in einer Kabine neben der Anmeldung befand, und gab ihm Bescheid.

Natürlich war er sehr enttäuscht, zeigte aber wie üblich viel Verständnis und vertröstete sie auf den Sonntag. Dann würden sie endlich einmal wieder einen ganzen Tag für sich haben.

»Wenn das Wetter hält, fahren wir mit dem Motorrad ins Grüne«, munterte er sie auf.

Die neuen, beinahe wöchentlich stattfindenden Versammlungen, die gelegentlich von der neuen Generaloberin von Ayx, aber meistens von Oberschwester Hildegard abgehalten wurden, sorgten nicht nur bei Henny für Verstimmung. Auch Frieda kam mit sichtlichem Widerwillen zu der Veranstaltung in den Besinnungsraum. Es war ein schlichter, hoher Raum mit bunten Glasfenstern, an dessen Frontwand ein großes, bronzenes Kreuz angebracht war. Im Zeichen der Ökumene war ansonsten kein anderer Schmuck angebracht. Mehrere Reihen mit Sitz- und Kniebänken sowie ein Stehpult waren die einzigen Möbel. Henny fiel sofort die Veränderung auf.

»Siehst du das?«, fragte sie Frieda empört, die ihr einen Platz freigehalten hatte, und deutete an die Wand hinter dem Pult.

»Das ist Hildegards Werk«, informierte sie ihre Freundin.

»Sie hat Elisabeth und ihre BDM-Zöglinge dazu aufgefordert, das Kreuz mit der Reichsfahne zu überdecken.«

»Das ist Blasphemie!« Henny war aufrichtig entsetzt. Sie war als gläubige Katholikin erzogen worden und empfand das Abdecken des Kreuzes Christi als ungeheuren Frevel. »Wir sind immerhin eine christliche Ordensgemeinschaft!«

»Wer weiß, wie lange noch!«

Friedas Bemerkung sollte sich als prophetisch erweisen, als Oberschwester Hildegard vor die versammelte Schwesternschaft trat und sich dabei offensichtlich sehr wichtig vorkam. Es war für alle ein offenes Geheimnis, dass Hildegard nicht nur eine begeisterte Anhängerin der NSDAP war, sondern auch eine enge Vertraute von SA-Brigadeführer Dziewas. Frieda war der festen Überzeugung, dass Frau Birkners Absetzung in Wahrheit ihr zu verdanken war. Henny mochte das nicht glauben. Immerhin gehörte die Oberschwester schon beinahe dreißig Jahre lang dem Orden an. Sie konnte doch nicht gegen die eigenen Mitschwestern intrigieren.

»Liebe Mitschwestern und Schwesternschülerinnen«, begann Hildegard wenige Augenblicke später mit ihrer Ansprache. »Ich habe euch heute hier zusammengerufen, um euch im Sinne unserer Reichsregierung über einige Neuerungen in unserem Schwesternhaus zu unterrichten. Eingedenk unserer Pflichten gegenüber dem Staat und dem deutschen Volk ist es erforderlich, uns unbeirrt und rückhaltlos in den Dienst der nationalen Revolution zu stellen. Dies wird nicht nur von unseren Beamten verlangt, sondern vom ganzen Volk …«

»Die redet ja schon wie der Führer«, spottete Frieda halblaut, worauf sie von Elisabeth, die eine Reihe hinter ihr saß, mit einem wütenden Zischen bedacht wurde.

»Dies kann nicht ohne einschneidende Veränderungen vonstattengehen. Unser Volk braucht einen festen Boden, auf dem es wachsen und gedeihen kann. Aus diesem Grund wurde an höchster Stelle beschlossen, dass die unterschiedlichen Schwesternschaften zu einem gemeinsamen Verband zusammengeschlossen werden sollen.«

Unter den älteren Schwestern entstand nun ein empörtes Gemurmel.

Schwester Luitgard meldete sich zu Wort. »Aber wir unterstehen doch dem Reichsbund freier Schwestern und Pflegerinnen. Wir waren immer stolz auf unsere Unabhängigkeit. Wozu müssen wir uns dem Staat unterordnen? Das darf nicht Sinn und Zweck unserer Gemeinschaft sein. Wir dürfen uns diesem Druck nicht beugen.«

Einige Schwestern applaudierten. Unter ihnen waren auch Frieda und Henny.

Oberschwester Hildegard forderte Ruhe.

»Es ist nicht Ihre Aufgabe, sich darüber Gedanken zu machen«, fuhr sie Schwester Luitgard über den Mund. »Diese Dinge werden an anderer Stelle entschieden. Meine Aufgabe ist es nur, Sie über die Änderungen zu unterrichten. Das Ziel der Partei ist, eine übergeordnete Schwesternakademie zu errichten, die der völkischen Ausrichtung und theoretischen Fachschulung des Schwesternnachwuchses dient. Die Schwesternschule wird künftig vom Mutterhaus getrennt. Der Unterricht wird von BDM-Führerinnen abgehalten. Aus diesem Grund wird die neue Schwesternschaft auch in Zukunft nur aus den Bewerberinnen rekrutiert, die sich vorher beim BDM ihre Sporen verdient haben …«

Heftiger Beifall aus den ersten Reihen, wo die vom BDM rekrutierten Schwesternschülerinnen saßen, und aufgeregtes

Gemurmel aus den hinteren Reihen unterbrachen die Rede der Oberschwester.

»Und wer soll das alles bezahlen?« Frieda konnte einfach nicht ihren Mund halten.

Sie wurde umgehend mit einem ärgerlichen Blick abgestraft, der sie zum Schweigen bringen sollte, doch die anderen Schwestern waren ebenfalls an einer Antwort interessiert, sodass die Oberschwester gezwungen war zu antworten.

»Das Vorhaben wird aus den Geldmitteln der Schwesternschaft finanziert. Wir verfügen über ausreichend Rücklagen aus dem Pensionsfonds. Das ist unser Beitrag zur Verbesserung der Volksstabilität.«

Erneut setzte empörtes Gemurmel ein. Und wieder war es Frieda, die aussprach, was alle dachten. Henny bewunderte ihre Freundin für ihre Zivilcourage, zu der sie sich selbst nicht fähig glaubte.

»Und von was, bitte schön, sollen dann unsere älteren Schwestern einmal ihren Lebensabend bestreiten? Der Pensionsfonds ist ausschließlich zur Versorgung unserer älteren Mitschwestern gegründet worden – und das vor über fünfzig Jahren!«

Plötzlich gab es überall ratlose Blicke, aber auch aufrichtige Empörung. Der Oberschwester gelang es nicht mehr, für ausreichend Ruhe zu sorgen. Ihre Stimme schnappte beinahe über, als sie die Menge zu übertönen versuchte.

»Dafür haben wir die Partei und unseren Führer! Sie sind nicht befugt, die Richtigkeit der Entscheidung anzuzweifeln! Und nun fordere ich Sie zu mehr Disziplin auf!«

»Dem kann der Beirat doch niemals zustimmen!«

»Der Beirat ist die Partei! Und nun Ruhe! Ich bitte um Ruhe!«

Die Situation drohte aus dem Ruder zu laufen, als unvermittelt die Generaloberin auf der Bildfläche erschien. Sie hatte sich bislang von allen unbemerkt im Hintergrund aufgehalten.

Henny hatte vor der kleinen, unscheinbar wirkenden Frau mit den hageren Gesichtszügen beinahe noch mehr Respekt als vor Frau Birkner. Sie galt als unbeugsame, energische Person, die hart durchzugreifen verstand. Das Holzkreuz auf ihrer schmächtigen Brust wirkte wie eine Waffe, als sie neben Oberschwester Hildegard trat und besänftigend die Hand hob.

»Meine Damen!« Frau Ayx Stimme war nicht besonders laut, dafür klar und deutlich. »Ich habe durchaus Verständnis für Ihren Unmut, aber die Schwesternschaften und ihre Mutterhäuser werden direkt dem ›Amt für Schwesternschaften‹ im Präsidium des Deutschen Roten Kreuzes unterstellt und verlieren damit ihre Eigenständigkeit. Damit bleibt auch unserem Orden keine Wahl, als sich den Gegebenheiten anzupassen.«

Innerhalb von wenigen Augenblicken war es mucksmäuschenstill geworden im Saal. Selbst Frieda ließ sich von der natürlichen Autorität der Generaloberin beeindrucken.

»Wenn wir unserem Orden wenigstens ein gewisses Maß an Unabhängigkeit bewahren wollen, müssen wir uns den neuen Regelungen anpassen. Denken Sie an unsere gemeinsamen christlichen Grundsätze. Diese kann uns niemand nehmen. Allerdings kann und werde ich auch nicht dulden, wenn sich jemand gegen die neuen Vorschriften der Partei auflehnt. Ich hoffe, Sie haben mich verstanden!« Ihr Blick schweifte über die Schwesternschaft und blieb an Frieda und Schwester Luitgard hängen. »Schwester Luitgard, Ihre offenen Worte mag ich in Anbetracht Ihrer langen Verdienste noch verzeihen, auch wenn ich sie ausdrücklich nicht billige, aber dass eine junge Schwester, noch dazu eine Schwesternschülerin vor der Examensprüfung, es wagt, sich so weit aus dem Fenster zu lehnen, kann und werde ich mit einer scharfen Rüge ahnden. Sie können froh sein, Frieda Krupp, dass ich Sie nicht vorzeitig aus der Schwesternschaft ausschließe.«

Ihr Blick verweilte unerbittlich auf Frieda, bis diese ihre trotzige Haltung aufgab und zu Boden sah. Dann wandte sie sich, ohne eine Miene zu verziehen, wieder an die Rednerin.

»Und nun bitte ich Oberschwester Hildegard, mit ihrem Vortrag fortzufahren. Sie wird Ihnen die Änderungen im künftigen Schulbetrieb näher erläutern. Die Schwesternschülerinnen, die im nächsten Monat ihr Examen ablegen werden, sind davon natürlich noch nicht betroffen.«

Sie nickte allen kurz zu und trat dann so unbemerkt, wie sie gekommen war, wieder in den Hintergrund.

»Puh! Bei der Ayx musst du ganz schön aufpassen. Die ist gefährlich!«, flüsterte Frieda Henny beim Hinausgehen zu. »Mit der möchte ich mich lieber nicht anlegen.«

»Dann musst du endlich lernen, deine Zunge besser im Zaum zu halten«, warnte Henny, die Friedas Einschätzung durchaus teilte.

»Ich hoffe, das gelingt mir«, meinte Frieda immer noch ganz zerknirscht von der deutlichen Rüge, die sie eben hatte einstecken müssen. »Aber wenn ich mir vorstelle, dass die neuen Schwesternschülerinnen nun mehr Veranstaltungen in Tanzen, Singen und Wandern besuchen sollen als Seminare zum Erlernen der Krankenpflege, dann kommt mir schon wieder die Galle hoch.«

»So schlimm wird es schon nicht werden. Uns betreffen die ganzen Neuerungen doch gar nicht mehr.«

Henny versuchte gerne, sich unangenehme Dinge schönzureden. Dass ausgerechnet sie, die Schwierigkeiten grundsätzlich lieber aus dem Weg ging, bereits am nächsten Tag in einen ähnlichen Schlamassel geraten würde, wusste sie zu dem Zeitpunkt glücklicherweise noch nicht.

SA-Brigadeführer Dziewas hatte sich kurzfristig zu einem Besuch im Krankenhaus angekündigt. Da die Generaloberin vormittags einen Termin außerhalb des Mutterhauses wahrnahm, war es Oberschwester Hildegards Aufgabe, den Brigadeführer zu empfangen. Sie war sich dieser ehrenvollen Aufgabe durchaus bewusst und sorgte mit allem Eifer dafür, dass auf den Stationen alles seine Ordnung hatte. Es lag ihr daran, den Parteifunktionär gebührend zu beeindrucken, damit er sah, dass sie sein Vertrauen verdiente. Hildegard war schon mehrere Male zu einem geheimen Vieraugengespräch zu ihm geladen worden, wo sie ihm ausführlich über den Klinikalltag hatte berichten dürfen. Sie hatte diese Ehre womöglich der Tatsache zu verdanken, dass sie als treue Parteigenossin galt. Was ihr zunächst, gedrängt durch die eigene Familie, als selbstverständliche Pflicht erschienen war, war ihr mittlerweile zur tiefsten Überzeugung geworden: klare Strukturen und Richtlinien, dazu eine Ideologie, die allen Deutschen gerecht wurde, und ein Führer, der endlich alles Übel in diesen unsicheren Zeiten an der Wurzel packte und vernichtete. Der Brigadeführer sollte sehen, was er an ihr hatte.

Während sie jedes Zimmer einzeln inspizierte, lief ihr Schwester Henny über den Weg. Sie scherzte gerade in unerhörter Munterkeit mit einem Patienten, den sie im Rollstuhl zu einer Untersuchung fuhr. Der Patient war ein hochrangiger Konsulatsangestellter aus irgendeinem westafrikanischen

Staat, noch dazu ein Neger. Hildegard hatte das Bedürfnis, diese traute Zweisamkeit zu zerstören.

»Fräulein Henny!«, rief sie und winkte die Schwesternschülerin energisch zu sich heran.

Diese ließ ihren Patienten für einen Augenblick allein und steuerte auf sie zu.

»Der Brigadegeneral wird in weniger als einer halben Stunde hier eintreffen. Ich möchte nicht, dass er während seiner Inspektion irgendetwas Unangenehmes zu sehen bekommt.«

Hildegard ließ ihren Blick vielsagend in Richtung des Negers schweifen.

»Ich werde mein Bestes tun«, versprach die junge Frau, ohne sie erkennen zu lassen, dass sie ihre Andeutung verstanden hatte.

»Dann bringen Sie Ihren Patienten sofort wieder auf sein Zimmer!«

»Aber Herr Kuyateh wird zu dringenden Untersuchungen im Labor erwartet.«

»Widersprechen Sie mir nicht! Bringen Sie den Patienten zurück. Das ist eine Anordnung!«, fauchte Hildegard ungehalten.

Endlich verstand die aufsässige Schwesternschülerin. Sie nickte, ohne sie anzusehen, und befolgte ihre Anweisungen.

Plötzlich fiel Hildegard ein, dass eine der neuen Anordnungen der Partei vorsah, dass alle Kreuze im Krankenhaus abgehängt und durch Fotografien des Führers ersetzt werden sollten. Die Generaloberin hatte die Anweisung bislang nicht befolgt. Hildegard ging davon aus, dass andere Tätigkeiten in ihrem neuen Amt sie bislang davon abgehalten hatten.

»Noch etwas, Fräulein Henny«, hielt sie die Schwesternschülerin auf. »Ich benötige dringend Ihre Hilfe. Also beeilen Sie sich.«

Henny befolgte die Anweisungen der Oberschwester nur widerwillig. Sie schämte sich dafür, Herrn Kuyateh sagen zu müssen, dass seine Untersuchungen einstweilig verschoben werden mussten. Noch dazu hatte der Botschaftsangehörige alles mit angehört.

»Glauben Sie, die Anweisung richtet sich nicht gegen Sie persönlich«, versuchte Henny zu erklären, »aber ich muss den Anweisungen meiner Vorgesetzten …«

»… gehorchen, ich weiß«, nahm ihr Kuyateh das Wort aus dem Mund. Er schien nicht im Mindesten böse auf sie zu sein. »Sie brauchen sich nicht zu schämen, Schwester. Ein Neger wie ich wird neuerdings in Ihrem schönen Land nicht mehr gerne gesehen. In den Augen von Herrn Hitler und seinen Freunden sind wir offensichtlich nur Menschen zweiter Klasse.«

Herrn Kuyatehs Lachen hatte trotz allem einen bitteren Klang und endete abrupt mit einer bösen Hustenattacke. Man hatte ihn erst vor ein paar Tagen mit Verdacht auf Lungenentzündung und Gelbsucht in das Krankenhaus eingeliefert. Der Afrikaner litt zudem an starken Schmerzen, die möglicherweise von seiner Galle herrührten.

Henny hatte den dunkelhäutigen Herrn sofort in ihr Herz geschlossen. Sie mochte seine umgängliche Art. Trotz seiner Schmerzen hatte er immer ein munteres Wort auf den Lippen und war ein überaus pflegeleichter Patient, der noch dazu sehr gebildet war und Interesse an vielerlei Dingen zeigte. Als begütertem Botschaftsangehörigen stand ihm ein Einzelzimmer zu, was bei einigen Krankenhausmitarbeitern für Unmut sorgte. Doktor Pollinger hatte bereits das Wort minderwertige Rasse in den Mund genommen und im Anschluss an eine Visite tatsächlich dafür plädiert, dass man Afrikaner künftig in einem der Judenkrankenhäuser versorgen solle. Daraufhin hatte es eine rege Diskussion unter den Stationsärzten gegeben, bis Professor Strößner dazugekommen war und ein Machtwort gesprochen hatte.

»Solange ich der verantwortliche Chefarzt bin, sind für mich alle Patienten, die hier eingeliefert werden, gleich.«

Dass dem trotzdem nicht so war, hatte gerade einmal wieder die Oberschwester unter Beweis gestellt.

Henny seufzte.

»Ich bringe Sie sofort ins Labor, sobald der Spuk hier vorüber ist«, versprach sie ihm.

»Da sind Sie ja endlich«, wurde sie von Oberschwester Hildegard in gewohnt ruppigem Ton empfangen. »Wir müssen uns beeilen. Fangen Sie sofort damit an, sämtliche Kreuze in den Krankenzimmern, Untersuchungsräumen und Wartesälen abzuhängen.«

Henny glaubte, ihren Ohren nicht trauen zu können.

»Aber das …, das ist ja Blasphemie! Ich würde mich versündigen, wenn ich das täte!« Sie sprach aus tiefster Überzeugung. »Wir sind doch ein christliches Krankenhaus. Das kann die Generaloberin doch nicht wollen!«

»Selbstverständlich! Und nun tun Sie schon, was man von Ihnen verlangt. Oder liegt Ihnen an neuem Ärger? Frau von Ayx ist mit Sicherheit nicht so nachsichtig wie Frau Birkner.«

Das selbstbewusste Lächeln der Oberschwester hatte für Henny etwas Niederträchtiges. Sie kämpfte mit sich. Auf der einen Seite hatte sie fürchterlichen Bammel vor der Generaloberin. Auf der anderen Seite widerstrebte es ihrer Überzeugung, die Kreuze abzuhängen. Auch wenn sie nicht so tiefgläubig war wie ihre Ziehmutter, so empfand sie doch tiefen Respekt vor den christlichen Werten.

»Ich … ich kann das nicht«, stammelte sie schließlich hilflos und hoffte verzweifelt, dass die Oberschwester nur einen Scherz gemacht hatte.

Doch Hildegard pflegte keine Scherze zu machen. Dafür wurde sie fuchsteufelswild.

»Damit haben Sie es sich endgültig verscherzt! Entweder Sie helfen jetzt, die Kreuze abzuhängen, oder ich sorge dafür, dass dies heute Ihr letzter Tag im Krankenhaus war, Fräulein Henny.« Das *Fräulein* spie sie regelrecht aus.

»Darf ich fragen, was hier vorgeht?«

Weder die Oberschwester noch Henny hatten mitbekommen, dass die Generaloberin gerade von ihrem Termin zurückgekehrt war. Wie ein Schatten war sie unvermittelt aufgetaucht. Man hatte sie offensichtlich bereits von dem Überraschungsbesuch Dziewas' unterrichtet, weswegen sie bereits auf dem Weg zu Professor Strößner war, in dessen Büro das Treffen stattfinden sollte.

Hildegard fuhr erschrocken herum, fasste sich aber sogleich wieder.

»Alles ist bestens für den Besuch des Brigadegenerals vorbereitet, Frau Generaloberin«, informierte sie ihre Vorgesetzte sogleich mit unterwürfiger Zuvorkommenheit. »Ich wollte gerade nur noch eine letzte Anweisung erteilen, damit der General sieht, dass hier alles seine Ordnung hat. Leider wagt diese Schwesternschülerin sich meinen Anordnungen zu widersetzen. Es ist nicht das erste Mal, doch dieses Mal richtet sich ihr Ungehorsam auf impertinente Weise gegen Recht und Vaterland. Sie weigert sich, die Kreuze in den Gängen und Zimmern abzuhängen, so wie es in den neuen Statuten verlangt wird.«

»Habe ich Ihnen das vielleicht aufgetragen?«

Frau von Ayx' Stimme war wie gewohnt leise, jedoch ungewöhnlich scharf.

Hildegard sah ihre Vorgesetzte irritiert an.

»Nun, das gerade nicht, aber ich bin selbstverständlich mit den neuen Statuten vertraut und ging davon aus, dass ich Ihnen Arbeit abnehme, wenn …«

»Wie können Sie es wagen!« Die Gesichtszüge der Generaloberin nahmen einen harten Zug an. Auch wenn sie weiterhin leise sprach, war ihre Empörung nicht gespielt. »Haben Sie etwa vergessen, auf welche Werte Sie Ihren Schwesterneid geschworen haben? Vielleicht muss ich Sie erst noch einmal daran erinnern, dass wir Schwestern des Roten Kreuzes in erster Linie Christen sind und keinesfalls Nationalsozialisten. Die Kreuze bleiben also selbstverständlich überall hängen. Sie sind Zeichen unserer moralischen Gesinnung. Ich habe Ihnen neulich schon mein Missfallen darüber zum Ausdruck gebracht, dass das Kreuz im Besinnungsraum mit der Flagge des Deutschen Reiches überdeckt worden ist. Wie konnten Sie das vergessen?«

Trotz ihrer kleinen, zierlichen Statur strahlte die Oberin solch eine enorme Autorität aus, dass die Oberschwester keine Widerworte wagte, sondern nur in trotziges Schweigen verfiel.

Frau von Ayx wandte sich nun an Henny. Dieser wurde ganz anders zumute, als sie deren durchdringenden Blick auf sich haften fühlte. Sie rechnete schon mit dem Schlimmsten.

»Gehen Sie wieder an die Arbeit, Fräulein Henny«, sagte sie überraschend freundlich. Sie lächelte zwar nicht, doch in ihren Augen glaubte sie so etwas wie Wohlwollen zu entdecken.

Henny wollte sich so schnell wie möglich verdrücken, doch die Oberin hielt sie nochmals kurz auf.

»Es ehrt Sie übrigens, dass Sie Ihrem Gewissen gefolgt sind.

Solch einen Mumm vermisse ich durchaus an höherer Stelle.« Sie nickte beiden nochmals kurz zu, bevor sie sich mit energischen Schritten von ihnen entfernte.

Während Henny machte, dass sie davonkam, sah die Oberschwester der Generaloberin mit hasserfülltem Blick hinterher.

11. Kapitel

Ein Heiratsantrag

Emil wachte am Sonntagmorgen noch vor Anbruch der Morgendämmerung auf. Das muntere Zwitschern der Amseln lockte ihn schon früh aus den Federn, denn er freute sich auf den vielversprechenden Frühlingstag mit Henny. Es hatte ihn einige Überredungskunst gekostet, sie dazu zu bringen, sich den ganzen Tag freizunehmen, denn bereits in wenigen Wochen stand ihr Abschlussexamen an. Wenn sie nicht Dienst auf der Station tat, saß sie meistens über ihren Büchern.

Emil sah ihren Ehrgeiz mit gemischten Gefühlen. Einerseits bewunderte er ihre Zielstrebigkeit und ihren Eifer, auf der anderen Seite war er der Überzeugung, dass eine Frau wie sie es nicht nötig hatte, einen Beruf auszuüben. Wenn sie erst einmal verheiratet waren, würden sie dank seiner guten Stellung genügend Geld zur Verfügung haben, um sich eine anständige Wohnung und ein bequemes Leben leisten zu können. Haushalt und Kindererziehung würden sie voll ausfüllen.

Der einzige Haken an der Sache war allerdings, dass Henny von seinen Zukunftsplänen noch nichts ahnte. Doch das sollte sich ändern. Emil war fest entschlossen, ihr heute einen Heiratsantrag zu machen. Alles war minutiös geplant, so, wie es eben seine Art war. Zunächst würden sie mit seinem Motorrad vorbei am Ammersee zum Kloster Andechs fahren. Das Benediktinerkloster mit seiner Wallfahrtskirche würde ihr bestimmt gefallen. Der »Heilige Berg« mit der Rokokokirche und dem wundervollen Biergarten mit Blick auf die Alpen erschien ihm ein würdevoller Rahmen für einen Heiratsantrag. Schon seit Tagen malte er sich in Gedanken aus, welch überraschtes Gesicht Henny wohl machen würde. Dass sie seinen Antrag ablehnen könnte, war für ihn unvorstellbar. Er hatte ihr sogar schon einen Verlobungsring gekauft. Erst gestern hatte er ihn beim Pfandleiher abgeholt. Es war ein schönes, wenn auch altes Schmuckstück aus der Hinterlassenschaft eines jüdischen Juweliers, der vor einiger Zeit das Land verlassen hatte. In den schlichten Goldring war ein blauer Saphir eingefasst, der sich an Hennys schlanken Fingern sicherlich gut machen würde.

Der nächste Schritt würde dann etwas unangenehmer sein, denn er würde Heinrich Schultz gestehen müssen, dass er sich verlobt hatte. Sein Vorgesetzter und väterlicher Mentor würde sicherlich enttäuscht sein, wenn er erfuhr, dass er nicht Monika, seine Tochter, ehelichen wollte. Doch darauf konnte er leider keine Rücksicht nehmen. Emil konnte es ja selbst noch nicht fassen, dass ihm diese wunderbare Frau einfach so über den Weg gelaufen war. Eigentlich war er kein Mann der schnellen Entschlüsse. Er hatte sich mit der Verlobung ursprünglich noch etwas Zeit lassen wollen. Schließlich kannten Henny und er sich erst seit wenigen Monaten. Doch bei jeder noch so kurzen Begegnung wuchsen seine Gefühle für sie, und er war sich längst sicher, dass sie die Frau seines Lebens war. Nichts und niemand durfte sich ihrem Glück entgegenstellen.

Er schätzte Henny wegen ihrer Toleranz. Sie nahm ihn einfach so an, wie er nun einmal war. Sie wollte nichts an ihm ändern und hatte sogar Verständnis für seine Marotten. Seine Pedanterie war gewiss nicht immer leicht zu ertragen. Was ihn aber hauptsächlich zu seinem Entschluss verleitet hatte, war die Tatsache, dass er Angst hatte, sie möglicherweise noch an einen anderen Mann zu verlieren, wenn er zu lange zögerte. Ihm fielen sehr wohl die bewundernden Blicke der anderen Männer auf, wenn sie gemeinsam ausgingen. Ihre unbeschwerte, fröhliche Art machte ganz offensichtlich nicht nur auf ihn Eindruck. Manchmal schämte er sich für seine Eifersucht, denn er hatte sich solcher Gefühle nie für fähig gehalten.

Gegen neun Uhr traf er mit seiner NSU auf dem Rotkreuzplatz ein, der von den Münchnern auch *Rio* oder Neuhauser Stachus genannt wurde. Henny wartete unter dem Eingang der Winthir-Apotheke, einem neuromanischen Prunkbau, der gemeinsam mit dem Jagdschloss und dem Krankenhaus zu den Wahrzeichen des Platzes gehörten. Während er am Straßenrand anhielt, sprang sie in ihrem dunkelblauen Faltenrock mit der hellen Bluse und der roten Trachtenjacke auf ihn zu. Sie sah einfach zum Anbeißen aus. Die volle Haarpracht war zu einem kecken Pferdeschwanz hochgebunden, über dem sie eine Baskenmütze trug. Unter ihrem Arm hielt sie einen Korb, der mit einem karierten Handtuch abgedeckt war.

»Ich habe uns etwas zu essen eingepackt«, verkündete sie frohgemut. Emil hätte sie am liebsten an Ort und Stelle geküsst, doch sie reichte ihm, wie es sich in der Öffentlichkeit gehörte, nur die Hand. Notgedrungen begnügte er sich damit, ihr ein paar Komplimente zu ihrem Aussehen zu machen, bevor er sie über das Ziel ihres Ausflugs informierte. Hennys Strahlen und ihre Vorfreude entschädigten ihn prompt für den fehlenden Kuss. Mit seiner Hilfe schwang sie sich auf den Soziussitz seines Motorrads, den er extra für sie über dem Gepäckträger montiert hatte. Sie saß etwas höher als er und war dadurch gezwungen, sich eng an ihm festzuhalten, was er ungemein genoss. Um sie noch dichter an sich zu spüren, gab er ordentlich Gas beim Anfahren, was sie vor Vergnügen quietschen ließ. Da Henny nur eine Strickjacke trug, er indessen eine schützende Lederjacke, drosselte er bald die Geschwindigkeit, damit sie durch den Fahrtwind nicht zu sehr auskühlte.

Die Fahrt aus der Stadt war wunderbar und wurde noch herrlicher, als sie München endlich hinter sich ließen. In Schondorf am Ammersee legten sie eine erste Pause ein. Henny brannte darauf, einen kleinen Spaziergang entlang des Ufers zu machen. Beim Anblick des Sees verstummte sie und blickte lange und nachdenklich auf die Wasserfläche, auf der ein paar vereinzelte Segelboote kreuzten.

»Ist es nicht seltsam?«, meinte sie nachdenklich. »Ich war noch nie an einem so großen See, und dennoch kommt er mir bekannt vor. Ich träume immer wieder davon.« Sie schüttelte sich, wie um die Gedanken daran loszuwerden, und wandte sich ihm wieder zu. »Lass uns ein wenig laufen«, sagte sie nun wieder unbekümmert.

Diesen Wunsch erfüllte er ihr nur allzu gerne. Hand in Hand schlenderten sie über den kiesbestreuten Seeweg und genossen die laue Frühlingsluft mit ihrem betörenden Duft. In den Vorgärten blühten Narzissen, Osterglocken und bunte Tulpen, während am Wegesrand und in den Wiesen der sattgelbe Löwenzahn mit duftig gelben Schlüsselblumen wetteiferte. Sie passierten den neu gebauten Bahnhof der Ammerseebahn und beobachteten, wie am Steg der Schraubendampfer

»Schondorf« festmachte, um Passagiere für eine Sonntagsausfahrt aufzunehmen. Henny wurde erneut unruhig, als sie den Schraubendampfer auslaufen sah.

»Das ist alles wirklich merkwürdig.« Sie rieb sich nachdenklich die Nase. »Auch das Schiff erinnert mich plötzlich an etwas, was mir ganz und gar vertraut vorkommt. Aber das kann gar nicht sein!«

»Du wirst wahrscheinlich schon einmal eine Fotografie davon in einer Zeitung gesehen haben. So ungewöhnlich ist das wirklich nicht«, meinte Emil nicht sehr verwundert. »Es kommt heutzutage schon mal vor, dass man Dinge kennt, die man noch gar nicht in Wirklichkeit gesehen hat.«

»Wenn es das nur wäre«, widersprach Henny beunruhigt. »Ich glaube eher, dass ich mich unbewusst an Dinge erinnere, die ich erlebt habe, bevor ich zu Tante Agnes und Onkel Josef kam. Es ist, als drängten Dinge an die Oberfläche, die bislang verborgen waren. Das geschieht mir in letzter Zeit immer häufiger.«

»Du hast zweifelsohne eine lebhafte Fantasie«, zog Emil sie auf. Er versuchte sie abzulenken, indem er sie an sich zog und ihr einen zärtlichen Kuss auf die Nasenspitze drückte. »Vielleicht gefällst du mir ja gerade deswegen so gut!«

Henny kicherte und knuffte ihn in die Seite, bevor sie sich wieder bei ihm einhängte, um ihren Weg fortzusetzen. Sie liefen noch ein ganzes Stück am See entlang und bestaunten die bunten Bootshäuser, um die ein reges Leben herrschte. Angler und Sportruderer nutzten, ebenso wie sie selbst, das prächtige Wetter.

Gegen Mittag setzten sie ihre Fahrt rund um den Ammersee fort, bis sie sich über Herrsching dem »Heiligen Berg« näherten, auf dem das Kloster Andechs thronte. Schon von

Weitem war der schlanke Kirchturm mit seinem Zwiebeldach zu sehen. Neben Altötting war Andechs der zweitgrößte Wallfahrtsort in Bayern und dementsprechend an solch einem herrlichen Frühlingstag reichlich überlaufen. Emil hatte den Ort ruhiger in Erinnerung gehabt und bereute schon, dass er sich dieses Ziel ausgesucht hatte. Doch Henny schien der Trubel nichts auszumachen. Voller Neugier bestaunte sie mit vielen anderen das Innere der prächtig ausgestatteten Rokokokirche, während Emil, der sich aus Sakralbauten nicht viel machte, draußen in der Sonne auf sie wartete. Es kam ihm wie eine halbe Ewigkeit vor, bis sie endlich wieder aus der Kirche kam. Sie war jedoch nicht alleine, sondern in Begleitung eines vornehm wirkenden Herrn, der sich für seinen Geschmack viel zu herzlich von ihr verabschiedete.

»Wer war das denn?«

Emil spürte sofort Eifersucht in sich aufsteigen. Es gelang ihm kaum, sein Missfallen zu verbergen.

Henny dagegen dachte sich überhaupt nichts dabei.

»Ach, das war ein sehr netter Herr, der mir freundlicherweise so einiges über die Kirche erzählt hat«, tat sie ihre Bekanntschaft leichtfertig ab. »Wusstest du zum Beispiel, dass die wundervollen Deckengemälde von Johann Baptist Zimmermann stammen, der auch den zweistöckigen Hochaltar konzipiert hat? Er und einige andere Künstler, deren Namen ich schon wieder vergessen habe, haben der Wallfahrtskirche ihren Rokokocharakter verliehen. Es ist wirklich schade, dass du es dir nicht auch angesehen hast.«

»Ich als Protestant mache mir nicht besonders viel aus diesem fossilen Kirchenkram«, antwortete Emil mürrisch. »Außerdem gefällt es mir nicht, dass du dich einfach von wildfremden Männern ansprechen lässt.«

»Oh, er hat sich mir nicht aufgedrängt, wenn du das meinst«, antwortete Henny immer noch völlig arglos. »Er sah wohl mein Interesse und fragte mich ganz höflich, ob er mir einige der Kunstwerke erklären dürfe. Er ist übrigens Gymnasiallehrer für Geschichte …«

»Ach, vorgestellt hat der Kerl sich auch schon! Vielleicht möchtest du ja die Besichtigung mit ihm fortsetzen?«

Es ärgerte ihn, dass Henny ihn nun auslachte.

»Du bist doch wohl nicht etwa eifersüchtig?«, zog sie ihn auf.

Ihre Unbekümmertheit ärgerte ihn, weil sie den Nagel auf den Kopf getroffen hatte.

»Das hat mit Eifersucht nichts zu tun«, knurrte er ungehalten. »Ich finde es nur befremdlich, dass du dich von einem fremden Mann ansprechen lässt, während ich hier auf dich warte. So etwas gehört sich einfach nicht für eine anständige Frau!«

Seine Maßregelung fiel härter aus, als er beabsichtigt hatte.

Henny zuckte zusammen und sah ihn schuldbewusst an.

»Aber ich wollte dich doch nicht kränken«, meinte sie leise und fuhr dann bestimmter fort: »Allerdings lasse ich mir auch nicht vorwerfen, dass ich etwas Unanständiges getan hätte. Das habe ich nicht verdient.«

Sie mied seinen Blick und sah gekränkt in die Ferne, während er sich plötzlich wie ein Idiot vorkam.

»Wollen wir nun in das Bräustüberl gehen?«, wagte er nach einer angemessenen Pause zu fragen. Er hätte sich ohrfeigen können, dass er so harsch reagiert hatte. Allerdings konnte er das Gesagte jetzt nicht so einfach zurücknehmen.

Henny stimmte verkniffen zu. Das Strahlen, das eben noch ihr Gesicht verzaubert hatte, war wie weggeblasen. Wie ein altes Ehepaar, das sich nichts mehr zu sagen hat, nahmen sie an einem der Tische unter den Kastanienbäumen Platz, wo Emil ihnen beiden ein Glas Bier bestellte. Sobald Henny, immer noch schweigend, ihren Picknickkorb ausgepackt hatte, startete Emil einen erneuten Versuch der Versöhnung, indem er ihren mitgebrachten Apfelkuchen und die belegten Brote lobte.

»Den Kuchen habe ich selbst gebacken«, antwortete sie immerhin, wenn auch noch einsilbig. »Meine Pflegemutter schickt mir ab und zu ein Päckchen mit Lebensmitteln. Josef schlachtet selbst, und Agnes baut vieles im Garten an.«

»Eine Landwirtschaft ist viel wert in solchen Tagen.« Eine bessere Erwiderung fiel ihm nicht ein. Dann konnte er Hennys Stimmung nicht mehr ertragen. »Ich wollte dich nicht kränken«, brach es unvermittelt aus ihm heraus.

Henny runzelte die Stirn. »Deine Eifersucht hat mich verletzt. Sie war völlig aus der Luft gegriffen.«

»Ich weiß.« Emil schämte sich tatsächlich. »Ich kann den Gedanken einfach nicht ertragen, dass ein anderer Mann dich so anschaut.«

»Hast du denn so wenig Vertrauen in mich?« Ihre Stimme klang mit einem Mal traurig.

Emil griff hilflos nach ihrer Hand.

»Lass uns wieder gut sein.« Er versuchte, sie mit seinem Lächeln zu überzeugen. »Meine dummen Launen sollen uns nicht den Tag verderben.«

Henny war tatsächlich ziemlich wütend auf Emil gewesen. Wie konnte er nur annehmen, dass sie sich mit dem erstbesten Mann einließ, der zufällig ihren Weg kreuzte? Doch dann erkannte sie, dass er tatsächlich Angst hatte, sie zu verlieren.

Das rührte sie. Deshalb nahm sie seine Entschuldigung an und beschloss, kein Wort mehr über den Vorfall zu verlieren.

»Du musst unbedingt Josefs Schinkenwurst probieren«, sagte sie deshalb versöhnlich, »und Agnes' Essiggurken sind einfach 'ne Wucht!«

Sie bot Emil von beidem an, und er griff gerne zu. Bald war die gewohnte Vertrautheit zwischen ihnen wiederhergestellt. Henny nutzte die Gelegenheit, um mit Emil über ihre Arbeit im Krankenhaus zu reden. Die Sache mit den abzuhängenden Kreuzen hing ihr immer noch nach. Frau von Ayx hatte sich tatsächlich wegen der Sache im Krankenhaus mit dem SA-Brigadegeneral angelegt. Trotz der Verfügung hatte sie sich geweigert, auch nur ein Kreuz im Krankenhaus entfernen zu lassen. Dziewas war daraufhin fürchterlich erbost gewesen und hatte Konsequenzen angedroht. Man munkelte, dass auch diese Generaloberin bald ihren Hut würde nehmen müssen.

»Ich fühle mich irgendwie schlecht«, vertraute Henny Emil an. »Während ich mit einem blauen Auge davongekommen bin, muss sie nun die Verantwortung tragen.«

Emil zeigte wenig Verständnis für ihre Gefühle.

»Die Generaloberin hat sich gegen die Partei und damit auch gegen ihre eigene Institution gestellt«, erklärte er ungeduldig. »Sie muss damit rechnen, die Konsequenzen zu tragen. Statt dich schuldig zu fühlen, solltest du froh sein, dass die Sache so glimpflich für dich ausgegangen ist.«

»Aber wir sind eine christliche Institution, und das müssen wir doch auch zeigen«, widersprach Henny heftig.

»Eine christliche Institution, die sich der NSDAP unterzuordnen hat.« Emil strich ihr sanft über die Hand. »Ich finde es doch auch nicht gut, dass von euch verlangt wird, die Kreuze abzuhängen«, versuchte er seine Meinung zu rechtfertigen. »Auf der anderen Seite ist das Rote Kreuz den anderen Krankenhäusern gleichgeschaltet worden. Deswegen ist es nur recht und billig, dass überall dieselben Regeln gelten. Wo kämen wir denn hin, wenn man sich nicht mehr an Recht und Ordnung hielte?«

Henny war anderer Meinung. Sie fand, dass das Rote Kreuz eine unabhängige Institution hätte bleiben müssen. Doch sie wollte nicht schon wieder eine Auseinandersetzung mit Emil provozieren. Deshalb lenkte sie das Thema auf Emils Arbeit in der Feuerwache. Er ging auf den Themenwechsel um des lieben Friedens willen ein und schilderte mit Begeisterung, welche Vorzüge seine neue Stellung als Brandingenieur mit sich brachte.

»Wenn ich mich anstrenge, kann ich es noch weit bringen. Wer weiß, vielleicht beerbe ich sogar einmal Oberbaurat Schultz«, strahlte er. »Ich bekomme nun auch mehr Gehalt. Davon könnte ich eine größere Wohnung mieten.«

Henny freute sich für Emil. Sie wusste, wie viel Ehrgeiz und Mühe es ihn gekostet hatte, als mittelloser Waisenjunge in diese Position zu kommen.

»Ich finde es außerdem an der Zeit, dich endlich meinem Vorgesetzten vorzustellen«, teilte er ihr mit.

Henny runzelte befremdet die Stirn.

»Wieso sollte er sich denn für mich interessieren?«, fragte sie verblüfft.

Statt zu antworten, griff Emil in die Innentasche seiner Lederjacke, die er über die Stuhllehne gehängt hatte. Daraus zog er eine kleine Schatulle hervor, die er vorsichtig öffnete.

Erst als Henny den Goldring mit dem eingefassten blauen Stein sah, begriff sie, dass er für sie war. Sprachlos starrte sie den Ring an.

Emils Grinsen reichte von einem Ohr bis zum anderen. Er nahm mit der einen Hand den Ring aus seiner Halterung und zog mit der anderen Hennys linke Hand zu sich heran, um ihn über ihren Ringfinger zu streifen. Er passte wie angegossen.

»Gefällt er dir?«, fragte er.

»Er … er ist wunderschön.« Henny brachte die Worte nur stammelnd hervor. Ihre Wangen glühten vor Verlegenheit, als ihr bewusst wurde, worauf es hinauslief. »Warum … womit … womit habe ich das verdient?«

»Kannst du dir das nicht denken?« Emils Augen blitzten schelmisch.

Henny wurde ganz schwindlig, als sie begriff, dass er wollte, dass sie es aussprach. Doch so leicht wollte sie es ihm nicht machen.

»Ich habe wirklich keine Ahnung!« Sie legte den Kopf schief und tat so, als müsse sie überlegen. »Ich habe heute weder Namenstag noch Geburtstag.«

Emil ließ sich nicht beeindrucken. Im Gegenteil. Sein inniger Blick hielt den ihren fest, als er ihre Hände ergriff und nicht mehr losließ.

»Ich liebe dich Henny. Willst du meine Frau werden?«

Henny war unfähig, gleich zu antworten. Emils Antrag überraschte sie doch sehr. Sie kannten sich schließlich erst seit ein paar Wochen. Wie konnte er da sicher sein, dass sie die richtige Frau für ihn war? Diese Spontaneität passte so gar nicht zu seiner bedächtigen Art. Auf der anderen Seite fühlte sich alles so richtig an. Sie war sich ihrer Gefühle für Emil längst sicher. Er war verlässlich, ehrlich, konnte gut zuhören, und er gab ihr das Gefühl, etwas Besonderes zu sein. Hingerissen starrte sie auf den Ring. Dabei vergaß sie zu antworten.

»Henny?«

Die Unsicherheit in seiner Stimme brachte sie wieder zur Besinnung. Sie blickte in seine Augen und sah die Angst vor einer möglichen Ablehnung darin. Sie konnte ihn nicht länger auf die Folter spannen.

»Ja, ich will!«, antwortete sie schlicht.

Die nächsten Stunden vergingen wie im Flug. Emil war voller Euphorie und bestellte zur Feier des Tages zwei Gläser Sekt und dann noch einmal, weil sie ihre Gläser viel zu schnell geleert hatten. Seine überschwängliche Stimmung war ansteckend, und schon bald schmiedeten sie die kühnsten Pläne für ihre gemeinsame Zukunft. Emil wollte, dass sie mindestens drei Kinder bekamen, während sie sich ein kleines Haus mit einem eigenen Garten wünschte. Sie sprachen sogar über einen Hochzeitstermin und kamen darin überein, dass sie bis in den Spätsommer warten wollten, weil Emil dann seinen Urlaub nehmen konnte.

»Wir werden für eine ganze Woche in die Berge fahren und jeden Tag wandern«, versprach er ihr, nachdem er ihr lange davon vorgeschwärmt hatte. Das Pläneschmieden nahm sie beide so in Anspruch, dass sie das herannahende Gewitter erst bemerkten, als dunkle Wolken die Sonne verdeckten.

»Was machen wir nun?«, fragte Henny besorgt, denn die Heimfahrt würde einige Zeit dauern, und es würde spät werden, bis sie wieder in der Stadt wären. »Mir scheint, das Gewitter zieht direkt auf uns zu. Wir werden vermutlich pitschenass!«

»Wir warten einfach ab«, schlug Emil vor. Er wirkte im Gegensatz zu ihr keineswegs besorgt.

»Aber dann wird es ja noch später, und wir kommen in die Dunkelheit!«

Emil nahm ihr Gesicht in beide Hände und gab ihr einen zärtlichen Kuss auf die Nase.

»So kenne ich meine stürmische Henny noch gar nicht. Seit wann bist du so ängstlich?«, fragte er mit einem spöttischen Unterton.

Henny machte sich frei.

»Ich habe morgen früh um neun Uhr Dienst und darf auf keinen Fall zu spät kommen«, erklärte sie.

»Dann sollten wir so rasch wie möglich aufbrechen.«

Emil hatte endlich ein Einsehen. Er winkte der Bedienung und beglich ihre Rechnung. Als sie im Laufschritt zu seinem Motorrad eilten, fielen die ersten großen Regentropfen bereits auf sie herab.

Während der ersten Kilometer kamen sie noch ganz gut voran, aber dann fuhren sie einer schwarzgrauen Wolkenwand direkt entgegen. Dunkles Donnergrollen war zu hören. Der Himmel öffnete seine Schleusen, sodass sie innerhalb von Sekunden völlig durchnässt waren. Henny drückte sich mit geschlossenen Augen an Emils Rücken. Innerhalb von Sekunden waren sie beide bis auf die Haut durchnässt. Sie begann zu zittern, während Emil gezwungen war, immer langsamer zu fahren. Schließlich waren sie froh, als sie im nächsten Dorf einen Gasthof erblickten, aus dessen Fenstern freundliches Licht drang. Es handelte sich um ein massives Gebäude, das auch über einige Gästezimmer verfügte. Emil stellte das Motorrad vor dem Eingang ab und half Henny von ihrem Sitz abzusteigen.

»Ich fürchte, uns bleibt nichts anderes übrig, als hier zu übernachten«, erklärte Emil und zog sie mit sich in Richtung Eingang. »Ohne trockene Kleider holen wir uns auf dem Motorrad den Tod.«

Henny sah ein, dass er recht hatte, und folgte Emil, der die Tür zum Schankraum schon geöffnet hatte. Einige wenige Gäste saßen am Stammtisch und sahen sich neugierig nach ihnen um. Sie steuerten auf den Tresen zu, hinter dem der Wirt, der mit seinem kugelrunden Bierbauch seinem Beruf alle Ehre machte, gerade dabei war, ein Bier zu zapfen.

»Seid's in' Regn kommn?«, fragte er sie auf gut bairisch und schenkte ihnen erst einmal hinter seinem Tresen zwei Stamperl Schnaps ein. »Die gehn aufs Haus.«

»Haben Sie noch Zimmer frei?«, fragte Emil. Er bedankte sich beim Wirt für den Schnaps, prostete Henny zu und kippte ihn in einem Zug hinunter.

Henny nippte nur an ihrem. Der scharfe Geschmack des Obstlers brannte ihr zu sehr in der Kehle.

»Die Maria wird euch scho a Zimmer herrichtn kenna«, meinte der Wirt mit einem gutmütigen Grinsen. »Ihr seid's mir doch hoffentlich auch verheiratet?«

Bevor Emil antworten konnte, ging die Tür zum Schankraum auf, und eine Gruppe von über zehn Männern polterte hinein. Auch sie waren bis auf die Haut durchnässt.

»Sepp, schenk uns scho amoi ei«, rief ihr Anführer dem Wirt zu. »Mir hom an Mordsdurscht und an Hunga no dazua!«

»Setzt's euch da hinten an' Ofn hi«, forderte der Wirt Henny und Emil auf. »I sog da Maria Bscheid, in a hoibata Stund könnts eur Zimmer beziehn.«

Henny und Emil blieb nichts anderes übrig, als zu tun, was er verlangte, denn der Wirt widmete sich nun den anderen Gästen. An ein Gespräch war im Augenblick nicht zu denken, denn der Lärmpegel im Raum war dank der lautstarken Unterhaltung der Männer viel zu hoch. Henny war ohnehin viel zu durchgefroren und rückte so nah wie möglich an den warmen Kachelofen. Als Maria, die Frau des Wirtes, schließlich den Kopf zur Tür hineinstreckte und sie zu sich winkte, folgten Henny und Emil ihr dankbar. Die Wirtsfrau war im Gegensatz zu ihrem leutseligen Mann verschlossen und wortkarg. Sie wies sie kurzangebunden an, ihr in den ersten Stock zu folgen, wo sie ihnen ein einfaches Zimmer anbot.

»Kostet an Zwanzger, und wenn's an Frühstück woits, noch amoi zwei Mark dazua«, beschied sie sie und machte auch schon wieder auf dem Absatz kehrt, bevor Emil oder Henny sich bedanken konnten.

»Die Wirtsleute gehen zweifelsohne davon aus, dass wir ein Ehepaar sind«, stellte Emil stirnrunzelnd fest. »Ich werde gleich noch einmal hinuntergehen und dafür sorgen, dass wir noch ein zweites Zimmer bekommen. Notfalls schlafe ich im Gastraum.«

Henny musste plötzlich kichern. »Ist es denn so schlimm, wenn sie glaubt, dass wir verheiratet sind?«

Hoppla, waren das wirklich ihre eigenen Worte?

Emil sah sie erstaunt an. »Du weißt schon, dass sich das nicht gehört?«

»Das werden wir doch ohnehin bald tun.«

Sie sagte es ohne jede Scheu. Dann nahm sie seine Hand und zog ihn mit sich über die Schwelle.

Emil zögerte einen kurzen Augenblick, doch als sie seine Hand nahm und unter ihre nasse Bluse schob, schmolz sein Widerstand dahin.

12. Kapitel

… und noch ein Heiratsantrag

22. Januar 1900

Wo bin ich da nur wieder hineingeraten!!! Die Ereignisse haben sich in einer Weise überschlagen, dass mir immer noch ganz schwindlig wird, wenn ich daran denke. Noch vor wenigen Tagen hing mein Himmel voller Geigen, und nun liegt womöglich eine Zukunft vor mir, die nichts anderes als eine Flucht sein wird.

Wenn ich nicht Tränen vergieße und mein Schicksal bedaure, suche ich Trost in finsteren Gedanken.

Letzten Freitag tauchte Leopold überraschend bei uns zum Abendessen auf. Ich freute mich natürlich, ihn zu sehen, denn ich wollte ihm unbedingt von Tassilo und meinem Glück erzählen. Sobald Vater sich zu seiner wöchentlichen Schafkopfrunde zurückgezogen hatte, zog ich ihn mit mir in die Bibliothek, um bei einem Glas Rotwein in Ruhe mit ihm zu reden. Leopold rückte als Erster mit seinen Neuigkeiten heraus. Er erzählte mir voller Stolz, dass er nun endlich damit begonnen habe, ernsthaft seinen Studien nachzugehen. Die Jahre des Lotterlebens seien für ihn endgültig vorüber, denn er habe endlich begriffen, worauf es im Leben ankomme. Sein neuer Lebensmut beflügelte auch mich, ihm endlich von meinen Gefühlen zu meinem Geliebten zu erzählen. Um ihn weiterhin bei Laune zu halten, goss ich ihm aus der Kristallkaraffe noch ein wenig Rotwein nach. Dabei muss wohl der Ärmel meiner Bluse etwas nach oben gerutscht sein, sodass Tassilos goldener Armreif sichtbar wurde. Beim Anblick des Schmuckstücks zuckte mein Bruder zusammen.

»Woher hast du den?«, fragte er tonlos.

»Davon wollte ich dir gerade erzählen«, erwiderte ich völlig unbekümmert und ergriff sogleich die günstige Gelegenheit, ihm von meiner bevorstehenden Verlobung zu berichten. »Es ist ein Geschenk von dem Mann, den du mir einst vorgestellt hast …«, begann ich mit einem freudigen Kribbeln im Bauch.

Doch Leopold unterbrach mich, noch ehe ich meinen Satz vollenden konnte.

»Bist du von allen guten Geistern verlassen?« Seine Körperhaltung war von einer auf die andere Sekunde starr geworden. Er richtete sich in seinem Ledersessel auf und umklammerte die Armlehnen, als wollte er sie zerquetschen. Dann sank er in sich zusammen und griff mit beiden Händen an seine Schläfen. »Wie konnte ich dich nur mit Waldeck bekannt machen? Ich einfältiger Idiot!«

»Was willst du damit sagen?«

Ich fuhr unwillkürlich aus meiner gemütlichen Sitzposition hoch und rutschte an den Rand meines Sessels. Der verzweifelte Ton in Leopolds Stimme machte mir Angst.

»Dass ich von Herzen hoffe, dass sich nicht das bestätigt, was ich befürchte …« An seinem hüpfenden Adamsapfel erkannte ich, dass es ihn Mühe kostete weiterzusprechen. »Du hast dich doch nicht etwa auf diesen Windhund eingelassen?«

Mein trotziger Blick verriet ihm genug.

»Oh, mein Gott!« Er versenkte den Kopf noch tiefer in sei-

nen Händen und stöhnte leise auf. »Und das alles ist nur meine Schuld! Ich hätte niemals erlauben dürfen, dass ihr euch nochmals seht! Vater wird mir den Kopf abreißen, wenn er erfährt, dass … Und du …« Er sah mich aus seiner gebückten Haltung gequält an.

Das war der Punkt, an dem mir der Geduldsfaden riss.

»Was faselst du da nur für einen Unsinn?«, herrschte ich meinen Bruder an. »Tassilo von Waldeck ist kein dahergelaufener Lump. Er ist Student wie du und noch dazu aus gutem Hause!« Ich holte tief Luft, bevor es nur so aus mir heraussprudelte. »Wir haben uns ineinander verliebt. Tassilo hat mir seine Liebe gestanden und möchte nächste Woche um meine Hand anhalten. Der Armreif ist ein Zeichen unserer Verbundenheit. Er gehörte seiner Großmutter und ist ein Erbstück! Ich hatte gehofft, dich als Fürsprecher für unsere Bindung gewinnen zu können. Er ist doch schließlich auch dein Freund!« Ich konnte die Enttäuschung in meiner Stimme kaum verbergen.

Leopolds hartes Lachen machte es mir nicht leichter. »Ein schöner Freund ist er! Einer, der die Ehre meiner Schwester beschmutzt. Dabei hat er mir versprochen, die Finger von dir zu lassen. Er sollte dich doch nur ein wenig aufmuntern! Von seiner Großmutter soll der Armreif sein? Hat er dir das tatsächlich erzählt?«

»Er hat ihn für die Liebe seines Lebens aufbewahrt«, gab ich trotzig zur Antwort.

Leopold schüttelte immer wieder fassungslos den Kopf.

»Hör zu«, sagte er schließlich, um Haltung bemüht. »Ich kann gut verstehen, dass dich Tassilo beeindruckt hat. Er ist gut aussehend, charmant, intelligent und ein blendender Unterhalter, aber vor allem anderen ist er ein rücksichtsloser Casanova. Du bist nicht die einzige Frau in seinem Leben und wirst mit großer Sicherheit auch nicht die letzte sein …«

»Ich werde die einzige sein«, unterbrach ich ihn ungehalten. »Und seine früheren Beziehungen hat er mir längst freimütig gestanden. Ich nehme sie ihm nicht übel. Wenn du wüsstest, wie einzigartig unsere Gefühle füreinander sind, dann würdest du nicht so reden. Tassilo hat mir selbst gestanden, dass er noch niemals so verliebt war. Ich vertraue ihm und werde seinen Heiratsantrag annehmen!«

»Heiratsantrag? Hat er dir das etwa versprochen? Du glaubst doch wohl nicht im Ernst, dass er um dich anhalten wird!«, brauste nun auch Leopold auf. Er deutete auf meinen Armreif. »Weißt du, dass er von dieser Art von Armreifen Dutzende besitzt? Er verschenkt sie an jede seiner Eroberungen. Ich hoffe nur, dass du dich nicht zu irgendwelchen unbedachten Handlungen hast hinreißen lassen!«

Scham und Zornesröte hielten sich bei mir für einen Augenblick die Waage. Scham darüber, dass Leopold mich durchschaut hatte, und Zorn, dass er Tassilo unterstellte, mich als billige Eroberung zu sehen. Mein Verstand bekam erst dann Oberhand, als mir bewusst wurde, was er gerade gesagt hatte.

»Du sagst, es gibt mehrere von diesen Armreifen?«, hakte ich schließlich zögernd nach.

»Christiane Zöllner, Elisabeth Hufnagl, Corinna von Amsdetten … Die Liste ließe sich beliebig fortsetzen.« Leopold seufzte tief und griff nach meinen zitternden Händen. »Ach Schwesterherz … Wenn Duellieren noch erlaubt wäre, ich glaube, ich würde dem Mistkerl eine Kugel zwischen die Augen jagen! Ich mache mir schwere Vorwürfe, weil ich euch bekannt gemacht habe.« Sein Blick war reuevoll und leidend. »Sag mir nur eins, hat er … hat er dich … entehrt?«

Ich entzog meinem Bruder die Hände und versuchte mich zu fassen.

»Nein, das hat er nicht!«, presste ich nicht ganz wahrheitsgemäß hervor. »Wenn du mich jetzt bitte entschuldigen würdest.« Damit stand ich auf und verließ fluchtartig die Bibliothek in Richtung meines Zimmers.

Die folgende Nacht verbrachte ich schlaflos und unter heißen Tränen. War ich tatsächlich nur eine von vielen Eroberungen für Tassilo? Hat er mir seine Gefühle nur vorgespielt, um mich möglichst rasch in sein Bett zu bekommen? Ich wollte es einfach nicht glauben. Auf der anderen Seite waren der billige Armreif und seine allzu stürmischen Annäherungen Beweis genug. Es war nur zu wahrscheinlich, dass er mir etwas vorgemacht hatte. Hatte er mit seiner Einstellung zur Freizügigkeit in der Liebe sich nicht auch mir gegenüber wichtiggemacht? Dann waren seine Gefühle für mich nichts als eine vorübergehende Laune. Und ich Idiotin wäre um ein Haar darauf hereingefallen. Wie hatte Tassilo nur so dreist sein können zu behaupten, dass der Armreif von seiner Großmutter stammte? Mit dieser Lüge besudelte er nicht nur mich, sondern auch noch das Ansehen der alten Dame. Diese Vorstellung brachte mich schließlich zur Überzeugung, dass Leopold die Wahrheit gesagt hatte. Tassilo war ein schamloser Frauenheld. Er hatte mich benutzt und ohne Rücksicht auf Verluste mein Herz gebrochen. Ich musste ihn so schnell wie möglich vergessen!

Über diesen Gedanken schlief ich endlich ein. Am nächsten Morgen waren meine Augen so verquollen, dass ich nicht wagte, zum Frühstück zu erscheinen. Ich hatte ohnedies keinen Appetit und ließ mir von Resl lediglich eine Tasse Filterkaffee bringen. Auch zum Mittagessen ließ ich mich entschuldigen.

Gegen Abend klopfte Vater an meine Tür und erkundigte sich nach meinem Befinden. Ich hatte mich mittlerweile wieder so unter Kontrolle, dass ich einen einigermaßen vernünftigen Eindruck auf ihn machte.

»Ich habe mir wohl gestern etwas den Magen verdorben«, log ich ihn an, worauf er mir zärtlich über die Wange strich und mich dabei ansah, als könne er meine Gedanken erraten.

»Ich wünsche mir so sehr, dass du glücklich wirst«, verabschiedete er sich schließlich.

Kaum hatte Vater mein Zimmer verlassen, überschwemmte mich die nächste Woge an Schmerz. Ich weinte, bis keine Träne mehr in mir war. In den folgenden Stunden fasste ich einen Vorsatz, der mein Leben fortan bestimmen soll. Niemals wieder werde ich mich von meinen Gefühlen leiten lassen. Ich habe erkannt, dass sie romantischer Unsinn sind, die nur ins Unglück führen. Das ist meine felsenfeste Überzeugung.

Danach ging es mir deutlich besser. Auch wenn ich mich am liebsten für den Rest meines Lebens in mein Schneckenhaus verkrochen hätte, brachte ich dennoch die Kraft auf, mich am nächsten Tag auf den Abschiedsbesuch von Pastor Elliot vorzubereiten. Mechanisch, mit den Gedanken immer noch in meine unglückliche Liebe zu Tassilo verfangen, wählte ich ein schlichtes, aber kostbar gearbeitetes Kleid. Meine Haare frisierte ich zu einem lockeren Knoten, der eher bieder als ansprechend war. Schmuck legte ich keinen an. Nichts, aber auch gar nichts sollte mich mehr begehrenswert machen. Ich trug mich sogar mit dem Gedanken, in ein Kloster zu gehen.

Als ich in den Salon kam, fand ich Pastor Elliot bereits in einem anregenden Gespräch mit meinem Vater und meinem Bruder vor. Sobald die Herren mein Eintreten bemerkten, unterbrachen sie ihre Unterhaltung. Thomas Elliot begrüßte mich mit einem freundlichen, offenen Lächeln.

»Wie schön, dass es Ihnen wieder etwas besser zu gehen scheint, liebe Luise. Ich hatte schon Angst, abreisen zu müssen, ohne mich von Ihnen verabschieden zu können!«

Seine dunkelblauen Augen strahlten aufrichtige Freude aus.

»Danke, es geht mir gut«, antwortete ich reserviert.

Wir setzten uns an das kleine Tischchen im Erker, wo Resl Tee und Kuchen für uns serviert hatte. Thomas Elliot trinkt keinen Kaffee. Die Männer nahmen sofort wieder ihr Gespräch auf, was mir nur recht war, denn so konnte ich wieder meinen eigenen Gedanken nachhängen. Soweit ich mich erinnere, ging es um Geldangelegenheiten und politische Dinge. Als die Rede schließlich auf den Burenkrieg in Südafrika kam, wurde dann doch mein Interesse geweckt, und ich begann mich wieder in die Unterhaltung einzumischen.

Leopold machte keinen Hehl daraus, dass er auf Seiten der Engländer stand.

»Divide et impera! Mit dieser Losung habt ihr Engländer schon immer die größten Erfolge in eurer Kolonialpolitik gehabt. Die Buren hingegen sind nichts als engstirnige Fanatiker.«

Mein Vater hingegen stand als kaisertreuer Deutscher eher auf der Seite der Buren.

Elliot geriet daraufhin beinahe in Rage. »Solche Kriege sind an sich unsinnig! Sie dienen nur dazu, möglichst viel Profit aus den Ländern zu ziehen – und das auf Kosten der Afrikaner, auf deren Land wir im Grunde genommen kein Anrecht haben. Unsere alleinige Aufgabe muss es sein, den Menschen dort unten das Christentum nahezubringen. Aus allen politischen Dingen sollten sich die Kolonialmächte gefälligst heraushalten!«

»Das hört sich an, als wären Sie Sozialdemokrat«, bemerkte Vater indigniert. »Soweit ich informiert bin, haben die britischen Sozialdemokraten erst vor wenigen Tagen einen Aufruf an ihre Genossen gemacht, indem sie zur Bildung einer Friedensbewegung aufriefen, die nicht zulassen solle, dass sich Kameraden als Freiwillige im Burenkrieg melden.«

»Unser Feind ist nicht Transvaal, sondern die englische Aristokratie«, zitierte Thomas schlagfertig und lachte gutmütig auf. »Nein, so weit würde ich dann doch nicht gehen«, gestand er und legte dar, dass er wohl Pazifist, aber beileibe kein Sozialist sei. Die Miene meines Vaters entspannte sich, und das Gespräch verlief wieder in ruhigeren Fahrwassern.

Obwohl ich diesem Nachmittag mit Widerwillen entgegengesehen hatte, verging er wie im Flug. Ich lernte Thomas Elliot von einer weiteren, sehr angenehmen Seite kennen. Die ruhige, bestimmende Art tat mir gut. Nach etwa einer Stunde zogen sich Vater und Leopold für eine kurze Unterredung in die Bibliothek zurück, während ich mit Thomas am Fenster sitzen blieb.

»Erzählen Sie mir noch etwas von Nkhotakota«, forderte ich ihn auf. Das Gespräch hatte mich wieder etwas belebt. »Woher nehmen Sie die Lehrer für Ihre neue Schule? Ich kann mir nicht vorstellen, dass es einfach ist, ausgebildetes Personal in solch eine abgelegene Gegend zu bekommen.«

»Da haben Sie wohl recht, Miss Luise«, antwortete er offen. »Im Übrigen bin ich auch aus diesem Grund für einige Zeit zurück nach Europa gekommen. Ich hoffe, hier jemand Geeigneten für diese Aufgabe zu finden …« Seine tief liegenden Augen musterten mich eindringlich.

Ich wich seinem Blick nicht aus, denn ich wartete darauf, dass er seinen Satz vollendete. Doch er wechselte scheinbar abrupt das Thema.

»Wissen Sie, ich bin nicht mehr der Jüngste. Mit siebenunddreißig Jahren haben die meisten Männer in meinem Alter längst eine Familie.« Sein Lachen klang etwas verbittert. »Den richtigen Zeitpunkt habe ich wohl verpasst. Der Dienst an Gott und der Kirche forderten meine ganze Kraft und ließen mich in dieser Beziehung nachlässig sein. Viel zu spät habe ich ein-

gesehen, dass ein Leben mit Frau und Kindern durchaus erstrebenswert ist. Der Geist des Glaubens entsteht schließlich in der Keimzelle einer Familie. Man kann sich gegenseitig stützen und einander eine Hilfe sein und darüber hinaus auch Gutes schaffen. Ich muss Ihnen gestehen, dass meine Reise nach Schottland nicht nur mit meinen kirchlichen Aufgaben zu tun hat. Sie geschieht auch in der Hoffnung, eine geeignete Partie zu machen.« Er warf mir einen etwas merkwürdigen Blick zu, bevor er fortfuhr. »Eine entfernte Cousine, mit der ich gelegentlich in Briefkontakt stehe, wäre unter Umständen wohl bereit, mit mir in die Wildnis zu gehen … Charlotte ist überaus gläubig, allerdings nicht sehr gebildet – eine Eigenschaft, die ich für unabdingbar halte …« Er lachte freudlos, ohne den Blick von mir abzuwenden. »Vor allem, seitdem ich Sie kennengelernt habe«, fügte er hinzu und schluckte verlegen.

Seine unromantische Offenheit raubte mir für einen Moment den Atem.

»Mit Ihrer Ansicht mögen Sie wohl eine Ausnahme sein«, antwortete ich rasch, um meine Überraschung zu verbergen. »Die meisten Männer bevorzugen Frauen, die sich an die ihnen zugedachten Aufgaben halten.«

»Und deshalb möchte ich Ihnen auch in allen Ehren einen Vorschlag machen, Miss Luise«, fuhr der Pastor unbeirrt fort. »Sie haben mehrfach erwähnt, dass Sie gerne Lehrerin werden möchten. Ich wüsste da eventuell einen Weg, wie Ihre Träume wahr werden könnten.«

»Ach ja?«

Die Wendung, die das Gespräch plötzlich nahm, verunsicherte mich.

»Kommen Sie mit mir nach Afrika und werden Sie Lehrerin an meiner neuen Schule.«

Nun war es an mir, sprachlos zu sein.

»Das … das scheint mir unmöglich! Ich habe ja noch nicht einmal eine Ausbildung. Außerdem würde mein Vater das niemals zulassen.« Ich war nun überzeugt, dass er mich nur verulken wollte. »Mit so etwas macht man keine Scherze, Pastor Elliot!«

»Das ist kein Scherz!« Thomas' entrüstete Stimme ließ keinen Zweifel an seiner Ernsthaftigkeit. Er fuhr sich mit den hageren, langen Fingern durch seinen rötlichen Backenbart, den bereits einzelne Silberfäden durchzogen. »Ich werde mindestens für ein Jahr in Schottland bleiben müssen. Es gibt für mich allerlei zu regeln, nicht nur kirchenpolitisch, sondern auch innerhalb meiner Familie. Diese Zeit könnten Sie nutzen, um am Lehrerinnenseminar einige Kenntnisse zu erlangen. Sie dürften ausreichen, um den Kindern in Nkhotakota Lesen, Schreiben und Rechnen beizubringen. Auf meiner Rückreise hole ich Sie hier in München ab und nehme Sie mit an den Nyassasee.«

Seine Worte verschlugen mir endgültig die Sprache. Sogar mein Kummer war für einen kurzen Augenblick vergessen. Dafür jagten Tausende von Gedanken durch meinen Kopf, ohne dass es mir gelang, sie einigermaßen zu ordnen.

»Diese Aussicht … Sie scheint mir verlockend zu sein …«, stammelte ich schließlich wie ein kindischer Backfisch. Gleichzeitig wurde mir die Unmöglichkeit seines Vorschlags bewusst. »Aber ich fürchte, mein Vater wird nie und nimmer damit einverstanden sein. Allein der Lehrerinnenausbildung wird er nicht zustimmen, und dann als alleinstehende Frau in Afrika … Das ist unmöglich.«

»Oh! Das Wichtigste hätte ich um ein Haar vergessen!« Thomas wurde mit einem Mal verlegen. Seit ich ihn kennengelernt hatte, schien er nun zum ersten Mal die Kontrolle über eine Situation zu verlieren. »Wir müssten natürlich vorher noch heiraten.«

Sein Antrag kam so lapidar und unvermittelt, dass mir tatsächlich die Kinnlade herunterklappte. Ich war schlichtweg unfähig zu reagieren. Erst in diesem Moment wurde ihm wohl klar, in welche Lage er mich gebracht hatte. Plötzlich überzog tatsächlich eine tiefe Röte sein sonst so beherrschtes Gesicht.

»Ich fürchte, ich bin kein gewandter Galan«, gab er zerknirscht zu. »Komplimente und langwieriges Hofieren liegen mir einfach nicht.« Sein Adamsapfel hüpfte aufgeregt auf und ab, bis er sich schließlich wieder gefasst hatte. »Ich mag ungeschickt sein, Miss Luise, aber meine Absichten sind überaus aufrichtig! Schon bei unserer ersten Begegnung im Hause Stieglmaier haben Sie mich beeindruckt. Sie sind intelligent, fröhlich und besitzen einen gesunden Menschenverstand. All das sind Eigenschaften, die Ihnen in Afrika nur von Vorteil sein werden. Ich könnte mir keine geeignetere Partnerin und Frau vorstellen.« Er fuhr sich mehrfach nervös durch seinen Backenbart. »Natürlich ist mir bewusst, dass Sie eine weitaus komfortablere Ehe mit einem wohlhabenden Mann aus Ihrem Kulturkreis eingehen könnten«, gab er zu, um gleich darauf seinen intensiven Blick erneut auf mich zu richten. »Ich hingegen kann Ihnen nur ein aufregendes Leben in Afrika an der Seite eines Missionars bieten. Wir werden hart arbeiten müssen – und das für Gottes Lohn. Glauben Sie mir, ich hätte niemals gewagt, Ihnen diesen Antrag zu machen, wenn Sie nicht so außerordentlich viel Interesse an Afrika gezeigt hätten.«

Er senkte den Kopf, um mich gleich darauf wieder zu fixieren.

Ich sah, wie seine linke Augenbraue nervös zu zucken begann, und mir wurde klar, welche Überwindung es ihn kosten musste, so offen mit mir zu reden.

»Sie müssen sich nicht sofort entscheiden«, schloss er, »aber wenn Sie sich für mich und Afrika entscheiden, werden Sie es nie bereuen.«

Meine erste Reaktion war, ihm rundheraus einen Korb zu geben. Doch dann kamen Vater und Leopold aus der Bibliothek zurück und ließen mir dazu keine Gelegenheit.

Thomas blieb noch eine halbe Stunde, dann verabschiedete er sich. An der Tür überreichte er mir seine Adresse in Glasgow mit den Worten »Ich hoffe sehr, recht bald von Ihnen einen Brief zu erhalten, Miss Luise.«

13. Kapitel

Herkunft zählt!

»Es besteht also kein Zweifel bezüglich der Richtigkeit der Angaben?«

»Selbstverständlich nicht!« Pfarrer Sturm von der Kirche Sankt Peter und Paul in Feldmoching wirkte ungehalten. »Ihr Großvater August Thorbecke trat am 24. Mai 1894 aus der katholischen Kirche aus, um sich dem jüdischen Glauben anzuschließen. Der Tod seiner ersten Frau sowie die Geburt ihres Herrn Vaters Alfred sind ebenso vermerkt wie seine Heirat mit der Jüdin Rahel Sonnenschein. Ob es weitere Abkömmlinge gab und wann Ihr Großvater verstorben ist, ist hier allerdings nicht vermerkt. Das können Sie unter Umständen in der jüdischen Gemeinde erfahren. Ich bedaure, Ihnen das mitteilen zu müssen, Herr Thorbecke. Eine Abschrift des Kirchenbuchs können Sie entweder mitnehmen, oder ich schicke sie sofort zum Rasse- und Siedlungshauptamt, ganz wie Sie es wünschen.«

»Ich nehme die Abschrift selbst mit«, beeilte sich Emil zu sagen.

Er war immer noch wie vor den Kopf geschlagen, als sich der Pfarrer von ihm verabschiedete und ihn mit dem Taufverzeichnis alleine ließ. Was für ihn eigentlich eine läppische

Formalität hätte sein sollen, erwies sich nun als verhängnisvoller Strick um den Hals seiner Karriere. Nach den Nürnberger Gesetzen war er durch die Tatsache, dass sein Großvater als getaufter Christ zum Judentum konvertiert war, Nichtarier und somit weder befugt, die Stelle als Brandingenieur auszufüllen, noch, eine Arierin zu ehelichen – und das, obwohl alle seine Vorfahren deutsche Christen gewesen waren. Ihm wurde ganz übel bei der Vorstellung. Wie in Trance verließ er das Pfarrhaus und ging zum Bahnhof, um mit der Elektrischen zurück in die Innenstadt zu fahren.

Vom Hauptbahnhof in München begab er sich direkt in die Blumenstraße zur Branddirektion, wo Fräulein Zechmeister ihn schon ungeduldig im Vorzimmer erwartete.

»Der Herr Oberbaurat erwartet dringend Ihren neuen Bericht. Er möchte ihn noch lesen, bevor er zum Oberbürgermeister geht.«

»Er liegt längst auf meinem Schreibtisch bereit«, gab Emil ungehalten zur Antwort. Im nächsten Augenblick tat ihm sein schroffer Ton schon leid. Seine Sekretärin konnte ja schließlich nichts dafür.

»Das hätten Sie mir ruhig eher sagen können«, bemerkte diese prompt beleidigt und rauschte davon, um die Unterlagen zu holen. Seit sie über seine Verlobung Bescheid wusste, war der Ton zwischen ihnen merklich abgekühlt. In der Tür drehte sie sich nochmals um. »Ach ja, der Herr Oberbaurat möchte Sie nach der Sitzung noch sehen. Sie müssen sich also gedulden, bis er wieder im Hause ist.«

Emil winkte ihr ungnädig zu und sah gedankenverloren aus dem Fenster. Was sollte er jetzt nur tun? Ohne Ariernachweis war er ein Nichts. In diesem Augenblick rauschte Oberbaurat Schultz in Hut und Mantel in das Vorzimmer.

»Ach Thorbecke, dann sind Sie also schon wieder zurück! Das kommt mir sehr gelegen. Sie können mich gleich zur Gemeinderatssitzung begleiten und mich auf dem Weg über alles Wichtige informieren. So erspare ich mir die Lektüre Ihres Berichts, und Sie bekommen die einmalige Gelegenheit, ein paar einflussreiche Persönlichkeiten kennenzulernen.« Er nickte ihm vielversprechend zu.

Emil fiel es schwer, seiner Freude Ausdruck zu verleihen. Der Oberbaurat meinte es wieder einmal ausgesprochen gut mit ihm. Doch was nutzte das jetzt noch? In Anbetracht seiner Situation gelang nicht mehr als ein verkniffenes Lächeln.

Schultz fiel seine Zurückhaltung prompt auf. Befremdet runzelte er die Stirn.

»Ich dachte eigentlich, ich mache Ihnen eine Freude damit.« Es klang schon fast beleidigt.

»Sie täuschen sich. Es ist mir selbstverständlich eine Ehre, Sie zu begleiten«, beeilte sich Emil zu sagen. Er ärgerte sich, dass er sich so linkisch verhielt. Zum Glück kam Fräulein Zechmeister gerade mit der Mappe zurück. Er nahm sie in Empfang und setzte die Sekretärin in Kenntnis, dass auch er heute außer Haus sein würde.

Auf dem Weg zum Rathaus legte er seinem Vorgesetzten in allen Einzelheiten seine Vorschläge für neue Richtlinien zur Verbesserung des Brandschutzes in Kinos dar. Dabei gelang es ihm, eine Zeit lang seine Probleme zu vergessen.

»Was halten Sie davon, Ihre Vorschläge dem Ausschuss selbst vorzutragen?«, fragte Schultz völlig unvermittelt.

Emil zuckte betroffen zusammen.

Sein Mentor klopfte ihm lachend auf die Schulter. »Nun mal nicht so bescheiden, junger Mann. Du schaffst das schon!«

Es war das erste Mal, dass er ihn wieder duzte, nachdem er

ihm von seiner anstehenden Hochzeit erzählt hatte. Offensichtlich hatte er sich damit abgefunden, dass Emil nicht sein Schwiegersohn werden würde.

Normalerweise hätte sich Emil erleichtert gefühlt, doch nun überlegte er abzulehnen. Sobald herauskam, dass er als Nichtarier galt, war es mit der steilen Karriere ohnehin vorüber. Doch der Oberbaurat ließ ihm gar keine Möglichkeit zur Widerrede, und so fand er sich eine halbe Stunde später vor einem hochrangigen Bauausschuss im Alten Rathaus wieder, dessen Vorsitz Oberbürgermeister Karl Fiehler höchstpersönlich innehatte. Ihm zur Seite standen Gerdy Troost, die Witwe von Hitlers verstorbenem Stararchitekten, die anstelle ihres Gatten Paul Ludwig die Vollendung des Hauses der Kunst am südlichen Ende des Englischen Gartens beaufsichtigte, sowie einige andere Parteigrößen, die Emil nicht im Einzelnen kannte. Die Sitzung dauerte ewig. Der Brandschutz in Lichtspielhäusern stand an letzter Stelle der Tagesordnung. Doch dann war er endlich an der Reihe. Trotz seiner Nervosität gelang es ihm mit erstaunlicher Leichtigkeit, sein Konzept überzeugend darzustellen. Emil fühlte sich in seinem Element, wenn es um technische Details, physikalische Problemstellungen und deren Lösungen ging. Klare Fakten und überzeugende Lösungen – wenn das Leben doch nur immer so einfach wäre. Der Oberbürgermeister, der wie üblich in der Uniform des SS-Gruppenführers auftrat, zeigte sich von der klaren Darstellung seiner Vorschläge ebenso angetan wie die Baudezernenten. Bei der anschließenden Abstimmung wurde alles einstimmig abgesegnet. Emil war erleichtert, und Schultz klopfte ihm anerkennend auf die Schulter.

»Ein vielversprechender junger Mann«, lobte Fiehler Emil im Beisein von Schultz. »Männer wie Sie braucht die Partei.

Wollen Sie nicht der SS beitreten? Wir brauchen fähige Männer in der Verwaltung. Ich lade Sie gerne zu einer der nächsten Sitzungen ein.« Er musterte Emil wohlwollend durch seine dicke Hornbrille.

Emil spürte, wie sich alles in ihm versteifte. Das Lob des Oberbürgermeisters war eine hohe Auszeichnung, und dennoch konnte er sich darüber nicht freuen.

»Ich danke Ihnen für Ihre Freundlichkeit«, antwortete er unter sichtlicher Mühe, was dem SS-Gruppenführer zum Glück nicht auffiel.

»Prima, dann sehen wir uns nächsten Freitag bei der Versammlung im Löwenbräukeller. Weiter so, junger Mann!«

Schultz hingegen hatte Emils Zurückhaltung sehr wohl bemerkt.

»Was ist nur heute mit Ihnen los?«, rügte er ihn, als sie gemeinsam das Alte Rathaus verließen. Es war bereits früher Abend. »Anstatt sich angemessen über Ihren Erfolg zu freuen, ziehen Sie ein Gesicht, als hätten Sie in eine saure Zitrone gebissen. Haben Sie Ärger mit Ihrer Braut?«

Emil druckste herum. Er wollte auf offener Straße nicht gerne über sein Dilemma reden. Schultz sah es wohl genauso.

»Na gut. Lassen Sie uns noch ein Bier trinken gehen. Das Büro kann für heute warten. Das ›Sterneckerbräu‹ liegt gleich um die Ecke. Was ist? Nun schauen Sie doch nicht so griesgrämig drein!«

Schultz lachte väterlich und klopfte ihm auf die Schulter. Wie üblich duldete er keine Ausflüchte. Notgedrungen folgte Emil ihm in Richtung Tal. Die ehemalige Salzstraße lag direkt zwischen dem Alten Rathaus am Marienplatz im Westen und dem Isartor im Osten und war eine von Münchens beliebten Einkaufsstraßen. In einem Eckhaus befand sich die traditionsreiche Sterneckerbrauerei. Emil war noch nie zuvor dort gewesen. Das dazugehörige Gasthaus mit den großzügigen Arkadenbögen war seit den Zwanzigerjahren eng mit dem Parteigeschehen der NSDAP verbunden. Es war einige Zeit Treffpunkt und erste Geschäftsstelle der DAP gewesen. Es war jedoch allgemein bekannt, dass der Reichskanzler und andere Parteigrößen sich immer noch gerne dort aufhielten. Als Zeichen seiner Verbundenheit hatte Hitler im November 1933 dort sogar ein Parteimuseum gegründet, in dem man das Inventar und das Mobiliar der ersten Geschäftsstelle besichtigen konnte.

Schultz führte ihn mit großer Selbstverständlichkeit in die überfüllte Gaststube. Jeder Platz war besetzt. Einzig ein langer Tisch, der etwas versteckt hinter einer dunklen Holzwand lag, war noch frei. Allerdings befand sich dort ein unübersehbares Messingschild mit der Aufschrift »Reserviert«. Schultz führte ihn ans untere Ende und forderte Emil auf, dort Platz zu nehmen.

»Werden wir nicht Ärger bekommen, wenn wir die Reservierung ignorieren?« Emil fühlte sich unbehaglich.

Schultz setzte ein selbstgefälliges Grinsen auf und winkte eine der Bedienungen heran.

»Im Gegenteil! Der Tisch ist für die Stadtoberen und die Partei immer reserviert. Machen Sie sich mal keine Sorgen! Die nächste halbe Stunde werden wir hier völlig ungestört sein. Außerdem habe ich ein Anrecht darauf, hier zu sein.« Er griff nach einer der knusprigen Dauerbrez'n, die auf einer Holzstange aufgefädelt waren, und biss herzhaft hinein.

Die Bedienung begrüßte Schultz prompt mit Namen und fragte nach ihrem Begehr.

»Zwei Halbe Starkbier und für mich noch eine Zigarre. Wollen Sie auch eine?«

Er sah Emil auffordernd an, doch dieser lehnte dankend ab. Ihm war im Augenblick wirklich nicht nach Rauchen zumute. Und überhaupt war ihm Schultz' Einladung gerade heute mehr als unangenehm. Er musste unbedingt in Ruhe nachdenken. Wenig später stellte die Kellnerin zwei volle Bierkrüge vor ihnen ab und reichte Schultz seine Zigarre. Nachdem er sie angespitzt und genüsslich angezündet hatte, prostete er Emil wohlwollend zu.

»Nun nehmen Sie Ihren Ärger mal nicht zu schwer, guter Mann«, meinte er jovial. Ohne ihn aus den Augen zu lassen, nahm er einen tiefen Schluck aus seinem Steinkrug. »Sobald die Weiber verlobt sind, fangen sie an, Forderungen zu stellen.« Er lachte gutmütig. »Das sollten Sie Ihrer Verlobten am besten gleich abgewöhnen, bevor sie im Hause die Pantoffeln anhat und Sie nach ihrer Pfeife tanzen müssen. Bei meiner Konstanze habe ich den richtigen Zeitpunkt leider verpasst.« Er klopfte ihm aufmunternd auf die Schulter. »Wird schon nicht so schlimm sein. Das Fräulein Henny hat mir, als ich sie neulich kennenlernen durfte, tatsächlich einen sehr lebhaften Eindruck gemacht, aber ihr Temperament wird sich schon legen, wenn sie erst einmal ein paar Kinder hat.«

»Ich wünschte beinahe, nur das wäre mein Problem«, seufzte Emil und starrte resigniert in seinen Krug. Schultz' offene Sympathie rührte ihn. Er spürte das Bedürfnis, sich ihm anzuvertrauen, so wie er es früher auch getan hatte. »Henny und ich hatten keinen Streit«, gestand er noch etwas zögernd. »Allerdings hat sich heute herausgestellt, dass ich sie trotzdem nicht werde heiraten können.«

Nun war es heraus.

»Hat sie dir etwa einen Korb gegeben?« Schultz runzelte

interessiert die Stirn. »Das Mädchen war doch so verliebt in dich! Glaub mir, ich hab da einen Blick für!«

Emil musste unwillkürlich schmunzeln, bis ihm wieder der Ernst der Lage bewusst wurde. »Nein, das hat sie nicht, aber es gibt unüberwindbare Probleme – von Amts wegen.«

»Doch nicht etwa mit dem Ariernachweis?« Schultz atmete tief durch. »Das wäre in der Tat bedauerlich. Sind die Eltern von Henny etwa Nichtarier oder gar Juden? Nun ja, sie hat tatsächlich viel Temperament für ein deutsches Mädel. Hatten Sie nicht erwähnt, dass sie als Pflegekind im Oberbayrischen aufgewachsen ist?«

»Oh nein! Mit Henny ist alles in Ordnung, denke ich«, wiegelte Emil sofort ab. »Ihr Vater war ein schottischer Geistlicher, der in Afrika missioniert hat. Nach dem Rassengrundsatz ist er damit ebenso Arier wie ihre Mutter, die aus einem angesehenen Bankiershaus aus München stammte.« Er holte nochmals tief Luft, bevor er endlich gestand, was ihm auf der Seele lag. »Nein, ich scheine in diesem Fall die Schwachstelle zu sein!« In kurzen Sätzen berichtete er seinem Mentor von dem, was er am Morgen erfahren hatte.

Schultz hörte ihm aufmerksam zu.

»Dumme Sache«, sagte er knapp. Emil fühlte seinen besorgten Blick wie einen Stein auf seiner Brust. »Das kann in der Tat folgenschwere Konsequenzen haben.« Er machte noch eine kurze Pause. »Haben Sie die Papiere zufällig bei sich?«

Emil griff in seine Jackentasche und zog die Abschrift aus dem Taufregister hervor.

Schultz studierte sie in aller Ruhe.

»Dein Vater ist vom Blut her reinrassiger Herkunft, genau wie dein Großvater. Das ist schon einmal eine wichtige Feststellung. Hhm!« Er kratzte sich nachdenklich am Kopf. »Auf der anderen Seite besagt das Gesetz, dass ein zum Judentum konvertierter Christ und seine Nachkommen ebenfalls Nichtarier sind. Genau genommen wärst du demzufolge ein Vierteljude. Das ist wiederum ein Widerspruch in sich, obwohl es Gesetz ist …« Er räusperte sich nochmals. »Da kann man wohl nichts machen …«

Es entstand eine unangenehme Pause. Emil spürte, wie enttäuscht sein bisheriger Fürsprecher war. Gleich würde er ihm nahelegen, so schnell wie möglich sein Amt niederzulegen. Am besten, er kam ihm zuvor. Emil wollte sich gerade äußern, als es plötzlich am Eingang der Wirtschaft einen kleinen Aufruhr gab. Mehrere bewaffnete Uniformierte in schwarzen Reithosen und -stiefeln traten herein und sahen sich nach allen Seiten um. Schultz war mit einem Mal wie ausgewechselt. Er schien aufgeregt und hatte für Emils Sorgen im Augenblick keinen Sinn mehr.

»Pass auf, Thorbecke, gleich erlebst du etwas ganz Großes!« Nervös strich er die Asche von seiner Zigarre und setzte sich aufrecht hin, bevor er sich wieder Emil zuwandte. »Fiehler hat mir verraten, dass der Führer möglicherweise heute zum Essen hier einkehrt«, verriet er ihm schließlich.

Unterdessen sondierten die SS-Leute weiterhin jeden Winkel der Gastwirtschaft. Selbst die Toiletten ließen sie nicht aus.

»Ich habe dir mit Absicht nichts verraten, um dich nicht zu nervös zu machen.« Er lachte und fuhr sich mit seinem Taschentuch über die Glatze.

Nachdem den Männern von Hitlers Leibgarde nichts Außergewöhnliches aufgefallen war, salutierten sie in Richtung Eingang. Ein Raunen ging durch den Saal, als Adolf Hitler persönlich, gefolgt von Oberbürgermeister Karl Fiehler und einigen anderen Parteigrößen, in den Raum trat. Emil konnte sich der Wirkung, die der Mann auf die Menge hatte, ebenfalls nicht entziehen. Unwillkürlich hielt er die Luft an, als der nicht besonders groß gewachsene Führer rasch ein paar Schritte in den Raum hinein machte. Da seine Hacken zuerst auftraten und er mit durchgedrückten Knien lief, hatte sein Auftreten etwas Zackiges. Plötzlich stoppte er, ließ seinen Blick über die anwesenden Gäste streichen und grüßte in mehrere Richtungen mit einem freundlichen Winken, indem er seinen Unterarm nach hinten schnellen ließ. Im nächsten Augenblick sprangen sämtliche uniformierte Parteimitglieder von ihren Sitzen auf und salutierten den Führer mit ausgestrecktem Arm.

»Heil Hitler!«, tönte es im ganzen Saal.

Hitler winkte noch einmal, dann wandte er sich von der Menge ab.

Emil überlief ein Schauer, als ihm bewusst wurde, wie nah ihm der mächtigste Mann im Deutschen Reich plötzlich war. Fasziniert beobachtete er jede Bewegung. Der Kopf des Führers war das Beherrschende an seiner Gestalt; Rumpf, Arme und Beine hingen gleichsam an ihm herab. Die Arme ließ Hitler lässig herunterfallen. Er trug an diesem Abend keine Uniform, sondern einen dunklen, zweireihigen Anzug mit einem Schlips von matter, gedämpfter grauer Farbe. Nachdem ihm einer seiner Adjutanten seinen Mantel abgenommen hatte, steuerte er direkt auf den einzig freien Tisch zu, an dem nur die beiden Männer saßen.

Schultz sprang, trotz seines Übergewichts, prompt auf, und Emil tat es ihm augenblicklich nach.

»Heil Hitler!«, begrüßten sie einhellig den Führer.

Emils Stimme zitterte vor Erregung. Er kam sich völlig fehl am Platz vor und hätte sich am liebsten auf der Stelle unsichtbar gemacht. Doch der Führer schien gegen ihre Anwesenheit nichts zu haben.

»Setzen Sie sich wieder, meine Herren.« Seine Stimme klang angenehm, nicht so schnarrend, wie Emil sie aus dem Volksempfänger in Erinnerung hatte. Er nickte tatsächlich freundlich in ihre Richtung, wobei er den beiden Männern stechende Blicke aus bemerkenswert blauen Augen zuwarf. »Schön, Sie einmal wiederzusehen, Herr Oberbaurat«, begrüßte er Schultz und wechselte ein paar freundliche Worte mit ihm. Erst dann blieb sein Blick erneut auf Emil haften. Dieser fühlte sich wie ein in die Ecke getriebenes Beutetier, bevor der Führer sich mit einem knappen Nicken abwandte, um mit seinen Begleitern am anderen Ende der Tafel Platz zu nehmen. Zum Glück blieben mehrere Plätze zwischen ihnen frei, sodass sie nicht unmittelbar mit der Entourage des Führers in Kontakt waren. Emil fühlte sich dennoch wie gelähmt.

»Ich glaube, ich sollte jetzt besser nach Hause gehen«, flüsterte er Schultz mit wachsendem Unbehagen zu.

»Du bleibst gefälligst«, raunzte dieser ungnädig zurück. »Die Ehre, mit dem Führer an einem Tisch zu sitzen, widerfährt einem nicht jeden Tag. Nutze lieber die Gelegenheit, um bei ihm einen guten Eindruck zu hinterlassen.«

Er lächelte dem Oberbürgermeister zu, der gerade in ihre Richtung blickte und ihnen freundlich zunickte.

Hitler studierte unterdessen in aller Seelenruhe die Speisekarte. Es fiel auf, dass er offensichtlich zu seinem privaten Vergnügen im Sterneckerbräu war, denn er wirkte gelöst und unterhielt sich angeregt mit seinen Tischnachbarn. Schultz und ihm schenkte er im Augenblick keine weitere Aufmerksamkeit.

»Dieser Mann wird Deutschland wieder ganz nach vorne

bringen«, verriet ihm Schultz mit gedämpfter Stimme. »Du hättest seine letzte Rede beim Nürnberger Parteitag miterleben müssen. Dabei ist er über sich selbst hinausgewachsen. Du glaubst ja nicht, wie sehr er die Massen begeistern kann.«

Emil hatte bislang die Schwärmereien für Hitler nur schwer nachvollziehen können, doch nun, als er ihm zum ersten Mal gegenüberstand, konnte auch er sich nicht der Faszination seiner Ausstrahlung entziehen. Obwohl er bislang keine ausgesprochenen Sympathien für die Nazis empfunden hatte, spürte er plötzlich eine gewisse Begeisterung. Selbst hier in privatem Rahmen ging von dem Mann eine Strahlkraft aus, die kaum einen im Raum unberührt ließ. Obwohl Hitler hinter einer dunklen Holzvertäfelung saß und für die meisten Gäste nicht sichtbar war, so herrschte doch, seitdem er gekommen war, eine gedämpfte Atmosphäre. Die Gespräche waren deutlich leiser geworden, obwohl niemand es verlangt hatte. Alles an diesem Menschen hatte etwas Besonderes. Im Gegensatz zu seinen Tischgenossen wählte Hitler keinen Schweinsbraten mit Semmelknödeln oder gar eine Kalbshaxe, sondern einen einfachen Gemüseteller, zu dem er Wasser trank.

»Der Führer ist Vegetarier«, verriet Schultz sichtlich stolz darauf, über dessen persönliche Vorlieben informiert zu sein.

Emil beobachtete, wie selbst sein sonst so selbstsicherer Vorgesetzter hingerissen jede Geste dieses Mannes verfolgte. Ihm ging es nicht anders als ihm. Wann hatte man schon einmal die Gelegenheit, mit dem mächtigsten Mann Deutschlands an einem Tisch zu sitzen? Er fühlte sich mit einem Mal wie elektrisiert. Sogar seine Probleme traten für einen Augenblick in den Hintergrund.

Als hätte Hitler seine Faszination gespürt, richtete er plötzlich wieder seine Aufmerksamkeit auf ihn und Schultz.

»Der Gruppenführer hat mir gerade berichtet, was für außerordentlich gute Arbeit Sie beide heute geleistet haben«, begann er und legte mit Bedacht seine Serviette beiseite.

Emil registrierte, wie Schultz rote Ohren bekam. Dann fühlte er erneut Hitlers stahlblauen Blick auf sich ruhen. Er blinzelte nicht ein einziges Mal, während er ihn ansah.

»Fiehler hat mir ebenfalls verraten, dass Sie demnächst unsere Saalschutztruppe verstärken werden, junger Mann. Sehr gut! Ich zähle auf Sie.«

Langsam ließ er seine Lider sinken und wandte sich wieder von ihm ab. Dann erhob er sich und ließ sich von einem seiner Leibwächter seinen Mantel reichen. Wie eine Traube umschwirrten ihn die SS-Leute und ermöglichten ihm so, einigermaßen unbemerkt das Gasthaus zu verlassen.

Emil spürte noch eine ganze Weile, wie ihm abwechselnd heiß und kalt wurde, wenn er an die kurze Begegnung dachte. Der Führer hatte tatsächlich das Wort an ihn gerichtet. Allein die Tatsache erschien ihm wie ein Ritterschlag.

»Du scheinst ja angemessen beeindruckt zu sein«, bemerkte Schultz zufrieden. Er klopfte ihm kräftig auf den Rücken, bevor er mit plötzlichem Ernst auf ihn einredete. »Hör zu, mein Junge, ich hoffe sehr, dass dir der heutige Abend gezeigt hat, wie wichtig es ist, dass man in Zeiten wie diesen nicht nur fleißig und intelligent sein muss, sondern auch eine Karriere in der Partei anstreben sollte. Du hast das verdammte Glück, dass dir dies heute von hoher Stelle ermöglicht wurde. Leg deine Bedenken endlich ab und trete in die SS ein. Solch ein Angebot wie das von Fiehler bekommst du kein zweites Mal.«

»Sie haben vergessen, dass ich als Vierteljude gar nicht zugelassen würde«, erinnerte ihn Emil, ohne die Bitterkeit in seiner Stimme verbergen zu können.

»Oh nein, das habe ich nicht vergessen«, behauptete Schultz selbstsicher. Seine Stimme klang mit einem Mal überhaupt nicht mehr besorgt, im Gegenteil. »Lass den Ariernachweis nur meine Sorge sein. Wenn du erlaubst …«

Er nahm Emils Abschrift, die noch neben ihm auf der Bank lag, und zerriss sie in kleine Stücke.

»Aber … das können Sie doch nicht tun!«, stotterte Emil entsetzt.

Schultz lachte nur.

»Und ob! Lass das alles nur meine Sorge sein. Du bekommst von mir deinen Ariernachweis. Und nun trinken wir noch einen auf deinen endgültigen Eintritt in die Partei!«

14. Kapitel

Zweifel an falscher Stelle

»Du bist tatsächlich der SS beigetreten?« Henny konnte es einfach nicht glauben.

Emil und sie lagen nackt, eng aneinandergeschmiegt, auf seinem schmalen Bett. Sie stützte ihren Kopf auf die Hand und sah ihn kritisch an.

»Vor ein paar Wochen wolltest du noch nicht mal in die Partei eintreten. Woher kommt der plötzliche Sinneswandel?«

»Ich habe den Führer persönlich kennengelernt.«

Henny meinte einen trotzigen Unterton in Emils Antwort zu hören. Sie musste plötzlich an Frieda denken, die Hitler für einen Despoten hielt, der die Bürger an ihrer freien Meinungsäußerung hinderte und Andersdenkende politisch verfolgte.

»Hitler ist ein Diktator«, stellte sie klar. »Mir wäre wohler, wenn du dich aus der Politik heraushieltest.«

»Das hast du nur von Frieda«, brummte Emil, der sie durchschaut hatte. »Sie setzt dir gefährliche Flöhe ins Ohr.«

Er versuchte, sie noch näher an sich heranzuziehen. Doch Henny ließ es nicht zu. Sie mochte nicht, wenn Emil schlecht über ihre beste Freundin sprach. Als er ihre beleidigte Miene bemerkte, rollte er sich auf den Rücken und verschränkte die Arme unter seinem Kopf.

»Du hättest den Führer erleben müssen«, schwärmte er mit verträumtem Blick. »Dieser Mann hat einfach Visionen. Außerdem holt er Deutschland endlich aus seiner Außenseiterrolle heraus. Die Schmach von Versailles, die demütigenden Reparationszahlungen, die Besetzung des Rheinlandes, mal ganz abgesehen von den vielen Arbeitslosen. Hast du etwa vergessen, wie nah uns die Republik an den Abgrund geführt hat? Das alles wird dank der neuen Regierung bald vergessen sein.«

»Ich weiß nicht …«

Henny beschloss, die Diskussion auf sich beruhen zu lassen. Sie hatten nur noch wenig Zeit miteinander, bevor sie wieder zurück ins Schwesternwohnheim musste. Die wollte sie nicht mit Streit vergeuden. Im Grunde genommen konnte sie Emils Entscheidung sogar nachvollziehen. Er arbeitete nun mal in einem öffentlichen Amt und musste für seine Position zwangsläufig den einen oder anderen Kompromiss eingehen.

»Auch wenn ich nun bei der SS bin, heißt das noch lange nicht, dass ich alle Entscheidungen gutheiße«, lenkte nun auch Emil ein. »Das Wichtigste ist doch, dass wir beide zusammenhalten!«

Er begann zärtlich Hennys nackten Rücken zu küssen, was ihr wohlige Schauer bereitete. Sie wandte sich ihm zu und sah ihm in die Augen. Mit einem leisen Seufzer ließ sie sich in seine Arme sinken. Was machte sie sich da nur für unnütze Sorgen.

Als wenige Stunden später ihre Nachtschicht begann, fühlte sich Henny so beschwingt wie schon lange nicht mehr. Emil hatte sie bis zur Pforte gebracht und sich zärtlich mit einem Kuss auf die Wange von ihr verabschiedet. Seit er sie Oberbaurat Schultz vor wenigen Wochen vorgestellt hatte, war sie nun offiziell seine Verlobte. Im Krankenhaus hatte man die Neuigkeit eher zurückhaltend aufgenommen, denn eine ledige Krankenschwester war dort kein Makel, im Gegenteil. Doch das scherte Henny nicht. Mit Emil hatte sich alles in ihrem Leben zum Guten gewandt. Sie bereute nicht, dass sie sich ihm bereits hingegeben hatte. Er war ein wundervoller Liebhaber, zärtlich, einfühlsam und stets darauf bedacht, dass sie sich wohl fühlte. Die Innigkeit, die in solchen Momenten zwischen ihnen entstand, war etwas ganz Besonderes.

Seit ihrer ersten Nacht am Ammersee trafen sie sich häufig in Emils Wohnung. Wegen des Geredes der Leute mussten sie sehr vorsichtig sein. Emils Vermieter waren sehr darauf bedacht, dass man ihnen keine Kuppelei nachsagte. Doch gerade diese Heimlichtuerei hatte für Henny etwas überaus Aufregendes, während Emil mit seiner überaus korrekten Art eher darunter litt. Immerhin hielt ihn seine Angst, erwischt zu werden, nicht davon ab, sie dennoch in seine kleine Wohnung zu schmuggeln.

Es war das erste Mal in Hennys Leben, dass jemand sie ohne Vorbehalt liebte. Agnes und Josef hatten zwar alles in ihrer Möglichkeit Stehende getan, um sie zu einem anständigen Menschen zu erziehen, aber sie hatten wohl keine Liebe zu ihr verspürt. Henny war dazu erzogen worden, es stets allen recht zu machen und Konflikten, wo auch immer sie auftauchten, aus dem Weg zu gehen. Meist hielt sie sich auch daran, nur hin und wieder konnte sie einfach nicht gegen ihre Überzeugung angehen. Vielleicht dachte sie über gewisse Dinge einfach zu viel nach. Zum Glück zeigte Emil so viel Verständnis für sie. Das Einzige, was ihr etwas Kummer bereitete, war sein ständiges Misstrauen, wenn es um andere Männer ging.

Aus unerklärlichen Gründen litt er unter beinahe krankhaft zu nennender Eifersucht. Selbst wenn sie von den Fähigkeiten von Professor Strößner sprach, verdüsterte sich sofort seine Miene, und er begann, schlecht von ihm zu reden.

»Sobald wir verheiratet sind, brauchst du nicht mehr im Krankenhaus zu arbeiten«, pflegte er dann missmutig zu sagen, und dann kam es sogar vor, dass sie ein wenig stritten, denn Henny wollte unbedingt so lange mitverdienen, bis sie Kinder bekamen.

An diesem Abend war nicht besonders viel los. Oberschwester Hildegard hatte keinen Dienst, sodass sie keine ihrer ständigen Schikanen würde ertragen müssen. Sie hatte gemeinsam mit Frieda Dienst, was ihr immer besonders gut gefiel.

»Herr Kuyateh wartet schon mit Sehnsucht auf dich«, wurde sie von ihrer Freundin im Schwesternzimmer begrüßt. »Er möchte sich nur von dir mit Franzbranntwein einreiben lassen.« Sie zwinkerte Henny zu. »Wenn ich nicht wüsste, dass du deinem Emil treu ergeben bist, könnte man fast vermuten, dass da zwischen euch etwas läuft.«

»Gut, dass Emil das nicht hört!« Henny verdrehte vielsagend die Augen. »Er wäre tatsächlich eifersüchtig. Und was Herrn Kuyateh angeht, so brauchst du dir keine Sorgen zu machen. Er ist viel zu alt für mich. Außerdem ist er ja ein Neger!« Sie kicherte.

Frieda runzelte streng die Stirn. »Das möchte ich jetzt aber nicht gehört haben«, brummte sie. »Das sind Menschen wie wir!«

»Natürlich!« Henny hatte ihre leichtfertige Bemerkung weiß Gott nicht ernst gemeint. »Aber was ist denn nun mit Gustav und dir? Habt ihr euch denn nun endlich einmal getroffen?«

Zu ihrer Bestürzung sah Henny, dass Frieda ziemlich unglücklich wirkte.

»Gustav hält sich im Augenblick nicht in München auf«, gestand sie ihr. »Er …« Sie machte eine Pause, als müsse sie überlegen, ob sie ihr ein Geheimnis anvertrauen könne, doch leider ließ sie es bleiben. »Er sucht gerade nach einer neuen Stelle«, antwortete sie kurzerhand. »Aber wir stehen in Briefkontakt.«

Henny bedauerte, dass während ihres Dienstes keine Zeit zu einem vertraulichen Gespräch blieb, aber sie nahm sich fest vor, es bei nächster Gelegenheit nachzuholen.

»Ich schau dann mal nach Herrn Kuyateh.«

Der liberianische Botschaftsangehörige lag mit mehreren aus- und inländischen Tageszeitungen auf seinem Bett und las. Die runde Hornbrille auf seiner Nase ließ ihn wie einen Gelehrten aussehen. Henny hatte ihren dunkelhäutigen Patienten schon längst in ihr Herz geschlossen. Besonders fasziniert war sie davon, wie kultiviert und gebildet dieser Mann war. Selbst Professor Strößner wirkte nicht so weltmännisch wie dieser Mann. Dabei zeigte er sich ihr gegenüber niemals überheblich oder gar anmaßend. Selbst die gelegentlich fallengelassenen rassistischen Äußerungen der Oberschwester überging er geflissentlich. Henny schämte sich jedes Mal in Grund und Boden, was Herr Kuyateh stets mit einer selbstironischen Bemerkung relativierte. Heute begrüßte er sie mit einem Witz.

»Schwester Henny, wussten Sie, dass die deutsche Reichsregierung die komplette Sahara gekauft hat?«

»Ach ja? Darf ich fragen, weshalb?«

»Na, um dem deutschen Volk noch mehr Sand in die Augen streuen zu können.« Auf seinem dunklen Gesicht erschien ein breites Grinsen. »Werden Sie mich deshalb an die Oberschwester verraten?«

Henny erwiderte sein treuherziges Lächeln. »Die sitzt so tief im Sand, dass sie schon ganz blind ist.« Sie stellte die Flasche Franzbranntwein auf den Nachttisch des Afrikaners und drehte den Verschluss auf. »Was macht denn Ihr Juckreiz? Ich habe in Ihrer Krankenakte gesehen, dass Ihre Leberwerte deutlich besser geworden sind. Sie werden sicherlich bald entlassen.«

»Oh, das habe ich ganz gewiss Ihrer Fürsorge zu verdanken. Immer wenn Sie bei mir sind, geht es mir schon sehr viel besser«, scherzte er. »Sie sehen heute so hübsch aus, Schwester Henny, gerade so, als hätten Sie heute schon Liebe gemacht.«

Henny fühlte sich ertappt. Sie spürte, wie sie feuerrot wurde, und wandte sich rasch ab.

Herr Kuyateh amüsierte sich.

»Keine Angst, ich werde Sie nicht verraten«, fuhr er ohne jede Scheu fort. »Wir Bassa sind nicht so – wie sagt man auf Deutsch – verklemmt?« Seine schwarzen Augen funkelten vor Schalk, und er begann laut zu lachen.

Henny wäre am liebsten im Boden versunken, doch dann wurde ihr Patient von einem Hustenanfall unterbrochen, und sie musste ihm helfen, sich wieder aufzurichten. Manchmal war ihr Lieblingspatient wirklich empörend aufrichtig. Henny schüttelte die Kissen auf und half ihm in eine aufrechte Position.

»Und jetzt reibe ich Sie ein«, sagte sie betont forsch. Sie schüttete etwas von dem Franzbranntwein in ihre Handfläche und begann seinen Rücken einzureiben.

»Ich wollte Sie nicht kränken«, versuchte Herr Kuyateh sich ihr zu erklären. »In meiner Heimat macht man auf diese Weise einer verheirateten Frau Komplimente. Ich wollte Ihnen zeigen, dass ich Sie respektiere und schätze. Ich hätte bedenken müssen, dass meine Offenheit Sie verletzt. Bitte verzeihen Sie meine Ungeschicklichkeit. Ich wollte Ihnen nicht zu nahe treten.« Mit einem Mal war er ganz der souveräne Diplomat.

Henny musste plötzlich lachen.

»Ist schon gut«, meinte sie ohne jeden Groll. »Sie müssen hier auf der Station ja auch so einiges erdulden.«

Herr Kuyateh wurde mit einem Mal sehr nachdenklich. »Bedeutet es für Sie auch eine Überwindung, einen Neger wie mich anzufassen?«, wollte er wissen.

»Natürlich nicht.« Henny musste nicht einmal nachdenken, bevor sie ihm antwortete. »Alle Menschen sind gleich. So steht es doch schon in der Bibel.«

»Aber nicht in euren neuen Rassengesetzen.«

Henny war mit ihrer Arbeit fertig und trocknete sich die Hände an einem Tuch ab.

»Ich habe diese Rassengesetze nicht gemacht«, sagte sie bestimmt. »Für mich werden Menschen, die einer anderen Rasse oder Religion zugehören, niemals etwas anderes sein als meine Mitmenschen.«

»Das ehrt Sie, Schwester Henny, aber ich fürchte, Ihnen wird über kurz oder lang gar keine andere Wahl bleiben, als sich der Meinung Ihrer Regierung anzuschließen.« Kuyateh schüttelte bedächtig den Kopf. »Ich habe Deutschland immer bewundert und sehr gerne hier gelebt. Doch nun wird es wohl Zeit, Ihrem Land den Rücken zu kehren. Menschen wie wir sind hier nicht mehr erwünscht.«

»Das glaube ich nicht«, meinte Henny im Brustton der Überzeugung. »Sie sind Diplomat und vertreten die Rechte Ihres Volkes auf deutschem Boden.«

»Welche Rechte?« Kuyateh sah sie fragend an. »Lesen Sie

denn keine Zeitung? Es ist ein offenes Geheimnis, dass die Nazis Deutschland frei von Semiten haben wollen. Auch wenn wir Liberianer keine Juden sind, so sind wir nicht nur in den Augen der Machthabenden eine minderwertige Rasse.«

»Das ist nicht wahr!«, widersprach sie. »Neger sind anders als Juden.«

Im selben Augenblick verstummte sie und biss sich verschämt auf die Lippen. Natürlich hatte Herr Kuyateh recht. Juden und die Ureinwohner von primitiven Völkern, zu denen schließlich auch Liberia gehörte, waren in Deutschland nicht gerne gesehen. Seit sie denken konnte, hatte man ihr eingetrichtert, dass Juden mit ihrem schlechten Einfluss dem deutschen Volk nur schadeten. Und wenn sie ehrlich war, hatte sie dem nie widersprochen. In ihrem Leben hatte es schließlich nie Fremde gegeben. Plötzlich musste sie an ihre leiblichen Eltern denken, an die sie so gut wie keine Erinnerung mehr hatte.

»Meine Eltern haben lange Zeit in Afrika gelebt«, sagte sie völlig unvermittelt. »Sie waren Missionare, irgendwo dort, wo genau, weiß ich nicht. Ich bin dort geboren worden. Manchmal träume ich von einem großen See und einer schönen Frau, die einfach darin verschwand. Eine andere Erinnerung habe ich nicht.« Sie zuckte unangenehm berührt zusammen und besann sich wieder darauf, wo sie war. »Verzeihung, das interessiert Sie wahrscheinlich gar nicht. Ich muss jetzt wieder an die Arbeit gehen.«

Sie wandte sich zum Gehen. Doch Kuyateh hielt sie am Ärmel fest.

»Lassen Sie sich von den anderen nicht in Ihrer Haltung beeinflussen«, bat er sie. »Ihr Land braucht Menschen, die keine Vorurteile haben, mehr denn je.«

Henny vergaß zunächst das merkwürdige Gespräch mit ihrem afrikanischen Patienten, denn es gab einen Notfall auf der Station, zu dem sie gerufen wurde. Aber jedes Mal, wenn sie in den nächsten Tagen Herrn Kuyateh besuchte, kamen ihr seine Worte wieder in den Sinn. Wann immer es sich ergab, nutzte sie die Zeit, um sich mit ihm zu unterhalten, und lernte dabei, viele Dinge, die sie immer als selbstverständlich hingenommen hatte, zu hinterfragen. Dabei schloss sie Masane Kuyateh immer mehr in ihr Herz.

Am darauf folgenden Wochenende fuhr Henny zum ersten Mal seit langer Zeit einmal wieder nach Peutenhausen. Der Besuch bei ihren Pflegeeltern war notwendig geworden, da auch sie einen Ariernachweis für eine Heirat vorlegen musste. Dazu benötigte sie ihre Ausweispapiere und genauere Informationen über die Herkunft ihrer verstorbenen Eltern. Agnes und Josef hatten ihr nie viel über sie erzählt. Sie behaupteten sogar, sie überhaupt nicht zu kennen. Henny hatte irgendwann aufgehört, sich nach ihnen zu erkundigen, weil sie sich jedes Mal Ärger dafür eingehandelt hatte.

»Tot ist tot«, hatte Josef nur immer ungnädig geraunzt. »Wir sind jetzt deine Familie. Basta.«

Tatsächlich war Henny ihre Herkunft nie besonders wichtig erschienen. Die seltsamen Träume von dem großen Schiff auf dem weiten See und von der wunderschönen Frau, die ins Wasser geht, begleiteten sie schon seit ihrer Kindheit. Manchmal machten sie ihr große Angst, manchmal verband sie damit aber auch schöne Erinnerungen, vor allem, wenn die Frau nicht in den Fluten des Sees verschwand, sondern sich zu ihr umwandte, sie bei der Hand nahm und gemeinsam mit ihr Späße machte. In diesen Augenblicken fühlte sie sich glücklich und unbeschwert.

Von München fuhr sie mit der Eisenbahn bis Augsburg und nahm von dort die Paartalbahn bis Schrobenhausen. Die letzten Kilometer musste sie zu Fuß zurücklegen. Mit jedem Schritt, der sie ihrem Heimatdorf näher brachte, wurde ihr bewusst, wie dankbar sie war, dieser ländlichen Enge entkommen zu sein. Es war nicht die Landschaft, die sie bedrückte, sondern die Engstirnigkeit der Menschen, die dort seit Urzeiten lebten und allem Fremden mit Misstrauen begegneten. Was hatte sie sich in ihrer Kindheit Mühe gegeben, zu ihnen dazuzugehören. Doch was auch immer sie tat, nie konnte sie es den anderen recht machen. Sie war immer davon ausgegangen, dass es ihre Schuld war. Agnes und Josef hatten ebenfalls nichts getan, um ihr die Minderwertigkeitsgefühle auszureden. So hatte sie sich innerhalb der Dorfgemeinschaft immer wie ein Fremdkörper gefühlt.

Je näher sie dem Gasthof kam, in dem ihre Pflegeeltern wohnten, desto schneller schritt sie aus. Sie hatte sich rechtzeitig auf den Weg gemacht, um noch am gleichen Abend nach München zurückfahren zu können. Sie wollte Agnes keine unnötigen Umstände bereiten, wenn sie über Nacht blieb, und Josef würde ohnehin keinen großen Wert darauf legen. Er war ein wortkarger Mann, mit dem sie noch nie viel geredet hatte. Zu Agnes hatte sie schon eine engere Beziehung. Auf ihre Weise war diese ihr sogar herzlich zugetan, konnte es aber nicht richtig zeigen. An erster Stelle in ihrem Leben kam Gott und dann gleich der Pfarrer, für anderes blieb da nur wenig Spielraum. Über das, was die beiden über ihre bevorstehende Hochzeit sagen würden, machte sie sich keine Gedanken. Schließlich war sie über einundzwanzig und konnte tun und lassen, was sie wollte. Sie rechnete allerdings auch nicht damit, dass sie ihr Steine in den Weg legen würden.

Schließlich hatte sie ihr Ziel erreicht und verlangsamte auf den letzten Metern ihre Schritte. In den letzten beiden Jahren hatte sich in dem Dorf nicht viel verändert. Allerdings hingen aus beinahe jedem Fenster die Hakenkreuzflaggen, was darauf hindeutete, dass ein Fest im Gange war.

Etwas zurückgesetzt von der Straße befand sich der lang gestreckte Gasthof ihrer Pflegeeltern, dessen Giebel in Richtung Landstraße zeigte. Er sah noch immer so heruntergekommen aus wie bei ihrem letzten Besuch und hätte dringend eines Anstrichs bedurft, doch die Fensterscheiben waren sauber geputzt, und vom Giebelfenster hing eine besonders prächtige Hakenkreuzfahne. Das meist verwahrloste Beet neben der Eingangstür war frisch gerichtet. Gelbe und rote Ranunkeln blühten dort um die Wette.

Henny war überrascht, dass um diese Tageszeit bereits einige Gäste im Schankraum saßen. Agnes stand hinter dem Tresen und schenkte Bier ein. Als sie ihre Pflegetochter sah, war sie sichtlich überrascht.

»Ja Henny, hättest du denn nicht einen Brief schreiben können, bevor du schon einmal kommst!«

Henny zuckte innerlich zusammen. Mit einem Vorwurf begrüßt zu werden, das war so typisch für Agnes wie ihre Bemühung, nur ja nicht zu zeigen, ob sie sich über ihren Besuch freute. Aber Henny war das schließlich gewohnt und versuchte, sich nichts daraus zu machen.

»Du weißt ja, wie unzuverlässig die Post ist«, antwortete sie auf die spröde Begrüßung und trat auf sie zu.

Eine Weile lang standen sich die beiden Frauen einfach nur gegenüber. Agnes war alt geworden, fand Henny. Die Furchen in dem hageren Gesicht schienen noch eine Spur tiefer zu sein. Der streng geflochtene Haarkranz wirkte noch schütterer, als sie ihn in Erinnerung hatte. Als Henny schließlich ihre Hand ausstreckte, huschte ein kurzes Lächeln über Agnes' abgearbeitetes Gesicht, und sie ergriff sie mit beiden Händen. »Wenn du Hunger hast, musst du dich noch ein wenig gedulden«, sagte sie in tiefem Oberbairisch, »der Josef schlägt gerade noch Holz für die Küche. Heute ist Frühlingsdult im Dorf. Da kommt endlich mal ein wenig Geld rein im Jahr. Ich muss dann mal gleich wieder in die Küche.«

»Warte, ich helfe dir!«

Henny stellte ihre Handtasche hinter den Tresen und zog sich die Schürze über, die an einem Nagel hing.

»Die Kartoffeln in der Küche kannst für die Kartoffelknödel schälen«, sagte Agnes, ohne mit der Wimper zu zucken. »Das Weißkraut muss auch noch gehobelt werden. Ich komm dann gleich und helf dir.«

Henny verzog sich in die Küche, deren Mitte von einem großen Holzofenherd beherrscht wurde. Darauf simmerte ein Topf mit Fleischbrühe, während aus dem Ofen der verführerische Geruch von Schweinebraten drang. Henny konnte sich nicht erinnern, wann es im Gasthof ihrer Zieheltern das letzte Mal so gut gerochen hatte. Woher kam nur der plötzliche Wohlstand?, fragte sie sich. Bevor sie nach München gegangen war, hatte so gut wie niemand den Gasthof besucht. Im Gegensatz zu früher sahen Töpfe und Pfannen benutzt aus, und auf der Ablage neben der Steinspüle befand sich ein riesiger Weidenkorb voller Kartoffeln. Henny krempelte die Ärmel hoch und machte sich an die Arbeit. Kurze Zeit später erschien Agnes in der Küche, um ihr zu helfen. Wortlos machte sie sich daran, das Weißkraut für den Salat zu schaben.

»Gibt's ein Grund, weshalb du uns besuchen kommst?«,

fragte Agnes schließlich. Sie hielt kurz mit ihrer Arbeit inne und beäugte sie kritisch.

Henny war dankbar, dass ihre Pflegemutter das Gespräch begann, und beschloss, nicht lange um den heißen Brei herumzureden.

»Ich werde heiraten und brauche dazu meine Papiere«, verkündete sie.

Agnes ließ den Hobel sinken und starrte ihre Pflegetochter mit offenem Mund an. Dann huschte ein Lächeln über ihr Gesicht und erhellte ihr sonst so griesgrämiges Gesicht.

»Ja, dass ich das noch erleben darf! Wer ist es denn? Etwa ein Arzt aus deinem Krankenhaus?« Agnes war mit einem Mal ganz aufgekratzt und ungeduldig. »Hoffentlich ist er ein anständiger Kerl und kann dich gut ernähren. Nun lass dir doch nicht jedes Wort aus der Nase ziehen! Ist er auch katholisch? Sag!«

Henny musste nun doch lachen. »Er heißt Emil und ist ein anständiger Mann. Er ist Brandschutzingenieur bei der Feuerwehr.«

»Mei! Ein Ingenieur!« Agnes war sichtlich beeindruckt. »Dann haben wir dich also doch noch zu einem anständigen Menschen erzogen. Dann kannst ja endlich mit der dummen Lernerei im Krankenhaus aufhören!«

»Das werde ich ganz gewiss nicht«, antwortete Henny nun doch etwas ungeduldig. »In drei Wochen sind meine Abschlussprüfungen, und auch danach werde ich noch arbeiten.«

»Dann verdient dein Verlobter also doch nicht genug«, stellte Agnes fest.

Henny wollte ihr gerade erklären, dass es ihr persönlicher Wunsch war, noch weiter zu arbeiten, aber da trat Josef in den Raum. Wenn er überrascht war, sie zu sehen, zeigte er es nicht.

»Ich brauch jetzt meine Uniform«. Ohne Henny zu begrüßen, wandte er sich direkt an seine Frau. »In einer halben Stund beginnt der Aufmarsch vorm Rathaus.«

»Liegt doch alles auf deinem Bett bereit. Wasch dich aber noch, bevor du das saubere Zeug anziehst. Deine Stiefel hab ich auch gewichst.«

»Grüß dich Gott, Josef«, brachte Henny sich beinahe trotzig in Erinnerung. Dabei wurde ihr wieder einmal bewusst, dass sich in den letzten zwei Jahren nichts geändert hatte. Josef gab ihr nach wie vor das Gefühl, nichts anderes als ein lästiges Anhängsel zu sein, das nur geduldet wurde, weil mit ihm etwas Geld ins Haus gekommen war.

Josef nickte ihr zu. »Heil Hitler! Kommst auch einmal wieder vorbei? Deine Mutter kann die Hilfe heute gut gebrauchen.«

»Sie ist nicht hier, um zu helfen. Sie will heiraten«, stellte Agnes klar. »Stell dir vor, einen Ingenieur bei der Feuerwehr.«

Henny glaubte fast so etwas wie Stolz aus ihrer Stimme zu hören.

»Willst unseren Segen oder ein Geld?«, fragte Josef ohne jegliche Anteilnahme.

Henny spürte, wie sie langsam wütend wurde. Einmal abgesehen davon, dass ihr Pflegevater mit seiner Misswirtschaft ihr ganzes Erbe durchgebracht hatte, ging er ganz selbstverständlich davon aus, dass sie – wie er selbst – nur auf Geld aus war.

»Ich brauche kein Geld von euch«, erwiderte sie stolz. »Ich bin nur gekommen, um meine Ausweispapiere zu holen und ein paar Auskünfte über meine Eltern und Großeltern zu erfahren. Ich benötige sie für den Ariernachweis.«

»Ist dein Verlobter bei der Partei?«, wollte Josef wissen.

»Was spielt das für eine Rolle?«

Henny ärgerte sich darüber, dass dies alles war, wofür sich ihr Pflegevater interessierte.

»Der Josef, der ist durch seine Mitgliedschaft bei der NSDAP jetzt hier im Dorf ein ganz Großer«, berichtete Agnes stolz. »Er ist der Adjutant des Ortsgruppenleiters und kann sogar dem Bürgermeister was sagen.«

»Ich hab's zum Stützpunktleiter gebracht. Was das bringt, wirst ja schon gesehen haben. Wir haben jetzt wieder gut in der Wirtschaft zu tun. Der Hitler sorgt eben für seine Anhänger.« Josef war sichtlich stolz.

Auf sein erneutes Nachfragen gestand Henny, dass Emil Mitglied in der SS war. Und prompt waren sich beide Pflegeeltern einig, dass sie eine gute Wahl getroffen hatte.

Sie haben Emil noch nicht einmal gesehen und mögen ihn nur, weil er in der Partei ist, dachte Henny kopfschüttelnd. Wenn ich das Frieda erzähle, bekommt sie Bauchkrämpfe.

Josef verdrückte sich kurz darauf wieder, um sich für den Aufmarsch zu rüsten, und Henny half ihrer Mutter weiter in der Küche. Sie bereiteten den ganzen Morgen das Mittagessen vor.

Pünktlich um zwölf Uhr mittags kamen die Gäste. Henny unterstützte die beiden weiterhin tatkräftig. Während Josef, der sich nach dem Aufmarsch wieder umgezogen hatte, den Schankwirt gab und Agnes den Schweinsbraten, die Knödel und den Weißkrautsalat auf den Tellern anrichtete, bediente Henny. Den meisten Gästen war sie natürlich bekannt. Sie wurde von allen Seiten herzlich begrüßt und neugierig nach ihrer Arbeit in München ausgefragt. Henny ließ die Fragen stoisch über sich ergehen und antwortete nur ausweichend. Da sie alle Hände voll zu tun hatte, musste sie auch den Pfarrer und ihren früheren Lehrer mit kurzen Bemerkungen abspeisen. Henny konnte sich nicht erinnern, jemals so viel in der Wirtschaft zu tun gehabt zu haben. Sie freute sich aufrichtig für Agnes und Josef.

Die Zeit verging wie im Flug. Gegen halb vier Uhr nachmittags leerte sich die Wirtschaft, da es die meisten Gäste nun zum Bierzelt zog, wo der Bürgermeister anlässlich des Dorffestes ein Bierfass angestochen hatte. Erst da fand Henny Zeit, Agnes an die Papiere zu erinnern. Sie musste sich sputen, denn in weniger als zwei Stunden fuhr der letzte Zug zurück nach München.

Sie verließen die Gaststube und gingen in die darüber liegende Wohnung. Auch hier hatte sich seit ihrem Auszug nichts verändert. Ihr Zimmer war noch in demselben Zustand, in dem sie es verlassen hatte. Sie folgte Agnes in deren Schlafzimmer und bekam mit, wie sie den Kleiderschrank öffnete und daraus eine altmodische Hutschachtel zog, in der sie all ihre wertvollen Habseligkeiten zu verwahren pflegte.

Ihre Pflegemutter setzte sich auf das Bett und öffnete den Deckel. Als sie die Ausweispapiere herausklaubte, erspähte Henny unter den Dokumenten auch mehrere Hefte, die zu einem Bündel geschnürt waren.

Ich habe Agnes noch nie Tagebuch schreiben sehen, dachte sie flüchtig. Dann wurde ihre Aufmerksamkeit wieder auf die Dokumente gelenkt.

Es war ein seltsames Gefühl, als sie endlich ihre Papiere in den Händen hielt. Den Unterlagen nach war sie keine deutsche Staatsbürgerin, sondern Engländerin. Auch hieß sie nicht Henny Gruber, sondern offiziell Henriette Elliot. Eine Taufurkunde und die Ausweispapiere ihrer Eltern bestätigten ihre Herkunft. Zum ersten Mal wurde ihr bewusst, dass der Name ihrer Stiefeltern, den sie all die Jahre getragen hatte, gar nicht wirklich zu ihr gehörte. War das der Grund, weshalb sie sich hier immer so fremd gefühlt hatte? Ein schmerzhaftes Gefühl von Verlassenheit überkam sie. Wer war sie eigentlich in Wirklichkeit?

»Warum habt ihr nie deutsche Papiere für mich angefordert?«

»Wozu auch?« Agnes zuckte mit den Schultern. »Es war doch allen hier bekannt, dass du die Tochter meiner Münchner Cousine bist.«

Die Gleichgültigkeit verletzte Henny. Gleichzeitig hatte sie das Bedürfnis, endlich mehr über ihre Wurzeln zu erfahren. Obwohl sie Agnes' Abneigung kannte, über dieses Thema zu sprechen, musste sie weiter bohren.

»Bitte erzähl mir alles, was du über meine Eltern weißt«, bat sie mit Nachdruck. »Es ist wichtig für mich, gerade jetzt, wo ich auch eine Familie gründen will!« Sie sah ihrer Stiefmutter fest in die Augen. »Gibt es wirklich keine weiteren Fotos von meinen Eltern?« Dieses Mal würde sie sich nicht so leicht abspeisen lassen.

Agnes wand sich verlegen. Wie immer waren ihr diese Fragen unangenehm.

»Was willst du denn mit den alten Geschichten?«, fragte sie ungeduldig. »Das Leben spielt sich hier ab, nicht im Jenseits. Hast du es denn nicht immer gut bei uns gehabt?«

»Was ist falsch daran?«, beharrte Henny. »Ich habe ein Recht darauf, alles über sie zu erfahren. Mein Leben lang musste ich mich damit abfinden, nichts über sie zu wissen. Und dennoch habe ich immer das Gefühl gehabt, dass ihr mir etwas verschweigt. Warum habt ihr nie nachgeforscht? Bitte, Agnes, ich bin doch jetzt erwachsen!«

»Ich hab dir doch schon hundert Mal erzählt, dass deine beiden Eltern an Typhus in Afrika gestorben sind. Mehr wissen wir auch nicht. Außerdem sind der Josef und ich jetzt deine Familie«, antwortete Agnes ungewohnt heftig. »Sind wir dir jetzt nicht mehr genug, wo du doch einen Ingenieur heiraten wirst?«

Als Henny sah, wie sie nervös ihre Hände knetete, tat ihr das Vorpreschen schon wieder leid.

»Natürlich seid ihr mir genug.«

Henny strich ihr ungeschickt über die von Spülwasser geröteten Hände und versuchte ein Lächeln. Sie würde sich wohl wieder einmal mit dieser ausweichenden Antwort begnügen müssen. Agnes konnte einfach nicht aus ihrer Haut. Doch dann fielen ihr plötzlich die Tagebücher ein, die sie in der Hutschachtel entdeckt hatte.

»Schreibst du schon lange Tagebuch?«, erkundigte sie sich beinahe beiläufig.

Agnes sah sie erst an, dann erblasste sie und legte schnell den Deckel auf die Hutschachtel zurück.

»Ich … Das … das ist schon lange her«, behauptete sie hastig, um sich gleich darauf zu bekreuzigen. Sie packte die Hutschachtel und verfrachtete sie entschlossen in die Tiefen ihres Schrankes zurück. »So, und nun muss ich wieder an meine Arbeit.«

15. Kapitel

Mein neues Leben

Im August 1903 an Bord der »Feldmarschall«

Während der Zeit meiner Ausbildung habe ich das Tagebuchschreiben sträflich vernachlässigt, doch nun, da ich tatsächlich in ein neues, aufregendes Leben unterwegs bin, möchte ich die liebe Gewohnheit wenigstens hin und wieder aufnehmen. Vielleicht fange ich einfach damit an, die ersten Tage meiner Ehe mit Thomas Elliot Revue passieren zu lassen.

Ich sehe noch genau vor mir, wie sich vor wenigen Tagen unser Schiff, die »Feldmarschall«, mit grummelnden Motoren aus dem Hafen von Genua schob. Das Meer umgab uns wie ein tiefblauer sanft wogender Teppich, während über uns die heiße Augustsonne brannte. Thomas und ich standen an der Reling des Promenadendecks und bewunderten die fantastische Aussicht auf den Hafen und die Altstadt, bis sie sich langsam von uns entfernte. Dabei erklärte mir mein frisch angetrauter Ehegatte voller Stolz die technischen Daten des neuen Reichspostdampfers.

»Das Schiff wurde auf der Reiherstiegwerft in Hamburg gebaut«, dozierte er mit seiner volltönenden Stimme. »Es hat gerade erst seine Jungfernfahrt hinter sich und gehört zur Deutschen

Ost-Afrika-Linie. Es ist ein letzter Gruß aus deinem Heimatland, bevor du endgültig in der Fremde leben wirst.«

Dabei sah er mich liebevoll an, ohne mich jedoch zu berühren. Nun waren wir schon seit über einer Woche verheiratet, und Thomas hatte immer noch keine Anstalten gemacht, mit mir die Ehe zu vollziehen. Außer ein paar züchtigen Küssen, bevor wir uns abends zu Bett legten, und belanglosen Berührungen, wenn er mir seinen Arm anbot, behandelte er mich mit der Ehrerbietung, wie er sie einer Fremden gegenüber an den Tag legen würde. Wenn ich ehrlich bin, hatte ich anfänglich nichts gegen seine Zurückhaltung, denn Thomas war mir zwar durch unseren regen Briefwechsel durchaus vertraut, doch war es etwas gänzlich anderes, sich in Briefen näherzukommen, als jetzt in der Realität.

Ich teilte Thomas' Begeisterung für Afrika mehr denn je, obwohl ich noch niemals dort gewesen war. Ich war mittlerweile zweiundzwanzig Jahre und hatte meinen Abschluss am Lehrerinnenseminar in München mit Auszeichnung abgelegt. Nun brannte ich darauf, endlich zu unterrichten.

Mich erwartete eine aufregende Zukunft im fernen Afrika, gemeinsam mit meinem Mann, der am Nyassasee eine Missionsstation leitete. Für ihn war ich sogar trotz Missbilligung meines Vaters von der katholischen Kirche zu der presbyterianischen Church of Scotland konvertiert.

Ich war noch nicht in Thomas verliebt, aber ich war mir sicher, dass sich tiefere Gefühle für ihn über kurz oder lang schon entwickeln würden. Ursprünglich hatten Thomas und ich viel früher heiraten sollen, doch dann war er von seiner Kirche länger als gedacht in Glasgow aufgehalten worden, sodass ich meine Ausbildung zur Lehrerin tatsächlich hatte abschließen können, was mir ein gewisses Selbstbewusstsein gab. So hatte sich nach der enttäuschenden Erfahrung mit Tassilo von Waldeck für mich alles noch zum Guten gefügt.

Nachdem Genua endgültig außer Sicht war und um uns herum nichts als Meer und der gleißende Sommerhimmel, zogen wir uns auf zwei Liegestühle auf der Schattenseite des Schiffes zurück. Während Thomas in den Tageszeitungen las, widmete ich mich meinem Buch über Livingstones Reise an den Sambesi. Thomas hatte mir die »Narrative of an expedition to the Zambesi and its tributaries« auf Englisch geschenkt, damit ich meine Sprachkenntnisse vertiefen konnte. In der spannenden Erlebnisschilderung schilderte der schottische Missionar seine Reise in das Gebiet des Sambesi, die er im Jahre 1858 mit seinem Bruder Charles und fünf anderen Europäern unternommen hatte. Er verfolgte den Shire, einen Nebenfluss am Unterlauf des Sambesiflusses, bis zu seinem Ursprung im Nyassasee. Detailreich schilderte er das Leben der dort lebenden Eingeborenenstämme und seinen engagierten, aber letztlich vergeblichen Kampf, dem Sklavenhandel Einhalt zu gebieten, indem er die Menschen dort zum Landbau überreden wollte. Besonders rührte mich das kurze Wiedersehen mit seiner Frau Mary, die ihm eigens an die Mündung des Sambesi hinterhergereist war, um kurz darauf an Malaria zu sterben …

Ich legte mein Buch kurz zur Seite und überlegte, was mich wohl im tiefsten Herzen Afrikas erwarten würde. Ich war neugierig, gespannt und hatte in der Zwischenzeit alles gelesen, was ich über mein neues Heimatland in die Finger bekommen konnte.

Unsere Missionsstation lag in der Nähe des ehemaligen Sklavenmarktes Nkhotakota, auf der östlichen Seite des Nyassasees. Der See musste riesig sein. 560 Kilometer lang und bis zu 80 Kilometer breit, bei einer Tiefe von bis zu 700 Metern. Damit war er größer als jeder See in Europa und hatte schon beinahe die Aus-

maße eines Binnenmeeres. Unzählige wilde Tiere lebten an seinen Ufern, wobei mir die Krokodile und Flusspferde am meisten Furcht einflößten. Thomas zog mich wegen meiner Ängste schon auf. Er meinte, dass die Wildtiere im Gegensatz zu den Eingeborenen viel berechenbarer seien und ich mich vor ihnen nicht zu fürchten brauchte.

»Bis vor wenigen Jahren war Nkhotakota die südlichste arabische Sklavenstation. Die Araber waren äußerst versiert darin, die einheimischen Stämme gegeneinander aufzuwiegeln und ihnen ihre Gefangenen im Tausch anzubieten. Noch heute steckt den Menschen der Hinterhalt im Blut«, pflegte er zu behaupten.

Das klang in meinen Augen nicht sehr ermutigend, aber er beschwichtigte mich auch in dieser Hinsicht, indem er behauptete, dass Gottes Wort langsam auch bei diesen Menschen auf fruchtbaren Boden fiel.

Auch der Missionar Livingstone hatte diesen Ort besucht. An einer Stelle erwähnte er, dass er unter einem wilden Feigenbaum im Jahr 1863 den Häuptling Juma ben Saidi mit fünfzig Gefolgsleuten getroffen hatte und freundlich von ihm begrüßt worden war.

Thomas' wiederholtes Räuspern holte mich wieder in die Gegenwart zurück.

»Du scheinst mit deinen Gedanken ganz woanders zu sein«, bemerkte er leicht verstimmt. »Ich hatte dich gefragt, ob du mich heute Abend zu der Soirée begleiten möchtest. Es wäre Verschwendung, sich dieses Ereignis entgehen zu lassen, jetzt, wo wir doch schon diese luxuriöse Überfahrt spendiert bekommen haben.«

»Oh ja! Natürlich, gerne«, antwortete ich rasch.

In Thomas' Stimme war eine gewisse Missbilligung nicht zu überhören. Offensichtlich nahm er es meinem Vater immer noch übel, dass er hinter seinem Rücken unsere Kabine der Zweiten

Klasse in eine der Ersten Klasse umgebucht hatte – sein Hochzeitsgeschenk, wie er uns freudestrahlend verkündet hatte. Mein Mann machte jedoch keinen Hehl daraus, dass ihm übertriebener Luxus und Völlerei zuwider waren. Auch daran würde ich mich gewöhnen müssen. Doch das machte mir keine Sorge. Hauptsache, ich hatte eine sinnvolle Aufgabe, die mich erfüllte. An diesem Abend jedoch schien Thomas bereit zu sein, seine Grundsätze über Bord zu werfen.

»Anschließend wird auch getanzt«, fügte er mit jugendlichem Charme hinzu. »Wir könnten ein Glas Wein trinken, tanzen und die kurze Zeit nutzen, um unsere Flitterwochen zu genießen.«

Mein Herz schlug tatsächlich einen Takt schneller. Nicht so sehr die Aussicht auf einen Tanzabend schien mir verlockend, sondern das Unausgesprochene, was sich dahinter verbarg. Ohne Zweifel war Thomas nun bereit, mich näher kennenlernen zu wollen. Seit der Affäre mit Tassilo war ich nicht mehr so aufgeregt gewesen. Immerhin wusste ich, worauf ich mich einstellen konnte.

Der Abend war entsprechend aufregend für mich. Ich legte für die Soirée mein schönstes Abendkleid an und steckte mein Haar mit äußerster Sorgfalt hoch. Das Resultat konnte sich tatsächlich sehen lassen. Mein rotblondes Haar schimmerte im weichen Licht der Gaslampen und brachte meine helle Alabasterhaut zum Leuchten. Dazu trug ich mein türkisfarbenes Satinkleid unter einer gleichfarbigen Tunika aus Chiffon, in das florale Goldmuster eingewebt waren. Als Kontrast diente ein schwarzer, handbestickter Brustgürtel aus Samt. Die halblangen Ärmel der Tunika bestanden aus antiken Spitzen. Als ich mich so meinem Mann präsentierte, verschlug es ihm im wahrsten Sinne des Wortes die Sprache.

»Du willst doch nicht etwa so unter die Leute gehen?«, fragte er mich entrüstet.

Ich lächelte ihm unbefangen zu und drehte mich kokett einmal rundherum.

»Findest du mein Auftreten etwa zu gewagt?«, zog ich ihn auf.

Thomas räusperte sich befangen.

»Nun ja«, gab er zu, »ich hatte tatsächlich an etwas Dezenteres gedacht.«

Erst jetzt fiel mir auf, dass er sich, bis auf ein frisches Hemd und einen neuen Binder, nicht weiter umgezogen hatte. Mit leisem Unbehagen stellte ich fest, wie egal ihm sein Aussehen war und wie sehr ihn meine eigene Aufmachung befremdete, weil er sich dadurch zurückgesetzt fühlte. Natürlich wollte ich auf keinen Fall, dass dies zu Missstimmigkeiten führte.

»Du könntest deinen Hochzeitsfrack anziehen«, schlug ich ihm deshalb vor. »Ich denke, ihn anzuziehen, wäre heute Abend durchaus angebracht.«

Thomas war von meinem Vorschlag keinesfalls angetan, doch schließlich willigte er mir zuliebe ein, auch wenn ich ihm ansah, dass er sich nicht sehr wohl in diesem Aufzug fühlte.

Der Kapitän der »Feldmarschall« begrüßte jeden einzelnen der etwa hundert geladenen Gäste persönlich im großen Speisesaal, der eigens für diesen ersten Abend umgestaltet worden war. Die Tische hatte man im Halbkreis um ein prächtiges Büfett aufgebaut. Außerdem waren sie extra mit gestärktem weißen Linnen überzogen und mit Meißner Porzellan und Kristallgläsern eingedeckt worden. Ein Steward bot uns zunächst ein Glas Champagner an, bevor er uns an den uns zugedachten Tisch führte, den wir mit einem netten, etwas älteren Ehepaar aus Hamburg teilten. Wie wir später erfuhren, besaßen die Jansons einen Kolonialwarenladen auf Sansibar und lebten schon seit über zwanzig Jahren in Afrika.

Nach einer launigen Ansprache des Kapitäns wurde das reich-

haltige Büfett eröffnet. Als Thomas keinerlei Anstalten machte, gemeinsam mit mir zu den appetitlich angerichteten Speisen zu gehen, selbst als der erste Ansturm schon längst vorüber war, konnte ich meine Ungeduld nicht länger zügeln.

»Seeluft macht hungrig«, erinnerte ich ihn sanft an meine Bedürfnisse.

Der verführerische Duft der Hummersuppe reizte meinen Appetit nur noch mehr. Doch Thomas zeigte dafür nur wenig Verständnis.

»Mir ist der Appetit vergangen bei so viel unsinniger Völlerei«, murrte er, während er mit dem Kopf in Richtung Büfett deutete, wo sich einige der Gäste Berge von köstlichem Essen auf ihre Teller türmen ließen.

»Du brauchst dir ja nicht so viel aufgeben zu lassen«, versuchte ich ihn zu beschwichtigen. Ich war viel zu hungrig, als dass ich mir von ihm ebenfalls den Appetit verderben lassen wollte.

Endlich schien er zu begreifen.

»Geh doch und hol dir etwas, meine Liebe«, forderte er mich auf. »Ich bestelle uns unterdessen eine Karaffe mit Wasser.«

»Ich dachte, wir wollten Wein trinken?«

»Wenn du darauf bestehst!«

»Du hast es mir versprochen!«

Thomas nickte säuerlich und winkte den Ober heran, während ich mich in die Reihe am Büfett einordnete. Meine gute Laune war soeben dabei, sich zu verabschieden.

»Hat Ihr Mann denn keinen Appetit«, erkundigte sich zu allem Überfluss auch noch Frau Janson im Vorübergehen.

»Im Augenblick wohl nicht.«

Ich lächelte etwas gequält und fühlte mich von Thomas im Stich gelassen. Er hätte mir ruhig sagen können, dass ihm solche Veranstaltungen lästig sind. Wir hätten gerne darauf verzichten können. Als ich schließlich mit meinem Teller an unseren Tisch zurückkehrte, war von seiner schlechten Laune nichts mehr zu spüren. Der Ober hatte eine Flasche Weißwein gebracht und war gerade dabei, sie zu öffnen.

Thomas probierte und ließ uns beiden einschenken.

»Ich habe mich gerade blendend mit den Jansons unterhalten«, empfing er mich beinahe überschwänglich. »Sie interessieren sich sehr für meine Missionsstation.«

Damit wandte er sich wieder unseren Tischnachbarn zu und erzählte launig von den alltäglichen Begebenheiten in Nkhotakota. Mit einem Mal war all seine schlechte Laune von ihm abgefallen, und er hatte sich zu einem eloquenten, charmanten Unterhalter verwandelt.

»Das Glanzstück meiner neuen Schule wird zweifelsohne unsere neue Lehrerin sein«, sagte er mit einem sichtlich stolzen Blick in meine Richtung. »Meine Frau wird die Leitung der Schule übernehmen, während ich mich um das seelische Wohlbefinden der Menschen kümmere.«

Dieses unvermittelte Lob kam für mich äußerst überraschend. Ich fühlte mich geschmeichelt und musste mir eingestehen, dass ich Thomas wohl unterschätzt hatte. Wie hatte ich nur an seiner Loyalität zweifeln können? Wahrscheinlich waren wir uns einfach noch zu fremd. Ich war damals zuversichtlich, dass sich das bald ändern würde.

Der Abend verlief sehr unterhaltsam. Die Jansons waren angenehme Tischgenossen, die sich aufgrund ihres fortgeschrittenen Alters jedoch zurückzogen, als die Kapelle zum Tanz aufzuspielen begann.

»Solch eine moderne Musik ist nichts mehr für uns, nicht wahr, Margret?«, meinte Herr Janson ohne jegliches Bedauern, während seine Frau uns verschwörerisch zum Abschied zunickte.

»Genießen Sie den Abend in vollen Zügen! Ach, ich wünschte, ich wäre auch noch einmal so jung und verliebt wie Sie beide!«

Thomas und ich sahen uns etwas betreten an, bevor wir beide rasch den Blick voneinander abwandten.

»Wollen wir tanzen?«

Sein Räuspern hörte sich verlegen an. Ich nahm seine Hand und folgte ihm willig auf die kleine Tanzfläche, wo gerade zu einer munteren Polka aufgespielt wurde. Ich stellte mich darauf ein, dass er ein miserabler Tänzer war. Mit seiner großen, hageren Gestalt schien er nicht gerade für grazile Bewegungen geschaffen zu sein. Doch ich hatte mich gründlich getäuscht. Kaum waren wir auf der Tanzfläche, packte er mich beherzt um die Taille und schwang sich mit mir in eleganten Schritten übers Parkett. Ich fühlte mich leicht wie eine Feder, als er mich herumwirbelte, hochhob und sanft wieder auf den Boden setzte. Selbst der Kapitän und die Offiziere wurden auf uns aufmerksam und bedachten unsere Tanzkünste mit wohlwollendem Augenzwinkern.

»Wo hast du nur so gut Tanzen gelernt?«, fragte ich ihn, als die Kapelle endlich eine Pause einlegte. Ich war völlig außer Atem, fühlte mich aber belebter und glücklicher als bei unserer Hochzeit.

Thomas' Augen funkelten vergnügt, als er uns beiden noch ein Glas Wein nachschenkte.

»Ich bin in einem Dorf aufgewachsen, wo Tanzen so etwas wie Volkssport war. Es liegt mir einfach im Blut, aber im Vergleich zu dir bin ich natürlich ein Waisenknabe.«

Seine jungenhafte Koketterie gefiel mir. Ich hob mein Glas und prostete ihm zu.

»Auf den schönen Abend!«

»Auf die wundervolle Frau, die es gewagt hat, mich zu heiraten«, antwortete er ernst und trank sein Glas in einem Zug leer.

Mit etwas banger, aber überwiegend freudiger Erregung wartete ich darauf, dass er nun vorschlug, dass wir zu Bett gehen sollten. Aber Thomas dachte gar nicht daran, sondern bestellte sich noch einen doppelten Whisky, den er ebenso schnell hinunterkippte wie zuvor die Gläser mit Wein. Als wir schließlich zu unserer Kabine gingen, hatte er schon reichlich Schlagseite. Ich musste ihn immer wieder stützen, damit er nicht gegen die Wände stieß. Zum Glück begegneten wir niemandem, denn es war mir peinlich, dass mein Mann offensichtlich betrunken war.

Kaum hatten wir die Kabinentür hinter uns geschlossen, nahm mich Thomas völlig unvermittelt in seine Arme und begann meinen Hals mit ungeschickten Küssen zu bedecken. Ich wurde steif wie ein Brett, denn ich fühlte mich von seiner plötzlichen Zuneigung völlig überrumpelt. Seine Küsse wurden immer gieriger und suchten jetzt auch meinen Mund. Sein Atem stank nach Whisky, außerdem mochte ich seine Grobheit nicht. Doch was sollte ich tun? Schließlich war es nur das Recht des Ehemannes, das er von mir einforderte. Für einen kurzen Augenblick musste ich an Tassilo denken und seine Theorie von Freizügigkeit und Gleichberechtigung in einer Beziehung. Doch so schnell der Gedanke gekommen war, so schnell war er auch schon wieder verschwunden. Thomas' Hand hatte sich in meinen Ausschnitt geschoben. Mit der anderen versuchte er ziemlich ungelenk, mein Korsett zu öffnen.

»Verdammt!«, fluchte er, als er nicht so recht damit vorankam.

»Ich gehe ins Badezimmer und ziehe mich um«, erklärte ich ihm rasch und nutzte die Gelegenheit, mich von ihm zu lösen.

»Beeil dich«, rief er mir noch hinterher.

Da hatte ich bereits die Tür hinter mir geschlossen. Ich atmete erst einmal tief durch, als ich mich in Sicherheit wähnte. Doch sofort bekam ich ein schlechtes Gewissen. Es war meine Pflicht als Ehefrau, ihm auch körperlich zur Verfügung zu stehen. Es stand mir nicht zu, mich vor ihm zu verstecken. Ich biss die Zähne zusammen und begann mich umzukleiden und für die Nacht herzurichten. Das war also die andere Seite der Medaille, dachte ich mit einer gewissen Bitterkeit, nahm mir aber vor, alles tapfer zu ertragen.

Doch als ich schließlich mit bangem Herzen in unser Schlafzimmer zurückkehrte, fand ich Thomas auf dem Rücken liegend und gleichmäßig schnarchend auf unserem Bett vor. Ich löschte leise das Licht und schlich mich auf meine Bettseite, froh darüber, noch einmal einen Aufschub bekommen zu haben. Da auch ich ein Glas Wein getrunken hatte, schlief ich bald ein. Mitten in der Nacht wachte ich jedoch wieder auf. Ich spürte Thomas' große Hände, wie sie ungeschickt versuchten, mein Nachthemd nach oben zu schieben. Als er bemerkte, dass ich aufgewacht war, zog er sie schuldbewusst wieder zurück. Ich griff mit der Hand nach der Nachttischlampe und knipste sie an. Das hätte ich besser nicht tun sollen, denn was ich zu sehen bekam, ließ mich prompt einen spitzen Schrei ausstoßen.

»Mach das Licht aus!« Thomas' Stimme schnappte fast über. Gleichzeitig versuchte er mit seinen Händen sein aufgerichtetes Glied zu verdecken. Er lag splitterfasernackt neben mir.

Ich hatte mich unterdessen wieder gefasst und fand bei näherem Betrachten den Anblick meines nackten Ehemannes gar nicht mehr so furchterregend. Statt ihm zu gehorchen, starrte ich ihn weiter an. Plötzlich begriff ich, dass er sich vorher nur Mut angetrunken hatte. Die Erkenntnis machte mich ungewöhnlich mutig. Ich wandte mich ihm zu und küsste ihn auf den Mund.

Thomas stöhnte kurz auf, bevor er mich endlich in die Arme nahm. Zuvor löschte er jedoch zu meinem Bedauern das Licht.

16. Kapitel

Gewitterwolken

Mit einem britischen Reisepass in den Händen verließ Henny beschwingten Schrittes das Britische Generalkonsulat und strebte durch die Häuserschluchten in Richtung Prinzregentenstraße. Mit den neuen Ausweispapieren, ausgestellt am 12. Mai 1937, war eine weitere Hürde für die bevorstehende Hochzeit genommen.

»Sie wissen, dass Sie nun Engländerin sind?«

Henny versuchte, sich noch einmal das weichliche Gesicht des Sergeants vorzustellen, der ihr in fehlerhaftem Deutsch die Papiere überreicht hatte.

»Sie genießen damit den vollen Schutz der Krone. God save the King.« Er hatte tatsächlich erst salutiert, bevor er ihr den Pass übergeben hatte.

Um ein Haar hätte sie zu lachen begonnen. Was für ein lustiger Winkelzug des Schicksals dieser Umstand doch war. Um Emils Frau zu werden, musste sie erst Engländerin werden, und das nur, weil Josef und Agnes es versäumt hatten, ihr einen deutschen Pass zu besorgen. Engländerin! Sie schmunzelte erneut. Sie kannte das Land nur dem Namen nach, wusste, dass die Menschen dort viel Tee tranken, alle einen Spleen hatten und ihre Hauptstadt London hieß. Außerdem hielten sie immer noch an einem Monarchen fest. Was für ein seltsames Völkchen! Und sie war nun eine von ihnen, wenigstens für ein paar Monate. Natürlich hatte sie sich zusammengenommen und dem Sergeant mit ernstem Gesichtsausdruck gedankt, bevor sie sich mit einem höflichen »Good bye« verabschiedet hatte. Das englische Wort für »Auf Wiedersehen« hatte sie sich von Emil sagen lassen.

Mit dem Reisepass und den Unterlagen, die sie mittlerweile über die Familie ihrer Mutter zusammengetragen hatte, konnte sie nun den Ariernachweis beantragen, der ihnen endlich den Weg bereiten würde, das Aufgebot auf dem Standesamt zu bestellen. Dank Emils Gewissenhaftigkeit hatten sie rechtzeitig mit dem ganzen Behördenkram angefangen, obwohl es bis September noch über drei Monate Zeit waren. Er war im Gegensatz zu ihr ein Meister der Planung und richtig versessen darauf, dass alles seine Ordnung hatte.

Henny sah auf die Uhr und erschrak. Mist! Sie war schon viel zu spät dran. Emil würde ärgerlich werden, wenn sie es nicht rechtzeitig zu ihrer Verabredung schaffte. Gerade heute, wo Emils Vorgesetzter Heinrich Schultz sie zur Hebauffeier des neuen Dienstgebäudes des Luftkreiskommandos V eingeladen hatte. Das war eine hohe Ehre, zumal sie sogar einen Platz auf der Ehrentribüne bekommen hatten. Emil hatte es in den wenigen Wochen seiner Parteizugehörigkeit bereits zum SS-Unterscharführer gebracht, was dem Dienstgrad eines Unteroffiziers entsprach.

Er erwartete sie bereits ungeduldig an der Ecke einer Querstraße vor dem noch eingerüsteten Gebäude. Sie hätte ihn um ein Haar nicht erkannt, denn er trug die graue Felduniform der SS-Verfügungstruppe. Wider Willen musste sie zugeben, dass sie ihm gut stand. Er gab ihr nur einen flüchtigen Kuss und schob sie dann durch die Menge in Richtung Tribüne. An der Längsseite des Luftkreiskommandos hatte man eine mit Hakenkreuzen auf rotem Grund geschmückte Tribüne aufgebaut, die führenden Persönlichkeiten sowohl der Partei und ihrer Gliederungen als auch der staatlichen und städtischen Behörden, der Wehrmacht und des Reichsarbeitsdienstes Platz gewährte. Der Festakt hatte gerade begonnen, als sie ihren Platz zwischen all den hochrangigen Leuten einnahmen.

Oberbaurat Schultz trug die Uniform des SS-Obersturmführers und grüßte sie mit einem deutlich missfälligen Nicken, weil sie zu spät waren.

Henny erwiderte es mit höflicher Zurückhaltung. Es gelang ihr einfach nicht, Emils Vorgesetztem ohne Vorbehalte gegenüberzutreten. Auf der einen Seite wusste sie, wie wichtig Schultz für Emil war. Er verglich ihn sogar mit einem Vater. Er hatte zweifelsohne eine ganze Menge für ihn getan und unterstützte ihn in jeder Beziehung. Auf der anderen Seite hatte sie das Gefühl, dass Emil sich auf eine fast ungesunde Art und Weise an ihn gebunden fühlte. Alles, was Schultz sagte, war für ihn Gesetz, und sein Mentor nutzte diese Art von Hörigkeit ihrer Meinung nach weidlich für seine Zwecke aus. Nach ihrem Geschmack übertrieb er es eindeutig mit seiner Fürsorge, die weit bis in ihr Privatleben hineinreichte. So war sie zum Beispiel davon überzeugt, dass Emil niemals ohne Schultz' Einfluss freiwillig in die Schutzstaffel eingetreten wäre.

Seit Emil der SS angehörte, hatte er seine einst liberalen Ansichten stark dem Nationalsozialismus angepasst. Wenn auch nur beiläufig, ließ er immer wieder radikale Bemerkungen fallen, was er vorher niemals getan hatte: Das deutsche Volk müsse von fremdem und abweichendem Gedankengut befreit werden. Die Rheinlandbesetzung sei der notwendige Schritt, um sich von der Schmach von Versailles endgültig freizumachen, was auch immer das heißen mochte.

Noch schlimmer fand sie es, wenn er die Gefahr des internationalen Judentums heraufbeschwor. Henny verstand nicht viel von Politik, doch die zunehmende Einflussnahme der Nazis auf das tägliche Leben machte ihr Angst, und es gefiel ihr nicht, wie Emil sich zunehmend davon beeinflussen ließ. Es passte einfach nicht zu dem Mann, den sie kennengelernt hatte. Während er sich immer mehr von den Ansichten der Nazis zu eigen machte, hatte sie längst begonnen, sich immer weiter davon zu distanzieren. Ihre einzige Hoffnung blieb, dass Emils Schwärmerei nur vorübergehender Art sein würde.

Hennys Aufmerksamkeit wurde von einem gewaltigen Aufmarsch von Uniformierten der SS und der SA in Anspruch genommen, die fahnentragend, den Blick der Tribüne zugewandt, an ihnen vorbeimarschierten. Ihnen folgten mit geschulterten Spaten die am Bau beschäftigten Arbeiter auf ihrem Zug zum Deutschen Museum, in dessen Kongresssaal der Richtschmaus eingenommen werden sollte. Dazu tönte das Horst-Wessel-Lied. Auf der Ehrentribüne erhoben sich die Gäste und sangen, wie es neuerdings gefordert wurde, die erste und vierte Strophe des Liedes mit erhobenem rechten Arm, bevor auch sie sich auf den Weg zum Deutschen Museum machten.

Emil fasste Henny unter den Arm und führte sie von der Tribüne.

»Schultz hat uns gebeten, auch mitzukommen«, meinte er aufgekratzt. »Ist das nicht großartig?«

»Ganz gewiss! Leider musst du alleine hingehen. Du weißt doch, dass ich heute Nachmittag Dienst habe«, meinte Henny mit gespieltem Bedauern. In Wirklichkeit war sie froh, dass sie auf diese Weise der Massenversammlung entgehen konnte.

Emil verzog enttäuscht sein Gesicht.

»Kannst du nicht mit Frieda den Dienst tauschen? Du könntest anrufen und fragen.«

»Frieda hat heute schon etwas anderes vor«, beschied sie Emil. »Außerdem ist es mir wichtig, mich von Herrn Kuyateh zu verabschieden. Es geht ihm endlich wieder besser. Er wird morgen früh entlassen.«

»Was gefällt dir nur so an diesem Neger?« Emil rümpfte abfällig die Nase. »Seit Wochen redest du von ihm. Herr Kuyateh sagt dies, Herr Kuyateh sagt das. Man könnte gerade meinen, du schwärmst für ihn.«

»Er ist in der Tat ein sehr liebenswerter Patient«, entgegnete Henny spitz. Sie hatte diesen Vorwurf schon mehrere Male von Emil zu hören bekommen und ärgerte sich wieder einmal über seine unbegründete Eifersucht.

»Es gefällt mir nicht, wenn du dich mit dieser Art von Menschen abgibst. Sie haben einen schlechten Einfluss und sind es einfach nicht wert, dass man so viel Aufhebens um sie macht.«

Henny schnappte nach Luft. »Das will ich nicht gehört haben! Herr Kuyateh ist ein Patient wie jeder andere auch in unserem Krankenhaus. Da spielt seine Hautfarbe gewiss keine Rolle! Außerdem …«, jetzt funkelte sie ihn richtig zornig an, »wäre ich froh, wenn es mehr Menschen unserer Hautfarbe gäbe, die so umgänglich und liebenswert sind wie er.«

Emil ließ umgehend ihren Arm los.

»Du scheinst ja richtig vernarrt in ihn zu sein«, knurrte er gereizt. »Wenn es dir wichtiger ist, dich von ihm zu verabschieden, als mit mir auszugehen, dann ist das deine Entscheidung.«

»Nun mach aber mal einen Punkt!« Henny wurde zusehends ungeduldiger. »Du weißt genau, dass ich gar keine andere Wahl habe, als ins Krankenhaus zu gehen. Ich habe Dienst, und in wenigen Tagen beginnen meine Prüfungen.«

»Du hättest mit Frieda tauschen können«, beharrte er stur.

»Und du bist ungerecht!«

»Bin ich das?« Emil musterte sie aus zusammengekniffenen Augen.

»Ja, das bist du!« Henny kam sich plötzlich lächerlich vor. Wie kamen sie nur dazu, in aller Öffentlichkeit über solch eine Lappalie zu streiten? »Lass es einfach gut sein! Herr Kuyateh wird morgen entlassen, falls es dich beruhigt.« Sie versuchte ein Lächeln, das ihn sofort versöhnlicher stimmte.

Emil sah offensichtlich ein, dass er überreagiert hatte.

»Ich bin einfach nur enttäuscht darüber, dass wir uns heute nur so kurz sehen können«, gestand er ihr. »Ich bereue, dass wir zu diesem Trubel hier gegangen sind, anstatt unsere gemeinsame Zeit bei einem Spaziergang im Englischen Garten zu genießen.«

»Das sehe ich allerdings auch so!« Hennys Groll verschwand so schnell, wie er gekommen war. Sie konnte Emil einfach nicht lange böse sein.

»Möchtest du, dass ich dich noch zum Krankenhaus begleite?«

Sie schüttelte den Kopf. »Geh du nur zu deinem Richtschmaus.« Sie drückte ihm zum Abschied rasch einen Kuss auf die Wange. »Wir sehen uns dann morgen Abend!«

Emil sah Henny mit Bedauern hinterher. Leichtfüßig tänzelnd, als folge sie swingenden Musikklängen, verschwand sie in der Menge. Mein Gott, wie sehr er diese Frau liebte. Jede

Minute, die sie nicht miteinander verbringen konnten, erschien ihm verlorene Zeit. Sie war die erste Frau, die es geschafft hatte, seinen Schutzpanzer zu durchdringen und seine Seele zu berühren. Mit ihr fühlte sich das Leben so leicht an. Er riss sich von ihrem Anblick los und beschloss, zu Schultz aufzuschließen. Kaum war er ein paar Schritte gegangen, als ihn ein Hitlerjunge aufhielt, der ihm hinterhergeeilt war.

»Unterscharführer Thorbecke«, keuchte er etwas außer Atem. »Ist es möglich, dass das Fräulein, das neben Ihnen saß, diese Tasche vergessen hat?« Er hielt ihm eine Handtasche entgegen.

Emil erkannte Hennys Tasche sofort. Er nahm sie entgegen und bedankte sich bei dem Jungen, indem er ihm zehn Pfennig schenkte. Der strahlte übers ganze Gesicht und machte, dass er wieder zu seiner Truppe kam. Um sicherzugehen, dass nichts fehlte, öffnete er die Tasche. Ganz zuoberst lagen Hennys neue Papiere. Typisch! Emil schüttelte ärgerlich den Kopf. Da wartete seine Verlobte seit Wochen auf die Papiere und ließ sie dann einfach so liegen. Einen Augenblick lang überlegte er zu versuchen, sie noch einzuholen, aber dann verwarf er den Gedanken. Schultz erwartete ihn sicherlich schon. Sein Pflichtbewusstsein war größer als der Wunsch, Henny hinterherzulaufen. Nach dem Richtschmaus, so beschloss er, würde er noch einen Abstecher ins Krankenhaus machen. Die Aussicht, Henny wenigstens noch einmal kurz wiederzusehen, munterte ihn auf. Er klemmte sich ihre Tasche unter den Arm und schloss zu den anderen auf.

Auf der Station gab es alle Hände voll zu tun. Henny, die normalerweise keine Probleme damit hatte, wenn es turbulent zuging, fiel es heute schwer, sich zu konzentrieren. Der

Grund war, dass sie sich seit Tagen immer wieder elend fühlte. Schon den ganzen Morgen war ihr immer wieder übel gewesen. Erst der anstrengende Gang aufs Konsulat, die lange Warterei, dann die Hebauffeier und der Streit mit Emil und jetzt noch ein anstrengender Dienst mit mehreren Neuzugängen. Hinzu kam, dass sie weder gefrühstückt hatte noch sich hatte überwinden können, mehr als ein paar Löffel von der Mittagssuppe zu probieren. Allein der Geruch der Kohlsuppe hatte ausgereicht, um sie zum Erbrechen zu bringen. Was war nur mit ihr los? Sie hatte in der nächsten Zeit wahrhaft andere Probleme, als krank zu sein. Die Prüfung stand bevor, und sie wollte sie unbedingt erfolgreich bestehen. Und dann hatte sie auch noch ihre Handtasche bei der Hebauffeier liegen gelassen. Sie hoffte inständig, dass sie niemand gestohlen hatte. Nicht auszudenken, wenn ihre Papiere verloren waren. Mühsam quälte sie sich durch den Nachmittag und erledigte ihre Aufgaben.

Ihren Abschiedsbesuch bei Masane Kuyateh verschob sie bis nach dem Abendessen. Danach war es in der Regel am ruhigsten auf der Station. Sie wusste, dass er sich den ganzen Tag auf ihre Massage mit Franzbranntwein freute. Die Behandlung war im Laufe der letzten Wochen für sie beide zu einem lieb gewonnenen Ritual geworden. Sehr oft, wenn sie Kuyateh massierte, erzählte er ihr Geschichten aus seinem ereignisreichen Leben. Henny hatte auf diese Weise viel über sein Leben erfahren. In mancherlei Dingen hatte er sie sogar um ihre Meinung gefragt.

Der Liberianer hatte sowohl in England als auch in Deutschland zwei vollständige Studien absolviert und in Volkswirtschaft sogar einen Doktor gemacht. Außerdem war er der Sohn eines mächtigen Häuptlings in seinem Land und damit sehr einflussreich. Er steckte voller Lebensweisheiten und brachte Henny in vielerlei Dingen zum Nachdenken. Auf der anderen Seite schätzte er ihre muntere, positive Art und nannte sie immer wieder seine »Heilerin«, die ihm die bösen Geister aus seinem Körper massierte. Für sie war ihre Zuwendung etwas Selbstverständliches, vor allem, weil sie sich dafür schämte, dass der Afrikaner von so manchen Angestellten im Krankenhaus schikaniert wurde. Obwohl ihm sein Status als Diplomat gewisse Privilegien wie zum Beispiel ein Einzelzimmer verschaffte, musste er so einiges ertragen. Sei es, dass man ihn ungebührlich lange auf eine Untersuchung warten ließ, sei es, dass man ihm eine Suppe mit Schweineschwarte servierte, obwohl er Mohammedaner war. Wenn Henny solche Schikanen mitbekam, versuchte sie sofort einzuschreiten. Leider gelang ihr das nicht immer. Sie musste ohnehin aufpassen, denn Oberschwester Hildegard wachte immer noch mit Argusaugen über jeden ihrer Schritte. Allerdings hielt sie sich in letzter Zeit überraschend mit Kritik zurück, seitdem ihr bekannt war, dass Henny die Braut eines SS-Unterscharführers war.

»Wie geht es Ihnen, Herr Kuyateh?«, fragte sie, als sie sein Zimmer betrat. Kuyateh hatte sein Bett verlassen und saß an dem kleinen Tisch, der eigentlich für Besucher gedacht war. Er war gerade dabei, einige Dinge zu notieren. Die Nickelbrille mit Goldrand verlieh ihm eine gewisse Würde, obwohl er noch sein Nachthemd trug.

»Schwester Henny, setzen Sie sich«, lächelte er und zeigte dabei seine blendend weißen Zähne. »Ich dachte schon, Sie kommen gar nicht mehr vorbei.«

Henny freute sich über seine herzliche Begrüßung und tat, worum er sie bat.

»Eigentlich darf ich nur hier sein, um Sie zu behandeln«, teilte sie ihm mit. »Wir haben heute viel zu tun …«

Kuyateh machte eine lässige Handbewegung. »Das kann heute noch ein wenig warten. Ich habe etwas für Sie, das ich Ihnen unbedingt geben muss, bevor ich abreise.« Er faltete das Papier, auf dem er gerade geschrieben hatte, zusammen, steckte es in einen Umschlag, in dem bereits etwas steckte, und verschloss ihn. »Das hier ist für Sie.«

Henny nahm den Umschlag nur zögernd entgegen und sah ihn überrascht an.

Kuyatehs Lächeln verbreiterte sich. »Bei meinem Stamm ist es üblich, dass man sich bei dem Menschen, der einem das Leben gerettet hat, bedankt.«

»Aber ich habe Ihnen doch gar nicht das Leben gerettet«, protestierte Henny verlegen. »Ich bin nur eine einfache Schwesternschülerin, die das gemacht hat, was man ihr aufgetragen hat.«

»Sie haben mehr für mich getan als alle Ärzte hier.« Kuyateh ließ keinen Widerspruch zu. »Sie haben heilende Hände und die Kraft einer Medizinfrau. Ohne Sie hätten die bösen Geister mich geholt.«

Henny versuchte erst gar nicht zu verstehen, was er sagte.

Kuyateh hob dennoch zu einer ausführlichen Erklärung an. »In meinem Heimatland glauben wir, dass Krankheiten von bösen Geistern verursacht werden. Sie nehmen von dem Körper des Kranken Besitz und versuchen ihn mit sich zu ziehen. Um das zu verhindern, gibt es bei uns Medizinmänner und -frauen. Sie nehmen für die Kranken den Kampf gegen die bösen Geister auf. Siegen die Medizinmänner, so wird der Kranke gesund, siegen die Geister, so muss er sterben. Verstehen Sie: Krank ist nicht nur der Körper, sondern immer auch der Geist.

Sie, Schwester Henny, haben meine bösen Geister besiegt und mir außerdem gezeigt, dass es in Ihrem Land noch Menschen gibt, die nicht unter dem Einfluss des Bösen stehen.«

Henny sah in seinen dunklen Augen plötzlich eine tiefe Traurigkeit.

»Ich bin Ihnen zu Dank verpflichtet, so einfach ist das. Es ist leider nur wenig, was ich für Sie tun kann. Stecken Sie den Umschlag ein und verwahren Sie ihn an einem sicheren Ort. Sie müssen mir versprechen, ihn erst dann zu öffnen, wenn Sie keinen Ausweg mehr wissen. Werden Sie das tun?«

»Aber ich … Das darf ich nicht annehmen!«

Sie wollte ihm den Umschlag zurückgeben.

»Ich bestehe darauf, oder wollen Sie mich beleidigen?« Kuyatehs Tonfall duldete keinen Widerspruch. »Im Augenblick mag der Inhalt des Päckchens für Sie noch keine Bedeutung haben, deshalb müssen Sie es verschlossen halten. Aber eines Tages mag sich das ändern.«

»Dann ist darin also so etwas wie ein Amulett?«, fragte Henny nach. Plötzlich rührte sie die Geste ihres Patienten.

Kuyateh wog den Kopf.

»So etwas in der Art«, bestätigte er ihre Vermutung. »Der Zauber entfaltet sich allerdings nur, wenn man den Umschlag im richtigen Moment verwendet. Öffnen Sie ihn nur, wenn Sie einmal in Not geraten.«

Henny gab sich kopfschüttelnd damit zufrieden und steckte ihn in die Rocktasche unter ihrer Schürze.

»Und jetzt freue ich mich auf eine letzte Massage. Ich werde Sie vermissen, Schwester.«

Während sie ihre Aufgabe versah, erfuhr sie von Kuyateh, dass er schon in wenigen Tagen Deutschland für immer verlassen würde.

»Ein Großteil der Belegschaft unserer Botschaft ist bereits auf dem Weg nach Liberia«, teilte er ihr mit. »Mir bleiben nur noch ein paar Dinge zu tun, dann reise ich ebenfalls ab.«

»Bedeutet das, dass die Botschaft geschlossen wird?«, fragte Henny überrascht nach. »Aber dann werden Sie womöglich nie wieder nach Deutschland zurückkehren.«

»Nicht, solange die Nationalsozialisten hier das Sagen haben«, stimmte er ihr zu. »Über diesem Land hängt eine große dunkle Wolke. Erst wenn sie sich wieder verzogen hat, werden wir wieder Abgesandte schicken.« Kuyateh seufzte tief. »Aber das werden dann andere Männer sein, nicht ich. Ich fühle mich zu alt, um noch einmal ins Ausland zu gehen. Sobald ich in meiner Heimat bin, werde ich mich auf meine Güter zurückziehen und das Leben im Kreis meiner Familie genießen. Ich habe drei Frauen und elf Kinder, die in den letzten Jahren ihren Ehemann und Vater nicht oft zu Gesicht bekommen haben.«

Henny sah ihn befremdet an. »Drei Frauen … Oh! Das kann ich mir nun gar nicht vorstellen.«

Kuyateh lachte. »Das ist tatsächlich nicht immer leicht für einen Mann«, versicherte er mit einem schalkhaften Schmunzeln. »Man muss immer darauf bedacht sein, den Frieden im Haus zu halten.«

»Dann wünsche ich Ihnen dabei alles Gute«, lachte Henny, nun ebenfalls amüsiert.

»Möge Allah, der Allmächtige, mit dir und deiner Familie sein!«

Kuyateh streckte seine Arme nach ihr aus, und Henny ließ sich ohne jeden Hintergedanken auf seine warmherzige Umarmung ein. Dabei überhörten sie das Klopfen an der Tür.

»Bier her! Bier her!
Oder ich fall um, juchhei!
Bier her! Bier her!
Oder ich fall um!
Soll das Bier im Keller liegen
Und ich hier die Ohnmacht kriegen?
Bier her! Bier her!
Oder ich fall um! Juchhei!«

Die Stimmung im Kongresssaal des Deutschen Museums war ausgelassen und fröhlich. Auch an Emils Tisch wurde kräftig gesungen und gelacht. Heinrich Schultz hatte seine wahre Freude daran, immer neue Sauflieder anzustimmen. Das Niveau sank mit jedem Lied. Emil hatte seinen Vorgesetzten und Parteifreund in den letzten Monaten schon einige Male als wahre Stimmungskanone erlebt, vor allem, wenn er mehr als zwei Glas Bier intus hatte. Er selbst konnte dieser Art von Massenbesäufnissen nicht besonders viel abgewinnen. Er fand es entwürdigend, wenn gestandene Männer die Kontrolle über sich verloren. Im Nachhinein war er froh, dass Henny dieser Auftritt erspart geblieben war. Ihre vergessene Handtasche lag immer noch neben ihm. Sobald Schultz ihn hier gehen ließ, würde er einen Umweg zu dem Krankenhaus machen und sie ihr zurückbringen. Doch jedes Mal, wenn er Anstalten machte, sich zu verabschieden, drängte dieser ihn zu einem weiteren Bier. Durch das deftige Essen hatte er zwar eine gute Grundlage für den Alkohol geschaffen, konnte aber nicht verhindern, dass er mehr trank, als ihm guttat. Er spürte schon jetzt eine bleierne Müdigkeit. Und dann stand plötzlich auch noch ein Schnapsglas vor ihm.

»Trink, mein Junge!«

Schultz, der neben ihm saß, stieß mit ihm an. Ihm blieb nichts übrig, als sein Glas mit den anderen hinunterzukippen. Zwei Minuten später stand die nächste Runde vor ihnen.

»Ich muss jetzt gehen«, wehrte sich Emil und versuchte erneut aufzustehen. »Fräulein Zechmeister wartet auf mich.«

»Die wartet auch noch länger.« Schultz winkte großspurig ab. »Du bist hier schließlich in einer wichtigen Besprechung mit deinem Vorgesetzten.« Er lachte über seinen eigenen Witz und prostete ihm erneut zu. Obwohl er weitaus mehr als Emil getrunken hatte, wirkte Schultz bestenfalls leicht angetrunken im Gegensatz zu ihm. Emil spürte nach dem zweiten Schnaps, wie ihm langsam die Kontrolle entglitt. Obwohl er ordinäre Witze verabscheute, ertappte er sich jetzt dabei, dass er plötzlich über die zotigen Witze der Anwesenden lachen konnte.

»Endlich hast du auch einmal einen Spaß.« Schultz klopfte ihm generös auf die Schulter.

Emil war es gewohnt, dass sein Vorgesetzter ihn hin und wieder duzte, und dachte sich nichts dabei.

Doch dann wurde Schultz plötzlich überaus vertraulich.

»Weißt du, dass ich dich gerne als Schwiegersohn gehabt hätte …?« Schultz' Geständnis kam für Emil aus heiterem Himmel. »Hast du nie gemerkt, wie sehr dich die Monika immer angehimmelt hat, wenn du bei uns eingeladen warst?« Er seufzte und nahm einen tiefen Schluck aus seinem Steinkrug.

Emil, dessen Verstand schon etwas getrübt war, versuchte diplomatisch zu antworten. »Ihre Monika ist schon ein sehr nettes Mädel«, sagte er umständlich. »Wäre bestimmt auch eine gute Wahl gewesen, aber leider ist mir ja dann die Henny über den Weg gelaufen.«

»Was für ein Pech für Monika und mich!« Schultz gab ein polterndes Lachen von sich und klopfte ihm dieses Mal so heftig auf den Rücken, dass Emil sich fast verschluckte. »Am Anfang war ich ganz schön gekränkt«, gestand er ihm. »Mit meiner Monika hättest du gewiss eine bessere Partie gemacht als mit deinem mittellosen Mädel vom Land. Du wärst der Sohn geworden, den ich mir immer gewünscht habe. Aber so …« Er blies die feisten Backen auf, um die Luft langsam wieder entströmen zu lassen. »So bleibt mir nichts anderes übrig, als dir das ›Du‹ anzubieten. Du sollst wissen, dass du mir trotzdem eng verbunden bleibst, auch wenn du meine Monika nicht heiratest! Ich bin der Heinrich!«

Mittlerweile war die dritte Runde Schnaps eingetroffen. Er prostete ihm erneut zu, und Emil blieb nichts anderes übrig, als auch noch diesen Schnaps zu trinken, was ihm endgültig den Rest gab. Seine Glieder waren mit einem Mal so schwer wie Blei und seine Gedanken so träge, dass er seinen Kopf auf die Arme legen musste und kurz darauf tief und fest einschlief.

Als er zwei Stunden später erwachte, saß er alleine an ihrem Tisch. Schultz und die meisten anderen waren bereits gegangen. Benommen richtete sich Emil auf. Das Letzte, woran er sich erinnerte, war, dass sein Vorgesetzter ihm das »Du« angeboten hatte. Oder bildete er sich das nur ein? Er fühlte sich zwar immer noch betrunken, war aber immerhin so klar, dass er in der Lage war, sich für seinen Zustand zu schämen. Wie hatte er nur so viel trinken können? Er versuchte aufzustehen, musste sich jedoch sofort an einer Stuhllehne festhalten, weil ihm schwindlig wurde. Um ihn herum herrschte allgemeine Aufbruchsstimmung. Die meisten Gäste hatten sich längst auf den Heimweg gemacht, nur noch ein paar hartnäckige Säufer hielten die Stellung. Er winkte einer Bedienung und verlangte nach einem Kännchen starken Kaffees. Erst danach fühlte er sich halbwegs dazu in der Lage aufzubrechen. Er griff nach Hennys Tasche und nahm sich ein Taxi in Richtung Krankenhaus.

Mit brummendem Schädel ließ er sich am Winthirplatz absetzen, um sich in der dortigen Apotheke Aspirin gegen seinen Kopfschmerz zu kaufen. Wäre es nach ihm gegangen, hätte er sich am liebsten auf dem schnellsten Weg nach Hause und in sein Bett begeben. Doch sein Pflichtbewusstsein erinnerte ihn daran, dass er immer noch Hennys Handtasche hatte. Sie würde sicherlich schon ganz außer sich sein. Außerdem bedauerte er es längst, dass er wieder einmal so grundlos eifersüchtig gewesen war.

Die frische Luft auf der Straße tat ihm überraschend gut. Langsam begann er sich besser zu fühlen. Als er auch noch an einem Blumenladen vorüberkam, ließ er sich dazu hinreißen, ein paar Nelken zu erstehen. Henny liebte Blumen und würde sich sicherlich darüber freuen. So ausgestattet, betrat er wenig später das Krankenhaus. Den Weg zur Station kannte er ja mittlerweile.

»Kann ich Ihnen helfen, Herr Unterscharführer?« Die knarzende Stimme einer älteren Schwester hielt ihn auf. Ihre respektvolle, beinahe unterwürfige Anrede machte ihm bewusst, dass er immer noch seine Uniform trug.

»Ich möchte zu Schwester Henny«, erwiderte er freundlich. »Sie hat ihre Handtasche vergessen.«

Ein prüfender Blick aus zusammengekniffenen Augen traf ihn.

»Geben Sie ruhig her, ich kann das für Sie erledigen!«

Sie streckte die Hand aus in der Erwartung, dass er ihr widerspruchslos die Tasche überreichte. Dabei streifte ihr Blick die Blumen, die er in der anderen Hand hielt.

»Herrenbesuch ist während der Dienstzeit strengstens untersagt«, bemerkte sie streng.

Aufgrund Hennys diverser Schilderungen war sich Emil nun ziemlich sicher, dass es sich bei dieser Person um Hennys Vorgesetzte Oberschwester Hildegard handeln musste.

»Danke für Ihr Angebot! Aber die Umstände verlangen, dass ich ihr die Tasche persönlich übergebe. Wo kann ich Schwester Henny finden?«

Er verlieh seiner Stimme mit Absicht etwas Schneidendes, Befehlsgewohntes, was keinen Widerspruch duldete. Wie erwartet, machte sein Ton Eindruck. Devot wies sie auf die Tür, hinter der das Zimmer des Afrikaners lag. Er klopfte an und trat ein.

17. Kapitel

Ankunft in Afrika

Nun, da ich in meiner neuen Heimat angekommen bin, kann ich endlich wieder meinem Bedürfnis nachgehen, mich meinem Tagebuch anzuvertrauen. Es ist Abend, und Thomas hat sich längst zu Bett gelegt, während mich der Schlaf zu meiden sucht. Es fällt mir nicht immer leicht, mich an all das Neue hier zu gewöhnen, und doch fühle ich schon jetzt, wie sehr mich dieser fremde Kontinent in seinen Bann geschlagen hat. Selbst hier im Haus lausche ich fasziniert den unheimlichen Geräuschen der Wildnis. Sie geben mir das unmittelbare Gefühl, ganz nah am Puls des Lebens zu sein.

Als uns vor wenigen Monaten die »Feldmarschall« mit einer Durchschnittsgeschwindigkeit von über zehn Knoten meiner neuen Heimat entgegenfuhr, ahnte ich nicht, was alles auf mich zukommen würde. Als wir uns über das südöstliche Mittelmeer der afrikanischen Küste näherten und schließlich durch den Suezkanal ins Rote Meer stießen, spürte ich zum ersten Mal, wie sich etwas in mir zu verändern begann. Es war nicht nur die heiße, trockene Augusthitze, die das Leben auf dem Reichspostdampfer langsamer und irgendwie schwerfälliger erscheinen ließ, sondern auch die Gewissheit, dass ich alles, was mir in meinem bisheri-

gen Leben vertraut gewesen war, nun für immer hinter mir ließ. Was mir bislang wie ein aufregendes Abenteuer vorgekommen war, machte mir jetzt manchmal Angst.

Mit ein Grund für meine zunehmende Zaghaftigkeit war sicherlich das angespannte Verhältnis zwischen Thomas und mir. Was so klar und einfach begonnen hatte, begann nun Tag für Tag komplizierter zu werden. Noch während unserer ersten gemeinsamen Nacht lernte ich eine Seite an ihm kennen, die mich zutiefst verstörte. Ich hatte mich sehr wohl darauf eingestellt, dass die körperliche Vereinigung zumindest anfangs schmerzhaft sein würde. Doch dass sie so grob und ohne jegliches Feingefühl vor sich ging, schockierte mich doch. Bevor ich auch nur ansatzweise darauf vorbereitet war, lag er schon auf mir und stieß sein Geschlecht in heftigen Bewegungen in meinen Schoß. Ich hatte das Gefühl, innerlich zerrissen zu werden, und stöhnte vor Schmerz auf. Doch Thomas ignorierte mich und begann sich nur noch heftiger zu bewegen. Schließlich stöhnte er laut auf und ließ sich wie ein Stein auf mir nieder. Erst als er merkte, dass ich kaum noch Luft bekam, rollte er sich von mir herunter. Er sagte dabei kein Wort, bedachte mich nicht einmal mit einer noch so kleinen Geste, sondern überließ meinen besudelten Körper der Dunkelheit. Ich wagte mich nicht zu bewegen. Zwischen meinen Beinen spürte ich eine warme Flüssigkeit, die mir Angst machte. Erst als ich wenig später seinen gleichmäßigen Atem hörte, wagte ich mich wieder zu bewegen. Angewidert erhob ich mich von meinem Bett und schlich leise ins Badezimmer, um mich gründlich zu waschen. Am liebsten hätte ich die Nacht dort verbracht, denn allein der Gedanke, dass er noch einmal versuchen könnte, mich zu berühren, machte mir Angst.

Als ich am nächsten Morgen erwachte, hatte Thomas schon die Kabine verlassen. Ich begegnete ihm auf dem Promenaden-

deck, wo er zurückgezogen in der Bibel las. Sein Gesicht wirkte an diesem Morgen noch hagerer, so angespannt war es. Als ich ihn möglichst unbekümmert begrüßte, schenkte er mir kaum Aufmerksamkeit. Er sah mich lediglich kurz an und sagte: »Ich habe schon gefrühstückt.« Dann vertiefte er sich wieder in seine Lektüre.

Sein offenes Desinteresse kränkte mich, denn natürlich ging ich davon aus, dass ich in meiner Rolle als Ehefrau versagt hatte. Mit hängenden Schultern zog ich von dannen und sah ihn erst wieder, als es bereits Zeit für das Mittagessen wurde.

Den Jansons gegenüber verhielt er sich wie immer. Aufgeräumt, charmant und überaus unterhaltsam. Dabei bezog er auch mich wieder in die Unterhaltung ein, allerdings ohne einen direkten Blickkontakt zu mir zu suchen.

Je weiter der Tag fortschritt, desto ungezwungener verhielt er sich wieder. Am Abend besuchten wir gemeinsam einen Vortrag über den Bau des Suezkanals, den ein mitreisender Geologe hielt. Obwohl der Vortrag unendlich langatmig und trocken war, wünschte ich mir, dass er möglichst lange dauern würde, denn ich hatte nun Angst vor der bevorstehenden Nacht. Mir tat immer noch alles weh, und ich wusste, dass ich nicht den Mut aufbringen würde, ihn zu bitten, mich wenigstens diese Nacht etwas zu schonen.

Es kam, wie es kommen musste. Thomas wartete, bis ich im Bett lag, schaltete das Licht aus und war schon im nächsten Augenblick über mir. Immerhin war er dieses Mal nicht betrunken, sodass sein Eindringen nicht ganz so schmerzhaft war wie beim ersten Mal. Wieder sagte er kein Wort, und wieder arbeitete er sich an mir ab, als wäre ich ein Ertüchtigungsgerät, an dem er sich stärken wollte. Es kam mir wie eine halbe Unendlichkeit vor, bis er endlich stöhnend über mir zusammensackte. Dieses

Mal wartete ich nicht, bis er eingeschlafen war, sondern zog mich gleich ins Badezimmer zurück.

Am nächsten Morgen tat er so, als wäre nichts geschehen. Er zeigte sich mir gegenüber überaus höflich und zuvorkommend, vermied es jedoch, mich auf irgendeine Weise zu berühren. Seine Distanziertheit am Tage stand in so schrecklichem Gegensatz zu seiner nächtlichen Wollust, dass ich mich so benutzt fühlte. Kurzum, ich fühlte mich schrecklich, hatte kaum noch Appetit und sah von Tag zu Tag elender aus, bis mich Frau Janson einmal beiseitenahm und mich direkt auf meinen Zustand ansprach.

»Mein Gott, Kindchen!«, sagte sie, während wir einen kleinen Spaziergang an Bord unternahmen – Thomas hatte sich wieder einmal zum Lesen zurückgezogen. »Macht Ihnen etwa das Eheleben so sehr zu schaffen?«

Ihre unverblümte Offenheit überraschte mich so sehr, dass mir spontan keine passende Erwiderung einfiel. Sie nahm mein Schweigen als Eingeständnis und führte mich zu einem abgeschiedenen Tisch, an dem sie mich Platz zu nehmen bat.

»Ich glaube, ich kann sehr gut nachempfinden, was Sie bewegt«, meinte sie ohne Umschweife. »Was Sie gerade erleben, macht so beinahe jede Frau durch, wenn sie frisch verheiratet ist. Mein Rüdiger war in der ersten Zeit so unersättlich, dass ich mir ernsthaft überlegte, ihm Baldriantropfen in seinen Kaffee zu gießen.« Ihr Lächeln war voller Anteilnahme, als sie meine Hand sanft drückte. »Mit der Zeit lässt die Lust der Männer zum Glück nach. Spätestens, wenn Sie zum ersten Mal schwanger werden.«

»Ich … ich wollte mich in keiner Weise beschweren«, sagte ich hastig. Mir war das Gespräch äußerst unangenehm, auch wenn ich Frau Jansons Anteilnahme durchaus zu schätzen wusste.

»Ja, ja, ich weiß!« Sie blinzelte mir verschwörerisch zu. »So

habe ich es auch gar nicht aufgefasst. Aber wenn Sie von einer älteren Frau einen Ratschlag annehmen wollen, dann schützen Sie ruhig ab und zu mal Kopfschmerzen oder Unwohlsein vor. Das wirkt schon mal Wunder.«

Nun liegt es nicht in meiner Art, etwas vorzutäuschen – schon überhaupt keine Krankheiten. Doch Frau Jansons Zuspruch verlieh mir tatsächlich so etwas wie neue Energie. In der kommenden Nacht brachte ich endlich auch den Mut auf, mich der Rücksichtslosigkeit meines Mannes entgegenzustellen.

»Thomas! Bitte, sei ein wenig vorsichtig«, bat ich ihn, als er erneut Anstalten machte, mich zu besteigen.

Da uns völlige Dunkelheit umfing, konnte ich seinen Gesichtsausdruck nicht deuten. Auf jeden Fall ließ er sofort von mir ab. Eine ganze Zeit sagte er kein Wort.

»Verzeih mir«, presste er schließlich mit schuldbewusster Stimme hervor. »Ich war wohl sehr ungeschickt.«

Sein Eingeständnis überraschte mich und machte mir schon fast wieder ein schlechtes Gewissen. Ich tastete nach seiner Hand und drückte sie zaghaft. Dabei spürte ich, wie sich sein ganzer Körper unangenehm versteifte.

»Gute Nacht«, sagte er nur und rollte sich demonstrativ weg von mir auf die andere Seite des Bettes.

Die folgenden Nächte ließ er mich in Ruhe. Tagsüber spielte er vor den Mitreisenden den liebevollen Ehemann. Wer ihn bei Tisch oder zu anderen Gelegenheiten reden hörte, musste glauben, dass er mich auf Händen trug. Besonders vor den Jansons sprach er voller Hochachtung über mich und drückte aus, wie sehr er meine Entschlussfreudigkeit und den Mut bewundere, mit dem ich ihm in die Wildnis folgte. Doch sobald wir allein miteinander waren, zog er sich von mir zurück, ja er vermied direkt, mich zu berühren oder gar anzusehen. Allein meine körperliche Anwe-

senheit schien ihm eine Qual zu sein. Ich fühlte mich durch sein Verhalten wie betrogen.

Nach ein paar Tagen war ich mir nicht einmal mehr sicher, was schlimmer war – die Missachtung, die er mir im Augenblick entgegenbrachte, oder die grobe Art seines Beischlafs. Nur wenn wir uns über Nkhotakota unterhielten, bekamen unsere Gespräche etwas annähernd Normales.

Als ich eines Nachmittags in unsere Kabine ging, um mir meine Reiselektüre zu holen, überraschte ich Thomas, wie er mit nacktem Oberkörper auf dem Boden kniete, neben sich eine mehrschwänzige Peitsche. Ich musste an mich halten, um nicht laut aufzuschreien, als ich seinen geschundenen Rücken sah. Kein Zweifel, er hatte sich selbst gezüchtigt und war nun dabei, laut zu beten.

»Oh Jesus Christus, Sohn Gottes! Erbarme dich eines unwürdigen Sünders. Ich bin nicht wert, unter dein Angesicht zu treten, denn die Lust, die mich beim Anblick meines Weibes ergreift, ist übermächtig. Gib mir die Kraft, ihr zu widerstehen!«

Ich erstarrte und konnte nicht glauben, was ich da sah und hörte. Zum Glück bemerkte er mich nicht, sodass ich mich leise wieder zurückziehen konnte. Ich war so aufgewühlt, dass ich mich von draußen mit geschlossenen Augen an die Kabinenwand lehnte und versuchte, mich zu beruhigen. Als ich begriff, dass Thomas unter Schuldgefühlen litt, weil er mich begehrte, erfüllte mich tiefe Ratlosigkeit und Trauer. In welch absurdes Dilemma war ich doch hineingeraten!

»Ist Ihnen nicht wohl, meine Liebe?«

Margret Janson war ebenfalls auf dem Weg in ihre Kabine, als sie an mir vorbeikam. Ich musste ziemlich fahl ausgesehen haben, denn sie bot mir sofort an, mich in meine Kabine zu führen.

»Nicht in die Kabine, mein Mann … möchte nicht gestört werden.«

Meine Stimme bebte. Plötzlich war ich froh, dass die Hamburgerin so mitfühlend war. Ich nahm ihr Angebot an, sie in ihre Kabine zu begleiten, um dort einen Tee mit ihr zu trinken. In meiner Verzweiflung und dank ihres offenen Wesens vertraute ich mich der älteren Frau an. Es tat gut, sich jemandem zu öffnen, auch wenn sie vielleicht nicht die richtige Person dafür war. Schließlich nahm sie meine Hand in ihre kräftigen Hände und begann sie zu kneten.

»Sie dürfen sich selbst keine Vorwürfe machen, Luise«, ermahnte sie mich. »Sie trifft keine Schuld, wenn er so empfindet. Es ist vielmehr sein Gott, der ihm diese Steine in den Weg wirft. Ihr Mann fühlt sich schuldig, wenn er seinen ehelichen Pflichten nachkommt. Sie dürfen nichts von ihm fordern, was er nicht selbst bereit ist zu geben.« Sie seufzte tief, sodass sich ihr mächtiger Busen hob und senkte. »Damit werden Sie sich wohl abfinden müssen. Die Hauptsache ist doch, er behandelt Sie gut.«

Die nächsten Tage versuchte ich also, mich damit zu arrangieren. Ich hielt so weit wie möglich Abstand zu Thomas und versuchte, ihn nie in irgendeine Verlegenheit zu bringen. Abends ging ich vor ihm zu Bett und stellte mich einfach schlafend. Am nächsten Morgen hatte er meist schon das Bett verlassen, bevor ich aufwachte. Dieser neue Rhythmus bewirkte, dass Thomas wieder umgänglicher zu werden begann. Unser Verhältnis glich mehr und mehr dem von guten Freunden – und das war nicht das Schlechteste. Wir besannen uns in unseren Unterhaltungen wieder auf die Dinge, die wir auch in den Briefen während unserer Verlobungszeit thematisiert hatten: die Missionsstation, die anstehenden Baumaßnahmen an der neuen Schule, Politik und die Menschen, die christlicher Hilfe bedürfen. Das war eine gan-

ze Menge, denn immerhin haben wir im Gegensatz zu anderen Eheleuten gemeinsame Themen, auf die wir uns konzentrieren können.

Als die Schiffsreise sich endlich ihrem Ende zuneigte und wir den Naturhafen von Daressalam in der deutschen Kolonie Ostafrika ansteuerten, stürmte ohnehin viel zu viel Neues auf mich ein, als dass ich dabei etwas hätte vermissen können. Diese fremde afrikanische Welt zog mich sogleich in ihren Bann. Auf den ersten Blick machte die Stadt einen erstaunlich kultivierten Eindruck. Das Stadtbild erinnerte fast an die Ordnung deutscher Städte – hätten nicht mächtige Palmen die Ufer gesäumt. Sie hatte durch die beiden Kirchen, nämlich die katholische Kathedrale St. Josef und die evangelisch-lutherische Azania-Kirche, etwas angenehm Vertrautes. Als unser Schiff jedoch am Pier anlegte, wurde mir sehr schnell klar, dass der erste Eindruck getäuscht hatte. Eine Flut unterschiedlicher Eindrücke strömte in geballter Form auf mich ein. Der Geruch von brackigem Hafenwasser mischte sich mit fremdartigen Düften, die ich auf Anhieb überhaupt nicht zuordnen konnte. Ganz abgesehen von dem lebhaften Bild, das sich uns am Kai bot. Nie zuvor hatte ich so viele unterschiedliche Menschen auf einmal gesehen. In weite Gewänder gehüllte Araber, die eiligen Schrittes ihren Geschäften nachgingen, halb nackte Hafenarbeiter mit schweren Jutesäcken auf ihren schweißglänzenden Rücken, die Schiffe be- und entluden, dunkelhäutige Passanten, die neugierig das Einlaufen unseres Schiffes beobachteten, hellhäutige Europäerinnen in luftigen Sommerkleidern, die mit Sonnenschirmen ihren Teint zu schützen suchten, in Begleitung von Uniform tragenden Offizieren oder elegant gekleideten Kavalieren, Inder mit bunten Turbanen auf dem Kopf, die sich über ihre gepflegten Bärte strichen, uniformierte Schwarze, die hier Askaris genannt wurden, und überall Fisch, Obst und Ge-

müse, das praktischerweise direkt auf dem Boden verkauft wurde. Dazu ein Geräuschpegel, der so fremdartig und faszinierend wie ein modernes Musikstück war.

Gebannt lauschte ich dem Ruf eines Muezzins, der kurz darauf mit dem Läuten der Kirchenglocken in einen Wettstreit zu geraten schien. Raue Männerstimmen, die Befehle brüllten, das Kreischen von Möwen und das muntere Geplapper der vielen Menschen. Es war einfach umwerfend. Während Thomas das Entladen unserer Gepäckstücke überwachte, stand ich gebannt am Kai und konnte mich an dem bunten Leben nicht sattsehen.

Schließlich bestiegen wir eine Kutsche, die uns direkt ins Zentrum der Stadt in die Kaiserstraße brachte, wo wir bis zu unserer Weiterreise ein Zimmer in der Katholischen Mission bezogen. Direkt daneben befand sich das Gebäude der Deutsch-Ost-Afrikanischen-Gesellschaft. Wie gerne hätte ich die Stadt näher erkundet und erste Kontakte zu den dortigen Menschen geknüpft, doch Thomas bestand darauf, dass ich mich erst einmal ausruhte, während er die Einreiseformalitäten regeln und unsere Weiterreise organisieren wollte.

»Bleib unbedingt auf dem Zimmer«, mahnte er mich. »Du kennst dich hier nicht aus und könntest rasch in Schwierigkeiten gelangen.«

Notgedrungen hielt ich mich an seine Anweisungen und konnte seine Rückkehr kaum erwarten, um endlich einen ersten Spaziergang durch die Stadt zu unternehmen. Leider wurde ich enttäuscht. Thomas kehrte erst lange nach Einbruch der Dunkelheit in die Missionsstation zurück. Ich hatte bereits mit den anderen Logiergästen zu Abend gegessen und mich wieder in unser einfach eingerichtetes Zimmer zurückgezogen. Leider waren die Jansons an Bord der »Feldmarschall« geblieben, denn sie würde gleich am nächsten Morgen in Richtung Sansibar auslaufen.

Unser Abschied war überaus herzlich gewesen. Nicht nur Margret und ich, sondern auch Rüdiger Janson und Thomas hatten sich angefreundet. Rüdiger überlegte ernsthaft, sich ebenfalls in Njassaland anzusiedeln und seinen Kolonialwarenladen auf der Insel zu verkaufen.

»Die Konkurrenz auf Sansibar ist einfach zu groß«, hatte er sich mehrfach beklagt, »und Margret fühlt sich unter den vielen Mohammedanern nicht sehr wohl.«

Thomas hatte ihn daraufhin regelrecht ermuntert, sich in der Nähe seiner Missionsstation niederzulassen. »Es gibt mittlerweile immer mehr weiße Farmer, die in unserer Gegend Fuß fassen. Wir haben jedoch keinen Laden, wo man ordentlich einkaufen kann. Außerdem haben die Einheimischen auch Bedürfnisse. Ihr wärt eine Bereicherung für unsere Gegend.«

Nun war ich sehr gespannt, ob seine Bemühungen auf fruchtbaren Boden fallen würden. Ich konnte mir Schlimmeres vorstellen, als die Jansons in meiner Nähe zu wissen.

Als Thomas schließlich zu mir zurückkam, fiel mir als Erstes seine Alkoholfahne auf. Er begrüßte mich geradezu überschwänglich, was ich ansonsten nicht von ihm gewohnt war.

»Alles geregelt!« Seine Stimme klang schwer. »Morgen geht unser Schiff nach Kilwa Kiwindje, und schon nächste Woche können wir uns einem Treck in Richtung Nyassasee anschließen. In einigen Wochen sind wir zu Hause!« Er grinste mich breit an, und zum ersten Mal nach langer Zeit sah er mir auch wieder in die Augen. Etwas unbeholfen trat er auf mich zu und nahm mich in seine Arme.

Ich ließ es geschehen, auch wenn ich mich anfangs etwas unbehaglich fühlte. Doch dann tat es auf einmal gut, seine Umarmung zu spüren. Sie gab mir das Gefühl, nicht mehr so allein zu sein.

Gerade als ich begann, den Umstand zu genießen, ließ er mich auch schon wieder los. Sein Blick hatte mit einem Mal etwas von einem lüsternen Tier.

»Zieh dich aus«, forderte er mich auf. »Ich möchte dich nackt sehen!«

Ich erschrak, denn mit so etwas hatte ich überhaupt nicht gerechnet. Als ich ihn unschlüssig ansah, trat er auf mich zu, um mir beim Auskleiden zu helfen. Er knöpfte meine Bluse auf und griff mir an den Busen. So unerhört es auch klingt, aber ich genoss seine Forschheit und half ihm dabei, meine Bluse auszuziehen, während er sich an meinem Korsett zu schaffen machte. Innerhalb kurzer Zeit stand ich nackt vor ihm da, während er, den Blick gierig auf meine Gestalt gerichtet, den Knopf seiner Hose löste. Er machte sich nicht die Mühe, sie ganz auszuziehen, sondern packte mich voller Gier und warf mich auf das Bett.

»Mach die Beine breit«, stöhnte er, dann war er auch schon über mir. Mit der wilden Verzweiflung eines Ausgehungerten stieß er zwischen meine Beine, und zum ersten Mal spürte auch ich so etwas wie Lust. Leider war er viel zu schnell fertig, als dass auch ich meine Erfüllung hätte finden können. Immerhin wusste ich jetzt, dass ich auch bei Thomas in der Lage war, mehr zu empfinden.

Die Ernüchterung folgte auf dem Fuß, als Thomas nach dem Akt hastig seine Hose hochzog und mich mit einer Mischung aus Verachtung und Gier ansah.

»Was liegst du hier so liederlich herum?«, fuhr er mich barsch an. »Zieh endlich dein Nachthemd an. Wir müssen morgen früh raus.«

In der Nacht wachte ich von seinem Stöhnen auf. Ich hörte, wie er sich in der Dunkelheit geißelte, während ich starr in unserem Bett lag und mit Abscheu kämpfte.

Am nächsten Morgen war keine Zeit, um sich über unser

Verhältnis weitere Gedanken zu machen, denn wir hatten alle Hände voll zu tun, unsere Habseligkeiten auf das kleine Küstendampfschiff zu verladen, das uns von Daressalam nach Kilwa Kiwindje, einem Küstenort etwa 250 Kilometer südlich von dort, brachte.

Als wir zwei Tage später in dem ehemals arabischen Handelshafen anliefen, bekam ich zum ersten Mal einen wirklichen Eindruck von Afrika. Auch hier gab es europäisch anmutende Häuser, aber eben auch arabische Lehmbauten und die strohgedeckten Hütten der Einheimischen. Eine rege Bautätigkeit zeugte davon, dass das Reichskolonialamt aus der Handelsstadt einen wichtigen Verkehrsknotenpunkt zu machen beabsichtigte. Ein im Bau befindlicher Bahnhof stellte den Ausgangspunkt der Südbahn dar, die von Kilwa Kiwindje einmal bis an den Nyassasee und von dort in den Norden an den Tanganikasee führen sollte. Bislang war man noch weit davon entfernt, die Strecke fertigzustellen, doch immerhin war die Wegroute bereits erschlossen. Sie führte durch das Wanginda-Gebiet über Merui und Liwale nach Wiedhafen, das am nordwestlichen Ufer des Nyassasees lag. Diesen Weg sollte auch der Treck nehmen, dem Thomas und ich uns mit unseren Habseligkeiten anschlossen. Von Wiedhafen aus würde uns ein englisches Schiff südwärts nach Nkhotakota bringen, das am südöstlichen Ufer des Sees lag. Alles in allem lagen noch über sechs Wochen beschwerlicher Reise vor uns.

Mit Ochsenwagen, Kamelen und Pferden ging es von der Markthalle des alten Sklavenortes aus in Richtung Westen. Der Anführer des Trecks war ein pockennarbiger, einäugiger Araber, der auf mich alles andere als einen vertrauenswürdigen Eindruck machte – ein Vorurteil, wie sich schon bald herausstellen sollte. Ali Sayyid ben Mustafa war nicht nur ein Meister der Improvisation, sondern auch noch ausgesprochen leutselig und mitteilsam.

Seit Beginn des Eisenbahnbaus war er ständig auf dieser ehemaligen Sklavenroute unterwegs, um die Arbeiter der Eisenbahngesellschaft mit dem nötigen Nachschub zu versorgen. Nach Kilwa kam er alle drei bis vier Monate, um sich gleich darauf wieder auf den Weg zurück zu machen. Was genau er in seinen Trecks transportierte, blieb ein Geheimnis. Allerdings war ich mir ziemlich sicher, dass Ali zumindest einen regen Waffenhandel mit den einheimischen Stämmen betrieb. Einmal erhaschte ich in einem unbeaufsichtigten Augenblick einen Blick unter eine Plane eines seiner Ochsenwagen. Ich entdeckte dort jede Menge Sprengstoffkisten und Gewehre. Dieses Wissen behielt ich wohlweislich für mich, nicht einmal Thomas sagte ich etwas von meinen Beobachtungen. Außerdem war ich meist viel zu beschäftigt; es fiel mir nicht leicht, mit den Strapazen unserer Reise zurechtzukommen. So euphorisch und neugierig ich anfangs auch gewesen war, so ernüchtert war ich bereits nach wenigen Tagen. Am meisten machten mir die Hitze und der Staub zu schaffen, der sich in jede Ritze setzte und selbst vor Augen und Nasenöffnungen nicht Halt machte. Oft musste ich den unbequemen Sitz auf unserem Ochsenwagen verlassen und neben dem Gespann auf der staubigen Piste herlaufen, weil entweder das Gelände zu uneben war und wir einen Achsenbruch fürchteten oder weil es zu steil wurde und die Tiere entlastet werden mussten.

Thomas hatte es weitaus besser getroffen, denn er hatte für sich ein Pferd organisiert, auf dem er oft stundenlang die Gegend erkundete und hin und wieder sogar auf Jagd ging. Ich beneidete ihn um seine Freiheit, obwohl ich zugeben muss, dass ich, selbst wenn ich gewollt hätte, nicht hätte tauschen können, da ich noch niemals zuvor geritten war.

Unser Treck bestand aus sieben Planwagen, etwa zwanzig schwer beladenen Kamelen und siebzehn Begleitpersonen, denen insgesamt zwölf Pferde zur Verfügung standen. Außer uns beiden, Ali und seinem neunköpfigen Begleitschutz hatten sich uns noch zwei deutsche Offiziere, ein Askari und zwei Geologen angeschlossen. Ich war die einzige Frau im Tross.

Jeder Tag unserer sechswöchigen Reise folgte mehr oder weniger demselben Rhythmus. Aufgestanden wurde noch vor Sonnenaufgang. Während Alis Männer die Zelte zusammenpackten und auf den Lasttieren verstauten, nahmen wir unser Frühstück ein. Mit dem Einsetzen der Morgendämmerung ging es los.

Was mich besonders faszinierte, war, dass man nach Sonnenauf- und -untergang hier in Afrika die Zeit stellen konnte. Punkt sechs Uhr morgens ging die Sonne auf, um Punkt sechs Uhr nachmittags wieder unterzugehen. Der Vorgang dauerte leider nur wenige Minuten, doch für mich stellten sie jeden Tag den Höhepunkt dar.

Nach sechs Stunden wurde eine längere Pause eingelegt, die hauptsächlich dazu diente, den Tieren eine Verschnaufpause zu gönnen und die Menschen vor der Mittagshitze zu schützen. Die Sonne war dann bereits stechend heiß, sodass der Horizont zu flimmern begann. Ali versuchte uns an schattige Plätze zu führen, doch manchmal blieb uns nichts anderes übrig, als Planen zu spannen, unter denen wir wenigstens ein wenig Schatten fanden. Viele Tage ging unser Treck durch eine locker bewachsene Savanne, die hauptsächlich aus dürren Büschen und einzeln stehenden Akazien bestand. Das Gelände war mehr oder weniger flach, nur ab und zu gab es kleine, bewachsene Felserhöhungen, vor dessen Besteigen uns Ali immer wieder warnte.

»Simba«, sagte er nur und meinte damit, dass sich in solch einem Gelände gerne Raubkatzen versteckt hielten.

Bei aller Furcht war ich natürlich neugierig darauf, endlich einmal einen Löwen zu Gesicht zu bekommen, doch damit musste ich noch lange warten. Ein- oder zweimal konnten wir Geparden bei der Jagd auf Antilopen beobachten. Ich war hingerissen von ihrer unglaublichen Schnelligkeit. Die grazilen, gefleckten Raubkatzen konnten innerhalb von wenigen Sekunden so schnell werden, dass ihnen kaum ein Beutetier entkam. Allerdings musste dieser Spurt auch zum schnellen Erfolg führen, denn sie waren nicht in der Lage, gleich noch einmal loszurennen. Dies und noch viel mehr erklärte mir Ali bei unseren abendlichen Zusammenkünften. Leider war ich meist so müde von den Anstrengungen des Tages, dass ich mich als eine der Ersten in unseren Planwagen zurückzog. Thomas kam immer erst, wenn ich schon längst eingeschlafen war.

Am anstrengendsten fand ich die nachmittäglichen Etappen. Es kostete mich unendliche Mühe, mich in der drückenden Hitze noch einmal aufzurappeln und wieder auf den Weg zu machen, ganz egal, ob ich gezwungen war zu laufen oder auf der harten Bank hinter dem Kutschbock saß. Mir taten jeden Abend sämtliche Knochen weh.

Thomas hielt es für eine Selbstverständlichkeit, dass ich die Strapazen ohne Klagen ertrug. Als er eines Tages zufällig die aufgeplatzten Blasen an meinen Füßen bemerkte, sorgte er sich tatsächlich um mein Wohlbefinden. Er brachte mir nicht nur Salbe und Verbandszeug, sondern versorgte die hässlichen Wunden. Danach inspizierte er kritisch mein Schuhwerk, befand es als ungeeignet für diese Art von Marsch und untersagte mir, es weiter zu tragen. Kurz bevor wir wieder aufbrachen, kam er mit ein paar Reitstiefeln an, die mir erstaunlich gut passten. Als ich ihn fragte, wo er sie aufgetrieben habe, deutete er nur mit einem Augenzwinkern auf unseren Treckführer und meinte: »Ali weiß immer Rat.«

Nach einer Zeit wurde die Gegend bergiger. Wir folgten nur selten Straßen, sondern meistens staubigen Pfaden, die schon seit

Jahrhunderten von den Einheimischen und Arabern als Handelsrouten benutzt wurden. Unser Weg führte nun häufig entlang dem Lauf ausgetrockneter Flüsse. Hin und wieder übernachteten wir in der Nähe von Dörfern, ohne sie jedoch zu betreten. Meist kam dann eine Gesandtschaft von Dorfältesten, um mit Ali Geschäfte zu machen. Ihr Aussehen war für mich wahrlich gewöhnungsbedürftig. Die überaus dunkelhäutigen Männer trugen oft nichts als einen Hüftschurz und über den Schultern ein Stück Fell. Manche trugen bizarre Kopfbedeckungen aus fellbespanntem Flechtwerk, das wie ein Ring ihr Gesicht umschloss. Mit ihren großen Schilden und Speeren machten sie nicht gerade einen friedfertigen Eindruck. Einmal trafen wir auf mindestens zwanzig Einheimische, deren Gesichter wild bemalt waren. Sie diskutierten sichtlich ungehalten mit Ali und bedrohten uns sogar mit ihren Speeren. Später erfuhr ich, dass Ali sie angeblich mit schlechter Ware versorgt hatte, für die sie Schadensersatz forderten. Ali musste ihnen einige Gewehre und eine kleine Kiste mit Munition überlassen, ansonsten wäre es wohl zu einer gewaltsamen Auseinandersetzung gekommen. Die meisten dieser Einheimischen gehören zu dem Volksstamm der Bantu, die in diesem Teil Afrikas die Hauptbevölkerungsgruppe ausmachen. Sie leben als Bauern und Viehhirten und bilden kleine, politisch voneinander unabhängige Stammesfürstentümer. Viele handeln auch mit Salz, Kupfer, Elfenbein und Sklaven, die es in diesem Teil Afrikas leider immer noch gibt.

Ich könnte noch seitenweise über die Eindrücke dieser ersten Afrikareise berichten, doch es drängt mich nun mehr, unsere Ankunft in Nkhotakota zu schildern. Nach etwas mehr als viereinhalb Wochen erreichten wir endlich Wiedhafen am nordöstlichen Nyassasee, wo wir uns umgehend auf einem englischen Patrouillenboot in Richtung Süden einschifften. Mittlerweile war es Ende

Oktober, und die Regenzeit hatte eingesetzt. Heftige Gewitter, bei denen der Himmel seine Schleusen öffnete, verwandelten die staubige Landschaft in eine einzige Schlammwüste. Innerhalb von Minuten stand das Wasser knöcheltief in allen Senken, ohne auch nur im Geringsten abzulaufen. Und mit dem Regen kamen die gefürchteten Stechmücken. Thomas sorgte zwar dafür, dass wir immer unter einem Mückennetz schliefen, aber das konnte nicht verhindern, dass sich diese Biester gründlich an uns satt fraßen.

Leider konnte ich die komfortable Fahrt auf dem englischen Dampfschiff nicht genießen, denn ich erkrankte zum ersten Mal an Malaria. Es begann mit schrecklichen Kopfschmerzen, denen Übelkeit, Durchfall und Erbrechen folgten. Als heftiges Fieber mit Schüttelfrost mich endgültig ins Bett zwang, hielt ich die Erkrankung noch für einen harmlosen Infekt, vor allem, weil das Fieber nach einigen Stunden wieder verschwand. Außer Mattigkeit und einem großen Bedürfnis nach Ruhe ging es mir erst einmal gut. Am nächsten Tag war ich mir sicher, den Fieberschub überwunden zu haben, doch ich wurde eines Besseren belehrt, als das Fieber am dritten Tag, ausgerechnet dem Tag unserer Ankunft in der neuen Heimat, umso heftiger zurückkehrte.

Meine Erinnerungen an diese ersten Tage sind leider nur sehr verschwommen. Ich weiß, dass Thomas ständig an meinem Bett in der engen Bootskabine saß, mir Umschläge machte und mich mit Chinin versorgte, damit mein Fieber endlich sank. Er war rührend um mich besorgt und veranlasste auch, dass man mich in Nkhotakota auf einer Trage an Land brachte. Dunkle Wolken hingen über dem unendlich großen See und versprachen neue Unwetter, während man mich auf einen holprigen, zweirädrigen Ochsenkarren verfrachtete, der uns zu der etwas südlich gelegenen Missionsstation bringen sollte. Dort begegnete ich Asale und ihrem Bruder Kwabisi zum ersten Mal. Während Thomas neben Kwabisi auf dem Kutschbock saß, kniete Asale neben mir und befeuchtete meine Stirn. Währenddessen sprach sie in ihrer Sprache auf mich ein. Ich verstand kein Wort, aber der wohlklingende Singsang hatte eine einschläfernde Wirkung auf mich. Als ich wieder erwachte, befand ich mich immer noch auf dem schrecklich schüttelnden Ochsenkarren, aber mein Fieber war merklich gesunken. Ich sah in zwei kluge, freundliche Augen, die mich mit Wärme ansahen. Sie gehörten zu Asale, die, wie Thomas mir erklärte, unsere Haushälterin war. Sie war in etwa in meinem Alter und gehörte dem Volk der Chewa an, denen das Land gehörte.

»Takulandirani ndi manja awiri«, sagte sie mit ihrer weichen wohlklingenden Stimme und lächelte. »Herzlich willkommen zu Hause, Missis Elliot!«

Asale half mir, mich aufzurichten, sodass ich die letzten Kilometer unserer Fahrt noch etwas von der Landschaft sehen konnte. Die Gegend um den See bestand aus einer flachen Graslandschaft und war vorwiegend von niederem Buschwerk bewachsen. Dazwischen erhoben sich merkwürdige, unglaublich dicke Bäume mit glatten Stämmen, deren Äste etwas Ungeordnetes an sich hatten. Diese Affenbrotbäume wurden von den weißen Siedlern auch »Upside-down« genannt, weil sie aussahen, als hätte sie ihr Schöpfer aus Versehen mit den Wurzeln nach oben eingepflanzt. Die Bäume konnten angeblich viele Hundert Jahre alt werden und waren in der Lage, während der Regenzeit riesige Wassermengen in ihren Stämmen zu speichern. Etwas weiter im Westen erhob sich ein kleines bewaldetes Gebirge, das sich wie ein blaues Band dahinzog. Am Ufer wechselten sich Ansammlungen rund gewaschener Felsen mit herrlich weißem Sand ab. Dahinter erstreckte sich ein schmaler Streifen lichten Trockenwaldes, der sich aus Akazien, Delebpalmen und Kandelabereuphorbien zusam-

mensetzte. Ein wilder Feigenbaum markierte schließlich das Ziel unserer Reise. Thomas ließ Kwabisi in einiger Entfernung anhalten und drehte sich freudestrahlend zu mir um.

»Tsogolo Malo«, sagte er und strich mir unbeholfen über die nass geschwitzte Wange. »Unser Zuhause.«

18. Kapitel

Turbulenzen

Henny bemerkte erst, dass jemand im Raum war, als sie ein lautes Räuspern hörte. Schlagartig wurde ihr bewusst, in welch kompromittierender Situation sie sich befand. Rasch löste sie sich aus der herzlichen Umarmung des Afrikaners und sah, dass Emil im Zimmer stand. In einer Hand hielt er ihre Handtasche, in der anderen einen Strauß roter Nelken. Sein Gesicht war starr vor Entsetzen.

»Emil, was machst du denn hier?«

Endlich hatte er sich wieder gefasst. »Es tut mir leid, wenn ich störe«, kam es gepresst über seine Lippen. Sie sah, wie sehr er immer noch um Fassung rang. »Du hast heute Vormittag deine Handtasche vergessen. Hier hast du sie zurück.«

Er trat auf den Besuchertisch zu und legte die Tasche mit einer mechanischen Bewegung ab. Dann machte er auf dem Absatz kehrt und verließ den Raum. Den Blumenstrauß hatte er zuvor achtlos auf den Boden fallen gelassen. Henny war immer noch wie gelähmt.

»Das nennt man einen bühnenreifen Abgang«, bemerkte Kuyateh in die nun folgende Stille hinein.

»Das war … das war Emil, mein Verlobter«, stammelte

Henny entsetzt. »Du meine Güte! Er denkt nun bestimmt, dass … Nun ja, er denkt nun bestimmt etwas ganz Falsches.«

»Sie meinen, er ist auf einen wie mich eifersüchtig?«

Kuyateh klang amüsiert, doch Henny hörte ihm gar nicht mehr zu. Hastig eilte sie Emil hinterher. Sie sah, wie er mit großen Schritten dem Ausgang zustrebte. Auf ihre Rufe reagierte er nicht. Henny ignorierte die neugierigen Blicke der Patienten und Mitschwestern auf dem Gang und beschleunigte ihr Tempo. Im Treppenhaus gelang es ihr endlich, ihn einzuholen.

»Emil! Nun lass dir doch alles erklären!« Sie war völlig außer Atem.

Er hielt auf dem Treppenabsatz inne und drehte sich langsam zu ihr um. Sein Gesicht war aschfahl, und sie sah kaum verborgene Verachtung in seiner Miene.

»Ich kann nicht glauben, was ich da gerade gesehen habe.« Seine Stimme klang hart und kalt, als würde sie von einem Tonband abgespielt werden.

»Ich habe mich doch nur von Herrn Kuyateh verabschiedet«, versuchte sie zu erklären. Sie kam sich lächerlich vor, denn sie war sich keiner Schuld bewusst.

»Du lagst in seinen Armen!« Emils Stimme bebte vor Empörung. »Du lagst in den Armen eines Negers! Du solltest dich schämen!«

»Und du solltest dich schämen, so etwas zu sagen!« Henny stützte die Fäuste in ihre Hüfte und sah ihn provozierend an. »Hältst du mich wirklich für so oberflächlich? Warum hast du eigentlich kein Vertrauen zu mir? Deine Eifersucht ist einfach lächerlich!«

»Ich habe gesehen, was ich gesehen habe«, antwortete Emil trotzig, allerdings schon nicht mehr ganz so verbissen wie eben noch.

»Herr Kuyateh wird demnächst Deutschland für immer verlassen«, erklärte sie ihm nochmals. »Seine Umarmung war nichts als eine freundschaftliche Geste. Sie hat keine Bedeutung für mich. Wahrscheinlich ist es in seinem Heimatland üblich, sich so zu verabschieden. Was sollte ich denn tun?«

»Es gehört sich einfach nicht. Du hättest dich dagegen wehren können.« Henny beschloss, darauf nicht zu antworten. Sie konnte nach wie vor nichts Verwerfliches an der harmlosen Umarmung finden. Um Emil zu besänftigen, erzählte sie ihm, dass Kuyateh drei Frauen und elf Kinder hatte. Das war nur Wasser auf seine Mühlen.

»Pah! Vielweiberei«, stieß er verächtlich aus. »Ich habe dir ja gleich gesagt, dass diese Neger nicht viel besser als Tiere sind. Aber du wolltest ja nicht auf mich hören.«

Sie biss sich auf die Lippen. Kein Mensch hatte solch einen Vergleich verdient, schon gar nicht Herr Kuyateh. Dabei hatte sie die Bemerkung nur als Scherz gemeint, aber Emil hatte sie prompt in den falschen Hals bekommen. Doch darauf wollte sie jetzt nicht herumreiten.

»Dann verzeihst du mir?«

»Nur, wenn du mir versprichst, dass du dich nie wieder von einem fremden Mann umarmen lässt.«

Die Anspannung in Emils Gesicht ließ merklich nach.

Henny atmete erleichtert auf. »Das verspreche ich dir gerne!«

Sie trat noch einen Schritt auf ihn zu, und er ergriff die Gelegenheit, um sie kurz an sich zu ziehen. Trotz seiner Nähe spürte sie immer noch einen kleinen Graben zwischen ihnen, den sie unbedingt überwinden wollte.

»Ich liebe dich, Emil«, versicherte sie ihm leise. »Ich liebe dich wie niemanden sonst auf der Welt.«

Da nahm er ihre Oberarme und drückte sie sanft von sich weg, um ihr ungehindert ins Gesicht blicken zu können. Seine Augen glänzten, als lägen Tränen darin.

»Und ich liebe dich, Henny Elliot! Du bist alles, wofür es sich für mich lohnt zu leben.«

Nur wenige Tage später begannen die Abschlussprüfungen. Henny nutzte jede freie Minute, um für ihr Examen zu lernen. Sie war wie besessen von dem Wunsch, möglichst gut abzuschneiden. Und sie wünschte sich, Frieda gäbe sich auch ein wenig mehr Mühe. Ihre Freundin verhielt sich in letzter Zeit äußerst merkwürdig. Sie erschien ihr verschlossen und schweigsam, und anstatt in ihrer Freizeit zu lernen, ging sie ständig aus, ohne ihr zu verraten wohin. Normalerweise hatten die beiden keine Geheimnisse voreinander. Umso befremdlicher fand sie ihr Verhalten. Auch heute kam Frieda zu spät, dabei hatten sie verabredet, noch einmal gründlich den Prüfungsstoff durchzugehen. Sie wirkte zerstreut und gar nicht richtig bei der Sache.

»Was ist nur mit dir los?«, wollte Henny nun endlich wissen. Sie saß bereits vor den ausgebreiteten Büchern und Heften und wartete ungeduldig, dass ihre Freundin sich zu ihr an den Tisch setzte.

»Was soll schon sein?«, meinte Frieda achselzuckend. »Jeder geht mit einer Prüfungssituation eben anders um.«

»Du machst es dir viel zu leicht«, sagte Henny streng. »Wenn du dich nicht ein bisschen mehr zusammennimmst, wirst du die Prüfungen noch vermasseln.«

Im Gegensatz zu ihr tat Frieda sich besonders mit dem theoretischen Teil des Lernstoffs sehr schwer.

Frieda teilte ihre Befürchtungen anscheinend nicht. »Keine

Sorge. Ich werde es schon schaffen. Und jetzt sollten wir uns lieber auf Hygienekunde konzentrieren. Da prüft uns schließlich Oberschwester Hildegard.«

»Du lenkst doch wieder einmal nur ab«, beschwerte sich Henny. »Warum verrätst du mir nicht endlich, wo du dich in letzter Zeit herumtreibst? Meinst du, ich bekomme nicht mit, wie du dich sogar nachts heimlich davonschleichst?« Sie machte keinen Hehl daraus, dass Friedas Geheimniskrämerei sie kränkte.

Frieda ging auf ihren Einwurf nicht ein. Sie hielt demonstrativ ihr Buch vors Gesicht und tat so, als wäre sie darin vertieft. Henny war jedoch nicht bereit, sich auf diese Weise abspeisen zu lassen.

»Vertraust du mir etwa nicht mehr?«

Ihr Blick blieb weiterhin abwartend auf die Freundin fixiert. Mit einem Seufzer legte Frieda schließlich das Buch ab.

»Also gut! Du lässt mich ja sonst niemals in Ruhe. Ich treffe mich mit einem Mann. Bist du nun zufrieden?«

Henny wurde sofort misstrauisch.

»Ist Gustav Fröhlich etwa wieder aufgetaucht?«, wollte sie sofort wissen.

Frieda druckste herum. »Nun ja«, gestand sie widerwillig. »Er hält sich tatsächlich gerade in München auf.«

Henny nahm ihr Geständnis mit gemischten Gefühlen auf. Auf der einen Seite wusste sie seit Langem, dass sich Frieda in den lebensfrohen Gustav verliebt hatte. Sie wünschte ihrer Freundin eine ebenso glückliche Beziehung, wie sie selbst eine hatte. Auf der anderen Seite hatte sie auch von Gustavs politischen Umtrieben erfahren. Emil hatte ihr verraten, dass er mit der verbotenen sozialistischen Arbeiterbewegung sympathisierte. Er war sogar richtig erleichtert gewesen, als Gustav plötzlich aus München verschwunden war – und sie war es, offen gestanden, auch, denn sie wollte nicht, dass Frieda in Schwierigkeiten geriet.

»Wie schön für dich«, meinte sie deshalb nur verhalten.

»Erzähl bloß deinem Emil nichts davon!« Frieda wurde mit einem Mal ganz aufgeregt. »Niemand darf erfahren, dass er sich in München aufhält, und schon gar nicht jemand von der SS.«

»Emil würde Gustav nicht verraten«, stellte sich Henny sofort hinter ihren Verlobten. »Wie oft soll ich dir noch versichern, dass er nur dem Saalschutz angehört, weil ihm gar keine andere Wahl blieb?« Sie hoffte zumindest, dass es der Wahrheit entsprach.

»Ist ja gut! Ich glaube dir ja.«

Frieda wirkte mit einem Mal müde und ausgelaugt und tat Henny fast schon wieder leid. Die beiden Freundinnen hatten schon mehrere Auseinandersetzungen wegen Emils Parteizugehörigkeit hinter sich. Frieda hatte nie einen Hehl daraus gemacht, wie schrecklich sie es fand, dass Hennys Freund ausgerechnet zur SS gegangen war, auch wenn er nur in der Verwaltung tätig war. Sie hatte Emil sogar schon als Opportunisten bezeichnet, was zwischen ihnen um ein Haar zu einem Zerwürfnis geführt hätte. Henny hatte ihren Verlobten trotz ihrer eigenen Zweifel scharf verteidigen müssen. Dabei konnte Frieda Emil eigentlich gut leiden.

»Ich will doch nur, dass es dir gut geht«, versuchte Henny besänftigend auf sie einzuwirken. »Bleibt Gustav denn jetzt für immer hier?«

Frieda schüttelte den Kopf.

»Wir müssen uns heimlich treffen, weil …« Sie schluckte mühsam. »Weil die Gestapo hinter ihm her ist.«

Henny erschrak nun doch. Wenn die Geheime Staatspolizei hinter Gustav her war, dann musste es etwas Ernstes sein.

»Was hat er denn angestellt?«

»Versprichst du mir hoch und heilig, niemandem davon zu erzählen, auch nicht Emil?«

Frieda fiel es immer noch schwer, darüber zu reden. Erst als Henny ihr versicherte, wie ein Grab zu schweigen, rückte sie mit der Sprache heraus.

»Gustav ist damals verschwunden, weil er beim Verteilen von Flugblättern erwischt worden ist. Es muss ihn jemand beobachtet und angeschwärzt haben. Die Gestapo stand plötzlich vor seiner Tür. Es ist ihm in letzter Minute gelungen zu fliehen. Die letzten Wochen hat er sich irgendwo am Bod…« Sie verschluckte den Rest des Wortes, bevor sie fortfuhr. »… versteckt.« Sie war ganz unglücklich. »Er ist nur meinetwegen zurückgekommen.«

»Und wo ist er jetzt?«, fragte Henny betroffen. Sie fürchtete, dass ihre beste Freundin einen verhängnisvollen Fehler machen könnte, indem sie sich mit einem Volksverräter einließ.

»Das kann ich dir nicht sagen. Ich habe es ihm versprochen!«

Henny tätschelte unsicher Friedas Arm. »Das ist vielleicht auch besser so. Aber was wollt ihr denn nun tun? Gustav kann doch unmöglich hier in München bleiben. Er muss doch wissen, dass er dich auch in Gefahr bringt.«

»Das wird er auch nicht.« Frieda wurde wieder einsilbig. »Er muss morgen schon wieder weg. Und nun lass uns endlich arbeiten.«

Ihre Hände krampften sich um die Tischkante. Ihr Gesicht zeigte jedoch eine Entschlossenheit, die Henny befürchten ließ, dass sie noch mehr Geheimnisse vor ihr verbarg, als sie zugeben wollte. Aber sie wagte nicht weiter zu fragen und wandte sich wieder ihrer Arbeit zu.

Zwei Wochen später wurden Henny und Frieda ganz offiziell in den Orden der Rotkreuzschwestern aufgenommen. Sie hatten beide ihre Prüfungen bestanden, Henny mit Auszeichnung, Frieda mit sehr viel Glück. Über Gustav Fröhlichs geheimnisvollen Aufenthaltsort und darüber, was mit ihm geschehen war, hatten sie kein weiteres Wort mehr verloren. Henny bedauerte zwar, dass ihre Freundin Liebeskummer hatte, aber sie hoffte auch, dass sie ihn mit der Zeit vergessen konnte.

Als ordentliche Krankenschwestern wurden sie von nun an noch mehr in das Klinikgeschehen eingebunden. Henny verbrachte die meiste Zeit bei Professor Strößner im Operationssaal, während Frieda weiterhin auf der Station Dienst tat. Aufgrund der unterschiedlichen Dienstzeiten sahen sie sich nicht mehr so häufig. Nur an den Wochenenden verbrachten sie regelmäßig einige Stunden miteinander.

Anfang Juli gelang es Henny, Frieda dazu zu überreden, mit ihr und Emil die neu eröffneten Kunstausstellungen in München zu besuchen. Emil hatte über seine Beziehungen Karten für alle drei organisiert und wollte sie am frühen Nachmittag abholen. Bis dahin war es allerdings noch einige Zeit hin. Schon während des gemeinsamen Frühstücks überkam Henny erneut eine plötzliche Übelkeit. Es gelang ihr gerade noch, nach dem Nachttopf zu greifen, bevor es zu spät war. Kopfschüttelnd reichte Frieda ihr ein frisches Handtuch.

»Weiß Emil denn schon von seinem Glück?«

Henny war gerade dabei, sich das Gesicht abzuwischen und stutzte. »Was willst du damit sagen?«

Frieda deutete ungeniert auf ihren Bauch. »Nun stell dich nicht so naiv an! Du weißt genau, wovon ich spreche!«

Henny war im Augenblick wirklich nicht nach Scherzen zumute. »Ich vertrage eben zur Zeit das Essen nicht besonders gut. Ist doch kein Wunder bei der dünnen Kohlsuppe jeden Tag.«

»Und wann hattest du zuletzt deine Monatsblutungen?«

Henny begriff nur zu gut, worauf ihre Freundin hinauswollte. Sie spürte, wie sie rot wurde. Natürlich hatte sie sich auch schon Gedanken gemacht über die ständige Übelkeit, hatte jedoch nicht wahrhaben wollen, was so offensichtlich war.

»Ich glaube, vor drei Monaten«, gab sie kleinlaut zu.

»Dann gibt es wohl keinerlei Zweifel mehr«, stellte Frieda fest. »Du bist schwanger.«

Henny ließ sich auf den Stuhl fallen, als ihr plötzlich die Tragweite von Friedas Feststellung bewusst wurde.

»Du musst dich täuschen. Emil hat doch immer aufgepasst!«

»So gut wohl doch wieder nicht.«

Friedas lakonische Bemerkung ließ Henny unwillkürlich lächeln.

»Und was soll ich deiner Meinung jetzt tun?«

»Warum freust du dich nicht einfach?«, schlug ihre Freundin vor. »Ich wünschte, mein Leben wäre auch so einfach wie deines ... Du hast einen Mann, der dich liebt, ihr wollt heiraten. Da macht ein Kind euer Glück doch nur perfekt.«

Sie blickte versonnen durch das Fenster auf den Sommerhimmel, an dem ein paar harmlose Schleierwolken einen heißen Tag versprachen. Henny kämpfte unterdessen mit ihren aufwallenden Gefühlen. War es wirklich möglich, dass sie Mutter wurde? Was würde Emil dazu sagen? Sie hatten doch beschlossen, mit Kindern noch ein wenig zu warten. Auf der anderen Seite … Ihr Herz machte vor Aufregung ein paar tollkühne Sprünge … auf der anderen Seite würden sie nun bald eine richtige Familie sein. Etwas, was sie sich zeit ihres Lebens immer gewünscht hatte. Plötzlich konnte sie es gar nicht mehr erwarten, Emil die wundervolle Neuigkeit zu überbringen.

Doch bis zu ihrer Verabredung hatten sie noch gut zwei Stunden Zeit. Henny hatte Emil versprechen müssen, sich auf die Museumsbesuche vorzubereiten. Er hatte ihr extra einige Ausgaben des *Völkischen Beobachter* mitgegeben und darin mehrere Artikel markiert. Seit sie offiziell verlobt waren, lag ihm sehr daran, dass sich seine Braut auch kulturell fortbildete.

»Als Brandingenieur und seine Ehefrau haben wir eine gewisse gesellschaftliche Stellung, der wir gerecht werden müssen. Ich möchte einfach nicht, dass du uns dabei blamierst«, hatte er versucht, ihr zu erklären.

Henny, der wohl bewusst war, dass es ihr an Weltläufigkeit noch fehlte, fand nichts dabei, dass Emil ihr in dieser Hinsicht auf die Sprünge half.

Gemeinsam mit Frieda setzte sie sich wieder an ihren Tisch, und die beiden jungen Frauen studierten die Zeitungen. In der Ausgabe vom 19. Juli war Hitlers Ansprache zur Eröffnung des Troost'schen Kunsttempels am Englischen Garten abgedruckt worden. Unter der Überschrift: »Der Führer zeigt den deutschen Künstlern ihren Weg« rechnete er mit der Kunst der »Systemzeit« ab. Er sprach von den »grauenhaften Sehstörungen«, von denen die modernen Maler befallen seien, die »alle Wiesen blau und den Himmel grün und die heutigen Gestalten unseres Volkes nur als verkommene Kretins sehen.« Noch während Henny das vorlas, musste sie unwillkürlich kichern.

»Ich weiß gar nicht, was der Führer gegen blaue Wiesen hat. Das ist doch endlich einmal etwas anderes!«

Frieda rollte zustimmend mit den Augen. »Dann wäre die Welt auf jeden Fall bunter und nicht so braun, wie sie im Augenblick ist.«

Henny fuhr fort und gab im Folgenden einen von Hitlers »unabänderlichen Beschlüssen« bekannt: »›Ich will nunmehr genauso wie auf dem Gebiet der politischen Verwirrung auch mit den Phrasen im deutschen Kunstleben aufräumen … Mit der Eröffnung dieser Ausstellung hat das Ende der deutschen Kunstvernarrung und damit der kulturellen Vernichtung unseres Volkes begonnen.‹«

»Verschon mich mit dem Geschwafel, mir wird ganz schlecht, wenn ich solchen Unsinn höre!« Frieda konnte sich ihre bissigen Kommentare einfach nicht verkneifen.

Henny legte die Zeitung beiseite und griff nach der nächsten. Sie überflog die ersten Abschnitte und begann dann doch wieder, Frieda mit dem Gelesenen zu malträtieren.

»Das hier wird dir bestimmt besser gefallen«, verkündete sie. »Der Artikel hier geht über die zweite Ausstellung über ›Entartete Kunst‹, die nur einen Tag später in den Hofarkaden am Odeonsplatz eröffnet wurde. Dazu schreibt der *Völkische Beobachter*: ›Schon am ersten Tag nach der Eröffnung gingen 30 000 Besucher durch diese Abnormitätenschau.‹ Was sagst du dazu?«

»Dass die Redakteure vom *Völkischen Beobachter* offensichtlich die wahren Motive der Besucher verkennen. Glaubst du wirklich, dass die Leute nur dorthin gehen, um etwas Abnormes zu sehen?«, warf sie kritisch ein. »Ich denke eher, dass viele Abschied nehmen von der wundervollen freien Kunst, die überall in der Welt bewundert wird. Merkst du denn nicht, wie sehr wir von Hitlers Regime in unseren Freiheiten beschnitten werden? Erst verbieten sie alle Parteien und sperren alle weg, die nicht ihrer Meinung sind, dann verbrennen sie Bücher, und jetzt geht es an die Kunst und Musik. Bald dürfen wir alle nur noch unisono blöken, wie die Lämmer auf der Weide.«

»Sei doch nicht immer so negativ«, schimpfte Henny, die jetzt keine Lust auf eine politische Diskussion hatte.

Zum Glück gab ihre Freundin Ruhe.

»Määääh!«

Frieda streckte Henny die Zunge raus, woraufhin sie beide in erleichtertes Gelächter ausbrachen.

Gut gelaunt brachen die drei Freunde zur Prinzregentenstraße auf. Emil hatte Henny rechts und Frieda links bei sich untergehakt, so flanierten sie erst ein Stück durch den Englischen Garten, bevor sie sich zu dem gerade eingeweihten »Haus der Deutschen Kunst« begaben. Der zweifach achsensymmetrische Museumsbau präsentierte sich wirkungsvoll entlang der Paradestraße. An beiden Längsseiten des hundertfünfundsiebzig Meter langen Baus befand sich jeweils ein Portikus von einundzwanzig Säulen, die die gesamte Gebäudehöhe einnahmen. Zur Prinzregentenstraße hin hatte man eine Reihe Linden frisch gepflanzt.

Emil hatte sie vorgewarnt, dass sie sich vermutlich auf eine längere Wartezeit einzustellen hatten, doch als sie ankamen, hielt sich der Andrang in Grenzen. Die ganze Zeit überlegte sich Henny, wann sie ihm am besten von ihrer Schwangerschaft erzählen sollte. Ob er sich genauso wie sie über das Kind freuen würde? Doch zunächst bot sich ihr keine Gelegenheit.

Durch den mittleren Eingang gelangten sie in die sogenannte Ehrenhalle, die bis zur Nordgalerie reichte. Links und rechts davon lagen zwei großzügige Ausstellungssäle, die von einer Folge kleinerer Räume umgeben waren. Im Norden gab es ein Restaurant, wo frischer Bohnenkaffee und Kuchen angeboten wurden. Zahlreiche Oberlichter erhellten die hohen Säle und die Ausstellungsräume, sodass alle Kunstwerke von Tageslicht ausgeleuchtet wurden. Über dem Eingang prangte der vom Führer persönlich entworfene Spruch:

Kunst ist eine erhabene und zum Fanatismus verpflichtende Mission.

Emil erstand einen Ausstellungskatalog der ersten »Großen Deutschen Kunstausstellung«, dem ein Vorwort des Gauleiters Adolf Wagner vorangestellt war. Darin waren alle bedeutenden Werke der ausstellenden Künstler vermerkt.

Die Ausstellung war als Verkaufsausstellung konzipiert. Künstler konnten mit bis zu zehn Werken vertreten sein, wobei mitunter auch nicht verkäufliche Werke und Leihgaben zu sehen waren. In den Nebenräumen gab es sogenannte Sonderausstellungen, in denen sich ausgewählte Künstler umfassender präsentieren konnten. Es gab ausgiebige Gelegenheit, sich mit der hehren Kunst des Nationalsozialismus auseinanderzusetzen. »Deutsch sein heißt klar sein« – fand sich immer wieder wie zur Ermahnung auf kleinen Tafeln zwischen den einzelnen Kunstobjekten.

Henny fühlte sich zwischen den überlebensgroßen Plastiken reichlich deplatziert, und das ständig auftauchende Thema »Blut und Boden« in der Malerei ging ihr nach dem dritten Bild auf die Nerven. Natürlich verkniff sie sich Emil zuliebe jegliche Bemerkung und war Frieda dankbar, dass sie ebenfalls ihren Mund hielt, wenn der deutsche Bauer hinter dem Pflug herschritt und der SA-Mann hinter der Fahne. Es dampften die Erdschollen genauso wie der Hochofen. Tapfere Recken kämpften gegen finstere Ungeheuer, und deutsche Soldaten schlugen sich im blitzenden Stahlgewitter. Landschaften stellten sich als glitzernde deutsche Berggipfel dar, zwischen denen deutsche Wälder still vor sich hin schwiegen. Hüllenlose Mädchen tanzten auf mystisch beleuchteten Lichtungen, allein zu dem Zweck, dem Betrachter die ideale Gestalt einer deutschen Frau zu zeigen. Dazwischen – wohldosiert, doch immer präsent – der Führer, seine Minister, Kampfgenossen und Generale. Eines der Bilder, vor dem besonders viele Menschen standen, stellte Hitler in einer Ritterrüstung dar. Seine Gestalt wurde von aufgehenden Hakenkreuz-Sonnen umstrahlt, während Kinder ihm zujubelten, umhechelt von treuen Hunden.

Tapfer kämpften sich Henny und Frieda durch die viel gepriesene Ausstellung und hörten sich brav an, was Emil ihnen aus dem Katalog vorlas. Als sie etwa die Hälfte der Ausstellung hinter sich hatten, klappte ausgerechnet er entnervt den Katalog zusammen.

»Ich glaube, mehr ertrage ich heute nicht«, stöhnte er. »Wie steht's mit euch? Wollen wir nicht lieber eine Tasse Kaffee trinken, bevor wir rüber in den Hofgarten gehen?«

»Überredet«, sagte Frieda, bevor Henny überhaupt zu Wort kam. »Eine Stärkung kann ich jetzt wirklich gut gebrauchen.«

»Die Pflicht ist fast vorüber, nun beginnt die Kür«, meinte Emil. Henny sah, wie der Schalk in seinen Augen aufblitzte. »Bevor wir uns jedoch den wirklich schönen Dingen zuwenden, müsst ihr unbedingt noch das Tryptichon von den ›Vier Elementen‹ bewundern. Das dreiteilige Gemälde stammt vom Präsidenten der Reichskunstkammer höchstpersönlich, von Adolf Ziegler.«

Henny musste kichern. »Der wird dir gewiss gefallen, Frieda«, meinte sie fast ein wenig stolz darauf, auch einmal etwas Kluges beitragen zu können. »Ich habe zwar noch keines von Zieglers Bilder gesehen, weiß aber wohl, dass er in gewissen Kreisen auch der ›Reichsschamhaarpinsler‹ genannt wird, weil er so detailversessen ist.«

»Woher hast du das denn?«, erkundigte sich Emil amüsiert.

»Ich habe neulich mitbekommen, wie sich Poldi mit Professor Strößner darüber unterhalten hat«, gab sie unbekümmert preis.

Frieda und Emil fielen in ihr Lachen ein. Wie treffend ihre Einschätzung war, davon konnten sie sich nun selbst überzeugen. »Die Vier Elemente« zeigte vier überlebensgroße nackte Damen, die in einem badezimmerähnlichen Ambiente vor einem trübselig grauen Hintergrund saßen.

»Ach Gott, wie erbärmlich«, entfuhr es Frieda, und sie erntete prompt ein paar befremdete Blicke.

»Da möchte man am liebsten ein Tuch darüberhängen«, stimmte Emil ihr zu. Er sprach im Gegensatz zu ihr allerdings mit gedämpfter Stimme. »Wisst ihr, dass das Bild von vielen Besuchern auch die ›Fünf Sinne‹ genannt wird?«

Henny stutzte. »Wieso denn fünf? Da sind doch nur vier Symbolfiguren darauf zu sehen.«

Emil grinste breit. »Ja, der fünfte Sinn fehlt ja auch – nämlich der Geschmack.«

»Pfui, wie gemein!«

Henny und Frieda taten entrüstet und amüsierten sich königlich.

Vor den Hofgartenarkaden waren die Schlangen nun doch erheblich länger. Sie mussten über eine Stunde anstehen, bevor sie in die Räumlichkeiten des Archäologischen Instituts eingelassen wurden. Im Erd- und Obergeschoss waren die Räume der Gipssammlungen leer geräumt und Stellwände eingezogen worden, die die Fenster halb verdeckten und die eigentliche Wanddekoration und Bemalung der Ausstellungsräume verbergen sollten. Die Bilder an diesen Wänden hatte man absichtlich hoch und eng gehängt, damit die Besucher sie nicht genau betrachten konnten. Einige besaßen nicht einmal einen Rahmen. Titel des Werkes, Namen des Künstlers, das Museum sowie Ankaufsdatum und Kaufpreis waren direkt auf die Wände gepinselt worden. Dazwischen gab es diffamierende Sprüche und Karikaturen, die die Bilder ins Lächerliche ziehen sollten. Auch diese Ausstellung war von dem Präsidenten der Reichskunstkammer organisiert und konzipiert worden. Sie war die bislang größte der sogenannten Schandausstellungen, die einzig dazu da waren, die als »entartet« geltende Kunst zu diffamieren und gegen den sogenannten Kunstbolschewismus anzugehen.

»Und ja das Schimpfen nicht vergessen«, zog Frieda Emil auf, während sie den Rundgang durch die Ausstellung begannen.

Der erste Raum im Obergeschoss zeigte ausschließlich christliche Motive. Die meisten Werke stammten von Emil Nolde, darunter der neunteilige Altar »Das Leben Christi«. In unmittelbarer Nähe hing die »Kreuzabnahme« von Max Beckmann, »Elias« von Christian Rohlfs und »Pharisäer« von Karl Schmidt-Rottluff. Trotz der lieblosen Präsentation und der begleitenden Spottverse empfand Henny bei der Betrachtung der Kunstwerke, dass sie einen belebenden Esprit besaßen. Dabei kümmerten sie die abfälligen Bemerkungen ihrer Umgebung nicht.

»So a Gschmier bringt mei Bua mit seine fünf Jahr a scho zsamm«, hörte sie einen Mann in Trachtenanzug großspurig tönen. Seine Begleitung gab ihm recht und zeigte sich aufrichtig empört.

Allerdings war oft nicht so sehr das Dargestellte Stein des Anstoßes als vielmehr die Tatsache, dass für die Bilder Unmengen von öffentlichen Geldern ausgegeben worden waren. Es fielen Henny aber auch die vielen Besucher auf, die nachdenklich und sichtlich angetan vor den Kunstwerken der Expressionisten, Dadaisten, Surrealisten und der Neuen Sachlichkeit standen und sich angeregt darüber unterhielten.

Im zweiten Raum waren Kunstwerke von jüdischen Künstlern ausgestellt. Henny konnte sich vor allem von den Gemälden des russischen Malers Marc Chagall kaum lösen.

»Wie zauberhaft dieser Chagall die Dorfszene darstellt«, flüsterte sie ergriffen. »Er malt, als hätte ihn ein Engel geküsst. Alles scheint so leicht und frei zu sein, als gäbe es auf der Welt nichts als Farbe und kleine Geschichten.«

»Du bist ja richtig poetisch«, staunte Emil und strich ihr zärtlich über die Wange.

Frieda war schon vorausgegangen. Offensichtich konnte sie mit diesen Bildern genauso wenig anfangen wie mit denen aus dem »Haus der Deutschen Kunst«.

»Dann gefallen dir seine Bilder auch, obwohl sie doch jetzt als ›entartet‹ gelten?«

Emil musste nicht lange überlegen. »Chagall ist wirklich ein Zauberer. Da spielt es keine Rolle, dass er Jude ist. Zwischen den Bildern hier, da fühlt man einfach, dass er die Menschen liebt«. Seine plötzliche Euphorie überraschte Henny. Sie wirkte auch auf sie ansteckend. »Aber er ist nicht der einzige Künstler, der mich hier berührt«, fügte er nachdenklicher geworden hinzu. »Ich bin mir nicht mehr sicher, ob unser Führer mit seiner Kunsteinschätzung immer richtigliegt.«

»Und das aus dem Mund eines Unterscharführers der SS«, zog Henny ihn auf.

Emils Offenheit freute sie sehr, denn sie erkannte, dass sie beide doch vieles miteinander verband. Endlich fasste sie den Mut, mit ihm zu reden.

»Emil, ich glaube, ich bin schwanger«, platzte es so unvermittelt aus ihr heraus, dass Emil sie nur so anstarrte, als hätte sie ihm eine Ohrfeige gegeben. Einen kurzen Augenblick fürchtete sie sogar, dass die Neuigkeit ihn wütend werden ließ, doch dann entspannten sich seine Züge, und ein glückseliges Lächeln überstrahlte das Gesicht.

Seine Augen bekamen einen warmen Glanz, und er sah sie an, als wäre es das erste Mal.

»Ich … ich werde Vater?«, vergewisserte er sich ungläubig.

Henny nickte nur. Im nächsten Augenblick fand sie sich in seinen Armen wieder, und die Welt um sie herum verschwand für einen wunderbaren Augenblick. Henny war es, als schwebe sie auf einer Wolke, so glücklich fühlte sie sich, als sie an Emils Arm endlich ihre Besichtigung fortsetzte.

Die Verunglimpfung der modernen Kunst und der Gegner des Nationalsozialismus setzte sich Raum für Raum fort. Je weiter sie kamen, desto ideenloser wurden die Sprüche und umso mehr konzentrierten sich die Besucher auf die einzelnen Kunstwerke. Doch Emil und Henny hatten dafür plötzlich keine Augen mehr. Die Vorstellung, dass sie in wenigen Monaten eine richtige Familie sein würden, hielt sie mehr gefangen, als alle Kunst es vermocht hätte.

Frieda erwartete sie missgelaunt im Erdgeschoss.

»Ich kann gar nicht so viel essen, wie ich kotzen könnte«, bemerkte sie auf ihre trockene Art zu der Ausstellung. »Ich habe ja nun wirklich keine Ahnung von Kunst, aber ich weiß jetzt genau, was Geschmacklosigkeit ist.«

»Dann wird es wohl höchste Zeit, dass wir in einen Biergarten gehen und das alles hinter uns lassen«, schlug Emil gut gelaunt vor. »Ich gebe eine Runde aus. Henny und ich werden nämlich demnächst Eltern.« Er legte seinen Arm stolz um Hennys Schultern und zog sie noch ein wenig näher an sich heran. Friedas Miene erhellte sich prompt. »Wenn das mal keine gute Nachricht ist«, gab sie sich ahnungslos und zwinkerte Henny unbemerkt zu. »Leider kann ich nicht mit euch mitfeiern. Ich habe nämlich noch etwas vor.«

»Das kannst du uns nicht antun«, protestierte Henny.

Doch Frieda ließ sich nicht überreden.

»Ihr zwei amüsiert euch ohne mich doch mindestens genauso gut.« Sie verabschiedete sich mit einem lässigen Winken und spazierte in Richtung Odeonsplatz.

19. Kapitel

Gefährliches Spiel

Frieda war dankbar, dass sie sich so leicht hatte aus der Affäre ziehen können. Dennoch war sie viel zu spät dran. Sie hatte nicht damit gerechnet, dass sie sich so lange in dieser grässlichen Kunstausstellung aufhalten würden. Sie war nur mitgegangen, um etwaige Verfolger in die Irre zu leiten. Sie konnte nur hoffen, dass der Kontaktmann, der auf sie wartete, sie noch nicht aufgegeben hatte. Eilig bestieg sie die Straßenbahn in Richtung Marienplatz und sah sich vorsichtshalber nach verdächtigen Personen um. Kein Mensch in ihrem Umkreis durfte Verdacht schöpfen. Gustav hatte ihr immer wieder eingeschärft, wie wichtig es war, in keiner Beziehung aufzufallen. Ihr war jetzt noch ganz übel von dem selbstverliebten Personenkult, den die Nazis im Haus der Deutschen Kunst betrieben, obwohl sie zugeben musste, dass sie auch mit der verfemten Kunst nicht viel am Hut hatte. Es gab, weiß Gott, wichtigere Dinge im Leben als die Schönen Künste.

Am Marienplatz wechselte sie die Straßenbahn und fuhr in Richtung Au. Nochmals vergewisserte sie sich, dass ihr niemand folgte. Obwohl sie niemanden entdecken konnte, fühlte sie sich nicht sicher. Ich sehe schon Gespenster, schimpfte sie sich.

Erst als sie am Mariahilfplatz eintraf und in der Menschenmenge untertauchen konnte, atmete sie etwas auf. Dort fand gerade die alljährliche Jacobidult statt. An zahlreichen Standln boten Händler und Marktschreier die unterschiedlichsten Waren an. Man konnte dort sämtliche Gebrauchsgegenstände erwerben, von einfachem Geschirr bis hin zum Nachttopf, Naturheilmittel und Haushaltszubehör. Das laute Geschrei eines Billigen Jakobs zog eine ganze Traube von Menschen an. Frieda drückte sich an ihnen vorbei und suchte nach einem fliegenden Knopfverkäufer, der irgendwo zwischen den Ständen sein Geschäft tätigte. Endlich entdeckte sie den humpelnden Mann mit seinem Bauchladen neben einer Würstchenbude. Der Kontaktmann war als Kriegsversehrter getarnt und trug eine Augenklappe. Wie man es ihr eingetrichtert hatte, steuerte sie nicht zielstrebig auf ihn zu, sondern sah sich erst noch beiläufig an einigen anderen Ständen um. Ihr Herz schlug bis zum Hals, als sie endlich wagte, Kontakt aufzunehmen. Es war ihr erster Auftrag, seit sie dem kommunistischen Widerstand beigetreten war. Sie wollte ihn auf keinen Fall in den Sand setzen. Von ihrem Einsatz hing ab, dass ein Räderwerk ins Rollen geriet.

»Führen Sie Perlmuttknöpfe für Strickjacken?«, wandte sie sich an den Knopfverkäufer.

»Welche Farbe soll es denn sein?«

»Sie müssen zu dieser Wolle passen.« Frieda öffnete ihre Handtasche und zog eine Stofftasche heraus, aus der sie wiederum ein Wollknäuel von dunkelgrüner Farbe herausholte. Der Knopfhändler nahm die Wolle, in der eine Nachricht versteckt war, und verglich sie mit einigen Knöpfen aus seiner oberen Schublade. Dabei sah er sie immer wieder fragend an.

Frieda schüttelte den Kopf. »Die gefallen mir alle nicht. Haben Sie denn keine eckigen Knöpfe?«

Der Mann grummelte etwas vor sich hin, das in etwa wie »Des hättn S' a gleich soagn kenna« klang, und öffnete eine der unteren Schubladen aus seinem Bauchladen. Dabei vertauschte er Friedas Wollknäuel mit einem identisch aussehenden anderen. Er ging dabei so geschickt vor, dass es nicht einmal einem aufmerksamen Beobachter aufgefallen wäre. Dann reichte er ihr das vertauschte Wollknäuel zurück, damit sie es selbst mit einer neuen Auswahl an Knöpfen vergleichen konnte. Schließlich wählte sie sechs Knöpfe aus, steckte sie zusammen mit dem Wollknäuel zurück in die Tasche und bezahlte. Beim Einpacken vergewisserte sie sich durch Tasten, dass in dem Wollknäuel ebenfalls eine Nachricht steckte.

Mit klopfendem Herzen machte sie sich davon. Noch einmal schlenderte sie über den Jahrmarkt, bevor sie die Mariahilfstraße in Richtung Isar lief. Ihre Mission war noch lange nicht zu Ende. Sie musste nun die Botschaft, die sie gerade erhalten hatte, an eine weitere Kontaktperson abgeben, von der sie wiederum eine Botschaft erhalten würde, die sie an einem Ort zu hinterlegen hatte, den sie erst von ihr erfahren würde.

Das ausgeklügelte Nachrichtensystem war notwendig geworden, da die Gestapo ihrer kommunistischen Gruppe schon einige Male gefährlich nahe gekommen war. Es ging längst nicht mehr nur um Plakate und geheime Protestaktionen, sondern auch um den Schmuggel von Waffen und das Retten von politisch Verfolgten über Schweizer Kontaktpersonen. Gustav war einer der Mittelsmänner, und seit Kurzem arbeitete auch Frieda für sie.

Während sie durch die Häuserfluchten in Richtung Fluss lief, wurde sie das ungute Gefühl nicht los, dass ihr doch jemand folgte. Immer wieder blieb sie stehen und sah sich unauffällig um. Doch die Passanten, die denselben Weg wie sie wählten, waren allesamt unauffällig. Frieda schob ihre Gefühle auf die Aufregung, weil sie noch so unerfahren war, und schlenderte betont langsam weiter.

Bei dem schönen Wetter tummelten sich an den Isarauen Dutzende von Fahrradfahrern und Spaziergängern. Einige hatten Decken mitgebracht, um auf den Auwiesen ein gemütliches Sonntagspicknick abzuhalten. Andere nutzten die Gelegenheit, um sich im kühlen Isarwasser zu erfrischen. Kinder spielten Fußball. Die Bänke waren meist von älteren Herrschaften besetzt. Frieda bummelte über die Wege zwischen den Wiesen und hielt nach einer großen Weide Ausschau. Darauf steuerte sie zu. Halb verborgen, inmitten der weit herabhängenden Zweige des Baumes, entdeckte sie endlich die Bank, die ihr nächstes Ziel war. Sie lag so abgelegen, dass sie nur schwer einsehbar war. Wie erwartet, saß dort eine ältere Frau mit grauem Hut und hochgesteckten Haaren und strickte. Frieda fragte höflich, ob sie sich dazusetzen dürfe. Die Frau nickte ihr freundlich zu und rutschte ein Stück zur Seite. Dabei entdeckte Frieda die blaue Stofftasche, die derjenigen in ihrer Handtasche verblüffend ähnelte.

»Was für ein ausgefallenes Zopfmuster Sie da stricken«, bemerkte Frieda möglichst beiläufig. Wieder kam es darauf an, dass sie die richtigen Redewendungen verwendete, um sich zu erkennen zu geben.

»Ich habe es von meiner Tante aus Ostpreußen. Wenn Sie wollen, zeige ich Ihnen, wie es geht.«

Frieda atmete erleichtert auf. Das war die Antwort, die sie

erwartet hatte. Sie hatte ihre nächste Kontaktperson gefunden.

»Vielleicht sollte ich Ihr Muster tatsächlich ausprobieren. Ich weiß nur nicht, ob die Farbe meiner Wolle nicht zu dunkel ist.«

»Welche Farbe hat denn Ihre Wolle?«

»Waldgrün. Darf ich sie Ihnen vielleicht zeigen? Ich habe die Wolle zufällig bei mir.«

Die Frau wandte sich ihr lächelnd zu. Frieda konnte erkennen, dass sie wesentlich jünger war, als sie sich den Anschein gab. Offensichtlich hatte sie sich nur als alte Frau verkleidet.

»Sehr gerne«, meinte sie schließlich. »Waldgrün war übrigens die Lieblingsfarbe meines verstorbenen Mannes. Er liegt jetzt auf dem Ostfriedhof, ganz im Norden. Clemens Ziegler war sein Name.«

Henny klopfte das Herz vor Aufregung. Das waren die Koordinaten für ihr nächstes Treffen. Sie prägte sich Namen und Ort genauestens ein, während sie ihre blaue Stofftasche aus der Handtasche zog. Sie öffnete sie und ließ die Frau hineinblicken.

»Schöne Wolle, das Muster wird sehr gut dazu passen«, lobte diese. Nun war es Frieda, die die beiden Taschen vertauschte. Möglichst beiläufig steckte sie die Stofftasche der Frau in ihre Handtasche zurück, während sie ihre stehen ließ. Dann ließ sie sich geduldig das Zopfmuster erklären. Jeder, der ihrer Unterhaltung lauschte, musste davon ausgehen, dass die beiden Frauen lediglich ihr Interesse fürs Stricken teilten.

Nach etwa einer halben Stunde verabschiedete sich Frieda von ihrer Bekanntschaft und setzte ihren Weg fort. Scheinbar ziellos flanierte sie noch ein kleines Stück südwärts an der Isar entlang, bevor sie über die Ohlmüllerstraße auf den Nockherberg in Richtung Ostfriedhof zuhielt. Über den St. Martinsplatz gelangte sie zum Haupteingang des Friedhofs. Das lang gestreckte Gebäude mit seinen säulenbewehrten Arkadengängen und der monumentalen Kuppel über der Friedenshalle war in das bereits milde Licht der Abendsonne getaucht. Frieda hoffte, dass ihr noch genügend Zeit blieb, bevor die Friedhofstore schlossen.

Trotz des schönen Wetters fröstelte sie, als sie an einer Rotunde vom Hauptweg in Richtung Nordosten abzweigte. Sie musste plötzlich an all die Toten denken, die hier bestattet worden waren. Es war bekannt, dass die Nazis nicht einmal vor Grabschändung und Leichenfledderei zurückschreckten. Gleich nach der Machtübernahme hatten sie das Revolutionsdenkmal der Freien Münchner Gewerkschaften zerstört. Im Sockel des Denkmals war die Urne Kurt Eisners, des ersten Ministerpräsidenten des Freistaats Bayern, eingemauert gewesen. Die sterblichen Überreste des sozialistischen Revolutionärs und Politikers hatte man, um ihn zu diskreditieren, auf den Neuen Israelitischen Friedhof verbracht. Man munkelte, dass die Leichen von siebzehn während des sogenannten »Röhm-Putsches« ermordeten Nationalsozialisten und ihren Gegnern mit einem Möbelwagen zum Krematorium transportiert und dort verbrannt worden waren. Die Asche der Toten wurde angeblich wahllos in verschiedene Urnen gefüllt, damit die Spuren der Opfer für immer verwischt waren. Und ausgerechnet solch einen Ort hatten sich ihre Auftraggeber für ihre letzte Aufgabe ausgesucht.

Frieda bekam nun doch Angst vor der eigenen Courage. Sie war in die Einzelheiten ihrer Mission nicht eingeweiht. Man hatte ihr erklärt, dass es zu ihrer eigenen Sicherheit war. Sollte sie gefasst werden, würde man nicht viel aus ihr herausholen können und sie über kurz oder lang wohl wieder laufen lassen. Sie war sich allerdings ganz und gar nicht sicher, ob das auch stimmte. Im Grunde hatte sie der ganzen Heimlichtuerei nur zugestimmt, um auf diese Weise Gustav näher sein zu können. Man hatte ihr versprochen, dass sie vor Ort mehr über ihn erfahren würde. Sie hatte schon viel zu lange nichts mehr von ihm gehört. Dabei hatte er ihr versprochen, noch im Juli wieder in München zu sein. Worauf hatte sie sich nur eingelassen? Im Gegensatz zu Henny war sie nicht besonders draufgängerisch und unternehmungslustig veranlagt.

Je länger sie die Kieswege entlang den Gräberreihen abschritt, um das richtige Grab zu finden, desto verlorener kam sie sich vor. Es dauerte eine gefühlte Ewigkeit, bis sie endlich das Grab von Clemens Ziegler entdeckt hatte. Es befand sich wirklich an einer sehr abgelegenen Stelle, was den Vorteil hatte, dass kein anderer Besucher in der Nähe war. Frieda sah sich dennoch um, konnte aber außer einem Angestellten, der mit einer Gießkanne in Richtung Ausgang lief, niemanden entdecken. Um sie herum tönte das laute Zwitschern der Amseln. Ein Specht klopfte an den Stamm eines Nadelbaumes.

Als sie vor dem Grab stand, rätselte sie, wo man dort wohl etwas unbemerkt verstecken konnte. Nun war es an ihr, das Versteck zu finden. Sie vermutete es in einem Hohlraum, der leicht zugänglich war. Das Grab von Clemens Ziegler bestand aus einem unauffälligen grauen Grabstein, in den lediglich sein Name, Geburts- und Sterbetag eingraviert waren. Das Grab wurde von rechteckigen, grob behauenen Steinplatten umfasst. Frieda zog einen Schuh aus und tat so, als hätte sie Steine darin. Sie klopfte mit dem Absatz rundum auf die Umfassungssteine. Der obere linke Eckstein tönte hohl und lag locker. Darunter musste sich ein Hohlraum verbergen. Sie atmete erleichtert aus. Nur noch wenige Augenblicke, dann war sie am Ziel.

Plötzlich bildete sie sich ein, das Knacken von Zweigen zu hören. Sie erstarrte und wartete vorsichtshalber noch eine Weile, bevor sie erneut einen Stoffbeutel aus ihrer Handtasche zog. Noch einmal sah sie sich um, dann hob sie den Eckstein an und schob rasch die Tasche in den darunter liegenden Hohlraum. Gleichzeitig tastete sie jeden Winkel nach einem Brief oder einer anderen Botschaft ab. Doch da war nichts. Enttäuscht legte sie den Stein wieder auf seinen Platz und zog ihren Schuh an. Wieso hatte Gustav ihr keine Nachricht hinterlassen?

Vorsichtshalber umrundete sie das Grab noch einmal, um zu überprüfen, ob sie vielleicht etwas übersehen hatte. Doch sie entdeckte nichts. Ihr blieb nichts anderes übrig, als wieder in Richtung Ausgang zu gehen.

Während sie den Kiesweg entlangschritt, glaubte sie plötzlich hinter einer Eibe die Bewegung eines Schattens wahrzunehmen. War es Einbildung, oder war da wirklich jemand in ihrer Nähe? Nun durfte sie nur nicht die Nerven verlieren. Möglichst unauffällig beschleunigte sie ihre Schritte. Hin und wieder wagte sie einen kurzen Blick zurück. Sie konnte niemanden sehen, doch sie hatte das Gefühl, dass ihr jemand im Schutz der Grabsteine folgte. Dann hörte sie das erneute Knacken eines Zweiges. Nun bestand kein Zweifel mehr. Jemand war hinter ihr her. Sie musste ihn abschütteln, noch bevor er sich offen zeigte.

Sobald sie um die nächste Ecke gebogen war, begann sie zu rennen. Vielleicht gelang es ihr ja, den Friedhof hinter sich zu lassen, bevor ihr Verfolger sie eingeholt hatte. Danach konnte sie versuchen, sich in einem Hauseingang zu verstecken.

Nur noch hundert Meter, dann hatte sie den Hauptweg erreicht, der direkt auf den Haupteingang zulief. Noch einmal beschleunigte sie ihre Schritte. Hinter sich hörte sie nun ein Keuchen.

»Stehen bleiben!«

Sie ignorierte den Ruf und spürte gleichzeitig, wie ihr Herz vor Aufregung bis zum Hals schlug. Erst als sich eine schwere Hand auf ihre Schulter legte, begriff sie, dass eine weitere Flucht sinnlos war.

20. Kapitel

Die Mission

Tsogolo Malo, 1903 bis 1908

Als ich Tsogolo Malo zum ersten Mal sah, wollte mir das Herz in die Hose rutschen. Das, was mir mein Ehemann so freudestrahlend als unser Zuhause angekündigt hatte, war nichts anderes als eine einfache Holzbaracke mit Wellblechdach, neben der zwei runde mit Schilf gedeckte Lehmbauten standen. Vor dem Wohnhaus befand sich eine überdachte Fläche mit einem kleinen Glockenturm aus Holz, zweifelsohne die provisorische Kirche.

»Das ist unser Zuhause.«

Thomas deutete stolz auf das, was für ihn eine Missionsstation war. Dabei kam ihm nicht einmal in den Sinn, dass mein betretenes Schweigen kein Ausdruck der Freude war. Womöglich hielt er es für eine Folge des Fiebers, oder aber es kümmerte ihn einfach nicht, weil er viel zu sehr damit beschäftigt war, den Anblick zu genießen. Die Begeisterung, mit der er aber dann begann, über seine Pläne zu berichten, rührte mich irgendwie dann doch.

»Die Baracke wird selbstverständlich abgerissen und durch ein ordentliches Steinhaus ersetzt. Danach werden wir mit dem Bau des Schulgebäudes beginnen und dann eine Kirche bauen. Du

wirst anfangs in der provisorischen Kirche unterrichten müssen, aber das habe ich dir ja schon erzählt. Schade, dass ich dir nicht gleich alles zeigen kann.« Er sah mich kurz an, wobei ihm endlich auffiel, wie geschwächt ich war. »Verzeih, dass ich dich damit so überfahre. Du siehst krank aus. Du willst dich bestimmt ein wenig hinlegen.« Er winkte Asale zu uns und gab ihr Anweisungen, mir die Baracke zu zeigen. »Ich werde mich um dich kümmern, sobald ich ein wenig nach dem Rechten gesehen habe.«

Er überließ mich unserem Hausmädchen und ging in Richtung einiger Männer davon, die plötzlich aus dem Schatten der Bäume getreten waren. Soweit ich sehen konnte, waren es Einheimische, die gekommen waren, um ihn zu begrüßen. Asale rief zu ihrer Unterstützung ihren Bruder herbei, der mir ganz selbstverständlich seinen Arm reichte. Ich fühlte gegenüber diesem groß gewachsenen, athletischen Mann eine unerklärliche Scheu und hätte seine Hilfe am liebsten abgelehnt. Aber mir blieb keine andere Wahl, denn ich war zu schwach, um allein von der Pritsche zu klettern. Mit Kwabisis und Asales Unterstützung gelangte ich zum Eingang unserer ärmlichen Behausung. Dabei zitterte ich so sehr, dass mir die beiden unter die Arme greifen mussten und mich mehr trugen als stützten. So hässlich und unansehnlich mein neues Zuhause von außen auch schien, im Inneren war die Baracke einigermaßen gemütlich. Sie bestand aus einem einfachen, aber sauberen Aufenthaltsraum mit Kamin, Tisch, drumherum ein paar Stühlen und einem gemütlichen Sessel. Daran schloss sich ein separater Schlafraum mit einem großen Bett an.

Völlig entkräftet ließ ich mich auf dem Polstersessel nieder. Kwabisi zog sich zurück, noch bevor ich ihm für seine Unterstützung danken konnte. Seine Schwester gab sich unterdessen alle Mühe, es mir einigermaßen bequem zu machen. Als Erstes befreite sie mich von meinen schweren Reitstiefeln und öffnete die oberen Knöpfe meiner Bluse. Dann ließ sie mich in dem dämmrigen Raum für ein paar Minuten allein, bevor sie mit einer Karaffe frischen Wassers zurückkehrte und mir frisches Obst anbot. Die natürliche, offene Art der jungen Chewa behagte mir sehr. Sie hatte nicht die unterwürfige Art von Resl, sondern zeigte in allem, was sie tat, einen gewissen Stolz, der sie mir ebenbürtig machte.

Während der nächsten Tage erholte ich mich nur sehr langsam. Ich konnte kaum vor die Tür gehen, ohne dass mir der Kreislauf versagte. Die Fieberschübe kamen und gingen, bis sie endlich ausblieben und ich wieder zu Kräften kam.

Thomas war die meiste Zeit unterwegs, was mich nicht weiter störte. Er hatte viele Arbeiten zu erledigen, da er die seit drei Jahren vernachlässigte Mission wieder zu dem machen wollte, was sie einmal gewesen war. Ursprünglich hatte ein anderer schottischer Missionar die Station während Thomas' Abwesenheit leiten sollen, doch Pater O'Leary war mit den Chewa nicht zurechtgekommen und hatte Tsogolo Malo schon nach etwas mehr als einem halben Jahr plötzlich verlassen. Seither war er spurlos verschwunden. In Nkhotakota munkelte man, dass er Opfer der Nyau geworden war, weil er sich in deren geheime Machenschaften eingemischt hatte. Der Geheimbund der Chewa war etwas, was sich trotz eifriger Christianisierungsversuche nicht unterdrücken ließ. Der Nyau-Kult war ein Ritus, der der Initiation der jungen Männer diente. Rituelle Tänze in Masken- und Tiergestalten spielten dabei ebenso eine Rolle wie die Ehrung von Verstorbenen. Doch dazu komme ich noch später.

In den ersten Wochen und Monaten hatte Thomas alle Hände voll zu tun, um unser Leben auf Tsogolo Malo einigermaßen erträglich zu machen. Die Wasserpumpe war versandet, und auch sonst lag vieles im Argen. Das größte Problem schien es zu sein, willige Arbeitskräfte zu finden, denn viele von den Chewa-

Männern des nahe gelegenen Dorfes, die früher für ihn tätig gewesen waren, arbeiteten nun auf einer der beiden Farmen oder waren gerade aufgrund der Regenzeit mit ihren eigenen Feldern beschäftigt.

Obwohl Thomas von morgens bis abends unterwegs war, versuchte er, seine wenige Freizeit mit mir zu verbringen. Auch untertags sah er, wenn möglich, immer mal wieder kurz bei mir vorbei, um sich zu vergewissern, dass es mir an nichts mangelte. Meine Krankheit bekümmerte ihn sehr und bewirkte, dass er sich mir gegenüber viel freundlicher und offener verhielt. So prüde er in ehelichen Dingen war, so offen war er im Umgang mit Kranken. Er besaß keinerlei Scheu, meinen vom Fieber geschüttelten Körper mit feuchten Tüchern abzureiben, ja er fütterte mich sogar mit Getreidebrei, als ich zu schwach war, um den Löffel zu halten. Wenn ich schlief, hielt er meine Hand, und sobald ich aufwachte, lächelte er mich freudig an.

In dieser Zeit entwickelte sich zwischen uns eine angenehme Vertrautheit, denn er erzählte mir von seinen Plänen und den Fortschritten, die seine Bemühungen machten.

Seine Zuwendung bewirkte, dass ich mich bald besser fühlte und schnell damit begann, mich in meiner neuen Heimat wohlzufühlen. Die meiste Zeit verbrachte ich jedoch mit Asale, meinem Hausmädchen. Ich unterhielt mich mit der jungen Chewa-Frau auf Englisch, und weil mir langweilig war, brachte ich sie dazu, mir bald auch die ersten Brocken Chichewa beizubringen. Ich hielt es für unerlässlich, die Sprache der Einheimischen zu sprechen, wenn ich sie unterrichten wollte.

Wir waren einander von Anfang an sympathisch und wurden schon bald so etwas wie Freundinnen, wobei Asale in gewissen Dingen immer zurückhaltend blieb, was ich sehr bedauerte. Sosehr mich Tassilo auch enttäuscht hatte, so sehr profitierte ich jetzt von seinem nachhaltigen Einfluss auf mich. Im Gegensatz zu den meisten Weißen in Nkhotakota war ich nämlich nicht bereit, die Eingeborenen wie Menschen zweiter Klasse zu behandeln. Das behagte weder Thomas und erst recht nicht unseren weißen Nachbarn. Auch die Chewas fanden es sonderbar, denn sie waren es nicht gewohnt, wie ebenbürtige Menschen behandelt zu werden.

Doch zurück zu Asale. Sie war wie ihr Bruder Kwabisi hochgewachsen und gertenschlank. Ihre Bewegungen waren voller Anmut, und ihr Wesen war ausgeglichen und fröhlich. Ihr ebenmäßiges Gesicht mit den ausdrucksstarken Augen, die immer zu lächeln schienen, hatte etwas Munteres. Nur wenn es um Tabus oder ihre Geister ging, die sie neben unserem Herrgott inbrünstig verehrte, konnte ihr Antlitz eine Dunkelheit ausstrahlen, die mir Angst machte. Sie erzählte mir, dass sie die Tochter des Häuptlings aus dem benachbarten Dorf war und für Thomas und mich arbeitete, um Geld für ihren älteren Bruder Kwabisi zu verdienen, damit er in Blantyre die Schule besuchen konnte. Das erstaunte mich, denn ich schätzte Kwabisi auf mindestens fünfundzwanzig Jahre.

»Mein Bruder hat gerade als Bester seines Jahrgangs den Highschool-Abschluss gemacht. Er würde gerne in England die Gesetze der Musungu studieren«, erzählte Asale auf meine Nachfrage stolz, »damit er einmal für die Rechte unseres Volkes eintreten kann, wenn er Häuptling ist.«

Bei den Eingeborenen im ganzen Land werden wir Weißen als Musungu bezeichnet. Ursprünglich ist das Wort Suaheli und bedeutet so viel wie »Weißer Mann«. Ich habe einige Zeit gebraucht, um herauszufinden, dass »Musungu« keine Respektbezeugung ist, sondern von den Schwarzen eher ironisch und mit abfälligem Beigeschmack verwendet wird.

Thomas wurde von den Chewa, obwohl er ihnen zweifelsoh-

ne viel Gutes tat, immer mit Musungu angesprochen, während die Einheimischen mich schon bald mit der ehrerbietigen Anrede Amayi anredeten. Ich schreibe das nicht in der Absicht, mich in den Vordergrund spielen zu wollen, sondern um zu zeigen, dass die Eingeborenen sehr wohl zu unterscheiden wissen, wer sie als seinesgleichen ansieht und wer nicht. Doch ich schweife schon wieder ab …

Nach einigen Wochen war ich so weit zu Kräften gekommen, dass ich Thomas bat, mich endlich mit meinen künftigen Aufgaben vertraut zu machen. Ich brannte darauf, etwas Sinnvolles zu tun, denn deswegen war ich ja schließlich nach Afrika gekommen. Außerdem konnte ich es kaum erwarten, endlich die Dorfkinder kennenzulernen, die ich unterrichten sollte. Doch die Kinder mussten erst für meine Schule angeworben werden.

Aus diesem Grund unternahmen Thomas und ich eine mehrtägige Reise, während der wir mit unserem mit Proviant und Zelten voll geladenen Ochsenkarren von Dorf zu Dorf zogen. Während mein Mann mit den Dorfältesten sprach, ihnen von Gott und seiner immensen Güte erzählte und dabei kleine Geschenke verteilte, mischte ich mich unter die Frauen und versuchte über sie Zugang zu ihren Kindern zu bekommen. Dank Asale hatte ich mir in relativ kurzer Zeit einen recht ansehnlichen Wortschatz in Chichewa zugelegt, sodass ich mich auf einfache Weise mit ihnen unterhalten konnte. Die Chewa-Frauen und -Kinder amüsierten sich köstlich über meine unbeholfene Ausdrucksweise, die mir jedoch viel Sympathie einbrachte. Ich war voller Hoffnung, einige Kinder für unsere Schule gewonnen zu haben.

Erst auf der Rückfahrt nach Tsogolo Malo kamen wir zu Asales Dorf.

»Weshalb waren wir nicht gleich zu Anfang dort?«, wunderte ich mich.

Thomas zögerte. Mir kam es vor, als wäre ihm dieses Thema unangenehm.

»Nun ja, Häuptling Thokozani ist ein stolzer Mann. Wir sind nicht unbedingt die besten Freunde«, gab er endlich zu. »Er ist überaus misstrauisch uns Weißen gegenüber und denkt, dass wir nur hier sind, um sein Volk zu unterjochen. Er hält standhaft fest an seinem Götzenglauben und fühlt sich ständig von uns Weißen übervorteilt, was ich ihm nicht einmal übel nehmen kann. Die Farmer, die sich hier niederlassen, nehmen sich die besten Ländereien und lassen sich vom Kolonialamt darüber Besitzurkunden ausstellen, obwohl das Land von alters her den Chewa gehört.«

»Aber damit haben wir doch nichts zu tun!«, wandte ich ein.

»Thokozani reicht es, dass wir Musungu sind.«

»Wieso lässt er dann zu, dass seine Tochter für uns arbeitet?«

»Weil Asale es so will«, sagte Thomas mit einem Hauch von Schadenfreude. »Die Chewa sind ihren Frauen gegenüber in solchen Dingen sehr tolerant. Außerdem kann Thokozani das Geld, das sie bei mir verdient, sehr gut gebrauchen.« Er sah mich nur kurz an, bevor er fortfuhr. »Dank deiner Unterstützung werden wir aus den übrigen Dörfern mehr als ein Dutzend neuer Schüler bekommen. Da macht es nichts aus, wenn der Sturkopf keine Kinder zu uns schickt.«

»Das werden wir ja sehen!«, behauptete ich selbstbewusst. Ich war fest entschlossen, mich nicht unterkriegen zu lassen bei unserem Besuch.

Thomas zuckte unschlüssig mit den Schultern. »Mach dir mal keine allzu großen Hoffnungen. Der alte Mann kann ganz schön nachtragend sein. Er nimmt es mir immer noch übel, dass ich Kwabisi damals dazu überredet habe, zur Schule zu gehen. Und jetzt habe ich auch noch ein Stipendium von der Universität in

Edinburgh für Kwabisi. Das wird Thokozani ganz gewiss nicht gefallen.«

Er lächelte vor sich hin, und ich ärgerte mich ein wenig darüber, dass er immer so geheimnisvoll tat und mir noch nichts davon erzählt hatte.

»Der Häuptlingssohn soll studieren?«, bohrte ich nach. Ich erinnerte mich, wie Asale erwähnt hatte, dass ihr Bruder gerne Jura studieren wollte. Ich hatte es für Fantasterei gehalten.

»Kwabisi ist zwar genauso ein Sturkopf wie sein Vater«, erklärte Thomas widerwillig, »aber er hat eine Menge Grips im Kopf.«

»Du scheinst ihn ja nicht gerade zu mögen«, stellte ich fest.

»Der Kerl ist arrogant und maßt sich zudem allerlei an. Er scheut sich nicht einmal, sich mit der britischen Obrigkeit anzulegen. Ich weiß eigentlich gar nicht, weshalb ich ihn unterstütze. Wahrscheinlich ist es die vage Hoffnung, dass er in Schottland zu einem zivilisierteren Menschen wird.«

Unterdessen hatten wir das Mudzi, wie die Chewa ein Dorf nennen, erreicht. Sobald unser Wagen bemerkt wurde, liefen uns einige Frauen und Kinder entgegen. Innerhalb weniger Augenblicke war unser Karren von Menschen umringt. Neugierig warfen sie Blicke unter die Plane, bis Thomas sie wegscheuchte. Er lenkte den Wagen unter einen Schatten spendenden Anabaum. Dort blieben wir, wie es der Sitte entsprach, und warteten auf eine Abordnung der Dorfältesten, die uns in das Dorf einladen würden. Wir brauchten nicht lange zu warten, bis Kwabisi mit zwei seiner Gefolgsleute erschien, um uns willkommen zu heißen.

»Dieser verdammte Sturkopf Thokozani macht sich mal wieder rar«, schimpfte Thomas ärgerlich vor sich hin. »Er will mich demütigen, indem er nur seinen Sohn schickt.«

Sobald jedoch Kwabisi vor ihm stand, hatte er sich wieder in der Gewalt. Mit einem Lächeln öffnete er seine Arme und sprach die Begrüßungsworte auf Chichewa.

»Mungafune muli bwanji.«

»Ndine wabwino – mir geht es gut!« Es war das erste Mal, dass ich Kwabisis Stimme bewusst hörte. Sie besaß eine natürliche Autorität, die ihm etwas Würdevolles verlieh. Der Häuptlingssohn hob seinen Kopf und forderte uns mit einer einladenden Geste auf, ihm in das Dorf zu folgen. Wir ließen unseren Wagen unbeaufsichtigt zurück und folgten den drei Männern in das Rundhüttendorf zum »bwalo«, dem offenen Dorfplatz, an dessen Rand die Häuptlingshütte stand. Auch dort war von dem Häuptling nichts zu sehen.

»Setzt euch«, bat Kwabisi in bestem Englisch. Er trug nur einen Lendenschurz aus Antilopenfell und einen Umhang über seinen Schultern. Er warf mir einen beiläufigen Blick zu, während er sich würdevoll auf einen Schemel vor der Hütte niederließ. »Ich sehe, dass Amayi wieder gesund ist«, sagte er an Thomas gewandt. »Meine kleine Schwester hat erzählt, dass die Mizimu ihr gutgesinnt sind.«

Ich konnte mir keinen Reim auf seine Worte machen und sah Thomas fragend an.

»Amayi ist die respektvolle Anrede einer Frau, und Mizimu werden die Verstorbenen der Chewa genannt«, erklärte mir Thomas auf meine Nachfrage. »Die Chewa glauben, dass der Mensch nach seinem Tod im Land seiner Ahnen lebt. Nur wenn er sie sich zu Lebzeiten gewogen macht, darf er nach seinem Tod auf Aufnahme bei ihnen hoffen.«

Er wandte sich wieder an Kwabisi.

»Ich denke, ich habe gute Neuigkeiten für dich, wenn du mich vor deinem Vater unterstützt.«

Kwabisis fein geschwungene Augenbrauen hoben sich leicht verärgert.

»Wie kommst du darauf, dass ich dir helfe?«

Thomas machte einen angespannten Eindruck, ließ sich aber nicht aus der Ruhe bringen. »Meine Bitte wird deinem Volk nicht schaden. Ich möchte deinem Vater und auch dir ein Angebot machen. Wo ist Thokozani?«

»Gule wamkulu«, antwortete Kwabisi achselzuckend. »Es ist die Zeit des großen Tanzes. Mein Vater ist mit den Vorbereitungen für die große Zeremonie beschäftigt. Niemand darf ihn stören.«

Ich sah, wie Thomas' Kaumuskeln zu arbeiten begannen. Er wirkte sichtlich verstimmt. Offensichtlich schien es nicht so für ihn zu laufen, wie er es sich vorgestellt hatte. »Dann sag ihm, dass ich ihn nach den Feierlichkeiten bei mir in Tsogolo Malo erwarte.« Er erhob sich und bedeutete mir, ihm zu folgen, als wäre ich ein unmündiges Kind.

»Und was ist mit den Kindern?«, wagte ich einzuwerfen. Ich war schließlich davon ausgegangen, dass dies der Grund unseres Besuches war.

»Ach ja!« Thomas ging nur zerstreut darauf ein. »Das hätte ich beinahe vergessen.« Er wandte sich noch einmal an Kwabisi. »Amayi Luise bietet den Dorfkindern an, ihnen Lesen und Schreiben beizubringen, wenn sie zu uns in die Mission kommen. Werdet du und dein Vater sie darin unterstützen?«

Ich ahnte, dass Thomas die Kinder nur in zweiter Linie wichtig waren. Er hatte etwas ganz anderes im Sinn, wovon ich keine Ahnung hatte.

Kwabisi zuckte mit den Schultern. »Ich habe nichts dagegen, aber mein Vater hält nicht viel von eurem Wissen. Er wird ablehnen.«

»Aber aus den umliegenden Dörfern werden auch Kinder kommen«, mischte ich mich ein. »Dein Vater kann nicht wollen, dass die Kinder eures Dorfes unwissend bleiben.«

»Sie sind nicht unwissend!« Kwabisi bedachte mich mit einem überheblichen Lächeln. Wollte er mich provozieren? »Keiner kennt die Traditionen und Rituale so gut wie die Kinder unseres Dorfes. Was soll Lesen und Schreiben der Musungu ihnen schon nutzen?«

»Dasselbe, was es dir auch genutzt hat«, konterte ich forsch. Die Arroganz des Häuptlingssohns ärgerte mich. »Weshalb warst du denn auf einer englischen Schule und willst sogar studieren?«

»Weil ich die Musungu mit ihren eigenen Waffen schlagen möchte«, antwortete Kwabisi stolz. »Doch deine Leute treiben ein falsches Spiel. Sie lassen uns nur die einfachen Dinge wissen; an den Universitäten werden wir nicht gerne gesehen.«

»Und was ist mit dem Stipendium, das mein Mann für dich beantragt hat?«, fragte ich in der Annahme, dass Kwabisi darüber längst Bescheid wusste. Wie unbedacht meine Bemerkung gewesen war, sollte ich prompt erfahren.

»Luise!« Thomas' schneidende Stimme unterbrach mich. Sein Gesicht verfärbte sich dunkelrot, und ich begriff, dass ich einen verhängnisvollen Fehler gemacht hatte.

»Gib nichts auf die Worte eines Weibes«, wandte er sich rasch an Kwabisi. »Sie weiß nicht, was sie redet.«

Sein Einwand kam natürlich zu spät. Kwabisi musterte erst mich und dann Thomas, ohne seinen Spott zu verbergen.

»Dann hat dein Weib also recht.«

Thomas atmete tief durch, warf mir nochmals einen ungnädigen Blick zu und nickte schließlich ergeben.

»Verdammt! Ja. Ich habe mich für dich eingesetzt, allerdings nur unter der Voraussetzung, dass du mir bei den Verhandlungen mit deinem Vater beistehst. Sag Thokozani, dass ich ihn nochmals bitten möchte, mir Männer für den Ausbau unserer Mission zur

Verfügung zu stellen. Dafür werden eure Kinder kostenfrei unterrichtet, und du kannst umsonst in England studieren.«

»Unsere Kinder brauchen keine Schule«, wiederholte Kwabisi stur. Die Aussicht auf ein Stipendium schien ihn nicht so zu beeindrucken, wie Thomas es sich vorgestellt hatte. »Allerdings wird mein Vater sicherlich bereit sein, dir Männer zu überlassen, wenn du ihn mit guten Milchkühen bezahlst!«

»Ein Stipendium ist mehr wert als all deine Milchkühe«, ermahnte ihn Thomas scharf.

»Mag schon sein, aber was nutzt unseren Männern mein Stipendium?« Er lachte spöttisch auf. »Hast du geglaubt, dass du mich auf diese Weise kaufen kannst, Musungu?«

»Überleg es dir! Ich helfe dir, und du hilfst mir!«

»Komm ein anderes Mal«, antwortete Kwabisi stolz. »Ich bin nicht der Häuptling.«

Auf der kurzen Rückfahrt in die Mission sprach Thomas kein Wort mit mir. Es war ihm jedoch deutlich anzumerken, wie ungehalten er über mein unbedachtes Einmischen war. Ich hatte seine Verhandlungsstrategie durchkreuzt, obwohl es höchst zweifelhaft war, ob sie überhaupt funktioniert hätte. Dass seine Wut noch längst nicht verraucht war, bekam ich zu spüren, als wir zu Hause angelangt waren. Er befahl mir in herrischem Ton, ins Haus zu gehen und dort auf ihn zu warten.

An diesem Abend lernte ich eine weitere unangenehme Seite an meinem Mann kennen, nämlich die eines Cholerikers, der es nicht duldet, dass man ihm ins Handwerk pfuscht. Es fällt mir schwer, darüber zu schreiben, denn die Erinnerung lässt mich auch heute noch schaudern. Sobald wir unter uns waren, überschüttete er mich mit wüsten Schimpftiraden, die sich so weit steigerten, dass ich es mit der Angst zu tun bekam, es könne zu Handgreiflichkeiten kommen. Obwohl ich mir keines großen Vergehens bewusst war, machte er mich in einer Art und Weise nieder, die mich zutiefst demütigte. Als er schließlich, immer noch wütend, das Haus verließ, zog ich mich zutiefst verstört in unser Schlafzimmer zurück. Doch wenn ich geglaubt hatte, es sei damit ausgestanden gewesen, hatte ich mich getäuscht. Ich war kaum eingeschlafen, als mich ein Poltern wieder aus dem Schlaf riss. Thomas stürmte betrunken in unser Zimmer und riss die Decke vom Bett. Als ich seinen irren Blick sah, wusste ich, dass er sich wieder wie ein wildes Tier über mich hermachen würde.

Heute frage ich mich, weshalb ich Thomas dennoch nicht hassen kann. Vielleicht beruht es auf dem Umstand, dass er kein wirklich böser Mensch ist. Im Gegenteil. Seine Fürsorge für die Mission und über längere Phasen auch mir gegenüber war geradezu vorbildlich. Besonders, wenn jemand schwach und hilfsbedürftig war, zeigte er sich voller Aufopferung und Mitgefühl. Außerdem konnte er auch durchaus charmant und unterhaltsam sein und besaß einen wachen Verstand.

Es gab Zeiten, in denen ich mich durchaus als glücklich hätte bezeichnen können. Das waren vor allem die Jahre, in denen wir die Missionsschule aufbauten und ich vielen Kindern Lesen und Schreiben beibrachte.

Es dauerte beinahe fünf Jahre, bis wir eine fest gemauerte Schule auf Tsogolo Malo errichtet hatten. Immer wieder waren Hindernisse zu überwinden, vor allem, wenn es wieder einmal eine Auseinandersetzung zwischen Thomas und Häuptling Thokozani gegeben hatte. Für mich war es nie leicht, den wahren Hintergrund ihres Zwistes zu durchschauen, und genauso undurchschaubar war für mich in dieser Zeit die Denkweise der Chewa. Ihr Stolz und ihre unberechenbare Art zu handeln verunsicherten mich. Ich fühlte mich im Umgang mit ihnen wie auf dünnem

Eis, bis Asale endlich ihre Zurückhaltung aufgab und begann, mich mit den Sitten und Gebräuchen der Eingeborenen vertraut zu machen. Sie nahm mich ab und zu mit in ihr Dorf und stellte mich ihren anderen Geschwistern und ihrer Mutter vor. Außer Kwabisi gab es noch drei Schwestern und einen jüngeren Bruder, die dieselbe Mutter hatten.

Anfangs fühlte ich mich sehr fremd in den einfachen Lehmhütten. Außer einer Kochstelle, Geschirr, einigen Schemeln, Matten und Kopfstützen besaßen die Hütten nichts als einen gestampften Boden. Manche waren von außen bemalt, und alle waren sie mit dem langen Gras der Savanne gedeckt. Doch das Lachen der Kinder, das Gackern der Hühner, die überall ein und aus liefen, und das muntere Geplauder der Frauen bei ihrer Arbeit hatten etwas überaus Anheimelndes.

Von Asale erfuhr ich auch, dass ihr älterer Bruder Kwabisi doch das Stipendium für Schottland erhalten und das Land längst verlassen hatte. Das wunderte mich, denn Thomas war wirklich wütend gewesen. Ich vermute, dass er so Thokozani eins auswischen konnte. Die Arbeitskräfte zum Bau der Schule und unseres Wohnhauses bezogen wir schließlich aus einem anderen Dorf. Aus diesem Grund sah Thomas es anfangs auch nicht sehr gerne, dass ich mich im Mudzi von Thokozani so wohl fühlte. Er fühlte sich wohl hintergangen und ließ mich das auch spüren. Als ich jedoch eines Tages fünf Kinder aus dem Dorf mit nach Tsogolo Malo brachte, stellte er seine Sticheleien ein, und als sie wenig später sogar mit in den Gottesdienst kamen, ließ er sich sogar zu einem beiläufigen Lob herab.

Im Laufe der nächsten fünf Jahre wurde ich mit den Chewa und ihren Gebräuchen immer vertrauter. Nur wenn es um religiöse Dinge ging, die Gebräuche der Nyau, wurde ich ausgeschlossen. Das hinderte mich jedoch nicht daran, mich schon bald in dem Mudzi wohler zu fühlen als bei uns zu Hause. Die Arbeit mit meinen Schülerinnen und Schülern tröstete mich darüber hinweg, dass unsere Ehe kinderlos blieb. Die Kinder kamen gerne zu mir, und selbst als der Unterricht noch unter freiem Himmel stattfand, war ich stets erfüllt und voller Freude.

Während ich mich um die Belange der Schule kümmerte, ging Thomas seiner Missionstätigkeit nach. Hin und wieder war er unterwegs zu benachbarten Missionen, um sich mit den dortigen Geistlichen auszutauschen. War er mehrere Tage unterwegs, nahm er mich auch schon mal mit. Ich war für diese Abwechslungen sehr dankbar, denn sie gaben mir die Gelegenheit, mich auch einmal mit weißen Frauen zu unterhalten. In Nkhotakota gab es zwar einen Laden, in dem man außer Mehl und anderen Grundnahrungsmitteln auch Stoffe, Werkzeug und Munition kaufen konnte, doch Mister Joseph war schon recht alt und – was recht ungewöhnlich war für einen Kolonialwarenhändler – zudem noch wortkarg.

Zu den wenigen Farmersfrauen, die ab und zu sonntags zu uns in die Kirche kamen, hatte ich kein besonders herzliches Verhältnis. Sie blieben lieber unter sich und konnten mit der »Deutschen«, wie sie mich abfällig nannten, nur wenig anfangen. Wie oft wünschte ich mir, wenigstens Resl noch um mich zu haben. Unser Dienstmädchen war wegen unseres Standesunterschiedes natürlich keine echte Freundin gewesen, aber ich hatte ihr doch so manches meiner Geheimnisse anvertraut. Vielleicht wäre es mir, hätte ich sie als Vertraute gehabt, dann auch gelungen, Thomas' Übergriffe leichter zu ertragen. Asale kam für solche Vertraulichkeiten natürlich nicht in Frage.

Manchmal fragte ich mich, ob mein Mann wohl aufhörte, seine ehelichen Rechte von mir zu verlangen, wenn ich endlich schwanger würde. Im Grunde genommen demütigte er mich ja doppelt. Einmal, indem er mich gegen seinen Willen nahm, und dann ein zweites Mal, indem er sich danach kasteite und so Buße tat. Damit zeigte er mir, dass er in mir die böse Verführerin sah, die Unruhe in sein frommes Leben brachte. Dieser religiöse Fanatismus, gepaart mit dem Wahn, alles kontrollieren zu müssen, und seine cholerischen Anfälle waren die Dinge, die mir das Leben mit meinem Mann sehr schwer machten. Thomas hatte so viele Facetten wie ein Chamäleon. Seine Unberechenbarkeit machte unser Zusammenleben immer wieder zur Qual. Doch ich war ihm nun mal angetraut und fest entschlossen, meine Aufgabe in Afrika zu meistern.

21. Kapitel

Hochzeitsswing

Ein bunter Regen aus Sommerblüten empfing das Brautpaar, als es frisch vermählt aus der St. Georgskirche in Bogenhausen trat. Begleitet von den Hurrarufen ihrer Freunde, schritten Henny und Emil über den Kiesweg vor der barocken Kirche auf die wartende Pferdekutsche zu. Henny fühlte sich wie im Traum. Emil hatte ihr nicht zu viel versprochen. Dieser Tag würde der schönste in ihrem bisherigen Leben sein. Sie waren keine große Hochzeitsgesellschaft, aber alle Menschen, die in ihrem und Emils Leben eine Rolle spielten, waren zu ihrem Freudentag erschienen. Ihre Pflegeeltern waren bereits am frühen Morgen angereist. Außerdem hatte Emil seine Kollegen Fritz Baum und Hugo Haller eingeladen sowie Heinrich Schultz samt Gattin Konstanze und Tochter Monika. Und Frieda durfte auf diesem Fest natürlich auch nicht fehlen. Ohne ihre geschickte Hilfe wäre das Brautkleid niemals fertig geworden.

Henny wusste, dass sie bezaubernd aussah. Sie kam sich wie eine Prinzessin vor in ihrem weißen, wadenlangen Kleid aus fließendem Stoff und dem blumenbekränzten Brautreif, der einen zarten Schleier hielt. Ihr dichtes hellbraunes Haar hatte sie zu einem Kranz geflochten. Dank Friedas Schneiderkünsten sah kein Mensch mehr, dass ihr Kleid aus einem Trödelladen stammte und ursprünglich einmal eine Abendgarderobe gewesen war. Nur wer genau hinsah, bemerkte die leichte Bauchwölbung, die durch geschickte Abnäher kaschiert wurde. Frieda hatte das Brautkleid im letzten Augenblick noch einmal ändern müssen, weil es schon wieder zu eng geworden war.

Die Schwangerschaft hatte ihre Hochzeitspläne etwas durcheinandergebracht. Sie hatten den Termin um sechs Wochen nach vorne verschoben, damit es kein unnötiges Gerede gab. Emil hatte darauf bestanden, auch wenn sie jetzt erst einmal auf die geplante Hochzeitsreise verzichten mussten, da er noch keinen Urlaub bekam. Doch das alles scherte Henny nicht. Sie war einfach nur glücklich. Wie auf Wolken schwebte sie neben ihrem Ehemann her. In seiner Feuerwehruniform, die aus einer dunkelblauen Rockbluse mit Koppel und einer schwarzen Tuchhose bestand, machte er eine ausnehmend gute Figur. Die Schildmütze nach Art der Luftwaffe trug das Hoheitsabzeichen der Polizei, den Reichsadler auf dem von einem silbernen Eichenlaubkranz umringten Hakenkreuz.

Sie hatten die wartende Kutsche erreicht. Emil hatte auf diesen Luxus bestanden, obwohl es ihn ein Vermögen gekostet hatte. Galant öffnete er den Wagenschlag und half Henny beim Einsteigen. Ach, sie war ja so stolz auf ihn. Während die offene Kutsche anfuhr, winkte sie den Zurückbleibenden mit ihrer weiß behandschuhten Rechten huldvoll zu.

»Ich komme mir vor wie in einem Märchen«, kicherte sie, »ich glaube, du musst mich zwicken, damit ich weiß, dass ich das alles nicht geträumt habe.«

»Da weiß ich etwas viel Besseres.« Emil beugte sich zu ihr

hinüber und küsste sie zärtlich auf den Mund. »Ich kann selbst noch nicht glauben, dass wir nun Mann und Frau sind.«

Der Kutscher machte mit ihnen einen kleinen Umweg durch das beschauliche Bogenhausen. Ihr mit Blumen geschmücktes Fahrzeug genoss allseits Aufmerksamkeit. Passanten auf den Straßen winkten ihnen fröhlich zu. Der ein oder andere rief sogar Glückwünsche hinterher. Als sie schließlich vor dem Gasthof vorfuhren, wurden sie bereits von ihren Gästen erwartet. Alle waren bestens gelaunt. Nur Josef und Agnes standen etwas abseits. Ihre Pflegeeltern fühlten sich zwischen den »Herrschaften«, wie sie Hennys und Emils Freunde nannten, nicht sehr wohl. Josef hatte sich nur nach langem Zureden bereit erklärt, Henny als Brautvater in die Kirche zu führen.

»So was braucht's doch nicht. Ihr könnt doch auch ganz normal heiraten«, hatte er sich geziert.

Erst als Agnes ihm gedroht hatte, auf der Stelle wieder nach Hause zu fahren, hatte er schließlich nachgegeben. Gemeinsam betraten sie das Gasthaus, in dessen Nebenzimmer für alle ein runder Tisch festlich eingedeckt worden war. Das Brautpaar nahm an der Wandseite Platz. Neben Henny saßen Agnes und Josef, Emils Tischnachbar war natürlich Heinrich Schultz. Emil bestellte für alle Sekt und hieß die Gäste nochmals herzlich willkommen. Danach erhob sich Heinrich Schultz mit seinem Glas.

»Da unser Bräutigam ja keine eigene Familie mehr hat, erlaube ich mir anstelle eines Vaters ein paar Worte an die Hochzeitsgesellschaft zu richten«, begann er mit seiner polternden Stimme. Im Gegensatz zu Emil trug er keine Uniform, sondern einen dunklen Anzug mit gestärkter Hemdbrust und Fliege. »Es dürfte ja allseits bekannt sein, dass ich

Emil seit dem tragischen Tod seines Vaters, der von hinterhältigen Kommunisten umgebracht wurde, mit meinem väterlichen Rat zur Seite stehe.« Er ließ die wässrig blauen Augen über die Tischrunde gleiten, als suche er bei den Anwesenden eine bestätigende Anerkennung.

Emil lächelte geschmeichelt, und auch die anderen nickten dem Oberbaurat wohlwollend zu. Vor allem Josef und Agnes zeigten sich schwer beeindruckt. Nur Frieda starrte mit gesenktem Blick und verkniffenem Mund auf ihren Teller. Wahrscheinlich missfiel ihr, dass Schultz ausgerechnet heute das Feindbild der Kommunisten heraufbeschwor. Henny hoffte, dass sie sich heute zusammenriss und keine politische Diskussion heraufbeschwor.

»Thorbecke hat mich all die Jahre nicht enttäuscht. Im Gegenteil, er hat etwas aus der Chance gemacht, die man ihm gegeben hat. Dass er in naher Zukunft in meine Fußstapfen treten wird, halte ich nicht nur für wahrscheinlich, sondern sogar für gewiss. Als treuer Anhänger der Partei, Mitglied der Allgemeinen SS und fähiger Ingenieur des Brandschutzes stehen ihm für die Zukunft alle Wege offen. Männer wie Thorbecke braucht unser Land, um es gemeinsam mit unserem Führer sowohl von der Schmach von Versailles als auch von Schädlingen wie den Bolschewisten, Sozialisten und Juden zu befreien und dahin zu führen, wohin es gehört – nämlich an die Spitze der Welt!«

Schultz legte nochmals eine Kunstpause ein, um seinen Worten noch mehr Nachdruck zu verleihen.

Henny freute sich über das Lob, das Emil zuteilwurde, fand allerdings, dass er auf die politischen Anspielungen gut hätte verzichten können. Zum Glück beließ Schultz es erst einmal dabei und kam dafür auf das Brautpaar zu sprechen.

»Ich möchte nicht verhehlen, dass ich heute gerne als Brautvater zu euch gesprochen hätte«, fuhr er fort.

Henny schluckte unangenehm berührt und warf einen kurzen Seitenblick zu Schultz' Tochter Monika, einer gut gekleideten, jungen Frau mit ondulierten, festgesteckten Locken, und sah, wie auch diese vor Verlegenheit bis zu den Haarwurzeln errötete. Ihre Mutter saß mit versteinerter Miene daneben. Doch Heinrich Schultz zeigte sich dieser Peinlichkeit keineswegs bewusst. Taktgefühl gehörte offensichtlich nicht zu seinen Stärken.

»Als Thorbecke mir kundtat, dass er nun verlobt sei, war ich erst etwas verstimmt – bis er mir sein wunderbares Fräulein Henny vorstellte.« Schultz wandte sich nun direkt an das Brautpaar. »Sie ist zugegebenermaßen nicht nur ein hübsches deutsches Mädel, sondern zudem auch noch eine tatkräftige junge Frau, die ihre Arbeitskraft in den Dienst der Krankenpflege gestellt hat. Damit wird es ja wohl bald vorbei sein, denn wie ich hörte, soll sie unserem Emil bald einen ganzen Stall voller gesunder deutscher Kinder gebären.« Er lachte laut und hob sein Glas. Bis auf Henny und Emil taten es ihm alle nach. »In diesem Sinne wünsche ich euch nur das Allerbeste. Prost!«

Henny war froh, dass gleich anschließend die Suppe aufgetragen wurde und keine weiteren Reden folgten. Schultz' letzte Worte gingen ihr durch den Kopf. Mit einem Mal wurde ihr klar, dass mit der Hochzeit für sie nicht nur ein neuer Lebensabschnitt begann, sondern dass dieser Einschnitt auch einen Abschied bedeutete. Schon nächste Woche würden Emil und sie in ihre gemeinsame Wohnung ziehen. So wundervoll das war, so bedeutete es doch auch, dass sie aus dem Schwesternwohnheim ausziehen musste und damit ihr gemeinsames

Leben mit Frieda aufgab. Die vielen kleinen Gespräche mit ihr, ihre Vertrautheit und ihr Lachen würden ihr fehlen. Sie würden sich zwar eine Zeit lang noch im Krankenhaus bei der Arbeit sehen, doch schon bald würde das Baby sie zwingen, auch diese Gemeinsamkeit aufzugeben. Würde ihre Freundschaft darunter zu leiden haben? Sie hoffte nicht. Trotz der glücklichen Umstände fühlte sie plötzlich eine unerklärliche Melancholie. Doch dann wurde ihre Aufmerksamkeit auf Agnes und Josef gelenkt, die sich offensichtlich uneins waren. Sie schnappte nur einzelne Worte auf, die dennoch ihr Interesse weckten.

»Wir haben ausgemacht, dass wir ihr reinen Wein einschenken, wenn sie erst verheiratet ist«, beharrte Agnes stur.

»Für was denn schlafende Hunde wecken? Ist doch alles gut so, wie's ist.«

»Sie hat aber ein Recht zu wissen, was die Luise für eine war.«

»So ein Schmarrn! Du hältst dein' Rand, damit wir uns verstehen!« Josef griff zu seinem Bierkrug und trank, ohne Agnes noch eines Blickes zu würdigen.

»Habt ihr euch gerade über meine Mutter unterhalten?«, fragte Henny, die bei der Erwähnung von Luise hellhörig geworden war.

Agnes' Miene wurde sofort verschlossen. »Das braucht dich nicht kümmern«, antwortete sie knapp. »Der Josef hat nur von jemandem im Dorf erzählt.«

Henny fiel plötzlich wieder die Kiste mit den Tagebüchern in Agnes' Schrank ein. »Hat meine Mutter denn wirklich gar nichts hinterlassen?«, hakte sie vorsichtig nach.

»Nichts von Bedeutung. Das hab ich dir doch schon hundert Mal gesagt.« Agnes wechselte abrupt das Thema, indem sie ihren Blick misstrauisch auf Hennys Bauch heftete. »Wenn ich nicht wüsst, dass du ein braves Mädel bist, könnt man glatt auf den Gedanken verfallen, dass du guter Hoffnung bist«, meinte sie misstrauisch.

Henny gelang es nur mit Mühe, ihre Verlegenheit zu verbergen. Eigentlich hätte sie ihre Schwangerschaft jetzt, wo sie verheiratet war, ruhig zugeben können. Für ihre Pflegemutter wäre dieses Eingeständnis jedoch vermutlich einer Todsünde gleichgekommen. Unzucht vor der Ehe, damit würde sie nicht nur ihr den ganzen schönen Tag verderben. Also entschloss sie sich zu einer Notlüge.

»Ich habe in letzter Zeit etwas zugenommen«, behauptete Henny. »Emil ist eben ein großzügiger Mann. Er hat mich während unserer Verlobungszeit regelmäßig zum Essen ausgeführt.«

»Und das in diesen Tagen«, bemerkte Agnes vorwurfsvoll, gab sich jedoch mit ihrer Antwort zufrieden. »Du hast es gut getroffen«, meinte sie etwas später. »Dein Emil wird dich auf Händen tragen, wenn du ihm treu ergeben bist. Mach mir keine Schande!«

»Das werde ich schon nicht. Wir werden euch ab und zu besuchen kommen, wenn ihr wollt«, versprach Henny, die ihre ungewohnte Anteilnahme irgendwie rührte. Weder Agnes noch Josef waren es gewohnt, ihre Gefühle nach außen zu tragen. Vielleicht gelang es ihr ja jetzt, wo sie verheiratet war, ein innigeres Verhältnis zu den beiden aufzubauen. Tatsächlich freute sich ihre Pflegemutter über das Angebot.

»Und wenn ihr mal Kinder habt, dann dürfen sie zu uns in die Ferien kommen«, bot sie ihr sogar an. »Wer weiß, vielleicht übernimmt ja mal eines von denen unsere Wirtschaft, jetzt, wo sie so gut läuft, gell, Josef?« Sie stieß ihren Mann an, der immerhin ein gnädiges »Da läuft noch viel Wasser die Isar herab« grunzte.

Henny musste auf einmal lachen. Wie gut es doch war, dass sie diesem Leben ein für alle Mal entkommen war.

Nach einem wahrhaft opulenten Essen, das aus Hochzeitssuppe, Gänsebraten und Kartoffelknödeln bestand, dazu viel Bier und Wein, gab es anschließend noch Kaffee, Kuchen und Schnaps. Die Stimmung war ausgelassen und fröhlich, und der Nachmittag verging im Nu. Schultz und seine Familie waren die Ersten, die sich gegen Abend verabschiedeten.

»Mach mir heute Nacht keine Schande«, meinte er zu Emil in seiner gewohnt derben Art. Henny zuckte innerlich zusammen. Sie fragte sich nicht zum ersten Mal, was er an diesem grobschlächtigen Mann so sehr schätzte. »Und Sie geben mir ja gut auf meinen Emil acht. Ich möchte keine Klagen hören.«

Sie zwang sich zu einem Lächeln und winkte ihm höflich zu, als er sich, untergehakt bei Tochter und Gattin, auf den Heimweg machte. Auch für Hennys Pflegeeltern war es an der Zeit zu gehen. Henny machte sich Sorgen, wie die beiden wohl nach Hause kommen sollten. Josef hatte keine Runde ausgelassen und war ordentlich betrunken. Emil bot seinen Schwiegereltern an, sie über Nacht in einer Pension unterzubringen. Doch ihr Pflegevater begann daraufhin nur unflätig zu schimpfen. Das gut gemeinte Angebot ging ihm gegen den Strich. Einen solchen Vorschlag vertrug sein Stolz nicht.

»So weit kommt's noch, dass ich nicht mehr in meinem eigenen Bett schlaf, Himmelherrgottsakrament.«

Agnes war das ruppige Benehmen ihres Mannes sichtlich peinlich. Henny tat die alte Frau leid.

»Du kannst uns jederzeit einmal in unserer Wohnung besuchen«, meinte sie zum Abschied. Doch Agnes winkte nur resigniert ab.

»Wir haben ja so viel Arbeit in der Wirtschaft. Da müsst schon ihr euch auf den Weg machen.«

Emil hatte in der Zwischenzeit ein Taxi gerufen und bugsierte die beiden trotz Josefs Protest in das Automobil. So war wenigstens sichergestellt, dass sie bis zum Bahnhof kamen.

»Und jetzt gehen wir endlich tanzen!« Emil packte Henny an der Hüfte und hob sie hoch, als wäre sie leicht wie eine Feder. »In Schwabing gibt es heute Abend eine Swingparty. Es soll sogar eine amerikanische Combo aufspielen. Das müssen wir unbedingt ausprobieren.«

»Wir gehen tanzen? Aber dafür bin ich doch gar nicht richtig angezogen.« Emils Vorschlag kam für Henny völlig überraschend.

»Ich habe dein Sommerkleid dabei und werde dich neu frisieren«, widersprach Frieda schmunzelnd. »Du kannst dich sicherlich irgendwo in der Gastwirtschaft umziehen.«

»Und du?« Henny sah auf Emils Uniform. »So lässt man dich doch da gar nicht rein!«

»Dann werde ich mich wohl auch umkleiden müssen.«

»Habt ihr das etwa alle zusammen ausgeheckt?« Sie sah von Emil zu Frieda und dann zu Fritz und Hugo, die alle miteinander ein schelmisches Grinsen aufsetzten.

»Ich weiß doch, wie gerne du das Tanzbein schwingst.« Emil nahm ihre Hand und drückte einen Kuss darauf. »Und ich tanze ebenfalls gerne. Wer weiß, wie oft wir in der nächsten Zeit noch dazu kommen werden.«

Es wurde ein wunderschöner Abend, an den Henny sich noch lange erinnern sollte. Sie entdeckte einige ganz neue Seiten an Emil. Sie war richtig erleichtert, dass er sich so einfach über die Verbote seiner Partei hinwegsetzte. Swing galt als entartet und billige Negermusik. Es schädigte die deutsche Volkskraft. Anhänger der Musik galten als degeneriert, krank und sogar kriminell veranlagt. An diesem Abend wenigstens legte er für sie den akkuraten, pflichtbewussten Menschen ab, der er sonst immer war. Als sie ihn auf dem Weg zu dem Tanzlokal darauf ansprach, ging er mit bemerkenswerter Leichtigkeit darüber hinweg. »Der Führer mag wohl wissen, wohin er unser Land führen muss, aber von Kunst und Musik hat er leider keine Ahnung. Das haben auch schon andere aus der Partei mitbekommen. Du würdest staunen, wenn du wüsstest, wie viele Mitglieder der Partei heute Abend dort beim Tanzen sind.«

Die Veranstaltung fand in einer Tanzschule im Herzen Schwabings statt, deren Besitzer einst berühmte internationale Turniertänzer gewesen waren. Dank ihrer Verbindungen nach Übersee hatten sie eine Jazzcombo aus den Vereinigten Staaten engagiert, die sich gerade auf Tournee durch Europa befand. Allein die Mund-zu-Mund-Propaganda hatte ausgereicht, um den Tanzsaal zu füllen.

Henny kam sich in ihrem bunt gemusterten Sommerkleid zwischen den modisch gekleideten Frauen recht altbacken vor. Viele trugen kurze, weite Röcke, die ihre Figur betonten, oder lange Hosen und rauchten Zigaretten auf langen Zigarettenspitzen, die ihr selbstbewusstes Auftreten unterstreichen sollten. Die Männer trugen trotz des guten Wetters Hut und Regenschirm. Karierte Hosen und weite, lange Sakkos gaben ihnen ein dandyhaftes Aussehen. Ihre nach hinten gekämmte Haarpracht war mit Zuckerwasser oder Haarpomade in Form gebracht worden. Am amüsantesten fand sie jedoch die lockere Art der Begrüßung. Selbst Emil und Hugo, die immerhin in der SS waren, schienen nichts dabei zu finden. Statt einem »Sieg Heil« rief man sich ein »Swing Heil« zu, während aus »Heil Hitler« ein augenzwinkerndes »Heil Hotler« wurde, was als Anlehnung an das Wort Hotten gedacht war, das von dem Begriff *hot music* als Bezeichnung für Jazz abgeleitet worden war.

Die Stimmung war grandios, als das Orchester mit »Just a Gigolo« nach Bing Crosby einsetzte. Emil packte Henny und zog sie mit sich auf die Tanzfläche. Mit locker vornübergefallenem Oberkörper und gespreizten Beinen streckte er lässig den Arm in die Höhe und bewegte sich im Rhythmus der Musik. Zeige- und Mittelfinger formten dabei das Victory-Zeichen. Henny war begeistert. Sie beobachtete die neben ihr tanzenden Frauen und versuchte ebenfalls deren Schritte nachzuahmen. Der Rhythmus ging ihr sofort ins Blut über. Nach nur wenigen Minuten kam sie sich vor, als hätte sie nie etwas anderes getan, als sich nach diesen herrlich freien Rhythmen zu bewegen. Selbst die zurückhaltende Frieda ließ sich von Fritz zum Tanzen verführen.

»Wenn man dich so tanzen sieht, könnte man meinen, du hättest Negerblut in dir«, zog Emil seine frischgebackene Ehefrau auf.

»Und du tanzt wie ein Zigeuner«, gab Henny zurück. »Es ist einfach herrlich, einmal fünf gerade sein zu lassen.« Sie hob ihre Arme und drehte sich mehrmals im Kreis, bis Emil sie stoppte und kräftig an sich zog, um ihr mitten auf der Tanzfläche einen Kuss zu geben.

Henny hätte mit Emil wohl die ganze Nacht auf der Tanzfläche verbracht, wenn sich nicht plötzlich ein unangenehmes Ziehen in ihrem Bauch bemerkbar gemacht hätte, das immer stärker wurde. »Ich glaube, ich muss mich ein wenig setzen«, keuchte sie plötzlich. Emil reichte ihr besorgt den Arm und führte sie zu einer Sitzgelegenheit. Dann brachte er ihr eine kühle Limonade. »Wir sollten vielleicht besser gehen«, schlug er vor. »Nicht dass unserem Kind noch etwas geschieht.«

»Aber es ist doch gerade so schön!« Henny wollte noch nicht nach Hause gehen. »Lass mich nur ein wenig verschnaufen. Dann wird es schon wieder gehen.«

»Bist du dir sicher?« Emil setzte sich neben sie und hielt ihre Hand.

»Wo sind überhaupt die anderen?« Sie sah sich suchend um. Fritz und Hugo saßen an der Bar und flirteten mit zwei Mädchen, aber Frieda konnte sie nirgendwo entdecken.

»Möchtest du, dass ich nach Frieda sehe?«, fragte Emil und hatte sich auch schon erhoben. »Ich bringe sie zu dir, dann könnt ihr euch ein wenig unterhalten.«

Emil sah sich überall um. Er konnte Frieda weder an der Bar noch in einem der Nebenräume des Tanzlokals entdecken. Vielleicht war sie ja schon nach Hause gegangen. Immerhin war es schon einige Zeit nach Mitternacht. Bevor er zu Henny zurückging, wollte er jedoch noch ein wenig Luft schnappen und eine Zigarette rauchen. In einem der Vorzimmer hatte er einen Balkon entdeckt. Er begab sich dorthin und sah, dass die Tür angelehnt war. Er öffnete sie und trat hinaus in die warme Münchner Nachtluft. In der gegenüberliegenden Häuserzeile brannten noch einige Lichter. Es gab außer ihnen offensichtlich noch mehr Menschen, die es noch nicht ins Bett zog. Emil griff in seine Anzugtasche nach dem Zigarettenetui und dem Feuerzeug. Erst als er sich die Zigarette anzündete, bemerkte er, dass er nicht allein auf dem Balkon war. Ein eng umschlungenes Liebespaar stand an das Geländer gelehnt und küsste sich. Emil wollte sich gerade diskret zurückziehen, als er in der Frau Frieda erkannte und bei näherem Hinsehen in dem Mann Gustav Fröhlich. War dieser Kerl denn vollkommen übergeschnappt, sich hier sehen zu lassen? Er hüstelte, um sich bemerkbar zu machen.

Peinlich berührt, löste sich das Paar voneinander.

»Ich wollte nicht stören«, teilte Emil knapp mit. »Aber Henny hat nach dir verlangt, Frieda. Ich glaube, sie hat sich etwas überanstrengt.«

Frieda trat einen Schritt vor und versuchte Gustav, der sich noch im Halbdunkel befand, mit ihrem Körper zu verdecken.

»Ich … ich habe hier einen Bekannten getroffen«, sagte sie forsch. »Sag doch bitte Henny, dass ich gleich komme.«

»Was soll das Versteckspiel?« Emil mochte es nicht, wenn er für dumm verkauft wurde. »Meinst du, ich sehe nicht, mit wem du dich hier gerade vergnügst?«

»Und was geht das, bitte schön, Sie an?« Gustav schob Frieda beiseite und trat vor ihn hin. Erst da erkannte er Emil.

»Ach, Sie sind das.« Er sah Frieda an und dann wieder Emil. Sein Gesicht drückte größte Sorge aus.

»Du darfst niemandem verraten, dass du Gustav hier gesehen hast«, rutschte es aus Frieda heraus.

»Und weshalb nicht?« Emil stützte die Fäuste in die Seiten und versperrte Gustav den Weg. »Etwa, weil er ein Kommunist ist? Was hast du mit einem Typ wie ihm zu schaffen?«

»Frieda ist meine Verlobte«, sagte Gustav fest und trat noch einen Schritt näher. Es trennten sie nur noch wenige Zentimeter. Plötzlich wurde Emil die Lächerlichkeit der Situation klar. Er wich zurück und ließ die Arme sinken.

»Es ist mir offen gestanden völlig egal, was oder wer Sie

sind«, meinte er kühl, und an Frieda gewandt fügte er hinzu: »Auch wenn ich dir dringend raten möchte, dich nicht mit den falschen Leuten einzulassen.«

»Ich weiß, was ich tue«, gab diese unerschrocken zurück. »Die Frage ist vielmehr, was du tun wirst.«

Emil zog unwillig die Stirn kraus. »Glaubst du wirklich, ich würde an meinem Hochzeitstag den Verlobten der besten Freundin meiner Frau verraten?«

Damit drehte er sich um und ging zurück zu Henny.

»Du musst sofort aus München verschwinden«, drängte Frieda. »Es ist hier viel zu gefährlich für dich!«

Sie griff nach Gustavs Hand und versuchte ihn mit sich zu ziehen. Doch er hielt sie zurück.

»Nur keine übereilte Hast. Dieser Emil wird mich nicht verraten.«

»Wie kannst du dir da so sicher sein?« Frieda hatte plötzlich schreckliche Angst.

»Weil er es sonst schon längst getan hätte.« Er erzählte ihr von den Flugblättern und der Matrize, die niemand anderes als Emil hatte verschwinden lassen können.

»Und wieso, glaubst du, hat er dir damals geholfen? Emil ist bei der SS, und er hasst vor allem Kommunisten. Sein Vater war Polizist und wurde bei Straßenkämpfen angeblich von Kommunisten getötet.«

Gustav zuckte mit den Schultern. »Was weiß ich. Vielleicht war ich ihm ja einfach sympathisch?« Mit seinem unbekümmerten Lächeln, das Frieda jedes Mal dahinschmelzen ließ, packte er sie und zog sie zu sich heran. »Ich habe mich so auf diesen Abend gefreut. Schon morgen muss ich für längere Zeit in die Schweiz. Lass uns diesen Abend genießen. Bitte! Ferdl hat uns wieder sein Zimmer zur Verfügung gestellt. Lass uns dorthin gehen!«

Frieda konnte seinem flehenden Blick einfach nicht standhalten. Wie gerne hätte sie auch etwas von Gustavs Leichtlebigkeit besessen. Er sah niemals unüberwindbare Probleme, sondern strahlte stattdessen Zuversicht und Ruhe aus. Seine Zuversicht gab auch ihr Kraft und ließ sie mit einem Mal ihre Ängstlichkeit überwinden. Kopfschüttelnd willigte sie ein. Sie verabredeten, dass Gustav schon einmal vorausging, während Frieda sich noch von Henny verabschieden wollte. Doch sie suchte ihre Freundin vergeblich. Von Fritz und Hugo, die immer noch an der Bar waren und sich betranken, erfuhr sie jedoch, dass sie sich nicht besonders wohl gefühlt hatte und Emil mit ihr schon ins Hotel gegangen war.

»Wenn du mich fragst ...«, Fritz grinste anzüglich, »dann wollten die halt auch endlich mal allein sein an ihrem Hochzeitstag. So ein Hotelzimmer muss sich ja auch rechnen.«

Frieda ließ die Bemerkung unkommentiert und verabschiedete sich ebenfalls. Hoffentlich hat Henny sich nicht überanstrengt, dachte sie noch flüchtig, dann konzentrierten sich alle ihre Gedanken auf Gustav und ihre gemeinsame Nacht. Es war nicht das erste Mal, dass sie bei ihm schlief. Mit einem wohligen Schauer dachte sie an jenen Sonntagnachmittag im Juli, an dem sie ihre erste Mission erfolgreich hinter sich gebracht hatte. Als sich auf dem Friedhof plötzlich die schwere Hand auf ihre Schulter gelegt hatte, war sie der festen Überzeugung gewesen, dass die Gestapo sie erwischt hatte. Umso größer war die Überraschung, als sie Gustav gegenüberstand. Er hatte sie rasch ins Gebüsch gezogen und dann einfach geküsst. Damals hatte sie gewusst, dass sie auf diesen Mann schon ihr ganzes Leben gewartet hatte.

Während sie durch das nächtliche Schwabing ging, hielt sie immer wieder nach Gustav Ausschau. Doch sie konnte ihn nicht entdecken. Stattdessen hörte sie einen Trupp SS-Männer durch die Schellingstraße ziehen. Sie kamen direkt auf sie zu. Sie fürchtete als alleinstehende Frau Scherereien, vor allem, weil es schon weit nach Mitternacht war. Es war gut möglich, dass die Männer angetrunken waren und sich mit ihr einen Spaß erlauben wollten. Aber noch viel mehr fürchtete sie, dass Gustav ihnen womöglich in die Quere gekommen war. Er konnte noch nicht weit sein, schließlich hatte er ihr versprochen, hier irgendwo auf sie zu warten. Sie überlegte gerade, wie sie den Männern ausweichen könnte, da hörte sie seine flüsternde Stimme.

»Frieda! Hier bin ich!«

Noch bevor sie antworten konnte, wurde sie am Arm in die Dunkelheit eines Hauseingangs gezogen. Kurz darauf hörten sie den Lärm von im Gleichschritt marschierenden Männern. Eng aneinandergepresst und mucksmäuschenstill warteten sie, dass die SS-Leute vorbeizogen. Im diffusen Licht der gegenüberliegenden Straßenlaterne erkannte sie, dass die Männer mit Schlagstöcken bewaffnet waren. Vor Aufregung schlug ihr das Herz bis zum Hals.

»Sie sind weg!« Auch Gustav hörte man seine Erleichterung an. Er nahm Henny bei der Hand und zog sie mit sich mit.

Viel später, als sie gemeinsam in dem viel zu schmalen Bett von Gustavs Freund Ferdinand lagen, sprachen sie über ihre Zukunft. Frieda genoss die wohltuende Nähe von Gustavs Körper und schmiegte sich eng an seine behaarte Brust, während er mit seinem Zeigefinger zärtlich mit ihrem Nackenhaar spielte.

»Ich weiß nicht, ob es uns jemals gelingen wird, diesem Hitler das Handwerk zu legen«, seufzte sie. »Was bringen schon Flugblätter und harmlose Boykottaufrufe, wenn doch die Mehrheit der Deutschen hinter diesem Irren steht?«

»Du darfst den Willen des Volkes nicht unterschätzen«, meinte Gustav voller Überzeugung. »Es gibt eine klassenbewusste Elite von Berufsrevolutionären auch in Deutschland. Wir werden von unseren russischen Brüdern tatkräftig unterstützt. Mit ihrer Hilfe und dank unserer Visionen wird es uns gelingen, schon bald eine klassenlose Gesellschaft zu schaffen, so wie es Lenin in Russland gelungen ist.«

»Aber Hitlers Schergen sind doch überall.«

»Unsere Leute auch!« Gustav ließ ihre Haare los und stützte sich auf den Ellenbogen. »Im ganzen Land gibt es kommunistische Zellen, die eng zusammenarbeiten. Auch wenn wir im Augenblick noch keine allzu großen Erfolge vorweisen können, so tun wir doch, was wir können. Im Augenblick helfen wir politisch Verfolgten, über die Grenze in die Schweiz zu kommen. Ich habe vor Kurzem in Sankt Gallen einen Grenzbeamten kennengelernt, der eventuell bereit ist, Dokumente zu fälschen, die es den Betreffenden ermöglichen, ganz offiziell einzureisen. Ich werde den Leuten an der Grenze helfen, während ihr hier ihre Flucht aus München organisieren müsst. Ferdl wird dich in den nächsten Tagen noch genauer einweisen. Im Augenblick müssen wir einfach alles tun, um die Nazis zu schwächen.«

»Das sehe ich ja ein«, gab Frieda widerwillig zu. »Wenn wir nichts unternehmen, dann tut womöglich keiner was.«

Statt einer Antwort küsste Gustav sie leidenschaftlich auf den Mund und begann erneut, zärtlich ihren Körper zu streicheln.

22. Kapitel

Novemberparaden

Abgeschlagen und müde schloss Henny die Tür zu ihrer Wohnung auf. Sie atmete auf. Emil war zum Glück noch nicht zu Hause. Sie streifte ihren Mantel ab und hängte ihn an den Kleiderhaken hinter der Tür. Mit schweren Schritten schleppte sie sich auf den Küchenstuhl, um die Schuhe abzustreifen. Durch Massieren ihres Bauches versuchte sie das leichte Ziehen zu beseitigen, das sie schon seit geraumer Zeit spürte. Vielleicht hätte ich mich doch etwas mehr schonen sollen, dachte sie kurz, wischte den Gedanken aber sofort wieder beiseite. Die Arbeit in der Milchsammelstelle in Schwabing machte ihr schließlich Spaß und jetzt, wo sie ohnehin nicht mehr im Krankenhaus arbeiten konnte, war es eine willkommene Abwechslung im täglichen Einerlei ihres Hausfrauendaseins. Henny liebte es, gebraucht zu werden, was Emil leider überhaupt nicht verstand. Er war der Meinung, dass eine Frau ins Haus und zu den Kindern gehörte und keiner beruflichen Tätigkeit nachgehen sollte.

»Ich verdiene genug, um unsere Familie zu versorgen«, wurde er nicht müde zu sagen. »Da musst du anderen Frauen nicht die Arbeit wegnehmen.«

Leider verstand er nicht, dass es ihr mehr um das Gebrauchtwerden ging als um das wenige Geld, das sie verdiente. Ihr mühsam errungenes Selbstbewusstsein hatte sie allein dem Umstand zu verdanken, dass man sie und ihre Arbeit wertschätzte. Deshalb war sie auch froh gewesen, als die Generaloberin sie darauf hingewiesen hatte, dass man noch Freiwillige in der Frauenmilchsammelstelle suchte. An zentralen Orten in der Stadt wurde überschüssige Muttermilch gesammelt und abgekocht. Die so konservierte Milch war für die vielen unterernährten oder kranken Säuglinge gedacht, deren Mütter nicht in der Lage waren, ihre Kinder selbst zu stillen. Henny hatte sich den Frauen angeschlossen, ohne Emil zuvor zu fragen. Es war für sie eine Selbstverständlichkeit zu helfen, wo es doch so viele hilfsbedürftige Mütter allein in München gab. Dabei standen ihr immer noch Frau Matuschek und ihre Zwillinge vor Augen.

Wider Erwarten hatte Emil nichts gegen ihre Tätigkeit. »Die deutschen Frauen müssen einander tatkräftig unterstützen.«

Dem konnte Henny natürlich nur beipflichten, auch wenn es sie wurmte, dass die Milch nur für arische Frauen gedacht war. Aber da sie selbst nun zu den privilegierten Frauen gehörte, wollte sie wenigstens auf diese Weise helfen. Das leichte Ziehen in ihrem Bauch ließ nach, als sie ihre Beine auf dem gegenüberliegenden Stuhl ablegte. Sie waren vom vielen Stehen ganz angeschwollen. Sie wollte sich wenigstens eine klitzekleine Pause gönnen, bevor sie mit dem Kochen begann. Dabei fiel ihr Blick auf den *Völkischen Beobachter* auf dem Küchentisch, der den bevorstehenden »Gedenktag für die Bewegung« groß ankündigte. Über viertausend SS-Männer sollten am 8. November, also am folgenden Montag, in einer nächtlichen Zeremonie am Odeonsplatz vereidigt werden.

Am frühen Abend würde Propagandaminister Joseph Goebbels in der Bibliothek des Deutschen Museums die Aufklärungsschau »Der ewige Jude« eröffnen. Der Redakteur riet jedem Bürger zu einem Besuch der Wanderausstellung, um sich selbst ein umfassendes Bild über den zersetzenden Einfluss der Juden auf die deutsche Bevölkerung zu machen. Der Eintritt kostete nur 50 Pfennige für diese dritte Schau in dem in sich geschlossenen Zyklus der »Schandausstellungen«. »Die große antibolschewistische Schau« im vergangenen November hatte die Kommunisten ins Visier genommen, die Ausstellung über »Entartete Kunst« alle künstlerisch Irregeleiteten, und den Abschluss bildeten nun die verhassten Juden.

Henny hatte ein ungutes Gefühl, als sie das Plakat betrachtete, das ebenfalls abgedruckt war. Es zeigte einen Ostjuden im Kaftan mit Goldmünzen und Peitsche in den Händen und einer Weltkarte unter dem Arm, eine bösartige Karikatur, wie sie fand. Überall im Land wurde der Hass auf die Juden geschürt. Sie und die Zigeuner und Kommunisten wurden für alles verantwortlich gemacht, was die Politik nicht in den Griff bekam, wie Frieda nicht müde wurde zu behaupten. Ihre Freundin war nicht ganz unschuldig daran, dass Hennys Einstellung zu den Machthabern zunehmend kritisch wurde. Das war oft ein Streitpunkt zwischen ihr und Emil, der zumindest vordergründig die Ideologie der Nazis vertrat.

Sie fröstelte und bemerkte erst jetzt, dass der Kohleofen ausgegangen war. Also war doch nichts mit der ersehnten Pause. In dem Moment, als sie aufstand, bekam sie von dem Baby einen kräftigen Tritt verpasst. Der Schmerz war so heftig, dass sie laut aufstöhnte. Doch sobald er nachließ, erfasste sie eine Welle übergroßer Liebe. Zärtlich fuhr sie mit den Händen über den harten Bauch.

»Du kannst wohl nicht erwarten, ein erstes Tänzchen zu probieren«. Die Vorstellung eines tanzenden Säuglings ließ sie schmunzeln. Sie konnte es kaum noch erwarten, endlich ihr Kind in den Armen zu halten. Wer weiß, vielleicht würde es ja ein Christkind werden. »Ich hoffe, dass wir dir gute Eltern sein werden«, sprach sie laut zu ihm.

In Augenblicken wie diesen überfielen sie oft sentimentale Gefühle und Gedanken, die sich nicht abwehren ließen. Wenn sie daran dachte, dass sie in wenigen Wochen eine richtige Familie sein würden, so eine, wie sie sie niemals erlebt hatte, kamen ihr die Tränen. Eine tiefe Dankbarkeit erfüllte ihr Herz, und sie schätzte sich glücklich, dass sie alles hatten, was sie zum Leben brauchten: ein ordentliches Dach über dem Kopf, immer zu essen, Kohle zum Heizen, warme Kleider, und ab und zu war sogar ein wenig Geld übrig, sodass sie ins Kino oder ins Theater gehen konnten. Das war mehr, als die meisten Menschen sich in Zeiten wie diesen leisten konnten. Das Einzige, was ihr ein wenig Angst machte, war die Aussicht, dass sie von nun an nur noch für ihr Kind und den Haushalt da sein sollte. Sie vermisste das Krankenhaus und die rege Betriebsamkeit, den Kontakt zu den Patienten und die Zusammenarbeit mit Professor Strößner schon jetzt. Dabei war sie gerade erst zehn Tage von der Klinik fort.

Henny hatte schon mehrere Male versucht, mit Emil darüber zu reden. Doch er zeigte wenig Verständnis für ihre Bedenken.

»Deine Ängste sind ganz normal. Sie werden sich legen, sobald unser Kind auf der Welt ist. Dann weißt du gar nicht mehr, wo dir der Kopf steht, wenn du dich um alles kümmern musst. Du wirst schon sehen!«

Seine Worte hatten sie jedoch nicht so ganz überzeugt.

»Was bin ich nur für eine undankbare Frau«, schimpfte Henny mit sich selbst.

Es wurde Zeit, ihre Pflichten zu erledigen, bevor Emil nach Hause kam.

Sie war gerade dabei, die Kartoffeln abzuschütten, als sie den Schlüssel in der Haustür hörte. Wenig später trat Emil von hinten an sie heran und überraschte sie mit einer innigen Umarmung.

»Du riechst wunderbar.« Er vergrub seine Nase in ihrem locker aufgesteckten Haarknoten und schnupperte ausgiebig darin. Sein unrasiertes Kinn kitzelte sie in der Halsbeuge. »Weißt du, dass ich mich schon den ganzen Tag auf diesen Augenblick gefreut habe?«

Sie machte sich von ihm los und drehte sich zu ihm um.

»Und ich dachte immer, du arbeitest, wenn du auf der Wache bist!«

»Tu ich auch, aber hin und wieder kann ich einfach nicht anders, als an dich zu denken!« Er lachte sein wunderbares Lachen und strich ihr liebevoll über den angeschwollenen Bauch. »Wie geht es denn unserer kleinen Dame?«

»Woher willst du denn wissen, dass es ein Mädchen ist?«

Die kleine Plänkelei war ihnen in den letzten Wochen zur Gewohnheit geworden.

»Nun …« Emil trat einen Schritt zurück und betrachtete sie von der Seite. Dabei strich er sich über die Wange, als würde er ausgiebig nachdenken. »Wenn es ein Junge wäre, dann wäre dein Bauch spitzer!«

»Du hast dir wohl von einer Wahrsagerin die Zukunft lesen lassen, gib es zu.« Scheinbar drohend hob sie den Zeigefinger.

Doch Emil ging nicht weiter auf ihr Schäkern ein, sondern wechselte das Thema.

»Was gibt es denn zu essen? Ich muss gleich noch mal weg – eine außerordentliche Sitzung der Schutzstaffel. Heinrich wünscht, dass ich dabei bin.«

Hennys gute Laune war mit einem Mal wie weggeblasen. Es gelang ihr nur schwer, ihre Enttäuschung zu verbergen.

»Schon wieder!«, sagte sie gequält. »Du verbringst mehr Zeit mit diesen Leuten als mit mir.«

»Das sind nicht irgendwelche Leute, das ist die Elite des deutschen Volkes«, wurde sie prompt von ihrem Ehemann zurechtgewiesen. »Die Organisation ist ein wichtiger Stützpfeiler der deutschen Regierung. Du solltest dich darüber nicht mokieren.«

»Du hörst dich schon an wie Heinrich Schultz – immer nur die Partei und dieser Herr Hitler.« Henny war nicht bereit, so leicht klein beizugeben.

»Es ist eben so, wie es ist.« Emil setzte sich demonstrativ an den Tisch und nahm sich den *Völkischen Beobachter* vor.

Henny schmollte nun wirklich. Nicht zum ersten Mal hatte sie das Gefühl, dass Emil mehr an Schultz hing als an ihr. Er war in den letzten Wochen ständig auch nach Feierabend noch außer Haus gewesen. Entweder musste er Überstunden auf der Feuerwache leisten oder aber Schultz zu Veranstaltungen der SS begleiten. Emil hatte ihr erklärt, dass er das seinem Vorgesetzten schuldig war. Schließlich hatte er schon so viel für ihn getan. Dass er sofort als vollwertiges Mitglied in die Schutzstaffel aufgenommen worden war, war ebenso dessen Fürsprache zu verdanken wie sein rascher Aufstieg innerhalb der Feuerwehr. Damit gingen überdies auch viele Vergünstigungen einher. Die Wohnung, in der sie seit ihrer Hochzeit lebten, hätten sie sich normalerweise niemals leisten können. Doch war es das alles wert, wenn Emil und sie kaum noch

Zeit füreinander hatten? In Augenblicken wie diesen war sie richtig eifersüchtig auf Schultz. Manchmal kam es ihr vor, als sei Emil diesem Mann auf irgendeine Weise hörig.

»Das Essen ist gleich fertig. Ich mache noch ein paar Rühreier zu den Kartoffeln.«

Sie schwiegen beide, während sie die Eier anrührte und in der Pfanne garte. Erst als sie beide beim Essen saßen, nahm Emil wieder den Gesprächsfaden auf.

»Es tut mir ja auch leid, dass ich so oft weg sein muss«, versuchte er einzulenken. »Schultz baut darauf, dass ich ihn bei seinen Aufgaben unterstütze. Er ist ein Machtmensch, der schon viele wichtige Dinge auf den Weg gebracht hat. Auf der anderen Seite fällt ihm das Organisieren und Planen schwer. Und das ist wiederum meine Stärke. Gemeinsam sind wir unschlagbar. Das hat nicht nur er erkannt. Demnächst soll ich mit zum Reichsführer SS, um ihm mögliche Umstrukturierungen in der Organisation zu erläutern. Das ist eine große Ehre für mich. Ich habe einige gute Ideen, wie man möglichst zweckmäßig Polizei und andere Sicherheitskräfte mit der Schutzstaffel der NSDAP verschmelzen kann. Sie sind dann alle direkt Himmler weisungsgebunden und können gemeinsam agieren.«

»Das interessiert mich alles nicht!«

Emil griff nach ihrer Hand, die sie ihm jedoch trotzig entzog.

»Ich habe zwei Freikarten für die Judenausstellung. Wir könnten nächste Woche gemeinsam dorthin gehen. Ich verlasse einfach etwas früher das Büro, und danach gehen wir noch schön etwas essen. Was hältst du davon?«

Es war so offensichtlich, dass er versuchte, sie wieder versöhnlich zu stimmen, dass Henny gar nicht anders konnte, als ihm zu verzeihen. Als er jedoch wenig später die Wohnung verlassen hatte, wurde ihr noch einmal bewusst, wie viele Abende während ihrer kurzen Ehe sie schon hatte alleine verbringen müssen.

Zum vierten Mal in Folge wurde der »Gedenktag für die Bewegung« mit viel Pomp und Prunk und großen Aufmärschen in München gefeiert. In Erinnerung an den Marsch auf die Feldherrenhalle am 8. November 1923, als Hitler, Ludendorff und weitere Putschisten vergeblich versucht hatten, die Regierungsmacht an sich zu reißen, wurde nun an die »Opfer« für das Vaterland und »Blutzeugen der Bewegung« erinnert. Vom Bürgerbräukeller in Richtung Feldherrenhalle am Odeonsplatz gab es einen »historischen Zug«.

Frieda verachtete sich selbst dafür, dass sie wieder einmal Hennys Gutgläubigkeit ausnutzte, um ihren geheimen Tätigkeiten nachgehen zu können. Doch die Gelegenheit war einfach zu günstig, um sie einfach verstreichen zu lassen. Keiner von Hitlers Spitzeln würde auf die Idee kommen, dass sie etwas zu verbergen hatte, wenn sie sich in Begleitung eines SS-Offiziers und dessen Frau zeigte. Eingenäht im Futter ihres Wintermantels trug sie Flugblätter, die von dem Angriff der deutschen Luftwaffe auf das schutzlose baskische Örtchen Guernica am 26. April diesen Jahres berichteten. Gustav hatte die Flugblätter über die Transportkolonne Otto, die von dem Journalisten Willi Bohn geleitet wurde, über die Schweiz nach Deutschland eingeschmuggelt. Friedas Aufgabe war es nun, diese an bestimmten Stellen so zu platzieren, dass sie von den Zuschauern des Aufmarsches gesehen und mitgenommen werden konnten. Die beiden Freunde dienten ihr dabei als Tarnung.

Nachdem Emil sich zu seiner Einheit verabschiedet hatte, blieben Frieda und Henny in der Nähe der Feldherrenhalle bei den eigens für diesen Anlass aufgestellten Pylonen zurück. Auf den Spitzen der festungsartigen Säulen befanden sich brennende Feuerkelche. Jeder einzelne Pylon symbolisierte einen der sechzehn damals Gefallenen. Frieda hatte für diese Veranstaltung nur Verachtung übrig. Der vor vierzehn Jahren misslungene Putsch, der nicht nur niedergeschlagen worden war, sondern Hitler und seinen Konsorten Festungshaft und das einstweilige Verbot der NSDAP eingebracht hatte, wurde nun dazu benutzt, um die Verbrecher von damals als wahre Revolutionäre darzustellen und ihre Tat in eine heroische Niederlage umzumünzen. Frieda ließ sich etwas zurückfallen, um unauffällig am Fuße eines Denkmals einige Flugblätter zu deponieren. Dabei ging sie in die Knie und tat so, als müsse sie ihre Schnürschuhe binden. In Wirklichkeit griff sie in eine der Innentaschen und legte ihr verbotenes Gut unauffällig ab.

»Warum bleibst du nur immer zurück?«, wurde sie von Henny gescholten, der man dank ihrer anderen Umstände einen Platz ganz vorne angeboten hatte. Es hatte sie einige Mühe gekostet, Frieda dort auch einen Platz freizuhalten.

»Mein Schuh geht immer wieder auf.« Frieda hoffte, Henny würde ihre Ausrede nicht durchschauen.

Doch ihre Freundin war viel zu sehr von dem Geschehen um sie herum beeindruckt.

»Jetzt können wir den Marsch hautnah miterleben«, schwärmte sie begeistert. »Emil saß mit dem Führer sogar schon einmal an einem Tisch.«

»Das war sicherlich unvergesslich«, antwortete Frieda und konnte den Sarkasmus in ihrer Stimme kaum unterdrücken. Es fiel ihr zunehmend schwer, Begeisterung zu heucheln. Außerdem wäre es ihr lieber gewesen, etwas mehr im Hintergrund zu bleiben. Es gefiel ihr nicht, wie auf dem Präsentierteller ganz vorne zu stehen. Sie fürchtete, dass sich irgendjemand von der Geheimen Staatspolizei womöglich ihr Gesicht merken könnte.

Die fröhliche Unterhaltung der Zuschauer verstummte, als plötzlich lauter Trommelwirbel erklang, der den Beginn des Zuges ankündigte. Im Publikum machte sich Aufregung breit, die sogar Frieda nicht unberührt ließ. Wie eine bedrohliche Riesenwelle rollte der Fahnen schwenkende Zug auf sie zu. Adolf Hitler inmitten seiner Getreuen. Er ging ihnen nur einen kleinen Schritt voraus, aber gerade dies zeigte seine außerordentliche Bedeutung. Vor ihm wurde die sogenannte »Blutfahne« geschwenkt, das Symbol der Heldenhaftigkeit. Hinter ihm marschierten in geschlossenen Linien weitere Putschgenossen, gefolgt von einem ganzen Heer im Gleichschritt marschierender SA- und SS-Mitglieder, Angehörigen der Wehrmacht und anderen Parteiverbänden wie der Hitlerjugend und dem Bund Deutscher Mädel. Eine Inszenierung, die bis in die kleinste Kleinigkeit durchdacht war. Sobald der Führer die Allee mit den sechzehn Pylonen betrat, wurden über Lautsprecher laut die Namen der Gefallenen aufgerufen. Namen, die wie ein Donnerhall über der Menge schwebten. Gleichzeitig schnellten die Arme der Zuschauer zum Hitlergruß nach oben. Frieda blieb gar nichts anderes übrig, als ebenfalls den Arm zu heben. Sie schämte sich. Dann ertönte das Horst-Wessel-Lied. Viele der Umstehenden fielen sofort ein und begannen voller Inbrunst mitzusingen. Man konnte fast den Eindruck gewinnen, dass sich alle Zuschauer in diesem Augenblick miteinander verbrüderten. Auch Henny war anzusehen, wie ergriffen sie war, besonders, als der Führer so nah an ihnen vorbeimarschierte. Frieda konnte nicht anders, als sie anzustupsen, damit sie wieder in die Realität zurückfand. Was war bloß mit den Menschen los, dass sie auf diesen Rattenfänger hereinfielen, der mit solch billigen Tricks arbeitete?

In dem Augenblick, als die Anführer des Aufmarsches die Feldherrenhalle erreichten, fielen die ersten Kanonenschüsse. Danach legte Hitler einen Kranz vor der Ehrenwache nieder, während Gauleiter Julius Streicher mit ausgestrecktem Arm seine Ehrerbietung erwies.

Wenig später löste sich die Menschenmenge wieder auf. Die meisten strebten nun in Richtung Königsplatz, wo der Triumphzug vor den neu errichteten Ehrentempeln mit den gusseisernen Särgen der »Gefallenen« sein Ende finden würde.

Frieda fürchtete schon, dass Henny ihr vorschlagen könnte, ebenfalls dort hinzugehen. Sie war sich nicht sicher, ob sie das durchstehen konnte.

Doch ihre hochschwangere Freundin war zum Glück zu erschöpft und bat sie, sie nach Hause in die Volkartstraße zu begleiten.

Henny stützte sich auf Friedas Arm. Ihr Rücken schmerzte schon wieder, und sie fühlte, dass ihre Füße angeschwollen waren. Die Schwangerschaft wurde allmählich richtig beschwerlich. Dennoch bereute sie es nicht, sich zu diesem Ausflug entschlossen zu haben. Bislang hatte sie Emils Schwärmerei für den Führer nicht so recht nachvollziehen können, doch jetzt, da sie ihn zum ersten Mal wirklich erlebt hatte, verstand sie durchaus, dass sich so viele Menschen von diesem mächtigen Mann angezogen fühlten. Er übte eine Kraft auf die Massen aus, die fast schon hypnotisch zu nennen war. Allzu gern hätte sie sich mit Frieda darüber unterhalten. Leider blockte diese sofort ab, als sie begann, über Hitlers Charisma zu reden.

»Lass mich bloß damit in Ruhe!«, wimmelte sie Henny ungehalten ab.

Obwohl sie nie offen darüber sprachen, wusste Henny, dass ihre Freundin Hitler nicht nur kritisch gegenüberstand, sondern immer noch überzeugte Sozialistin war. Nicht dass es sie persönlich gestört hätte, was Frieda dachte. Im Gegenteil, viele ihrer Argumente waren durchaus plausibel und auch für sie nachvollziehbar. Auf der anderen Seite wurde es immer gefährlicher, in der Öffentlichkeit freimütig seine Meinung zu äußern. Manchmal hatte sie richtig Angst um Frieda, der es nicht immer gelang, ihre Missfallen gegenüber den Nazis unter Verschluss zu halten. Als sie sie darauf angesprochen hatte, hatte Frieda begonnen, sich auch von ihr zurückzuziehen. Sie wirkte verschlossen und hatte offensichtlich Geheimnisse. Henny ahnte wohl, dass Gustav Fröhlich dahintersteckte, wusste aber nichts Genaues. Sie hatte ein ungutes Gefühl, wenn sie an Frieda und den charmanten Filmvorführer dachte. Auf der einen Seite freute sie sich, dass auch Frieda endlich den Mann ihres Herzens gefunden hatte. Andererseits war diese Liebschaft höchst gefährlich. Emil hatte ihr erzählt, dass die Gestapo hinter Gustav her war, angeblich stand er im Verdacht, Flugblätter für die sozialistische Arbeiterpartei und die Kommunisten zu drucken. Mittlerweile war er untergetaucht und arbeitete aus dem Untergrund heraus.

»Wenn herauskommt, dass Frieda und er ein Paar sind«, hatte Emil sie schon mehrmals gewarnt, »dann wird die Geheimpolizei auch sie und ihr Umfeld ins Visier nehmen.«

Aus diesem Grund sah er es auch nicht besonders gerne, wenn sie allzu oft mit Frieda zusammensteckte. Doch natürlich würde sie niemals ihre Freundschaft wegen solch einer Lappalie aufs Spiel setzen. Und gerade deshalb kränkte es sie, dass Frieda nicht offen zu ihr war. Warum verheimlichte sie ihr zum Beispiel, dass sie sich immer noch mit Gustav traf? Und was tat sie heimlich hinter ihrem Rücken? Hielt Frieda sie wirklich für so naiv, dass ihr nicht aufgefallen wäre, dass sie heute absichtlich immer wieder hinter ihr zurückgeblieben war, angeblich um ihren Schuh zu binden? Sie wusste zwar nicht, was sie damit bezweckt hatte, aber dass es einen anderen Grund gehabt haben musste, dämmerte ihr spätestens in dem Augenblick, als ihr auf ihrem Weg in Richtung Marienplatz just an der Stelle ein Stapel Flugblätter ins Auge stach, wo Frieda sich auf dem Hinweg auch die Schuhe gebunden hatte.

Abrupt machte sie sich von der Freundin los und steuerte zu dem Sims eines Schaufensters, auf dem einige Flugblätter lagen. Sie griff nach einem und las Frieda laut vor: »Massaker im spanischen Guernica – Deutsche Luftwaffe verstößt gegen das Kriegsvölkerrecht!« Darunter stand ein kurzer Bericht über die Bombardierung eines spanischen Bergdorfes und ein Aufruf, sich gegen das Unrecht, das in Deutschland gerade geschah, zu wehren.

»Wusstest du davon?« Argwöhnisch sah sie Frieda in die Augen.

Diese blieb erstaunlich gelassen. »Lass dich bloß nicht mit dem Zettel erwischen!«, entgegnete sie in einem ironischen Unterton.

Das machte Henny nur noch misstrauischer. Mit einem Mal erinnerte sie sich, dass Friedas Mantel sich ungewöhnlich sperrig angefühlt hatte, als sie an ihrem Arm gegangen war, so als wäre er mit einer Schicht Zeitungen gefüttert. Ohne Frieda zu warnen, griff sie nach dem Mantelstoff.

»Was machst du da?« Sie rückte sofort befremdet von ihr ab.

Doch Henny war sich nun sicher, dass sich in dem Mantelfutter etwas verbarg.

»Was versteckst du in deinem Mantel?«, fragte sie scharf.

»Was soll das? Bist du jetzt völlig übergeschnappt?«

»Frieda!« Henny stemmte die Fäuste in die Hüfte und sah sie herausfordernd an. »Warum spielst du dieses Spiel mit mir? Hältst du mich wirklich für so dumm, dass ich nicht merke, dass du vor mir Geheimnisse hast?«

»Das bildest du dir nur ein.« Frieda stellte sich stur. »Das kommt sicherlich von deiner Schwangerschaft, da bildet man sich schon manchmal Dinge ein, die gar nicht wirklich sind.«

Die Antwort brachte Henny nur noch mehr auf.

»Weißt du, was ich mich gerade frage? Ich frage mich, weshalb du freiwillig mit mir zu diesem Aufmarsch gegangen bist, wo du doch für die Nazis überhaupt nichts übrig hast.«

»Weil ich dich in deinem Zustand nicht alleine lassen wollte, das ist doch selbstverständlich! Nun stell dich doch nicht so an.«

Frieda versuchte ihren Arm zu nehmen, damit sie endlich weitergingen, doch Henny ließ sich nicht so leicht abspeisen, auch wenn sie dabei Gefahr lief, Frieda unrecht zu tun. Sie wollte endlich Bescheid wissen.

»Hast du etwas mit diesen Flugblättern zu tun?«, fragte sie aufs Geratewohl.

Sie sah, wie ihre Freundin bleich wurde. Im nächsten Augenblick riss Frieda ihr das Flugblatt aus den Händen und warf es auf den Boden.

»Unsinn! Du siehst Gespenster«, meinte sie und stapfte davon.

Henny setzte ihr nach. Sie packte sie am Ärmel und hielt sie auf.

»Was du mit den Flugblättern tust, geht mich im Grunde genommen nichts an«, sagte Henny enttäuscht. »Aber ich finde es empörend, dass du mich so einfach hintergangen hast. Ich fühle mich von dir benutzt.« Sie ließ Friedas Ärmel los und steuerte auf die Straßenbahnhaltestelle zu, ohne sich noch einmal nach ihr umzusehen.

Nun war es Frieda, die ihr hinterherlief.

»Ich wollte dich nicht hintergehen, das musst du mir glauben«, versicherte sie ihr, »ich wollte dich nur nicht in Dinge hineinziehen, die dir schaden könnten.«

Henny blieb stehen.

»Aber genau das hast du getan. Oder glaubst du, man hätte mich ungeschoren davonkommen lassen, wenn sie dich erwischt hätten?«

Frieda sank merklich in sich zusammen. »Das würde ich mir nie verzeihen. Aber ich habe dich nicht leichtfertig einer Gefahr ausgesetzt. Ich habe immer aufgepasst …«

»So gut, dass sogar ich dir auf die Schliche gekommen bin«, unterbrach sie Henny enttäuscht. »Wieso begibst du dich so leichtfertig in Gefahr?«

»Bist du wirklich so einfältig, oder willst du es nicht wahrhaben, was um uns herum vorgeht?«, brauste nun Frieda empört auf. »Diese Hetze gegen die Juden und Kommunisten. Die Straf- und Konzentrationslager sind voll von Unschuldigen, und niemanden schert es. Und jetzt mischt sich Hitler auch noch in den spanischen Bürgerkrieg ein. Du hast es doch gelesen. Dein Hitler hat die deutsche Luftwaffe auf ein unschuldiges Bergdorf gehetzt und dabei in Kauf genommen, dass Hunderte von Zivilisten dabei ums Leben gekommen sind. Die meisten von ihnen sind Frauen, Kinder und alte Leute.«

»Das ist doch nur kommunistische Propaganda«, widersprach Henny. »Emil sagt, dass damit unsere Moral untergraben werden soll …«

Frieda unterbrach sie hämisch. »Emil sagt dies, Emil sagt das. Dein Mann plappert doch nur das nach, was ihm sein Vorgesetzter Schultz vorgibt. Beweise hat er sicherlich keine. Wir dagegen schon. Unsere Informationen stammen von ausländischen Journalisten, die vor Ort waren. Du könntest das alles in englischen, französischen oder schweizerischen Zeitungen nachlesen, wenn du dir die Mühe geben würdest.«

Henny wollte noch etwas erwidern, aber ihr fielen keine geeigneten Argumente ein. Sie fühlte sich verletzt und hintergangen.

»Ich kann den Schund auf diesen Pamphleten einfach nicht glauben«, beschied sie Frieda kurzerhand. Die beiden hatten jetzt die Straßenbahn erreicht. »Du brauchst mich nicht nach Hause zu begleiten«, fügte sie immer noch verstimmt hinzu.

Als sie einstieg, reichte sie Frieda noch nicht einmal die Hand zum Abschied.

Teil 3

Der Bruch

München: Weihnachten 1937 bis Herbst 1938
Tsogolo Malo: 1912 bis 1913

23. Kapitel

Der große Tag

Weihnachten rückte näher, während Hennys Schwangerschaft sich langsam ihrem Ende zuneigte. Professor Strößner, den sie regelmäßig aufsuchte, rechnete damit, dass das Kind wohl Mitte Januar auf die Welt kommen würde. Die Zeit bis dorthin schien ihr quälend lang. Manchmal kam sich die junge Frau, die sich ansonsten so gerne bewegte, wie eine unförmige Mutterkuh vor, dem jeder und alles im Weg stand. Durch das nasskalte Wetter war sie gezwungen, die meiste Zeit in ihrer Wohnung zu verbringen. Natürlich gab es einiges im Haushalt zu tun, und für das Baby mussten diverse Dinge besorgt werden. Henny begann mit großer Begeisterung das Kinderzimmer einzurichten, das Emil an einem Wochenende frisch gestrichen hatte. Auf einem Trödelmarkt erstanden sie eine Kommode sowie eine gebrauchte Wiege, die Henny sorgfältig abschmirgelte und mit einem frischen Anstrich versah. Die handwerkliche Arbeit machte ihr überraschend viel Spaß.

Eines Tages lieferte der Postbote ein Päckchen von Agnes an. Seit ihrer Hochzeit hatte sich zu ihrer Pflegemutter ein beinahe herzliches Verhältnis entwickelt. Henny war mehr als gerührt, als sie das Packpapier entfernte und darunter selbst gestrickte Strampelhöschen, Jäckchen und ein Mützchen für das Baby vorfand. Auf der beiliegenden Karte wünschte ihr Agnes für die bevorstehende Geburt alles Gute. In ihrer ungelenken Handschrift bat sie außerdem um Nachricht und einen baldigen Besuch. Die Karte endete mit: *Du sollst außerdem wissen, dass wir immer für dich da sind.*

Im Grunde genommen war alles wunderbar, hätte ihr nicht immer noch der unsägliche Streit mit Frieda auf der Seele gelegen. Seit ihrer Auseinandersetzung während des Heldengedenktags hatte sie von ihrer Freundin nichts mehr gehört. In der ersten Zeit war ihr das nur recht gewesen, denn sie fühlte sich von ihr immer noch auf enttäuschende Weise hintergangen. Außerdem bedrückte sie ihr Wissen über deren zwielichtige Umtriebe.

Die Art, wie Frieda sich verhalten hatte, ließ darauf schließen, dass sie tatsächlich etwas mit den Flugblättern zu tun gehabt hatte. Wenn das stimmte, dann war sie eine Staatsverräterin. Henny mochte sich gar nicht ausmalen, was es für Konsequenzen haben konnte, wenn Frieda aufflog. Es war allgemein bekannt, dass die Gestapo kein Mitleid mit Dissidenten zeigte, ganz abgesehen davon, dass es nicht richtig war, was sie tat. Natürlich würde sie Frieda niemals preisgeben, auf der anderen Seite fühlte sie sich von ihr betrogen.

Henny hätte sich allzu gern Emil anvertraut, doch sie befürchtete, dass er sie zwingen könnte, den Kontakt zu ihr endgültig abzubrechen. Er hatte schon an ihrem Hochzeitstag, als er Frieda und Gustav im Tanzlokal überrascht hatte, keinen Hehl daraus gemacht, dass er mit Widerständlern keinen Umgang haben wollte.

»Leute wie Fröhlich bringen nicht nur sich selbst, sondern ihr ganzes Umfeld in Gefahr. Frieda sollte sich lieber nicht mit ihm abgeben. Ich werde diesen Mann jedenfalls nicht in unserem Bekanntenkreis dulden.«

Als Henny daraufhin versucht hatte, für ihn und Frieda in die Bresche zu springen, hatten sie beinahe noch Streit bekommen. Emil duldete ihrer beider Freundschaft nur, weil sie ihm versichert hatte, dass Frieda völlig unpolitisch sei. Das war eine glatte Lüge, die sie um ihrer Freundschaft willen vorgebracht hatte.

Emil duldete Kritik an der nationalsozialistischen Gesinnung höchstens noch in kulturellen Dingen. Seit seinem Eintritt in die Allgemeine SS hatte er sich stark verändert. Obwohl er Henny nicht viel von seiner Tätigkeit dort erzählte, merkte sie deutlich, dass diese elitäre Gemeinschaft und allen voran Heinrich Schultz auch auf seine moralische Gesinnung abfärbte. Jedes Mal, wenn er von einer der militärischen Pflichtschulungen aus dem Konzentrationslager Dachau zurückkehrte, wirkte Emil noch ein wenig mehr auf die Gemeinschaft eingeschworen. Sie merkte es unter anderem daran, dass er immer intoleranter gegenüber liberalen Ansichten wurde.

Die Adventszeit verging, und Henny und Emil feierten das erste gemeinsame Weihnachten in ihrer Wohnung. Agnes und Josef hatten die beiden zu sich nach Peutenhausen eingeladen, doch Henny schob vor, dass die Reise in ihrem Zustand zu beschwerlich sei. In Wirklichkeit genossen die beiden es, endlich einmal ein paar Tage in trauter Zweisamkeit verbringen zu können. Emil hatte einen stattlichen Weihnachtsbaum aufgetrieben, an den Henny gerade den letzten der selbst gebastelten Strohsterne hängte. Seine Zweige waren so ausladend, dass er beinahe die Hälfte ihres Wohnzimmers einnahm.

»Da sparen wir uns doch gleich den Spaziergang durch den

Wald«, scherzte Emil, der die Kerzen anzündete. Henny ging unterdessen in die Küche und tauchte einen Finger in das Brühwasser für die Würste, die ebenfalls in Agnes' Päckchen gelegen hatten. Dann stellte sie den Kartoffelsalat auf den festlich gedeckten Esstisch, bevor sie zurück ins Wohnzimmer ging. Emil legte seinen Arm um Hennys Schultern und betrachtete mit ihr den geschmückten Weihnachtsbaum.

»Nächstes Jahr werden wir zu dritt feiern.« Er sagte es mit einem tiefen Seufzer der Zufriedenheit. Bei seinen Worten spürte Henny wieder dieses kurze schmerzliche Ziehen in ihrer Brust, das von ihren Glücksgefühlen herrührte. Sie schmiegte ihren Kopf an Emils Schulter und genoss die Geborgenheit.

»Ich glaube, ich war noch nie in meinem Leben so glücklich wie heute.« Die Worte kamen über ihre Lippen, ohne dass sie es beabsichtigt hatte.

»Und ich danke dem Schicksal jeden Tag dafür, dass wir uns begegnet sind.« Emil nahm ihre Hand und drückte ihr eine kleine, aufklappbare Schatulle in die Hand. »Das ist mein Weihnachtsgeschenk für dich.«

Henny öffnete das Behältnis und hielt vor Begeisterung den Atem an. Auf einem dunkelblauen Samtkissen lag eine silberne Halskette mit einem aufwendig gearbeiteten Anhänger, in dessen Mitte ein himmelblauer Topas eingearbeitet war. Das Kerzenlicht spiegelte sich auf seiner funkelnden Oberfläche.

»Er ist wunderschön«, sagte sie ergriffen. Emil nahm den Anhänger heraus und hängte ihn ihr um den Hals.

»Es ist die einzige Erinnerung an meine Mutter«, erklärte er ihr. »Ich wollte ihn eigentlich nie weggeben, aber jetzt, da du in mein Leben getreten bist, wünsche ich mir, dass du es trägst.«

Henny spürte erneut dieses schmerzhafte Glücksziehen.

Nun genierte sie sich beinahe für ihr eigenes Geschenk, das sie nun Emil überreichte. Sie hatte ihm einen dunkelblauen Wollpullover mit einem filigranen Zopfmuster gestrickt, das Frieda ihr gezeigt hatte. Sie hatte viele Wochen daran gearbeitet.

»Ich hoffe, er gefällt dir«, meinte sie bescheiden. Emils Augen strahlten, als er ihn prüfend vor seinen Körper hielt. »Er ist wunderschön und wird mich immer an dich erinnern«, meinte er charmant, bevor er sie in den Arm nahm und ausgiebig küsste.

Das Essen verlief heiter und ungezwungen. Emil verzichtete darauf, wie sonst über seine Arbeit zu reden, und unterhielt Henny stattdessen mit lustigen Geschichten aus seiner Jugend, denen sie nur allzu gerne lauschte. Außerdem schmiedeten sie Pläne für die Zukunft.

Emil schlug vor, dass sie im nächsten Frühjahr oder Sommer gemeinsam eine Reise unternehmen sollten. »Die Kraft durch Freude bietet sogar Reisen ins Ausland an«, schwärmte er. »Wir könnten nach Frankreich oder Italien reisen und unserem Kind das Meer zeigen. Was hältst du davon?«

Henny lachte unbeschwert. »Das wäre einfach wunderbar. Ich habe schon immer davon geträumt, einmal ans Meer zu reisen. In meinen Träumen habe ich es schon so oft gesehen.«

»Dann wird es ja höchste Zeit, diese Träume wahr werden zu lassen!«

Emil hob sein Weinglas und stieß mit Henny an, die nur einen kleinen Schluck an ihrem Glas nippte, während er seines in einem Zug leer trank. Anschließend stand er auf und zog sie zu sich heran. Wegen ihres vorgewölbten Leibes musste er sich weit vorbeugen, um sie zu küssen. Sie überkam ein wunderbares Gefühl der Verbundenheit, als das Baby sich bewegte und sie gleichzeitig seine Wärme spürte. Das Verlangen, ihn noch einmal in sich zu spüren, bevor diese Einheit verloren ging, wurde plötzlich übermächtig.

»Komm, lass uns ins Bett gehen«, sagte sie mit belegter Stimme und zog ihn mit sich. Henny hatte Emil in den letzten Wochen meistens zurückgewiesen, wenn er mit ihr schlafen wollte, doch in dieser Nacht war sie es, die ihn dazu drängte, sie noch einmal zu lieben. Anfangs zierte er sich, weil er fürchtete, es könne dem Baby schaden, doch als sie nicht nachließ, ihn zu streicheln, verlor er endlich seine Zurückhaltung und ließ sich auf ihre Berührungen ein. Sie genoss es, dabei die Führung zu übernehmen, und setzte sich rittlings auf ihn. Seine Bewegungen in ihr waren zärtlich und doch voller Leidenschaft, sodass sie ungewöhnlich schnell in Ekstase geriet. Sie hatte das Gefühl, in einen Wirbel zu geraten, der sie immer rascher nach oben trug. Als sie kurz darauf gemeinsam die Erfüllung ihrer Leidenschaft fanden, war es ihr, als stoße jemand das Tor zum Himmel auf.

In der darauf folgenden Nacht suchte sie nach langer Zeit wieder einmal ein schlimmer Albtraum heim. Wie alle Träume dieser Art begann er an dem großen meerähnlichen See, der gleichzeitig eine angenehme Vertrautheit, aber auch etwas Furchteinflößendes hatte.

Henny stand allein am Strand und fühlte sich unendlich einsam. Ihr Blick war auf das dunkle graue Wasser gerichtet, auf dessen Wellenspitzen Schaumkronen tanzten. Den Horizont bildete eine dichte Nebelwand, die wie ein bedrohlich dickes Kissen auf der Wasserfläche lag. Sie musste an die Frau denken, die in früheren Träumen so einfach in den Wassermassen verschwunden war und sie mit diesem schmerzlichen Druck in der Brust zurückgelassen hatte. Sie wartete darauf, dass sie erschien, um sie erneut diesen traumatischen Verlust erleben zu lassen. Doch dieses Mal war es anders.

Henny drehte sich weg von dem Wasser und blickte in Richtung eines kleinen Wäldchens, dessen Bäume halbmondförmige Früchte auf den Boden geworfen hatten. Sie hatte das Gefühl, dass dort das Haus stand, in dem sie erwartet wurde. Nur von wem? Als sie mit langsamen Schritten sich darauf zubewegte, vernahm sie plötzlich den schrillen Schrei eines Seeadlers über sich. Ihr Blick wanderte in die Höhe, wo sie den majestätischen Flug des Vogels bewunderte. Das Surren eines Pfeiles, gefolgt von einem Aufschrei, beendete jäh die Darbietung. Wie ein Stein fiel das wundervolle Tier auf den Boden, am Hals durchbohrt von der heimtückischen Waffe. Henny schauderte. Sie fühlte sich plötzlich ebenso verfolgt wie der arme Vogel.

So schnell sie konnte, rannte sie auf das nahe Wäldchen zu. Da sah sie plötzlich eine schauderhafte Gestalt, die ihr den Weg versperrte. Wie aus dem Nichts stand das Wesen plötzlich vor ihr. Ein Koloss aus zotteligen Grasbüscheln, aus dessen Gestrüpp sie ein hellbraunes Gesicht mit zwei rot umrandeten Augen anstarrte. Den Mund zu einem fiesen Grinsen verzerrt, schien es auf sie zu warten. Henny wusste nicht, was sie mehr ängstigte, die an eine Säge erinnernden, dreieckigen Zähne oder die hoch aufgerichteten Schweinsohren, die sich in alle Richtungen gleichzeitig zu drehen schienen. Das Monster stand still und reglos da und setzte sich erst in Bewegung, als sie auf dem Absatz kehrtmachte und floh. Mit großen, weit gespreizten Schritten setzte es ihr nach. Henny war eine gute Läuferin, schon als Kind war sie selbst den flinksten Jungen im Dorf ohne Mühe entkommen, doch heute wollte ihr das nicht gelingen. Die Schwangerschaft hatte sie schwerfällig werden lassen, ja sie hatte sogar das Gefühl, dass ihr Bauch mit jedem Schritt schwerer und auch größer wurde. Der Abstand zwischen ihr und ihrem Verfolger verringerte sich zusehends. Gleichzeitig wuchs ihre Angst. Dann kam sie überhaupt nicht mehr voran, sondern blieb wie in einem Treibsand stecken. Erstarrt, wie ein Kaninchen vor der Schlange, erwartete sie seinen Angriff. Das Ungeheuer kam näher und streckte schließlich seine zottelbewehrten Klauen nach ihr aus. Sie glaubte schon den Schmerz zu spüren, den seine fürchterlichen Krallen auf ihrem Leib hinterlassen würden, als das Wesen plötzlich in seiner Bewegung innehielt und vor ihr Halt machte. Zum ersten Mal hatte sie die Gelegenheit, ihren Verfolger näher in Augenschein zu nehmen. Sie erkannte erst jetzt, dass sich unter den Zotteln kein Monster, sondern ein Mensch befand, der nichts als eine furchteinflößende Maske und einen Grasumhang trug. Aus schmalen, roten Augenschlitzen musterten sie tief versteckt zwei dunkle, glänzende Augen. Sein Blick hatte etwas Flehendes, genau wie seine Handhaltung. Dann begann das Wesen zu reden. Es sprach in einer fremden Sprache, die ihr seltsamerweise vertraut vorkam. Seine Stimme klang weich und angenehm, auch wenn sie nichts von dem verstand, was es zu ihr sagte.

»Wer bist du?«, fragte sie in ihrem Traum. Die Grasgestalt hob die Hand, um sich die Maske herunterzuziehen. Henny hielt den Atem an. Plötzlich war sie sich gewiss, dass sich gleich der Schleier, der über ihrer Vergangenheit gelegen hatte, heben würde, und ihre Angst schlug in jähe Vorfreude um. Gleich … gleich würde sie alles erfahren, zu dem sie Fragen, aber noch keine Antworten hatte. Voller Aufregung übersah sie zunächst den wachsenden, Unheil verkündenden Schatten, der sich von hinten dem Graswesen näherte. Als sie das glänzende Beil über ihm schweben sah, war es bereits zu spät. Die Schneide der Waffe senkte sich mit rasender Geschwindigkeit und brachte das Monster für immer zum Schweigen. Hennys Entsetzen war so groß, dass sie von ihrem eigenen Schrei erwachte.

Emil fuhr aus dem Schlaf. Mit weit aufgerissenen Augen starrte er sie an. »Henny! Um Gottes willen! Was ist mit dir?« Er beugte sich besorgt über sie. Henny war bis auf die Haut durchgeschwitzt und außerstande, ihm sofort zu antworten. Ihr Atem ging schwer und rasselnd. Sie kämpfte immer noch damit, die Schreckensbilder abzustreifen.

»Ich ... ich habe nur geträumt«, brachte sie schließlich mühsam hervor. »Es ... es geht schon wieder.« Sie versuchte Emil mit einem tapferen Lächeln zu beruhigen.

»Ich gehe einen Arzt holen!«

Emil machte Anstalten, sich aus dem Bett zu erheben, doch Henny hielt ihn am Arm zurück.

»Mir fehlt nichts – und dem Baby auch nicht«, versicherte sie ihm, obwohl ihr Herz immer noch sehr viel schneller schlug als gewöhnlich. »Nimm mich einfach in deinen Arm.«

Viel später, als Emil längst schon wieder schlief, lag sie immer noch aufgewühlt neben ihm. Den Blick auf den schmalen Lichtschlitz im Vorhang gerichtet, lauschte sie den gleichmäßigen Atemzügen ihres Mannes. Dabei musste sie unentwegt an die eindrucksvollen Augen denken, die sie unter der Maske voll Schmerz und Trauer gemustert hatten.

Am zweiten Weihnachtsfeiertag kam völlig unerwartet Frieda zu Besuch. Emil war gerade außer Haus, als Henny die Tür öffnete. Für einen Augenblick standen sich die beiden Frauen nur stumm gegenüber und sahen sich an. Keine von ihnen beiden wusste so recht, wie sie beginnen sollte. Doch dann fingen sie beide gleichzeitig an.

»Ich weiß, ich hätte nicht …«

»Und ich habe völlig überreagiert.«

»Kannst du mir noch einmal verzeihen?«

Plötzlich mussten sie beide lachen.

Henny ging auf Frieda zu und drückte sie, soweit es ihr Umfang zuließ, an sich. »Ich habe dich so vermisst«, gestand sie ihr gerührt.

»Und ich habe mich wie eine Idiotin benommen. Es war unverzeihlich, dass ich dich vor meinen Karren gespannt habe!« Frieda wirkte wirklich zerknirscht.

»Vergiss es! Es ist ja noch alles einmal gut gegangen. Und nun komm erst einmal rein! Du bist ja ganz durchgefroren.«

Henny fiel sofort auf, dass Frieda anders aussah als sonst. Ihre sonst eher hageren Gesichtszüge hatten etwas Weiches, und auch sonst wirkte sie femininer. Sie nahm ihr den Mantel ab und setzte Wasser auf.

»Du hast doch hoffentlich nichts gegen einen richtigen Bohnenkaffee?«, erkundigte sie sich vergnügt.

»Ich weiß schon gar nicht mehr, was das ist«, meinte Frieda sehnsuchtsvoll. Man merkte ihr die Erleichterung richtig an.

Henny erging es nicht anders. Sie merkte erst jetzt, wie sehr ihr die Freundin gefehlt hatte.

»Erzähl vom Krankenhaus. Quält Oberschwester Hildegard immer noch die ganze Station?«

»Sie ist bärbeißig und ungerecht wie eh und je.« Frieda verzog abfällig ihr Gesicht. »Neulich hat sie Schwester Heidrun angeschwärzt. Sie hat herausgefunden, dass sie eine jüdische Mutter hat. Nun fordert sie, dass die Generaloberin sie entlässt – von wegen Rassenschande.«

»Das ist doch lächerlich! Ich habe Heidruns Mutter kennengelernt. Sie ist katholischer als der Papst!« Henny war entrüstet. »Der Drache sät doch wieder nur Zwietracht.«

»Anscheinend ist Heidruns Mutter nur eine konvertierte Christin. Heidrun hat bereits ihre Sachen gepackt und das Schwesternwohnheim verlassen.«

Henny war tief betroffen. Heidrun hatte immer als Vorzeigeschwester gegolten. Sie war nicht nur fachlich als äußerst kompetent bekannt, sondern auch fleißig und äußerst gewissenhaft. Alle waren davon ausgegangen, dass sie bald zur Oberschwester berufen werden würde »Aber das kann Frau Weller doch nicht zulassen«, meinte sie.

Frieda zuckte resigniert mit den Schultern.

»Aufgrund der Gleichschaltung sind ihr da wohl die Hände gebunden. Heidrun will nun nach Berlin gehen, um dort in einem jüdischen Krankenhaus zu arbeiten. Aber nun lass uns von etwas anderem reden.« Frieda wechselte abrupt das Thema. Henny vermutete, dass sie sich mit ihr auf keine weitere politische Diskussion einlassen wollte. Ihr war das nur recht. »Wie geht es unserem kleinen Wonneproppen?« Die Anspielung galt Hennys monströsem Bauch. »Wenn ich mir deine Ausmaße so ansehe, dann könnte man fast glauben, dass du Zwillinge mit dir herumträgst.«

»Gott bewahre!« Henny streichelte sich über den Bauch. »Professor Strößner ist sich ganz sicher, dass es nur ein Kind ist.«

»Wirst du zu Hause entbinden?«

»Im Nachbarhaus lebt Frau Kalterer. Sie ist eine erfahrene Hebamme. Wir haben uns schon bekannt gemacht. Sie hat mehr als zweihundert Geburten hinter sich. Du siehst, es kann nichts mehr schiefgehen!«

Unterdessen hatte Henny die Kaffeebohnen frisch gemahlen und das Pulver in den Papierfilter gegeben. Als sie den Kaffee mit dem heißen Wasser aufbrühte, erfüllte ein wunderbarer Duft die ganze Küche. Dazu stellte sie eine Dose mit selbst gebackenen Keksen.

Allerdings empfand nur Henny den Duft als wunderbar.

Frieda wurde plötzlich aschfahl und kämpfte mit Übelkeit. »Kannst du mal für einen Augenblick das Fenster öffnen?«, bat sie keuchend.

Henny tat ihr den Gefallen. Sie konnte sich noch gut an ihre eigene morgendliche Übelkeit vor einigen Monaten erinnern.

»Hast du das in letzter Zeit öfter?«, erkundigte sie sich scheinbar beiläufig. Sie hoffte, dass Frieda die Gelegenheit nutzen würde, falls sie ihr etwas zu sagen hatte.

»Iwo«, wehrte diese jedoch ab, »ich habe gestern zu viel Kuchen gegessen. Mutter hat uns alle mit Marmorkuchen vollgestopft. Seit Vater aus dem Konzentrationslager entlassen wurde, mästet sie nicht nur ihn, sondern uns alle, wenn wir zu Besuch kommen.« Ihre Stimme klang bemüht heiter.

»Wie geht es deinem Vater?« Henny fiel auf, dass beinahe jedes Thema, das sie anschnitten, auf irgendeine Art und Weise einen unangenehmen Beigeschmack bekam.

»Körperlich hat er sich wohl erholt, aber er ist seit seiner Haft nicht mehr der Alte.« Frieda schien ihren Gesprächsstoff als ebenso schwierig zu empfinden und wechselte das Thema: »Bekomme ich nun doch eine Tasse Kaffee?« Frieda hielt ihr demonstrativ ihre Kaffeetasse hin.

Henny war sich sicher, dass Frieda dasselbe aufgefallen war wie ihr. Während sie ihr die Tasse füllte, überlegte sie, ob sich das Vertrauen, das einmal die Basis ihrer Freundschaft gewesen war, jemals wieder einstellen würde. Vielleicht war es tatsächlich für sie beide das Beste, wenn sie nicht zu viel von Friedas Leben wusste. Aber war das dann überhaupt noch eine Freundschaft?

Frieda schien ihre Gedanken erraten zu haben. Plötzlich wurde sie ernst.

»Ich möchte dir nicht länger etwas vormachen. Ich …« Sie knetete ihre Hände und suchte nach den geeigneten Worten.

Doch bevor sie weiterreden konnte, hörten sie Geräusche an der Wohnungstür. Es war Emil, der gerade von seinem Spaziergang zurückkehrte. Draußen schneite es. Henny hörte, wie er den Schnee von Hut und Mantel abschüttelte und seine Schuhe auszog, bevor er zu ihnen in die Küche trat. Beim Anblick ihres Besuches huschte kurz ein Schatten über sein Gesicht, doch dann begrüßte er ihre Freundin, als hätte er sie erst vor ein paar Tagen gesehen.

»Frieda, wie schön, dass du dich auch einmal wieder bei uns blicken lässt. Wir dachten schon, du wärest weggezogen.« Während er das sagte, legte er zwei Hände voller Tannenzapfen in den Korb neben dem Ofen, die er mitgebracht hatte. »Mmh, du hast Kaffee gemacht. Kann ich auch eine Tasse haben?« Er drückte Henny flüchtig einen Kuss auf die Wange und setzte sich zu ihnen an den Tisch.

In der folgenden halben Stunde redeten sie über Belanglosigkeiten, und Henny bedauerte, dass sie so abrupt unterbrochen worden waren.

Schließlich war es für Frieda Zeit aufzubrechen.

»Ich habe heute Abend noch Dienst«, teilte sie ihnen mit, während sie sich erhob.

Henny begleitete sie zur Tür. Während sie ihrer Freundin in den Mantel half, fiel ihr auf, wie sorgenvoll deren Gesicht war.

»Möchtest du, dass ich dich noch ein Stück begleite?«, bot sie ihr an.

»Auf keinen Fall! Das nasskalte Wetter würde dir und dem Baby nur schaden. Ich komme ein anderes Mal wieder!« Ihr Lächeln wirkte gequält, ließ aber keinen Widerspruch zu.

Sie umarmten sich herzlich, bevor sie ging.

Henny nahm sich fest vor, Frieda in den nächsten Tagen zu besuchen. Es gab so vieles, was sie mit ihr bereden wollte. Doch dann sollte alles ganz anders kommen. Im Verlauf des Tages bekam sie Schmerzen im rechten Oberbauch. Anfangs nahm sie das Ziehen nicht ernst. Sie hielt es für harmlose Vorwehen. Doch in der folgenden Nacht wachte Henny mit Übelkeit und Kopfschmerzen auf. Ihr Herz raste, und sie fühlte sich schwach und erbärmlich. Am nächsten Morgen gelang es ihr nur mit Mühe, das Frühstück herzurichten. Appetit hatte sie ohnehin keinen. Emil zeigte sich höchst besorgt.

»Bestimmt hast du dich erkältet. Geh zurück ins Bett. Ich werde dir einen Tee mit Honig und Wadenwickel machen.«

Henny protestierte nicht. Sie schleppte sich ins Schlafzimmer und dämmerte vor sich hin, ohne richtig zur Ruhe zu kommen. Wo kamen nur all die Menschen her, die mit einem Mal ihr Schlafzimmer bevölkerten? Emil, Frieda, Oberschwester Hildegard, selbst Professor Strößner, Heinrich Schultz und dann auch noch das Grasmonster waren im Raum. Sie begannen miteinander zu streiten und zu diskutieren, so laut, dass Hennys Ohren dröhnten. Dann begannen sie an ihr zu ziehen und zu zerren, bis Henny laut um Hilfe schrie.

»Liebes! Um Gottes willen, was ist nur mit dir los?«

Als Henny aus ihren wirren Träumen zu sich kam, saß Emil an ihrem Bett und hielt sie in den Armen. Auf dem Nachttisch vor ihr stand eine Tasse mit dampfendem Tee. Verwirrt blickte sie ihn an.

»Ich habe so Schmerzen«, presste sie gequält hervor. Die Schmerzen im Oberbauch strahlten nun in alle Richtungen. Sie hatte das Gefühl zu platzen. »Das Baby, ich habe solche Angst, dass etwas nicht mit ihm stimmt.« Sie versuchte sich zu erheben, doch Emil drückte sie wieder zurück in ihr Kissen.

»Ich hole einen Krankenwagen«, rief er.

Sie sah noch, wie er aufsprang und das Zimmer verließ, dann umfing sie dichte Dunkelheit.

Emil ging zum Telefon und rief einen Krankenwagen. Dann machte er sich daran, für Henny ein paar Sachen zusammenzusuchen und in eine Tasche zu stopfen. Als er sich wieder zu ihr ans Bett setzte, lag sie reglos mit geschlossenen Augen da. Ihr Atem ging flach und unruhig. Ihre Stirn glänzte vor Schweiß, den er mit einem feuchten Tuch liebevoll abwischte. Mehr konnte er im Augenblick nicht für sie tun. Während er hilflos auf den Krankenwagen wartete, überfiel ihn namenlose Angst.

»Herrgott! Lass sie nicht sterben!«, bat er voller Inbrunst. Er hatte jahrelang nicht mehr gebetet. Doch jetzt verlieh ihm der Gedanke an eine höhere Kraft eine gewisse Zuversicht. Wenn es Gott gab, durfte er ihn nicht grundlos strafen! Oder doch? Gleichzeitig fühlte er sich wie ein Kapitän, den man auf hoher See in einer Nussschale ausgesetzt hatte, so machtlos kam er sich vor. Dann schlug Henny wieder die Augen auf und sah ihn mit erstaunlicher Festigkeit an.

»Du musst dir um uns keine Sorgen machen, alles wird gut werden«, sagte sie leise. Ihre Stärke beschämte ihn umso mehr, weil er vergeblich mit den Tränen kämpfte. Sie war so schrecklich bleich und litt offensichtlich an unerträglichen Schmerzen. »Professor Strößner ist ein guter Arzt. Bei ihm bin ich in besten Händen.« Zur Bestätigung strich sie ihm mit ihrer eiskalten Hand über die Wange.

Wie gerne wollte Emil ihr glauben. Doch er machte sich nichts vor. Das Schicksal war in dieser Hinsicht bislang noch nicht sehr gnädig mit ihm umgegangen. Aus eigener, bitterer Erfahrung wusste er, wie schnell ein Leben zu Ende sein konnte. Sein Herz krampfte sich schmerzhaft zusammen. In diesem Augenblick wurde ihm mehr denn je bewusst, wie sehr er diese Frau liebte. Sie und das Baby waren alles, wofür es sich zu leben lohnte. Für sie war er bereit, alles aufzugeben.

Auf der Straße erklang endlich das Einsatzhorn des Krankenwagens. Er sprang sofort auf, um sich im Treppenhaus bemerkbar zu machen. Kurze Zeit später eilten zwei Männer mit einer Trage in ihre Wohnung und kümmerten sich um Henny, die schon wieder ohne Bewusstsein war. Vorsichtig hoben sie sie auf die Trage und schnallten sie fest. Emil hielt ihre Hand, während sie die Sanitäter vorsichtig die Treppen hinuntertrugen. Er bestand darauf, im Krankenwagen mitfahren zu dürfen.

Die ganze Fahrt über blieb er an ihrer Seite, ebenso, als man ihre Tragbahre auf Räder stellte und sie in die Notaufnahme schob. Dort ging es gerade drunter und drüber. Die hektische Geschäftigkeit der Ärzte und Pfleger machten auf Emil keinen guten Eindruck, vor allem als man ihn nötigte, Hennys Hand loszulassen und auf dem Gang zu warten, während man sie in einen der Untersuchungsräume schob.

Die Hilflosigkeit machte ihn verrückt. Wieso durfte er nicht bei seiner Frau bleiben? Verstanden diese Menschen überhaupt, wie schlecht es ihr und dem Kind ging? Er fürchtete so sehr, dass man Henny nicht ausreichend versorgte, dass er den aus dem Untersuchungszimmer eilenden Arzt am Ärmel packte und aufhielt.

»Holen Sie sofort Professor Strößner«, verlangte er aufgeregt, »ich verlange, dass er sich persönlich um meine Frau kümmert.« Obwohl er wusste, wie lächerlich er sich benahm, konnte er nicht anders handeln. Zum Glück zeigte der Mann Verständnis.

»Ich verstehe Ihre Sorge«, beruhigte er ihn. »Mein Name ist Doktor Pollinger. Ich bin hier der Oberarzt. Ihrer Frau wird gerade Blut abgenommen, danach bringen wir sie in den OP, um einen Kaiserschnitt einzuleiten. Wir vermuten, dass Ihre Frau an einer Schwangerschaftsvergiftung leidet. Gut, dass Sie so schnell gehandelt haben!«

Er lächelte ihm aufmunternd zu und bat ihn, auf einem der Stühle Platz zu nehmen.

»Aber das Baby sollte doch erst später auf die Welt kommen!«, stammelte Emil.

Der Oberarzt legte die Hand auf seine Schulter. »Machen Sie sich deswegen keine Sorgen. Die Schwangerschaft ist weit genug fortgeschritten. Ihr Kind hat die besten Chancen zu überleben. Wir werden alles tun, um Mutter und Kind zu retten! Sie helfen ihnen am meisten, wenn Sie jetzt Ruhe bewahren.« Der Arzt deutete nochmals auf die Stühle an der Wand. »Setzen Sie sich dorthin und warten Sie. Wir geben Ihnen Bescheid, sobald wir Genaueres wissen.«

Emil blieb nichts anderes übrig, als den Anweisungen von Doktor Pollinger Folge zu leisten. Hilflos musste er mit ansehen, wie sie Henny auf ihrer Bahre schließlich an ihm vorbei in Richtung Operationsbereich schoben.

Die Zeit verging schleppend langsam. Die nächsten Stunden harrte Emil notgedrungen in dem tristen, gelben Gang vor den Operationssälen aus, und das, obwohl ihn seit dem traumatischen Tod seiner Mutter gewöhnlich schon die Krankenhausluft in Panik versetzte. Henny zuliebe wollte er diese Abneigung gegen Krankenhäuser ertragen, doch jetzt, da seine geliebte Frau hier um ihr Leben rang, kehrte sie mit aller Macht zurück. Ihm war, als würde ihm jemand die Luft zum Atmen rauben, so sehr bedrückte ihn die Atmosphäre. Als endlich eine Schwester auf den Gang trat, stürzte er auf sie zu und erkundigte sich nach Hennys Befinden. Doch die einzige Auskunft, die er erhielt, war, dass die Operation noch andauerte.

Um sich selbst zu beruhigen, stützte er die Ellenbogen auf die Knie und legte den Kopf in seine Hände. Auf diese Weise gelang es ihm tatsächlich für einen Augenblick, die Augen zu schließen und etwas zu entspannen. Er wusste nicht, wie lange er so verharrte. Doch plötzlich tippte ihm jemand gegen die Schulter. Er schreckte sofort hoch und erkannte Frieda. Sie lächelte ihm aufmunternd zu.

»Gratuliere, Emil. Du bist soeben Vater einer wunderhübschen Tochter geworden.«

Emil brauchte eine ganze Weile, bevor sich die Nachricht gesetzt hatte. Das Kind lebte! Eine ganze Zentnerlast an Sorgen fiel mit einem Mal von ihm ab. Doch bevor die Freude sich Bahn brach, musste er wissen, wie es ihr und ihrer Mutter ging.

»Ist … sind sie gesund?«, stammelte er aufgeregt.

Für einen kurzen Augenblick glaubte er einen Schatten auf Friedas Gesicht zu erkennen, obwohl ihre Stimme zuversichtlich klang. »Eure Tochter ist wohl über den Berg. Sie hatte anfangs Probleme mit dem eigenständigen Atmen. Doch mittlerweile bekommt sie es sehr gut hin. Du kannst gleich zu ihr, wenn du möchtest. Habt ihr …«

»Und Henny?« Emil wurde erst jetzt bewusst, dass Frieda sie noch mit keinem Wort erwähnt hatte. Prompt setzte sie sich auf den Stuhl neben ihn und griff nach seiner Hand. Eine schreckliche Ahnung befiel ihn.

»Henny kämpft noch um ihr Leben«, teilte Frieda ihm ehrlich mit. »Sie hat innere Blutungen und bekommt eine Transfusion. Außerdem drohen ihre Nieren zu versagen. Obwohl es Professor Strößner gelungen ist, sie zu stabilisieren, bleibt ihr Zustand weiterhin kritisch.«

Emil riss sich von Frieda los und starrte sie entgeistert an. »Heißt das, sie wird sterben?«

Frieda zuckte hilflos mit den Schultern. Sie rang nun ebenfalls mit der Fassung.

»Henny ist unglaublich stark«, sagte sie mit leiser Stimme und versuchte ein tapferes Lächeln.

Emil stimmte ihr zu. Henny war die stärkste Frau, die er jemals kennengelernt hatte. Sie würde ihn und das Baby nicht so einfach im Stich lassen. Beinahe trotzig erhob er sich und bat Frieda, ihn zu seiner kleinen Tochter zu führen.

Als er das Säuglingszimmer betrat, versuchte er für eine kurze Zeit, seine Sorge um Henny in den Hintergrund zu stellen. An den Wänden des lang gestreckten Raumes standen Rollbettchen aufgereiht. In den meisten lagen schlafende Neugeborene. Frieda führte ihn zu einem Rollbettchen in der Nähe des Fensters. Die kalte, tief stehende Sonne schien herein und blendete ihn ein wenig. Neugierig versuchte er unter dem Kissen, das als Zudecke diente, einen Blick auf seine Tochter zu erhaschen. Er sah nicht viel mehr als ein winziges Köpfchen, das die Augen geschlossen hatte.

Emil versuchte seine Rührung herunterschlucken, während er das kleine, perfekte Wesen voller Stolz betrachtete. Er wagte nicht, sie zu berühren, denn er hatte Angst, ihre Ruhe zu stören.

Frieda kannte dagegen keine Berührungsängste. Sie schlug das Kissen zurück und holte das Neugeborene heraus. Vorsichtig legte sie Emil seine Tochter in den Arm.

Ein wunderbares Gefühl durchströmte ihn und erfüllte ihn auf eine Weise, wie er es noch nie empfunden hatte. So perfekt, so ebenmäßig waren ihre kleinen Gesichtszüge. Welch ein wunderbares Wesen hatte Gott ihnen doch geschenkt! Nun gelang es ihm nicht mehr, seine Rührung zu verbergen.

»Ich wusste, dass du sie lieben wirst, egal, was die Leute sagen.«

Friedas Worte drangen lange nicht zu ihm durch. Erst einige Zeit später, als er die Muße fand, auch die anderen Säuglinge im Raum in Augenschein zu nehmen, fiel ihm die Andersartigkeit seiner Tochter auf.

24. Kapitel

Gule Wamkulu I

Tsogolo Malo, 1912

Nun leben wir also schon neun Jahre auf Tsogolo Malo. Die heruntergekommene Baracke mit der behelfsmäßigen Freiluftkirche hat sich im Laufe der vergangenen Jahre zu einer ansehnlichen kleinen Missionsstation gemausert. Unsere Schule hat mittlerweile so großen Zulauf, dass wir sogar eine zweite Klasse eingerichtet haben.

Seit zwei Jahren unterrichtet auch Asale mit mir. Mit der dunkelhäutigen Chewa-Frau verbindet mich mittlerweile eine innige Freundschaft. Wir respektieren und schätzen einander nicht nur, sondern wir haben auch eine besondere Vertrauensbasis. Asale steht im Grunde genommen zwischen zwei Welten. Auf der einen Seite ist da das traditionelle Leben in ihrem Dorf, in das sie jeden Abend nach verrichteter Arbeit zurückkehrt und dem sie sich unterordnet. Auf der anderen Seite ist da aber auch ihre Neugier und Wissbegierde, mehr über das Leben von uns Weißen zu erfahren Schon während der Zeit, als Asale mein Hausmädchen war, habe ich festgestellt, wie klug und weitsichtig und, vor allem, wie wissbegierig sie ist. Ich fand heraus, dass sie ebenfalls gerne lesen und schreiben lernen wollte, und gab ihr heimlich Unterricht.

In den ersten zwei Jahren wollte Thomas, dass wir nur Jungen unterrichten. Er war der Ansicht, dass es ausreiche, die Bildung an die männliche Bevölkerung weiterzugeben, da sie ohnehin das Sagen hatten. Anfangs fügte ich mich natürlich seinem Wunsch, doch über Asale und meine häufigen Besuche in ihrem Dorf lernte ich schnell die Realität kennen, und die besteht darin, dass in Wirklichkeit die Frauen die Organisation des täglichen Lebens bestreiten und keinesfalls die Männer.

Viele Chewa-Männer sind in den Geheimbünden der Nyau organisiert und verbringen die meiste Zeit damit, ihre geheimen Machenschaften zu organisieren und irgendwelchen undurchschaubaren Ahnenkulten zu frönen, was mitunter auch zu Streitigkeiten zwischen einzelnen Dörfern führen kann. Was genau sie treiben, ist streng geheim. Es reicht schon aus, das Wort »Gule Wamkulu« zu sagen, und die Dorfbewohner erstarren vor Schreck oder sehen betroffen in eine andere Richtung, was unmissverständlich bedeutet, dass man gerade dabei war, ein Tabu zu brechen.

Die Frauen der Chewa halten nicht nur Haus und Hof in Ordnung, sondern kümmern sich auch um die Rinder, bestellen die Felder, erziehen die Kinder, waschen Wäsche, kochen und holen Wasser. Nur nach außen hin sind die Männer diejenigen, die das Sagen haben. Innerhalb der Dorfgrenzen führen jedoch die Frauen das Regiment. Böse Zungen behaupten, dass sie die ganze schwere Arbeit verrichten, während die Männer sich von ihnen bedienen ließen. Doch ganz so einfach verhält es sich auch nicht, denn es ist offensichtlich, dass durch die Männer der Zusammenhalt der Dorfgemeinschaft gewährleistet wird, was sie durch ihren Gule-Wamkulu-Kult auf spirituellem Wege erreichen. Dadurch erklärt sich auch die natürliche Feindschaft zwischen Häuptling Thokozani und Thomas.

Doch ich beginne schon wieder abzuschweifen. Nachdem ich Asale in kurzer Zeit Lesen und Schreiben beigebracht und dabei festgestellt hatte, wie schnell sie begriff und wie leicht es ihr fiel, Dinge zu behalten, unterrichtete ich sie in meiner wenigen Freizeit weiter. Sobald ich zu der Erkenntnis gekommen war, wie wichtig die Position der Frauen in der Dorfgemeinschaft war, sprach ich darüber mit Thomas und schlug ihm vor, auch die Mädchen der Chewa zu unterrichten. Es kostete einige Überredungskünste, bis ich ihn davon überzeugt hatte, wie ungemein wertvoll es sein konnte, wenn auch die Frauen über ein gewisses Maß an Bildung verfügten. So aufgeschlossen er sich meiner Bildung damals gezeigt hatte, so verhalten blieb er hier. Doch dank meiner Beharrlichkeit willigte er schließlich ein. Dadurch verdoppelte sich bald die Anzahl unserer Schüler, und wir sahen uns genötigt, eine weitere Lehrkraft einzustellen. Da uns keine weißen Lehrkräfte zur Verfügung standen, schlug ich vor, Asale zu einer Hilfskraft auszubilden, was natürlich zu erneuten Bedenken meines Mannes führte. Doch auch hier setzte ich mich durch, und so waren wir also nun zwei Lehrerinnen an der Schule. Der Unterricht war natürlich weiterhin kostenlos. Allerdings wurde zum Morgenappell gemeinsam gebetet, und Thomas unterrichtete die Kinder beinahe jeden Tag in christlicher Religion mit dem Ziel, sie ihrem eigenen Glauben an die Götter und Geister des Gule Wamkulu zu entfremden.

Durch unsere gemeinsame Arbeit haben Thomas und ich uns im Laufe der Jahre eine solide Basis für unsere Ehe geschaffen. Eine Liebesbeziehung ist jedoch nie entstanden. Nach wie vor schätze ich seinen wachen Verstand, seinen Sinn für Pragmatik und seinen viel zu selten gezeigten Humor, wohingegen mir sein oft sich ins Fanatische steigernder Glaubenseifer Angst einflößt. In den ersten Jahren suchte er mein Bett noch regelmäßig auf, doch nachdem ich auch im fünften Jahr nicht schwanger geworden war, hat er sich wohl damit abgefunden, dass unsere Ehe kinderlos bleibt. Sosehr ich mich über Kinder gefreut hätte, so erleichtert bin ich auch, dass er mich seither mit seinen ungeschickten Annäherungsversuchen in Ruhe lässt.

Auf der anderen Seite bekomme ich neidvoll mit, wenn sich ein Ehepaar in allen Bereichen versteht. Spätestens als Margret und Rüdiger Janson, die wir auf unserer Überfahrt nach Afrika auf dem Schiff kennengelernt hatten, tatsächlich von Sansibar nach Nkhotakota übersiedelten, wurde mir schmerzlich bewusst, wie schön es ist, wenn sich zwei Menschen aufrichtig und bis ins hohe Alter lieben. Margret und Rüdiger sind etwas älter als Thomas, sie mögen die fünfzig um einiges überschritten haben, aber sie verhalten sich im Umgang miteinander immer noch wie verliebte Backfische. Zwischen ihnen herrscht ein Einvernehmen, das sich schon in kleinen Gesten und Blicken zeigt, so wie ich es noch niemals mit Thomas erlebt habe.

Ich bin nun einunddreißig Jahre alt, habe ein erfülltes Leben in Bezug auf die Schule und meinen Unterricht und fühle mich in Afrika allmählich zu Hause. Doch ein Teil von mir hängt immer noch dem nach, was ich einst mit Tassilo von Waldeck erlebt habe, diese Intensität der Gefühle und das aufregende Bewusstsein, von einem Mann richtig begehrt zu werden. Wenn ich nachts im Bett liege und neben mir das regelmäßige Schnarchen meines Mannes vernehme, fällt es mir tatsächlich schwer, auf diesen wichtigen Teil im Leben wohl für immer verzichten zu müssen. Ich neige dazu, Thomas' nüchterne Art und seine Unfähigkeit, mir seine Gefühle zu zeigen, als Desinteresse an meiner Person auszulegen.

Umso mehr traf es mich, als Asale mir eines Tages mitteilte, dass sie schwanger war. Sie war schon seit mehreren Jahren die Frau von Dalisani, einem jungen Mann aus einem der Nachbardörfer. Ihre Ehe war genauso kinderlos geblieben wie unsere, was unsere Beziehung zueinander nur noch vertieft hatte. Ich fürchtete nicht nur, dass wir bald auf ihre wertvolle Unterstützung in der Schule verzichten mussten, sondern auch, dass unsere Freundschaft durch ihre neue Rolle als Mutter leiden könnte. Als ich Asale meine Befürchtungen mitteilte, lachte sie nur herzhaft.

»Ich werde weiterhin jeden Tag nach Tsogolo Malo kommen, um zu unterrichten«, versprach sie. »Und mein Baby nehme ich einfach mit.«

Das tröstete mich ein wenig, und als die Zeit gekommen war, dass ihr Kind das Licht der Welt erblickte, machte ich mich gleich nach meinem Unterricht auf den Weg in ihr Mudzi. Es war schon später Nachmittag, als ich aufbrach. Das Dorf lag etwa vier Kilometer von Tsogolo Malo entfernt, sodass ein ordentlicher Fußmarsch vor mir lag. Vorsorglich hatte ich eine Taschenlampe für den Rückweg eingesteckt. Der Weg führte über einen ausgetrampelten Pfad quer durch hüfthohes Grasland, das schließlich in eine mit Büschen und einzelnen Akazien und Affenbrotbäumen bewachsene Savanne überging. Das Mudzi selbst lag im Schatten mächtiger Mangobäume. Ich war gerade dabei, das Grasland zu verlassen und in die offene Savanne hinauszutreten, als ich hinter einem Affenbrotbaum glaubte, einen Schatten zu sehen. Für einen kurzen Augenblick dachte ich an eine Raubkatze, bis mir auffiel, dass die Gestalt für einen Geparden viel zu groß war. Wilde Tiere gab es im Umfeld von Tsogolo Malo genügend. Springböcke, Antilopen, Zebras und natürlich unendlich viele Flusspferde und Affen waren kein ungewöhnlicher Anblick. Größere Raubkatzen hielten sich in der Regel jedoch von den Dörfern fern. Und wenn sich doch einmal ein Löwenrudel in ihre Nähe vorwagte, wurden die Tiere genauso wie die Elefantenherden mit lauten Trommelschlägen wieder vertrieben. Zu tödlichen Zwischenfällen mit Menschen kam es daher nur äußerst selten. Dennoch blieb ich vorsichtig und wagte mich nur langsam weiter voran.

Als ich nichts weiter entdeckte, war ich mir sicher, dass mir meine Einbildung einen Streich gespielt hatte. Doch kaum hatte ich den Affenbrotbaum erreicht, ertönte plötzlich ein wilder Trommelwirbel, und eine furchterregende Gestalt, halb Mensch, halb Tier, sprang mir in den Weg. Sie war beinahe doppelt so groß wie ich und trug ein wildes Zottelkleid, das aus Grasbüscheln, Stofffetzen und dem Fell von Ziegen gemacht war. Das rot-schwarze Gesicht war von dem Balg eines Pavians umkränzt. Für einen Moment musterte mich das Wesen, was mir bei all meinem Schrecken die Gelegenheit verschaffte, es genauer zu betrachten. Sein Gesicht war in zwei Hälften geteilt. Eine davon war rot, die andere schwarz. Die rote Seite zeigte ein ebenmäßiges Gesicht mit schön geformten Augen, Augenbrauen, Ohr und einer Mundhälfte, die Erstaunen ausdrückte. Die schwarze Seite hingegen war entstellt, so als wäre die andere Gesichtshälfte verbrannt. Das Auge war halb geschlossen, das Ohr zu einem Klumpen verschmort und der Mund zu einer Fratze entstellt. Mit schief gelegtem Kopf musterte mich das Wesen, bevor es sich plötzlich zu den Trommelschlägen zu bewegen begann. Die wiegenden Bewegungen hatten trotz des wilden Aussehens etwas Einnehmendes.

Ich schäme mich, es zuzugeben, aber die Art, wie sich die Gestalt bewegte, hatte etwas an sich, was mein Blut in Wallung versetzte. Dieser Eindruck verstärkte sich erst recht, als es auch noch mit tiefer Stimme zu singen begann. Wie gebannt blieb ich stehen und konnte mich dem Einfluss dieses Wesens nicht mehr entziehen. Auch als die Bewegungen zunehmend obszön zu werden begannen, rührte ich mich keinen Deut vom Fleck. Die warme

Stimme des Sängers und die gleichmäßigen Trommelschläge hatten etwas Hypnotisches, das mich mehr und mehr in seinen Bann schlug. Mit wiegendem Hüftschwung näherte es sich schließlich bis auf wenige Zentimeter. Ich glaubte, den Geruch von Zimt und Nelken in meiner Nase zu haben, während ich nun auch physisch die Nähe des singenden Monsters zu spüren bekam. Seine Stimme, die erregenden Bewegungen und der Klang der Trommel brachten mich schließlich dazu, mich fast zu vergessen. Ich verspürte plötzlich den abartigen Wunsch, mich zu entkleiden. Ohne nachzudenken, begann ich meine Bluse aufzuknöpfen, während die Gestalt einen ihrer pfotenbewehrten Arme hob, so als wolle sie meine Brüste berühren. Gleichzeitig verstärkte sie ihren Hüftschwung in der eindeutigen Aufforderung, mit ihm zu kopulieren.

So befremdlich und widerwärtig sich das alles anhören mag, muss ich gestehen, dass ich noch niemals zuvor so erregt gewesen war. Ich war dabei, mich zu vergessen, und ertappte mich bei dem Wunsch, mich vorbehaltlos hinzugeben. Da war keine Furcht, keine Scham, kein Hemmnis mehr – ich begann ebenfalls zu tanzen und mich in unsittlicher Weise zu bewegen, und hätte nicht ein Trommelwirbel den Tanz mit einem Schlag beendet, so weiß ich bis heute nicht, ob ich dem Wesen nicht alles gegeben hätte. So schnell alles begonnen hatte, so schnell war alles wieder vorbei. Das Wesen bedachte mich mit einem hämischen Lachen und zog sich blitzschnell in das dornige Gebüsch, das uns umgab, zurück. Erst als es verschwunden war, wurde mir bewusst, in was für einer entwürdigenden Lage ich mich befand. Ich hatte nicht nur Bluse und Rock abgestreift, sondern auch noch mein Hemd fast ausgezogen, sodass ich mehr oder weniger entblößt in der weit einsehbaren Savanne stand. Meine roten Locken hatten sich aus meiner Hochsteckfrisur gelöst. Hastig zog ich mich wieder an und betete im Stillen, dass mich keiner aus dem Dorf oder, noch schlimmer, von der Missionsstation so gesehen hatte. Doch statt mich zu schämen, genoss ich den Nachhall der Erregung, die mich immer noch wie ein Regenschauer erfüllte.

Verstört von meinen eigenen Empfindungen, setzte ich meinen Weg fort.

Sosehr ich die Zeit mit Asale und ihrer neugeborenen Tochter Wongani auch genoss, gelang es mir nicht, die erlebten Eindrücke ganz beiseitezuschieben. Meiner feinfühligen Freundin fiel meine Zerstreutheit sofort auf. Als wir schließlich allein unter dem Mangobaum in der Nähe ihrer Hütte saßen, sprach sie mich darauf an.

»Was ist nur heute mit dir los?«, fragte sie unverblümt. »Du siehst aus, als wäre dir ein Geist über den Weg gelaufen.«

»So ähnlich war es auch«, gestand ich ihr und beschloss nach kurzem Zögern, ihr von meinem Erlebnis zu erzählen.

Ich muss gestehen, dass es mir selbst vor Asale schwerfiel, meine Gefühle und Empfindungen zu schildern, obwohl die Afrikaner in körperlichen Dingen sehr viel offener sind als wir Europäer. Deswegen hoffte ich wohl auch auf ihr Verständnis, doch meine Freundin reagierte ganz anders, als ich es von ihr erwartet hätte. Ihr Gesicht wurde fahl trotz ihrer dunklen Hautfarbe. Sie wirkte sichtlich erschrocken. Doch statt mir Vorwürfe zu machen, stammelte sie nur »Nyau« und »Gule Wamkulu« und sah sich schreckhaft um, als könne dieses Wesen gleich wieder auftauchen.

»Niemand darf darüber reden«, warnte sie mich. »Du weißt, dass man sonst mit dem Leben dafür bezahlen muss.« Sie sah sich nochmals um, bevor sie zögernd fortfuhr. »Es ist die Zeit des Gule Wamkulu, des großen Tanzes«, erklärte sie mir mit kaum verständlicher Stimme. »Jetzt sind die Geister der Ahnen unterwegs und rächen sich an allen, denen sie nicht gewogen sind. Einst erschuf unser Gott Chauta die Erde und die Menschen. Den Frau-

en gab er außerdem Nyau, das bedeutet das Wissen über die Welt der Ahnen. Doch die Männer der Chewa wurden eifersüchtig auf das Wissen und die Macht der Frauen und schufen sich einen eigenen Nyau-Kult. Doch während die Frauen nur das Gute suchten, versuchten die Männer auch das Böse zu beherrschen. Sie nehmen die Gestalt von Tieren und Geistern an, werden zu Zirombo, wilden Tieren, und versuchen die bösen Geister der Ahnen zu beschwichtigen. Dabei werden sie selbst zu wilden Wesen, die schreckliches Unglück über einen bringen können.«

»Das ist doch alles nur billiger Aberglaube«, wagte ich einzuwenden. Ich hielt meine Freundin für eine gläubige Christin, da sie regelmäßig zu Thomas in die Kirche kam.

Doch Asale bedeutete mir mit einer ungeduldigen Geste zu schweigen.

»Das versteht ihr Musungu nicht«, meinte sie barsch. »Es gibt Dinge, gegen die auch der Große Gott der Musungu nichts tun kann.« Sie sah mein betroffenes Gesicht und legte mir beschwichtigend die Hand auf den Arm. »Ich habe nur Angst um dich, Amayi Luise. In den folgenden drei Nächten wird Gule Wamkulu auf dem Dorfplatz abgehalten. Der große Tanz dient der Huldigung unserer Toten. Kein Fremder sollte in dieser Zeit in unserem Dorf sein. Tagsüber ziehen die Geister durch das Dorf und die Umgebung, um die Frauen und Kinder zu erschrecken. Man muss sie meiden oder durch bestimmte Gesänge versöhnen. Normalerweise meiden sie Musungu. Doch du bist Chiwau begegnet, dem Geist der Fremden. Er ist verdammt, weil er die Geheimnisse unseres Volkes verraten hat. Die eine Hälfte seines Gesichtes ist verunstaltet, weil er durch seine Wollust Krankheit und Tod über das Volk gebracht hat. Doch die Strafe hat ihn nicht zur Einsicht gebracht. Ihn dürstet nach Rache. Deshalb kommt er und verführt die Frauen, um sie ins Unglück zu stürzen.« Asale hatte

plötzlich Tränen in den Augen und fasste meine beiden Hände. Dabei störte sie nicht einmal, dass Wongani, die sie auf den Rücken gebunden trug, kläglich zu weinen begann. »Du musst sofort zurückgehen und unserem Dorf fernbleiben, bis Gule Wamkulu vorüber ist«, drang sie in mich. »Versprich mir das. Ich möchte nicht, dass dir etwas zustößt. Hörst du mich?«

Mir blieb gar nichts anderes übrig, als ihrer Anordnung zu folgen. Doch Asale ließ nicht zu, dass ich allein ging.

»Kwabisi ist zurückgekehrt. Ich werde ihn bitten, dich zurück nach Tsogolo Malo zu bringen. Warte hier!«

Sie stand auf und verschwand in einer der benachbarten Rundhütten. Wenig später tauchte sie, gefolgt von ihrem Bruder, wieder auf. Ich hatte Kwabisi viele Jahre nicht gesehen und war erstaunt, wie sehr er sich verändert hatte. Aus dem jungenhaften Schwarzen war ein stattlicher Mann geworden, der zu meiner Überraschung zivilisierte Kleidung trug. In der schwarzen Anzughose, dem weißen Hemd und seiner randlosen Brille passte er für mich so gar nicht in das Dorfbild.

»Amayi Luise«, begrüßte er mich mit einem freundlichen Kopfnicken. Seine Stimme klang tief und wohlklingend. »Ich werde dich bis zu dem Baobabbaum begleiten, der dir wohl bekannt sein dürfte.«

Ich spürte, wie mich eine tiefe Röte überzog. Hatte Asale ihm etwa von meiner frivolen Begegnung mit dem Chiwau erzählt? Ich warf meiner Freundin einen strafenden Blick zu, den sie geflissentlich ignorierte. Wir verabschiedeten uns, und ich folgte Kwabisi, der bereits vorangegangen war.

Um das Schweigen zwischen uns zu lösen, fragte ich meinen Begleiter nach seinem Aufenthalt in Europa aus. Bereitwillig begann Kwabisi von seiner Zeit in Schottland zu erzählen. Ich erfuhr, dass er nicht nur sein Jurastudium mit Auszeichnung be-

standen, sondern sogar zwei Jahre in einer Londoner Kanzlei gearbeitet hatte, die sich auf Kolonialstreitigkeiten spezialisiert hatte.

»Ich habe dort jede Menge Erfahrungen sammeln können«, verriet er mir. »Jetzt weiß ich, wie die Musungu denken.« Ein feines Lächeln umspielte seine wohlgeformten Lippen. Sie waren auffallend fein geschwungen und nicht so ausgeprägt wie die Lippen vieler seiner Stammesgenossen. »Ich habe auch die Literatur deines Volkes studiert«, gab er stolz preis. »Ich liebe Shakespeare und seine Dramen und habe ein Faible für Edward Morgan Forsters ›Wiedersehen in Howards End‹. Es ist für mich zu einer Art Bibel dafür geworden zu verstehen, weshalb zwei Gegensätze sich nur schwer verbinden lassen.« Er bemerkte mein Staunen. Sofort bekamen seine Gesichtszüge etwas Spöttisches. »Was ist, Amayi? Verschlägt es dir die Sprache, dass ich mich für eure Literatur interessiere?«

»Nein! Natürlich nicht«, stammelte ich sichtlich verlegen. »Es wundert mich nur, dass dir ausgerechnet Forster gefällt. Er ist zweifelsohne einer der bedeutendsten zeitgenössischen Schriftsteller, aber doch auch irgendwie sehr speziell …«

Im Nu waren wir in ein aufregendes Gespräch über den Inhalt des Romans verstrickt. Kwabisi erklärte mir, was ihn so an der Geschichte der beiden so unterschiedlichen Familien Schlegel und Wilcox interessierte, die das Handlungsgeschehen bestimmten, und kamen darin überein, dass am Ende der Geschichte der konservative Henry Wilcox durch die Heirat mit der fortschrittlichen Margret Schlegel und die Tatsache, dass Margrets Schwester Helen mit ihrem unehelichen Kind bei ihnen wohnte, seine soziale Herkunft und die sich daraus ergebenden Gegensätze überwunden hätte.

»Eine Utopie«, stellte Kwabisi abschließend fest, »aber eine

schöne, wenn man bedenkt, dass solch ein Verständnis zwischen deinem und meinem Volk wohl nie möglich sein wird. Ich glaube, die Literatur ist das Einzige, was ich hier in Afrika etwas vermissen werde.«

Da ich selber immer noch sehr gerne las und mir über Rüdiger Janson immer neue Bücher, darunter auch viele englische, aus Europa schicken ließ, bot ich Kwabisi an, ihm einige davon auszuleihen. Er schien sehr davon angetan, und wir verabredeten, dass ich ihm schon am folgenden Tag einige ausgewählte Bücher in einer Wurzelvertiefung des Affenbrotbaumes deponieren würde.

Viel zu schnell hatten wir unser Ziel erreicht. Obwohl es mir auf der Zunge brannte, wagte ich nicht zu fragen, weshalb Asales Bruder mich nur bis zu diesem Affenbrotbaum begleitete. Bis zur Mission war es nur noch etwas mehr als ein Kilometer.

Kwabisi schien meine Gedanken zu erraten. »Ich habe noch eine Verabredung«, erklärte er mir zum Abschied, »deshalb kann ich dich nicht nach Hause begleiten.«

Er nickte mir noch einmal freundlich zu, dann verschwand er hinter dem nächsten Busch.

25. Kapitel

Kuckuckskind

Beinahe zwei Wochen kämpfte Henny mit dem Tod. Tagelang hing ihr Leben an einem seidenen Faden, sodass sogar Professor Strößner die Hoffnung aufgegeben hatte. Neben dem zeitweiligen Versagen ihrer Nieren hatte eine tiefe Bewusstlosigkeit sie befallen, von der sie zwar einige Male, aber nur für kurze Augenblicke erwachte. Frieda war in diesen Tagen in jeder freien Minute an der Seite ihrer Freundin. Ebenso sah sie nach deren kleiner Tochter, die noch in der Säuglingsstation lag. Ihre Idee war es auch gewesen, das kleine, noch namenlose Mädchen hin und wieder zu ihrer Mutter zu bringen und in ihre Arme zu legen.

»Zeig deiner Mutter, dass du sie brauchst.«

Frieda legte das Baby der bewusstlosen Henny wieder einmal in den Arm und wartete vergeblich auf irgendeine Reaktion. Die Kleine schlug die dicht bewimperten Augen auf und sah Frieda mit wachem Blick an. Dabei ruderte sie mit den Ärmchen und Beinchen, als wolle sie sich fortbewegen. Auf ihrem Gesicht glänzte das unwillkürliche Engellächeln, das Neugeborene in der ersten Zeit so unwiderstehlich macht.

»Wie schön du bist«, flüsterte Frieda mit gespaltenen Gefühlen. Dabei fuhr sie mit der Hand über den eigenen Bauch. Sie war sich mittlerweile ganz sicher, dass sie ebenfalls schwanger war.

Was Gustav wohl dazu sagen würde? Sie hatte schon seit vielen Wochen nichts mehr von ihm gehört. Sosehr sie hoffte, dass es ihm gelungen war, in der Schweiz unterzutauchen, so sehr wünschte sie sich, ihn häufiger sehen zu können. Doch daran war im Augenblick nicht zu denken, denn er wurde inzwischen in München sogar per Steckbrief gesucht. Die kommunistische Zelle, für die sie beide in der Stadt tätig waren, war aufgeflogen. Während eines geheimen Treffens war plötzlich die Gestapo aufgetaucht. Jemand aus den eigenen Reihen musste sie verraten haben. Einige Genossen hatten fliehen können, aber die meisten Anwesenden waren verhaftet und nach Dachau deportiert worden, unter ihnen auch der fliegende Händler von der Auer Dult. Er war ein wichtiger Kontaktmann zu Gustav gewesen. Frieda fröstelte, wenn sie daran dachte, welch ungeheures Glück sie gehabt hatte, nicht auch verhaftet worden zu sein. Sie hätte mit Sicherheit an dem Treffen teilgenommen, wenn sie nicht an jenem Abend Dienst gehabt hätte. Doch auch so war die Sache schlimm genug, denn nun gab es niemanden mehr, dem sie ihre Briefe an Gustav zustecken konnte.

So in Gedanken versunken, bemerkte Frieda erst spät, dass Henny plötzlich unruhig wurde und unkontrolliert die Arme zu bewegen begann. Auch ihre Augenlider begannen zu flattern. Schnell nahm sie ihr das Baby wieder weg und legte es in sein Rollbettchen. Dann setzte sie sich zu ihr auf die Bettkante, um ihre Hand zu streicheln. Sie hatte inzwischen genügend Erfahrung, um zu wissen, dass Henny dabei war aufzuwachen.

Sie hoffte nur, dass sie dieses Mal etwas länger bei Besinnung blieb und endlich mitbekam, dass sie Mutter geworden war.

Henny warf ihren Kopf unruhig hin und her, dann öffnete sie die Augen. An ihrem irritierten Blick erkannte Frieda, dass sie zur Besinnung kam.

»Wo bin ich?«, krächzte sie verwirrt.

»Alles ist gut!« Frieda streichelte weiter besänftigend über ihre Hand.

»Was ist mit dem Baby?« Henny hob leicht den Kopf und die Schultern an, sodass Frieda sie wieder zurückdrücken musste.

»Du hast eine Tochter. Sie ist gesund und munter. Sieh nur, sie liegt neben dir.«

Auf Hennys abgemagertem Gesicht tauchte ein erleichtertes Strahlen auf. Sie wollte noch etwas sagen, war aber nicht kräftig genug. Ihre Augenlider schlossen sich erneut vor Erschöpfung. Doch dieses Mal war es keine Bewusstlosigkeit, sondern heilsamer Schlaf.

Frieda betrachtete die Kleine in ihrem Bettchen. »Vielleicht ist es ja gut so, dass du sie noch nicht gleich zu Gesicht bekommen hast«, murmelte sie, während sie sie wieder zurück zur Säuglingsstation brachte.

Als Henny beim nächsten Mal erwachte, fühlte sie sich wesentlich besser. Die bleierne Müdigkeit, die sie immer wieder in die Bewusstlosigkeit hatte gleiten lassen, begann endlich von ihr abzulassen. War es Einbildung oder Wirklichkeit, dass Frieda eben noch bei ihr gewesen war, um ihr mitzuteilen, dass sie eine gesunde Tochter hatte? Allein der Gedanke ließ sie tiefes Glück empfinden. Emil hatte also mit seinen Vermutungen recht gehabt. Nun waren sie also Eltern. Eine neue Woge von Glück erfüllte sie. Elisabeth sollte die Kleine heißen, so wie Emils früh verstorbene Mutter. Beim Gedanken an ihre Tochter verstärkte sich der Druck in ihren Brustwarzen und ließ etwas Milch heraustreten. Sie sah sich um und erkannte, dass man sie in den Krankenhaussaal der Wöchnerinnen gebracht hatte. Hinter den hellen Stellwänden hörte sie Frauenstimmen und leises Babygeschrei. Mit einem Mal konnte sie es nicht mehr erwarten, ihr Kind endlich in die Arme zu schließen.

Sie musste sich nicht lange gedulden. Kurz darauf tauchte Frieda bei ihr auf. Sie schob ein Rollbettchen vor sich her.

»Willkommen im Leben!«, sagte sie sichtlich erfreut. »Ich habe dir hier jemanden mitgebracht. Die kleine Dame möchte unbedingt ihre Mutter begrüßen!« Sie schüttelte Hennys Kissen auf und schob ihr ein weiteres in den Rücken, damit sie bequemer lag.

»Nun mach es nicht so spannend«, drängte Henny ungeduldig und versuchte einen Blick in das Bettchen zu werfen. Warum zögerte Frieda noch?

Endlich hob ihre Freundin das Kissen an und holte das Baby aus seinem Bettchen. Behutsam legte sie Henny das kleine Bündel in die Arme, blieb aber ganz in ihrer Nähe stehen. Voller Liebe warf diese einen ersten Blick auf ihre kleine Tochter. Dann stockte sie.

»Aber … aber das … das kann nicht mein Baby sein!«, meinte sie fassungslos. »Jemand hat es vertauscht!«

Panisch sah sie sich um. »Wo ist mein Kind? Ich möchte Elisabeth sofort sehen.«

Frieda stand neben ihr und nestelte verlegen mit ihren Händen an ihrer Schwesternschürze herum. »Das ist deine Tochter. Ich war bei ihrer Geburt dabei.«

»Aber sie ist ein … Negerbaby!« Henny fühlte sich so vor den Kopf gestoßen, dass sie kaum noch atmen konnte. Sie war sich absolut sicher, dass Frieda log. »Sie kann nicht meine Tochter sein!«, stieß sie entrüstet hervor und konnte nichts gegen die Tränen tun, die ihr in die Augen schossen. »Emil ist doch ihr Vater!« Sie schob das Baby von sich und bedeutete Frieda, es wieder zurück in sein Bettchen zu legen. »Was treibst du nur für ein hässliches Spiel?«

Frieda setzte sich mit dem Baby auf den Besucherstuhl neben ihrem Bett. »Nun schau dir die kleine Elisabeth doch erst einmal genauer an«, sagte sie ruhig. »Sie ist ein bildhübsches Mädchen.« Henny wandte demonstrativ ihren Kopf ab in Richtung Stellwand. Doch Frieda ließ nicht locker. »Du kannst deine Tochter nicht einfach zurückweisen«, erinnerte sie sie streng. »Du bist ihre Mutter. Sieh schon her! Sie hat die gleichen sternförmigen Grübchen in ihren Wangen wie du!«

Henny gehorchte nur widerwillig. Ihr Verstand weigerte sich immer noch, das Unvorstellbare anzunehmen, und doch fühlte ihr Herz, dass Frieda die Wahrheit sprach. Ihre Skepsis ließ immer mehr nach und wich wachsendem Staunen. Wie friedlich das kleine Mädchen in Friedas Armen schlief und dabei leise vor sich hin schmatzte. Der fein geschwungene Mund mit dem seligen Lächeln erinnerte sie sofort an Emil. Unter dem weißen Mützchen blitzte dunkler Haarflaum hervor. Der Druck in ihren Brüsten verstärkte sich noch mehr. Es war ihr überaus peinlich, als sie bemerkte, wie ihr Nachthemd vorne feucht wurde. Plötzlich übermannten sie ihre Gefühle. Sie konnte nichts dagegen tun. Mit Tränen in den Augen verlangte sie endlich nach ihrer Tochter.

Frieda legte sie wieder in ihre Arme. Als ob die Kleine gespürt hätte, dass sie nun endlich willkommen war, öffnete sie die Augen und sah ihre Mutter aufmerksam an.

»Ella.« Hennys Stimme klang heiser vor mühsam beherrschten Gefühlen. Das Kosewort war ganz selbstverständlich über ihre Lippen gesprungen. »Was bist du nur für ein zauberhaftes Wesen!«

Das Baby in ihren Armen wurde unruhig und rekelte sich. Der Geruch der Muttermilch hatte es hungrig gemacht. Henny öffnete ihr Nachthemd und legte ihre Tochter an. Gierig suchte das Mäulchen nach ihrer Brustwarze und umschloss sie fest mit seinen Lippen. Obwohl es wehtat, war sich Henny sicher, noch nie etwas Erfüllenderes erlebt zu haben.

Es war schon weit nach zehn Uhr abends, als Emil immer noch in seinem Büro auf der Hauptwache saß und an einer neuen Brandschutzverordnung arbeitete. Nichts, aber auch gar nichts zog ihn nach Hause, wo ihm außer einer leeren Wohnung im Grunde genommen nichts als das Scheitern seiner kurzen Ehe vor Augen geführt wurde. Henny hatte ihn betrogen. Der Schmerz über ihren Verrat schwärte wie Eiter in einer Wunde. Es erschien ihm wie blanker Hohn, wenn er daran dachte, wie er noch vor wenigen Tagen voller Vorfreude in das liebevoll eingerichtete Kinderzimmer geblickt hatte. Hatte sie tatsächlich geglaubt, er sei so dumm, das Kuckuckskind einfach so anzunehmen? Das Kind eines Negers?

Nachdem ihm klar geworden war, wie sehr sie ihn hintergangen hatte, war er nicht mehr ins Krankenhaus gegangen, obwohl sie an diesem Tag aus ihrem Delirium erwacht war. Er hatte sich zwei Tage lang sinnlos betrunken und sich danach in seine Arbeit auf der Wache vergraben. Schultz und seine Sekretärin hatten noch Urlaub, sodass es erst einmal nicht weiter auffiel, dass er schon zurück war. An seiner Einstellung änderte sich auch nichts, als Frieda eines Abends bei ihm anrief und ihm mitteilte, dass sich Henny mittlerweile auf dem Weg der Besserung befand und bald nach Hause entlassen werden würde. Sie fragte angeblich jeden Tag nach ihm.

»Sag ihr, sie und ihr Balg sollen sich zum Teufel scheren«, beschied er sie grob. »Ich will nichts mehr mit ihnen zu tun haben.«

Im Nachhinein kam es ihm geradezu lächerlich vor, dass er sich so große Sorgen um Hennys Gesundheit gemacht hatte. Die Angst um sie hatte ihn tagelang blind gegenüber der Realität sein lassen. Zwar war ihm sehr wohl aufgefallen, dass die kleine Elisabeth sich von den anderen Babys unterschied, doch Frieda hatte ihn glauben lassen, dass dies nur wegen einer Gelbsucht sei. Zum Glück hatte Oberschwester Hildegard ihm kurz darauf die Augen geöffnet. Er stand vor dem Bettchen der kleinen Elisabeth, als sie zu ihm herantrat.

»Ich frage mich, wann die Gelbsucht endlich abklingt«, meinte er besorgt. Als die Oberschwester nicht gleich antwortete, sondern sich nur lautstark räusperte, sah er sie irritiert an. »Elisabeth geht es doch gut, nicht wahr? Nun reden Sie doch schon!«

Die Sorge um Henny brachte ihn schon fast um den Verstand, da durfte seine Tochter nicht auch noch krank sein.

Die Oberschwester räusperte sich nochmals.

»Dieses Kind hat keine Gelbsucht«, sagte sie voller Verachtung. »Dieses Baby trägt Negerblut in sich, deshalb ist es so dunkel.«

Emil war so perplex, dass er erst einmal sprachlos war.

»Was reden Sie da für einen Unsinn«, fuhr er sie schließlich an.

»Fragen Sie doch Professor Strößner oder Doktor Pollinger. Sie werden Ihnen dasselbe sagen wie ich. Sie müssen sich nur die Fingerspitzen der Kleinen ansehen. Sie sind schon ganz dunkel.« Ihre faltigen Mundwinkel verzogen sich zu einem selbstsicheren Lächeln, als sie weitersprach. »Ihre Haut wird in den nächsten Wochen immer mehr nachdunkeln. Ich war in meiner Jugend einige Jahre in Afrika. Da habe ich solche Bälger öfter zu sehen bekommen. Glauben Sie mir. Dieses Kind ist von keinem weißen Mann. Besser, Sie erfahren es jetzt, bevor Sie sich vor allen lächerlich machen.« Sie sah ihn mit scheinbarem Bedauern an, doch Emil sah sehr wohl, dass sie vor Schadenfreude schier verging. Ihr verkniffenes Lächeln strafte ihr mitleidiges Gebaren ebenso Lügen wie der nächste Satz. »Ich hab ja immer gesagt, dass Schwester Henny so jemanden wie Sie nicht verdient hat!«

Mit diesen Worten ließ sie ihn einfach stehen.

Emil war wie erstarrt gewesen. Dann fiel es ihm wie Schuppen von den Augen. Plötzlich erinnerte er sich wieder an jenen Tag, als er Henny im Krankenhaus aufgesucht und sie in den Armen des afrikanischen Diplomaten erwischt hatte. Sie hatte sich herausgeredet und ihn wortreich besänftigt. Er hatte sich von ihren Unschuldsbeteuerungen beschwichtigen lassen, obwohl die Situation eindeutig gewesen war. Was für ein dämlicher Idiot er doch gewesen war! Er wusste nicht, was schlimmer war: die Tatsache, dass Henny ihn betrogen hatte, oder seine eigene Dummheit, dass er ihr vertraut hatte. Auch jetzt noch schmerzte jeder Gedanke an ihren Verrat wie ein Dolchstoß. Wie hatte sie ihn so hintergehen können? War er ihr so wenig wert? Wusste sie nicht, wie sehr er sie liebte? Es drängte ihn, sie danach zu fragen, doch sein Stolz ließ noch nicht zu, dass er den ersten Schritt machte.

»Darf ich stören?«

Emil schreckte aus seinen Gedanken auf. In der Tür stand Heinrich Schultz mit einer Kristallkaraffe und zwei Cognacschwenkern in den Händen. Er hatte nicht damit gerechnet, dass noch jemand in den Büros war. Sein väterlicher Freund trat unaufgefordert ein und stellte die mitgebrachten Sachen auf seinem Schreibtisch ab.

»Junge, Junge, weißt du eigentlich, wie spät es ist? Gleich halb elf! Was zum Teufel machst du noch hier? Du hast doch Urlaub! Muss ich mir etwa Gedanken um euch machen?« Er goss ihnen beiden reichlich von dem goldgelben Cognac ein und reichte ihm ein Glas. »Ich hab das Licht brennen gesehen, als ich gerade nach Hause wollte. Da dachte ich mir, dass dies eine gute Gelegenheit ist, um mit dir auf eure Tochter anzustoßen.«

»Ich habe noch was Dringendes zu erledigen«, behauptete Emil lustlos.

Schultz' Stirn legte sich in Falten. »Geht es deiner Frau etwa wieder schlechter?«

»Sie ist auf dem Weg der Besserung.«

»Na, dann Prost!« Schultz setzte den Schwenker an seine feisten Lippen und trank genüsslich von seinem Cognac. »Der ist von einer jüdischen Haushaltsauflösung, ein Geschenk des Polizeipräsidenten.«

Emil prostete ihm zu und nahm einen großen Schluck. Der Cognac war tatsächlich von ausgezeichneter Qualität. Vollmundig und weich im Abgang. Gerade richtig, um ihn sein Schicksal vergessen zu lassen.

»Wieso bist du hier und nicht bei deiner Frau und deiner Tochter im Krankenhaus?«, hakte Schultz nach. Seine blassblauen Augen musterten ihn prüfend. Er kannte Emil gut genug, um zu erkennen, dass etwas mit ihm nicht in Ordnung war. »Hattet ihr beiden etwa Streit?«

»So was Ähnliches …«

Emil wollte einfach nur in Ruhe gelassen werden, doch Schultz ließ nicht nach.

»Ach, Schwamm drüber! So was passiert in den besten Familien. Ich erinnere mich noch gut, wie sehr meine Konstanze nach der Geburt von Monika durcheinander war. Jedes Wort von mir hat sie auf die Goldwaage gelegt. Glaub mir, das sind die Hormone. Nimm es nicht so ernst!«

»Wenn es doch nur das wäre!« Emil spülte den Rest des Cognacs in einem Schluck hinunter und hielt seinem Mentor erneut das Glas hin.

»Du machst mir nicht gerade den Eindruck eines glücklichen Ehemanns und Vaters.« Schultz schenkte ihm noch einmal ordentlich ein. »Ist was mit dem Kind nicht in Ordnung?«

Emil lachte bitter auf. »Das kann man wohl sagen.« Als er erneut Schultz' mitfühlenden Blick auf sich ruhen fühlte, entschloss er sich, mit der Wahrheit herauszurücken. Vielleicht fühlte er sich danach ja etwas besser. »Elisabeth ist nicht von mir. Henny hat versucht, mir ein Kuckuckskind unterzujubeln.«

Jetzt, wo es heraus war, fühlte er sich tatsächlich erleichtert, während es Schultz erst einmal die Sprache verschlagen hatte. In knappen Sätzen und ohne etwas zu beschönigen, erzählte Emil alles, was ihm auf dem Herzen lag. Er ließ auch nicht aus, dass er den afrikanischen Diplomaten Kuyateh für den Vater von Hennys Kind hielt.

»So was hat kein Mensch verdient, mein Junge!«, sagte er schließlich sichtlich erschüttert. Dann begann er wütend zu werden und ergriff sofort für Emil Partei. Wie ein Wasserfall begann er nun auf ihn einzureden.

»Das darfst du dir unter keinen Umständen bieten lassen. Wirf das Luder raus und sieh zu, dass du rasch die Scheidung erwirkst. Ich habe ja nie einen Hehl daraus gemacht, dass ich dich liebend gerne als meinen Schwiegersohn gesehen hätte. Doch du hast ja leider keine Augen für meine Monika gehabt. Diese Henny hat mir nie sonderlich gut gefallen. Sie hat etwas Oberflächliches, was so gar nicht zu dir passt. Nun mache ich mir Vorwürfe, dass ich dich nicht rechtzeitig vor ihr gewarnt habe. Wer konnte schon ahnen, dass sie dich so hintergeht – und das auch noch mit einem minderwertigen Neger, der …«

Emil hielt die Hand hoch, um seinen Redeschwall zu unterbinden. Bei allem, was Henny ihm angetan hatte, konnte er nicht zulassen, dass Schultz so abwertend über sie sprach.

»Vielleicht hat der Kerl sie ja hinterhältig verführt«, wandte er etwas hilflos ein. Plötzlich musste er sich eingestehen, dass es genau das war, was er hoffte. Er wollte, dass es eine plausible Erklärung für Hennys Fehltritt gab. Vielleicht konnte er ihr dann sogar vergeben. Es war womöglich ein Fehler gewesen, sich grollend zurückzuziehen. »Ich werde sie morgen besuchen und mit ihr reden.«

»Papperlapapp!« Schultz schien das für keine gute Idee zu halten. »Da gibt es nichts mehr zu verzeihen. Deine Frau hat offensichtliche Tatsachen geschaffen!«

Emil ließ sich nicht beeindrucken. »Vielleicht gibt es eine plausible Erklärung. Was ist, wenn der Afrikaner sie unter Drogen gesetzt hat? Es ist schließlich bekannt, dass diese Menschen ziemlich hinterhältig sein können. Ich muss einfach wissen, was damals vor sich gegangen ist. Wenigstens das ist Henny mir schuldig.«

»Du möchtest dir die Dinge nur schönreden! Ich verstehe ja deine Enttäuschung, aber jetzt heißt es stark sein. Vergiss die Frau und blick wieder in die Zukunft!«

»Erst wenn ich mit Henny geredet habe!« Emil stellte auf stur.

»Sei kein Narr!« Schultz richtete sich plötzlich in seinem Sessel auf und sah ihm scharf in die Augen. »Denk doch nur an die Hautfarbe dieses Wechselbalgs. Jeder wird sehen, dass es nicht dein Kind ist!« Er machte eine wegwerfende Handbewegung. »Wenn es wenigstens das Kind eines Ariers wäre, dann könntest du vielleicht noch darüber hinwegsehen, aber bei solch einer Rassenschande, da gibt es kein Pardon! Das muss dir doch hoffentlich klar sein! Du kannst in deiner Position kein Negerkind in deiner Familie dulden.«

»So dunkelhäutig ist die Kleine gar nicht«, hörte Emil sich zu seiner eigenen Verwunderung sagen. Ihm wurde plötzlich klar, dass er das Baby längst in sein Herz geschlossen hatte. »Wenn jemand Anstoß an ihr nimmt, trete ich eben von meinen Ämtern zurück.«

»Erst das Land, dann der Führer und dann die Familie«, polterte Schultz ungehalten los. »Das wirst du ganz schön bleiben lassen! Glaubst du vielleicht, ich lasse dich solch einen Unsinn tun? Sei ein Mann und reich so schnell wie möglich die Scheidung ein. Das ist der einzige richtige Rat, den ich dir geben kann!« Er erhob sich schwerfällig von seinem Sessel. »Trink dir von mir aus heute Abend noch einen an«, meinte er mit einer Kopfbewegung in Richtung Cognac. »Und morgen sieht die Welt schon wieder anders aus.«

Emil stieß einen tiefen, verzweifelten Seufzer aus. »Ich liebe diese Frau mehr als mein Leben.«

»Sie hat dich hinterhältig betrogen«, erinnerte ihn sein

Freund hart. »So etwas darf sich ein Mann nicht gefallen lassen!«

Am nächsten Morgen schlug Emil alle wohlmeinenden Ratschläge in den Wind und entschloss sich, Henny im Krankenhaus zu besuchen. Er hatte den Cognac Cognac sein lassen und war nach Hause gegangen. Die ganze Nacht hatte er brütend in seinem Bett verbracht und darüber nachgedacht, was er tun sollte. Je länger er wach lag, desto klarer wurde ihm, dass seine Gefühle für Henny weit über das hinausgingen, was sie ihm angetan hatte. Selbst wenn sie sich freiwillig mit diesem Kuyateh eingelassen hatte, war er bereit, ihr zu verzeihen. Das Einzige, was er von ihr erwartete, war Offenheit. Er würde ihr die Gelegenheit geben, sich zu bekennen. Womöglich war sie nur für wenige Augenblicke schwach geworden und hatte ihren Seitensprung längst bereut? Seine Gefühle für Henny waren nach wie vor so stark, dass er nach jedem Strohhalm greifen wollte, der sich ihm bot.

Als er den Krankensaal betrat, stillte sie gerade ihr Kind. Die beiden bildeten eine so vertraute Einheit, dass er sich wie ein Fremdkörper vorkam und unschlüssig in einiger Entfernung hinter der Abschirmung stehen blieb. Als die Kleine fertig getrunken hatte, legte sie sie sich zum Aufstoßen über die Schulter. Dabei sah sie auf. Sie errötete, als sie ihn entdeckte, dann ging ein erleichtertes Lächeln über ihr Gesicht.

»Schön, dass du da bist«, begrüßte sie ihn schüchtern. Sie klopfte dem Baby immer wieder auf den Rücken, bis es endlich aufgestoßen hatte, dann legte sie es zurück in sein Bettchen. Emil wartete, bis sie fertig war, dann trat er zu ihr heran und setzte sich schließlich auf den Besucherstuhl neben ihrem Bett. Eine ganze Weile sprach keiner von ihnen ein Wort. Ihre Verlegenheit war so groß, dass sie einander nicht einmal anzusehen wagten. Henny starrte auf die gegenüberliegende Wand, und er hielt den Blick auf die Hände auf seinem Schoß geheftet.

»Ich bin froh, dass du endlich gekommen bist«, durchbrach Henny endlich ihr Schweigen.

»Es ist mir nicht leichtgefallen. Ich wollte hören, was du …« Er zögerte, weil er nicht wusste, wie er fortfahren sollte.

»Was ich dazu sage, dass Ella so anders aussieht?«, half sie ihm auf die Sprünge.

»Ella?« Emil blickte nun doch auf.

»Es ist eine Abkürzung für Elisabeth«, klärte sie ihn auf. Er sah, dass sie dabei errötete. »Mir schien die Abkürzung irgendwie – passend?«

Emil nickte nur. Das war jedoch nicht das, was er hören wollte. Er wartete weiter auf eine Erklärung.

»Ella ist unser Kind!« Hennys Stimme hatte nun etwas Bestimmtes. »Ich weiß nicht, welche Laune der Natur unser Kind so dunkelhäutig werden ließ«, behauptete sie felsenfest. »Ich weiß aber genau, dass sie unser Kind ist.«

Emil hatte mit allem gerechnet: mit Ausflüchten, Entschuldigungen, Weinen und Verzweiflung, aber nicht mit dieser Reaktion, die in seinen Augen an Dreistigkeit nicht zu überbieten war. Noch während sie die letzten Worte sprach, fühlte er neue Wut und Enttäuschung in sich aufsteigen. Dann hatte Schultz also doch recht gehabt mit seiner Einschätzung von Henny. Mit einer abrupten Bewegung erhob er sich von seinem Stuhl, sodass er nach hinten umfiel.

»Willst du mich jetzt auch noch verhöhnen?«, fragte er fassungslos. »Das habe ich nicht verdient!« Seine Hände ballten sich zu Fäusten, bevor er weitersprach. »Ich bin gekommen, um dir die Gelegenheit zu geben, mir endlich die Wahrheit zu sagen, und du lügst mir stattdessen dreist ins Gesicht? Weißt du, dass ich dir womöglich verziehen hätte, wenn du nur aufrichtig zu mir gewesen wärest?« Er musste all seine Kraft aufbieten, um einigermaßen ruhig zu bleiben.

»Ich sage die Wahrheit!« Hennys Stimme bebte. »Bei Gott und allem, was mir lieb ist, ich schwöre! Ich habe dich niemals betrogen!«

»Willst du mir etwa weismachen, dass es eine unbefleckte Empfängnis gegeben hat?« Emil konnte seinen Sarkasmus nun nicht mehr zurückhalten. »Hab doch wenigstens jetzt den Mut, mir die Wahrheit zu sagen, oder habe ich nicht einmal das verdient?«

»Aber ich lüge nicht! Das musst du mir einfach glauben!« Tränen rollten über ihre Wangen, aber er war nicht bereit, darauf hereinzufallen.

»Weißt du, was ich glaube?«, fuhr er sie an. »Dass du ein Verhältnis mit diesem Kuyateh hattest. Ich habe euch doch während einer Umarmung erwischt!«

»Da war nichts Unehrenhaftes dabei«, entgegnete Henny nun ebenso heftig. »Er war ein überaus sympathischer Patient, nicht mehr und auch nicht weniger. Wie kannst du nur glauben, dass ich mich auf ihn eingelassen haben könnte? Ich liebe nur dich!«

»So sehr, dass du dich vom erstbesten Neger hast schwängern lassen!« Emil lachte böse und wandte sich zum Gehen. Er hatte genug von Hennys Lügen. »Vielleicht nimmt er ja dich und sein Kind in seinem Harem auf.«

Henny sagte nichts. Sie starrte ihn nur ungläubig an. Er nahm es als Zeichen ihres Eingeständnisses. Die Erkenntnis nahm seinem Ärger die Spitze. Stattdessen fühlte er nur noch kalte Verachtung.

»Ich werde bis Anfang des nächsten Monats in meinem Büro schlafen«, teilte er ihr mit. »Du kannst so lange mit dem Kind in unserer Wohnung unterkommen. Ich wünsche, dass ihr ab Februar verschwunden seid!«

26. Kapitel

Der Bruch – Luise

Kurz nach meinem Erlebnis mit dem seltsamen Maskenmann in der Nähe von Asales Dorf begann die Regenzeit. Die schier unerträgliche Hitze und Dürre, die das Land in den letzten Wochen und Monaten fest im Griff gehalten hatte, fand endlich ein Ende und machte oft unerträglicher Schwüle Platz. Dunkle Gewitterwolken grummelten über dem tiefblauen Wasser des Nyassasees, ohne eine erlösende Abkühlung zu schaffen. In dieser Zeit waren überall die Regentrommeln zu hören, die die Geister der Ahnen um fruchtbares Wachstum und eine ertragreiche Ernte anflehten. Jedes Dorf hatte seine eigenen geheimen Rituale, die von den Männern der Chewa in ihren Geheimbünden eifersüchtig gehütet wurden. Sobald die ersehnten Regengüsse einsetzten, gab es für die Frauen eine Menge zu tun. Es war die Zeit der Saat und des Pflanzens, auch in unserer Mission.

Beim Beaufsichtigen der notwendigen Arbeiten rückte die erotische Begegnung mit dem wilden Chiwau schnell in den Hintergrund, nur in den schwülheißen Nächten suchten mich manchmal irritierende Träume heim, die mich mit zitterndem, vor Verlangen bebendem Körper erwachen ließen. Bei aller Scham über meine unanständigen Gefühle genoss ich die

Träume aber auch und hoffte nur, dass Thomas nichts davon mitbekam.

Das war nicht mein einziges Geheimnis vor meinem Ehemann, denn ich erzählte ihm auch nichts davon, dass ich mit Kwabisi Bücher austauschte. Wie versprochen hatte ich ihm in dem Wurzelversteck des Affenbrotbaums einige meiner Lieblingsbücher hinterlegt. Wir hatten abgemacht, dass er sie eben dort wieder deponieren würde, wenn er sie ausgelesen hatte. Als ich einige Zeit später aus Neugierde nachsah, ob er die Bücher auch abgeholt hatte, entdeckte ich in dem Versteck ein in ein Tuch eingeschlagenes Buch mit afrikanischen Sagen. Zweifellos hatte Kwabisi es dort für mich hinterlegt. Ich nahm es in freudiger Erwartung an mich und beschloss, es in den nächsten Tagen zu lesen. Doch es kam anders.

Wie für viele von uns Weißen war die Regenzeit auch für mich nur schwer zu ertragen, denn mit dem Regen kamen auch die Stechmücken und die Zeit der Malaria. Seit meiner Ankunft in Afrika vor nunmehr fast zehn Jahren litt ich immer wieder einmal an heftigen Fieberanfällen. Dabei hatte ich im Gegensatz zu vielen anderen das Glück, dass die Krankheit mich zwar tagelang aufs Lager warf, aber niemals einen so heftigen Verlauf nahm, dass ich um mein Leben bangen musste.

Im Januar 1913 litt ich abermals an Malaria und war gezwungen, für einige Tage das Bett zu hüten. Asale und Thomas mussten in dieser Zeit meinen Unterricht übernehmen, was für beide eine ordentliche Mehrbelastung bedeutete. Thomas machte mir deswegen niemals Vorwürfe, doch an den Ringen unter seinen Augen sah ich, wie sehr die zusätzliche Beanspruchung an ihm zehrte, vor allem, weil ihn der Umgang mit Kindern stark anstrengte. Im Dämmerlicht meines Zimmers hörte ich manchmal seine laute Stimme, wenn eines der Kinder sich nicht so verhielt, wie er es erwartete. Mir gegenüber nahm er sich immer zusammen. Wie immer, wenn ich krank und schwach war, zeigte er sich rührend um mich besorgt und leistete mir oft Gesellschaft, indem er mir erbauende Bibelverse vorlas oder mein Fieber mit kühlen Umschlägen zu lindern versuchte. Mag sein, dass ich Thomas unrecht tue, aber ich hatte bereits so manches Mal das unbestimmte Gefühl, dass er meine Hilflosigkeit genießt. Sie macht mich zu einer willfährigen Schutzbefohlenen, mit der er nach Belieben verfahren kann.

Als das Fieber endlich nachließ, versuchte ich, möglichst rasch wieder auf die Beine zu kommen. Erst wagte ich nur wenige Schritte in unserem Schlafraum, aber nach und nach fühlte ich mich immer kräftiger, sodass ich auch wieder begann, kleinere Ausflüge auf dem Missionsgelände zu unternehmen.

An einem ungewöhnlich schwülen Morgen hörte ich, wie Thomas die Kinder Bibelverse laut rezitieren ließ. Der Unterricht folgte dem einfachen Muster, dass einer seiner Schüler einen Psalm oder mehrere Verse vorzulesen hatte und Thomas danach über dessen Inhalt referierte. Anschließend wurde der Abschnitt von allen Schülern gemeinsam im Chor gelesen, bevor Thomas den Inhalt und die Botschaft abfragte, um danach nochmals alle gemeinsam das Gelesene wiederholen zu lassen. Ich persönlich kann dieser Art von Unterricht nicht besonders viel abgewinnen, denn ich glaube nicht, dass ständige Wiederholungen ohne tieferes Verstehen einen positiven Lerneffekt haben, denn die Schüler verlieren für gewöhnlich rasch die Lust am Unterricht. Nicht nur darin unterschieden Thomas und ich uns sehr. Während ich meine Schüler darin ermutigte, sich eigene Gedanken zu machen, verlangte er von ihnen nur absoluten Gehorsam und stures Auswendiglernen.

Das Schulgebäude lag gegenüber unserem Wohnhaus, das längst ein steinernes Fundament bekommen hatte und erweitert worden war. Dazwischen lag ein größerer Hof, der für die täglichen Morgenappelle und als Schulhof fungierte, während am oberen Ende die steinerne Kirche stand, die sogar über einen eigenen Glockenturm verfügte. Das wie ein U angelegte Areal öffnete sich zu einem lichten Wäldchen, durch dessen Bäume der Nyassasee schimmerte. Ursprünglich hatte ich vor, mich unter einen der Bäume in der Nähe des Strands zu setzen, um auf die Rückkehr der Fischer zu warten und ihren Fang zu bestaunen. Ich sehnte mich nach den Tagen der Bettruhe nach etwas Abwechslung. Während ich das Schulgebäude passierte, hörte ich Thomas' Stimme. Unbemerkt trat ich unter eines der hinteren Fenster und spähte neugierig in das Klassenzimmer.

»Die Bibel ist Gottes Wort, und Gottes Wort ist wahr«, sagte Thomas und ließ alle Schüler diesen Satz mehrfach laut wiederholen. Nur ein Junge schwieg beharrlich und meldete sich schließlich mit erhobener Hand zu Wort. Thomas, der eigentlich mit dem Unterricht fortfahren wollte, musterte ihn ungnädig. »Was willst du, Chiyeso?«

»Ich möchte eine Frage stellen, Father Thomas«, bat dieser höflich. Ich muss dazu sagen, dass Chiyeso einer meiner besten Schüler war. Er war intelligent, wach und für alles zu begeistern. Doch wozu ich meine Schüler immer ermuntert hatte – nämlich nachzufragen und ruhig auch einmal zu widersprechen, wenn etwas unklar war –, sollte ihm nun zum Verhängnis werden.

»Wieso gibt es in der Bibel Widersprüche?«, verlangte Chiyeso zu wissen. »Im Matthäusevangelium steht, dass Jakob der Vater von Marias Mann Josef war, während bei Lukas steht, dass er ein Sohn Elis war. Doch ein Mensch kann nur einen Vater haben. Möchte Gott uns mit dieser Lüge prüfen?«

Seine Frage war freundlich und ohne böse Absicht gestellt wor-

den. Sie bewies überdies Chiyesos Weitsicht. Doch Thomas bekam sie prompt in den falschen Hals, denn in seinen Augen sah es so aus, als wolle der Junge ihn absichtlich bloßstellen. Aus eigener Erfahrung wusste ich nur zu gut, wie schwer mein Mann so etwas ertragen konnte.

»Gott irrt sich niemals, und die Bibel ist Gottes Wort«, echauffierte er sich prompt. »Und nun hör auf, den Unterricht zu stören. Hat Missis Elliot euch nicht beigebracht, wie man sich im Unterricht zu verhalten hat?«

»Amayi Elliot hat uns beigebracht, Fragen zu stellen, wenn uns etwas auf der Seele liegt«, antwortete der Junge trotzig. Es war typisch für ihn, sich nicht einfach abspeisen zu lassen.

Thomas hielt es hingegen für Ungehorsam und Rebellion und ärgerte sich.

»Was fällt dir ein?«, brauste er auf. »Weißt du nicht, wie man sich vor einem Lehrer zu benehmen hat?« Mit zwei Schritten war er bei dem zwölfjährigen Jungen und packte ihn grob bei den Schultern. »Du wirst dich jetzt bei der ganzen Klasse für dein ungebührliches Benehmen entschuldigen«, herrschte er ihn an.

»Ich habe nichts Unrechtes getan, Sir!«

Chiyeso sah an Thomas hoch und begegnete unerschrocken seinem Blick, obwohl dieser beinahe doppelt so groß wie der Junge war. Einige Kinder kicherten, was bei Thomas den Geduldsfaden endgültig zerreißen ließ. Seine heftige Reaktion jedoch raubte mir den Atem. Ohne Vorwarnung holte er aus und schlug den Jungen mit seinem Arm so heftig gegen den Kopf, dass er seitwärts auf den Boden stürzte und aus der Nase zu bluten begann. Ich schrie unwillkürlich auf, als Thomas den Jungen vom Boden hochzog, um ihn ein weiteres Mal zu schlagen. Das lenkte seine Aufmerksamkeit auf mich, und er hielt inne. Wie ertappt erstarrte er für einen Augenblick. Erst sah ich Scham, dann Wut in seinen

Augen, bevor er den Jungen losließ, sich umdrehte und mit großen Schritten den Klassenraum verließ. Ohne mich eines Blickes zu würdigen, stapfte er an mir vorbei und verschwand zwischen den Bäumen in Richtung Nkhotakota. Für einen gedehnten Augenblick lang war nichts als der fast höhnisch klingende Ruf der Kaptaube zu hören.

»Work harder … work harder …«

Es dauerte einige Zeit, bis ich mich wieder gefasst hatte. Thomas' unerhörtes Verhalten machte mich sprachlos, doch dann dachte ich an die Kinder, die allmählich begannen, unruhig zu werden, und begab mich kurzerhand ins Klassenzimmer, um Ordnung zu schaffen. Während ich Chiyeso schweigend ein Taschentuch reichte, hielt ich die Kinder dazu an, ein Lied anzustimmen, sicherlich nicht die beste aller Ideen, aber mir fiel für den Augenblick nichts Besseres ein. Chiyeso nahm seinen Platz ebenfalls wieder ein, beteiligte sich aber nicht am Gesang. Als ich die Schüler wenig später aus dem Unterricht entließ, verdrückte er sich, ohne sich noch einmal umzusehen.

Wie sehr Thomas Chiyesos Stolz verletzt hatte, sollte sich bald erweisen. Der Junge weigerte sich fortan, zurück nach Tsogolo Malo zu kommen. Ich bedauerte das sehr, denn der Junge war nicht nur einer meiner besten Schüler, sondern lag mir besonders am Herzen.

Thomas ließ sich den ganzen Tag über nicht auf der Missionsstation sehen. Er kehrte erst nach Einbruch der Dunkelheit wieder nach Tsogolo Malo zurück – betrunken, wie ich sofort an seiner Alkoholfahne bemerkte. Ohne sein Essen anzurühren, zog er sich in seinen Sessel zurück, um finster in die Glut des Kamins zu starren. Ich wagte nicht, ihn auf den Vorfall am Morgen anzusprechen, denn ich wusste, wie gefährlich es war, ihn in diesem Zustand noch mehr zu reizen. Aus diesem Grund hielt ich es für das Beste, mich zeitig zurückzuziehen. Doch kaum machte ich Anstalten, in unser Schlafzimmer zu gehen, durchbrach er sein Schweigen und entlud seinen Zorn so unvermittelt über mich, dass ich ihm nicht mehr entkommen konnte.

»Wie kommst du dazu, mich vor den Schülern bloßzustellen?«

Die Behauptung entbehrte jeglicher Grundlage, sie war so lächerlich, dass ich wider besseres Wissen doch aufbegehrte. »Wie kommst du nur auf diesen Unsinn? Ich kam rein zufällig vorüber und wurde Zeugin, wie du den armen Jungen grundlos geschlagen hast!«

»Grundlos geschlagen? Der Kerl hat es gewagt, Gottes Wort in Zweifel zu ziehen. Hast du ihnen das etwa beigebracht?«

»Chiyeso hat nur eine logische Frage gestellt, das weißt du ganz genau. Er hat Widersprüche aufgedeckt, die jedem, der die Bibel aufmerksam liest, auffallen. Was ist falsch daran? Du hättest ihm erklären können, weshalb das so ist, anstatt ihn vor den anderen zu demütigen.« Ich konnte mit meiner Meinung nicht länger an mich halten.

»Du vergisst, dass es Heidenkinder sind.« Thomas' Stimme bekam etwas Herrisches, was keinen Widerspruch duldete. »Vergiss nicht, dass du bloß ein Weib bist, das nicht ganz bei Verstand ist! Es war ein Fehler, dir so viele Freiheiten in der Schule zu lassen.« Thomas beugte sich in seinem Sessel vor und funkelte mich wütend an. So erregt hatte ich ihn nur dann erlebt, wenn er dabei war, sich völlig zu vergessen. Ich bekam es mit der Angst zu tun und wich unwillkürlich ein Stück zurück. Doch er war noch nicht mit mir fertig. »Jawohl, es war ein Fehler, dir den Unterricht zu überlassen. Deine lächerlich liberale Einstellung führt nur dazu, aus diesen Heidenkindern gefährliche Rebellen zu machen. Kein Wunder, dass die Neger im Land überall aufbegehren.«

Obwohl ich wusste, wie unberechenbar Thomas in solchen

Augenblicken sein konnte, trafen mich seine Anschuldigungen so sehr, dass ich sie mir nicht bieten lassen konnte. Wider besseres Wissen erhob ich Einspruch.

»Was ist falsch daran, die Kinder zu selbstständigem Denken zu ermuntern?«, fragte ich ihn empört. »Wenn wir wollen, dass sich ihre Lebensumstände verbessern, müssen wir ihnen auch beibringen, ihr Leben selbst in die Hand zu nehmen.«

»Das ist der größte Unsinn, den ich je gehört habe! Von nun an werden wir hier andere Saiten aufziehen! Du hältst dich in Zukunft an meine Anweisungen und führst den Unterricht nach meinen Maßstäben!«

»Etwa Bibelverse auswendig lernen und sie stumpfsinnig aufsagen lassen? Lieber unterrichte ich überhaupt nicht mehr!«

Weiß Gott, was mich in diesem Augenblick geritten hatte, Tatsache war jedoch, dass ich mich in meinem Selbstverständnis als Lehrerin so angegriffen fühlte, dass ich mir seine Unverschämtheiten nicht gefallen lassen konnte. Das war ein großer Fehler. Thomas sprang nun von seinem Sitz auf und baute sich in voller Größe vor mir auf. Seine pure körperliche Überlegenheit ließ mich innerlich zusammenschrumpfen.

»Wir sollten morgen in Ruhe darüber sprechen«, versuchte ich einzulenken.

»Das könnte dir so passen! Es wird langsam Zeit, dass ich dir zeige, wer hier das Sagen hat! Du hast meine Gutmütigkeit schamlos ausgenützt. Das ist nun vorbei!«

Seine Augen flackerten wild unter den buschigen Augenbrauen. Er war noch betrunkener, als ich gedacht hatte. Thomas gehörte eindeutig zu den Menschen, die Alkohol nicht vertrugen. Ehe ich mich's versah, griff er meine Oberarme und schüttelte mich wütend. »Warum hat Gott mich mit solch einem Weib wie dir gestraft? Er fordert mich heraus!«

Ohne mich loszulassen, zerrte er mich in unser Schlafzimmer, um mich rücklings auf das Bett zu schleudern. Sein Atem ging stoßweise, während er den Gürtel löste und seine Hose zu Boden gleiten ließ. Plötzlich bekam ich es mit der Angst zu tun. Ich versuchte, mich seitwärts vom Bett zu rollen, doch da war er schon über mir und zerrte mich zurück. Mit groben Handgriffen riss er mir Bluse und Rock vom Leib. Seine glasigen Augen wanderten besitzergreifend über meinen Körper, bevor er mein Unterhemd hochschob und mir die Unterwäsche vom Leib riss. Die Petroleumlampe aus dem Wohnzimmer beleuchtete die Szenerie auf geradezu groteske Art. Zum ersten Mal während unserer Ehe sah ich Thomas entblößt und dermaßen erregt, dass ich mehr an ein wildes Tier denken musste als an einen Menschen.

»Teufelshure«, schrie er erregt, während er gewaltsam meine Beine spreizte, um mit voller Kraft in mich hineinzustoßen. Wieder und immer wieder. Ich weiß nicht, wie lange er sich an mir verging. Ich erinnere mich nur, dass ich versuchte, meinen Geist vor der Vergewaltigung zu schützen, indem ich das Lied vor mich hin summte, das ich am Nachmittag mit den Kindern gesungen hatte. Doch auch das vermochte mich nicht davon abzulenken, was mein Mann mir Schreckliches antat. Als er endlich fertig mit mir war, raffte er sich auf, zog seine Hose hoch und verließ abrupt, ohne mich eines Blickes zu würdigen, das Zimmer. Er ließ mich zurück wie ein Stück Dreck.

Die ganze Nacht und auch weit in den nächsten Tag hinein war ich unfähig, mich zu rühren. Zusammengekauert blieb ich auf dem Bett liegen und starrte die Wand an. Es war mir egal, was als Nächstes passierte. Selbst wenn Thomas sich nochmals an mir vergangen hätte, hätte ich es wohl ertragen. Ich erinnere mich, dass mir schrecklich kalt war, obwohl draußen die größte Sommerhitze herrschte, und ich erinnere mich an die trostlose

Leere, die sich in meinem Inneren breitmachte und mich völlig apathisch werden ließ.

Es muss gegen Mittag gewesen sein, als Asale unser Haus betrat. Sie rief immer wieder meinen Namen, ich antwortete ihr nicht. Schließlich fand sie mich auf meinem Bett kauernd und stieß einen spitzen Schrei aus.

»Was ist mit dir, Amayi?« fragte sie besorgt. Dann sah sie meine zerfetzten Unterkleider und begriff ohne weitere Erklärungen, was mir Schreckliches widerfahren sein musste. Ohne ein Wort zu sagen, ging sie in den Nebenraum, besorgte eine Schüssel mit Wasser und begann meinen geschundenen Körper behutsam zu reinigen. Ich ließ alles willenlos über mich ergehen. Ihre zarten Berührungen und ihre rücksichtsvolle Zurückhaltung halfen mir, wieder langsam in die Realität zurückzukehren. Als sie fertig war, stand ich auf, um mich anzukleiden. Die zerrissenen Unterkleider warf ich in die Glut unseres Kamins.

Asale und ich sprachen kein Wort. Ihre Anwesenheit tat mir unendlich gut, auch wenn ich nicht mit ihr über das sprach, was mir zugestoßen war.

»Abambo Thomas lässt dir ausrichten, dass er für ein paar Tage verreist ist«, teilte sie mir schließlich mit, ohne mich anzusehen. »Er hat die älteren Schüler für heute nach Hause geschickt und möchte dich bitten, den Unterricht wieder zu übernehmen.«

Ich lachte hysterisch auf.

»Hat er das?«

Ich weiß nicht, ob es aus Erleichterung war, dass mir seine Anwesenheit in den nächsten Tagen erspart blieb, oder wegen der Widersinnigkeit, dass ich den Unterricht nun doch weiterführen sollte. Er konnte doch nicht im Ernst davon ausgehen, dass ich nun bereit war, einen genauso stupiden Unterricht zu machen wie er. Trotz all der Demütigungen, die er mir in der vergange-

nen Nacht zugefügt hatte, kehrte nun auch mein Stolz wieder zurück. Er mochte körperlich mit mir machen, wozu er Lust hatte, meinen Geist würde er nicht bekommen!

Am nächsten Tag setzte ich meinen Unterricht auf gewohnte Weise fort. Weil Chiyeso auch nach zwei Tagen immer noch nicht im Unterricht erschienen war, beschloss ich, in das Dorf zu gehen, um mit ihm zu reden. Asale war seine Tante, deshalb hoffte ich, dass es uns gemeinsam gelingen konnte, ihn wieder zum Schulbesuch zu überreden. Doch als ich dort ankam, traf ich weder auf Asale noch auf den Jungen. Dafür begegnete ich Kwabisi. In seinem knielangen Lendenschurz aus Antilopenleder und einem Umhang aus Leopardenfell wirkte er wie ein archaischer Krieger und nicht wie ein gebildeter Anwalt. Mein Blick musste mich verraten haben.

»Gefällt Amayi Luise nicht, was sie sieht?«, fragte er mit einem spöttischen Unterton.

Ich fürchte, ich wurde puterrot. Schleunigst wandte ich meinen Blick ab.

»Ich wollte zu Chiyeso«, erwähnte ich möglichst beiläufig. »Ich möchte ihn überreden, wieder in die Schule zu kommen.«

»Er hat mir über den Zwischenfall berichtet«, antwortete Kwabisi ernst. »Dein Mann hat seinen Stolz verletzt. Er wird nur wieder zurückkehren, wenn er sich bei ihm entschuldigt.«

»Ich fürchte, dass wird so schnell nicht geschehen. Mein Mann ist der Meinung, dass er im Recht war.« Ich zuckte bedauernd mit den Schultern. Es war mir im Augenblick unmöglich, Thomas gegenüber loyal zu sein. »Kannst du ihm dennoch sagen, dass es mir persönlich leidtut, was geschehen ist? Er ist so ein kluger Junge.«

»Ich werde es ihm sagen.« Kwabisis braune Augen ruhten forschend auf mir. »Wie hat dir mein Buch gefallen?«, fragte er unvermittelt. Ich gestand ihm, dass ich es noch nicht gelesen hatte,

und erkundigte mich stattdessen nach seiner Meinung über meine Bücher. Kwabisi lud mich in den Schatten des Mangobaumes ein, unter dem ich auch öfter mit Asale saß. Auf einem Baumstamm sitzend, sprachen wir eine ganze Weile über Literatur und ihre gesellschaftliche Wirkung auf die Leser. Ich war erstaunt über Kwabisis kluge Ansichten und wunderte mich erneut, wie gut er sich in englischer Literatur auskannte. Als ich mich schließlich von ihm verabschiedete und dabei meine eigenen Bücher wieder zurückbekam, versprach ich ihm, neue Bücher in dem Affenbrotbaum zu hinterlassen.

Am übernächsten Tag kehrte Thomas zurück. Ich kann nicht sagen, dass mich seine Rückkehr erfreute, aber als ich sah, wie mitgenommen er aussah, tat er mir doch etwas leid. Er war nicht nur schmutzig und ausgezehrt, sondern wirkte zerknirscht und niedergeschlagen. Nachdem er sich gewaschen und neue Kleider angezogen hatte, setzte er sich zu mir an den Küchentisch. Ohne Blickkontakt zu mir zu suchen, begann er zu reden.

»Ich weiß, dass ich dich nicht verdient habe, Luise.« Seine Stimme klang gepresst und hatte nichts von ihrer üblichen Arroganz, als er sich anschickte, mich um Verzeihung zu bitten. Sein Verhalten mir gegenüber sei falsch und unentschuldbar gewesen, versicherte er mir mehrfach. Er wisse nicht, was über ihn gekommen sei, als er sich dermaßen vergessen hatte. »Ich kann dem Alkohol allein keine Schuld geben«, gestand er mit Tränen in den Augen, »es ist deine engelsgleiche Schönheit, die mich immer wieder den Verstand verlieren lässt. Ich liebe dich, mehr als mein Leben.« Dann fiel er vor mir auf die Knie und bat mich inständig, ihm zu verzeihen. Erst da sah ich die Spuren seiner Selbstgeißelung. Das Blut auf seinem Rücken drückte auch durch das frische Hemd durch.

Ich schloss die Augen, um mir seinen demütigenden Anblick zu ersparen. So schrecklich die Einsicht auch war, ich begriff, dass er nicht anders hatte handeln können. Thomas war ein von seinem Glauben Getriebener, der sich für seine körperlichen Empfindungen schämte und deshalb selbst bestrafte. Doch was berechtigte ihn dazu, mich zu seinem Opfer zu machen? Er würde sich niemals ändern. Mein Verstand riet mir, mich endgültig von ihm zu trennen.

»Verzeihst du mir?« Sein Flehen klang in meinen Ohren wie Hohn.

»Ich weiß nicht, ob ich das kann«, antwortete ich ihm nach längerem Zögern. »Ich habe Angst vor dir, wenn du dich vergisst.«

Thomas nickte schuldbewusst. Der große Mann kniete immer noch vor mir und schien mir mit einem Mal unbedeutend und klein. Mein Groll schmolz dahin und wich einem großen Mitleid, gepaart mit Verachtung.

»Steh auf, bitte!«

Schwerfällig erhob er sich, den Kopf hielt er weiterhin gesenkt. »Ich kann verstehen, wenn du mich jetzt verlassen willst«, gestand er mir reumütig. »Ich habe nichts anderes verdient. Aber wenn du dennoch bleiben willst, so verspreche ich dir hiermit hoch und heilig, dich nie wieder anzurühren. Ich werde von nun an in der Sakristei in der Kirche schlafen und keinen Tropfen Alkohol mehr anrühren.«

Ich zögerte immer noch und schwieg. Thomas hatte so vieles zwischen uns zerstört. Es war mir unmöglich, ihm zu verzeihen.

»Ich werde außerdem nie wieder deinen Unterrichtsstil anzweifeln«, versprach er mir weiterhin. »Du kannst tun und lassen, was du willst, wenn du nur bei mir bleibst!«

Seine Verzweiflung war nicht gespielt. Ich begriff, dass er mich auf seine Art und Weise aufrichtig liebte, und ich begriff auch, dass ich nur dann bei ihm bleiben konnte, wenn er sich wirklich änderte. Und wenn er es wirklich ernst meinte, dann würde er mir das auch noch auf andere Weise beweisen müssen.

»Du wirst dich auch bei Chiyeso entschuldigen«, verlangte ich mit fester Stimme. Er sah mich fassungslos an. Doch ich wich seinem Blick nicht aus. Schließlich nickte er. »Dann bin ich bereit, deinen Vorschlag anzunehmen.«

27. Kapitel

Neue Wege

Blind für die Schönheiten an diesem ersten sonnigen Frühlingstag des Jahres 1939, schob Henny ihre kleine Tochter im Kinderwagen durch den Englischen Garten. Sie hatte weder einen Sinn für die üppig blühenden Märzenbecher auf den noch winterbraunen Wiesen noch für den munteren Gesang der Vögel. Erst als Ella leise zu wimmern begann, kehrte sie aus ihren trübsinnigen Gedanken in die Wirklichkeit zurück.

»Hast du etwa schon wieder Hunger?« Henny ruckelte sanft an dem kastenähnlichen Wagen, den sie auf hohen Rädern vor sich herschob. Fürsorglich bog sie das faltbare Verdeck zurück, damit die Kleine etwas Sonne abbekam. Tatsächlich beruhigte sie sich rasch und belohnte Henny mit einem strahlenden Lächeln. Bei aller Bitterkeit, die sie empfand, wurde ihr ganz warm ums Herz. Die kleine Ella strahlte sie aus graublauen Augen so unschuldig an, dass für einen Augenblick alle Schwermut von ihr wich. Im Grunde genommen waren die Augen des Babys das Einzige, was sie von ihr geerbt hatte. Die Gesichtszüge, besonders um den Mund herum, erinnerten schmerzlich an den Vater.

Henny hielt tapfer die Tränen zurück. Sie wollte das unerfreuliche Gespräch, das sie gerade mit Emil geführt hatte, so schnell wie möglich vergessen. Es war ein letzter, vergeblicher Versuch gewesen. Im Grunde genommen hatte sie sich nur lächerlich gemacht. Wie hatte sie nur so naiv sein können anzunehmen, dass Emil ihr glaubte? Sie hätte genauso gut gegen eine Wand laufen können. Dass Emil sie nicht schon an der Wohnungstür abgewiesen hatte, war wohl nur dem Umstand zu verdanken, dass er die Aufmerksamkeit der anderen Hausbewohner nicht auf sich ziehen wollte. Nicht einmal einen Sitzplatz hatte er ihr angeboten, als sie mit Ella auf dem Arm versucht hatte, mit ihm zu reden. Dummerweise hatte sie ihre Tochter mitgebracht, weil sie sich eingebildet hatte, dass ihm die offensichtliche Ähnlichkeit zwischen ihm und Ella auffallen müsse. Doch augenscheinlich sah nur sie die Gemeinsamkeiten. Emil hatte Ella nicht mehr als einen flüchtigen Blick gewidmet. Eigensinnig hatte er erneut darauf beharrt, dass sie ihn betrogen hatte. Und weil sie das nicht zugeben konnte, war er nicht bereit, ihr zu verzeihen.

»Lass mich mit deinen albernen Lügen endlich in Ruhe«, hatte er sie nur eiskalt abgewiesen und ihr verboten, ihn je wieder in seiner Wohnung zu behelligen. Noch während sie in der Tür stand, teilte er ihr mit, dass er die Scheidung bereits in die Wege geleitet hatte.

Gedemütigt und aller Hoffnungen beraubt, war sie wieder abgezogen. Seither streunte sie ziellos mit dem Kinderwagen durch die Stadt und landete schließlich im Englischen Garten. Sie brauchte die Zeit, um ihre Gedanken zu ordnen und wieder einen klaren Kopf zu bekommen. Denn nun stand fest, dass es niemanden mehr gab, der sich um sie und Ella kümmern würde. Sie sahen weiß Gott keinen rosigen Zeiten entgegen. Das wenige Ersparte, mit dem sie sich eine winzige Mansardenwohnung in der Falkenturmstraße gemietet hatte, war beinahe aufgebraucht. Unterhalt von Emil war nicht zu erwarten, und selbst wenn er ihr welchen angeboten hätte, hätte ihr Stolz es nicht zugelassen, Geld von ihm anzunehmen. Für die Miete im nächsten Monat würde ihr eigenes Geld schon nicht mehr reichen. Wenn sich nicht noch irgendeine Tür öffnete, dann würde sie gezwungen sein, wieder zurück nach Peutenhausen zu ihren Pflegeeltern zu gehen. Und das war das Schlimmste, was sie sich vorstellen konnte.

Als Ella wieder unruhig zu werden begann, beschloss sie, nach Hause zurückzukehren. Sie begab sich zur nächsten Haltestelle und fuhr mit der Straßenbahn zum Marienplatz. Von dort ging sie zu Fuß ins Tal in Richtung Hofbräuhaus und bog kurz darauf links in die schmale Falkenturmstraße ein, an deren Ende sie wohnte. Vor der Eingangstür sah sie eine Frau stehen, die ihr den Rücken zuwandte und hastig rauchte. Henny erkannte sie sofort.

»Frieda! Was machst du denn hier?«

Ihr Auftauchen um diese Tageszeit war höchst ungewöhnlich. Frieda drehte sich ihr zu.

»Endlich!« Sie warf die Zigarette auf den Boden und trat sie aus. »Lass uns schnell zu dir nach oben gehen!«, meinte sie und drängte Henny, die Haustür zu öffnen. Dabei sah sie sich immer wieder furchtsam um. Die schlafende Ella beachtete sie nur mit einem kurzen Seitenblick. Henny hatte kaum die Tür aufgeschlossen, als Frieda sich schon an ihr vorbei ins Treppenhaus schob.

»Lass uns rasch in deine Wohnung gehen.«

Als Henny nachfragen wollte, was die Heimlichtuerei sollte,

legte Frieda nur einen Finger vor den Mund und bedeutete ihr zu schweigen. Henny nahm kopfschüttelnd ihre Tochter aus dem Kinderwagen, den Frieda eilig unter die Treppe schob. Dann stiegen sie die fünf Stockwerke in ihre kleine Wohnung hinauf. Im Treppenhaus roch es nach Sauerkraut und schmutzigen Windeln. Henny kannte die meisten Bewohner des Mietshauses nur vom Sehen. Unten wohnte ein älterer jüdischer Uhrmacher mit seiner Frau. Er war der einzige Mitbewohner, mit dem sie jemals ein paar freundliche Worte gewechselt hatte. Die anderen Bewohner hatten sie bislang nur misstrauisch gemustert und höchstens knapp gegrüßt, wenn sie an ihnen vorbei nach oben gegangen war. Sie bekam allerdings genau mit, dass hinter ihrem Rücken eifrig getuschelt wurde.

Ohne jemandem zu begegnen, erreichten sie endlich Hennys bescheidenes Heim. Die Wohnung war ausgesprochen klein. Durch einen winzigen Flur, in dem sie eine notdürftige Garderobe eingerichtet hatte, betrat man eine Wohnküche, die nur ein einzelnes Fenster in der Dachschräge hatte. Es zeigte auf einen dunklen Hinterhof. Morgens schien immerhin die Sonne für eine halbe Stunde hinein. An die Küche schloss sich ein kleines Zimmer an, das Henny und Ella als Schlafzimmer diente. Eine weitere, kleinere Tür in der Dachschräge führte zu einer Kammer, die ohne Fenster und ordentliche Belüftung war. Henny nutzte sie als Abstellraum.

Ella schlief schon wieder tief und fest. Sie wachte auch nicht auf, als Henny sie in den Wäschekorb legte, der ihr als Bettchen diente.

Frieda ließ sich unterdessen schwerfällig auf einen der beiden Küchenstühle fallen und nestelte nach einer neuen Zigarette. Ihre Schwangerschaft war nun kaum noch zu übersehen.

»Du solltest nicht so viel rauchen«, tadelte Henny.

Frieda steckte sofort die Zigarette zurück in die Schachtel und packte sie wieder ein. »Du hast ja recht«, seufzte sie. »Ich bin nur so schrecklich nervös.«

Henny sah, dass sie zitterte.

»Ich koch uns erst einmal einen Kaffee, und dann erzählst du mir alles der Reihe nach«, meinte sie und machte sich daran, Wasser auf dem Gasherd zu erhitzen. »Ich hab heute exzellenten Lupinenkaffee im Angebot …«

Frieda reagierte nicht auf ihren Scherz.

»Gustav ist in München«, sagte sie tonlos, »und er steckt in Schwierigkeiten.«

Henny erschrak. Sie wusste, dass Friedas Freund und der Vater ihres gemeinsamen Kindes von der Gestapo gesucht wurde. Die Geheimpolizei hatte überall ihre Spitzel. Das erklärte auch Friedas nervöses, übervorsichtiges Verhalten.

»Um Gottes willen, was macht er denn hier?« Henny setzte sich zu ihr an den kleinen Küchentisch. »Ich dachte, Gustav ist noch in Konstanz.«

»Er ist zurückgekommen, um in unserer Nähe zu sein.« Frieda strich sich flüchtig über den kleinen Bauch. »Seit ich ihm gesagt habe, dass ich ein Kind von ihm erwarte, stirbt er fast vor Sorge um mich.«

»Dazu hat er ja auch allen Grund«, bemerkte Henny nicht ohne Sarkasmus.

Sie wusste nicht viel über Friedas Umtriebe, aber dass sie für den Widerstand tätig war, war ihr spätestens seit dem vergangenen November bekannt. Sie hatten seit ihrer Versöhnung das Thema nie wieder offen angesprochen; jedoch hatte

Henny nie einen Hehl daraus gemacht, dass sie die Aktivitäten ihrer Freundin nicht guthieß.

Frieda zupfte unruhig an ihrer Bluse herum. Sie schien plötzlich nicht mehr sicher zu sein, ob sie weitersprechen sollte.

»Nun sag schon! Du hast doch noch was auf dem Herzen«, half sie ihr auf die Sprünge. Frieda legte ihre Hände flach auf den Tisch, wobei sie vermied, sie anzusehen. »Sie haben Gustav um ein Haar im Haus eines Genossen erwischt, bei dem er für gewöhnlich unterkommt, wenn er sich in München aufhält. Nun ist er auf der Flucht. Sie haben eine Großfahndung nach ihm laufen. Das bedeutet, dass er im Augenblick nicht so einfach aus München verschwinden kann. Er muss erst warten, bis sich die Lage wieder beruhigt hat. Er braucht dringend Hilfe.«

»Das tut mir leid.« Henny verstand natürlich die Sorge ihrer Freundin, allerdings war ihr nicht klar, welche Rolle sie dabei spielen sollte.

Frieda wurde noch nervöser. Noch einmal griff sie in ihre Manteltasche und zog die Zigaretten hervor, ließ sie dann aber unberührt vor sich auf dem Tisch liegen. Nur mit Mühe gelang es ihr, ihr Anliegen vorzutragen.

»Ich, wir … wir dachten, dass er bei dir … Ach was, vergiss es«, sagte sie schließlich und machte Anstalten, sich zu erheben. »Wir werden schon eine andere Lösung finden.«

Henny begriff endlich. »Du möchtest, dass Gustav sich bei mir versteckt hält?«, fragte sie ungläubig. »Du siehst doch, wie beengt es hier zugeht. Außerdem setzt du damit Ella und mein Leben aufs Spiel. Für die Gestapo wäre ich genauso …«

»Vergiss es einfach!« Frieda schnitt ihr einfach das Wort ab. »Das war nur so eine dumme Idee von mir. Ich hätte dich gar nicht fragen dürfen. Ich war einfach so verzweifelt, dass mir dieser Einfall wie ein rettender Strohhalm erschien.« Sie stand auf, um endgültig zu gehen.

Henny spürte ihre Verzweiflung und bekam plötzlich ein schlechtes Gewissen, weil sie nur an sich gedacht hatte. In der Vergangenheit war Frieda stets für sie da gewesen, wenn sie sie gebraucht hatte. Sie hatte sie getröstet, als Emil sie verlassen hatte, und sie immer tatkräftig unterstützt.

»Bleib!« Sie ging ihr nach und nötigte sie, sich wieder hinzusetzen. »Ich war gerade nur sehr überrascht. Wie hast du dir denn das alles nur vorgestellt?«

»Ich dachte, Gustav könnte in der Rumpelkammer unterkommen. Du würdest ihn gar nicht bemerken.« Friedas Augen füllten sich plötzlich mit Tränen. »Es wäre ja nur für ein paar Tage, bis wir einen geeigneten Weg gefunden haben, wie wir ihn wieder aus München herausschleusen können.«

Henny fand nicht, dass sich ihr Plan besonders vertrauenswürdig anhörte, aber sie war sich nun sicher, dass sie Frieda und Gustav auf jeden Fall helfen musste.

»Gustav kann auf jeden Fall nicht so einfach hier reinspazieren«, überlegte sie. »Am besten bringen wir ihn hier herein, wenn alle im Haus schlafen. Ich habe noch ein paar Decken, die ich für ihn herrichten kann. Allerdings weiß ich nicht, wie lange ich hier noch wohnen bleiben kann.« Sie schluckte, bevor sie fortfuhr. »Emil will sich von mir scheiden lassen, und mir geht schon diesen Monat das Geld aus.«

»Du warst also noch einmal bei ihm?« Frieda schien ihre eigenen Probleme für einen Augenblick vergessen zu haben. »Ich habe schon befürchtet, dass er nicht mehr einlenken wird.«

»Er hat sich Ella nicht einmal angesehen.« In Hennys Stimme war die Bitterkeit nicht mehr zu überhören. »Wie kann er nur so wenig Vertrauen in mich haben!«

Frieda griff nach Hennys Hand und drückte sie voller Anteilnahme. »Sei nicht traurig! Du schaffst es auch ohne ihn. Du bist stärker, als du denkst. Wichtig ist nur, dass du nun nach vorne schaust«, meinte sie sanft. »Und jetzt komme ich auch noch mit meinen Problemen. Vielleicht sollte ich doch lieber gehen!«

»Du bleibst!« Sie schniefte und versuchte ein Lächeln. »Gemeinsam werden wir das schon schaffen.«

»Ich werde dir das niemals vergessen«, meinte Frieda gerührt und tätschelte Hennys Hand. Das gab ihr neuen Mut.

»Ich könnte mich um meine alte Stelle im Krankenhaus bewerben«, sinnierte sie. »Professor Strößner hat mir mehrmals versichert, wie schade er es findet, dass ich nicht mehr dort arbeite. Meinst du, er würde Ella als Hindernis ansehen?«

Frieda war sofort Feuer und Flamme. »Natürlich wird er dich mit Handkuss nehmen. Er weint dir beinahe jeden Tag hinterher.«

»Aber Oberschwester Hildegard wird alles tun, um das zu verhindern.« Hennys kurze Euphorie bekam durch ihre eigenen Überlegungen gleich wieder einen Dämpfer.

»Ach Unsinn, da hat die Generaloberin auch noch ein Wörtchen mitzureden. Sie wird schon deshalb nichts gegen dich haben, weil sie mit Hildegard sowieso ständig über Kreuz liegt. Du wirst sehen, es klappt!«

In der folgenden Nacht holte Henny Gustav zu sich in die Wohnung. Als sie um drei Uhr nachts die Treppen hinunterschlich, um Friedas Freund durch den Hintereingang einzulassen, befielen sie noch einmal heftige Zweifel. Der Teufel musste sie geritten haben, dass sie dieser Idee zugestimmt hatte. Wie konnte sie einem Regimegegner Unterschlupf gewähren und damit sich und ihre Tochter in höchste Gefahr bringen? Doch in dem Augenblick, als sie die Hintertür öffnete und Gustavs gehetzten Blick im Zwielicht des Mondlichtes wahrnahm, warf sie alle Bedenken wieder über Bord. Dieser Mann war der Geliebte ihrer besten Freundin. Sie musste ihm einfach helfen, egal, was für Konsequenzen es geben konnte. Sie legte den Finger auf den Mund und bedeutete ihm, ihr durch das dunkle Treppenhaus zu folgen. Hintereinander schlichen sie die fünf Stockwerke hoch, bis sie endlich in ihrer Wohnung waren. Erst als sie die Tür verriegelt hatte, wagte sie, das Licht einzuschalten, um ihren Untermieter genauer in Augenschein zu nehmen. Gustav sah nicht nur fürchterlich heruntergekommen aus, sondern er war auch verletzt. Mit schmerzverzerrtem Gesicht hielt er sich die Seite.

»Mein Gott! Sie bluten ja! Setzen Sie sich erst einmal, ich werde mir Ihre Verletzung gleich mal ansehen!«

Gustav leistete keinen Widerstand, als sie ihn auf den Küchenstuhl drückte und mit sanfter Gewalt seine blutige Hand von der Wunde zog. Sie atmete scharf ein. Es war eine Schussverletzung, die sich bereits entzündet hatte.

»Frieda hat mir nichts davon erzählt, dass Sie angeschossen wurden. Die Wunde muss dringend versorgt werden.«

»Ein Geschenk der Gestapo.« Gustav grinste mühsam. »Erzählen Sie Frieda besser nichts davon. Sie darf sich in ihrem Zustand nicht aufregen.«

Henny schüttelte über so viel Fürsorge nur den Kopf und machte sich daran, Wasser aufzusetzen und das Verbandszeug und Alkohol zu holen. Dann half sie Gustav, Jacke und Hemd auszuziehen, damit sie sich die Wunde genauer ansehen konnte. Um ihn behandeln zu können, half sie ihm auf sein Lager, das sie ihm in der Abstellkammer hergerichtet hatte. »Es tut mir leid, dass ich Ihnen nichts Besseres bieten kann«, bedauerte sie. Sie befürchtete außerdem, dass sie ihrem Patienten nicht würde helfen können. Es stand außer Zweifel, dass er in ein Krankenhaus gehörte. Gustav erriet ihre Gedanken.

»Ich kann in kein Krankenhaus«, keuchte er, während sie die verkrustete Wunde mit einem in Alkohol getauchten Tupfer gründlich zu reinigen begann. Henny war sich selbst darüber im Klaren. Schnell erkannte sie, dass das Problem nicht die Schusswunde an sich war. Gustav hatte nur einen Streifschuss in der Leistengegend abbekommen. Allerdings handelte es sich um eine tiefe Fleischwunde, innere Organe schienen nicht verletzt zu sein. Was ihr jedoch Sorgen machte, war, dass Gustav eine Menge Blut verloren hatte und die Wundränder bereits begonnen hatten, sich zu infizieren. Ihr Patient hatte außerdem Fieber. Sie hoffte, dass es keine Anzeichen einer Blutvergiftung waren. Sie tat, was in ihrer Macht stand, um die Wunde zu reinigen. Abschließend legte sie einen Druckverband an und gab Gustav ein Schmerzmittel.

»Versuchen Sie zu schlafen«, meinte sie schließlich. Sie hörte, wie Ella nebenan zu quengeln begann. Es war bereits halb sechs, Zeit für ihre nächste Mahlzeit. Mit müden Knochen erhob sie sich und ließ ihren Patienten allein, um sich um ihre kleine Tochter zu kümmern.

Gustav schlief bis weit in den nächsten Tag hinein. Als er schließlich aufwachte, brachte Henny ihm einen Teller mit Kartoffelsuppe, die sie bereits am Vortag gekocht hatte. Obwohl er seit Tagen nichts Ordentliches zu essen bekommen hatte, aß Gustav nicht mehr als ein paar Löffel davon. Immerhin trank er von dem Tee, den sie ihm brachte.

Am späten Nachmittag traf Frieda ein. Als sie ihren Geliebten verletzt und im Fieberwahn auf dem Lager sehen sah, begann sie hemmungslos zu weinen.

Henny streichelte ihr den Rücken. »Das wird schon wieder«, versuchte sie sie zu trösten. »Dein Gustav hat schon Schlimmeres durchgestanden.«

»Er ist zäh, nicht wahr?« Frieda schniefte und versuchte zu lächeln. »Es tut mir leid, dass wir dir so viel Ungelegenheiten machen.«

Henny winkte nur ab, obwohl ihr der Gedanke, dass Gustav womöglich länger in ihrer Wohnung bleiben musste, große Sorgen bereitete. Wie lange war es wohl möglich, jemanden unbemerkt von den anderen Hausbewohnern zu verstecken? Sie hatte ja nicht einmal eine eigene Toilette in ihrer Wohnung. Sie teilte sich eine in der Zwischenetage mit Familie Strobl. Im nächsten Augenblick schämte sie sich für ihre Gedanken. Frieda und Gustav hatten ganz andere Probleme als sie. Sie bereitete frischen Kräutertee zu und setzte sich zu Frieda an den Tisch. Dabei erfuhr sie, dass sich Gustav im Geräteschuppen des Südfriedhofes versteckt gehalten hatte. Frieda und er hatten miteinander nur über verschlüsselte Botschaften, die sie an einem bestimmten Grabstein hinterlegt hatten, kommuniziert. So war auch zu erklären, dass Frieda nichts von seiner Schussverletzung erfahren hatte.

»Professor Strößner bittet dich übrigens, möglichst bald bei ihm vorzusprechen. Er schien sich sehr zu freuen, dass du wieder im Krankenhaus arbeiten willst«, teilte Frieda ihr schließlich noch mit.

Hennys Freude erhielt sofort einen Dämpfer, als ihr bewusst wurde, dass sie ja niemanden hatte, der sich um Ella kümmern konnte. Gustav kam im Augenblick sowieso nicht in Frage und wäre auch sonst nur eine kurze Notlösung.

Frieda kam zu derselben Überzeugung. »Wahrscheinlich muss Strößner aber noch ein wenig warten, bis wir eine gute Lösung für euch beide gefunden haben«, meinte sie geknickt.

Henny nickte nur. Sie verschwieg ihrer Freundin, dass sie nicht wusste, wie sie die nächste Miete begleichen sollte. Wenn Scharnagl, ihr Vermieter, ihr keinen Aufschub gewährte, saßen sie demnächst auf der Straße.

28. Kapitel

Luises Tagebuch

Für Henny wurde es in der nächsten Zeit nicht leichter. Trotz der Zuversicht, die sie immer wieder an den Tag zu legen versuchte, hielt das Leben neue Rückschläge für sie bereit. Neben ihren finanziellen Problemen machte ihr Gustavs Zustand ernsthafte Sorgen. Sein Fieber wollte auch die nächsten Tage einfach nicht weichen. Außerdem begann seine Wunde sich bereits nekrotisch zu verändern, obwohl sie sie regelmäßig mit Lysoform reinigte. Frieda hatte das Desinfektionsmittel und auch einige andere Dinge heimlich aus dem Krankenhaus mitgehen lassen.

»Wir müssen das abgestorbene Gewebe abtragen, sonst breitet sich die Infektion bis in den Bauchraum aus«, teilte Henny eines Tages ihrer Freundin mit. »Wenn wir die Nekrose nicht bald in den Griff bekommen, wird Gustav sterben.«

Noch am selben Nachmittag wagten die beiden Krankenschwestern den Eingriff. Frieda, die nur wenig Erfahrung mit Operationen hatte, assistierte Henny. Als Operationsschwester hatte diese oft genug gesehen, wie man das abgestorbene Gewebe in feinen Schichten mit Skalpell und Schere abtrug, doch es war weiß Gott etwas anderes, nur dabei zuzusehen und die Instrumente zu reichen, als diesen Eingriff selbst durchzuführen. Dennoch blieb ihnen keine andere Wahl. Frieda war ihr dabei mehr Hindernis als Hilfe. Zitternd und mit bleichem Gesicht vermochte sie kaum die Instrumente zu reichen. Sie hatten Gustav ein starkes Schmerzmittel verabreicht, sodass er kaum etwas mitbekam. Als sie endlich das betroffene Gewebe abgetragen hatte, legte sie noch eine Wunddrainage an, damit das Wundsekret ungehindert abfließen konnte.

»Die nächsten Tage werden wir Umschläge mit Kochsalzlösung machen und hoffen, dass die Entzündung zurückgeht«, meinte Henny, während sie sich gründlich an der Spüle die Hände wusch. »Mehr können wir im Augenblick nicht für ihn tun.« Als sie Friedas unglücklichen Gesichtsausdruck bemerkte, versuchte sie sie zu trösten. »Gustav wird nicht sterben. Er weiß, dass ihr beide ihn noch braucht. Glaub mir, ihr seid besser für ihn als jede Medizin.«

Nach mehr als vierundzwanzig Stunden trat endlich eine deutliche Besserung ein. Dank des chirurgischen Eingriffs und der Umschläge war die Entzündung zum Stoppen gebracht worden. Gustav würde nichts als eine hässliche Narbe an seiner Leiste zurückbehalten. Nach kaum einer Woche hatte er sich so weit erholt, dass das Fieber verschwand und er langsam wieder zu Kräften kam. Allerdings würde er noch für mindestens zwei bis drei Wochen strenge Bettruhe halten müssen, bevor er nur daran denken konnte, München zu verlassen.

Für Henny bedeutete das nicht das größte Problem. Ihr Vermieter hatte sie bereits mehrere Male ermahnt, ihm endlich die ausstehende Miete zu bezahlen. Frieda hatte ihr zwar etwas Geld angeboten, doch Henny weigerte sich, es anzunehmen. Ihre Freundin würde bald in einer ähnlichen Situation sein wie sie, da brauchte sie selbst jeden einzelnen Pfennig.

Aus diesem Grund entschloss sie sich, persönlich bei Scharnagl vorzusprechen.

Gemeinsam mit Ella machte sie sich auf den Weg nach Bogenhausen, wo ihr Vermieter in einer vornehmen Villa residierte. Ein Dienstmädchen öffnete die Tür, weigerte sich aber, sie hereinzulassen. Als wenig später Scharnagl in der Ausgehuniform der SA erschien, wusste sie, auch ohne ihn gefragt zu haben, dass sie keinerlei Verständnis zu erwarten hatte. Allein seine Miene und der missgelaunte Blick auf den Kinderwagen sprachen Bände. Dennoch trug sie ihr Anliegen tapfer vor.

»Ich bin nicht die Wohlfahrt«, beschied er sie knapp. »Leute wie Sie halten doch sowieso nicht ihre Versprechen!«

»Aber es wäre doch nur für ein oder zwei Monate«, bat Henny wider besseres Wissen. »Spätestens ab Juni werde ich wieder als Krankenschwester arbeiten. Dann bekommen Sie die Miete selbstverständlich regelmäßig. Nun geben Sie Ihrem Herzen doch einen Stoß. Wo soll ich denn mit meiner Kleinen hin?«

»Das ist nicht mein Problem«, raunzte er sie nur unfreundlich an. »Wenn Sie mir bis zum Monatsende die Miete nicht bezahlen können, dann werf ich Sie raus. Leute, die sich mit Negern einlassen, die wissen doch eh nicht, was Anstand bedeutet!« Er warf einen gehässigen Blick auf den Kinderwagen, in dem Ella selig schlief, drehte sich auf dem Absatz um und schlug ihr die Tür vor der Nase zu.

Henny biss sich auf die Lippen. Sie musste all ihre Willenskraft aufbieten, um nicht vor Wut gegen die Tür zu trommeln und sich in lauten Beschimpfungen zu ergehen. Doch das würde ihr womöglich nur noch mehr Ärger einbringen. In den letzten Monaten hatte sie schmerzhaft lernen müssen, dass es keinen Sinn hatte, sich gegen Menschen wie Scharnagl aufzulehnen. Typen wie er glaubten doch ohnehin, die Moral und das Gesetz immer auf ihrer Seite zu haben. Zu allem Überfluss fand sie im Briefkasten auch noch ein amtliches Schreiben. Sie hielt es für eine Scheidungsklage, doch als sie genauer las, stellte sie fest, dass der Brief vom Rasseamt kam. Darin wurde ihr mitgeteilt, dass dem Antrag Emil Thorbeckes auf Annullierung ihrer Ehe wegen Rassenschande stattgegeben wurde.

Henny hatte das Schreiben vor sich auf dem Küchentisch liegen und starrte es immer wieder ungläubig an. Mit einer Scheidung hätte sie sich vielleicht irgendwie arrangieren können, doch dass Emil ihre Ehe einfach für nichtig hatte erklären lassen, ließ ihre ganze Liebe im Nachhinein wie eine Farce erscheinen. War ihm nicht bewusst, was das in Tagen wie diesen bedeutete? Das Annullieren ihrer Ehe kam einer Verurteilung gleich. Ihr Kind war damit unehelich und trug noch dazu den Stempel der Rassenschande. Ella würde niemals einen deutschen Pass erhalten, und wenn, dann nur einen mit einem Judenvermerk. Da behielt sie doch lieber ihre englischen Papiere, dachte sie verbittert. Mit diesem Stigma würden sie beide von nun an leben müssen. Wie hatte Emil ihr das antun können? Sie bezweifelte, dass er sie jemals geliebt hatte. Ihr Herz krampfte sich schmerzhaft zusammen, doch sie war nicht fähig, auch nur eine Träne zu vergießen. In ihren Kummer vertieft, bemerkte sie nicht, wie Gustav plötzlich in der Küche stand. Er war immer noch reichlich schwach auf den Beinen, was ihn aber nicht davon abhielt, gute Laune zu verbreiten.

»So traurig an solch einem schönen Tag?«, meinte er und ließ sich schwerfällig auf dem Stuhl ihr gegenüber nieder. Er entdeckte den amtlichen Stempel mit Hakenkreuz und Reichsadler auf dem Briefbogen. Sofort verdüsterte sich seine Miene. »Na, kein Wunder bei dieser Art von Post!«

»Es ist die Annullierung meiner Ehe«, teilte Henny ihm mit einem bitteren Lachen mit. »Wegen Rassenschande!«

»Das ist doch nur ein Stück Papier. Davon darfst du dich nicht unterkriegen lassen.« Sie waren längst zum vertraulichen Du übergegangen.

»Er lässt zu, dass sein einziges Kind in den Schmutz gezogen wird.« Plötzlich konnte Henny nicht mehr an sich halten und ließ ihren Tränen freien Lauf. Gustav ließ sie gewähren und hörte zu, wie sie sich all ihren Kummer von der Seele redete. Als sie sich wieder beruhigt hatte, nahm sie das Schreiben, knüllte es zusammen und warf es voller Abscheu auf den Boden. Danach fühlte sie sich besser.

»Richtig so!« Gustav zwinkerte ihr aufmunternd zu und reichte ihr ein Taschentuch. »Du musst dich einfach damit trösten, dass du nicht die Einzige bist, die ungerecht behandelt wird«, meinte er. »Du kannst dich gerne uns anschließen, wenn du nicht länger in der Opferrolle stecken möchtest …«

»Ach, hör mir doch damit auf«, unterbrach ihn Henny ungeduldig. Sie war nicht bereit, sich von Gustav instrumentalisieren zu lassen. »Schlimm genug, dass Frieda und du im Untergrund seid. Ich werde mich schon allein um Ellas willen nicht daran beteiligen.«

Gustav hob entschuldigend beide Hände in die Höhe.

»Schon gut«, meinte er keinesfalls beleidigt. »Ich wollte eigentlich nur sagen, dass es genügend Menschen gibt, die dir zur Seite stehen. Vielleicht willst du ja einfach meinen Rat als Freund hören?«

Henny spürte, dass sie übers Ziel hinausgeschossen war.

»Es tut mir leid«, seufzte sie, »aber ich weiß einfach im Augenblick nicht mehr ein noch aus.«

»Bewirb dich endlich im Krankenhaus«, schlug Gustav vor. »Ich kümmere mich so lange um Ella. Und wenn sie dich nehmen, dann findest du bestimmt bald jemanden, der sich um die Kleine kümmert, während du arbeitest. Es gibt immer einen Weg.«

»Deine Zuversicht möchte ich haben! In zwei Wochen haben Ella und ich keine Wohnung mehr.« Henny machte eine kurze Pause und sah Gustav herausfordernd an. »Und du keine Zuflucht.«

Gustav blieb gelassen. »Auch das wird sich schon finden.« Er rieb sich das Kinn und dachte nach. »Hast du nicht erzählt, dass deine Eltern auf dem Land eine gut gehende Wirtschaft betreiben? Können sie dir nicht vorübergehend unter die Arme greifen?«

»Das möchte ich nicht!« Alles in Henny sträubte sich gegen diese Vorstellung. »Außerdem bin ich nur ihre Pflegetochter.«

»Dann haben deine Eltern noch eigene Kinder?«

»Haben sie nicht!«

»Und wo ist dann das Problem? Habt ihr Streit?«

»Auch das nicht!«, gab Henny widerwillig zu. »Agnes und Josef lieben mich, soweit ihnen das möglich ist. Aber es käme mir falsch vor, sie um etwas zu bitten.«

Sie schwieg nachdenklich und dachte mit einer gewissen Beschämung, dass Agnes und Josef Ella noch nicht einmal gesehen hatten, geschweige denn, dass sie wussten, dass sie dunkelhäutig war. Auf der anderen Seite hatten ihre Pflegeeltern von ihrem Erbe einfach das Wirtshaus gekauft und für ihre Zwecke verwendet. Um ein Haar wären sie damit sogar pleite gegangen. Hätte Josef sich nicht zu einem strammen Nazi gemausert, wären sie wohl heute bankrott. Wenn man die Sache unter diesem Gesichtspunkt betrachtete, hatte sie sehr wohl einen gewissen Anspruch auf etwas Barvermögen, oder etwa nicht? Gustav bemerkte ihre Unsicherheit.

»Versuch es wenigstens! Mehr als ablehnen können sie nicht!« Er versuchte nochmals, sie zu überreden.

Henny hatte das unbestimmte Gefühl, dass Frieda und er unter einer Decke steckten. Ihre Freundin lag ihr seit Tagen ebenfalls damit in den Ohren, sich an die beiden zu wenden.

»Vielleicht hast du recht«, gab sie schließlich nach. Vermutlich waren ihre Pflegeeltern ihre einzige Option. Falscher Stolz war im Augenblick nicht angebracht.

»Jetzt hot da Deifi oiso doch no kriagt, was a woilln hot!«, fluchte Josef in breitestem Oberbairisch und stampfte wütend aus der Gaststube. Agnes schlug drei Kreuzzeichen und sah auch dann noch ihrem Mann hinterher, als er die Tür längst ins Schloss geworfen hatte. Gott sei Dank war die Gaststube leer, sodass niemand seinen Ausbruch miterlebt hatte. Ihre Pflegetochter saß wie versteinert neben ihr und hielt ihr schokoladenfarbenes Baby so fest im Arm, als wolle es ihr jemand wegnehmen.

Ein Negerbaby!

Agnes stieß einen tiefen Seufzer aus, bevor sie sich erneut bekreuzigte, als könne sie damit die Sünde ungeschehen machen. »Jesses Gott, Maria und Josef! Dass du uns jetzt auch noch die Schand antun musst!«

Henny machte Anstalten, sich zu erheben. »Ich geh dann besser wieder.«

Agnes fühlte sich außerstande, sie aufzuhalten. Dafür war sie selbst viel zu erschüttert. Sie war der festen Überzeugung, dass Hennys Baby die gerechte Strafe dafür war, dass ihre Mutter Luise einst Selbstmord begangen hatte.

In diesem Augenblick wachte das Baby auf. Sein strahlender, sorgloser Blick traf die alte Frau völlig unvorbereitet. Es waren keine schwarzen Kohlenaugen, wie sie erwartet hatte, sondern graublaue Augen von erstaunlicher Intensität.

Agnes wandte den Blick ab, um ihn gleich darauf wieder auf das Kind zu lenken. Diese Augen waren etwas ganz Besonderes. Sie hatten nicht nur Ähnlichkeit mit Hennys, sondern sahen genauso aus wie die seiner Großmutter. Wenn sie es nicht besser gewusst hätte, würde sie meinen, ihre Cousine Luise sah sie an. Agnes schauderte. Gleichzeitig hatte der Blick des Babys einen Bergrutsch an Gewissensbissen in ihr ausgelöst. Sie und Josef hatten Henny mit Absicht nie etwas vom Schicksal ihrer Eltern erzählt, obwohl es ihre Pflicht gewesen wäre. Damals, als der Pfarrer Henny zu ihnen gebracht hatte, war ihnen das Kind wie ein Geschenk des Himmels erschienen. Der Herrgott hatte ihnen eigenen Nachwuchs verwehrt, und überdies brachte ihr Pflegekind auch noch Geld mit, das sie dringend gebrauchen konnten. Sie hatten es zu Hennys Wohl in das Wirtshaus investiert und durch die schlechte Wirtschaftslage beinahe wieder verloren. Erst durch den Führer war es wieder bergauf gegangen. Niemals war es ihnen besser ergangen als in letzter Zeit. Und die Krönung ihres Glücks war es gewesen, dass Henny einen SS-Offizier geheiratet hatte, der nicht nur gutes Geld verdiente, sondern auch noch eine vielversprechende Karriere vor sich hatte. Und nun hatte sie ihm Hörner aufgesetzt. Das dumme Ding! War es doch ein Fehler gewesen, ihr die Vergangenheit ihrer Mutter verschwiegen zu haben? Wollte der Herrgott sie jetzt dafür bestrafen? Sie hatten doch nur immer das Beste für Henny gewollt. Sie sollte nichts davon erfahren, dass ihre Eltern mit der Todsünde behaftet waren. Sie hatten beide geglaubt, dass sie das Unheil so von ihr fernhalten konnten. Wenn ihr Pflegekind aufwuchs wie alle hier im Dorf, dann würde sie schon eine von ihnen werden, hatten sie sich immer eingeredet. Doch so war es nicht gekommen. Henny war nie so gewesen wie die anderen.

Agnes' Herz krampfte sich vor Bitterkeit zusammen. Sie hatten sich all die Jahre etwas vorgemacht. Henny war nicht ihr Kind und würde es niemals sein! Der Pfarrer hatte es immer gesagt. Sie richtete sich auf und fasste einen Entschluss. Nun gut! Dann war eben jetzt die Zeit gekommen, endlich reinen Tisch zu machen! Sollte das Mädchen doch sehen, wohin es führte, wenn man sich gegen das Recht und die Sitten auflehnte.

»Wart auf mich!« Agnes bedeutete Henny, sich wieder hinzusetzen, was diese, wenn auch widerwillig, tat. Dann erhob sie sich schwerfällig von der Bank und machte sich auf den Weg in ihre Schlafräume. Mit jedem Schritt, den sie die steilen Stiegen hinaufstieg, wuchs ihre Entschlossenheit. Nun war die Zeit gekommen, die Dinge zu richten. Es war ihr egal, was Josef dazu sagen würde, denn es war ein Fehler gewesen, ihrem Mündel die Wahrheit vorzuenthalten. Jeder Mensch trug sein gottgegebenes Schicksal mit sich herum, da hatte der Pfarrer schon recht. Und sie war nicht bereit, sich noch mehr zu versündigen. Mit einem Mal fiel es ihr wie Schuppen von den Augen. Sie und Josef hatten Gott versucht, und jetzt strafte er sie, indem Henny Schande über sie brachte. So einfach war das. Agnes empfand es als ihre bittere Pflicht, ihr Pflegekind endlich aufzuklären. Sollte sie doch sehen, wie sie mit der Schuld ihrer Mutter zurechtkam! Ihr Problem würde es nicht länger sein!

Unterdessen war sie in ihrer Schlafstube angekommen und hatte die Hutschachtel, in der sie alle Dokumente verwahrte, aus dem Kleiderschrank hervorgeholt. In dem verblichenen Karton befand sich unter anderem ein sorgfältig geschnürtes Bündel mit Leinenheftchen. Agnes hatte sie viele Jahre nicht mehr angerührt. Nun legte sie sie auf ihr Bett und fischte nach dem Anhänger, der ebenfalls in der Schachtel war. Als sie ihn endlich in ihren knotigen Händen hielt, musste sie dem Drang widerstehen, sich erneut zu bekreuzigen. Das schwarze Stück Holz stellte einen afrikanischen Götzen dar, einen Dämon mit einem grinsenden Schweinegesicht und einem Umhang, der wie Gras aussah. Das Schmuckstück war an einem einfachen Lederriemen befestigt. Damals hatte Henny es um den Hals getragen. Sie legte den Anhänger zu den Heften und brachte alles hinunter. Mochte nun der Herrgott darüber richten, wie es mit ihrer Stieftochter weitergehen sollte.

Henny warf immer wieder einen Blick in Richtung Uhr, während sie ihr Baby zu beschäftigen versuchte. Wenn sie den nächsten Zug noch erreichen wollte, musste sie sich sputen. Sie ärgerte sich längst darüber, dass sie überhaupt hierhergekommen war. Es war naiv gewesen, auf die Hilfe ihrer Pflegeeltern zu hoffen. Josef hatte genauso reagiert, wie sie es vorausgesehen hatte. Sobald er Ellas dunkle Hautfarbe gesehen hatte, hatte er sich fluchend aus dem Staub gemacht. Durch das geöffnete Fenster hörte sie, wie er im Hof Holz hackte und dabei weiter vor sich hin schimpfte. Das war typisch für den alten Mann. Er ging immer zum Holzhacken, wenn er Problemen aus dem Weg gehen wollte. Henny ertappte sich bei einem ironischen Lächeln. Im Dorf nannte man die Probleme nicht beim Namen. Die kleine Ella griff unterdessen mit ihren Händchen in Hennys Haare und zog quietschend an einer ihrer Stirnlocken.

»Au, du tust mir weh.« Henny löste sanft die kleine Hand und herzte ihr Kind voller Liebe. Wie konnte man ein Kind nur ablehnen, nur weil es die falsche Hautfarbe hatte? Sie hatte hier nichts mehr zu suchen.

»Komm, meine Kleine, ich bringe dich wieder nach Hause!« Sie erhob sich, um Ella in den Kinderwagen zu legen. In diesem Augenblick kehrte Agnes zurück.

»Wart noch! Ich hab hier was für dich«, sagte sie und wedelte mit einem Bündel Hefte. Sie legte das Päckchen vor ihr auf den Tisch. »Das ist von deiner Mutter.« Ihr Ton war spröde, so wie sie es von ihr gewohnt war. Henny glaubte, sich verhört zu haben.

»Was sagst du da? Das kann nicht sein. Du hast mir immer erzählt, dass meine Mutter mir nichts hinterlassen hat.«

»Ich wollt dich all die Jahre vor der Wahrheit schützen«, antwortete Agnes, ohne ihre Verbitterung zu verbergen. »Ich wollte doch nur, dass du eine von uns wirst. Aber du musst ja immer deinem eigenen Dickkopf folgen.«

Henny reagierte nicht auf die Vorwürfe. Stattdessen starrte sie wie hypnotisiert die Hefte an. Allein der Gedanke, dass vor ihr etwas lag, was die Tür in die dunkle Vergangenheit öffnen könnte, ließ sie erschauern. Wie oft hatte sie sich gewünscht, etwas mehr über ihre Eltern zu erfahren als die kargen Tatsachen, die ihr Agnes mitgeteilt hatte. Sie hatte ihr nie viel mehr erzählt, als dass Luise einen schottischen Missionar geheiratet hatte und mit ihm nach Afrika gegangen war. Sie war dort Lehrerin an einer Missionsschule gewesen, bis beide Eltern an Typhus erkrankt und gestorben waren. Ein deutsches Ehepaar namens Janson hatte sich ihrer angenommen und dafür gesorgt, dass sie zurück nach Deutschland zu Josef und Agnes gebracht wurde. Sie waren ihre einzigen Verwandten.

Hennys Herz schlug schneller, als sie mit ihrer freien Hand vorsichtig über das Bündel strich. Sie musste kräftig schlucken, bevor sie überhaupt zu einer Antwort fähig war.

»Und weshalb hast du mir das all die Jahre vorenthalten?« Während sie sprach, spürte sie, wie sie immer aufgebrachter wurde. »Was weißt du über meine Eltern, und weshalb hast du mir nie davon erzählt?« Sie musste sich beherrschen, um nicht aus der Haut zu fahren.

Endlich sah Agnes sie wieder an. Sie stand auf der anderen Seite des Tisches und knüllte mit ihren abgearbeiteten Händen ihre Schürze. Auch sie schien erregt.

»Du hast mit dem Balg Schande über uns gebracht. Wozu soll ich dich noch länger schützen? Schon deine Eltern waren verdammt! Lies doch selbst, und du wirst verstehen!«

Henny wollte nicht glauben, was sie da zu hören bekam. »Wie kannst du so was sagen? Was ist mit meinen Eltern geschehen? Was ist passiert, das ich nicht wissen darf? Und wer gab euch das Recht, mir die Tagebücher meiner Mutter vorzuenthalten? Das sind doch Tagebücher, nicht wahr?« Es war nicht nur die Tatsache, dass man ihr etwas verheimlicht hatte, was sie schon längst hätte erfahren sollen, sondern auch der aufgestaute Ärger der letzten Wochen und Monate, die sich endlich ihren Weg bahnten. »Wie konntet ihr mir das antun?«

Agnes, die es nicht gewohnt war, dass Henny so heftig mit ihr sprach, wich einen Schritt zurück. Ihr von der Feldarbeit gerötetes Gesicht wurde noch eine Spur dunkler. Dann fasste sie sich und schob grimmig die Unterlippe vor. »Wir haben immer nur das Beste für dich gewollt, und du hast es uns nie gedankt! Jetzt sieh selber zu, wie du mit deinem Leben zurechtkommst!« Ihre Hände lösten sich von den Schürzensäumen und begannen wild herumzufuchteln. »Deine Eltern sind nicht an Typhus gestorben«, fügte sie gehässig hinzu. »Sie sind dem Teufel direkt in die Arme gelaufen!«

Henny fühlte sich wie betäubt. Agnes' Mitteilung traf sie wie ein Keulenschlag. Für einen kurzen Augenblick geriet sie ins Wanken. Benommen lehnte sie sich an die Holzwand, hinter der die Garderobe war, und schloss für einen Augenblick die Augen. Erinnerungsfetzen erleuchteten wie Blitze ihr Gehirn. All die Albträume, die sie seit Jahren plagten, kamen ihr mit einem Mal in den Sinn. Der Schuss, das viele Blut und die Frau, die sie einfach allein ließ, indem sie im See verschwand. Sollte das alles etwa keine Einbildung gewesen sein? Hatte sie es womöglich wirklich erlebt?

Ella spürte die Unruhe ihrer Mutter und begann zu weinen. Henny fühlte sich unfähig, sie angemessen zu beruhigen. Mechanisch strich sie ihr über das Mützchen und war mit ihren Gedanken doch nicht bei ihr.

Agnes nutzte ihre Schwäche und machte ihr weitere Vorwürfe. »Mein ganzes Leben lang haben der Josef und ich uns Mühe gegeben, dich zu einem anständigen Menschen zu erziehen, aber du hast uns das nie vergolten. Stattdessen bist du in die Stadt gegangen, um Krankenschwester zu werden. Hast uns wohl zeigen wollen, dass du dich für was Besseres hältst!« Agnes schnaubte verächtlich. »Gut, das haben wir so hinnehmen müssen. Uns blieb ja gar keine andere Wahl. Erst einmal sah ja auch alles ganz gut aus. Du hast immerhin den Emil gefunden. Der hat dich auf Händen getragen und war noch dazu ein tüchtiger Kerl. Aber anstatt dem Herrgott für dein Schicksal dankbar zu sein, hast du ihn mit dem nächstbesten Neger betrogen. Wenn das kein Fluch ist!« Sie atmete tief durch und kämpfte gegen die Tränen. Wie ein Häuflein

Elend sackte sie auf dem nächstbesten Stuhl zusammen und begann laut zu schluchzen.

Henny hätte gerne etwas erwidert, hätte ihr ebenfalls gerne Vorwürfe gemacht, doch sie sah sich im Augenblick dazu nicht in der Lage. Stattdessen fiel ihr Blick auf einen Anhänger, den Agnes neben die Hefte gelegt hatte. Sie griff danach, um ihn sich genauer anzusehen.

»Der hing um deinen Hals, als man dich zu uns gebracht hat«, erklärte Agnes müde. »Eigentlich wollt ich ihn ja immer verbrennen.«

Henny umschloss den Talisman mit ihrer Hand. Sie hatte das Gefühl, dass diese Figur sie mit der Vergangenheit verband. Der Gedanke war tröstlich und gab ihr wieder neue Kraft. Auch wenn sie von ihren Pflegeeltern keine Unterstützung zu erwarten hatte, so würde sie wenigstens etwas über ihre Eltern erfahren. Sie legte Ella endlich in ihren Kinderwagen und zog sich ihren Mantel an. Agnes hielt sie noch einmal auf.

»Was wirst du jetzt tun?« Aus ihrer Stimme war die Bitterkeit gewichen. Sie sprach mit ehrlicher Anteilnahme.

»Ich weiß es noch nicht. Vermutlich werde ich wieder im Krankenhaus arbeiten, sobald ich jemanden gefunden habe, der auf Ella achtgibt.«

Agnes nickte traurig und erhob sich schwerfällig von ihrem Stuhl. Während sie etwas Unverständliches vor sich hinmurmelte, schlurfte sie hinter den Tresen, um in einer der Schubladen etwas zu suchen. Als sie zu ihr zurückkehrte, drückte sie ihr ein Bündel Geldscheine in die Hand.

»Nimm das«, sagte sie auf die schroffe Art, die eigentlich Herzlichkeit bedeutete, »und wenn du mehr brauchst, dann seh'n wir weiter.« Die Andeutung eines verschwörerischen Lächelns huschte über ihr abgearbeitetes Gesicht. »Nur der Josef braucht davon nichts zu wissen. Der weiß nämlich nicht, dass ich ab und zu etwas beiseitelege.«

Henny kämpfte mit Stolz und Rührung zugleich. Ihr Gefühl mahnte sie, das Geld abzulehnen und für immer von hier zu verschwinden, doch ihr Verstand rief ihr die ausstehende Miete in Erinnerung und die Tatsache, dass sie und Ella auch etwas zum Leben brauchten.

»Danke«, sagte sie nur und steckte das Bündel in ihre Manteltasche. Agnes nickte erleichtert und bot ihr noch eine Tasse Kaffee an.

»Ich muss den Zug bekommen«, sagte sie, ohne sich die Mühe zu geben, entschuldigend zu klingen. Immerhin gelang es ihr, sich von ihrer Pflegemutter ohne allzu großen Groll zu verabschieden. Josef ließ sich nicht mehr blicken. Henny machte sich nichts daraus. Tief in ihrem Inneren wusste sie, dass weder Agnes noch Josef böse Menschen waren. Doch verzeihen konnte sie ihnen für den Augenblick nicht.

Als sie im Zug nach München saß und Ella in ihrem Kinderwagen friedlich neben ihr schlummerte, wagte sie sich endlich daran, das Bündel mit den Heften näher zu inspizieren. Eine ganze Weile betrachtete sie es nur mit einer gewissen Ehrfurcht. Es war ein sonderbares Gefühl, plötzlich einen Schlüssel zu einer Vergangenheit zu besitzen, die bislang wie hinter einem dichten Schleier verborgen gewesen war. Ihr ganzes Leben lang hatte sie akzeptieren müssen, dass ihre Mutter nur ab und zu als vages Bild in ihren Träumen auftauchte. Agnes und Josef hatten alles getan, um ihr jegliche Erinnerung zu nehmen. Nicht einmal als Kind hatte sie über ihre Albträume reden dürfen. Agnes hatte sich regelmäßig bekreuzigt, wenn sie von der Frau im See hatte erzählen wollen. Henny war sich ziemlich sicher, dass ihr Traum eng mit dem wirklichen Schicksal ihrer Mutter verbunden sein musste. Die Vorstellung, dass sich ihr Tod so ähnlich zugetragen haben könnte, erschreckte sie einerseits, aber erklärte endlich auch, weshalb sie ständig von diesen Bildern verfolgt wurde.

Andächtig löste sie die Schleife, mit der das Bündel geschnürt war, und sah sich ein Heft nach dem anderen an. Es waren zwölf dunkle Leinenbändchen. Jedes einzelne von ihnen war dicht beschrieben. Beim Durchblättern der durchnummerierten Hefte fiel ihr auf, dass in manchen Seiten fehlten. Die Aufzeichnungen begannen im Jahr 1899, kurz nach dem Tod von Luises Mutter in München, und endeten mehrere Monate vor ihrem eigenen Tod im Jahre 1915. Damals war Henny selbst gerade zwei Jahre alt gewesen. Die Tagebücher waren nicht regelmäßig geführt worden, sondern nur sporadisch und oft reflektierend.

Henny begann mit dem ersten Bändchen und stellte fest, wie naiv und direkt ihre verstorbene Mutter als junges Mädchen empfunden hatte. Es war berührend zu lesen, wie sehr Luise unter dem Tod ihrer Mutter gelitten hatte. Ihr Schreibstil hatte etwas sehr Intimes, war bildhaft und schonungslos offen. Henny war sofort davon eingenommen. Ihre Mutter war eine gebildete junge Frau gewesen, der es im Leben nie an etwas gemangelt hatte. Die Trauer über den Tod der geliebten Mutter hatte sie sehr einsam werden lassen, bis eines Tages ein junger Adliger in ihr Leben getreten war, der sie aus ihrem Schmerz befreite. Leider währte dieses Glück nicht lange und führte sogar zu einer bitteren Enttäuschung. Doch anstatt an ihr zu zerbrechen, brachte Luise die Kraft auf, sich neu zu orientieren und eine Ausbildung zur Lehrerin abzuschließen, um dann mit ihrem Ehemann, einem schottischen Missionar und außerdem Hennys Vater, nach Afrika zu gehen.

Leider war die Zugfahrt viel zu schnell zu Ende, sodass sie ihre Lektüre unterbrechen musste. Erst spät am Abend, als Ella längst schlief und auch Gustav sich zurückgezogen hatte, fand sie wieder Zeit, sich darin zu vertiefen. Voller Staunen und Anteilnahme nahm sie am Schicksal ihrer Mutter teil, erschrak über die unberechenbare, fanatische Seite ihres Vaters, die ihm sein fehlgeleiteter Glaube beschert haben musste, und spürte doch zwischen den Zeilen, dass ihre Mutter Thomas Elliot trotz allem nie verdammte, selbst dann nicht, als er sie nach einer schweren Krankheit vergewaltigt hatte. Henny war sich nicht sicher, ob sie zu solch einer Großzügigkeit in der Lage wäre, wenn ihr so etwas widerfahren würde. Emil war das genaue Gegenteil von ihrem Vater. Einfühlsam, zärtlich und immer darauf bedacht, dass es ihr gut ging. Sie spürte einen schmerzhaften Stich, während sie an die wundervolle Zeit mit ihm dachte, und kämpfte wieder einmal mit den Tränen.

Es dauerte eine Weile, bis sie sich wieder auf das Tagebuch konzentrieren konnte. Immerhin hatte der brutale letzte Ausrutscher ihres Vaters zu einem Umdenken bei ihm geführt. Henny las, dass ihre Mutter nur deshalb bereit war, ihm zu verzeihen, weil er sich fortan körperlich von ihr fernhielt und seine Nächte in der Sakristei ihrer kleinen Kirche verbrachte. Wie es seine Art war, tat Thomas Buße und kasteite sich selbst für seine Vergehen. Doch im Gegensatz zu früheren Übergriffen zeigte er dieses Mal ehrliche Reue, die sich auf sein ganzes Verhalten auswirkte. So fürchterlich das Unrecht auch war, das Luise widerfahren war, so hatte es auch einen positiven Aspekt, denn Thomas und Luise begannen sich auf ganz neue Weise einander anzunähern. Hennys Mutter schilderte, dass er ihre Arbeit an der Schule nicht nur tolerierte, sondern auf seine Weise auch zu schätzen begann. Wenige Wochen nach dem Zwischenfall suchte er sogar bei ihr Rat, und es gelang ihr dank ihres diplomatischen Geschicks und der Beliebtheit, die sie unter den Einheimischen genoss, einen drohenden Aufstand in ihrer Gegend zu verhindern.

Auslöser für die Unruhen war ein gewisser John Chilembwe. Er war ein baptistischer Geistlicher und Missionar, der die Urbewohner am Nyassasee zum Widerstand gegen die britischen Kolonialherren aufrief. Zum einen begehrte der Missionar gegen die Art und Weise auf, wie die weißen Pflanzer die wegen einer Hungersnot aus Mosambik eingewanderten Menschen ausbeuteten. Die Farmer boten den Flüchtlingen zwar Arbeit an, enthielten ihnen aber die Löhne vor. Sobald sie aufbegehrten, wurden die scheinbar Rechtlosen von Aufsehern gezüchtigt. Der schwarze Missionar, der in den eigens von ihm gegründeten Schulen und in seiner Gemeinde zu Arbeitsamkeit, Selbstachtung und Selbsthilfe aufrief, beklagte sich in seinen Predigten über den Rassismus und die Ausbeutung durch die Pflanzer, woraufhin einer von den weißen Farmern, ein gewisser William Jervis Livingstone, die Dorfkirchen und -schulen des schwarzen Predigers niederbrennen ließ. Die schwelenden Unruhen machten sich auch auf Tsogolo Malo bemerkbar. Einige Chewa-Dörfer sympathisierten offen mit Chilembwe; unter ihnen befand sich auch Thokozani, der ohnehin ein Erzfeind von Thomas war. Immer wieder kam es in der Gegend von Tsogolo Malo zu mehr oder weniger unangenehmen Plänkeleien zwischen Weißen und Chewa. Es war nur eine Frage der Zeit, bis es auch zu gewaltsamen Auseinandersetzungen kommen konnte.

Luise riet Thomas zu absoluter Neutralität. »Wir müssen

unseren Nachbarn zeigen, dass es uns nur um die Menschen geht und nicht um die Auseinandersetzung zwischen Schwarzen und Weißen, und wir müssen dafür sorgen, dass die Farmer in unserer Gegend ihre Arbeitskräfte gerecht entlohnen«, versuchte sie ihm zu erklären. »Wir müssen mit Thokozanis Sohn Kwabisi reden. Er wird einsehen, dass es unter diesen Umständen für ihn und sein Volk das Beste ist, sich nicht offen mit den Briten anzulegen.«

Thomas hatte so seine Zweifel, da er und Kwabisi einander ebenfalls nicht mehr sonderlich schätzten. Immerhin willigte er ein, einen Versuch zu starten. Doch bevor es dazu kam, brach eine Thyphusepidemie im Mudzu aus, und Asale kam und bat Luise um ihre Hilfe. In den folgenden drei Wochen verbrachte Luise mehr Zeit im Dorf der Chewa als auf Tsogolo Malo. Sie organisierte, dass man die Kranken von den Gesunden trennte, und versorgte sie mit ausreichend Flüssigkeit und fiebersenkenden Medikamenten. Thomas unterstützte ihre aufopferungsvolle Arbeit, indem er sie gewähren ließ und außerdem aus Nkhotakota Medizin besorgte.

Henny verfolgte ungeduldig die detaillierten Schilderungen der Rettungsbemühungen. Zunächst stand ihrer Mutter ihre treue Freundin Asale zur Seite, doch als auch sie erkrankte, übernahm ihr Bruder Kwabisi den helfenden Part. Immer wieder fragte sie sich, weshalb Luise diese Tage so ausführlich beschrieb. Es bestand kein Zweifel, dass es ihr ein großes Bedürfnis gewesen sein musste, den Afrikanern zu helfen.

Dann fehlten einige Seiten. Das Tagebuch machte einen Sprung und setzte drei Tage später wieder ein.

»20. Februar 1913

Die Krankheit ist weitgehend besiegt. Ich danke Gott dem Herrn dafür, dass sie nicht noch mehr Opfer gefordert hat. Wir befinden uns alle am Rande der Erschöpfung. Asale und Wangani befinden sich auf dem Weg der Genesung. Nur Dalisani hat es nicht geschafft. Wie wird Asale nur den Tod ihres Mannes verkraften? Kwabisi meint, sie wird nie wieder einen Mann in ihre Nähe lassen, so sehr hat sie ihn geliebt.

Gerade war Thomas im Mudzu und bat mich, wieder zu ihm zurück in die Mission zu kommen. ›Ich vermisse dich sehr‹, gestand er mir und überreichte mir einen blühenden Frangipanizweig. Die Geste rührte mich, denn Thomas war nicht der Typ Mann, der einem einfach so Geschenke macht. Überhaupt hat er sich verändert. Er sieht gepflegter aus als in den letzten Monaten, und ich konnte keine Zeichen einer neuen Selbstkasteiung an ihm entdecken. Das stimmt mich hoffnungsfroh, denn ich wünsche ihm nichts mehr, als dass er endlich aufhört, sich andauernd Selbstvorwürfe zu machen. Ich weiß, dass sein Glaube ihn dazu zwingt, so streng gegen sich selbst vorzugehen. Allein mir fehlt das Verständnis. Dennoch fällt es mir schwer, das Dorf zu verlassen. Trotz der Krise, die wir hier zu bewältigen hatten, habe ich mich hier mehr zu Hause gefühlt als jemals in Tsogolo Malo. Was ist nur mit mir geschehen? Nun denn, ich bin und bleibe Thomas' Frau und werde ihm natürlich folgen.«

Wieder fehlten einige Seiten, die nächsten Aufzeichnungen setzten erst Ende April 1913 wieder ein. Hennys Herzschlag wurde schneller, als sie weiterlas.

»28. April 1913

Wie kann es sein, dass Gott mich auf diesen seltsamen Weg führt? Heute Morgen fragte mich Asale rundheraus, wie lange ich denn noch mein Geheimnis mit mir herumtragen wolle. Wir standen gerade vor dem Schulhaus und beaufsichtigten die Kinder auf dem Pausenhof. Ich sah sie erstaunt an, denn ich hatte keine Ahnung, worauf sie anspielen wollte. Da begann sie herzlich zu lachen und nahm mich fest in ihre Arme.

›Du bist schwanger, Amayi. Möge Mzimu Wamkulu dir und deinem Kind gnädig sein!‹

›Du machst Witze‹, schimpfte ich entrüstet. Ihre Behauptung traf mich wie ein Blitzschlag aus heiterem Himmel. Es war unmöglich. Ich hatte mich längst damit abgefunden, dass mein Leib keine Kinder empfangen konnte. Doch nach und nach fiel mir ein, dass meine Monatsblutungen längst überfällig waren, und ich errötete vor Verlegenheit. In diesem Augenblick trat Thomas zu uns. Er kam gerade auf seinem Pferd aus Nkhotakota zurück und brachte mir einen ganzen Einkaufskorb mit Dingen mit, die ich ihm aufgetragen hatte, bei den Jansons zu besorgen. Er ist mir gegenüber immer noch sehr aufmerksam und versucht alles, um sein schlechtes Gewissen zu beruhigen. Mit einer linkischen Verbeugung zog er etwas aus dem Korb hervor, um es mir zu überreichen.

›Schokolade aus Belgien‹, verkündete er stolz. Ich war immer noch durcheinander und nahm sein Geschenk geistesabwesend entgegen. Das entging Thomas' aufmerksamem Blick keineswegs. Enttäuschung spiegelte sich auf seinem hageren Gesicht.

›Ich dachte, du magst Schokolade.‹

›Aber ja‹, versicherte ich rasch.

›Ist etwas?‹, fragte er besorgt. ›Du wirkst so abwesend.‹

›Asale meint, ich bin schwanger‹, platzte es aus mir heraus. Nun war es Thomas, dem es die Sprache verschlug.

›Du bist … schwanger?‹ Thomas errötete bis in die Haarwurzeln. Er wusste nicht mehr wohin mit seinen großen Händen und starrte mich mindestens ebenso ratlos an, wie ich zuvor Asale angesehen hatte. Dabei schluckte er aufgeregt, sodass sein großer Adamsapfel auf und ab hüpfte. ›Das heißt also, ich werde Vater‹, stellte er schließlich fest. Sein sonst so ernstes, würdevolles Gesicht erhellte sich wie die aufgehende Sonne. Mit geöffneten Armen machte er einen Schritt auf mich zu, um mich in die Arme zu nehmen. ›Du machst mich zu dem glücklichsten Menschen der Welt‹, stammelte er. Ich hingegen konnte diese Freude nicht recht teilen. Es war zu vieles geschehen, als dass ich mich unvoreingenommen auf das Kind freuen konnte.«

Hennys Magen krampfte sich zusammen. Es tat weh zu erfahren, dass ihre eigene Mutter sie nicht wirklich gewollt hatte. Auf der anderen Seite konnte sie ihre Gefühle durchaus nachvollziehen. Schließlich war sie das Kind einer Vergewaltigung, auch wenn der Täter der Ehemann ihrer Mutter gewesen war. Ab diesem Zeitpunkt führte Luise nur noch sporadisch Tagebuch. Immer wieder fehlten Seiten. Wenn sie etwas notierte, waren es Bemerkungen zu ihrer Schwangerschaft, die dankenswerterweise komplikationslos verlief. Nur einmal noch folgte eine ausführlichere Stelle. Darin schilderte ihre Mutter die Beziehung zu Hennys Vater.

»15. Juli 1913

Thomas ist in großer Sorge, dass mit unserem Kind etwas nicht in Ordnung sein könnte. Er findet mich immer noch zu schlank. Er fürchtet, ich arbeite zu viel, und rät mir, keinen Unterricht mehr abzuhalten. Es kostet mich viel Überzeugungskraft, ihn vom Gegenteil zu überzeugen. Auch Asale wird nicht müde, ihm zu versichern, dass mit mir alles in Ordnung ist. ›Amayi ist so klein und zierlich wie eine Antilope. Sie wird nicht dick wie eine trächtige Kuh.‹ Thomas will es nicht recht glauben, doch ich weiß, dass mit meinem Baby alles in Ordnung ist. Seit einiger Zeit spüre ich seine Bewegungen in meinem Bauch. Seit ein paar Tagen wohnen Thomas und ich wieder unter einem Dach. Ich habe ihn selbst dazu ermuntert, denn die Leute beginnen bereits über uns zu tuscheln. Außerdem bin ich mir sicher, dass er sich weiterhin an sein Versprechen hält, sich mir nicht mehr zu nähern. Ohne es zu vereinbaren, schläft er in dem zweiten Schlafzimmer. Unser Essen nehmen wir gemeinsam ein. Anfangs war die Stimmung zwischen uns noch etwas verkrampft, doch Thomas gibt sich alle Mühe, ein aufmerksamer Ehemann und werdender Vater zu sein. Neuerdings bezieht er mich auch in seine Pläne ein. Er fragt mich in vielen Dingen um Rat und gibt mir das Gefühl, für ihn wichtig zu sein. Vielleicht müsste ich doch über meinen eigenen Schatten springen und ihm endgültig verzeihen. Wenn das doch nur so einfach wäre …«

Danach brach das Tagebuch abrupt ab. Henny rieb sich die brennenden Augen. Es war beinahe fünf Uhr. Sie hatte die ganze Nacht über gelesen, und bald würde die kleine Ella ihr Recht verlangen. Doch sie war viel zu aufgewühlt, um gleich schlafen zu gehen. Durch die lebendigen Schilderungen waren ihr Luise und Afrika sehr nahegekommen, und sie bedauerte es, sie niemals richtig kennengelernt zu haben.

Auch von ihrem Vater vermochte sie sich ein ungefähres Bild zu machen. Der Eindruck, den er hinterließ, war zwiespältig. Auf der einen Seite war er ein weltgewandter, eloquenter Mann gewesen, der es sehr wohl verstand, seine Umwelt für sich einzunehmen. Doch er hatte auch eine unberechenbare, dunkle Seite, die ihn furchterregend machte. War seine Läuterung von Dauer gewesen, oder war seine Gewaltbereitschaft noch einmal aufgeflammt? Warum hatte Luise nicht weiter Tagebuch geschrieben? Und was war in den nächsten beiden Jahren geschehen? Sie konnte sich keinen Reim darauf machen. Sie wollte das letzte Heft gerade beiseitelegen, als ihr auffiel, dass zwischen den leeren Seiten noch etwas verborgen war. Es war ein kurzer Zeitungsartikel aus einer englischen Kolonialzeitung.

»Tragisches Eifersuchtsdrama oder Ritualmord in Tsogolo Malo? – Die Ermordung des beliebten Missionars Thomas Elliot und der Freitod seiner Ehefrau werfen immer neue Fragen auf. Wurden die beiden Opfer der Geheimsekte der Nyau, oder versteckt sich hinter den Vorfällen ein bislang nicht in Erwägung gezogenes Eifersuchtsdrama? Fest steht nur, dass Missis Elliot freiwillig aus dem Leben schied. Was bewog die Mutter einer zweijährigen Tochter, sich vor deren Augen zu ertränken? Hat sie womöglich auch den Tod ihres Gatten zu verantworten? Oder wurde die Familie Opfer eines Geheimbundes der Chewa? Augenzeugen berichten, dass in der Nähe des Tatortes auch Maskenträger des Nyau-Kultes gesehen wurden. Die Ermittlungen der Polizei blieben bislang ohne Ergebnisse.«

29. Kapitel

Bittere Erkenntnis

Emil parkte das Auto – einen nagelneuen, waldgrünen Opel Admiral mit herunterklappbarem beigefarbenem Verdeck – vor Heinrich Schultz' Haus und half Monika aus dem Wagen. Heinrichs Tochter strahlte, als er ihr die Tür öffnete und ihr die Hand reichte. Sie war zweifelsohne eine attraktive Frau, wie sie ihn charmant anlächelte und sich dabei wie selbstverständlich bei ihm unterhakte.

»Kommst du noch auf eine Tasse Kaffee mit hinein?«, fragte sie ihn mit einem besonders strahlenden Lächeln. »Meine Eltern würden sich sicherlich freuen.«

»Ich muss Heinrich ohnehin den Schlüssel zurückgeben«, meinte Emil nicht sehr begeistert. Es war kein gutes Gefühl, ständig von Schultz abhängig zu sein, auch wenn dieser immer wieder beteuerte, dass er wie ein Sohn für ihn sei. Emil hatte den heimlichen Verdacht, dass Heinrich sich den Admiral nur deshalb zugelegt hatte, damit Emil seine Tochter spazieren fahren konnte. Wäre es nach ihm gegangen, so hätte ihm auch sein Motorrad für gemeinsame Unternehmungen gereicht. Henny war damit auch immer zufrieden gewesen. Doch Monika stellte natürlich höhere Ansprüche.

Sie machte keinen Hehl daraus, dass sie aus einem besseren Hause kam.

Wie jedes Mal, wenn ihm Henny in den Sinn kam, verschlechterte sich seine Laune. Obwohl er dagegen anzugehen versuchte, plagte ihn sein schlechtes Gewissen. Er hätte nicht zulassen dürfen, dass Heinrich Hennys Wiedereinstellung im Krankenhaus am Rotkreuzplatz verhindert hatte. Sie und das Baby waren schließlich völlig mittellos. Eigentlich sollte es ihn nicht weiter kümmern, nach dem, was sie ihm angetan hatte, doch trotz alledem machte er sich Sorgen. Er versuchte sich einzureden, dass sie es nicht besser verdient hatte. Schließlich war er sogar bereit gewesen, ihr zu verzeihen, wenn sie ihm nur ihren Seitensprung offen gestanden hätte. Doch ihre Halsstarrigkeit hatte alles zunichtegemacht.

»Was ist? Du machst so einen abwesenden Eindruck.« Monika, die sich bei ihm untergehakt hatte, sah ihn prüfend an.

»Es ist nichts von Bedeutung«, log Emil und gab sich Mühe, wieder auf seine Begleiterin einzugehen. »Ich hab nur gerade an meine Arbeit gedacht.«

»Es gibt auch noch andere Dinge auf der Welt«, verriet sie ihm mit einem siegessicheren Lächeln. »Ich habe von Papa zwei Logenplätze in der Oper für nächsten Sonntag bekommen. Clemens Krauss ist doch jetzt der neue Intendant am Salvatorplatz. Er hat ›Salome‹ von Richard Strauss selbst inszeniert. Hitler war ganz begeistert von seiner Interpretation. Wirst du mich begleiten?«

»Wenn du es wünschst, sehr gerne.« Er zwang sich zu einem Lächeln, obwohl er ihr am liebsten abgesagt hätte. Nicht dass er etwas gegen Konzerte, Opern oder Ausstellungen einzuwenden gehabt hätte, ebenso wenig hatte er etwas gegen Heinrich oder seine Tochter. Doch die Art und Weise, wie sie neuerdings über seine Freizeit verfügten, behagte ihm immer weniger. Vor allem, nachdem ihm klar geworden war, wie sehr Heinrich es darauf anlegte, ihn mit seiner Tochter zu verkuppeln. Emil hatte nichts gegen Monika. Sie war hübsch, gebildet, immer gut gelaunt und mit Sicherheit eine gute Partie. Im Grunde genommen sprach nichts gegen eine Verbindung mit ihr. Und dennoch ertappte er sich immer wieder dabei, wie er sie mit Henny verglich.

Heinrich und seine Frau begrüßten das Paar voller Herzlichkeit. Während Monika ihrer Mutter in die Küche folgte, ging Emil mit Schultz ins Wohnzimmer. Die dunkle Einrichtung mit den schweren Teppichen und den ausladenden Vitrinen und Schränken, zwischen denen wahlweise Alpenschinken in Öl oder aufgenagelte Hirschgeweihe hingen, sollte Behaglichkeit vermitteln. Auf Emil wirkten sie nur bedrückend. Er bevorzugte den einfachen und klaren Stil des Bauhauses. Heinrich bot ihm einen Platz auf einem der Sessel an.

»Die beiden Weibsbilder werden sicherlich noch eine Weile in der Küche beschäftigt sein«, verkündete er schelmisch und ließ sich mit seinem schweren Gewicht auf einen weiteren Sessel fallen. »Möchtest du schon mal einen Cognac?«

Emil lehnte ab. »Ich möchte einen klaren Kopf bewahren.« Heinrich zuckte mit den Schultern und goss sich aus einer Glaskaraffe, die auf einem Beistelltischchen stand, einen Daumenbreit von dem goldenen Cognac ein. Nachdem er einen Schluck davon genommen hatte, fragte er Emil nach seinem neuen Auto aus. »Konntest du die fünfundsiebzig PS heute voll auskosten?«

»Der Motor schnurrt wie eine Katze«, gab Emil bereitwillig Auskunft. »Man spürt den Dreieinhalb-Liter-Motor, wirklich eine Meisterleistung deutscher Technik.«

»Deshalb habe ich mich auch für dieses Modell entschieden«, meinte Heinrich stolz. »Ich selbst komme ja nicht so viel zum Fahren«, fügte er zwinkernd hinzu. »Wenn ich ehrlich bin, möchte ich ihn Monika einmal schenken, gewissermaßen als Aussteuer.«

Emil überging die Anspielung und brachte das Thema auf das letzte Treffen ihrer SS-Gruppe. »Meine neue Schar gehört nun der Verfügungsgruppe an«, teilte er Heinrich mit. »Zu meinen Aufgaben gehört es künftig auch, Außeneinsätze zu leiten.«

»Na endlich!« Sein Mentor rieb sich die Hände. »Das wurde ja aber auch Zeit, dass sie dich befördert haben. Dann bist du also jetzt Scharführer?«

Emil grinste und salutierte. »Jawoll, Herr Oberscharführer Schultz! Und ich freue mich, dass ich nun endlich auch im Einsatz auf der Straße meine Fähigkeiten unter Beweis stellen kann.«

»Dann fehlt dir jetzt nur noch die richtige Frau zu deinem Glück.« Schultz ließ nicht locker. So plump, wie es seine Art war, setzte er noch einen drauf. »Monika bekommt immer ganz glänzende Augen, wenn sie von dir erzählt«, verriet er ihm. Seine kleinen wässrig blauen Augen ließen ihn nicht von der Angel. »Und wie steht es mit dir, mein Sohn? Meine Tochter und du, ihr habt in den letzten Wochen viel Zeit miteinander verbracht. Da merkt man doch, ob man zusammenpasst.«

Emil fühlte sich in die Ecke gedrängt und suchte nach einer Ausflucht. »Ich mag Monika sehr. Sie ist eine wunderbare Frau, sieht überdies hübsch aus und ist gebildet. Derjenige, der sie einmal zu seiner Frau bekommt, muss sich glücklich schätzen«, beteuerte er. Er wollte gerade hinzufügen, dass er sich dennoch nicht sicher war, ob sie die Richtige für ihn war.

Doch Heinrich ließ ihm dazu keine Gelegenheit. Er strahlte über beide Backen, als er ihm das Wort abschnitt und in seine feisten Hände klatschte.

»Das hab ich mir doch gedacht! Hast du ihr das schon gesagt?«

»Was gesagt?« Emil blickte ihn verwirrt an.

»Na, dass du beabsichtigst, sie zu fragen, ob sie deine Frau werden will?«

Bevor er etwas richtigstellen konnte, erschien Konstanze Schultz mit Monika in der Tür und rief die beiden an die Kaffeetafel.

Noch während sie rausgingen, klopfte Heinrich ihm auf die Schulter. »Lass sie nicht allzu lange warten«, raunte er ihm aufmunternd zu.

Henny wusste bald nicht mehr, wo ihr der Kopf stand. Im Augenblick schien einfach alles rundherum aus der Bahn zu laufen. Kaum war sie von ihren Pflegeeltern zurückgekehrt, häuften sich von Neuem die Probleme. Frieda hatte eine Fehlgeburt erlitten und war untröstlich. Die sonst so tatkräftige Freundin war in eine schwere Depression gefallen. Gustav und sie taten alles, um sie aufzumuntern, aber Frieda wollte einfach nicht aus dem tiefen Tal der Verzweiflung zurückkehren. Statt weiter an eine gemeinsame Zukunft mit Gustav zu glauben, stürzte sie sich, kaum, dass sie wieder körperlich genesen war, in ihre Arbeit in der Klinik. Sie nahm jeden Dienst an, den sie bekommen konnte, und vermied es, Gustav und Henny in der Falkenturmstraße zu besuchen.

Gustav litt sehr unter Friedas Zurückweisung. Er war längst von seiner Verletzung genesen und langweilte sich in seinem Versteck. Ursprünglich hatten Frieda und er vorgehabt, sich noch vor der Geburt des Kindes in die Schweiz abzusetzen. Gustav hatte durch seine Zusammenarbeit mit der Transportkolonne Otto am Bodensee so gute Beziehungen aufgebaut, dass er eine solche Flucht durchaus hätte bewerkstelligen können. Doch Frieda wollte nach dem Verlust des Babys nichts mehr davon wissen.

»Ich möchte nicht mehr weg aus München«, erklärte sie barsch und gab Gustav damit indirekt zu verstehen, dass sie sich ein Leben mit ihm nicht mehr vorstellen konnte.

»Du darfst ihre Worte nicht auf die Goldwaage legen«, versuchte Henny ihn zu trösten, »Frieda hat sich so auf das Baby gefreut und ist nun furchtbar traurig und enttäuscht. Sie wird sich sicher wieder fangen. Du solltest ihr einfach ein paar Wochen Zeit geben.«

»Ich halte es hier nicht mehr aus.« Gustav gab sich keine Mühe, seinen Unmut zu unterdrücken. »Frieda und ich hatten so viele gemeinsame Pläne. Warum denkt sie jetzt nur noch an sich? Ich bin genauso traurig über den Verlust unseres Kindes!«

»Sie kann im Augenblick nicht anders. Gib ihr noch etwas Zeit!«

Gustav sah sie traurig an. »Du hast wahrscheinlich recht«, meinte er schließlich stockend. »Dennoch kann ich nicht länger hierbleiben. Ich möchte dich und Ella nicht gefährden. Außerdem brauchen sie am Bodensee meine Hilfe. Ich werde wieder zurück nach Konstanz gehen und dort meine Arbeit aufnehmen. Da werde ich wenigstens gebraucht. Für den Fall, dass Frieda noch einmal zu mir Kontakt aufnehmen will, soll sie die alte Kontaktadresse verwenden.«

Henny war enttäuscht. »Du willst sie jetzt alleine lassen?«

Er zuckte resigniert mit den Schultern. »Frieda braucht

mich im Augenblick nicht. Sie ist viel zu sehr mit sich selbst beschäftigt. Ich lasse sie nicht alleine. Wenn sie es sich anders überlegt, werde ich alles tun, um ihr beizustehen. Sag ihr das. Mein Entschluss steht fest.«

Henny musste Gustavs Entscheidung wohl oder übel akzeptieren. Als er sich an einem der nächsten Abende von ihr verabschiedete, merkte sie erst, wie sehr ihr Friedas fröhlicher Verlobter ans Herz gewachsen war. Auch Ella würde ihn vermissen. In den letzten Wochen und Monaten hatte Gustav fast so etwas wie die Rolle eines Vaters für sie übernommen. Sie hingegen würde die anregenden Gespräche mit ihm vermissen. Gustav hatte ihr in vielerlei Hinsicht die Augen geöffnet. Sie verstand heute selbst nicht mehr, wie sie so lange naiv und unvoreingenommen an Hitler und seine Ideologien hatte glauben können.

»Ich fürchte, dass sich das Klima in Deutschland über kurz oder lang noch mehr verschärfen wird«, sagte er ihr zum Abschied. »Vielleicht solltest auch du dir überlegen, das Land zu verlassen.« Er deutete mit dem Kopf in Richtung Schlafzimmer. »Je größer Ella wird, desto augenscheinlicher wird werden, dass sie anders ist als die anderen. Sie grenzen euch ja jetzt schon aus. Es wird immer jemanden geben, der dich anschwärzt.« Henny biss sich auf die Unterlippe. Sie wusste genau, worauf er anspielte. Emil hatte nicht nur ihre Ehe annullieren lassen, sondern auch noch im Krankenhaus gegen ihre Einstellung interveniert. Und mit dem Zeugnis, das man ihr ausgestellt hatte, würde sie auch in anderen Kliniken keine Arbeit mehr finden.

»Ich werde putzen gehen«, meinte sie trotzig. »Ella ist ein deutsches Mädchen, auch wenn sie eine dunkle Hautfarbe hat. Die Silversteins in Schwabing suchen eine Haushaltshilfe für ein paar Stunden. Frau Silverstein erlaubt mir sogar, dass ich Ella mit zur Arbeit nehme.«

»Die Silversteins sind Juden«, erinnerte sie Gustav. »Es ist verboten, für sie zu arbeiten.«

»Das kümmmert mich nicht«, meinte Henny trotzig, »wir werden es eben geheim halten.«

»Sie werden vielleicht bald das Land verlassen müssen, wenn nicht sogar noch Schlimmeres geschieht!«

»Doktor Silverstein ist Veteran aus dem Großen Krieg. Er wurde mit der Tapferkeitsmedaille ausgezeichnet. Ihm werden die Nazis bestimmt nichts tun.«

»Ich wünsche dir alles Glück der Welt!« Gustav sah ein, dass Henny fest entschlossen war. Er nahm sie zum Abschied in den Arm und drückte sie herzlich. »Dann pass gut auf dich auf – und wenn du doch einmal meine Hilfe brauchst, dann wende dich an diese Adresse.« Er drückte ihr einen Zettel in die Hand und machte sich leise durch das Treppenhaus davon.

Henny ging den Silversteins in der Kaulbachstraße nun schon seit ein paar Wochen tatkräftig zur Hand. Doktor Josua Silverstein bewohnte mit seiner Frau zwei Etagen in einem stattlichen Mehrfamilienhaus in der Nähe des Englischen Gartens. Die Söhne der Silversteins lebten im Ausland. Michael studierte in London Medizin und Samuel in Paris Physik. Im Erdgeschoss des Hauses befand sich die Arztpraxis, zwei Stockwerke darüber die Wohnung. Dazwischen wohnte ein deutscher Rechtsanwalt mit seiner Frau.

Henny reinigte zweimal die Woche die Wohnung und jeden zweiten Tag die Praxis. An manchen Tagen, wenn die Praxis aus allen Nähten zu platzen drohte, half Henny heimlich auch im Labor der Praxis aus. Doktor Silverstein hätte sie liebend gerne als Sprechstundenhilfe eingestellt, doch aufgrund des Berufsverbots, das es arischen Bürgern untersagte, für Juden zu arbeiten, durfte ohnehin niemand wissen, dass sie für die jüdische Familie arbeitete.

»Ich möchte nicht, dass Sie meinetwegen Schwierigkeiten bekommen«, wiederholte Josua Silverstein mehrfach. »Schon jetzt wird getuschelt, wenn Sie in meiner Praxis sind.«

Nach außen hin war sie eine Freundin von Ruth Silverstein, die ihr oft Gesellschaft leistete.

»In Zeiten wie diesen müssen Leute wie wir eben zusammenhalten«, meinte Josua augenzwinkernd. »Irgendwann werden die Herren in der Regierung schon noch zur Räson kommen und sehen, dass sie die Gesellschaft durch ihre Ausgrenzungen nur schwächen.«

»Das glaube ich nicht«, bezweifelte Ruth, die die Situation um einiges realistischer einschätzte als ihr Gatte. »Sie wollen, dass wir alle aus Deutschland verschwinden. Warum haben sie sonst im Juni die Synagoge abgerissen? Oder glaubst du etwa die Mär, dass es eine verkehrstechnische Notwendigkeit war?«

»Natürlich nicht«, brummte Josua verstimmt. »Es ist eine Ungeheuerlichkeit, dass man der jüdischen Gemeinde auch noch die Kosten für den Abriss auferlegt hat. Trotzdem glaube ich nicht daran, dass man uns aus dem Land haben will. Hetze gegen unser Volk gab es schon immer. Der Mob wird sich schon wieder beruhigen.«

Solche und ähnliche Gespräche bekam Henny immer häufiger mit. Sie erfuhr auch, dass selbst die Söhne der Silversteins ihren Eltern rieten, das Land zu verlassen, aber Josua Silverstein war ein Patriot. Er hatte sich bis 1918 im Krieg an vorderster Front bewährt und war keinesfalls bereit, sein Vaterland Hals über Kopf zu verlassen. Selbst als ihm im Juli

1938 die ärztliche Zulassung entzogen wurde, ließ sich Josua Silverstein nicht umstimmen. Er ließ es sich sogar gefallen, dass man ihm den Zweitnamen Israel aufzwang und Ruth den Zusatz Sara tragen musste. Stur und uneinsichtig behandelte er weiterhin seine Patienten, von denen schon seit Langem nur noch jüdische Glaubensgenossen und Kommunisten zu ihm kamen.

Henny konnte sich keine besseren Arbeitgeber wünschen. Sie wurde gut behandelt und ordentlich bezahlt. Während sie arbeitete, kümmerte sich Ruth liebevoll um die kleine Ella, die inzwischen bereits krabbeln konnte. Die beiden verstanden sich prächtig, und Henny beobachtete, wie die ältere Frau, die oft so in sich gekehrt und streng wirkte, in Ellas Anwesenheit häufig lachte und unbeschwert wirkte.

Auf diese Weise war Henny wenigstens ihre finanziellen Sorgen los. Seit sie mehr über ihre Eltern erfahren hatte, ging ihr das Schicksal von Luise und Thomas nicht mehr aus dem Kopf. Wie gerne hätte sie mehr über sie gewusst. Immer wieder fragte sie sich, ob die Jansons, die sich nach dem Tod ihrer Eltern eine Zeit lang um sie gekümmert hatten, noch am Leben waren und ihr vielleicht mehr erzählen konnten. Doch wie sollte sie das herausfinden? Womöglich lebten sie gar nicht mehr am Nyassasee. Aber sie wollte nichts unversucht lassen und schrieb daher einen Brief an das Ehepaar in Nkhotakota, in dem sie um weitere Informationen bat. Doch bislang hatte sie noch keine Antwort erhalten. Wahrscheinlich würde sie damit leben müssen, niemals alles zu erfahren, und dennoch ertappte sie sich immer wieder dabei, wie ihre Gedanken nach Afrika in die Vergangenheit ihrer Eltern abschweiften.

Doch Hennys Leben war im Hier und Jetzt. Sie hatte in

schweren Zeiten alleine für sich und ihre kleine Tochter zu sorgen. Das Geld, das Agnes ihr zugesteckt hatte, behielt sie als Notgroschen, denn der nächste Winter kam bestimmt und mit ihm die Notwendigkeit, für Heizkohlen zu sorgen. Der Lohn, den sie von den Silversteins bezog, reichte gerade mal aus, um ihre Miete zu bezahlen und das Notwendigste an Essen zu besorgen. An neue Kleider für Ella konnte sie dabei nicht denken. Ruth Silverstein sah ihre Nöte wohl und steckte ihr immer wieder ausrangierte Pullover und Hemden ihrer Söhne zu. Aus dem Stoff nähte sie ihrer Tochter Kleidchen, die Pullover trennte sie auf und verstrickte die Wolle neu. Alles in allem erging es ihr gar nicht mal so schlecht, bis sie eines Morgens eine böse Überraschung erlebte.

Sie war gerade mit der kleinen Ella auf dem Weg in die Kaulbachstraße, als sie vor dem Wohnhaus der Silversteins einen großen Auflauf bemerkte. Schon von Weitem konnte sie erkennen, dass in dem Haus etwas Ungewöhnliches vor sich ging. Umringt von neugierigen Passanten, entdeckte sie mehrere schwarze Limousinen, denen Männer in dunklen Ledermänteln entstiegen, die sich Zutritt zum Haus verschafften. Die Gestapo! Henny fühlte, wie sich ihr Herzschlag beschleunigte. Instinktiv hielt sie inne und beobachtete inmitten der anderen Passanten, was als Nächstes geschah.

»Die holn den Silverstein ab«, raunte eine etwa fünfzigjährige Frau hinter vorgehaltener Hand. »Der hot ja trotz dem Berufsverbot weiter praktiziert. An Dreck hot der sich um unsere Gsetze gekümmert.«

»Gschieht ihm ganz recht, die Jud'n kennan den Hals halt net voll bekommen!«, stimmte ihre Nachbarin zu. Henny musste an sich halten, um der Frau nicht ihre Meinung zu sagen, doch sie beherrschte sich, als diese verriet, dass ihr Mann

Blockwart war und wohl höchstpersönlich die Silversteins angezeigt hatte. Die ganze Stadt ist voller Verräter, dachte Henny bitter und hoffte inständig, dass Doktor Silverstein nicht im Hause war. Doch ihr Wunsch verhallte ungehört. Ungefähr eine halbe Stunde später traten die Gestapoleute wieder aus dem Haus und führten Josua Silverstein ab. Henny stand ein ganzes Stück entfernt, doch sie konnte auch von Weitem erkennen, dass man den Arzt misshandelt hatte. Blut troff aus Mund und Nase, und ein Auge war dick angeschwollen. Er konnte sich kaum auf den Beinen halten. Wie es der Zufall wollte, wurde er direkt an ihr vorbeigeführt. Dabei fing sie den Blick des unglücklichen Mannes auf und erschrak bis ins Mark. Sie las in seinen sonst so zuversichtlichen Augen nichts als tiefe Hoffnungslosigkeit. Als er sie erkannte, hellte sich sein Blick noch einmal für den Bruchteil einer Sekunde auf. Gegen den Widerstand seiner Begleiter blieb er stehen. Seine zugeschwollenen Lippen formten Worte, die Henny nur schwer verstand. »… weg aus Deutschland, sag Ruth, sie soll sich nicht um mich kümmern …«

»Halt dein Maul«, fuhr ihn der Geheimpolizist an und stieß ihn grob in den Rücken.

Josua geriet ins Straucheln und wurde unsanft wieder auf die Beine gestellt. Henny sah nur noch, wie man ihn brutal in den Fond einer Limousine stieß, die kurz darauf mit quietschenden Reifen davonfuhr. Erst jetzt merkte sie, wie die beiden Frauen, die sich vorher das Maul über die Silversteins zerrissen hatten, sich vielsagende Blicke zuwarfen, die eindeutig sie und Ella betrafen. Sie merkte, wie sie zu zittern begann. Nur weg von hier, weg von dieser surrealen Szenerie, die nichts mehr mit Menschlichkeit zu tun hatte. Doch etwas ließ sie innehalten. Vielleicht war es nur die vage Vermutung, dass sich Frau Silverstein noch irgendwo im Haus aufhielt und sie ihr behilflich sein konnte. »Weg aus Deutschland« – Josua Silversteins Abschiedsworte hatten sich in ihr Gehirn gebrannt.

Ein ganzer Trupp von Polizisten nahm sich nun die Praxis und anschließend die Wohnung vor. Fenster wurden aufgerissen und ganze Ladungen von Patientenakten und persönlichen Unterlagen auf die Straße geleert. Hilflos musste sie mit ansehen, wie sämtliches Hab und Gut der Silversteins zerstört wurde oder unrechtmäßig den Besitzer wechselte. Wertvolle Möbel, Gemälde, Geschirr und Kleider wurden direkt abtransportiert, der Rest kurz und klein geschlagen oder aber für Plünderer aus dem Fenster geworfen. Henny schämte sich für ihre Landsleute, als diese sich wie die Aasgeier über die persönlichen Güter hermachten. Unter ihnen befanden sich auch die Frau des Blockwarts und deren Nachbarin.

Eine qualvolle Zeit später hatte auch dieser Spuk ein Ende, und Gestapo und Passanten verdrückten sich wie die Kellerasseln in ihren Unterschlupf. Erst als Henny sich ganz sicher sein konnte, dass niemand mehr das Haus beobachtete, wagte sie es, sich dem Eingang zu nähern.

Im Treppenhaus begegnete sie Frau Hufnagel. Die Frau des Rechtsanwalts, die mit ihrem Mann in der mittleren Etage zwischen Praxis und Wohnung der Silversteins wohnte, sah mitgenommen und völlig verängstigt aus. Als sie Henny erblickte, wirkte sie sichtlich erleichtert. Die beiden Frauen waren sich in den letzten Wochen öfter begegnet und hatten hier und da ein paar freundliche Worte gewechselt.

»Sind sie wirklich weg?«, hauchte Frau Hufnagel mit bebender Stimme.

Henny nickte. Die Frau des Rechtsanwalts winkte sie hastig

zu sich. Rasch nahm Henny Ella aus dem Kinderwagen und folgte ihr in die Wohnung. Sobald sie eingetreten war, wurde die Tür hinter ihr geschlossen und abgesperrt.

»Frau Silverstein ist bei mir!« Frau Hufnagel deutete mit dem Kopf in Richtung Esszimmer.

Henny erwartete, Ruth Silverstein am Esstisch sitzen zu sehen, aber sie konnte niemanden entdecken.

»Sie können herauskommen. Fräulein Elliot ist mit der kleinen Ella da.«

Noch eine ganze Weile regte sich nichts, dann bewegte sich etwas zwischen Wand und Kanapee, und eine zutiefst verängstigte Frau schlüpfte hervor. Sie sah ramponiert und mitgenommen aus. Henny sah ihr an, dass sie völlig überstürzt ihre eigene Wohnung verlassen hatte. Sie hatte nicht einmal Schuhe an. Als sie Henny mit Ella erblickte, versuchte sie ein tapferes Lächeln, was ihr gründlich misslang.

»Es tut mir so leid!«

Ella begann auf Hennys Arm vergnügt zu quietschen, als sie Ruth sah, und streckte ihre Ärmchen nach ihr aus. Ruth hob eine Hand, als wolle sie Ella berühren, ließ sie dann aber wieder kraftlos fallen.

»Sie haben Josua mitgenommen.« Ihre sonst so wohlklingende Stimme klang rau und gebrochen.

Henny nickte stumm. Sie wagte nicht, Ruth dabei anzusehen, geschweige denn ihr zu erzählen, was die Gestapo sonst noch angestellt hatte. Erst dann fiel ihr ein, was Doktor Silverstein ihr aufgetragen hatte. »Ihr Mann möchte, dass Sie Deutschland verlassen«, kam es ihr mühsam über die Lippen. »Sie sollen sich um ihn keine Sorgen machen.«

Sie rechnete mit Protest oder einem Gefühlsausbruch, aber Ruth Silverstein tat nichts dergleichen. Sie fuhr sich mit den

Händen durch ihre derangierte Frisur und begann sie sorgfältig zu ordnen.

»Ich nehme an, ich kann nicht mehr in meine Wohnung zurück.« Das war eine Feststellung, keine Frage. »Dann werde ich mich wohl nach einer anderen Bleibe umsehen müssen, bis Josua wieder bei mir ist.«

»Sie haben alles leer geräumt, wie die Vandalen. Ich konnte es vom Fenster aus beobachten«, bestätigte Frau Hufnagel bedrückt. »Außerdem steht an der Ecke ein Automobil, das nicht hierhergehört.«

»Wo wollen Sie hin?« Henny war es gewohnt, pragmatisch zu denken. »Sie können jetzt nicht so einfach aus dem Haus marschieren. Sie laufen der Gestapo direkt in die Arme. Wir müssen warten, bis es dunkel ist, und sie dann ablenken.«

»Ich werde später zu den Myers nach Giesing gehen. Sie werden mir helfen, zu meinem Sohn nach Paris zu kommen.« Ruth Silverstein hatte sich wieder einigermaßen gefangen.

»Und wenn sie auf die Idee kommen, vorher das ganze Haus zu durchsuchen?« Frau Hufnagel bekam es plötzlich mit der Angst zu tun. »Ich möchte nicht auch noch ins Gefängnis kommen.«

»Das hätten sie längst gemacht«, widersprach Henny energisch. »Sie gehen mit Sicherheit davon aus, dass Frau Silverstein nicht im Haus ist. Wir müssen jetzt erst einmal die Ruhe bewahren.«

Henny blieb den ganzen Tag mit Ella und Frau Silverstein bei Frau Hufnagel. Sie legten sich verschiedene Pläne zurecht, wie sie am besten Ruth Silversteins Flucht organisieren konnten. Als die Dunkelheit längst hereingebrochen war, wagten sie sich endlich aus dem Haus.

Henny hatte Ruth Silverstein ihren Mantel und ihr Kopftuch geliehen. Außerdem schob sie Ellas leeren Kinderwagen vor sich her, sodass sie für eine junge Mutter gehalten werden konnte. Zum Glück regnete es, sodass niemand Anstoß an der davoneilenden Frau mit Kinderwagen nahm. Henny nahm den Hinterausgang mit Ella auf dem Arm. Auch sie erregte keinerlei Aufmerksamkeit.

Wie mit Ruth verabredet, fand sie den leeren Kinderwagen und ihren Mantel hinter einer Trambahnhaltestelle. Ruth war zu diesem Zeitpunkt schon längst untergetaucht. Henny dachte voller Sorge an die verzweifelte Arztfrau, die voraussichtlich ihren Mann nie wiedersehen würde. Sie hatte die Familie in den letzten Monaten fest in ihr Herz geschlossen und nun mit ansehen müssen, wie sie ins Verderben geriet. Außerdem gingen ihr immer wieder Ruths mahnende Worte durch den Kopf, die sie ihr zum Abschied mitgegeben hatte.

»Wir Juden sind nicht die Einzigen, die in diesem Deutschland nicht mehr erwünscht sind. Denken Sie an Ella! Gehen Sie fort von hier, solange man Sie noch gehen lässt.«

Teil 4

Licht in der Dunkelheit

München und Tsogolo Malo
November 1938 bis Oktober 1939

30. Kapitel

Neuanfang am Nyassasee

Anfang November 1938 erreichte Henny Elliot nach einer strapaziösen, abenteuerlichen Reise mit ihrer elf Monate alten Tochter Ella die britische Kolonie am Nyassasee. Was sie sich nicht einmal in ihren kühnsten Träumen hatte vorstellen können, war nun Realität geworden.

Nachdem sie Ruth Silverstein in ihr ungewisses Schicksal entlassen hatte, konnte Henny sich ihrer eigenen Wirklichkeit auch nicht länger verschließen. Sie war zu dem Schluss gekommen, dass die Jüdin recht gehabt hatte: Für Menschen wie sie und Ella gab es immer weniger Akzeptanz in Deutschland. Das Leben war für Henny schon lange kein Zuckerschlecken mehr. Es waren nicht nur die Tatsache, dass sie mit einem unehelichen Kind, das noch dazu dunkelhäutig war, nirgendwo Arbeit fand, sondern auch die täglichen Anfeindungen, die ihr mehr und mehr zusetzten. Die teils mitleidigen, teils offen Abscheu bekundenden Blicke ihrer Mitbewohner oder Nachbarn, das Getuschel beim Einkaufen, das alles hätte sie vielleicht noch ertragen, aber als Frieda, die als Einzige weiterhin treu zu ihr stand, ihr eines Tages berichtete, dass sie Emil mit Monika Schultz händchenhaltend im Englischen Garten begegnet sei, stürzte sie das in so große Verzweiflung, dass sie sich nichts sehnlicher wünschte, als München für immer zu verlassen. Eine Rückkehr zu Agnes und Josef kam ebenfalls nicht in Frage, denn sie konnte ihnen nicht verzeihen. Obwohl Agnes ihr immer wieder Fresspakete schickte, die sie sehr gut gebrauchen konnte, wollte sie von den Pflegeeltern nie wieder abhängig sein.

Um ihre Miete bezahlen zu können, machte Henny sich in ihrer Not daran, einige Wertsachen zu verkaufen. Ihren wenigen Schmuck, darunter auch den Ehering, hatte sie bereits zum Pfandleiher gebracht. Schweren Herzens durchforstete sie ihre wenigen Habseligkeiten, die sie in einer Metallschatulle aufbewahrte. Außer einer Armbanduhr befanden sich darin hauptsächlich Andenken, wie zum Beispiel die Eintrittskarten für die Kunstausstellungen, die sie mit Emil und Frieda besucht hatte. Wie glücklich sie damals doch gewesen war!

Henny seufzte und nahm die Armbanduhr an sich. Sie wollte die Schatulle gerade wieder verschließen, als ihr der Briefumschlag in die Hände fiel, den ihr einst der liberianische Botschaftsangestellte übergeben hatte. Sie hatte nie wieder einen Gedanken daran verschwendet, sondern ihn einfach damals nach der hässlichen Auseinandersetzung mit Emil weggepackt und vergessen.

Nachdenklich hielt sie den Umschlag in den Händen und erinnerte sich plötzlich wieder an Masane Kuyatehs Worte.

»Machen Sie den Umschlag nur auf, wenn Sie in Not geraten«, hatte er ihr eingeprägt. Vermutlich befand sich tatsächlich ein Amulett darin, denn ihre Finger ertasteten etwas Hartes. »Etwas Schutz können wir im Augenblick wirklich gebrauchen«, murmelte sie in Richtung Ella, die friedlich neben ihr mit ihrer Rassel spielte. Sie öffnete den Umschlag, doch statt eines Amuletts fand sie darin etwas sehr viel Prosaischeres, nämlich einen kleinen Schlüssel sowie einen Zettel mit einer Bankanschrift und einer mehrstelligen Nummer. Auf einer beiliegenden Karte stand in schön geschwungenen Buchstaben: »Für meine wunderbare Heilerin! Möge Ihnen mein kleiner Gruß viel Segen bringen! Hochachtungsvoll Masane Kuyateh.«

Es bedurfte nicht viel Fantasie, um herauszufinden, dass der Schlüssel zu einem Bankfach gehörte. Als sie sich wenig später den Inhalt aushändigen ließ, bekam sie zu ihrer großen Überraschung einen weiteren Umschlag ausgehändigt, in dem sich über zweitausend englische Pfund und fünfhundert Reichsmark befanden. Ein schier unvorstellbar großes Vermögen, das sie mit einem Mal all ihrer finanziellen Sorgen enthob.

Der unerwartete Geldsegen bewirkte aber noch etwas anderes. Er machte Henny frei, endlich das zu tun, wovon sie schon lange träumte. Und ihre Träume waren wenige Tage zuvor noch sehnsuchtsvoller geworden. Sie hatte nämlich Post aus Nkhotakota bekommen. Der Brief war zwar nicht von Margret und Rüdiger Janson, wie sie erhofft hatte, sondern von einer gewissen Meggie Brown. Die Engländerin und ihr Mann John hatten mehrere Jahre zuvor den Kolonialwarenladen der Jansons übernommen und sie davon in Kenntnis gesetzt, dass die Vorbesitzer verstorben waren. Henny war enttäuscht, doch die Browns teilten ihr immerhin mit, dass Asale, die Freundin ihrer Mutter, immer noch als Lehrerin im Dorf arbeitete. Sie luden Henny herzlich ein, bei ihnen vorbeizusehen, falls sie mehr über ihre Eltern erfahren wollte.

Diese Einladung kam ihr nun wieder in den Sinn. Nkhotakota gehörte zu Nordrhodesien und war somit britisches Mandatsgebiet. Da sie immer noch ihren britischen Ausweis besaß, konnte niemand sie daran hindern, dorthin zu reisen. So verwegen ihr der Gedanke auch anfangs erschien, kam sie doch mehr und mehr zu der Überzeugung, dass es möglicherweise ihr Schicksal war, ebendort hinzureisen, um auf diese Weise wenigstens einmal ihren Eltern nah zu sein. Außerdem schien ihr der Gedanke unerträglich, in derselben Stadt leben zu müssen, wo Emil sich so schnell über sie hinweggetröstet hatte. Seine haltlosen Anschuldigungen und sein treuloses Verhalten quälten sie mehr, als sie es sich eingestehen wollte. Es wurde Zeit, Emil und ihrer Vergangenheit endgültig den Rücken zu kehren.

Nur um ihre Freundin Frieda tat es ihr leid, die eine Schicht nach der anderen abriss, um ja keinen Gedanken an ihren Verlust zuzulassen.

Es war ein tränenreicher Abschied von ihrer Weggefährtin gewesen, bei dem sie ihr nochmals geraten hatte, Gustav nicht die Schuld an dem traurigen Unglück zu geben.

»Er hat es nicht verdient, dass du ihn so vor den Kopf stößt. Gib eurer gemeinsamen Zukunft noch eine Chance.« Dann hatte sie ihr den Zettel zugesteckt, den Gustav ihr vor seiner Abreise für Notfälle hinterlassen hatte. »Melde dich bei ihm. Er wartet bestimmt darauf!« Frieda hatte sie nur traurig angesehen und den Kopf geschüttelt. Immerhin hatte sie den Zettel angenommen und in ihrer Handtasche verstaut. Mehr konnte Henny nicht für die beiden tun.

Anfang September brach sie alle ihre Zelte in Deutschland ab und nahm ein Flugzeug der deutschen Lufthansa nach London, um von dort eine Schiffspassage nach Britisch-Ostafrika zu buchen. Unterwegs büffelte sie eifrig englische Vokabeln. Dabei kam ihr zugute, dass Ruth Silverstein ihr bereits die Grundzüge der englischen Sprache beigebracht hatte.

Von Daressalam aus machte sie sich per Eisenbahn und Bus auf den Weg an den Nyassasee. Über Blantyre erreichte sie schließlich Nkhotakota, einen verschlafenen Ort mit einem belebten afrikanischen Markt, einer Kirche und mehreren einfachen Häusern, von denen eines Meggie und John Brown gehörte.

Das Ehepaar nahm Henny und Ella herzlich auf, obwohl sie nur wenig Platz für Gäste hatten, denn sie wohnten mit einer ganzen Kinderschar in einem Haus, das eigentlich nur für die kinderlosen Jansons gebaut worden war. Meggie war eine groß gewachsene, stämmige Irin mit einem herzlichen Lachen. Ihr Mann John hingegen war ebenso lang wie schmächtig und mit einem trockenen Humor gesegnet. Die fünf Kinder waren noch relativ jung und hingen ihrer Mutter ständig am Rockzipfel.

Meggie ertrug ihre Aufdringlichkeiten mit stoischer Gelassenheit und fand außerdem noch genügend Zeit, ihrem Mann im Laden zur Hand zu gehen.

»Du kannst erst einmal hier wohnen bleiben, bis du weißt, was du tun möchtest«, schlug sie Henny gleich am ersten Abend beim gemeinsamen Essen vor.

Innerhalb kürzester Zeit waren sie miteinander vertraut geworden und schon jetzt einander herzlich zugetan. Henny fühlte sich willkommen in dem turbulenten Haushalt, obwohl die Browns doch eigentlich Fremde waren. Von John, der übrigens Waliser war, erfuhr sie, dass sie den Laden der Jansons schon vor über zehn Jahren übernommen hatten.

»Rüdiger Janson war damals schon sehr krank und konnte den Laden nicht länger führen. Sie verkauften ihn uns zu einem guten Preis und zogen nach Blantyre. Kurz darauf starb der gute Mann, aber seine Frau kam bis zu ihrem Tod vor fünf

Jahren jedes Jahr für ein paar Tage nach Nkhotakota, um uns zu besuchen.« John lächelte und fuhr sich verlegen über seinen langen Hals, der etwas an einen Truthahn erinnerte.

»Nun erzähl doch auch den Rest«, drängte ihn Meggie, die gerade damit beschäftigt war, zwei ihrer Kinder, die sich gestritten hatten, auseinanderzubringen. Henny hatte Ella auf dem Schoß, die die ungewohnt lebhafte Szenerie mit aufmerksamen Blicken verfolgte, ohne das Bedürfnis zu haben, direkt daran teilzuhaben.

John zierte sich. »Du kannst das viel besser, Meg. Erzähl du doch.«

Meggie drückte ihrem Mann kurzerhand ihr Jüngstes auf den Arm und nahm das quengelnde dreijährige Mädchen auf ihren Schoß, um es wie selbstverständlich an die Brust zu legen. Henny bewunderte die Gelassenheit, mit der die Frau all ihre häuslichen Probleme meisterte.

»Margret hat uns auch immer wieder von deinen Eltern erzählt«, rückte sie endlich heraus. »Sie und Rüdiger waren wohl gute Freunde von ihnen. Vor allem deine Mutter hatten sie ins Herz geschlossen. Dein Vater muss hingegen ein schwieriger Mensch gewesen sein. Angeblich war er ein strenggläubiger Missionar, der immer wieder in tiefe Glaubenskrisen geriet. Das machte ihn manchmal unberechenbar …«

»Dann soff er wie ein Loch«, konstatierte John, was ihm sofort einen Tadel von Meggie einbrachte.

»Du hast auch schon öfter einen über den Durst getrunken!« Sie bedachte ihren Mann mit einem strengen Blick, bevor sie sich wieder Henny zuwandte. »Auf der anderen Seite war Thomas Elliot ein herzensguter Mann und vorbildlicher Vater. Es gab nie einen Skandal, bis zu jenem schrecklichen Unglück.«

»Ich habe in den Unterlagen meiner Mutter einen Zeitungsartikel gefunden, in dem steht, dass damals vermutet wurde, dass Einheimische mit der Ermordung meines Vaters zu tun hatten«, hakte Henny sofort nach.

»Das ist nie bewiesen worden«, meinte John. »Es war wohl bekannt, dass dein Vater und der damalige Häuptling Thokozani einander in tiefer Abneigung begegneten, aber ob ihre Feindseligkeiten so weit gingen, dass es zu einem Mord kam, das weiß nur der Herr im Himmel.«

»Auf jeden Fall ist deine Mutter wohl nicht über seinen Tod hinweggekommen und hat sich das Leben genommen«, schloss Meggie alle Mutmaßungen ab. »Die Jansons haben es immer bedauert, auch dass sie sich nicht richtig um dich kümmern konnten. Margret fand es immer schade, dass deine Pflegemutter nie auf ihre Briefe geantwortet hat.«

Henny spürte einen bitteren Kloß im Hals. Agnes und Josef hatten also noch mehr Geheimnisse vor ihr verborgen. Dann kam ihr Asale, die Freundin ihrer Mutter, in den Sinn. Sie fragte nach ihr und erfuhr, dass sie immer noch in der Dorfschule den jüngsten Kindern Lesen und Schreiben beibrachte. Henny nahm sich fest vor, die Chewa in den nächsten Tagen zu besuchen.

Sie wechselten das Thema und kamen auf die politischen Verhältnisse in Deutschland zu sprechen. Sie sprachen über den Anschluss Österreichs an das Deutsche Reich im März diesen Jahres und Hitlers aggressive Expansionspolitik in Richtung Osten.

»Noch vor zwei Monaten haben sich England und Frankreich auf einen neuen Krieg eingestellt«, berichtete John, der regelmäßig Zeitung las, »ich verstehe bis heute nicht, weshalb sich die Herren Daladier und Chamberlain von Hitler und Mussolini auf dieser Münchner Konferenz so haben über den Tisch ziehen lassen. Wie konnten sie zulassen, dass Hitler sich das Sudetengebiet unter den Nagel reißt? Das öffnet ihm Tür und Tor, um mit Willkür zu herrschen.« John machte sich offensichtlich große Sorgen um die politische Situation. »Bestimmt kommt als Nächstes Polen dran und danach der Westen«, prophezeite er düster. Meggie war wesentlich zuversichtlicher. »So schlimm wird es schon nicht kommen. Und nun lass uns lieber über etwas Erbaulicheres reden.« Sie wandte sich wieder an Henny. »Hast du vor, länger in Afrika zu bleiben?«

Im Grunde genommen tat Henny seit ihrer Abreise aus Deutschland nichts anderes, als sich über ihre und Ellas Zukunft Gedanken zu machen. Dass sie nicht zurück nach Deutschland konnte, lag schließlich auf der Hand. »Wenn ich mich hier umgeschaut habe, werde ich wohl zurück nach Blantyre oder Daressalam gehen«, teilte sie ihren neuen Freunden mit. »Ich werde versuchen, mich in einem der dortigen Krankenhäuser zu bewerben. Angeblich suchen sie ständig nach Fachkräften.«

Meggie ließ ein begeistertes Lachen hören. »Du bist Krankenschwester? Aber das ist ja fantastisch. Andrew sucht händeringend nach Unterstützung.«

»Andrew Mortimer ist der Arzt unserer kleinen Buschklinik in Nkhotakota«, erklärte John, als er Hennys verständnislosen Blick bemerkte. »Er ist Schotte, wenn auch ein ganz passabler, und hat die Klinik vor einigen Jahren mit Hilfe der schottischen Missionare aufgebaut. Ohne ihn hätte es die Krankenversorgung hier nicht gegeben. Du kannst bestimmt jederzeit bei ihm anfangen.«

Henny ging das alles zu schnell. Sie fühlte sich von dem unverhofften Angebot nun doch etwas überfahren. Sie war gerade hier angekommen und sah sich kaum in der Lage, solch weitreichende Entscheidungen aus dem Stegreif zu entscheiden. Aber Meggie ließ nicht locker und bestand darauf, dass sie gleich am nächsten Tag mit John einen Besuch in der Klinik unternehmen sollte. Sie lockte Henny, indem sie ihr versprach, bei dieser Gelegenheit auch gleich bei Asale vorbeizusehen. Also blieb ihr gar nichts anderes übrig, als auf den Vorschlag ihrer neuen Freundin einzugehen. Doch Ella begann in der Nacht zu fiebern und einen großflächigen Ausschlag zu entwickeln, der Henny große Sorgen bereitete. Statt eines Antrittsbesuchs suchte sie nun die Sprechstunde des Arztes auf.

John brachte Henny und ihre Tochter in seinem Lieferwagen zu der Klinik. Sie lag etwas außerhalb des Ortes auf einem kleinen bewaldeten Hügel, über den ein frischer Wind strich. Die Buschklinik war im Grunde genommen nicht viel mehr als eine L-förmige Holzbaracke mit einem unterlüfteten Wellblechdach. Daneben standen ein paar einfache, rechteckige Lehmhütten, in denen die Angestellten der Klinik lebten. Auch Doktor Mortimer bewohnte eine dieser Lehmhütten. Allerdings war sie etwas geräumiger als die anderen und hatte eine kleine angebaute Veranda, auf der zwei gemütliche Lehnstühle standen. Die Patienten und ihre Angehörigen warteten unter dem ausladenden Vordach und wurden nacheinander von einer Krankenschwester in sein Konsultationszimmer gebeten. Das war nicht viel mehr als ein einfacher Raum, in dem ein Medikamentenschrank, ein Rollbett sowie ein Schreibtisch und zwei Stühle standen. Außerdem verfügte das Krankenhaus über zwei getrennte Krankensäle, in denen die männlichen und weiblichen Patienten stationär untergebracht wurden, einen Raum mit weiteren Medikamenten und einen Operationsbereich.

Trotz aller Einfachheit bestach die Klinik durch Sauberkeit und gute Organisation. Noch bevor Henny Doktor Mortimer vorgestellt wurde, war sie sicher, dass sie hier mit ihrer Tochter in guten Händen war. Sie setzte sich geduldig zu den anderen Patienten unter das Vordach und wartete, bis sie an der Reihe war. Es überraschte sie, dass die Eingeborenen selten alleine in die Klinik kamen, sondern meist von einem oder mehreren Angehörigen begleitet wurden.

John, der ebenfalls treu an ihrer Seite blieb, erklärte ihr, dass die Familienbande bei den Eingeborenen sehr groß seien. »Sie glauben, dass nur die Gemeinschaft die bösen Geister der Krankheit vertreiben kann.«

»Sie glauben an Geister?«, wunderte sich Henny, »aber ich dachte, dass in Nkhotakota die meisten Menschen christianisiert sind.«

John grinste. »Sind sie auch, aber das bedeutet noch lange nicht, dass ihr alter Glaube nicht mehr Bestand hat.«

Im nächsten Augenblick tauchte die Krankenschwester auf und entdeckte Henny mit ihrer Tochter. Obwohl sie noch längst nicht an der Reihe war, wurde sie sofort aufgerufen.

Henny zögerte, denn sie wollte sich nicht vordrängen, doch John machte ihr klar, dass das schon in Ordnung war.

»Die Leute hier sind es so gewohnt«, erklärte er ihr ungeduldig, als sie sich weiterhin zierte. Er begleitete sie zur Tür des Behandlungsraums. »Geht ruhig rein. Ich warte so lange hier!«

Doktor Mortimer saß hinter seinem Schreibtisch, als sie mit Ella auf dem Arm eintrat. Er war damit beschäftigt, irgendeine Tabelle auszufüllen, und machte ihr, ohne aufzusehen, klar, dass sie sich setzen solle. Henny nahm auf dem einzigen

Stuhl vor dem Schreibtisch Platz und wartete geduldig, bis der Arzt Zeit für sie fand. Als er endlich aufsah und gewahr wurde, dass sie keine seiner gewöhnlichen Patienten war, erhob er sich sofort von seinem Stuhl und trat etwas ungelenk hinter seinem Schreibtisch hervor.

Andrew Mortimer war erstaunlich groß gewachsen, vierschrötig von Statur, so beeindruckend wie ein Bär in der nordischen Wildnis, schoss es Henny durch den Kopf. Dichte, dunkle Zottelhaare, die dringend eines ordentlichen Haarschnittes bedurft hätten, umrahmten sein Gesicht ebenso wie ein dichter schwarzer Vollbart, durch den sich einige Silberfäden zogen. Am auffälligsten waren jedoch seine strahlenden blauen Augen, die in dem Urwald seines Gesichts wie eine erfrischende Quelle wirkten.

»Bitte verzeihen Sie meine Unhöflichkeit, aber ich musste die Tabelle für meine Forschungen komplettieren«, brummte er und reichte ihr die Hand. Sein Händedruck war warm und erstaunlich behutsam. Dann stellten sie sich einander vor. Dabei warf er einen kundigen Blick auf die kleine Ella. »Legen Sie die Kleine dort auf dem Behandlungstisch ab«, bedeutete er Henny kurzerhand und begann sofort, sich mit Ella zu beschäftigen. So ungelenk der erste Eindruck gewesen sein mochte, so sicher und selbstverständlich ging er mit ihrer Tochter um. Obwohl Ella im Augenblick vor Fremden eher Scheu zeigte, ließ sie es ohne Weiteres zu, dass Doktor Mortimer sie untersuchte.

»Hat Ihre Tochter mit irgendwelchen Pflanzen Kontakt gehabt?«, erkundigte er sich schließlich.

»Sie ist gestern mit den Brown-Kindern im Garten gewesen«, überlegte Henny, »sie krabbelte auf der Veranda zwischen Meggies Blumentöpfen herum.«

»Ach, Sie sind eine Freundin der Browns?«, erkundigte sich Doktor Mortimer. »John und ich gehen öfter gemeinsam zum Angeln.« Er besah sich dabei Ellas Ausschlag und nickte schließlich fachkundig. »Ihre Tochter hat wahrscheinlich auf eine der Pflanzen allergisch reagiert.«

»Aber ich habe aufgepasst, dass sie nichts in den Mund nimmt«, widersprach Henny besorgt.

Mortimer beruhigte sie sofort. »Keine Sorge, ihr Ausschlag und das Fieber deuten auf eine harmlose Kontaktallergie hin. Zum Glück weiß ich, welche Pflanzen Meggie auf ihrer Veranda stehen hat. Keine von ihnen ist wirklich gefährlich. Ich gebe Ihnen ein Medikament mit, damit müsste sich die Kleine schnell wieder erholen.« Er ging zu seinem Medikamentenschrank und holte ein braunes Fläschchen heraus. »Geben Sie ihr davon dreimal täglich drei Tropfen unverdünnt auf einem Löffel. Wenn es Ella bis morgen nicht besser geht, kommen Sie einfach wieder.« Er lächelte ihr aufmunternd zu. »Haben Sie vor, länger in Nkhotakota zu bleiben?«

Henny gefiel Doktor Mortimers unkomplizierte, direkte Art. Sie hatte auf Anhieb Vertrauen zu ihm gefasst, als Arzt und auch als Mensch. »Wir sind erst vor wenigen Tagen in Afrika angekommen und erst seit gestern in Nkhotakota«, verriet sie ihm. »Ich wollte mir die ehemalige Missionsstation ansehen.«

Mortimer rümpfte die Nase. »Tsogolo Malo, *der* Ort des Schicksals?«

»Sie kennen ihn?«

»Jeder hier kennt den düsteren Ort und seine schaurige Geschichte. Er ist für viele hier tabu.« Sein Blick wirkte schon fast besorgt. »Bitte entschuldigen Sie, das ist jetzt vielleicht indiskret, aber darf ich fragen, weshalb Sie daran solch ein Interesse zeigen?«

»Meine Eltern waren vor vielen Jahren als Missionare hier. Und hier sind sie, als ich noch sehr klein war, ums Leben gekommen«, gestand Henny und begann nach weiterer Ermunterung ausführlicher über ihr Schicksal zu berichten. Dabei erzählte sie Doktor Mortimer nicht nur, was sie über ihre Eltern erfahren hatte, sondern auch von ihrer unglücklichen Ehe und ihrem Beruf als Krankenschwester. »Nun bin ich hier, um vielleicht etwas mehr über die damaligen Umstände herauszufinden«, schloss sie.

Andrew Mortimer hatte ihr mit wachsender Aufmerksamkeit zugehört. Die meiste Zeit hatte er nur zustimmend genickt, doch als sie auf Asale zu sprechen kam, hakte er ein.

»Ich kenne Asale gut«, teilte er ihr mit. »Sie ist eine bemerkenswerte Frau. Ihr ist es zu verdanken, dass erstaunlich viele Kinder hier lesen und schreiben gelernt haben. Wir arbeiten viel zusammen.«

»Können Sie mich mit ihr bekannt machen?«, fragte Henny rundheraus. »Ich habe so viele Fragen an sie.«

»Ich könnte Sie morgen früh abholen und mit Ihnen in Asales Dorf fahren. Ich habe ohnehin dort zu tun. Asale gibt freitags keinen Unterricht und hat sicherlich nichts gegen einen Besuch einzuwenden. Sagen wir um acht Uhr?«

Henny war überwältigt von Doktor Mortimers Hilfsbereitschaft. Seine unkomplizierte Art machte es ihr leicht, auf seinen Vorschlag einzugehen. Also sagte sie unter Vorbehalt zu, in der Hoffnung, dass es ihrer Tochter am nächsten Tag einigermaßen gut ging.

Am nächsten Morgen machten sie sich tatsächlich auf den Weg in das Mudzu der Chewa. Meggie Brown hatte sich angeboten, auf Ella aufzupassen. »Auf eine mehr oder weniger kommt es jetzt auch nicht mehr an«, meinte sie gutmütig. »Außerdem sind Ella und meine Isabel schon die besten Freundinnen.« Henny nahm ihr Angebot dankbar an und genoss die Ausfahrt über Land. Auf einer holprigen, rotsandigen Piste, die sich in Windungen durch lichte Wälder zog, fuhren sie ein Stück südwärts. Links von ihnen schimmerte der tiefblaue Nyassasee. Obwohl kein Wölkchen am Himmel war, war seine Wasseroberfläche von weißen Schaumkronen bedeckt.

»Die Winde und Strömungen des Sees sind heimtückisch und unberechenbar«, erklärte ihr Andrew während der Fahrt. Sie waren übereingekommen, sich beim Vornamen zu nennen, wie es hier üblich war. »Selbst erfahrene Fischer kommen nicht immer heil von ihren Ausfahrten zurück.«

Sie fuhren über einen sanften Anstieg einen Hügel hinauf, von dem man einen wunderbaren Blick über den See und das umliegende Land hatte.

Andrew hielt den Wagen an. »Das müssen Sie sich ansehen«, meinte er und half ihr beim Aussteigen. »Wer diesen Blick einmal erlebt hat, wird ihn nie wieder vergessen.«

Unter ihnen lag der riesige See, dessen aufgebrachte Wellen nun wie funkelndes Silber aussahen. Weit in der Ferne konnte man wohl das andere Ufer erahnen, aber es hätte genauso gut eine Täuschung sein können. Unter ihnen lag das Dorf der Chewa. Es war eine Ansammlung von vielleicht dreißig aus Lehm erbauten Rundhütten, die sich inmitten eines Hains von Jacaranda- und Mangobäumen befanden. Der Anblick des Dorfes mit seinen fliederfarben blühenden Jacarandas war ein Fest für die Augen und ließ die mit weißen und braunen Ornamenten bemalten Hütten märchenhaft schön erscheinen. Außerhalb des Dorfes befanden sich die Felder der Chewa, auf denen Mais, Gemüse und Cassava angebaut wurden. Von ihrem Ausblick aus sahen sie auch die Frauen, die die Felder bewirtschafteten, während die Männer sich um den Fischfang bemühten. Die Kinder hatten die Aufgabe, das Vieh zu hüten und auf dem auf Stelzen erbauten Wachturm darauf achtzugeben, dass sich keine unerwünschte Elefantenherde oder Paviane dem Dorf näherten.

»Die Wildtiere werden mit großen Trommeln erschreckt und in die Flucht geschlagen«, erzählte Andrew. »Doch wenn die Mangozeit kommt, hält selbst das die Elefanten nicht mehr ab. Sie sind verrückt nach den Früchten. Dann müssen die Chewa versuchen, ihnen mit Feuer Angst zu machen. Die Männer zünden Fackeln an und versuchen, die Riesen zu vertreiben.«

»Es ist wunderschön hier«, meinte Henny von Ehrfurcht ergriffen. Sie hatte das Gefühl, diesen Ort zu kennen, und dann entdeckte sie den mächtigen Affenbrotbaum, der auch in den Schilderungen ihrer Mutter eine Rolle gespielt hatte. Alles war so nah, als hätte sie es selbst erlebt. Ihr schwindelte, und sie musste sich an Andrew festhalten, der sie sofort in den nächsten Schatten bugsierte.

»Ich hätte wissen müssen, dass Sie mit der Hitze noch nicht so vertraut sind«, entschuldigte er sich, während er sie zurück zum Auto geleitete.

Henny antwortete nicht. Wie sollte sie ihm auch erklären, dass nicht die Hitze an ihrer plötzlichen Schwäche schuld war. Wenig später hatten sie das Dorf erreicht. Kaum hatten sie das Automobil abgestellt, wurden sie auch schon von gut einem Dutzend Kindern umringt, die Andrew mit fröhlichem Lachen begrüßten. Er nahm die kleineren von ihnen der Reihe nach auf den Arm und warf sie kurz in die Luft, bis sie vor Vergnügen quietschten. Den älteren strich er über den Kopf oder redete mit ihnen. Es war offenkundig, dass der Arzt sehr beliebt war.

»Kommen Sie, ich bringe Sie zu Asale, Henny. Sie wohnt gleich hinter dem großen Mangobaum.«

Sie gingen quer durch das Dorf an der zentralen Häuptlingshütte vorbei zu der Nachbarhütte. Andrew erklärte ihr, dass Asale die Schwester des Häuptlings Kwabisi war und allein deshalb schon hohes Ansehen im Dorf genoss. »Sie ist Kwabisis Sprachrohr, wenn er einmal wieder unter seiner Schwermut leidet. Ihre ausgleichende Art wird von jedem geachtet.«

Asale war gerade dabei, ihre Hühner mit den Essensresten vom Vortag zu füttern. Obwohl sie schon eine alte Frau mit grauen Haaren war, hatte sie immer noch die Haltung einer wesentlich Jüngeren. Mit natürlicher Anmut verteilte sie in gleichmäßigen Bewegungen das Futter an die Tiere. Henny musste neidlos ihre immer noch vorhandene Schönheit anerkennen. *Das war Mutters beste Freundin*, schoss es ihr durch den Kopf, während Andrew die Frau ansprach. Die legte sofort ihre Schale beiseite und kam auf sie zu. Als sie Henny sah, blieb sie für einen kurzen Augenblick stehen und stutzte.

»Ich möchte dir jemanden vorstellen, Asale, eine Frau, deren Mutter du einmal gut gekannt hast«, begann Andrew die Unterhaltung. »Das ist Henny Elliot, die Tochter von Thomas und Luise.«

Ob sie eine Ähnlichkeit zwischen mir und meinen Eltern entdeckt?, fragte sich Henny, als Asale sie mit unverhohlener Neugier musterte. Doch ihre Miene zeigte keinerlei Regung. Auf der dunklen Haut waren kaum Falten zu sehen. Ihre Züge sahen aus, als wären sie in Stein gemeißelt, so ebenmäßig und fein waren sie, nur der Mund war voll und üppig wie bei vielen Eingeborenen. Sie nickte Henny endlich wohlwollend zu.

»Du hast einiges von deiner Mutter«, sagte sie endlich mit klarer, kehliger Stimme. Ihr Englisch war ohne Akzent. Ihr Blick blieb weiterhin neugierig an Henny haften, während diese sich ein Herz fasste, sie endlich anzusprechen.

»Ich habe meine Mutter nie richtig kennengelernt, aber sie hat Tagebuch geschrieben. Darin finden sich auch viele Einträge über Sie.«

Asale legte befremdet ihre Stirn in Falten. »Ich war erst ihr Hausmädchen, und später haben wir gemeinsam unterrichtet. Was gibt es sonst noch zu berichten?«

»Ich bin mir sicher, dass Luise Sie sehr gern gehabt hat«, fuhr Henny unbeirrt fort. »Können Sie mir mehr über sie erzählen?«

Asale zögerte, so als müsse sie erst noch darüber nachdenken. Doch dann nickte sie und bat Henny, ihr zu folgen. Andrew verabschiedete sich von den beiden Frauen, um nach seinen Patienten zu sehen. Asale führte Henny unter den großen Mangobaum, unter dem eine kleine Bank stand, und setzte sich.

»Luise hatte ein großes Herz«, begann sie mit ihrer melodiösen, etwas traurig klingenden Stimme. »Alle hier haben sie Amayi genannt …«

Asale sprach langsam und machte immer wieder längere Pausen zwischen ihren Erzählungen, in denen Henny Fragen stellen konnte. Stück für Stück fügten sich neue Aspekte zu dem Leben ihrer Mutter dazu und machten sie für Henny lebendiger. Allerdings konzentrierten sich Asales Erzählungen hauptsächlich auf Luises und ihre Arbeit in der Schule und die große Freude, als sie nach so vielen kinderlosen Jahren endlich schwanger geworden war. »Du warst das Glück deiner Eltern«, wiederholte sie mehrere Male. »Ich habe deiner Mutter bei deiner Geburt zur Seite gestanden.«

Henny fiel auf, dass Asale alles, was mit dem Tod ihrer Eltern zu tun gehabt hatte, von ihren Erzählungen ausnahm. Sie hätte gerne mehr über das Verhältnis ihrer Eltern zueinander erfahren. Hatte es sich nach ihrer Geburt verbessert? Warum hörte das Tagebuch ihrer Mutter so abrupt auf? Jedes Mal, wenn sie vorsichtig mit ihren Fragen darauf zusteuerte, wich die Chewa dem Thema geschickt aus.

»Niemand weiß, was damals geschehen ist. Du kannst das Schicksal nicht ändern.«

Die Zeit verging viel zu schnell. Es gab noch so vieles, was Henny die ältere Frau fragen wollte, als Andrew erschien, um sie wieder mit zurück nach Nkhotakota zu nehmen.

»Darf ich dich noch einmal besuchen?«, fragte sie Asale zum Abschied. Die Chewa schüttelte energisch den Kopf.

»Es ist besser, wenn wir uns in Nkhotakota sehen«, beschied sie sie freundlich, aber bestimmt. »Hier im Mudzu sind Fremde nicht gerne gesehen.«

Auf der Heimfahrt erfuhr sie von Andrew, dass der Häuptling ein gespaltenes Verhältnis zu den Weißen habe. »Es gibt nur wenige Weiße, die Kwabisi duldet. Ich gehöre zum Glück auch dazu, wahrscheinlich nur, weil ich seinen Leuten helfen kann.«

»Gibt es dafür einen Grund? Kwabisi hat schließlich in Schottland studiert. Nach den Aufzeichnungen meiner Mutter war er einmal sehr fortschrittlich eingestellt.«

»Das hat sich im Laufe der Jahre grundlegend geändert«, meinte Andrew schulterzuckend. »Der Mann ist ein anerkannter Rechtsanwalt, der sich ausschließlich für das Recht seines Volkes stark macht. Er kämpft für die Unabhängigkeit seines Landes und mag die Weißen nicht.«

Henny gab sich damit zufrieden. Was machte es schon aus? Die Hauptsache war, dass sie Asale auch künftig sehen konnte.

Asale sah dem davonfahrenden Automobil aufgewühlt hinterher. Die Vergangenheit hatte sie so unversehens eingeholt, dass sie sich kaum hatte dagegen wappnen können. Dabei hatte sie sich geschworen, die Geister der Vergangenheit nie wieder zu beschwören. Luises Tochter besaß dieselbe Hartnäckigkeit wie ihre Mutter. Sie würde keine Ruhe geben, bevor sie nicht die Wahrheit über deren Tod erfuhr. Asale würde es verhindern. Das war sie ihrer unglücklichen Freundin schuldig. Sie musste sich eine passende Geschichte ausdenken, mit der Luises Tochter leben konnte. Mit schweren Schritten machte sie sich auf, in der Hütte ihres Bruders nach dem Rechten zu sehen.

Einige Tage später tauchte sie im Kolonialwarenladen der Browns auf und erkundigte sich nach Henny.

»Sie ist mit ihrer kleinen Tochter unten am Strand«, gab ihr John bereitwillig Auskunft. »Sie freut sich bestimmt, dich zu sehen!«

Asale nickte und machte sich sofort auf den Weg. Sie war erstaunt zu hören, dass Luises Tochter ebenfalls ein Kind hatte, und fragte sich, wo der Mann dazu war. Sie hoffte nur, dass sie nicht ebenso unglücklich geworden war wie ihre Mutter. Während sie den lichten Uferwald durchschritt, der Nkhotakota vom Strand trennte, legte sie sich nochmals ihre Geschichte zurecht. Sie war sich sicher, dass sie Henriette damit ein für alle Mal zufriedenstellen konnte. Asale verabscheute normalerweise Lügen, doch in diesem Fall würde sie damit nur Gutes bewirken.

Henny planschte mit ihrer Tochter am Wassersaum. Sie hatte Ella ganz ausgezogen und ließ die Kleine zwischen ihren Beinen nackt durchs Wasser tapsen, wobei sie sie an ihren Händchen hielt. Ella quietschte vor Vergnügen und hatte ihre helle Freude. Hennys Blick glitt zufällig über den Strand, als sie Asale entdeckte. Sie freute sich, die ältere Frau zu sehen, und winkte ihr freundlich zu.

Die Chewa erwiderte ihr Lächeln und kam weiter auf sie zu. Als sie sich bis auf wenige Schritte genähert hatte, stutzte sie unversehens. Wie angewurzelt blieb sie stehen und starrte erst sie und dann ihre kleine Tochter an. Ein spitzer Schrei entwand sich ihrer Kehle, dann drehte sie auf dem Absatz um und rannte wie in Panik davon.

31. Kapitel

Nacht der Scherben

Mit dem November zog auch der Winter in München ein. Doch es war nicht nur das kalte und neblige Wetter, was Emil zusetzte, es waren vor allem seine Lebensumstände. Seit er mit Monika Schultz verlobt war, fühlte er sich wie ein Tanzbär, den man an seinem Nasenring durch die Manege führt. Die Bewunderung, die er Heinrich Schultz beinahe sein ganzes Leben lang entgegengebracht hatte, war mit einem Mal bitterer Erkenntnis gewichen. Es war nicht die Liebe eines Vaters zu seinem Sohn, was Heinrich für ihn empfand, sondern das befriedigende Gefühl eines Machtmenschen, jemanden zu haben, der ohne Kritik zu ihm aufblickte und den er nach Belieben anleiten und lenken konnte. Warum hatte er das nur nicht früher erkannt?

Richtig bewusst war es ihm erst seit der Verlobung mit Monika geworden. Sie war aus demselben Holz geschnitzt wie ihr Vater und versuchte ebenfalls, ihn zu manipulieren. Seine Freizeit wurde komplett von ihr verplant, sodass ihm kaum Zeit blieb, sich einmal in Ruhe Gedanken über irgendetwas zu machen. Vielleicht spürte Monika, dass sein Herz noch nicht reif für eine neue Liebe war, und umgarnte ihn deswegen umso mehr. Ihr Vater unterstützte sie in jeder erdenklichen Form, ja ihm erschien es sogar so, dass er sie ermunterte, ihn mit allen Mitteln an sich zu binden. Neulich hatte sie ihn sogar in Unterwäsche empfangen, als er sie eigentlich zum Essen abholen wollte – ihre Eltern waren außer Haus –, wohl in der Annahme, dass er sie auf der Stelle verführen würde. Sie machte dabei erst gar nicht den Versuch, sich ihm gegenüber schicklich zu benehmen, sondern bot sich ihm auf geradezu schamlose Weise an. Nur mit viel Feingefühl war es ihm gelungen, ihre plumpen Annäherungsversuche abzuwehren. Doch er wusste, dass es nur noch eine Frage der Zeit war, bis er nachgeben musste.

Dabei war Monika weder unattraktiv noch langweilig. Sie war kulturell interessiert, belesen und wusste sich zu benehmen. Leider fehlte ihr genau das, was ihm so wichtig erschien: eine gesunde Portion Humor und eine eigene, etwas kritischere Weltsicht mit weniger Fanatismus. Monika war wie ihr Vater eine überzeugte Nationalsozialistin und glühende Verehrerin von Adolf Hitler. Alles, was die Partei oder der Führer sagte, war für sie Gesetz und höchste Pflicht, ohne es zu hinterfragen. Emil, der ja selbst der SS angehörte und Parteimitglied war, fehlte dagegen die tiefe Überzeugung, auch wenn er sich niemals einem Befehl widersetzt hätte. Insgeheim hegte er Zweifel an gewissen Entscheidungen. Ihm fehlte die bedingungslose Hörigkeit, die Heinrich und Monika so auszeichnete, auf ihn aber von Tag zu Tag befremdlicher wirkte.

Wehmütig erinnerte er sich an die Zeiten, in denen er mit Henny über die Ausstellung im Haus der Kunst gelästert hatte. Was waren das für vergnügliche Stunden gewesen. Mit Monika wäre dies ein Ding der Unmöglichkeit. Sie nahm alles viel zu ernst. Sie wäre niemals auf die Idee gekommen, etwas Verrücktes zu tun, nicht einmal ein Ausflug auf seinem Motorrad war für sie vorstellbar. Überhaupt redete sie ihm in alle Angelegenheiten hinein. Das Einzige, woran ihr lag, war, aus ihm einen anerkannten Mann der oberen Gesellschaft zu machen. Ihr Vater hatte bereits die beruflichen Weichen gestellt, sie übernahm die gesellschaftlichen. Noch vor gar nicht langer Zeit wäre dies auch sein höchstes Ziel gewesen. Doch nun fehlte ihm mit einem Mal jeglicher Antrieb. Selbst seine Arbeit bei der Feuerwache interessierte ihn nicht mehr so, wie sie es früher getan hatte. Manchmal hatte er das Gefühl, in seinem Büro zu versauern.

Auf Heinrichs Veranlassung hin hatte er sich zur Verfügungstruppe gemeldet. Dazu hatte er eine mehrwöchige Schulung in der SS-Junkerschule in Bad Tölz absolviert, die ihn zu einem überzeugten Nationalsozialisten hätte machen sollen. Er hatte alles brav über sich ergehen lassen und die Abschlussprüfung, wie erwartet, mit Bravour bestanden. Nun stand sein erster Außeneinsatz bevor. Seine Aufgabe bestand darin, während der anstehenden politischen Großveranstaltung mit seiner Schar präsent zu sein und wenn nötig einzugreifen. Wie jedes Jahr stand auch im November 1938 der Marsch auf die Feldherrenhalle an – im Andenken an den missglückten Novemberputsch von 1923 und deren Opfer. Diese Veranstaltung war eine Demonstration der Macht. Noch im letzten Jahr hatte Emil sich voller Begeisterung den Massen angeschlossen und ein Gemeinschaftsgefühl erlebt, dessen Erhabenheit ihn noch lange erfüllt hatte. Doch dieses Jahr wollte sich dieses Gefühl nicht so recht einstellen. Es mochte damit zusammenhängen, dass er nicht mehr in Reih und Glied mit den Parteibrüdern marschierte, sondern mit seinem Verfügungstrupp in Habachtstellung bleiben musste, falls es irgendwelche Unruhen gab.

Ausgerechnet dieses Jahr lag spürbar Krawall in der Luft, denn es kursierten Gerüchte, dass das Weltjudentum dabei war, eine große Verschwörung anzuzetteln. Ein siebzehnjähriger Jude namens Herzel Grynszpan hatte in Paris ein Attentat auf den Legionsrat der deutschen Botschaft, Ernst vom Rath, verübt und ihn schwer verletzt. Als am Abend des 9. November bekannt wurde, dass vom Rath in Paris seinen Verletzungen erlegen war, nutzte Propagandaminister Joseph Goebbels nach einem Gespräch mit dem ebenfalls in München anwesenden Führer die Gelegenheit, seine Parteigenossen darüber zu informieren. Er stellte klar, dass die Partei Aktionen gegen die Juden zwar nicht organisieren, aber auch nicht verhindern werde, wenn sie spontan erfolgten. Er redete unverhohlen von Vergeltung und Rache und vermittelte so den anwesenden Parteiführern den Eindruck, dass die Partei nicht nach außen als Urheber von Übergriffen in Erscheinung treten dürfe, sie aber zu Aktionen aufgerufen seien.

Emils Vorgesetzter, Oberscharführer Gruber, teilte seiner Truppe mit, dass die Parteiführer per Telefon an die Gaupropagandaämter und von diesen weiter zu den Kreis- und Ortsgruppenleitungen beziehungsweise zu den SA-Stäben im ganzen Reich Order gegeben hätten, den Juden eine angemessene Lektion zu erteilen. Wenig später rückte auch Emil mit seiner Truppe aus, mit dem offiziellen Auftrag, mögliche Panik zu verhindern. Als Emils Trupp in der Herzog-Rudolf-Straße ankam, stand die alte Synagoge in Flammen. Die Feuerwehr war bereits angerückt, doch statt des erwarteten Auftrags, die Flammen einzudämmen und Reste des Gemäuers zu erhalten, bekam Emil die Order, den Feuerwehrmännern klarzumachen, dass sie allenfalls den Übergriff auf arische Nachbarhäuser zu verhindern hätten.

»Aber das ist purer Wahnsinn«, wandte er sich entsetzt an seinen Oberscharführer. »Es könnten noch Menschen in der Synagoge sein. Außerdem werden wir so kaum verhindern, dass die Nachbarhäuser in Mitleidenschaft gezogen werden.«

»Halten Sie sich gefälligst an Ihre Anweisungen, Thorbecke«, schnauzte ihn Gruber an. Er war ansonsten ein umgänglicher Mann. »Das ist ein Befehl von ganz oben. Haben Sie verstanden?«

Emil musste einsehen, dass er nichts ausrichten konnte, und gab klein bei. Doch es tat ihm in der Seele weh, mit ansehen zu müssen, wie das Gotteshaus ein Raub der Flammen wurde. Er begriff sehr schnell, dass es nur ein Vorwand gewesen war, die Verfügungstrupps für Ordnung sorgen zu lassen. In Wirklichkeit ging es darum, gerade dies zu verhindern. Schon bald ging die inoffizielle Order an sie, jüdische Geschäfte und Wohnhäuser in der Nachbarschaft zu plündern oder zu schädigen.

Fast alle seiner acht Gefolgsleute waren von ihrer Aufgabe durchaus angetan.

»Juden raus aus dem Reich!«, brüllten zwei seiner Männer, während sie schwere Steine von der Straße aufhoben und damit willkürlich Schaufenster einschlugen. Emil war entsetzt von der Brutalität, die sie mit einem Mal an den Tag legten. Selbst das Gesicht von Christian Reiter, einem ansonsten sehr ruhig und besonnen handelnden Frisörgesellen, bekam etwas Fanatisches und Beängstigendes, als er eine Fackel anzündete und Anstalten machte, sie in das zerschlagene Fenster einer Wohnung zu werfen.

»Bist du narrisch?«, schrie Emil entsetzt und entwand dem

Frisör seinen Brandbeschleuniger. »Da schlafen womöglich Kinder in dem Haus.«

»Das sind keine Menschen, das sind Juden!«, brüllte Reiter enthemmt, entriss Emil erneut die Fackel und schleuderte sie mit einem triumphierenden Ruf in das Fenster. Wenig später hörte man aus dem Inneren des Hauses den entsetzten Schrei einer Frau. Kinder begannen zu weinen, während immer dichter werdender Qualm und Rauch aus dem Fenster schlugen. Reiters schändliche Tat erboste Emil so sehr, dass er ihn mit der geballten Faust niederstreckte. Mit blutiger Nase ging dieser zu Boden, doch die anderen Männer seines Trupps waren kaum besser.

»Lass das Pack nicht raus«, brüllte ein anderer und machte Anstalten, die Haustür zu verrammeln.

Da wurde es Emil zu viel. Er packte den Mann am Kragen und riss ihn grob vom Eingang zurück. »Aufhören! Sofort ist Schluss damit!« Er besann sich auf seine Autorität als Scharführer und befahl den Männern, die Bewohner des Hauses zu retten. »Hiesl und Walter, ihr kommt mit rein. Wir holen die Leute raus. Die anderen holen die Feuerwehr her.«

»Das ist ein Judenhaus«, protestierte Reiter mit blutender Nase. Er war wie ausgewechselt und rief seine Mitstreiter offen zur Befehlsverweigerung auf. »Der Thorbecke hat seinen Verstand verloren, hört nicht auf ihn. Juda verrecke!«, schrie er mit erhobener Faust und versuchte Emil zur Seite zu schubsen.

Emil begriff, dass er mit dem außer Rand und Band geratenen Reiter nur unnötige Zeit verlor. Aus dem Haus hörte er mittlerweile gellende Schreie. Ohne sich weiter um seine Männer zu kümmern, brach er die Tür auf und stürmte die Treppen empor, wo eine Frau mit zwei Kindern angstvoll auf der Treppe kauerte. Emil wollte sich der Kinder annehmen, doch die Frau weinte und deutete nach oben. »Meine Mutter ist noch da drin. Sie ist blind und findet nicht allein hinaus.«

»Geht raus und seht zu, dass ihr schnell von der Straße verschwindet«, riet Emil der Frau und hastete schon nach oben.

Die Wohnung, deren Böden aus alten Holzdielen bestanden, brannte bereits lichterloh. Er riss sein Taschentuch hervor und hielt es sich vor die Nase. Glühende Flammen und gelber dichter Rauch schlugen ihm entgegen, als er sich gebückt, möglichst bodennah, durch die Wohnung kämpfte. Schließlich erreichte er einen der hinteren Räume, in dem er die alte Frau reglos auf dem Boden liegen sah. Ohne sich um das Feuer zu kümmern, stürzte er sich mitten in das Flammenmeer. Seine Augen tränten, als es ihm endlich gelang, die Schultern der Frau zu packen und sie ins Treppenhaus zu ziehen. Dort wuchtete er sie sich auf die Schulter und kämpfte sich zum Ausgang. Seine Männer waren längst ohne ihn weitergezogen. Er hörte sie in einer der Parallelstraßen grölen und schämte sich, dass er ihr Anführer war. Dann suchte er nach einem Ort, wo er die alte Frau ablegen konnte, und fand schließlich eine Tür, die in einen Hinterhof führte. Von der Tochter und ihren beiden Kindern war nirgendwo etwas zu sehen. Vorsichtig bettete er die Verletzte unter das Vordach eines Geräteschuppens. Dabei fiel ihm erst auf, dass er an seinen Händen starke Verbrennungen hatte. Ungeachtet des eigenen Schmerzes kümmerte er sich erst um die alte Frau. Sie war bewusstlos, doch als er ihr mehrmals leicht auf die Wangen schlug, öffnete sie die Augen und sah ihn verwirrt an.

»Wo sind Rahel und die Kinder?«, krächzte sie voller Sorge. Ihre Augen bewegten sich rastlos, so als suchten sie die Vermissten. »Sie haben meiner Tochter doch schon Benjamin genommen«, schluchzte sie plötzlich verzweifelt. Sie schloss für eine Weile die Augen, sodass Emil schon glaubte, sie wäre erneut ohnmächtig geworden. Als sie sie wieder öffnete, hatte ihr Blick etwas Entrücktes. Mit einem Ausdruck der Verwunderung starrte sie an ihm vorbei in den vom Widerschein der Flammen erhellten Himmel. »Jakob«, sagte sie plötzlich, und ein Lächeln erhellte ihr verrußtes Gesicht. »Du warst so lange fort. Ist Benjamin bei dir?«

Emil drehte sich um, doch da war nichts als Dunkelheit in dem einsamen Hinterhof. Die Frau fantasierte. Dann ging ein tiefer Seufzer der Erleichterung durch ihren mageren Körper, und ein weiteres seliges Lächeln überzog ihr zerfurchtes, von Brandwunden entstelltes Gesicht. Emil schauderte es, als sie ihre Hand in den Himmel streckte, ihn noch einmal kurz, wie zum Abschied, ansah, bevor sich ihr Blick endgültig im Jenseits verlor.

Emil schloss ihre Augen und fühlte sich unendlich allein. Obwohl er die Frau nicht gekannt hatte, traf ihn ihr Tod bis ins tiefste Mark. Er fühlte sich schuldig an ihrem Schicksal, obwohl er versucht hatte, sie zu retten. Tief in seinem Inneren wusste er, dass er diese Schuld niemals wieder loswurde. Diese Gewissheit ließ ihn alles um ihn herum vergessen. Er merkte weder, dass es plötzlich zu regnen anfing, noch das Pochen in seinen verbrannten Händen. Alles kam ihm plötzlich sinnlos und leer vor. In der Ferne hörte er seine Kameraden singen. Sie verhöhnten mit ihren Liedern das Leid der unschuldigen Menschen, die sie gerade ins Unglück stürzten. Worauf hatte er sich da nur eingelassen? Reglos verharrte er neben der Toten und trauerte tränenlos um sie und all die unschuldigen Opfer dieser grausamen Nacht.

Als er viel später durch die Nacht wankte, halb betäubt von

den Schmerzen seiner Verbrennungen und erfüllt von einer Leere, die ihn schier verzweifeln ließ, wusste er, dass er das Leben, wie er es in den letzten Monaten geführt hatte, so nicht würde weiterführen können. Anstatt zu seiner Verfügungstruppe zurückzukehren, irrte er ziellos durch die Straßen, vorbei an zerstörten Geschäften, durch ein Meer von Splittern, Blut und Hoffnungslosigkeit, bis er schließlich erschöpft seine Wohnung erreichte.

Als er gegen Mittag des nächsten Tages, immer noch angezogen, auf seinem Bett erwachte, hielt er es kaum aus vor Schmerzen. Seine Lungen brannten von dem Rauch, den er eingeatmet hatte, und seine Hände waren von offenen Brandblasen überzogen. Nachdem er mehrere Tabletten eingenommen hatte und der Schmerz erträglicher wurde, machte er sich daran, die Wunden notdürftig zu reinigen und zu verbinden. Dann legte er sich wieder hin, um zu schlafen. Am späten Nachmittag läutete es an der Haustür. Emil versuchte das Klingeln zu ignorieren, doch sein Besucher blieb beharrlich. Unter großer Anstrengung gelang es ihm, endlich die Tür zu öffnen.

Heinrich Schultz stand höchstpersönlich vor seiner Tür. Er wirkte aufrichtig besorgt.

»Mein Gott, was ist denn mit dir geschehen?«, rief er aus und schob Emil sofort wieder in Richtung Bett. »Du gehörst sofort in ein Krankenhaus! Ich werde mich darum kümmern!«

Emil wehrte sofort ab. »Das sieht schlimmer aus, als es ist. Ich brauche keine fremde Hilfe.« Die Vorstellung, in ein Krankenhaus zu gehen, war ihm ein Graus. Er schleppte sich in die Küche und schluckte noch weitere Schmerzmittel.

Heinrich hatte es sich unterdessen an seinem Esstisch bequem gemacht.

»Nun erzähl schon«, forderte er ihn auf. »Gruber sagte mir, dass du dich von deiner Schar unerlaubt entfernt hast. Einer deiner Männer hat dich sogar angeschwärzt und behauptet, du hättest versucht, ein paar Juden zu retten. Ich werde natürlich dafür sorgen, dass der miese Verleumder suspendiert wird.«

»Der Mann spricht die Wahrheit«, sagte Emil, ohne sich um die möglichen Folgen zu scheren. »Leider konnte ich nicht alle retten. Eine alte Frau ist in meinen Armen gestorben.« Er spürte, wie ihm die Tränen in die Augen stiegen und er die Fassung verlor. »Sie hat doch niemandem etwas getan!« Er wischte sich die Tränen aus dem Gesicht und sah Heinrich ins Gesicht. »Wusstest du, dass unsere eigenen Leute die Häuser angezündet haben?«

Heinrich starrte ihn an, als wäre er nicht ganz bei Sinnen. »Und was ist schon dabei?«, fragte er ihn. »Dieses Pack bekommt endlich, was es verdient. Sie versuchen uns zu zerstören, indem sie eine Verschwörung gegen uns anzetteln. Man muss sie ausmerzen, bevor sie unserem Volk Schaden zufügen!«

»Die Juden sind Menschen wie wir«, widersprach Emil mit wachsendem Entsetzen. »Wir haben kein Recht, sie zu töten!«

Heinrich schüttelte verständnislos den Kopf. »Du bist nach den Ereignissen der letzten Nacht noch nicht wieder richtig bei Verstand«, brummte er ungnädig. »Komm erst mal wieder auf die Beine, dann wirst du den Blödsinn, den du da von dir gibst, schon wieder verwerfen.«

»Blödsinn?«, begehrte Emil auf. »Blödsinnig ist allein das, was die Nazis tun. Ich meine jedes Wort so, wie ich es sage! Das, was letzte Nacht geschehen ist, war nicht nur grausam, es war großes Unrecht!« Ein heftiger Hustenanfall unterbrach seine Rede. »Ich schäme mich, einer Partei anzugehören, die

Gotteshäuser, Läden und Wohnhäuser Unschuldiger zerstört!« Er erhob sich, um seine verdreckte Parteiuniformjacke, die er achtlos auf dem Boden seines Schlafzimmers in der Nacht liegen gelassen hatte, zu holen. Ohne sich um seine verletzten Hände zu kümmern, öffnete er den Brandraum seines Ofens und stopfte sie mit aller Kraft hinein. »Das ist meine Antwort auf die vergangene Nacht!«

Heinrich sprang empört auf. »Du bist ja völlig von Sinnen«, rief er wütend, packte ihn an den Schultern und stieß ihn auf einen Stuhl. Mit dem Schürhaken fischte er nach der Jacke, doch sie war längst nicht mehr zu retten.

»Ich trete aus der Partei aus«, teilte Emil seinem Chef und Mentor mit kühler Stimme mit. Noch während er es aussprach, fühlte er, wie ihm leichter ums Herz wurde. »Ich werde niemals mehr eine Uniform tragen.«

Heinrich stand immer noch schnaufend neben ihm. Sein Blick hatte etwas Ratloses, als er einen letzten Versuch startete, ihn zur Besinnung zu bringen. »Am besten, ich lasse dich erst einmal allein. Du bist ja völlig verwirrt, mein Junge. Morgen sieht alles schon wieder ganz anders aus. Ich werde Monika bitten, bei dir vorbeizusehen.«

Die väterliche Stimme, die Emil sonst immer beruhigt hatte, hatte plötzlich eine gegenteilige Wirkung auf ihn. Sie machte ihm klar, wie sehr er sich von Schultz sein ganzes Leben lang hatte manipulieren lassen, bei seiner Berufswahl, bei seiner Mitgliedschaft in der Partei so wie beim Eintritt in die SS bis zu dem Punkt hin, dass er sich bereit erklärt hatte, Monika zu heiraten, obwohl er sie gar nicht liebte. Dafür verachtete er sich am meisten. Henny hatte ihn immer vor Schultz gewarnt. Er hatte ihr damals unterstellt, dass sie nur eifersüchtig auf seinen Ziehvater gewesen war, in Wirklichkeit hatte sie die Situation viel klarer beurteilt als er. Wie dumm war er gewesen! Ach Henny! Hätte er doch nur schon früher auf sie gehört! Heinrichs Hand legte sich schwer auf seine Schulter und riss ihn wieder in die Gegenwart zurück. Die gut gemeinte Geste brachte ihn dagegen nur in Rage.

»Lass mich endlich in Ruhe.« Für einen Moment blitzten seine Augen auf, und er spürte unbändigen Hass auf sich und seinen Mentor, dann hatte er sich wieder im Griff. »Ich bin weder verwirrt noch sonst wie durcheinander«, sagte er schließlich mit eiskalter Stimme. »Im Gegenteil. Mir wurden endlich die Augen geöffnet.« Er sah Schultz fest in die Augen. »Ich habe letzte Nacht begriffen, dass ich auf der falschen Seite stehe. Ich trete hiermit nicht nur aus der Partei aus, sondern erkläre meine Verlobung mit Monika für gelöst. Es tut mir leid, wenn ich dich und sie damit vor den Kopf stoße, doch es ist allemal besser, als wenn ich sie ins Unglück stürze.«

Heinrich ließ die Hand von Emils Schulter fallen und rang nach Luft. Der Mann war außer sich. Offensichtlich hatte er mit vielem gerechnet, nur nicht mit offenem Widerstand. Emil war sich klar, dass er ihn tief in seiner Ehre getroffen hatte. Nur mühsam gewann sein ehemaliger Mentor die Fassung zurück, und seine eben noch wohlwollende Haltung ihm gegenüber schlug ins gerade Gegenteil um.

»Das wirst du bitter bereuen«, keuchte er. Sein Gesicht hatte eine ungesunde rote Farbe angenommen, und er schwankte. »Ich habe dich immer wie meinen eigenen Sohn behandelt, und das ist nun der Dank dafür?«

»Ich werde nie vergessen, was du für mich getan hast, Heinrich«, widersprach ihm Emil ruhig. »Aber du hast aus mir etwas gemacht, was ich nie sein wollte. Man kann einen Mann nicht sein ganzes Leben lang verbiegen.«

»Und was war bitte schön falsch an meinem Großmut?«, donnerte Heinrich los. »Wenn ich mich nicht immer wieder schützend vor dich gestellt hätte, wärst du heute ein Nichts!« Er begann sich in Rage zu reden. »Ich habe dich bei der Feuerwehr untergebracht und dir zu deinem Posten verholfen, obwohl noch andere vor dir dran gewesen wären. Alles, was du bist, bist du durch mich!« Er fuchtelte mit dem Zeigefinger in seine Richtung. »Und wenn du einmal nicht auf mich gehört hast, so wie bei diesem Flittchen Henny, dann hast du bitter dafür bezahlt!«

Die Verunglimpfung Hennys brachte für Emil das Fass zum Überlaufen. »Henny war das Beste, was mir je in meinem Leben begegnet ist!«, begehrte er nun ebenfalls wütend auf. Ihm war, als würde endlich der längst fällige Groschen fallen. »Ich bereue zutiefst, dass ich mich von dir habe überreden lassen, die Ehe zu annullieren. Wie habe ich mir nur vorgaukeln können, dass Monika ihr das Wasser reichen kann!«

»Halt endlich dein jüdisches Maul, oder ich vergesse mich!« Schultz geriet außer sich. Er schlug donnernd mit der Faust auf den Tisch. »So redet man nicht mit mir!«

Emil war sich bewusst, dass er den Bogen überspannt hatte, aber ihm war auch klar, dass er kein einziges Wort bereute. Als er Heinrich so fassungslos dastehen sah, tat er ihm fast schon leid.

»Es war nicht meine Absicht, dich oder Monika zu kränken«, sagte er beschwichtigend, »ich weiß nur, dass ich so wie bisher nicht weiterleben kann. Ich kann nicht länger in einer Partei bleiben, in der Brandstifter ungestraft ihr Unwesen treiben können. Und ich kann nicht länger der Verlobte deiner Tochter sein. Es wäre ihr und auch dir gegenüber nicht ehrenhaft.«

»Damit begehst du den schwersten Fehler deines Lebens.« Schultz keuchte immer noch. »Wenn ich jetzt gehe, gibt es für dich keinen Weg mehr zurück. Ohne mein Zutun wird es ein Verfahren gegen dich geben, womöglich wird die Geheimpolizei eingeschaltet. Du weißt, was das bedeutet!«

Emil zuckte zusammen. »Es gab keinen Befehl, dem ich zuwidergehandelt hätte«, antwortete er mühsam beherrscht. »Und wenn sie mich ausschließen möchten, kommen sie meinem Austrittsgesuch nur zuvor.«

»Du hast den Ernst der Lage immer noch nicht begriffen, du Idiot«, polterte Schultz erneut los. »Aus unserer Partei tritt man nicht so einfach aus. Du hast dem Führer Treue gelobt und meiner Monika übrigens auch, hast du das etwa vergessen?«

»Ich muss jetzt allein sein.« Emil fühlte sich plötzlich müde und erschöpft.

»Und ich kann dir nicht mehr helfen!« Schultz öffnete die Wohnungstür, blieb dann aber doch noch einmal stehen und wandte sich zu ihm um. Mit geballten Fäusten nahm er ihn noch einmal ins Visier. Jedes Wohlwollen war aus seinen Zügen verschwunden. »So wie du geht man nicht mit einem Heinrich Schultz um«, sagte er mit gepresster Stimme. »Das wird bittere Folgen für dich haben! Du kannst vielleicht meiner Monika das Herz brechen, aber du wirst nicht ungeschoren davonkommen. Vergiss nicht, was ich über deine jüdischen Wurzeln weiß!« Über sein feistes Gesicht huschte ein gehässiges Lächeln. Dann fiel die Tür ins Schloss.

Schultz' Drohungen verhallten mit dem Knall der Tür. Emil setzte sich auf einen Sessel und schnaufte durch. Er war sich im Klaren, dass ihn nun massive Schwierigkeiten erwarteten, und dennoch kümmerte es ihn im Augenblick wenig. Dafür wanderten seine Gedanken zu Henny, dem Kind und der schönen Zeit, um die er sie und sich betrogen hatte. Es war nicht das erste Mal, dass er sich fragte, ob es richtig gewesen war, sie wegen ihrer Affäre zu verstoßen. Bislang hatte sich alles in ihm gesträubt, auch ihre Position zu betrachten. Er war viel zu gekränkt gewesen. Doch nun erschien ihm plötzlich alles in einem anderen Licht. War es nicht möglich, dass seine ständige Eifersucht sie in diese Situation gebracht hatte und somit er eigentlich die Schuld an ihrem Fremdgehen trug? Wie oft hatte er kurz davorgestanden, zu ihr hinzugehen, um ihr zu verzeihen! Mit ein wenig gutem Willen hätte alles wieder ins Lot kommen können, wenn Schultz ihn nicht immer so bedrängt hätte, sich von ihr abzuwenden. Auf jeden Fall hätte er niemals zulassen dürfen, dass man Hennys berufliche Zukunft zerstörte. Wer weiß, unter welchen Bedingungen sie und das Baby jetzt hausen mussten. Vielleicht hatten sie nicht einmal ein ordentliches Dach über dem Kopf. Welch ein rücksichtsloser, egoistischer Mann er doch gewesen war. Er schämte sich dafür, dass es ihm so lange gleichgültig gewesen war, was mit ihr geschah. Es war höchste Zeit, wenigstens ein wenig davon wiedergutzumachen. Auch wenn er Henny für immer verloren hatte, so musste er wenigstens dafür sorgen, dass sie und ihr Kind keine Not leiden mussten.

Gleich am nächsten Tag machte er sich auf den Weg zu Hennys Wohnung in der Falkenturmstraße. Er war niemals zuvor dort gewesen, war jedoch erleichtert, dass die beiden nicht in total verwahrlosten Verhältnissen zu leben schienen. Er hatte sich in der Absicht auf den Weg gemacht, Henny und die kleine Ella von nun an finanziell zu unterstützen. Darüber wollte er mit ihr reden. Am Eingang suchte er vergebens nach dem Namensschild. Also drückte er die Klingel einer anderen Wohnung. Eine Frau mittleren Alters öffnete ihm. Sie hatte einen verhärmten Gesichtsausdruck und beäugte ihn voller Misstrauen, als er sich nach Henny erkundigte.

»Die wohnt schon seit dem Sommer nicht mehr hier«, sagte sie in verächtlichem Tonfall. »Im Haus wurde schon genug über sie und ihr Negerbaby getratscht. Jetzt ist endlich eine Ruhe mit dem Geschwätz.«

»Wissen Sie, wohin sie gezogen ist?«, hakte Emil nach. Die Frau zuckte nur mit den Schultern. »Des kümmert mich ein' Scheiß, und jetzt hab ich wieder zu tun.« Mit diesen Worten schlug sie ihm die Tür vor der Nase zu.

Er hatte nicht vor, sich mit dieser Nachricht zufriedenzugeben, also überlegte er die nächsten Schritte. Er würde sich bei Frieda im Krankenhaus nach ihr erkundigen. Gleich nach der Arbeit würde er im Krankenhaus am Rotkreuzplatz vorbeisehen. Doch zuerst musste er sich auf der Feuerwache zurückmelden.

Kaum war er dort angekommen, wurde er von einem völlig aufgelösten Fräulein Zechmeister empfangen. Sie war gerade dabei, seine persönlichen Dinge in einem Karton zu verstauen. Ihm schwante nichts Gutes.

»Was ist hier los?«, verlangte er zu wissen. Fräulein Zechmeister begann sofort zu weinen.

»Ich weiß auch nicht, was in den Oberbaurat gefahren ist«, schluchzte sie. »Er hat mir nur befohlen, Ihnen Ihre persönlichen Dinge zu überreichen und Ihnen das hier zu übergeben.« Sie reichte ihm einen Briefumschlag, dessen Inhalt Emil kannte, ohne ihn zu öffnen. »Das also ist Heinrichs Rache«, murmelte er, während er den Umschlag ungeöffnet einsteckte und den Karton mit seinen wenigen Habseligkeiten entgegennahm.

»Was ist denn um Gottes willen nur vorgefallen?«, erkundigte sich Fräulein Zechmeister.

Emil winkte nur ab. »Ich nehme mal an, das ist meine Kündigung«, meinte er erstaunlich gelassen. »Sagen Sie dem Oberbaurat, dass ich sie akzeptiere.« Er nickte seiner langjährigen Sekretärin zum Abschied zu und verließ, ohne sich noch einmal umzudrehen, die Hauptwache.

Es war ein merkwürdiges Gefühl, plötzlich ohne Arbeit dazustehen. Im Grunde genommen das, wovor er sich in seinem Leben immer am meisten gefürchtet hatte. Dennoch war ihm nicht schwer ums Herz. Wenn nicht hier, dann würde er eben woanders sein Glück versuchen.

Mit dem Karton unter dem Arm machte er sich auf den Weg zum Rotkreuzplatz. Er hatte Glück, denn Frieda hatte gerade Schichtende und somit etwas Zeit für ihn. Sie war verständlicherweise nicht sonderlich erfreut, ihn zu sehen, und verhielt sich entsprechend ablehnend.

»Ich wüsste nicht, was ich mit dir noch zu schaffen hätte.«

»Das kann ich gut verstehen. Dennoch hoffe ich, dass du mich nicht wegschickst, bevor du mir verraten hast, wo sich Henny und das Kind aufhalten.«

»Das Kind hat einen Namen und heißt Ella«, knurrte Frieda ungehalten. »Außerdem geht dich das gar nichts an!«

»Ich muss sie aber sehen. Ich habe einen großen Fehler begangen, den ich wiedergutmachen möchte. Es war nicht in Ordnung, wie ich mich ihr und der Kleinen gegenüber verhalten habe.«

»Das fällt dir aber reichlich spät ein!« Frieda nahm sich immerhin die Zeit, ihn genauer zu mustern. »Sind da Geschenke drin?«

»Es ist der Kram aus meinem Büro. Sie haben mich rausgeworfen«, antwortete Emil knapp.

»Ach! Und jetzt hoffst du bei Henny unterzuschlüpfen zu

können? Das kannst du dir jedoch gleich abschminken. Henny und Ella sind nicht mehr in Deutschland.«

»Wie bitte?« Emil spürte, wie eine kalte Hand nach seinem Herzen griff. Mit allem hatte er gerechnet, nur nicht damit. »Sie sind in Afrika«, teilte Frieda genüsslich mit. Emil schloss die Augen und fühlte tiefe Resignation. Also hatte Henny in ihrer Not Kontakt zu Ellas Vater aufgenommen.

»Und wie sind sie nach Liberia gekommen?«, fragte er beklommen.

»Wieso Liberia?« Frieda sah ihn verständnislos an. »Was sollen sie denn da?«

»Das ist doch die Heimat von Ellas Vater.«

»Du bist wirklich der größte Idiot, der mir jemals untergekommen ist«, schimpfte Frieda kopfschüttelnd. »Du glaubst also immer noch, dass Ella nicht dein Kind ist.«

»Darüber müssen wir nun wirklich nicht reden«, antwortete Emil kurz angebunden. »Verrat mir lieber, wohin sie gegangen ist, wenn nicht zu ihm.« Noch während er fragte, kam ihm in den Sinn, dass es auch noch eine andere Möglichkeit gab. »Ist Henny etwa an den Nyassasee gereist?«, hakte er ungläubig nach. Frieda zuckte nur mit den Schultern.

»Wie kommt sie denn auf diese Idee?«

»Eigentlich geht dich das einen feuchten Kehricht an«, brummte sie ungnädig. Sie zierte sich noch eine ganze Weile, doch dann erzählte sie ihm bereitwillig von den plötzlich aufgetauchten Tagebüchern, Hennys vergeblicher Suche nach einer Arbeit als Krankenschwester und von ihrer Zeit bei den Silversteins und dem schrecklichen Ende.

»Sie hatte Angst, dass ihr und Ella ein ähnliches Schicksal widerfahren könnte wie den Silversteins. Soweit ich weiß, hatte sie Kontakt zu Freunden ihrer Eltern.«

»Und dann hat sie sich einfach auf den weiten Weg gemacht?« Emil konnte es immer noch nicht fassen. Er brauchte etwas, um die Nachricht zu verdauen. Doch je länger er darüber nachdachte, desto klarer wurde ihm, wie weitsichtig Hennys Entscheidung wohl gewesen war. »Hast du noch einmal von ihnen gehört?«

Über Friedas Gesicht huschte ein kurzes Lächeln. »Ihr Schicksal scheint dir also doch noch nicht ganz gleichgültig zu sein?«

»Ich habe mich wirklich wie ein Idiot benommen«, gestand Emil zerknirscht. »Ich gäbe viel darum, meine Fehler wiedergutmachen zu können.«

»Du hast alles kaputt gemacht«, gab Frieda ihm ungerührt recht. Doch dann wurde sie milder. »Es geht ihnen gut, soweit ich weiß. Henny hat mir geschrieben. Sie arbeitet jetzt wieder als Krankenschwester in einem Buschkrankenhaus.«

Emil spürte Bedauern, aber auch eine große Erleichterung. Wenigstens für Henny und Ella gab es nun eine Zukunft.

»Was wolltest du denn von ihr?« Frieda wurde nun doch neugierig.

»Willst du es wirklich wissen?«

Sie standen immer noch auf dem Krankenhausflur, in dem Emil sie abgepasst hatte. Er schlug ihr vor, sie in ein nahe gelegenes Café einzuladen.

»Ich habe nicht besonders viel Zeit«, meinte sie, nahm seine Einladung aber dann doch an.

Bei einer Tasse heißen Kaffee erzählte Emil von den Erlebnissen der Brandnacht und der Einsicht, zu der er gekommen war. »Ich kann einfach nicht mehr so weiterleben wie bisher«, meinte er abschließend.

»Deine Reue kommt reichlich spät!« Trotz des Vorwurfs in

ihrer Stimme zeigte Frieda nun auch Mitgefühl. »Weißt du schon, was du jetzt machen willst?«

Er zuckte mit den Schultern.

»Ich habe keinen blassen Schimmer. Vermutlich habe ich mir eine Menge Ärger eingehandelt.«

»Und was sagt deine Verlobte dazu?«

»Du meinst Monika?« Emil lachte bitter auf. »Sie ist nicht mehr meine Verlobte. Ich glaube, ich habe mich nur auf sie eingelassen, um Henny zu kränken. Es war höchste Zeit, dass ich diesem Spuk ein Ende bereitet habe, obwohl mir Monika wirklich leidtut. Du siehst, ich tauge nichts als Mann.«

An Friedas Schweigen erkannte er, dass sie wohl seiner Meinung war. Doch sie überraschte ihn mit etwas ganz anderem.

»Liebst du Henny noch?«, fragte sie ihn geradeheraus.

»Mehr als alles auf der Welt!« Sein Geständnis kam wie aus der Pistole geschossen.

Frieda sah ihn lange an.

»Ich glaube, dann kann ich dir helfen.«

32. Kapitel

Wünsche und Hoffnungen

Ein halbes Jahr später: Nkhotakota, Juni und Juli 1939

»Komm her, mein kleiner Augenstern. Noch ein paar Schritte, dann hast du es bis zu Mutti geschafft.« Ermuntert von Hennys Lockrufen, tapste Ella los und schaffte es tatsächlich ohne Sturz in die Arme ihrer Mutter. Diese fing sie auf und wirbelte mit ihr herum.

Andrew stand unter dem Verandadach seines Hauses und beobachtete die beiden versonnen, wie sie miteinander spielten. Er konnte sich ein Leben ohne sie beide nicht mehr vorstellen. Sie hatten so viel Abwechslung und Freude in sein Leben gebracht. Er hatte immer gedacht, dass er ein eingefleischter Junggeselle sei. Frauen hatten ihn nie interessiert. Sein Leben war immer auf seinen Beruf ausgerichtet. Er war ein leidenschaftlicher Arzt und Forscher. Da war niemals Platz für eine Frau gewesen. Doch in den letzten Monaten hatte sich diesbezüglich seine Einstellung geändert. Schuld daran waren Henny und ihr bezaubernder kleiner Wildfang Ella.

Die Kleine war nun bald zwei Jahre alt, konnte gerade mal richtig laufen und redete wie ein Wasserfall, auch wenn längst noch nicht alle Worte für ihn verständlich waren. Mit ihren großen graublauen Kulleraugen und dem lockigen Haar wusste sie ihre Umgebung zu bezaubern. Sie besaß das hinreißende Lächeln ihrer Mutter mit den Grübchen in den Wangen, hatte sonst aber nur wenig Ähnlichkeit mit ihr.

Henny hatte ihm freimütig von ihrer unglücklichen Vergangenheit erzählt, unter anderem auch, dass ihr Mann ihre Ehe hatte annullieren lassen, weil Ella dunkelhäutig war und er sie bezichtigt hatte, ihm untreu gewesen zu sein. Henny beteuerte überzeugend, dass dies nicht der Fall gewesen wäre. Doch der Umstand, dass Ella dunkelhäutig war, ließ sich ebenso wenig leugnen.

Andrew war nun schon lange genug in Afrika, um zu wissen, dass die Hautfarbe auch nach Generationen noch durchschlagen konnte. Er erkundigte sich, ob es unter den Vorfahren von Henny oder ihrem Ehemann eventuell einen Schwarzen gegeben haben könnte, doch Henny war sich sicher, dass weder unter ihren noch unter Emils Ahnen je ein Afrikaner gewesen war. Die dunklere Hautfarbe war wahrscheinlich nur eine Laune der Natur. Möglicherweise wuchs sich der dunkle Teint sogar im Laufe der Jahre aus. Doch das war ihm einerlei. Für ihn zählte allein, dass er Mutter und Tochter in sein Herz geschlossen hatte. Wenn er nur nicht so ein verdammter Feigling gewesen wäre, dann hätte er Henny schon längst gefragt, ob sie seine Frau werden wolle.

Henny entdeckte Andrew auf der Veranda und winkte ihm zu. »Wir wollen runter an den Strand. Willst du mitkommen?«

Es war ein ruhiger Sonntagnachmittag ohne Not- oder sonstige Zwischenfälle. Sie hoffte, dass er sich ihnen anschließen würde.

»Alles klar! Ich mach nur noch schnell einen Abstecher ins Labor. Geht schon mal vor!«

Henny hatte schon fast mit solch einer Antwort gerechnet. Das war typisch für Andrew. Erst die Arbeit, dann das Vergnügen. Ihr Chef war nicht nur ein äußerst gewissenhafter Arzt, sondern zudem auch noch ein eifriger Forscher, was Tropenkrankheiten anging. Dafür achtete und bewunderte sie ihn ebenso, wie sie seine ruhige, stets freundliche Art schätzte. Es hätte sie wahrlich schlimmer treffen können. Während sie mit Ella auf dem Arm den Pfad in Richtung des Sees nahm, schweiften ihre Gedanken zurück in die Vergangenheit.

Nun war sie schon ein Jahr in Afrika und hatte sich in Nkhotakota gut eingelebt. John und Meggie Brown waren ihr gute Freunde geworden, und auch Andrew Mortimer war ihr sehr ans Herz gewachsen. Er war ein wundervoller Vorgesetzter, der niemals auf sie herabsah und sie oft bei schwierigen medizinischen Entscheidungen um Rat fragte. Dadurch, dass sie ebenfalls direkt am Krankenhaus wohnte, sahen sie sich auch nach den Dienstzeiten und redeten oft stundenlang auf seiner Veranda bei einer Flasche Bier oder südafrikanischem Wein über Gott und die Welt. Andrew war ein wunderbarer Zuhörer, nie voreingenommen und klug und bedächtig in seinen Antworten. Ella gegenüber verhielt er sich fast wie ein Vater. Ihre Tochter liebte den bärtigen Mann und quietschte schon von Weitem, wenn sie ihn nur kommen sah. Auch sie freute sich jedes Mal, wenn sie gemeinsam etwas unternahmen.

Das Einzige, was sie an Andrew vermisste, waren Spontaneität und Lebenslust. Emil und sie hatten so viel gemeinsam gelacht und manchmal einfach verrückte Dinge getan. Das wäre mit dem ernsten, oft etwas zerstreut wirkenden Andrew undenkbar. Dabei war sie sich ziemlich sicher, dass der Arzt bis über beide Ohren in sie verliebt war. Meggie und John waren seine schmachtenden Blicke ebenfalls schon aufgefallen.

»Er wird bestimmt bald um deine Hand anhalten«, feixte ihre Freundin immer wieder. »Du musst ihn nur etwas ermuntern.«

Alle in Nkhotakota machten sich schon über Andrews Schüchternheit lustig, nur Henny war irgendwie froh darüber, denn es gab ihr noch etwas Aufschub, über ihre weitere Zukunft nachzudenken. Eine Rückkehr nach Deutschland kam unter den gegebenen Umständen allerdings nicht in Frage. Solange Hitler an der Macht war, gab es für sie und Ella kein Zurück.

Neuerdings redeten die Leute sogar von der Gefahr eines bevorstehenden neuen Krieges. Hitler hatte sich bereits Böhmen und Mähren einverleibt und machte nun Anstalten, dasselbe auch mit Polen zu tun.

»Das wird sich weder England noch Frankreich gefallen lassen«, hatte Andrew erst neulich gemeint. »Der deutsche Führer ist gerade dabei, sich ganz schön zu verrennen.«

Henny konnte ihm nur zustimmen. Ihre Gedanken gingen auch oft zu den Silvermanns. Ob es Ruth gelungen war, zu ihrem Sohn nach Paris auszureisen? Und was hatten die Nazis mit ihrem Mann angestellt? Jedes Mal, wenn sie darüber nachdachte, überkam sie ein Frösteln, und sie war froh, dass sie diesem Schicksal rechtzeitig entkommen war. So, wie es aussah, würde sie also in Afrika bleiben. Als alleinstehende Frau mit einem Kleinkind war das nicht so einfach. Zwar war sie von den meisten Weißen, die hier lebten, gut aufgenommen worden, doch sie bekam durchaus mit, wie man sich über sie und ihr dunkelhäutiges Kind auch den Mund zerriss.

»Das ist eine von denen, die sich mit den Afrikanern einlassen«, hatte sie erst neulich in Johns Laden zu hören bekommen. Sie war rein zufällig Zeuge ihrer Unterhaltung geworden, als sie mit Ella dort etwas besorgt hatte.

Als die beiden Farmerinnen sie wenig später bemerkten, wandten sie sich schnell von ihr ab. Immerhin zeigten sie ihre Feindschaft nicht öffentlich, doch das konnte sich rasch ändern, wenn sie sich nicht in absehbarer Zeit in feste Hände begab.

Sie hatten das Seeufer erreicht, und Henny setzte Ella mit einem Schäufelchen und einem Eimer in den Sand, damit sie dort spielen konnte. Sie selbst ließ sich auf einen Baumstumpf in ihrer Nähe nieder und genoss die etwas kühlere Luft am See. Selbst im Winter waren die Tage ziemlich heiß. Dafür kühlte es nachts empfindlich ab, sodass man sich vorsehen musste, sich nicht zu erkälten. Draußen auf dem See sah sie die Fischer in ihren Einbäumen ihre Netze einziehen. Sie waren schon seit dem Morgengrauen unterwegs, um in ihren engmaschigen Fanggeräten Unmengen kleine Fische an Land zu ziehen. Der Fang wurde unter Mithilfe aller Dorfbewohner an Land gezogen und dort auf Trockengestelle zum Dörren ausgelegt. Das war die aufwendige Arbeit der farbenprächtig gekleideten Frauen, die mit Kindern auf dem Rücken stundenlang dieser Tätigkeit nachgingen, während die Männer im Schatten der Mangobäume Bier tranken.

Während sich die Fischer auf den Weg an Land machten, hörte Henny in der Ferne das dumpfe Schlagen von Trommeln. Einer der Patienten im Krankenhaus hatte sie davor gewarnt, alleine in den Busch zu gehen.

»Dämonen und Geister treiben derzeit ihr Unwesen. Hüte dich vor allem vor dem Chiwau. Er hat große Macht über das Schicksal der Menschen, die noch nicht lange hier sind.«

Henny war solche Warnungen mittlerweile gewohnt. Sie hatte schon oft von dem wilden Treiben der Maskenträger gehört, war aber noch niemals Zeugin davon geworden. Sie wusste nur, dass die jungen Männer der Chewa darauf brannten, in den Geheimkult der Nyau aufgenommen zu werden, und sie erinnerte sich, dass Luise eine Begegnung mit dem Chiwau beschrieben hatte. Die verschwiegene Gemeinschaft der Nyau hatte großen Einfluss auf das Leben der Menschen. Nur besondere Männer wurden auserwählt, ihm beizutreten, und sie durften niemals über ihre geheimen Treffen reden. Andrew hatte ihr erzählt, dass jeder mit dem Tod bestraft wurde, der etwas darüber verriet oder rein zufällig Zeuge eines solchen Treffens wurde.

»Diese Barbarei wird ihnen wohl auch die christliche Kirche nicht austreiben können«, hatte er schmunzelnd hinzugefügt.

Gerne hätte Henny mehr über diesen Kult erfahren, aber wann immer sie bei ihren Besuchen in einem der Chewa-Dörfer Fragen dazu stellte, wandte man sich feindselig von ihr ab und gab ihr unmissverständlich zu verstehen, dass dies sie als Muzungu nichts anging. Dabei war Henny bei den Chewa durchaus beliebt. Sie besuchte regelmäßig mit Andrew die umliegenden Dörfer, um Impfungen durchzuführen oder sich um junge Mütter und ihre Säuglinge zu kümmern. Dabei lernte sie fast beiläufig ihre Sprache, was ihr bei den Chewa viel Anerkennung verschaffte.

Nur aus Asale wurde sie nicht so recht schlau. Die alte Frau, die einst die beste Freundin ihrer Mutter gewesen war, war ihr gegenüber zwar stets freundlich und umgänglich, doch sobald sie näheren Kontakt zu ihr suchte, wich die alte Frau ihr aus. Henny konnte sich keinen Reim darauf machen. Als sie sich diesbezüglich einmal Meggie anvertraute, fand diese ihr Verhalten nicht besonders auffällig.

»Die Chewa sind stolze Menschen. Sie leben im Hier und Jetzt und nicht in der Vergangenheit. Mach dir nichts draus, wenn sie nicht über deine Mutter reden will. Wahrscheinlich geht ihr das Gerede über die Vergangenheit einfach auf die Nerven.«

Henny gab sich mit der Antwort schließlich zufrieden. Sie gelangte sogar selbst zu der Überzeugung, dass es besser war, sich mit der Gegenwart und der Zukunft zu beschäftigen als mit der Vergangenheit. Was zählte, war, dass sie für Ella eine lebenswerte Zukunft schaffen konnte.

Im Gebüsch hinter ihr raschelte es. Das war wohl Andrew, der ihnen schneller als gedacht gefolgt war, doch dann hörte sie das Schütteln von hohlen Kalebassen, deren Kerne gegen die hölzerne Wand schlugen. Im nächsten Augenblick sprang eine riesige Gestalt aus dem Gebüsch direkt vor sie hin und schüttelte sich wild. Eine Weile stand sie reglos da, sodass Henny Gelegenheit fand, sie näher zu betrachten. Es war zweifellos die Verkörperung eines Nyau-Dämons. Obwohl sie wusste, dass sich unter der Verkleidung ein menschliches Wesen befand, erschrak sie heftig. Das Wesen war mehr als zwei Köpfe größer als sie. Es war von dichten Fell- und Stoffzotteln bedeckt, die ihm etwas Archaisches verliehen. Fetzen von Pavianhaut umrahmten eine zweigeteilte Maske, deren eine Hälfte rot war und sie freundlich anlächelte, während die andere Hälfte schwarz und verkrüppelt aussah. Mund und Auge waren verunstaltet, das Ohr verschrumpelt, als wäre es verbrannt. An Armen und Beinen trug der Dämon Holzrasseln, die, als er sich bewegte, ein ohrenbetäubendes Geräusch verursachten.

Ella war erst auf den Geist aufmerksam geworden, als er sich zu schütteln begann. Halb fasziniert, halb ängstlich krabbelte sie auf ihre Mutter zu. Henny nahm sie rasch auf den Arm, als das Wesen ein wildes Geheul ausstieß. In konvulsivischen Zuckungen begann es die beiden zu umtanzen, wobei es sich ihnen immer wieder näherte, so als wolle es ihnen Angst machen. Ella begann zu weinen, und auch Henny gelang es kaum noch, ihr Entsetzen unter Kontrolle zu halten. Sie ängstigte weniger die verkleidete Gestalt als die Tatsache, dass sie dieses Wesen schon mehrfach gesehen hatte. Es war der Chiwau – und gleichzeitig die Gestalt, die sie so oft in ihren Träumen heimgesucht hatte. Ohne dass es ihr bewusst wurde, begann sie zu schreien.

Als Andrew den gellenden Schrei hörte, ließ er alles stehen und liegen und rannte in Richtung See. Bevor er sein Haus verließ, griff er nach dem Gewehr an der Wand, denn er fürchtete, dass sich ein wildes Tier an das Ufer verirrt haben könnte. Mit langen Schritten hetzte er durch den Wald und betete darum, dass er noch rechtzeitig kam. Als er schließlich nur noch wenige Meter vom Strand entfernt war, sah er gerade noch, wie ein wild aussehender Maskenträger eine Hand nach Ella ausstreckte, die sich auf Hennys Arm befand. Henny schrie wie am Spieß. Da zuckte die Hand zurück, und das Wesen blieb einen Augenblick unschlüssig stehen, bevor es sich mit lautem Geheul wieder in den Busch zurückzog.

Andrew war stehen geblieben und hatte sein Gewehr in Anschlag gebracht, doch als er sah, dass das Wesen den Rückzug antrat, ließ er es wieder sinken und machte sich stattdessen auf den Weg zu der immer noch schreienden Henny und ihrer weinenden Tochter. Doch die tiefe Angst in ihrem Blick bereitete ihm größere Sorgen als ihr Schreien, das abrupt verstummt war, als sie ihn kommen sah. Er ließ das Gewehr fallen und legte vorsichtig seinen Arm um ihre Schulter. Dann nahm er ihr Ella ab, die sich bei seinem Anblick sofort wieder beruhigte. Henny zitterte dagegen am ganzen Körper. Behutsam führte er sie zu dem Baumstumpf und nötigte sie, sich zu setzen.

»Alles ist gut«, redete er auf sie ein. »Das war nur ein kostümierter Chewa. Er war verkleidet und hat sich mit dir als Fremder einen Schabernack erlaubt. Mach dir nichts draus!«

Henny starrte immer noch ins Leere. »Er ist mir nicht zum ersten Mal begegnet«, kam es stockend über ihre Lippen, »ich kenne den Wilden aus meinen Träumen.«

Andrew wusste nicht, was er darauf antworten sollte. Er zog Henny einfach näher an sich heran, bis die Ruhe, die von seinem Körper ausging, auch auf sie überging. Nach einigen Minuten hatte sich Henny wieder beruhigt. Sie genoss seine Nähe und schmiegte sich eng an ihn an. Zwischen ihnen saß Ella und fühlte sich in der trauten Zweisamkeit so wohl, dass sie schließlich einschlief. Andrew hatte noch niemals zuvor solch eine Nähe zu einer Frau gespürt. In diesem Augenblick wusste er, dass er bereit war, alles zu opfern, wenn sie und Ella nur für immer bei ihm blieben.

Henny musste seinen liebevollen Blick gespürt haben, denn sie wandte ihm ihr Gesicht zu. Er nutzte die Gelegenheit, um endlich das zu tun, was er schon lange hätte tun sollen. Etwas ungeschickt, doch mit größter Zärtlichkeit küsste er sie auf die Lippen. Einen Augenblick fürchtete er, dass sie sich ihm wieder entziehen könnte, doch sie ließ es bereitwillig geschehen.

Da wusste Andrew, dass er seinem Ziel sehr nahe war.

Seit dem 1. September 1939 herrschte in Europa Krieg. Selbst die Radiostationen im entlegenen Nordrhodesien brachten jeden Tag aufs Neue erschreckende Nachrichten. Der deutsche Reichskanzler hatte mit seiner gierigen Expansionspolitik eine Lawine losgetreten, deren Folgen noch niemand zu übersehen vermochte. Auslöser war der Einmarsch der deutschen Wehrmacht in Polen. Der Überfall auf das Nachbarland erfolgte ohne Kriegserklärung. Adolf Hitler gab den Angriff als Verteidigungsaktion aus und verwies auf den angeblich polnischen Überfall auf den Sender Gleiwitz am Vorabend. Dabei war es allgemein bekannt, dass die SS diesen Überfall inszeniert hatte. Die Großmächte Frankreich und Großbritannien reagierten empört und forderten den Rückzug der deutschen Soldaten binnen zweier Tage. Hitler ließ das Ultimatum verstreichen in der irrigen Annahme, dass die Großmächte weiterhin bei ihrer Strategie der Beschwichtigung bleiben würden. Er hatte sich getäuscht. Europa stand am Anfang eines Krieges, dessen Ende nicht abzusehen war.

Nkhotakota blieb von diesen Unruhen weitgehend verschont. Zwar gab es Pläne, die wenigen deutschen Siedler wie im vorigen Krieg in Lagern zu vereinigen, doch bislang fehlte der Befehl dazu. Henny musste sich ohnehin keine Sorgen machen. Sie und Ella besaßen einen britischen Pass. Gerade hatte sie Ella bei Meggie vorbeigebracht, die auf sie achtgeben sollte, damit sie ungestört mit Andrew in den Gottesdienst gehen konnte. Als Arzt und Leiter des kleinen Buschkrankenhauses wurde von ihm der sonntägliche Besuch des Gottesdienstes erwartet, obwohl er selbst eher ein Freigeist war. Henny hatte es sich zur Gewohnheit gemacht, ihn dorthin zu begleiten. Sie war Kirchgänge aus ihrer Jugend gewohnt und fand eine gewisse Kontemplation darin, auch wenn es keine katholische Messe war. Und Andrew war dankbar, dass er in ihrer Nähe sein konnte.

Während sie durch eine Allee violett blühender Jacarandabäume in Richtung Kirche lief, dachte sie an die vergangene Nacht und die bald anstehende Hochzeit, zu der Andrew sie endlich überredet hatte. Als er im Juni um ihre Hand angehalten hatte, hatte sie zwar in eine Heirat eingewilligt, ihn aber gebeten, davor noch etwas Zeit verstreichen zu lassen. Sie hatte dabei an ein Jahr gedacht, doch Andrew wurde von Monat zu Monat ungeduldiger und drängte sie zu einer Heirat noch vor Weihnachten.

»Ich möchte, dass Ella möglichst bald Vater zu mir sagt«, hatte er argumentiert. »Sie soll wissen, dass sie in einer richtigen Familie aufwächst.«

Henny konnte sich dem nicht verschließen. Ihre Tochter hatte mittlerweile angefangen zu sprechen und machte täglich neue Fortschritte. Außerdem hing sie an Andrew. Und doch war Henny noch nicht vorbehaltlos zu einer neuen Ehe bereit, denn Emil geisterte immer noch durch ihre Träume, doch nicht als Schreckgespenst, sondern mehr in erotischer Hinsicht. Das kam ihr wie ein Verrat an Andrew vor. Sie war sich längst sicher, dass er genau der Richtige für sie und Ella war. Gestern hatte sie den ersten richtigen Schritt in Richtung Ehe unternommen, indem sie zum ersten Mal mit ihm geschlafen hatte.

Andrew und sie hatten auf seiner Veranda bei Kerzenschein gemeinsam zu Abend gegessen. Ella schlief selig in der Hütte nebenan. Es war eine herrlich friedliche Stimmung, obwohl es keineswegs leise war. Vom See her hörten sie das Quaken der Frösche und ab und zu das ohrenbetäubende Brüllen von Flusspferden. Irgendwo hinter ihnen machte ein Buschbaby Geräusche wie ein schreiender Säugling, und das Knacken der Äste verriet die Schar Affen, die sich in ihrer Nähe für die Nacht zurückgezogen hatten. Als Andrew Anstalten machte, ihr Wein nachzuschenken, legte sie ihre Hand auf seinen behaarten Arm und hielt ihn davon ab. Er sah sie überrascht an, und sie antwortete mit einem ermunternden Lächeln. Es war weniger ein Plan als vielmehr eine instinktive Geste, die sie dazu veranlasste. Doch Andrew verstand es als Einladung. Er fasste ihre Hand und zog sie von ihrem Stuhl hoch. Dabei ließ er sie keinen Augenblick aus den Augen, als er sie schließlich zu sich heranzog und sanft zu küssen begann. Henny überließ sich seinen Liebkosungen und erwiderte sie zurückhaltend. Als er, wie gewohnt, wieder von ihr ablassen wollte, ermunterte sie ihn jedoch weiterzumachen. Anfangs etwas ungelenk, doch dann immer fordernder, begann er ihren Körper zu erkunden. Sie half ihm, wo er sich ungeschickt anstellte, und zeigte ihm, wo sie gerne berührt werden wollte. Schließlich war sie es, die ihn zum Bett führte.

Andrew hatte sich alle Mühe gegeben, ein aufmerksamer Liebhaber zu sein, und sie hatte seine Zuwendung genossen. Erst als er friedlich in ihren Armen eingeschlafen war, hatte sie sich von ihm gelöst und war in ihre eigene Hütte gegangen. In dieser Nacht hatte sie zum ersten Mal nicht an Emil gedacht.

Mit beschwingtem Schritt näherte sie sich der kleinen Holzkirche, in der jede Woche ein anderer Missionar den Gottesdienst hielt. Sie sah Andrews große Gestalt schon von Weitem. Er stand mit anderen Gottesdienstbesuchern vor der Kirche und unterhielt sich gerade aufgeregt mit einem Mann, der ihr den Rücken zudrehte und einen breitkrempigen Hut trug.

Beiläufig fragte sie sich, was dieser Fremde mit Andrew zu schaffen hatte. Wahrscheinlich war er ein ehemaliger Patient.

Andrew war so in sein Gespräch vertieft, dass sie ihm zuwinken musste, damit er sie bemerkte. Als er sie endlich entdeckte, wandte sich auch sein Gesprächspartner ihr zu. Sie hätte ihn unter Hunderten erkannt und hatte doch das Gefühl, einer Täuschung zu erliegen. Als er ihr zulächelte, krampfte sich ihr Herz so schmerzhaft zusammen, dass sie die Hände vor der Brust zusammenschlug. So laut wie einen Wasserfall hörte sie das Blut durch ihre Adern rauschen. Dann sah sie, wie der Mann auf sie zukam. In diesem Augenblick kam sie wieder zur Besinnung. Sie drehte sich auf dem Absatz um und rannte so schnell sie konnte in die entgegengesetzte Richtung davon.

33. Kapitel

Aufregung in Nkhotakota

Erschrocken über ihre heftige Reaktion, sah Andrew Henny hinterher. Am liebsten wäre er ihr gefolgt, um sie zu beruhigen. Doch erst musste er wissen, worum es hier ging. Tauchte da aus dem Nichts heraus plötzlich dieser Fremde vor der Kirche auf und erkundigte sich nach seiner Verlobten. Anfangs hatte er sich nichts dabei gedacht und ihm mitgeteilt, dass sie jeden Augenblick hier eintreffen würde, doch als er sich mit seinem Namen Emil Thorbecke vorstellte, war es ihm plötzlich wie Schuppen von den Augen gefallen. Er wusste, wer der Kerl war. Henny hatte seinen Namen oft genug erwähnt.

Dieser Emil hatte lange wie ein Gespenst zwischen ihnen gestanden. Und jetzt, da sie ihn endlich vergessen hatte, tauchte er einfach so auf. Instinktiv erkannte er, dass er diesen Menschen so rasch wie möglich loswerden musste.

»Was fällt Ihnen ein, einfach so hier aufzutauchen? Sie haben meine Verlobte ja völlig verschreckt!«, hielt er ihn zurück. Thorbecke wandte sich wie vom Blitz getroffen zu ihm um.

»Verlobte, sagten Sie?«

Zufrieden stellte Andrew fest, wie sehr seinen Kontrahenten

die Neuigkeit traf. Er bestätigte seine Aussage mit einem stolzen Nicken. »Wir werden noch vor Weihnachten heiraten.«

Der fremde Eindringling war blass geworden und begann ihn eingehend zu mustern. »Ich hoffe, Sie haben sie verdient«, sagte er schließlich. »Henny sollte nicht noch so eine Enttäuschung verkraften müssen, wie ich es für sie war«, fügte er dann nach einer kurzen Pause überraschenderweise hinzu.

Andrew nickte zufrieden. »Einsicht ist der erste Weg zur Besserung«, erwiderte er schon sehr viel milder. »Dann lassen Sie Henny am besten jetzt in Ruhe und reisen sofort wieder ab.«

»Das geht nicht«, antwortete Thorbecke ruhig. »Erst muss ich mit meiner Frau reden. Das bin ich ihr schuldig.«

»Darauf können Sie getrost verzichten. Sie haben ja gesehen, dass sie nichts mehr mit Ihnen zu tun haben will«, knurrte Andrew schon wieder in Habachtstellung. »Außerdem ist Henny nicht Ihre Frau. Die Ehe wurde annulliert.«

Thorbecke hob beschwichtigend die Hände. »Sie haben natürlich recht: Henny ist nicht mehr meine Frau.« Er biss sich auf die Unterlippe. »Aber ich muss dennoch mit ihr reden.«

»Dafür ist es nun zu spät! Sie wird meine Frau und möchte nichts mehr mit Ihnen zu tun haben!«

Emil widerstand seinem drohenden Blick. »Das soll sie mir schon selbst sagen. Ich habe nicht die lange Reise unternommen, um mich von irgendwem abspeisen zu lassen. Niemand hält mich davon ab, mit ihr zu reden.«

Andrew hätte ihn am liebsten am Kragen gepackt und persönlich zum nächsten Bahnhof gebracht. Leider war er nicht der Typ für Gewalttätigkeiten, und wenn er es sich genau überlegte, hatte er auch keinen Grund zur Eifersucht. Er dachte an die wunderbare gemeinsame Nacht. Ein warmes, unendlich zärtliches Gefühl erfüllte seine Brust. Henny hätte sich niemals darauf eingelassen, wenn sie ihn nicht lieben würde.

»Machen Sie doch, was Sie wollen«, gab er sich schließlich einen Ruck. Die Leute um sie herum begannen sie schon neugierig zu mustern, und er wollte nicht noch mehr Aufsehen erregen.

»Das werde ich!« Thorbecke tippte mit dem Finger an die Hutkrempe und wandte sich zum Gehen. »Nichts für ungut. Ich werde mich nicht in Ihre Beziehung einmischen, wenn Henny es nicht will.«

Andrew ließ ihn mit ungutem Gefühl ziehen.

Emil hatte sich selbstsicherer gegeben, als ihm zumute war. Jetzt, da er die monatelangen Gefahren und Strapazen der langen Reise überstanden hatte, war er sich nicht mehr sicher, ob sein Vorhaben richtig war. Als er sich vor fast einem Jahr auf die Suche nach Henny gemacht hatte, hatte er sich eingeredet, dass sie vielleicht eine Chance auf einen Neuanfang haben könnten, wenn er ihr nur ihren Fehltritt verzieh. Er hatte ja schließlich auch Fehler gemacht, die sie ihm wiederum verzeihen konnte. Doch dann hatte er von Frieda erfahren, dass Henny aus Deutschland ausgereist und damit für ihn unerreichbar war. Entmutigt hatte er sich wieder auf den Heimweg begeben und war dort ohne Vorwarnung der Gestapo in die Arme gelaufen. Heinrich Schultz hatte sich als nachtragender erwiesen, als er es ihm zugetraut hatte. Er hatte ihn nicht nur gefeuert, sondern auch noch bei der Gestapo denunziert. Sein Verhalten während der Reichskristallnacht wurde als wehrzersetzend und feige eingestuft und mit dreimonatiger Lagerhaft bestraft. Außerdem wurde ihm die Arbeitserlaubnis als Brandingenieur entzogen, nachdem Schultz bekannt gemacht hatte, dass seine Abstammung nicht ganz lupenrein war. Innerhalb von nur wenigen Stunden hatte sein ehemaliger Mentor seine Existenz auf immer zerstört.

Die nun folgenden Monate sollten zu den schlimmsten in Emils Leben werden. Mit anderen Gefangenen wurde er auf einem Lastwagen ins Konzentrationslager nach Dachau gebracht. Bereits die Aufnahme in das Lager war mit ungeheuren Demütigungen verbunden, die einzig darauf abzielten, den Häftlingen ihre menschliche Würde zu rauben. Wie Vieh war er mit anderen politischen Gefangenen in die Baracke der politischen Abteilung gebracht worden, wo sie nacheinander für ein Steckbrieffoto auf einem Stuhl Platz nehmen mussten. Sobald der Fotograf mit seiner Arbeit fertig war, drückte ein SS-Mann auf einen Knopf, und eine Nadel, die in der Sitzfläche des Stuhls verborgen war, schoss dem Häftling in die Pobacke, was ihn schmerzerfüllt aufspringen ließ, um Platz für den nächsten zu machen.

Danach wurden sie durch das sogenannte Jourhaus in das Lager geführt, wo sie sich im Schubraum sämtlicher Kleider entledigen mussten. Splitterfasernackt hatten sich die Gefangenen an der Fensterseite des Raumes aufzustellen, während SS-Männer und Funktionshäftlinge, die an Schreibtischen saßen, ihnen sämtliche Habseligkeiten abnahmen und sie registrierten. Als sie den Raum nackt verließen, hatte man ihnen zu guter Letzt auch noch den Namen genommen, denn fortan wurden die Häftlinge nur noch über ihre Gefangenennummer identifiziert.

Ein eiskalter Baderaum war die letzte Station der Einlieferungsprozedur. Dort musste sich Emil am ganzen Körper kahl rasieren lassen, um danach in ein Fass mit scharf riechendem Desinfektionsmittel zu steigen. Die Chemikalie war dermaßen ätzend, dass sie wie Feuer auf der Haut brannte und schwere Rötungen hervorrief. Danach wurden die Gefangenen unter Einzelduschen abgeduscht und zu einer Bank gebracht, auf der die neue Kleidung lag. Im Gegensatz zu anderen hatte Emil noch Glück gehabt, dass ihm die schwarzweiß gestreifte Häftlingskleidung einigermaßen passte. Nur die Stiefel waren ihm viel zu klein. Allerdings war die grobe Kleidung kein Schutz gegen die Kälte auf dem langen Weg zu den Steinbrüchen, in denen er während der folgenden Monate auch bei kältester Witterung arbeiten musste.

Die Baracken, in denen jeweils mehr als hundert Bewohner hausten, waren kalt und zugig. Es herrschten Hunger, Krankheit und Tod. Diejenigen, die arbeiten durften, schufteten unter unmenschlichen Bedingungen, bewacht von brutalem, sadistischem SS-Personal.

Jeden Morgen und Abend hatten sich die Häftlinge in Reih und Glied auf dem Appellplatz aufzustellen und mussten sich oft stundenlang selbst bei strömendem Regen oder Schneefällen zählen lassen. Dabei blickten sie zitternd vor Kälte jeden Tag aufs Neue auf das Dach des Wirtschaftsgebäudes, auf dem die Inschrift prangte:

»Es gibt einen Weg zur Freiheit, seine Meilensteine heißen: Gehorsam, Fleiß, Ehrlichkeit, Ordnung, Sauberkeit, Nüchternheit, Wahrhaftigkeit, Opfersinn und Liebe zum Vaterland.«

Je öfter Emil den Spruch las, desto zynischer kam er ihm vor und desto mehr kam er zu der Überzeugung, dass er, sollte er jemals diesem Wahnsinn entkommen, nie wieder in diesem Land leben wollte, wo Menschen anderer Gesinnung und Rasse keinen Wert besaßen. Die Scham darüber, dass er selbst einmal ein Rädchen in diesem schrecklichen

Getriebe gewesen war, war mindestens so groß wie das Leid, das er erfuhr.

Als man ihn schließlich Ende März 1939 entließ, war er ein obdachloser, kranker Mann, den nur die abstruse Hoffnung auf ein Wiedersehen mit Henny noch am Leben hielt. Obwohl es keinen vernünftigen Grund dafür gab, weshalb sie ihn noch einmal sehen wollen sollte, hatte ihn während der Lagerhaft allein der Gedanke an sie aufgemuntert. Wieder und wieder hatte er sich an ihr gemeinsames Leben erinnert und sich ausgemalt, wie schön es werden könnte, wenn er ihr nach Afrika folgte. So unrealistisch auch alles sein mochte, so sehr hatte er an der Vorstellung festgehalten. Sie war ihm zur fixen Idee geworden.

Selbst in den Wochen der Flucht und auf der Überfahrt nach Britisch-Ostafrika waren ihm niemals Zweifel daran gekommen, dass es wichtig war, sich wenigstens noch einmal auszusprechen. Natürlich hatte er unterwegs auch ins Kalkül gezogen, dass sie mittlerweile einen anderen Mann gefunden haben konnte, doch nun, als er feststellen musste, dass dem wirklich so war, war er furchtbar enttäuscht.

Vielleicht war es tatsächlich das Beste, wenn er einfach wieder von hier verschwand. Henny hatte ein neues Leben begonnen und brauchte weder ihn noch eine Aussprache. Emil verlangsamte seine Schritte und beschloss, zurück in die Bar zu gehen, wo er seine wenigen Habseligkeiten deponiert hatte. Er war erst vor wenigen Stunden eingetroffen und hatte noch keine Gelegenheit gehabt, nach einer passenden Unterkunft zu suchen.

Die Bar lag an der Hauptstraße, ebenso wie der Kolonialwarenladen, an dem er vorbeimusste. Auf der staubigen, roten Straße trieben zwei hellhäutige Mädchen Reifen mit einem

Stöckchen vor sich her. Ein etwas dunkelhäutigeres Kleinkind tapste ihnen fröhlich lachend hinterher. Als er die Kinder passierte, rief eines der älteren Kinder seinen Namen. Als er den Namen »Ella« verstand, blieb er stehen, um die Kleine näher in Augenschein zu nehmen. Das konnte kein Zufall sein. Sie war ein bildhübsches Kind mit dunkelbraunen Locken und wachen blaugrauen Augen, die ihn freundlich musterten. Er zwinkerte dem Kind zu, und es erwiderte sofort sein Lächeln. Als er die sternenförmigen Grübchen auf ihren Wangen sah, wusste er sofort, dass sie Hennys Tochter war.

Sein Herz zog sich schmerzhaft zusammen, als sie mit unsicheren Schritten, aber ohne Furcht auf ihn zukam. Unwillkürlich ging er in die Hocke und breitete seine Arme aus. Als sie schon beinahe bei ihm war, hörte er rasche Schritte und eine aufgeregte Frauenstimme, die sich rasch näherte.

»Ella!«

Die Stimme klang panisch und doch vertraut.

Emil stand sofort auf und sah sich unvermittelt Henny gegenüber, die ihre Tochter hastig auf ihren Arm nahm und an sich zog.

»Was zum Teufel willst du hier? Verschwinde!«

Er fand zunächst keine Worte. Er stand Henny einfach gegenüber und starrte sie erstaunt an. Sie hatte sich verändert, seitdem sie sich zum letzten Mal gesehen hatten. Sie war reifer und noch schöner geworden. Die hellbraune Lockenpracht trug sie jetzt kurz, was ihr ausnehmend gut stand. Unter dem Einfluss der Sonne hatten sie einen leicht rötlichen Schimmer bekommen. Ihr Gesicht war von der Sonne gebräunt und brachte ihre graublauen Augen auf besondere Weise zur Geltung.

»Was ist? Hat es dir die Sprache verschlagen?«

Hennys Herz klopfte immer noch heftig, doch sie spürte, wie ihre Erregung langsam nachließ und der Verstand wieder Oberhand bekam. Sie begriff plötzlich, dass von Emil keine Bedrohung ausging. Als sie ihn vor der Kirche erkannt hatte, hatte sie für einen Augenblick das Gefühl gehabt, in einen emotionalen Bergrutsch zu geraten. Deshalb war sie auch davongerannt. Als sie sich wieder einigermaßen von dem Schreck erholt hatte, beschloss sie, Ella abzuholen und nach Hause zu gehen. Doch ausgerechnet vor dem Haus der Browns traf sie erneut auf Emil, noch dazu in Ellas Nähe. Das war einfach zu viel.

»Ich wollte mit dir reden.«

Seine Stimme holte sie zurück in die Realität. Sie hatte ganz vergessen, wie volltönend und warm sie war. Allerdings klang sie jetzt ziemlich kleinlaut. Sofort schalt sie sich für ihre Gedanken.

»Dafür ist es reichlich spät. Du hättest dir die Mühe sparen können«, raunzte sie ihn an.

»Genau das hat dein Verlobter auch gesagt«, erwiderte Emil selbstironisch. Das aufgesetzte Lächeln misslang ihm gründlich.

Henny schüttelte den Kopf. Ihr fiel auf, wie mager und mitgenommen er aussah. Um seine Mundwinkel hatten sich tiefe Falten gegraben, und das unbeschwerte Lächeln, das sie früher so an ihm geliebt hatte, war ihm offensichtlich abhandengekommen. Doch dann dachte sie an München und ihre letzte Begegnung, und ihr Mitgefühl verflüchtigte sich.

»Zwischen uns gibt es nichts mehr zu bereden. Es war deine Entscheidung, dich von uns zu trennen, nicht meine. Ella und ich kommen mittlerweile ganz gut allein zurecht.«

»Ich musste euch unbedingt noch einmal sehen …«

Sie sah, wie er nach den richtigen Worten rang und plötzlich mit den Tränen kämpfte. Die Verletzlichkeit war neu an ihm. »Ich weiß, dass ich meine Fehler nicht wiedergutmachen kann, aber ich war blind vor Eifersucht auf diesen Afrikaner und konnte einfach nicht anders. Und Schultz hat dauernd gestichelt, ich solle unsere Ehe annullieren lassen. Ich habe erst zu spät begriffen, dass es ihm nur darum ging, mich noch enger an ihn und seine Familie zu binden. Ach, Henny, ich habe in allen Dingen versagt …«

»Du hättest mir einfach vertrauen können.« Sie sagte es ohne Bitterkeit. Es überraschte sie, dass sie nicht mehr böse auf ihn war, nur enttäuscht, und das wog womöglich noch schwerer. Sie sah Ella auf ihrem Arm und dann ihn an und wurde ebenfalls traurig. »Wir waren die perfekte Familie, bis du alles zerstört hast.«

Emil gab ihr recht. »Ich würde alles rückgängig machen, wenn ich nochmals entscheiden könnte.« Sie sah, wie sich seine Hände zu Fäusten ballten und wie er versuchte, wieder die Oberhand über seine Gefühle zu gewinnen. »Ich bin schon seit fast einem Jahr auf der Suche nach euch, doch dann hat mir die Gestapo einen Strich durch die Rechnung gemacht«, fuhr er schließlich in betont nüchternem Tonfall fort. Seine Stimme hatte etwas Mechanisches, Distanz Schaffendes, als er in groben Zügen von seiner Lagerhaft und dem anschließenden Abtauchen in den Untergrund und Gustavs Fluchthilfe berichtete.

Henny war, trotz allen Vorbehalten gegen Emil, erschüttert. Sie hatte nie einen Hehl daraus gemacht, dass ihr der Einfluss seines Mentors auf ihn nie behagt hatte, aber dass er zu solch grausamen Gemeinheiten fähig war, hätte sie ihm nicht zugetraut. Sie standen immer noch am Rande der Hauptstraße, als ihr bewusst wurde, dass sie womöglich neugierig beäugt wurden.

»Wir können hier nicht länger stehen bleiben«, sagte sie und deutete auf die umliegenden Häuser. »Die Leute werden sich noch über uns das Maul zerreißen. Ich bin schließlich verlobt.« Sie überlegte einen kurzen Augenblick, dann gab sie ihrem Herzen einen Stoß. »Aber wenn du möchtest, kannst du später zum Krankenhaus kommen. Dort wohnen Ella und ich.«

Emil sah sie erleichtert an und nickte.

Sobald sie sich verabschiedet hatten, hastete Henny nach Hause.

Andrew wartete bereits mit besorgter Miene auf sie. Er hatte den Gottesdienst erst gar nicht besucht, sondern war gleich zurückgegangen, um ihr notfalls zur Seite stehen zu können.

»Da seid ihr ja«, begrüßte er sie hocherfreut. Er nahm ihr Ella ab und setzte sie sich auf den Schoß. Doch die wollte lieber ins Haus zu ihren Spielsachen.

Henny setzte sich auf den Schaukelstuhl neben ihn und berichtete ihm von ihrer Begegnung. »Ich habe ihn eingeladen, später noch einmal zu kommen«, teilte sie ihm abschließend mit. »Ich möchte unbedingt erfahren, wie es Frieda und Gustav geht.«

Andrew sah nicht gerade begeistert aus. Henny legte ihre Hand auf sein Knie und beruhigte ihn.

»Du kannst uns gerne Gesellschaft leisten«, meinte sie. »Ich habe keine Geheimnisse vor dir.« Seine Züge entspannten sich, als sie ihn zur Bekräftigung auch noch küsste.

»Also gut«, brummte er, »immerhin ist er Ellas leiblicher Vater.«

»Das ist der Mann, den ich so sehr schätze«, seufzte Henny erleichtert. Ihr fiel gar nicht auf, dass sie nicht das Wort »liebe« verwendet hatte.

Als Emil kurz vor Sonnenuntergang zum Krankenhaus kam, wurde er von Henny und ihrem Verlobten auf der Veranda empfangen. Henny hatte draußen eingedeckt und einen Kuchen auf den Tisch gestellt. Als er die beiden mit Ella dort sitzen sah, kam er sich wie ein Eindringling vor. Doch dann löste sich Ella vom Schoß ihres zukünftigen Stiefvaters und stolperte begeistert auf ihn zu. Überwältigt von ihrer Unvoreingenommenheit, ging er in die Hocke und nahm das Bauklötzchen entgegen, das sie ihm stolz überreichte.

»Pielen«, forderte sie ihn fröhlich auf, nahm seinen Finger und versuchte ihn mit sich zu ziehen. Emil wäre ihr am liebsten ins Haus gefolgt, doch Andrews Räuspern hielt ihn davon ab.

»Später, kleiner Engel«, lächelte er sie an und richtete sich auf, um erst Henny und dann Andrew förmlich die Hand zu reichen.

Andrew forderte ihn auf, Platz zu nehmen, obwohl es Hennys Häuschen war. Offensichtlich wollte er ihm demonstrieren, dass er hier keinerlei Anrecht hatte. Emil nahm es ohne Verdruss zur Kenntnis. Er musste froh sein, dass Henny ihn überhaupt empfing. Es war verständlich, dass sie ihren Verlobten bei ihrer Unterredung dabeihaben wollte, auch wenn ihm das persönlich nicht besonders behagte. Außerdem fand er, dass dieser grobknochige Arzt, der ihn um mindestens zwei Köpfe überragte, überhaupt nicht zu der zierlichen Henny passte. Dementsprechend steif war auch ihre anfängliche Unterhaltung. Zu seinem Bedauern übergab Henny die kleine Ella auch noch einem dunkelhäutigen Kindermädchen, das sich mit ihr zurückzog.

»Der Kuchen ist von Meggie Brown, der besten Bäckerin am Nyassasee«, kündigte Henny an und tat ihm ein Stück des Marmorkuchens auf den Teller.

Er spürte, wie ihr Blick ihn kurz streifte, so als warte sie auf eine Erwiderung. Tatsächlich hatte ihm eine spitze Bemerkung auf der Zunge gelegen, denn er wusste wohl, dass Henny eine miserable Bäckerin war, auch wenn sie ganz ordentlich kochen konnte. Doch er verkniff sie sich.

Als hätte sie seine Gedanken erraten, schmunzelte sie. »Du solltest froh sein, Andrew, dass ich es bislang noch nicht gewagt habe, dir einen Kuchen zu backen.«

Dieser sah sie befremdet an, vor allem, weil Emil sich nun doch ein Grinsen nicht verkneifen konnte.

»Das Resultat ihrer Backkunst ist in der Tat meist recht fragwürdig«, setzte dieser rasch zu einer Erklärung an, »entweder ist anschließend Feueralarm, oder die Backmischung war missraten. Hüten Sie sich also vor ihren Kuchen.«

»Danke für den Tipp.« Andrew grinste gutmütig in seine Richtung.

»Ein Wunder, dass du dich daran noch erinnerst«, bemerkte Henny ironisch. »Dabei war ich mir jedes Mal sicher, dass ich alles richtig gemacht habe.«

Mit einem Mal war das Eis gebrochen, und sie lachten alle drei herzlich. Nachdem sie bei oberflächlicher Plauderei Tee und Kuchen verzehrt hatten, fand Emil es an der Zeit, etwas mehr über sich zu erzählen. Da Andrew mit anwesend war, beschränkte er sich zunächst darauf, über seine Lagerhaft und die anschließende Flucht aus Deutschland zu berichten. Besonders die Zeit nach seiner Haftentlassung, wo er dank Frieda Kontakt zu Gustavs Untergrundorganisation aufgenommen hatte, interessierte beide sehr.

Die ersten Tage nach seiner Haftentlassung war er durch München gestreunt und hatte sich zu den anderen Obdachlosen gesellt, die sich rund um den Bahnhof versammelt hatten. Dabei hatte er festgestellt, dass er weiß Gott nicht der Einzige war, den das Naziregime aus der Bahn geworfen hatte. Die Nachwirkungen der Lagerhaft und die kalten Temperaturen hatten ihn schließlich krank werden lassen. Mit letzter Kraft hatte er sich zum Rotkreuzkrankenhaus zu Frieda geschleppt und diese in seiner Not um Hilfe gebeten.

»Sie hat mir Medikamente gegen mein Fieber verabreicht und eine Adresse in Ismaning in die Hand gedrückt, an die ich mich wenden sollte.« Emil lächelte versonnen, als er daran dachte. »Sie hat mir nur deinetwegen geholfen, Henny«, sagte er schließlich und sah sie an. »Was du für Gustav getan hattest, wollte sie nun an mir vergelten. Ich glaube, dadurch, dass ich aufgetaucht bin, hat sie den Mut gefunden, wieder Kontakt zu ihm aufzunehmen. Davon habe ich erst später erfahren. Auf jeden Fall fand ich erst einmal bei einem Handwerksburschen in Ismaning Unterschlupf, der wiederum als Kontaktmann zu Gustav und der Organisation fungierte, für die sie beide arbeiteten. Eines Tages kam er persönlich zu mir und bot mir an, mich heimlich aus dem Land zu schaffen. Er verfügte über die nötigen Kontakte, um an gefälschte Pässe zu kommen. Anfang Juni war es dann so weit. Mit anderen Flüchtenden gelangte ich über die grüne Grenze in die Schweiz und von dort nach Frankreich. Da ich kein Geld hatte, verdingte ich mich als Hafenarbeiter in Marseille, bis ich genügend Geld für die Überfahrt nach Afrika besaß. Ohne Gustavs Hilfe wäre mir das nie gelungen.«

»Wirklich erstaunlich, was Sie alles durchgemacht haben«, meinte Andrew, ehrlich beeindruckt, während Henny nachdenklich schwieg.

Da erinnerte Emil sich plötzlich an den Brief, den er die ganze Zeit bei sich getragen hatte. Er griff in die Innentasche seiner Jacke und überreichte ihn Henny. »Der ist von Frieda. Sie sagte, dass du ihr sehr fehlst«, meinte er.

Sie nahm ihn sichtlich gerührt entgegen und steckte ihn sofort weg.

»Ach Frieda!«, seufzte sie wehmütig. »Sie fehlt mir auch so sehr. Es ist eine Schande, dass alles so gekommen ist.«

Emil schwieg zerknirscht. Seine Mitschuld war nicht zu leugnen. Schließlich räusperte er sich verlegen. »Es tut mir so leid, Henny! Ich wünschte mir, du könntest mir verzeihen. Ich war ja so blind. Blind vor Eifersucht und blind vor Ehrgeiz. Ich wollte allen nur gefallen und bin dabei dem größten Rattenfänger, den Deutschland jemals hervorgebracht hat, hinterhergelaufen. Ich habe große Schuld auf mich geladen.« Zum ersten Mal war er in der Lage, von seinen Erlebnissen während der Reichskristallnacht zu erzählen.

Henny und Andrew hörten ihm erschüttert zu. Als er zu Ende gekommen war, schwiegen sie alle drei.

»Wenn wir Engländer einen Mann wie Hitler gehabt hätten, wären wir auch Nationalsozialisten geworden«, ergriff Andrew schließlich als Erster das Wort. »Das Gift des Antisemitismus steckt in einigen europäischen Ländern. Wer weiß schon, wie ich in Ihrer Situation gehandelt hätte.«

Emil sah ihn verblüfft an. Hennys Verlobter zeigte ungeahnte Größe. Mit einem Mal fand er ihn sogar sympathisch.

»Ihr Verständnis ehrt Sie«, gab er zu. »Aber ich für meinen Teil werde diese Last wohl nie wieder loswerden.«

»Sie sollten in die Zukunft sehen und froh sein, dass Sie rechtzeitig zur Vernunft gekommen sind«, riet ihm Andrew milde. »Ich glaube, wir könnten jetzt alle einen Schluck

Whisky gebrauchen. Ich werde gleich eine Flasche holen gehen, aber vorher muss ich noch schnell in meinem Labor nach dem Rechten sehen. Ich bin sicher, dass ihr euch so einiges ohne mich zu erzählen habt.« Er stand auf und legte kurz seine Hand auf Hennys Schulter. Diese lächelte ihm dankbar zu.

Als er in Richtung Krankenhaus verschwunden war, waren sie endlich allein. Sofort stellte sich wieder Befangenheit zwischen ihnen ein.

»Ich weiß immer noch nicht, weshalb du gekommen bist«, durchbrach Henny schließlich ihr Schweigen.

Er sah sie erstaunt an.

»Ist das so schwer zu verstehen? Ich habe nie aufgehört, dich zu lieben, deshalb bin ich hier. Ich möchte, dass du weißt, dass ich immer für euch da sein werde, wenn ihr mich braucht. Auch wenn du mir wahrscheinlich niemals verzeihen wirst, so lass mich bitte ab und zu nach Ella sehen.«

»Du hast dich geweigert, sie als deine Tochter anzuerkennen«, erinnerte ihn Henny. Die Bitterkeit in ihrer Stimme tat ihm weh.

»Was spielt das schon für eine Rolle? Ich liebe euch!« Er versuchte, ihre Hand zu ergreifen, doch sie entzog sie ihm.

»Es ist zu spät, Emil«, sagte sie bestimmt. »Ich habe mich für Andrew entschieden und werde ihn heiraten, aber wenn du willst, kannst du Ella jederzeit sehen, denn sie ist und bleibt deine Tochter.«

Emil musste einsehen, dass er verloren hatte. Er erhob sich, um zu gehen. In diesem Augenblick kehrte Andrew mit seinem Whisky zurück. Mittlerweile war die Sonne untergegangen, und es war stockdunkel.

»Ich werde gehen«, teilte er ihm mit. »Morgen früh werde ich Nkhotakota verlassen.«

»Der nächste Omnibus in Richtung Blantyre fährt erst am Mittwoch«, teilte ihm Andrew mit. »So lange werden Sie wohl noch hierbleiben müssen. Haben Sie überhaupt schon eine Unterkunft?«

Als er verneinte, bot ihm Andrew sofort eine der leer stehenden Hütten an. Diese großzügige Geste war Emil unangenehm, auf der anderen Seite gab es keine andere passende Unterkunft im Ort.

»Bleiben Sie ruhig hier«, forderte ihn Andrew erneut auf. »Nutzen Sie die Zeit, um Ihre bezaubernde Tochter noch ein wenig näher kennenzulernen.«

34. Kapitel

Gule Wamkulu II

In Begleitung von Ella machte sich Henny wie jeden Dienstag mit einem riesigen Wäschekorb auf den Weg zum Trockenplatz hinter der Klinik. Er lag geschützt, etwas abseits der staubigen Zufahrtswege auf einer Waldlichtung. Im Gegensatz zu den anderen Weißen im Ort ließ sie es sich nicht nehmen, ihre Wäsche selbst zu waschen, aufzuhängen und zu bügeln, obwohl das in Afrika unüblich war. Dafür gab es die Schwarzen, deren billige Dienste alle Weißen selbstverständlich in Anspruch nahmen. Ihr dagegen widerstrebte es, andere für sich arbeiten zu lassen, wenn sie die Arbeit genauso gut selbst erledigen konnte. Sie war so erzogen worden und konnte nicht aus ihrer Haut. Außerdem liebte Ella es, sie auf den Wäscheplatz zu begleiten und ihr nacheinander die Wäscheklammern zu reichen.

Als sie nach einer Weile genug davon hatte, setzte sie sich auf ein Stück Rasen in den Schatten, um mit den Holzklammern zu spielen. Sicher, dass sie nun für eine Weile beschäftigt war, überließ sie Ella den Sack mit den Wäscheklammern, nachdem sie sich einen Vorrat davon in die Schürzentaschen gesteckt hatte. Während sie mit dem Rücken zu ihr die Wäschestücke aufhängte, hörte sie Ella in ihrer Kindersprache vor sich hin brabbeln. Aus den umliegenden Dörfern vernahm sie die Regentrommeln der Medizinmänner, die um diese Jahreszeit immer geschlagen wurden, um die Naturgeister für sich gewogen zu machen.

Einen kurzen Augenblick lang glaubte sie auf dem Pfad, der links von ihr in Richtung Dorf führte, eine bunte Gestalt zu sehen. Doch dann war sie gleich wieder verschwunden. Ob sich einer der Maskenträger des Nyau-Kultes bis hierher gewagt hatte? Doch als sie genauer hinsah, sah sie nur einen Mungo zwischen den Zweigen rascheln.

Das Trommeln wurde immer stärker. Es war die Zeit des Gule Wamkulu, des großen Tanzes, der meist von mehreren Dörfern gemeinsam kurz vor Beginn der Regenzeit abgehalten wurde. Er wurde auch Tanz der Verstorbenen genannt, da er der Huldigung der Toten diente und eine wichtige Gedenkfeier für herausragende Persönlichkeiten war. Die Tänze fanden an drei aufeinanderfolgenden Nächten statt, aber auch tagsüber liefen Nyau, die Mitglieder des Geheimbundes der Chewa, durch das Dorf, um Frauen zu erschrecken, mit den Kindern zu spielen oder zu singen, je nachdem, welchen Charakter oder welches Tier sie verkörperten.

Henny stand den Nyau-Bräuchen mit einer gewissen Ablehnung gegenüber. Die Begegnung mit dem Chiwau am Seeufer steckte ihr immer noch in den Knochen. Andrew hatte mehrfach versucht, sie zu beruhigen, indem er ihr erklärte, dass sie als Kind schon einmal von dieser Figur erschreckt worden war und sich deshalb an sie erinnerte. Ellas Kindermädchen Mutende, ebenfalls eine Chewa, hatte dagegen eine ganz andere Erklärung parat. Sie war *der* Ansicht, dass sie vom Geist einer verwandten Toten heimgesucht wurde, der nicht in die Welt des *mizimu* aufgenommen worden war und sie nun in ihren Träumen heimsuchte. Eine schreckliche Vorstellung, wie sie fand.

So in ihre Gedanken versunken, bemerkte sie gar nicht, wie Emil sich ihr näherte.

»Darf ich?« Er lächelte sie an und nahm ganz selbstverständlich Wäsche aus dem Korb, um ihr beim Aufhängen zu helfen. So banal diese Geste auch war, so sehr genoss Henny seine Anwesenheit. Sie redeten nicht, während sie die Wäschestücke aus seinen Händen entgegennahm, aber jedes Mal, wenn er ihr etwas übergab, berührten seine feinen Hände für einen Augenblick die ihren. Sie tat so, als würde sie es nicht bemerkten. In Wirklichkeit ging jedoch jedes Mal ein kleiner Stromschlag durch ihren Körper.

Als sie daran dachte, dass er schon am nächsten Morgen wieder abreisen würde, wurde ihr ganz bang ums Herz. Sie hatten in den letzten beiden Tagen einige Zeit miteinander verbracht, in der Emil sich viel mit Ella beschäftigt hatte. Es war rührend anzusehen, wie vertraut die beiden miteinander umgingen, so als wären sie nie getrennt gewesen. Obwohl sie noch so klein war, behandelte Emil Ella wie ein gleichberechtigtes Wesen, ganz anders als Andrew, der ihre Tochter eher wie ein putziges Tierchen betrachtete, das er gerne einmal herzte. Jedes Mal, wenn ihr diese Gedanken durch den Kopf schossen, schämte sie sich dafür. Sie tat Andrew Unrecht.

»Ich gäbe ein Königreich dafür, wenn ich jetzt deine Gedanken lesen könnte«, durchbrach Emil ihr Schweigen.

»Das könnte dir wohl so passen!« Sie fühlte sich ertappt. Für einen Augenblick fühlte sie die Unbeschwertheit vergangener Tage und stupste ihn, ohne nachzudenken, in die Seite.

Er schwankte, und auf einmal wurde ihr bewusst, wie nah sie beieinanderstanden.

Emil senkte das Laken, das er ihr gerade reichen wollte, und sah ihr tief in die Augen.

»Du weißt gar nicht, wie oft ich mir während der Lagerhaft solch einen Augenblick vorgestellt habe«, sagte er mit rauer Stimme.

Sie erwiderte seinen Blick und nahm intensiv seinen Körperduft wahr. Die Spannung zwischen ihnen war mit Händen zu greifen. Wenn Emil sie jetzt küsste, würde sie ihm nicht widerstehen können. In diesem Augenblick brach eine Schar aufgescheuchter Perlhühner durch das Gebüsch und verteilte sich über den Wäscheplatz. Die zarte Verbundenheit, die sie eben noch gespürt hatte, zerplatzte wie eine Seifenblase.

»Den Rest mache ich lieber alleine«, meinte Henny und nahm Emil kurzerhand das Laken aus der Hand. Er wirkte enttäuscht, ließ sie aber gewähren.

»Hast du etwas dagegen, wenn ich mit Ella noch einen kleinen Spaziergang mache?«, fragte er. Sie schüttelte den Kopf, ohne ihn anzusehen. »Sie ist da hinten unter dem Baum und spielt mit den Klammern. Achte bitte darauf, dass sie nicht zu sehr der Sonne ausgesetzt ist. Es ist bereits sehr heiß.«

Emil versprach es und machte sich auf den Weg.

Kaum war er fort, holte Henny erst einmal tief Luft. Was war bloß mit ihr los? Noch vor drei Tagen hatte sie sich Andrew in vollem Bewusstsein hingegeben und war sich sicher gewesen, dass sie ihn liebte, und nun war sie drauf und dran, sich nochmals an Emil zu verlieren. Sie zog das Laken in ihren Händen mit aller Kraft glatt und hängte es energisch auf. Sie konnte sich gar nicht oft genug in Erinnerung rufen, was Emil ihr und Ella angetan hatte. Doch ihre Wut und Enttäuschung darüber war längst vergessen. Sie glaubte ihm mittlerweile sogar, dass es ihm leidtat, doch das änderte nichts an der Tatsache, dass er immer noch von ihrer Untreue überzeugt zu sein schien. Schließlich beruhigte sie sich. Schon morgen würde der Spuk vorüber sein, dann gab es nur noch sie, Andrew und Ella.

Emil kam mit raschen Schritten zurück. »Ella ist nicht unter dem Baum«, berichtete er verstört. »Kann es sein, dass sie alleine zurück zum Haus gelaufen ist?«

In Henny brach sofort Panik aus. »Das würde sie nicht tun«, meinte sie aufgeregt. Sie ließ alles stehen und rannte die kurze Strecke zu dem Baum, nur um Emils Behauptung bestätigt zu finden. Hektisch sah sie sich um. »Hier waren noch nie größere Tiere. Das Gelände ist doch eingezäunt.«

»Nun beruhige dich doch erst einmal!« Emil legte beruhigend seine Hand auf ihre Schulter. »Wir sehen jetzt erst einmal in den Häusern und danach in der Klinik nach. Vielleicht hat Mutende sie ja auch abgeholt.«

Henny fuhr sich fahrig durchs Haar, während sie überlegte. »Das könnte sein, obwohl sie mir immer Bescheid gibt, wenn sie Ella mitnimmt.«

Gemeinsam eilten sie zurück, aber Ella war nirgendwo zu finden. Auch in der Klinik war sie nicht.

Andrew, der gerade im Behandlungszimmer beschäftigt war, ließ alles stehen und liegen und schloss sich ihnen an. Nach einer Stunde hatten sie jeden einzelnen Winkel durchkämmt. Ella blieb verschwunden. Henny suchte nochmals alles ab, während Emil und Andrew Gewehre holten, um die nähere Umgebung nach ihr abzusuchen. Es kam immer wieder vor, dass wilde Tiere Kleinkinder verschleppten. Allein der Gedanke ließ Henny vor Sorge fast wahnsinnig werden.

»Hier sind schon seit Monaten keine größeren Raubkatzen mehr gesehen worden«, versuchte Andrew sie zu beruhigen. Er schloss sie in die Arme, doch sie hielt seine Fürsorge im Augenblick nicht aus und machte sich ungeduldig von ihm frei.

»Sieh lieber zu, dass du mein Kind findest«, fuhr sie ihn ungerecht an.

»Wir kommen erst wieder, wenn wir sie gefunden haben«, versprach Emil an Andrews statt und folgte diesem zu dem Platz, wo Ella zum letzten Mal gesehen worden war.

Henny machte sich ein drittes Mal auf die Suche in den unterschiedlichen Gebäuden, wobei sie dieses Mal systematisch vorging und alle Angestellten ebenfalls suchen ließ. Wieder waren sie erfolglos. Es war mittlerweile Mittagszeit und drückend heiß geworden. Henny hatte Kopfschmerzen, was durch das immer lauter werdende Geräusch der Trommeln noch verstärkt wurde.

Plötzlich ging ihr die bunte Erscheinung durch den Kopf, die sie zu sehen geglaubt hatte. Vielleicht war sie doch keine Einbildung gewesen? Der Mungo war vielleicht durch ein menschliches Wesen aufgeschreckt worden. Im Nachhinein erinnerte sie sich wieder an Ellas lautes Brabbeln. Sie hatte es für Spiellaute gehalten, aber genauso gut war es möglich, dass sie jemanden begrüßt hatte, der sie dann mitgenommen hatte? Henny klammerte sich an diese Idee. Ella war Fremden gegenüber eher misstrauisch, also musste es, falls es so gewesen war, jemand sein, den sie kannte. Sie ging nochmals zu dem Baum, an dem sie verschwunden war, und suchte alles ab. Doch der Rasen, auf dem Ella gespielt hatte, zeigte keinerlei Spuren oder Fußabdrücke. Allerdings fand sie eine Wäscheklammer auf dem Pfad, der in das Mudzu führte, in dem Asale lebte.

Kurz entschlossen folgte sie dem Pfad und registrierte, das dort große Aufregung herrschte. Sie hörte das Singen von Frauen, das von rhythmischen Trommelschlägen begleitet wurde. Sie zögerte kurz weiterzugehen, denn die Chewa mochten es nicht, wenn man zu ihnen kam, solange sie kultische Stammesrituale zelebrierten. Doch dann dachte sie an ihre Tochter und setzte den Weg fort. Ausgelaugt von der großen Hitze, erreichte sie schließlich die ersten hellroten Lehmhütten, deren Wände mit geometrischen Formen bemalt waren. Die meisten Dorfbewohner hatten sich auf dem Dorfplatz, dem *bwalo,* versammelt und bewunderten die Tanzdarstellungen der mit Masken und Kostümen verkleideten Nyau-Tänzer. Die Menschen waren so von der Darbietung eines fast nackten Tänzers fasziniert, dass sie nicht auf sie achteten. Der Mann trug nichts als einen Schurz um seine Lenden, der aus in Stücke gerissenem Affenfell bestand. Sein Kopf war mit einer Haube aus Fell und Vogelfedern bedeckt, die in eine bizarre, an ein Paviangesicht erinnernde Maske überging. Er sprang in die Mitte des Kreises und warnte die Anwesenden mit tiefer, kehliger Stimme: »Wisst ihr, warum ich hier bin?«

Die Menge antwortete: »Du kommst von den Ahnen, damit wir dir Respekt entgegenbringen.«

Dann setzten die Trommeln ein, und der Affengott begann sich nach ihrem Rhythmus zu drehen und auf und ab zu springen. Je schneller der Schlag der Trommeln wurde, desto wilder waren seine Bewegungen. Seine Extremitäten zappelten wie die einer Schlenkerpuppe. Während des Auftritts sangen die Frauen Lieder, die von den Verhaltensregeln im Dorf handelten. Immer wieder wurde die Musik unterbrochen, und der Tänzer rief der Menge etwas zu.

Henny war gebannt stehen geblieben und schaute dem Geschehen eine Weile lang zu. Dabei durchforsteten ihre Blicke die Menge, doch Ella war nirgendwo zu sehen. Entmutigt wandte sie sich ab, um sich wieder auf den Rückweg zu machen. Es war eine unsinnige Idee gewesen, hier nach ihr zu suchen. Dennoch sah sie sich noch einmal um. Dabei fiel ihr Blick zufällig noch einmal auf den Mangobaum, der in der Nähe der Häuptlingshütte stand. Eine alte Frau, die eben noch nicht da gewesen war, kauerte auf dem Boden und war mit etwas beschäftigt. Als sie ihr das Profil zuwandte, erkannte sie in ihr Asale. Sie ging auf sie zu, um sie anzusprechen, als sie plötzlich ihre Tochter entdeckte, die selbstvergessen vor der alten Frau auf dem Boden spielte.

»Ella!« Ihr Ruf ging im Lärm der Nyau-Tänze völlig unter. Außer sich vor Erleichterung, stürmte Henny auf die beiden zu. Ihre Tochter war so in ihr Spiel vertieft, dass sie ihre Mutter gar nicht bemerkte. Sie herzte gerade eine Puppe, die in Henny diffuse Erinnerungen wachrief. Sie hatte die beiden noch nicht ganz erreicht, da drehte sich die alte Frau zu ihr um. Sie erschien überhaupt nicht erstaunt, sie zu sehen. Sie sagte nur: »Wir haben auf dich gewartet.«

Emil und Andrew hatten erfolglos die gesamte Gegend durchkämmt, ohne eine Spur von Ella zu finden. Sie hatten die Suche in Richtung See und Nkhotakota konzentriert. Das umliegende Buschland würden sie am nächsten Morgen durchforsten. Beide Männer waren ziemlich deprimiert. Ihnen war klar, dass die Chancen für ein Kleinkind, eine Nacht allein in der Wildnis überleben zu können, äußerst schlecht standen. Emil fürchtete sich davor, Henny die schlechte Nachricht zu überbringen. Als sie kurz vor Sonnenuntergang wieder zurück zur Klinik kamen, war sie jedoch nirgendwo zu finden. Mutende wusste nur zu berichten, dass Henny sich ebenfalls auf die Suche gemacht hatte.

»Sie wird bestimmt bald kommen«, meinte Andrew ziemlich erschöpft. »Spätestens bei Einbruch der Dunkelheit macht es auch für sie keinen Sinn mehr zu suchen.«

»Vielleicht hat sie ja mehr Glück als wir!« Emil hätte sich am liebsten gleich wieder auf den Weg gemacht, doch Andrew hielt ihn auf.

»Kommen Sie, ich glaube, wir brauchen jetzt beide erst mal etwas Richtiges zu trinken«, lud er ihn in sein Haus ein.

Emil folgte ihm widerwillig und setzte sich auf den Stuhl am Küchentisch. So froh er um eine kleine Pause war, so unruhig blieb sein Inneres.

Andrew ging unterdessen zum Büfett, auf dem eine Flasche Whisky stand, und goss sich großzügig davon in ein Glas.

»Sie auch?«

Emil lehnte dankend ab. Ihm war nicht nach Alkohol zumute.

Andrew trank sein Glas in einem Zug leer und schüttete sich sofort etwas nach. »Tut mir leid, wenn Sie jetzt denken, dass ich ein Trinker bin«, meinte er resigniert. »Aber heute brauch ich das einfach.«

»Schon okay.« Emil nickte ihm verständnisvoll zu. Sosehr er sich auch vorgenommen hatte, Hennys Verlobten nicht zu mögen, musste er mittlerweile anerkennen, dass er ein feiner Kerl war. Er liebte Henny wirklich und würde sicherlich auch Ella ein guter Vater sein … Wenn der Kleinen nur nichts geschehen war! Er fühlte sich schuldig an ihrem Verschwinden, da er Henny abgelenkt hatte. Und da war noch etwas, was er plötzlich mit aller Gewissheit wusste. Egal, was auch immer kommen mochte, er war Ellas Vater. Wenn ihr etwas geschehen sein sollte, würde er das nicht verwinden. Aus diesem Grund konnte er auch nicht abreisen, bevor er über ihr Schicksal Gewissheit hatte.

Als hätte Andrew seine Gedanken erraten, sprach er ihn darauf an.

»Werden Sie morgen abreisen?«

Emil schüttelte den Kopf. »Ich kann nicht.«

»Das würde ich an Ihrer Stelle wahrscheinlich auch nicht. Sie haben Ella längst als Tochter akzeptiert, nicht wahr?« Er prostete ihm mit einem nachdenklichen Lächeln zu. »Schon verdammt seltsam, dass Sie ausgerechnet jetzt auftauchen müssen, wo ich Henny endlich dazu gebracht habe, mich zu heiraten.«

»Sie haben doch gewonnen, was wollen Sie mehr?«, meinte Emil und verzog den Mundwinkel zu einem halben Lächeln. »Auf jeden Fall haben Sie die besseren Karten. Henny hat sich für Sie entschieden. Nun müssen Sie sie verdammt noch mal glücklich machen.«

»Das werde ich«, bestätigte Andrew und trank das zweite Glas leer. Mit einem schweren Seufzer ließ er sich auf den Lehnstuhl vor dem Kamin sinken und verfiel in trübsinniges Schweigen.

Mittlerweile war die Sonne hinter dem Horizont verschwunden, und die Dunkelheit senkte sich innerhalb weniger Augenblicke über das Land. Auch im Haus war es dunkel geworden, doch Andrew machte keinerlei Anstalten, ein Licht anzuzünden, bis Emil merkte, dass der Arzt eingeschlafen war. Er überlegte, selbst nach einer Lampe zu suchen, doch dann beschloss er, lieber vor die Tür zu gehen, um nachzusehen, ob Henny schon irgendwo zu sehen war. Obwohl auch er müde war, hatte er immer noch das Bedürfnis, etwas zu tun. Doch die Dunkelheit hielt ihn davon ab. Also setzte er sich auf die Stufen der Veranda und beobachtete den Halbmond, der allmählich die Nacht mit seinem diffusen Licht beleuchtete. In den Zweigen raschelte es, und von überall her waren ihm unbekannte Geräusche zu hören. Er vermochte weder auszumachen, woher sie kamen, noch wer oder was sie verursachte. Als Stadtmensch fühlte er sich der allgegenwärtigen Natur hilflos unterlegen.

Dann sah er plötzlich, wie sich eine Gestalt aus den dunklen Baumreihen löste und langsam auf ihn zukam. Er erkannte gleich, dass es eine Frau war. Erst hielt er sie für Henny, doch dann erkannte er an dem schleppenden Schritt, dass es jemand anderes sein musste. Erst als sie schon ziemlich nah war, sah er, dass sie etwas auf ihrem Rücken trug. Als sie sich ihm bis auf etwa fünf Schritte genähert hatte, blieb sie stehen.

»Ich habe hier etwas für dich.«

Er erkannte nur die Umrisse der Frau, da das Mondlicht sie von hinten beleuchtete. Sie löste das Tuch, mit dem sie ihre Last auf den Rücken gebunden hatte, und hielt ihm plötzlich ein Bündel mit einem schlafenden Kind entgegen. Sein Herz stolperte für einen kurzen Augenblick, als er begriff, dass es Ella sein musste. Doch sie war leblos und rührte sich nicht.

»Was ist mit ihr?«, fragte er voller Angst und trat auf die Fremde zu.

»Sie schläft nur«, beruhigte ihn die alte Frau mit einem kehligen Lachen. Ihr Englisch war nahezu akzentfrei. Vorsichtig reichte sie ihm das Tuch, in dem das schlafende Kind eingehüllt war. Ellas lockenumrahmtes Köpfchen lugte daraus hervor und wurde vom Mondlicht beschienen. So friedlich und glücklich sah sie in ihrem Schlaf aus, nicht ahnend, welche Sorgen sie sich alle um sie gemacht hatten.

Emil empfand große Erleichterung und Dankbarkeit. Tränen rannen über sein Gesicht, ohne dass er sie unterdrücken konnte.

»Wo hast du sie gefunden?«, fragte er schließlich.

Statt einer Antwort schüttelte die Frau nur leicht den Kopf. »Das soll dir ihre Mutter erzählen.«

»Dann weiß Henny, dass es Ella gut geht?«, fragte er verwundert. »Wieso ist sie dann nicht hier?«

»Sie ist im Mudzu und wird die Nacht dort verbringen«, sagte die alte Frau schon im Gehen. Dann hielt sie doch noch einmal inne und wandte sich ihm zu. Dieses Mal lag so etwas wie Neugierde in ihrem Blick. »Warum hast du Amayi denn verlassen, wenn du sie und ihr Kind so sehr liebst?«, fragte sie ihn geradeheraus.

Emil senkte beschämt den Kopf. »Du weißt davon? Wer bist du?«

»Mein Name ist Asale. Ich war eine Freundin von Amayis Mutter.« Sie sah ihm offen ins Gesicht. »Warum lernt ihr Musungu nicht, eurem Herzen zu vertrauen?«, fragte sie ihn. »Denkst du wirklich, dass die Hautfarbe darüber entscheidet, ob Ella dein Kind ist oder nicht?« Noch einmal hörte er ihr raues Lachen, das voller Spott zu sein schien. »Als ob es darauf ankommt!« Dann sah er ihre schwarzen Augen im Mondlicht aufleuchten, schon während sie im Weggehen war. »Ella ist so sicher dein Kind, wie der Mond dort oben am Himmel steht.«

Asales Gestalt war längst schon wieder mit der Dunkelheit verschmolzen, als er immer noch mit der schlafenden Ella im Arm am selben Fleck stand und ihr nachsah.

35. Kapitel

Gule Wamkulu III

»Wie kommst du dazu, Ella einfach zu entführen?«, entrüstete sich Henny, nachdem sie sich davon überzeugt hatte, dass Ella nichts geschehen war. Doch die Chewa-Frau ließ sich von ihr nicht aus der Ruhe bringen.

»Ich habe sie hergeholt, weil es notwendig war«, antwortete die alte Frau.

Henny geriet außer sich. »Ich bin vor Angst schier verrückt geworden, als sie plötzlich verschwunden war! Wie konntest du mir das antun?«

»Ich wusste, dass du sie hier suchen wirst!« Sie deutete vage in Richtung der Nyau-Tänzer. »Die Trommeln haben dich hergelockt.«

»Das ist doch Unsinn! Das war reiner Zufall!«

»Dann hat dich eben der Zufall hierhergeführt!« Asales Miene ließ sich schwer deuten. »Wichtig ist nur, dass du gekommen bist«, sagte sie. »Komm mit, dann erfährst du mehr.«

Schwerfällig erhob sie sich vom Boden. Henny ergriff die Gelegenheit, um Ella auf den Arm zu nehmen. Ihre Tochter protestierte, als sie ihr die Puppe entwand, um sie Asale zurückzugeben. Sie dachte gar nicht daran, irgendwohin zu gehen.

»Ich rate dir, nicht noch einmal in unsere Nähe zu kommen«, fauchte sie grimmig und drückte der alten Frau die Puppe in die Hand.

Ella begann auf ihrem Arm zu weinen und streckte ihre Ärmchen danach aus.

Asale kümmerte sich nicht um Henny, sondern gab Ella die Puppe wieder zurück. »Es ist deine Puppe«, sagte sie ruhig. »Ich habe sie dir damals geschenkt.«

Ella beruhigte sich sofort, als sie hatte, was sie wollte. Verunsichert überließ Henny ihrer Tochter das Spielzeug. Also deshalb kam ihr die Puppe so bekannt vor.

»Ich verstehe nicht, was das alles hier soll. All die letzten Monate wolltest du nie, dass ich euer Dorf besuche, und jetzt entführst du sogar meine Tochter, damit ich komme? Warum?«, fragte sie misstrauisch.

»Weil ich mich getäuscht habe«, gab Asale offen zu. »Ich wollte nicht, dass die Geister der Vergangenheit noch einmal unser Leben zerstören, deshalb wollte ich nicht, dass du hierherkommst. Doch dann kam der Chiwau, und alles ist anders.«

Henny verstand kein Wort.

»Und was haben Ella und ich damit zu tun?«

»Mehr als du denkst. Ich habe einsehen müssen, dass sich die Türen in die Vergangenheit niemals ganz schließen lassen.« Asales Gesichtszüge nahmen einen bitteren Zug an. »Es war ein Fehler, das zu glauben. Wie konnte ich ahnen, dass Chiwau dich heimsuchen wird? Sein Geist war seit vielen Jahren nicht mehr hier!« Sie wedelte ungeduldig mit ihren Händen. »Und nun folge mir, wenn du immer noch etwas über die Vergangenheit deiner Mutter erfahren willst.« Ohne sich nochmals nach ihr umzusehen, ging sie voran.

Henny vermochte sich auf die wirren Reden der Frau keinen Reim zu machen. Chiwau war der Geist ihrer Träume und die Gestalt, die sie neulich am See so sehr erschreckt hatte. Sie erinnerte sich, dass er damals auch ihrer Mutter erschienen war. Hatte es damit zu tun? Sie war verwirrt, gleichzeitig war ihre Neugierde geweckt. Widerstrebend folgte sie der Frau bis zur größten Hütte, die mit aufwendigen Ornamenten und Zeichen bemalt war.

»Geh hinein. Dort wirst du die Antworten auf deine Fragen finden.«

Henny zögerte nur einen kurzen Augenblick, dann schob sie die bunte Decke vor dem Eingang beiseite und betrat mit Ella das Innere. Es dauerte einen Moment, bis sich ihre Augen an das Dämmerlicht im Inneren der Hütte gewöhnt hatten. Helligkeit drang nur durch den Spalt, der die Lehmwände von dem grasgedeckten, konischen Hüttendach trennte. Sie befand sich in einem großzügigen Raum mit einer Feuerstelle und einem fellbedeckten Podest, um das mehrere holzgeschnitzte Schemel mit Fratzengesichtern standen. Auf dem Podest erkannte Henny einen mit einem Löwenfell bedeckten Sessel, auf dem eine dunkle Gestalt saß, die ein Leopardenfell um die Schultern trug. Ohne dass ihn jemand vorstellte, wusste sie, dass es Kwabisi war, der Anführer des Chewa-Dorfes und Bruder von Asale. Sobald er sie bemerkte, beugte er sich vor, um sie beide eingehend zu mustern, ohne irgendetwas zu sagen. Das gab auch Henny die Gelegenheit, ihr Gegenüber näher zu betrachten.

Kwabisi war trotz seines fortgeschrittenen Alters immer noch ein gut aussehender Mann. Sein Körper wirkte durchtrainiert, auch wenn seine Haare schon grau waren und sein Gesicht tiefe Falten trug. Eine breite Narbe zog sich von der

Stirn über sein linkes Auge und entstellte auf einer Seite das ansonsten ebenmäßige Gesicht. An der milchigen Trübung der Linse erkannte sie, dass das Auge seine Sehkraft verloren hatte. Das erklärte auch, weshalb er sich so weit vorgebeugt hatte.

»Ich bin froh, dass du mich besuchst, *mwana*«, sagte er endlich in akzentfreiem Englisch und bot ihr einen Platz auf einem der geschnitzten Schemel an.

Henny ging auf den Schemel zu, der dem Häuptling gegenüberstand. Noch bevor sie sich setzen konnte, nahm ihr Asale ganz selbstverständlich Ella aus den Armen.

»Ich möchte, dass sie bei mir bleibt«, verlangte Henny. Kwabisi gab seiner Schwester das Zeichen, sich etwas zurückzuziehen. Sie stellte Ella auf den Boden, doch anstatt zu ihrer Mutter zu gehen, tapste das Mädchen in Richtung Kwabisi und kletterte ohne Scheu auf sein Podest, als hätte sie es schon häufig getan.

Der alte Mann lachte gutmütig und streckte seine Hände aus. »Komm zu *agogo*«, sagte er liebevoll und nahm sie auf seinen Schoß. Er raunte ihr auf Chichewa einige Worte ins Ohr, was die Kleine zu einem vergnügten Quietschen veranlasste.

Henny gefielen die Vertraulichkeiten nicht. Sie stand auf, um Ella wieder an ihre Seite zu holen. Doch ihre Tochter wollte nicht so ohne Weiteres weg von dem alten Mann. Sie musste sie fast von ihm wegzerren. Kwabisi und Asale sahen sich vielsagend an.

»Sie spürt, dass dasselbe Blut in uns fließt«, erklärte der Häuptling ernst.

Henny wurde trotz der Hitze plötzlich eiskalt. War das der Grund, weshalb man sie hierhergelockt hatte?

Kwabisis gesundes Auge blieb nachdenklich auf ihr haften, bevor er sich endlich dazu durchringen konnte zu sprechen.

»Es ist an die dreißig Sommer her, dass deine Mutter, Amayi Luise, dieses Land betrat. Ich erinnere mich daran, als wäre es erst gestern gewesen. Sie kam in Begleitung von Father Thomas und war krank vom Sumpffieber. Sie konnte sich kaum auf den Beinen halten, also musste ich sie stützen. Bereits in diesem Augenblick wusste ich, dass es Chautas Wille war, dass unsere beiden Schicksale sich miteinander verbanden.« Kwabisi schwieg, um seinen Worten genügend Nachdruck zu verleihen.

»Du hast also meine Mutter geliebt?«, fragte sie vorsichtig nach. Luise hatte Kwabisi zwar oft in ihren Tagebüchern erwähnt, auch dass sie einander Bücher geliehen hatten, aber es war nie die Rede davon gewesen, dass sie Gefühle füreinander hegten.

Als hätte Kwabisi ihre Gedanken gelesen, ging er genau darauf ein.

»Für Luise und mich war es die große Liebe«, behauptete er ernst. »Und wenn du denkst, dass deine Mutter dazu nicht fähig war, so täuschst du dich. Ihre Liebe war vermutlich noch stärker als meine …«

»Du lügst!« Jetzt wurde es Henny doch zu viel. Sie ließ alle Höflichkeit beiseite und sprang von ihrem Schemel auf. Sie war nicht bereit, diesen unsinnigen Behauptungen weiter Gehör zu schenken. »Meine Mutter war meinem Vater immer treu! Ich habe ihre Tagebücher gelesen!«

Kwabisi winkte verächtlich ab. »Sie wusste, dass die Tagebücher sie verraten könnten, deshalb hat sie alles, was mit mir zu tun hatte, daraus getilgt.« Der alte Mann bedeutete ihr mit einer gebieterischen Geste, sich wieder zu setzen. »Sie hat sich lange gegen ihre wahren Gefühle gewehrt und wäre Thomas wohl immer treu ergeben geblieben, wenn er sie geachtet hätte.« Er lachte bitter. »Es ist eine Ironie des Schicksals, dass ausgerechnet seine Wut und Unbeherrschtheit unsere Liebe erst ermöglicht haben, um sie dann zu zerstören.«

Die Trauer, die sich wie ein Schleier über sein Gesicht legte, berührte Henny, obwohl sie es nicht wollte. Mit einem Mal kamen ihr die Lücken im Tagebuch ihrer Mutter in den Sinn, die sie sich nie hatte erklären können. Immer wieder waren einige Seiten herausgerissen worden. Und Tatsache war auch, dass ihr Vater ihre Mutter mehrfach misshandelt hatte. Henny hatte die Passage, wo ihr Vater nach einem schwereren Übergriff für eine längere Zeit aus dem Haus ausgezogen war, mit großem Unbehagen gelesen und kaum nachvollziehen können, dass ihre Mutter ihm das sogar vergeben hatte.

»Willst du damit sagen, dass sich meine Mutter auf eine Affäre mit dir eingelassen hat, während zwischen ihr und meinem Vater ein schlimmes Zerwürfnis herrschte?«, fragte sie vorsichtig nach.

Kwabisi fegte ihre Frage mit einer ungeduldigen Handbewegung beiseite. »Deine Mutter und ich hatten keine Affäre. Wir waren füreinander bestimmt. Der eine kannte den anderen besser als sich selbst.«

»Und was ist denn dann schiefgelaufen, wenn eure Liebe angeblich so groß war?«, versuchte Henny ihn zu provozieren. Sie war plötzlich so erregt, dass sie zuließ, dass Ella von ihrem Schoß zu Asale hinkrabbelte.

»Luise brachte damals den Mut nicht auf, sich von Elliot zu trennen«, antwortete Kwabisi traurig. »Ich habe alles getan, um sie davon zu überzeugen, ihn zu verlassen. Doch sie war nicht mutig genug. Ich kann es ihr nicht verdenken, denn es hätte für sie bedeutet, mit ihrem Volk zu brechen …«

»Deine Mutter befand sich in einem schrecklichen Zwiespalt«, mischte sich Asale plötzlich ein, »denn sowohl Thomas Elliot als auch mein Bruder kamen als Väter für dich in Frage. Sie wusste einfach nicht, was sie tun sollte, also beschloss sie, das Schicksal entscheiden zu lassen und bei dem Mann zu bleiben, der der Vater ihres Kindes war. Du warst weiß, also hielt sie Thomas für den Vater.«

Henny schluckte, als ihr die Tragweite von Asales Worten bewusst wurde. Das alles kam ihr immer noch wie ein schlechter Witz vor. »Wollt ihr damit sagen, dass sie ihre Entscheidung von meiner Hautfarbe abhängig gemacht hat?«

Asale nickte stumm.

»Deine Haut war beinahe so hell wie die Luises«, antwortete Kwabisi traurig. »Also ging sie davon aus, dass Elliot dein Vater war. Ich musste ihre Entscheidung zur Kenntnis nehmen, obwohl es mir das Herz brach. Doch dann brachen Unruhen aus, in die mein Vater und ich verstrickt waren. Ich musste für eine Weile untertauchen …«

»Warum erzählt ihr mir das jetzt?«, unterbrach Henny aufgewühlt. »Bislang war euch doch auch nicht daran gelegen, mich über Luises Vergangenheit aufzuklären.«

»Weil deine Mutter sich getäuscht hat«, sagte Asale. »Thomas war nicht dein Vater, sondern es ist Kwabisi!«

Henny war wie vor den Kopf geschlagen. Es war einfach alles zu absurd. Doch je länger sie darüber nachdachte, desto einleuchtender wurden Asales Behauptungen. Immerhin erklärten sie Ellas dunklere Hautfarbe, aber reichte das aus? Andrew hielt sie doch auch für eine Laune der Natur, aber er hatte ihr auch erzählt, dass das Erbe der Eltern manchmal eine Generation überspringt.

»Ihr täuscht euch«, behauptete sie störrisch.

»Sieh Ella doch an«, insistierte Asale weiter. »Es ist nicht nur ihre Haut, auch ihr Blick und ihre Ohren sind die von Kwabisi. Ich habe es gleich erkannt, als ich sie damals am Strand spielen sah.«

»Und deshalb bist du dann davongerannt?«

Asale zuckte mit den Schultern. »Kwabisi hat Amayis Tod nie richtig verwunden. Ich wollte nicht, dass die Geschichte noch einmal eine Bedeutung bekommt. Ich dachte, wenn ich dich nie erwähne, erfährt mein Bruder nicht von dir.«

»Ich wäre euch tatsächlich nie begegnet, wenn der Geist des Chiwau mich nicht zufällig zu euch an den Strand geführt hätte«, erklärte Kwabisi, der sich von seinem Sessel erhoben hatte. »Ich bin immer noch häufig als Rechtsanwalt unterwegs und deshalb nur selten im Dorf. Doch dieses Jahr habe ich nach vielen Jahren einmal wieder an den Ritualen teilgenommen.«

»Dann warst du der Dämon, der mich erschreckt hat.« Henny fröstelte immer noch, wenn sie daran dachte.

Kwabisi antwortete nicht. Er machte sich an einem regalähnlichen Gestell zu schaffen, auf dem auch eine Metallkiste stand. Er öffnete sie und holte ein Bündel Papiere daraus hervor, das er ihr reichte.

»Das hier ist von deiner Mutter. Sie gab es mir, nachdem sie sich endgültig für Elliot entschieden hatte. Lies es, dann weißt du, wie alles wirklich gewesen ist.«

Mit zitternden Händen nahm Henny das Päckchen entgegen und machte sich sofort daran, darin zu lesen. Kwabisi lehnte sich in seinem Sessel zurück und sah ihr dabei zu. Überrascht stellte Henny fest, dass es nicht nur einzelne Seiten waren, die herausgerissen worden waren, sondern dass auch noch ein ganzes, voll beschriebenes Heft dabei war. Darin las sie, dass Luise sich erst lange gegen ihre Gefühle für den Afrikaner gewehrt hatte, obwohl sie nach seiner Rückkehr aus England sofort bemerkte, wie viele Gemeinsamkeiten sie beide hatten. Der künftige Häuptling der Chewa war nicht nur ein in England ausgebildeter Jurist mit hervorragendem Examen, sondern zudem auch ein Literaturliebhaber, mit dem sie auch ausgefallene Themen bereden konnte. Er war einfühlsam, humorvoll und brachte sie zum Lachen. Nach Luises Schilderungen war er in jeder Beziehung anders als Thomas, der durch seine gottesfürchtige, nüchterne Art ihr oft das Leben schwer machte. Henny las von den widerstrebenden Gefühlen ihrer Mutter und von ihrem schlechten Gewissen, wenn sie von Kwabisi träumte. Ihr Schreibstil war so lebendig, dass Henny in der Lage war, ihre Gefühle mit ihr zu teilen. Kaum hatte sie den Inhalt der losen Tagebuchseiten gelesen, wurde ihr bewusst, wie spät es sein musste.

»Ich muss Ella nach Hause bringen«, kündigte sie deshalb an.

»Du musst erst alles wissen«, antwortete Kwabisi, der sie die ganze Zeit über beobachtet hatte. »Asale kann die Kleine zu ihrem Vater bringen.«

Henny wollte Einspruch erheben, aber Asale legte ihr begütigend die Hand auf die Schulter. »Es ist das Beste so. Dann habt ihr Zeit, um euch auszusprechen.«

Sobald Asale mit Ella zum Krankenhaus aufgebrochen war, fuhr Henny mit ihrer Lektüre fort. Das Leinenheftchen sah genauso aus wie die anderen Tagebuchaufzeichnungen ihrer Mutter, nur dass sie viel persönlicher gefasst waren. Sie begannen mit der Schilderung eines nächtlichen Nyau-Tanzes, zu dem Luise auf Einladung von Asale hingegangen war. Thomas war nach der Vergewaltigung gerade aus dem Haus ausgezogen. Ihre Mutter und er gingen weitgehend eigene Wege.

An diesem Abend war Luise nochmals der Chiwau erschienen, der Geist, der alle Tabus aufzuheben vermochte. Doch im Gegensatz zu Henny, die jedes Mal erschrak, wenn sie ihn sah, war ihre Mutter von dem Wesen fasziniert gewesen. Es lockte sie fort von den anderen Maskentänzern auf eine mondbeschienene Lichtung, wo es sich endlich als Kwabisi zu erkennen gab. In der von Tanz und nächtlicher Magie aufgeladenen Nacht gab Luise ihren Gefühlen zum ersten Mal nach. Mit einer Offenheit, die Henny die Schamesröte ins Gesicht steigen ließ, schilderte sie die ungezügelte Leidenschaft, die die beiden überkam, sobald sie nur die Gelegenheit hatten, einander nahezukommen. Henny erinnerte es an die heftige Anziehung zwischen Emil und ihr. Sie hatte es erst heute Nachmittag gespürt.

Ärgerlich drückte sie den Gedanken an Emil beiseite und konzentrierte sich wieder auf Luises Geschichte. In Kwabisi hatte sie tatsächlich den Mann ihres Lebens gefunden. Sie war fasziniert von der Zärtlichkeit und Hingabe, mit der ihre Mutter über ihren Geliebten sprach. Jede noch so kleine Kleinigkeit bekam eine große Bedeutung. Es war das Tagebuch einer großen Liebe. Sie musste es parallel zu ihren anderen Aufzeichnungen geführt haben, denn darin fanden sich bis auf den Schluss nur glückliche Schilderungen ihrer gemeinsamen Empfindungen und Erlebnisse. Sie endeten mit persönlichen Worten an Kwabisi und mussten kurz nach Hennys Geburt als eine Art Abschiedsbrief verfasst worden sein:

Geliebter, diese Zeilen werden nun das Einzige sein, was an die wunderbare Zeit erinnert, die wir miteinander gehabt haben. Ich habe eine hinreißende Tochter geboren, die den Namen Henriette trägt. Ihre Haut ist hell wie ein Pfirsich, und ihre Augen sind graublau wie der Nyassasee, wenn der Wind über ihn fegt. Thomas ist sehr stolz auf seine Tochter, denn das ist sie wohl ohne Zweifel. Du weißt, dass ich unser Schicksal in die Hände Gottes gelegt habe. Wäre Henriette deine Tochter gewesen, so läge ein anderer Weg vor mir. Der Weg mit Thomas wird sicher nach außen hin der leichtere sein. Henriette wird in einer allseits geachteten Familie heranwachsen. Aber er wird auch der schmerzhaftere Weg sein, denn es bedeutet für mich, für immer auf unsere Liebe zu verzichten. Mulungu kukutetezani – Gott schütze dich!
In tiefer Verbundenheit, Deine Dich liebende Luise

Henny stieß einen tiefen Seufzer aus. Eine Laune der Natur hatte ihr afrikanisches Erbe in der ersten Generation unterdrückt, um es in der zweiten bei Ella wieder aufleben zu lassen. Dadurch wurde zweimal eine große Liebe zerstört. Wie anders wäre ihr Leben verlaufen, wenn sie von Anfang an als Kwabisis Tochter gelebt hätte? Die Frage war nur, ob es auch glücklicher verlaufen wäre. Mischlingsehen hatten es auch heute noch schwer in einem Land, das von einer weißen Oberschicht regiert wurde. Doch war es müßig, darüber nachzudenken. Es war gekommen, wie es gekommen war. Sie fühlte den Blick ihres Vaters auf sich ruhen, sah ihn an und wandte gleich wieder beschämt den Blick von ihm ab. Sie hatte ihm Unrecht getan, und das tat ihr leid.

»Über ein Jahr haben uns Luise und ich nach deiner Geburt nicht mehr gesehen«, durchbrach Kwabisi endlich die Stille. »Deine Mutter verbot sich jeglichen Kontakt mit mir, obwohl ich mehrmals versucht habe, sie zu treffen. Ich musste mich damit abfinden, dass sie mich nicht mehr in ihrem Leben haben wollte. Also zog ich nach Blantyre und arbeitete dort als Anwalt für die Rechte meines Volkes. Nach etwa einem Jahr wurde mein Vater krank und rief mich wieder zurück in mein Dorf. Es fiel mir schwer, an den Ort zurückzukehren, denn mir war klar, dass Luise und ich uns früher oder später wieder über den Weg laufen würden. Ich wusste, sie würde für immer in meinem Herzen sein. Als ich sie dann zufällig mit Thomas und dir in Nkhotakota beim Einkaufen sah, zerschnitt es mir fast das Herz. Ich haderte mit meinem Schicksal und hätte den Mann, der mir die geliebte Frau gestohlen hatte, am liebsten umgebracht. Doch ich musste ja Amayis Entscheidung akzeptieren. Sie hatte sich für Thomas entschieden.« Er lächelte versonnen vor sich hin. »Damals warst du in etwa so alt, wie es deine Tochter heute ist …«

»Aber dann seid ihr doch wieder zusammengekommen?«, riet Henny, die ahnte, dass sie nun kurz davorstand, das wahre Schicksal von Luise und Thomas Elliot zu erfahren.

Kwabisi beugte sich nach vorne und griff nach Hennys Hand. Sie ließ es geschehen. Es war ein merkwürdig vertrautes Gefühl, als sie seine vom Alter knotig gewordenen Finger spürte. Sie sah ihn an und empfand tatsächlich Zuneigung zu dem alten Mann. Er drückte kurz ihre Hand, um sie dann gleich wieder loszulassen. Der Blick seines gesunden Auges verlor sich im Zwielicht der kaum erhellten Hütte. Sie spürte, wie er zitterte, und hatte plötzlich Angst, dass es ihn zu viel Kraft kosten könnte, das Ende der Geschichte zu erzählen. Doch er fasste sich und fuhr fort.

»Es dauerte keine zwei Tage, dann lagen wir uns wieder in den Armen. Es war so, als hätte es die Zeit der Trennung nie gegeben«, begann er mit schwerer Stimme. »Ich war so froh, dass ich sogar akzeptiert hätte, für den Rest meines Lebens ihr heimlicher Geliebter zu bleiben. Es hätte mir nichts ausgemacht, denn ich war glücklich, wenn ich nur mit ihr zusammen sein konnte. Doch dann kam es, wie es kommen musste …«

Sie spürte, wie die Erinnerung ihn mitnahm. Anfangs war seine Erzählung schwer und schleppend, doch dann kam sie in Fluss und befreite ihn von der Last, die er all die Jahre mit sich herumgetragen hatte. Henny lauschte dem Mann, der ihr Vater sein sollte, die halbe Nacht, fragte ihn vieles und bekam ausführliche Antworten. Endlich erfuhr sie, was es mit alldem auf sich hatte, das sie schon immer in ihren Träumen verfolgt hatte.

36. Kapitel

Ort des Schicksals

Die Zeit verstrich, ohne dass sie es bemerkte. Das Feuer, das die Hütte in ein schummriges Licht getaucht hatte, war längst verglommen, als Henny schließlich irgendwann vor Müdigkeit auf ihrem Schemel einnickte. Als die ersten Sonnenstrahlen sich zwischen dem Grasdach und den Lehmmauern einen Weg suchten, erwachte sie verwirrt. Sie fand sich sorgsam zugedeckt zwischen warmen Decken und musste sich erst besinnen, wo sie war. Kwabisi saß neben ihr und hielt eine dampfende Tasse Tee für sie bereit. Sie staunte, als sie ihn sah. Er trug nun nicht mehr die Kleidung eines Chewa-Häuptlings, sondern eine Anzughose und ein blütenweißes Hemd.

»Ich möchte dir etwas zeigen«, sagte er, nachdem sie ein wenig an dem heißen Tee geschlürft hatte.

Sie sah ihn erstaunt an.

»Ich muss nach Hause zurück. Andrew und Emil werden sich Sorgen machen.« Sie hatte ihrem Vater während der gestrigen Nacht auch von ihrem Schicksal berichtet. Er hatte ihr mit großer Anteilnahme zugehört, sich aber jeglichen Kommentars enthalten.

»Sie werden warten können«, beschied sie Kwabisi und forderte sie auf, ihm zu folgen.

Asale kam mit einem Krug frischer Milch und einer dampfenden Schale Nsima von ihrer Hütte aus auf sie zu. Sie stellte sie auf die geflochtene Grasmatte vor Kwabisis Hütte ab und forderte sie auf, sich zu stärken.

Henny merkte erst jetzt, wie hungrig sie war. Nach kurzem Zögern griff sie wie Kwabisi und Asale mit bloßen Fingern in die Schüssel und kostete den leicht gesalzenen Maisbrei. Auch der Krug mit Milch ging ohne Becher in die Runde. Es war ein einfaches Mahl, aber Henny konnte sich nicht erinnern, jemals die Gemeinsamkeit eines Essens so genossen zu haben. Ihr Leben hatte sich in nur einer Nacht völlig verändert. Sie hatte plötzlich eine Familie, wenn auch eine andere, als sie es sich immer vorgestellt hatte. Ihre Tante lächelte ihr aufmunternd zu und berichtete, dass sie Ella bei Emil abgegeben hatte.

»Er ist ein guter Mann«, fügte sie wie beiläufig hinzu.

Wenig später führte Kwabisi sie aus dem Dorf zu einem Platz, wo ein himmelblauer Bugatti Sports Tourer von Vanden Plas stand. Ein äußerst extravagantes Automobil, das so gar nicht in die ländliche Umgebung und kaum nach Afrika passen wollte. Wie selbstverständlich steuerte er darauf zu und forderte Henny auf einzusteigen. Als er ihren erstaunten Blick bemerkte, lachte er amüsiert.

»Was ist? Traust du einem Wilden nicht zu, dass er ein Faible für schicke Automobile haben kann?«

Henny spürte, wie sie verlegen wurde. »Doch, natürlich. Es will nur so gar nicht zu dem Häuptling passen, den ich gestern kennengelernt habe.« Sie lachte nun ebenfalls. »Auf jeden Fall bist du immer wieder für Überraschungen gut.«

»Ich werde dir jetzt die Orte zeigen, wo Luise und ich uns immer getroffen haben, und dann fahren wir nach Tsogolo Malo. Warst du schon einmal dort?«

»Andrew ist mit mir einmal daran vorbeigefahren«, berichtete Henny mit leichtem Schaudern. »Es ist ein unheimlicher Platz, an den es mich nicht hinzieht.«

»Weißt du, was *Tsogolo Malo* bedeutet?«, fragte ihr Vater.

Henny schüttelte den Kopf. Sie hatte es für einen Eigennamen gehalten und sich darüber weiter keine Gedanken gemacht.

»Es bedeutet ›Ort des Schicksals‹«, erklärte er. »Die Chewa glauben, dass er vor langer Zeit verhext worden ist. Sie haben den Ort immer gemieden und meiden ihn auch heute wieder. Doch damals, als Thomas Elliot hier die Mission gegründet hatte, schaffte er es, viele von uns davon zu überzeugen, dass sein Gott den Fluch hatte aufheben können. Für eine Weile ist ihm das auch wohl gelungen, bevor der Fluch ihn wieder eingeholt hat.«

Kwabisi ließ den Motor an. Sie fuhren mit offenem Verdeck, und Henny genoss den Fahrtwind, während sie über die staubigen Pisten fuhren. In dem Jahr, das sie nun hier in Afrika lebte, war sie bereits viel herumgekommen. Sie hatte Andrew oft auf seine Außenstationen begleitet und ihm als Krankenschwester assistiert. In Kwabisis Begleitung lernte sie die Landschaft jedoch noch einmal auf ganz neue Art und Weise kennen. Ihr Vater schien jeden Baum und Fels in der Gegend zu kennen und verknüpfte ihn sofort mit einer Geschichte oder Anekdote.

»Das ist der Affenbrotbaum, an dem Luise mir immer ihre Bücher hinterlegt hat.« Kwabisi hielt an und zeigte auf einen mächtigen Baum, dessen Äste und Zweige wie ein Besen in die Luft ragten. Sein Umfang war so groß, dass es acht Männer bedürfte, die sich an den Händen hielten, um ihn zu umspannen. »Ich habe ihre Bücher verschlungen und ihr lange Briefe zu ihrem Inhalt geschrieben«, verriet er ihr. Sein von der Narbe entstelltes Gesicht entspannte sich. »Luise hat mit Freude darauf geantwortet, und irgendwann habe ich es so eingerichtet, dass ich sie abgepasst habe, wenn sie ihre Bücher dort hinterlegte, um ihr persönlich zu begegnen.«

Henny begriff, dass Kwabisi Luise immer noch schmerzlich vermisste. Sie griff nach seiner Hand, die lässig auf dem Schalthebel des Wagens ruhte, und drückte sie kurz.

Ihr Vater sah zu ihr herüber und antwortete mit einem glücklichen Lächeln.

»Ein Teil von Luise lebt in dir und meiner Enkeltochter weiter«, meinte er. »Doch um den Fluch endgültig aufzuheben, ist es notwendig, dass auch du dich deinen Ängsten stellst.« Er legte den Gang ein und ließ das Auto wieder anfahren. Schweigend fuhren sie die wenigen Kilometer bis nach Tsogolo Malo.

Die Einfahrt zu der einstigen Missionsstation bestand aus einem hölzernen, giebelartigen Torbogen, der mit Gras gedeckt war. Der Weg war lange nicht benutzt worden. Sie fuhren langsam auf den Nyassasee zu, in dessen Uferwald die Missionsstation lag. Ein dunkles Wolkenband schob sich über den sonnenbeschienenen Horizont. Düster und schwer senkte es sich auf die Wasserfläche des Sees und verschmolz mit dessen Glitzern zu flüssigem Blei. Auf sanften Wellenspitzen spiegelte sich silbernes Licht. Tanzende Reflexionen vor einer unwirklichen Kulisse.

Die magische Stimmung weckte lang verschüttete Erinnerungen in Henny. Während Kwabisi seinen Bugatti vor dem halb verfallenen Missionshaus langsam ausrollen ließ, spürte sie erneute Beklommenheit. War es wirklich notwendig, sich den Schatten der Vergangenheit zu stellen?

Kwabisi drückte ihr aufmunternd die Hand. »Geh voran, ich werde dir in einigen Augenblicken folgen.«

Henny nickte. Sie hatte zu viel aufs Spiel gesetzt, als dass sie jetzt umkehren könnte. Entschlossen öffnete sie die Wagentür. Sobald ihr Fuß den roten Lehmboden berührte, ging eine Veränderung in ihr vor. Für einen Moment tauchte sie wieder in die Vergangenheit ein und meinte, das Kreischen und Lachen tobender Kinder zu hören. Ihr Blick glitt vom stahlblauen Himmel über ihr zum bleigrauen See, dessen Oberfläche sich durch den aufkommenden Wind zu kräuseln begann. Die düstere Stimmung eines heraufziehenden Gewitters verstärkte ihr Gefühl von Einsamkeit. Wie an Fäden geführt, schritt sie auf das flache Holzhaus mit der umlaufenden Veranda zu. Würziger Seetang, vermischt mit dem intensiven Frangipaniduft, weckte weitere diffuse Erinnerungen. Das sanfte Spiel des Windes wirbelte an einigen Stellen den feinen Sand vor ihr auf und zeichnete unregelmäßige Muster auf die jungfräuliche Fläche.

Es sind die Ahnen, die sich aus dem Jenseits melden, flüsterte ihre Erinnerung. Der Gedanke brachte sie trotz der unerträglichen Hitze für einen Moment zum Frösteln. Sie hielt an und ließ das Äußere des Hauses auf sich wirken. In seiner Verlassenheit strahlte es eine gewisse Trostlosigkeit aus. Die Holzstufen, die auf die Veranda führten, waren teilweise eingefallen. Farbe blätterte in handtellergroßen Schichten von den einstmals weißen Balken. Die Eingangstür hing windschief in ihren Angeln und schlug mit einem ächzenden Stöhnen immer wieder gegen den Türrahmen.

Entschlossen ballte sie die Hände zu Fäusten und legte die letzten Schritte bis zum Haus zurück. Die morschen Stufen übersteigend, betrat sie die Veranda. Ihr Blick wanderte erneut über den stürmisch gewordenen See, als suche sie darin die Antworten auf ihre Fragen. Doch statt von ihrer Unwissenheit erlöst zu werden, überfielen sie stechende Kopfschmerzen. In der Ferne hörte sie mit einem Mal das vereinzelte Schlagen, den Lockruf der Regentrommeln.

Bumm – badabumm – badabumm.

Aus anderen Dörfern im Umkreis erklangen ähnliche Rhythmen, die sich erst zart und leise, dann immer lauter werdend zu einer dynamischen Kakophonie vereinigten.

Bumm – badabumm – badabumm.

Tausend bunte Sternchen tanzten vor ihren Augen und fügten sich plötzlich wie die Steinchen eines geschüttelten Kaleidoskops zu Wahnbildern zusammen. Sie sah hellrotes Blut, das sich rasch zu einer großen Lache ausdehnte, ein zum Schrei geöffneter Mund und ein rot-schwarz bemaltes Schreckwesen, das einen wilden Tanz aufführte, während es in der Hand ein blutverschmiertes Messer schwang. Sie stieß einen Schrei aus und geriet ins Taumeln. Ihr Herz raste wie das eines gehetzten Hasen, und ihr Körper zitterte wie Espenlaub. Beinahe trotzig stellte sie sich endlich ihren Dämonen und lehnte sich gegen die widerstrebende Tür. Sie landete in einem viel zu kleinen Windfang, der sie mit Dunkelheit und Enge umfing. Staub und Spinnweben reizten die Schleimhäute, und sie musste husten. Es roch muffig. Ihre Hände ertasteten eine Schwingtür, die in den dahinter liegenden Raum führte. Kaum hatte sie ihn betreten, verstummte der Hall der Trommeln so plötzlich, wie er aufgetreten war. Gespenstische, energiegeladene Ruhe trat an die Stelle des Lärms und machte die Stimmung umso unheimlicher.

Langsam begannen sich ihre Augen an das Zwielicht zu gewöhnen. Sie erkannte eine Wohnküche. Die Bretter, die vor die einstigen Fenster genagelt worden waren, ließen genügend Licht hinein, um die Umgebung in schattenumwobenes Dämmerlicht zu hüllen. Umgestürzte Stühle vor der Küchentheke, ein einfacher Holztisch mit einer Vase, in der noch ein Bund vertrockneter Wildblumen steckte. Reste eines heruntergerissenen Vorhangs. Ihr Blick wanderte weiter zu einem ausladenden, gemauerten Kamin mit einem umlaufenden Sims. Verkohlte Holzreste in der Feuerstelle bezeugten, dass er einmal gebraucht worden war. Zwei zerschlissene Plüschsessel. Auf der Lehne des einen lag ein aufgeschlagener Katechismus, fast so, als wäre er dort für sie abgelegt worden. Eine dicke Staubschicht zog sich darüber, als wolle sie die Worte konservieren. Sie fühlte sich von dem Buch magisch angezogen und widerstand dennoch dem Drang, darin zu blättern. Stattdessen steuerte sie auf den Kamin zu. Je näher sie ihm kam, desto schlechter fühlte sie sich. Der Schmerz in ihrem Kopf schwoll erneut an. Dieses Mal waren es Stimmen, die sie zu hören glaubte. Sie hörte ein heiteres, offenes Frauenlachen, dessen Vertrautheit ihr schmerzhaft ins Herz schnitt. Dann das Brüllen eines wilden Tieres, das von einer herrischen Stimme zum Schweigen gebracht wurde. Einer Stimme, die von furchteinflößender Autorität war, aber auch ein Gefühl von Vertrautheit vermittelte.

Als der Schmerz endlich nachließ und die Stimmen in ihrem Kopf verstummten, öffnete sie wieder die Augen. Sie stand nun direkt vor dem Kaminsims und blickte auf einen verstaubten Bilderrahmen. Die Staubschicht war so dicht, dass sie nicht erkennen konnte, was sich darunter verbarg. Mit klammen Fingern griff sie danach. Der Staub klebte hartnäckig an dem gesprungenen Glas. Nur durch kräftiges Rubbeln ließ er sich entfernen. Schließlich erschienen zwei Menschen auf einer erstaunlich gut erhaltenen Fotografie. Ein hagerer, groß gewachsener Mann starrte sie aus stechend hellen Augen an. Neben ihm befand sich eine zierliche Frau, deren aufrechte, strenge Körperhaltung in krassem Widerspruch zu ihrem traurigen Gesicht stand. Das Paar hielt einander an den Händen, wäre da nicht der Riss gewesen, der die Fotografie in zwei Teile trennte. In diesem Augenblick konnte sich Henny wieder an alles erinnern. Wie Puzzleteile fügte sich nun die Vergangenheit zu einem vollständigen Ganzen.

Ohne dass sie es bemerkt hatte, war ihr Kwabisi gefolgt. Er legte seine Hände auf ihre Schultern, und sie ließ sich mit einem Schluchzen in seine Arme fallen. Stockend teilte sie mit ihrem Vater die Erinnerungen.

»Es war ein Tag wie heute, selbst an das Gewitter glaube ich mich noch erinnern zu können. Ich habe auf dem Boden des Wohnzimmers gesessen und mit Asales Puppe gespielt, als Vater plötzlich wie ein Wilder ins Haus gestürmt kam. Mutter war gerade dabei, das Essen zuzubereiten, und ließ vor Schreck einen Teller fallen. Vater war außer sich. Er packte Mutter und trieb sie wie ein Stück Schlachtvieh vor sich her. Dabei schlug er sie wieder und wieder, beschimpfte sie als Hure, Verräterin und Teufels Missgeburt. Es kümmerte ihn nicht, dass ich Zeugin dieser Auseinandersetzung wurde. Er schlug sie so lange, bis sie wimmernd auf dem Boden lag. Sie blutete aus der Nase, und ihr Auge war zugeschwollen. Ich schrie und hatte panische Angst. Voller Entsetzen kroch ich auf sie zu, um ihr zu helfen. Doch Thomas stieß mich unsanft mit dem Fuß zurück. ›Geh in dein Zimmer‹, herrschte er mich an. Ich wehrte mich, wollte bei Mutter bleiben, da griff er mich am Arm, stieß mich in das Schlafzimmer und knallte die Tür hinter mir zu. Ich hörte sein Keuchen durch die geschlossene Tür, das Wimmern von Mutter und dann plötzlich eine unheilverkündende Stille, die ewig zu dauern schien. Irgendwann vernahm ich ein Poltern an der Haustür und begriff, dass kurz darauf jemand das Haus betrat.«

Henny begann plötzlich unkontrolliert zu zittern.

Kwabisi drückte sie noch fester an sich und sprach jetzt selbst weiter.

»›Was willst du hier, dreckiger Neger?‹ Thomas' donnernde Stimme empfing mich wie ein Paukenschlag. Asale war noch auf dem Schulgelände, als sie hörte, wie Luises Mann außer sich geraten war. Sie hatte sich sofort auf den Weg ins Dorf gemacht, um mich zu verständigen. Ich wusste, wie cholerisch und aufbrausend er sein konnte, und fürchtete um Luises Leben. Thomas war unserem Verhältnis irgendwie auf die Schliche gekommen, und ich konnte mir gut vorstellen, wie sehr es ihn nun nach Rache dürstete. Als ich das Haus betrat, kauerte Luise blutend am Boden. Sie war völlig eingeschüchtert. Als sie mich sah, kehrte jedoch sofort wieder Leben in sie zurück. ›Geh fort!‹, flehte sie mich an. Doch ich war nicht bereit, ohne sie zu gehen. ›Wie kannst du eine Frau schlagen?‹, fauchte ich ihn empört an. Ich eilte zu deiner Mutter, um ihr aufzuhelfen. Sie konnte kaum stehen, so schlimm hatte er sie zugerichtet. Meine Absicht war, sie aus dem Haus in Sicherheit zu bringen, doch Thomas verstellte uns den Weg. Er hatte getrunken und schwankte, als er zur Wand ging, um seine Jagdflinte vom Haken zu holen. ›Lass die Hure sofort los. Ich bin noch längst nicht mit ihr fertig‹, brüllte er. Er hatte die Waffe bereits in den Händen und vergewisserte sich, dass sie geladen war. Dann zielte er damit auf uns. Luise schrie auf vor

Schreck, als er das Gewehr entsicherte. Das gab mir Zeit, sie von mir wegzustoßen. Ich hechtete im nächsten Augenblick auf Thomas zu, um ihm die Waffe zu entreißen …«

Kwabisi legte eine Pause ein und berührte mit einer Hand die Narbe in seinem Gesicht.

»Im selben Augenblick drückte er ab. Zum Glück war das Gewehr nur mit Schrot geladen, sonst hätte er mir wohl das Gehirn aus dem Schädel gepustet. Er traf mich am Kopf, was wohl fürchterlich ausgesehen haben muss …«

Er brach ab, und Henny sah aus dem Augenwinkel, wie er mit den Zähnen seine Unterlippe malträtierte. Obwohl er ihr schon am Vorabend in allen Einzelheiten davon berichtet hatte, war es offensichtlich, dass ihn die Erinnerung jedes Mal so mitnahm, als hätte sich alles gerade erst ereignet. Auch vor ihrem geistigen Auge zogen wieder die schrecklichen Bilder vorbei. Sie erinnerte sich, wie sie nach dem Schuss die Kinderzimmertür geöffnet hatte und Kwabisi am Boden liegen sah. Überall war Blut. Sie hörte Thomas' hämisches Lachen und sah das wachsbleiche Gesicht ihrer Mutter, die plötzlich ihren Körper straffte und nach dem Schüreisen am Kamin griff. Sie hatte es über ihrem Kopf erhoben, um damit auf ihn einzuschlagen, als er sich plötzlich zu ihr umdrehte und mit der Waffe auf sie zielte. Dann ging alles rasend schnell. Das Schüreisen landete im selben Augenblick auf Thomas' Kopf, als sich ein weiterer Schuss löste.

Damit endete ihre Erinnerung und setzte erst in dem Moment wieder ein, als sie ihrer Mutter an den See folgte. Thomas' letzter Schuss hatte Luise um ein Haar verfehlt, während ihr Schlag auf seinen Kopf ihn getötet hatte. Entsetzt von ihrer Tat und in der Annahme, dass Kwabisi ebenfalls tot war, beschloss sie, ihrem Leben ein Ende zu setzen.

Kopflos und ohne an ihr Kind zu denken, war sie in Richtung See gewankt. Henny hatte versucht, sich durch Weinen und Rufen bemerkbar zu machen, doch ihre Mutter war taub und blind vor eigenem Leid. Henny wollte zu ihr gelangen und sich an ihre Rockschöße hängen, doch ihre Beinchen waren zu kurz gewesen, um mit ihr Schritt halten zu können. Ihre Mutter war immer einige Schritte voraus. Hilflos hatte sie mit ansehen müssen, wie sie den Saum des Sees erreichte und mit entschlossenen Schritten immer weiter in die Fluten stieg. Sie hatte sich nicht einmal nach ihr umgedreht, bevor ihr Körper in den Tiefen des Sees verschwunden war.

Der Augenblick war so präsent, dass Henny glaubte, ihn noch einmal zu erleben. Ihr Herz krampfte sich vor Schmerz zusammen, bevor sie endlich ihren Tränen freien Lauf lassen konnte.

»Warum hat sie mir das angetan?«, schluchzte sie schließlich mit tränenerstickter Stimme und beantwortete sich die Frage gleich selbst. »Ich war in ihren Augen Thomas' Kind und hätte sie wohl immer an die schreckliche Tat erinnert. Damit konnte und wollte sie nicht leben.«

»Wie kannst du das nur glauben?« Kwabisi blickte sie traurig und fast vorwurfsvoll an. »Sie hat dich geliebt, wie eine Mutter ihr Kind nur lieben kann.«

Henny ließ zu, dass er erneut ihre Hand ergriff und festhielt. Es tat gut, nicht mehr alleine zu sein. So standen sie noch eine ganze Weile da, jeder in seine eigenen Gedanken versunken. Trotz aller Traurigkeit fand Henny plötzlich zu der Klarheit zurück, die ihr in den letzten Tagen abhandengekommen war. Sie war nicht länger bereit, das Schicksal ihrer Mutter als Maß für ihr Leben zu nehmen. Wenn sie Andrew heiratete, würde sie womöglich denselben Fehler begehen wie Luise. Sie würde jemanden heiraten, den sie nicht wirklich liebte. Andrew war zwar mit Sicherheit ein ganz anderer Mensch, als es Thomas Elliot gewesen war. Und doch gab es Gemeinsamkeiten. Diesem Mann würde ihr Herz nie ganz gehören. Emil dagegen hatte sie trotz aller Enttäuschungen nie vergessen können. Dass auch er sich tief mit ihr verbunden fühlte, zeigte sein Auftauchen in diesem fernen Land. Er war um die halbe Welt gereist, um sie um Verzeihung zu bitten. War das nicht das Zeichen, auf das sie so lange gewartet hatte?

Henny fühlte, wie ihr plötzlich ganz leicht ums Herz wurde. Es war Zeit, den Blick endlich wieder in die Zukunft zu richten.

Danksagung

Das Schicksal von Henny und Luise hat mich über zwei Jahre begleitet. Jetzt heißt es Abschied nehmen. Doch vorher möchte ich mich von ganzem Herzen bei denjenigen bedanken, die mich während dieser langen Zeit tatkräftig und moralisch unterstützt haben.

Allen voran meinem Mann Willem, dem ich alles zu verdanken habe, was ich heute bin. Es gibt nichts, was uns trennen kann.

Danke an meine beiden Töchter Amelie und Anna-Fee – gemeinsam sind wir unschlagbar!

Herzlichen Dank an Frau Inge Spahlinger, an deren Kindheits- und Jugenderinnerungen aus den 20er- und 30er-Jahren ich seit vielen Jahren immer wieder teilhaben darf. Ihr Lebensmut und ihre Erzählfreude sind immer wieder ansteckend!

Danke auch an meinen Großvater Xaver, der mir sein Interesse an Geschichte vererbt hat.

Danke an meinen klugen Agenten und Mutmacher Bastian Schlück, der meinen Ideen in Verlagen Flügel verleiht, ebenso an Anja Franzen, meine wunderbare Lektorin bei Blanvalet, und ihr ganzes Team, das immer wieder an mich glaubt. Danke an Dr. Rainer Schöttle für die hervorragende redaktionelle Bearbeitung.

Was wäre ich ohne meine Testleser, die mir immer wieder durch ihre klugen Ratschläge auf den richtigen Weg geholfen haben! Als da sind meine liebe, stilsichere Freundin Margrit Burde, meine geschätzte Autorinnenkollegin und Freundin Nina Blazon, Sabine Zürn mit ihrem klugen historischen Sachverstand, meine Tochter Anna-Fee mit ihrer unübertroffenen Fähigkeit, immer wieder Schwachstellen aufzudecken.

Viele Anregungen habe ich während meiner Recherchen im NS-Dokumentationszentrum in München erhalten. Ebenso hilfreich waren mir das wissenschaftliche Werk von Kurt Preis: »München unterm Hakenkreuz«, das Buch »Das Dritte Reich – Herrschaftsstruktur und Geschichte« und noch viele andere Werke, die ich hier im Einzelnen nicht aufzählen kann.

Und last but not least: herzlichen Dank an alle Leserinnen und Leser!